LA SORCIÈRE D'AVRIL

Majgull Axelsson

LA SORCIÈRE D'AVRIL

Roman

Traduit du suédois par
Lena Grumbach et Hélène Hervieu

JC Lattès

Titre de l'édition originale
Aprixlhäxan
publiée par Rabén Prisma, Stockholm

Ce récit est une fiction. Certes, il existe un centre médical et une maison de santé à Vadstena, ou un institut d'astrophysique à Kiruna, mais aucun de ces établissements ne ressemble vraiment à ceux de ce livre. Les personnages et les événements aussi sont inventés, et je dois beaucoup à Ray Bradbury, qui influence depuis bon nombre d'années ma réflexion sur le phénomène des sorcières d'avril.

Une sorcière d'avril a toujours un corps faible et handicapé, mais un esprit supérieur. Les benandanti auxquels je fais référence, peuvent, comme les sorcières d'avril, quitter leur enveloppe charnelle, à la différence qu'ils possèdent un corps sain et mènent une vie ordinaire. Certains d'entre eux n'ont même pas conscience d'être des benandanti, ils pensent qu'ils sont simplement en train de rêver.

Historiquement, les histoires à propos des benandanti sont apparues pour la première fois dans l'Italie médiévale, où (avant l'Inquisition) on les considérait comme de bonnes sorcières. Leur mission était double : protéger les récoltes des attaques des mauvaises sorcières et aider les morts dans leur procession funèbre. On en apprend davantage sur eux dans le livre de Carlo Ginzburg, I Benandanti.

Les sorcières d'avril sont, d'après ce que j'ai pu trouver, d'origine purement américaine. Lorsque j'ai fait mes recherches, je n'ai pu découvrir d'autre sorcière d'avril que celle qui m'avait fascinée dans l'une des nouvelles de Ray Bradbury.

Lorsque j'ai écrit l'histoire de ma sorcière d'avril, j'ai remarqué des similitudes entre elles et les benandanti et j'ai décidé de les faire se rencontrer dans une petite ville suédoise.

L'auteur

Ondes et particules

« Les neutrinos, ils sont tout petits
Ils n'ont ni charge ni masse
Et n'ont aucune interaction
La Terre est juste, pour eux, une boule idiote
Qu'ils se contentent de traverser
Tels de fines poussières dans un couloir plein de courants
[d'air
Ou des photons traversant une feuille de verre. »

John Updike

— Qui es-tu ? demande ma sœur.

Plus sensible que les autres, c'est la seule à soup-
çonner ma présence. Debout sur le perron devant la cuisine, on dirait un oiseau, l'œil aux aguets, le cou tendu
vers le jardin. Elle porte une robe de chambre grise sur sa
chemise de nuit blanche, et le froid glacial de la nuit qui
s'attarde ne paraît pas l'incommoder. La ceinture de sa
robe de chambre, ouverte, pend mollement d'un passant
et traîne derrière elle telle une queue d'oiseau.

D'un brusque mouvement, elle tourne la tête du côté
du jardin, à l'affût d'une réponse qui ne vient pas. Saisie
d'inquiétude, elle répète, d'une voix stridente cette fois :

— Qui es-tu ?

Son haleine forme de petits plumeaux blancs. Cela lui
sied bien. Elle a toujours été du genre éthéré. La première
fois que je l'ai vue, je l'ai comparée à de la brume. C'était
par une chaude journée du mois d'août, il y a bien des
années, avant mon séjour dans le centre d'hébergement.
Hubertsson avait veillé à ce qu'on me sorte et me place à
l'ombre du grand érable. C'était à l'heure de la réunion
des médecins, à la maison de santé. Comme par hasard, il
était tombé sur Christina Wulf dans le parking. Et comme
par hasard, il l'avait persuadée de prendre le raccourci par
la grande pelouse où j'étais installée. Les talons hauts de
ses escarpins s'enfonçaient dans l'herbe tendre, et, une
fois sur l'esplanade gravillonnée, elle avait marqué un

temps d'arrêt pour vérifier si de la terre s'était collée à ses semelles. A ce moment-là, j'avais remarqué ses bas. Malgré la chaleur, elle en portait. Et, avec son petit chemisier et sa jupe mi-longue, l'ensemble formait un camaïeu de blanc et de gris.

— Ta grande sœur est du genre à se laver les mains à l'eau de Javel, m'avait prévenue Hubertsson avant de me la montrer.

Pour adéquate qu'elle fût, la description laissait à désirer. Maintenant que je la voyais pour de vrai, Christina paraissait si floue – tant de couleurs que de silhouette – qu'on eût dit que les lois de la matière ne la concernaient pas et qu'elle aurait pu glisser sous les fenêtres et les portes closes, comme de la fumée. Lorsque Hubertsson s'était penché pour la soutenir, j'avais même eu l'impression, une fraction de seconde, que sa main allait passer à travers le bras de Christina.

En soi, cela n'aurait rien eu d'étrange. Nous sommes trop enclins à oublier que ce que nous baptisons « lois de la nature » ne correspond pas à nos humbles idées d'une réalité dont la complexité nous dépasse. Ainsi, nous vivons dans un nuage de particules – photons et neutrinos – dépourvu de masse. Ainsi, la matière – même celle du corps humain – est essentiellement du vide. Ainsi, il y a autant de distance entre les particules des atomes qu'entre une étoile et ses planètes. Et ce ne sont pas les particules en tant que telles qui créent la surface et la consistance, mais les champs électromagnétiques qui les relient. En outre, la physique quantique nous apprend que ces plus petits éléments de la matière que sont les particules sont simultanément des ondes, dont certaines ont la capacité de se trouver à plusieurs endroits au même moment. L'espace d'une microseconde, l'électron vérifie ses positions possibles et, durant cet instant-là, ces possibilités sont toutes aussi effectives les unes que les autres.

Tout flotte. C'est bien connu.

Dans cette optique, il n'est guère étonnant que certains d'entre nous transgressent les lois de la physique. Quoi qu'il en soit, lorsque la main de Hubertsson avait touché Christina, qui, en équilibre sur une jambe, examinait sa semelle, celle-ci s'était révélée aussi consistante que tout un chacun. La main de Hubertsson lui avait bien attrapé le bras.

Elle n'est pas devenue moins diaphane au fil du temps ; elle a toujours l'air de pouvoir se dissoudre à tout moment et se volatiliser dans un tourbillon d'ondes et de particules.

Naturellement, cela n'est qu'une illusion. En réalité, Christina est une masse de chair humaine. D'une indéniable densité.

En ce moment précis, les électrons de ma sœur décident de changer de position. Elle cligne des yeux. Serrant sa robe de chambre, elle patauge – en bottes – dans la neige fondue de l'allée du jardin jusqu'à la boîte aux lettres remplie de la presse matinale.

La lettre est au fond. Dès qu'elle l'aperçoit, un léger vent de panique balaye le jardin. Astrid, pense Christina, avant de se souvenir qu'Astrid est morte depuis trois ans. Les journaux sous le bras, elle regagne la maison en tournant et retournant l'enveloppe. Sans regarder où elle marche.

Voilà pourquoi elle trébuche sur le goéland mort.

Au même moment, Margareta, ma deuxième sœur, ouvre les yeux dans une chambre d'hôtel à Göteborg. Elle prend une profonde respiration – sa façon à elle de se réveiller. L'espace d'une seconde, la terreur l'envahit. Puis elle se rappelle qui elle est et où elle se trouve. La panique matinale s'estompe. Sur le point de se rendormir, elle s'en empêche et étire ses bras vers le plafond. Mon Dieu ! Ce n'est vraiment pas le jour à faire la grasse matinée ! Ce jeudi tout ce qu'il y a d'ordinaire, elle va le consacrer à aller sur ses propres traces. *A walk down Memory Lane !* Un chemin familier où elle ne s'est pas aventurée depuis des lustres.

Assise dans le lit, Margareta cherche ses cigarettes à tâtons. A la première bouffée, elle frissonne, en proie à l'impression que sa peau se détache et flotte à quelques millimètres au-dessus de la chair. Elle regarde ses bras. Nus, d'une pâleur extrême, ils ont la chair de poule. Elle a oublié son unique chemise de nuit chez Claes.

Pour la fumeuse invétérée qu'est Margareta, le besoin d'air frais relève de l'anomalie. Dissimulant sa nudité sous la couverture, elle va ouvrir la fenêtre en grand. Et elle s'attarde, sentant le froid s'engouffrer, le regard perdu dans la grisaille hivernale.

Nulle part en Suède, la lumière n'est aussi lugubre qu'à Göteborg, se dit-elle. Pensée récurrente qui la console quand, chez elle, à Kiruna, l'obscurité l'écrase. Au fond, elle a eu de la chance. Elle aurait très bien pu passer sa vie sous le ciel métallique de Göteborg, n'eût été l'incident imprévu. L'incident de Tanum.

Margareta aspire une bouffée et exhale la fumée avec un sourire satisfait. Aujourd'hui, elle se rend précisément à Tanum. Pour la première fois depuis plus de vingt ans, elle va retourner à l'endroit qui a déterminé le cours de sa vie.

A vingt-trois ans, elle était à mi-chemin de ses études d'archéologie. C'était l'été. En pleine chaleur, elle creusait, filtrait, brossait le sable de la lande de bruyère pour dégager, jour après jour, des inscriptions rupestres, tout en sentant le désir vibrer en elle. Pour Fleming, un professeur danois à la voix grave, aux yeux en amande, invité sur le chantier. Margareta avait déjà – un euphémisme – une certaine expérience des hommes mûrs. Aussi, experte en la matière, ne se privait-elle pas de recourir aux artifices et stratagèmes qu'elle connaissait. Les yeux baissés, elle passait rapidement la main dans ses cheveux quand il la regardait. A moins qu'elle ne bombe le torse et roule des hanches en marchant, sans oublier de réagir avec un rire de gorge à ses plaisanteries durant les pauses-café.

Pourtant, au début, cette attitude avait davantage effrayé que flatté cet homme. S'il recherchait sa compagnie, souriait en même temps qu'elle ou riait de conserve, il se gardait de prendre la moindre initiative. Sans compter ses allusions, fréquentes, à propos de tout et de rien, à sa femme, à ses enfants, à son âge, à ses obligations. Margareta ne lâcha pas prise pour autant. Déjà passionnée à l'époque, les barrières qu'il dressait entre eux attisaient son désir. Elle l'aurait. A l'évidence.

Pour quel usage? Elle n'en savait trop rien.

Ils coucheraient ensemble. Bien sûr. Le soir, dans sa tente, elle fantasmait. D'une main, il l'attraperait par la taille, ouvrant sa braguette de l'autre. Il tremblerait, serait d'une gaucherie abominable, mais elle ne l'aiderait pas. Au contraire. Elle le troublerait en pressant son bas-ventre contre le sien tout en ondulant des hanches. Une fois la braguette ouverte, en revanche, elle laisserait sa main trouver le chemin, la poserait sur son membre – masse informe, palpitante, tumescente sous le caleçon en coton blanc – puis, légers et papillonnants, ses doigts poursuivraient leur promenade.

Faire l'amour n'était qu'un moyen. Pas un but en soi. Margareta devinait que seul son narcissisme y trouverait son compte; le plaisir, il serait le seul à l'éprouver. Cela lui était égal. Il y avait un autre vide en elle à combler, et il le serait après coup, elle en était sûre. Lorsqu'ils seraient étendus sur la bruyère dans la nuit d'été, Fleming dirait ou ferait quelque chose – mais quoi au juste? – qui remplirait toutes les cavités de son corps. Et elle serait satisfaite. A tout jamais.

Cela se passa effectivement ainsi. Un soir, Fleming lui enlaça la taille et commença à déboutonner sa braguette. La main de Margareta enserra son sexe, et, quand elle tomba lentement dans la bruyère avec lui, son désir se mua en jouissance après tant d'attente. Peu après, Fleming eut un orgasme. Puis ce fut terminé. Une fois le sexe de l'homme ratatiné, il n'y eut plus rien pour la remplir. Le poids de celui-ci – consolation et promesse l'instant d'avant – devint étouffant et menaçant. Elle le repoussa sur le côté en respirant à fond. Sans réagir, il changea de position avec un grognement. Il dormait lourdement dans la bruyère en fleur.

Encore aujourd'hui Margareta ne comprend pas ce qui lui a pris de décamper. Ça lui aurait ressemblé davantage de rester blottie au creux du bras de cet homme et de se contenter, quelques mois, des miettes qu'il offrait, au lieu d'aspirer à d'autres miettes plus consistantes. La déception lui avait toutefois laissé un goût amer dans la bouche, lequel l'avait poussée à enfiler son short et à partir, sciemment, dans la mauvaise direction, s'éloignant des fouilles et du campement des archéologues pour aller vers autre chose.

— Petite sotte! se console Margareta vingt-cinq ans plus tard devant une fenêtre ouverte.

Elle sort une main tremblante de la couverture comme si elle cherchait à rejoindre – par-delà le temps – la fille creusée de vide divaguant sur la lande de Tanum. Puis, réalisant que ce geste trahit sa perception de la réalité, elle immobilise sa main et lui laisse prendre une autre direction. Il serait plus judicieux de s'en servir pour écraser sa cigarette!

Margareta a beau être physicienne, la physique moderne l'effraye un peu. Parfois, elle a l'impression que les notions du temps, de l'espace et de la matière se dissolvent sous ses yeux. Cela l'oblige à s'arrêter. A refréner son imagination galopante. A se répéter que rien n'a changé du point de vue de l'être humain. Ici, sur terre, la matière est toujours solide et le temps un fleuve coulant à travers l'univers du commencement de la vie jusqu'à son terme. Le temps n'est illusion que dans la théorie, se dit-elle. Pour l'homme, c'est une réalité, et le désir de se consoler en cherchant à en remonter le cours – de vingt ans – illustre bien la folie humaine.

Margareta referme la fenêtre, tire les rideaux et laisse la couverture tomber par terre. Elle s'étire. Il est temps de se doucher et de se pomponner avant de prendre la route en cahotant dans la guimbarde déglinguée de Claes. D'abord vers Tanum. Ensuite vers Motala. Enfin, lentement, vers Stockholm. L'ennuyeuse conférence qu'elle vient de se taper à Göteborg a rempli sa fonction. La voilà débarrassée de Kiruna et de sa putain de thèse pour une semaine! Sous la douche, une image du passé la traverse. Elle revoit Fleming, son sourire inquiet du lendemain, ses chuchotements pressants : Ça avait été merveilleux, n'est-ce pas ? Et cette nuit le serait aussi, hein ? A l'automne, il se débrouillerait pour être son maître de thèse...

Margareta, la femme mûre, offre son visage à l'eau, les yeux fermés. En elle surgit la jeune Margareta au sourire calme et posé, avec une conscience nouvelle de son travail, qui avait répondu :

— Je suis désolée. Je suis désolée, Fleming. Je crains que ça ne soit pas possible.

— Pourquoi ?

Elle avait tourné la tête pour le scruter.

— Parce que j'en ai terminé avec l'archéologie. Cet automne, je me mets à la physique. J'ai pris ma décision cette nuit.

Au souvenir de l'expression de Fleming, Margareta, la femme mûre, laisse échapper un petit rire sec.

Allongée sur un matelas, Birgitta, ma troisième sœur, cligne des yeux. Le reste de son corps est immobile.

Elle n'a ni lit ni protège-matelas et est étendue à même la mousse jaunie. Ses bras sont écartés, un mince filet de salive s'écoule du coin gauche de sa bouche.

Birgitta est effroyable à voir. On dirait de la pâte à pain crucifiée.

Or, c'est le souvenir de sa beauté qui la hante. Elle se remémore l'époque de ses quinze ans où elle passait pour la Marilyn Monroe de la ville de Motala. Par terre à côté d'elle, il y a Roger, larve aux cheveux gras et à la barbe de plusieurs jours d'un gris sale. C'est lui qui empêche Birgitta de dormir et la contraint d'évoquer sa beauté d'autrefois. D'ailleurs, ça y est, les images défilent : le Dogue se glisse hors de sa voiture, claque la portière, regarde autour de lui. La voix de Cliff Richard, diffusée par un tourne-disque à pile, déchire le silence qui règne dans le parking. Le Dogue est le point de mire de tous les regards. Comme un essaim de papillons, l'envie des filles volette vers lui, tandis que les garçons, terrassés par leur impuissance, observent un mutisme rogue.

Le Dogue se dirige vers Birgitta. Elle le sent avant

même qu'il commence à marcher. Le voilà. Ouvrant brutalement la portière, il lui saisit le poignet et assène :

— A partir d'aujourd'hui, t'es ma nana.

Rien d'autre.

Comme au cinéma, pense Birgitta pour la énième fois. Exactement. La projection continue : chœurs et violons remplissent la pièce au moment où elle le revoit se pencher au-dessus d'un capot de voiture pour lui donner un premier baiser.

Roger bouge dans son sommeil, du coup la pellicule se casse. Un cliquetis. L'image disparaît. Birgitta tourne la tête et le regarde. Une faible odeur d'ammoniaque lui picote le nez : le jean bleu clair de Roger est maculé – de la braguette à la cuisse gauche – d'une tache sombre et humide.

Birgitta est épuisée. Aurait-elle eu encore de la force qu'elle se serait vautrée sur cette larve pour l'étouffer du poids de sa chair, seulement elle n'en a plus. Même pas assez pour se boucher les oreilles et ne plus entendre la voix de Roger. De toute façon, à quoi ça rimerait ? Les mots ont été prononcés et resteront à jamais gravés dans sa cervelle. Il avait gueulé, en couvrant le visage de Birgitta avec sa main :

— Putain de merde ! J'ai la bite qui flanche tellement t'es moche.

Clignant des yeux, Birgitta respire profondément et cherche dans sa mémoire les chœurs et les violons, les énormes mains du Dogue et la Marilyn Monroe de Motala. Mais la pellicule s'est cassée. La bobine tourne à vide. Le bout de film claque dans l'air. Les images se sont volatilisées.

Les yeux plissés comme deux traits noirs, elle s'évertue à faire ressurgir le souvenir consolateur. En vain. Alors, les paupières mi-closes, elle lance un regard à Roger. Aujourd'hui, elle va mettre ce salaud à la porte. Enfin.

Un morceau de bois flottant

« C'est le printemps, pensa Cecy.
Cette nuit, je vais habiter chaque être
vivant sur la terre. »

Ray Bradbury

Peu avant l'aube, les bruits du couloir changent. Les chuchotements et les pas feutrés de l'équipe de nuit se heurtent aux claquements de talons et aux voix cristallines de celle du matin. De surcroît, c'est l'équipe de Kerstin Un, aujourd'hui. On le sent à l'air, vibrant de zèle, même avant son arrivée. Lorsque c'est Kerstin Deux, l'air, immobile, embaume le café.

On est mercredi. J'aurai peut-être droit à une douche. La dernière remonte à une semaine. L'odeur aigre-douce que dégage mon corps me donne la nausée et m'empêche de me concentrer. Car mon odorat, lui, n'a rien de déficient. Hélas!

Avec une longue expiration savamment dosée, je souffle dans l'embout du tuyau et un message scintillant s'affiche sur l'écran au-dessus de mon lit :

Voulez-vous sauvegarder les modifications apportées au fichier avant de quitter? Oui/Non?

Brève respiration. Oui, je le veux. L'ordinateur bourdonne et s'éteint.

Je prends conscience de la fatigue de mes yeux seulement maintenant. Les paupières me brûlent, j'ai intérêt à me reposer dans l'obscurité. D'autant qu'il est préférable de feindre le sommeil au cas où Kerstin Un aurait l'idée de faire une visite matinale. Pour peu qu'elle réalise que je n'ai pas dormi de la nuit, j'aurai droit à un discours sur l'importance de l'alternance entre le jour et la nuit et la nécessité de la respecter. A moins qu'elle n'ordonne à sa Patrouille des Novices de me ligoter sur un fauteuil roulant pour m'emmener à la salle de jeu où d'absurdes concours ont lieu en permanence. Memory pour enfants de quatre ans. Jeux de loto avec des images. Le premier prix, c'est systématiquement une orange. Et le vainqueur est tenu d'arborer un sourire et de ne plus baver – en fonction des capacités de chacun – quand il reçoit son prix. Du coup, je ne gagne jamais, même si j'ai tout bon. Kerstin Un trafique les résultats. Car si les patients ayant des troubles du comportement – pour reprendre son jargon américanisé – gagnaient, les concours de conneries perdraient leur valeur thérapeutique. Mon problème, c'est que je feins ne pas savoir sourire. De la salive plein la bouche, je grimace, affichant mon désespoir face au refus qu'opposent les commissures de mes lèvres au moment où la Patrouille des Novices cherche à me séduire avec l'orange de la victoire. Sans jamais sourire. Jamais. Et chaque fois, Kerstin Un, pas dupe de ma comédie, entre dans une colère froide. Au demeurant, elle ne peut m'accuser ouvertement ; il n'est pas question pour elle que les infirmières apprennent qu'elle a eu droit à un sourire. Un seul.

C'était lors de ma première journée dans le service, il y a un mois. Je l'entendais bavarder dans le couloir – un babil tantôt joyeux, tantôt tendre et compatissant, qui m'avait donné la chair de poule. Sa voix en évoquait tant d'autres, une foultitude insupportable, qu'elle se muait en une cacophonie assourdissante qui me transperçait les oreilles. Il y avait celle de Karin de l'Hospice des Invalides. Celle de Rut l'ensoleillée, qui voulait devenir mère de substitution. Celle de Trudi l'Allemande, en neurologie. Celles de Berit, d'Anna, de Veronica, sans compter les autres. Toutes pépiaient comme des oiseaux pour susurrer leurs encouragements tandis qu'elles se comportaient comme des putains, monnayant leurs sourires, leurs gazouillements, leurs caresses. Avec leurs mains glacées, elles exigeaient pour leurs services un prix exorbitant : une auréole.

Au centre d'hébergement, en revanche, j'étais entourée de femmes à l'indifférence de bon aloi dont les mains chaudes et les voix ne promettaient pas monts et merveilles. On m'avait attribué à l'époque – il y a quelques années – un véritable appartement avec mes propres aides à domicile, parmi lesquels se trouvaient des gens de toutes sortes. Hommes jeunes, femmes mûres fuyant le chômage, mères d'enfants en bas âge, fatiguées et sans formation, artistes peintres quinquagénaires flétris par la faillite de leur rêve de réussite. Ils me nourrissaient, me lavaient et m'habillaient sans exiger d'amour en retour. D'un calme inébranlable, ils étaient toujours à l'écoute. Au moindre gémissement de ma part, à la moindre contraction d'un de mes muscles, ils lâchaient prise aussitôt et cherchaient un autre endroit plus commode pour moi. Une époque révolue. Car mes crises, de plus en plus fréquentes et violentes, risquaient de me plonger dans un *status epilepticus*, un état de crise épileptique constante. Aussi, Hubertsson s'était-il planté devant mon lit un jour pour m'expliquer, le regard baissé – de honte, eût-on dit –, que les aides à domicile ne suffisaient plus, qu'il me fallait la surveillance permanente d'un personnel médical compétent. Du moins pendant quelques mois, le temps d'essayer un nouveau traitement. Retour donc à la maison de santé d'où il m'avait libérée. Et cette voix résonnant dans le couloir m'avait révélé qu'il y régnait une personne prête à tout dans son combat pour le triomphe de la bonté.

Malgré tout, j'avais essayé d'être polie. A l'entrée de Kerstin Un, un salut courtois scintillait sur l'écran de ma chambre, et j'étais sur le point de souffler une présentation quand elle s'était penchée sur mon lit, repoussant l'écran.

— Pauvre petite créature..., avait-elle dit en tendant la main pour me caresser sur la joue.

Bien que ne maîtrisant pas mes spasmes, j'avais eu de la veine, cette fois là. Ma tête était partie sur le côté en un sursaut, brusque, comme à l'accoutumée, et je m'étais retrouvée dans la position idoine pour attraper son pouce, dans lequel j'avais planté les dents. Je l'avais mordue. Si sauvagement que j'avais senti mes dents de devant déchirer sa peau blanche et frôler l'os. Puis, un spasme avait détourné ma tête, m'obligeant à la libérer. Alors, un sourire s'était dessiné sur mes lèvres. Un grand sourire, chaleureux et sincère. Le seul auquel Kerstin Un aurait droit.

Le spasme suivant m'avait permis de saisir l'embout à nouveau et d'y souffler. Incapable de voir l'écran qu'elle avait trop poussé sur la droite, je n'en avais pas moins réussi à exprimer ce que je voulais :

Que personne ne me traite de pauvre créature!

Bousculant l'"écran, elle était sortie de la chambre au pas de charge, un sanglot sec dans la gorge, tandis qu'elle protégeait son pouce de sa main gauche. Un geste très réprobateur. Un sentiment de victoire m'avait donné, une seconde, l'envie d'exulter. Mais, l'instant après, j'avais aperçu le texte qui scintillait au-dessus de ma tête.

Que personne ne me traite de pauvre créature! Rien que ça. Du Arnold Schwarzenegger tout craché.

C'est important au demeurant. Au cours des siècles, la recherche de termes de substitution pour qualifier mon état a été un passe-temps favori. Comme si un mot plus bénin le rendrait moins cruel. Ainsi l'infirme est devenu impotent, l'impotent estropié, l'estropié invalide, l'invalide grabataire, le grabataire handicapé, et, dernière trouvaille en date, le handicapé s'est mué en une personne à mobilité réduite.

Derrière chacun de ces mots se cache un espoir fou. Et je le partage – n'allez pas imaginer autre chose. Personne n'espère avec plus de ferveur que moi la découverte du mot magique, idéal, susceptible de cicatriser les cerveaux endommagés, de doter la moelle épinière d'une faculté d'auto-guérison, de permettre la régénérescence des cellules nerveuses détériorées. Pour l'heure, elle n'a pas eu lieu. Et si l'on additionne les mots expérimentés jusqu'ici, à quel résultat aboutit-on, si ce n'est à ce que Kerstin Un geigne au-dessus de ma tête?

En attendant le mot idéal, je choisis de me tenir à

l'écart des descriptions d'usage courant. Je sais ce que je suis. Un morceau de bois flottant. Un débris. Une épave d'une autre époque.

— On dirait que ce maudit siècle t'a brisé le corps, avait lancé Hubertsson, ivre, un soir de la Saint-Sylvestre, dans mon appartement.

Sa remarque avait beau m'avoir chauffé les joues, j'avais laissé mon écran noir. Que lui répondre ? Oh ! considère-moi comme une personne, mon amour, non comme un monument ? Ce ne sont pas des choses à dire. Surtout avec des jambes perpétuellement repliées en position fœtale, avec une tête et des bras secoués de convulsions en permanence, avec un visage grimaçant et des mains aux oscillations de plantes aquatiques. Dans ce cas, mieux vaut éviter les mots d'amour et prétendre n'avoir pas entendu.

Sauf que j'ai des oreilles. Des yeux. Des émotions.

Je vois. J'entends. Je ressens. Malgré la scission, le clivage, la rupture chez moi de cette cohésion interne dont tout humain est pourvu. Désormais, le noyau de mon être n'est plus relié à mon corps que par quelques fils ténus. Ma voix consiste en trois registres : le soupir d'aise, la plainte pour le mal-être, le beuglement d'animal pour la douleur. Cela, j'en ai la maîtrise. Je peux aussi souffler dans l'embout d'un tuyau – plus ou moins longuement – et un texte s'affiche sur un écran d'ordinateur. Enfin, je réussis – certes au prix d'un effort surhumain – à prendre une cuillère avec ma main gauche, à la tendre vers une assiette, puis à me la fourrer dans la bouche. Je sais mâcher et avaler. C'est tout.

Longtemps, j'ai tenté de croire que le chaos qui constitue mon corps était le siège du noyau constitutif de mon être. Après tout, j'ai une volonté, une intelligence, un cœur qui bat, des poumons qui respirent et, surtout, un cerveau humain dont les facultés exceptionnelles m'effraient. Peine perdue. Il m'a fallu admettre que j'étais piégée dans la toile d'araignée de conditions arbitraires que le Grand Plaisantin tend sur le monde. Certitude qui s'est renforcée au cours de ce dernier mois. Parfois, j'en arrive à voir en Kerstin Un son émissaire – c'est la petite araignée de Dieu. Un jour, elle se faufilera dans la toile pour dissoudre mon intérieur avec sa salive acide avant de me vider de ma substance.

Oui. Ce serait logique. Mais mon heure n'a pas encore sonné. Il me reste deux tâches à accomplir.

D'abord, il me faut découvrir laquelle de mes sœurs m'a volé la vie qui m'était destinée.

Ensuite, je veux accompagner mon amour à sa tombe.

C'est seulement alors que je serai prête à me laisser vider.

Ça y est, je l'entends. Personne n'ouvre la porte de l'étage avec la même lenteur ni ne marche dans le couloir d'un pas aussi lourd de sommeil. Il est un peu hésitant aujourd'hui, peut-être craint-il que Kerstin Un ne surgisse soudain et ne lui barre le passage avec un sourire.

KaUn, comme il l'appelle. Contrairement à KaDeux.

— Elle est impossible, dit-il souvent. Cette apparence qu'elle a – une masse de blancheur uniforme... Ma main à couper qu'elle est passée dans un bac de glace à la vanille. Réchauffe-la et elle perdra aussi bien sa couleur que sa forme !

Les peaux de pêche, les muscles nerveux, il n'en a plus grand-chose à faire. Sans doute parce qu'il vieillit. Ces derniers temps, son visage a pris une expression de découragement et s'est allongé tandis que ses sourcils en broussaille grisonnent. Et son double menton, ses poches sous les yeux ont gonflé. Sans compter ses chemises maculées de taches et son pantalon qui pendouille par derrière comme un sac. Certaines infirmières de la Patrouille des Novices de Kerstin Un le surnomment « Gros cochon ». Quant à celle-ci, elle se contente de prendre ses distances. S'il s'approche trop, elle recule pré-cipitamment, passant la main dans ses cheveux longs comme pour se purifier de ce contact.

A sa place, je ferais l'inverse. Aurais-je un corps en vanille aux muscles nerveux capable de bouger que je ne me priverais pas de le toucher. C'est la seule personne dont j'aime le contact physique. Peut-être parce qu'ils sont si rares. Une ou deux fois par mois, il m'ausculte officiellement. Comme une infirmière est présente, ses mains sont neutres et impersonnelles. La seule fois où il a terminé l'examen par une caresse, c'était à l'occasion de ma quatrième pneumonie en un an. M'entourant la tête de ses mains, il m'avait attirée contre lui et pressé la joue contre sa poitrine en m'admonestant :

— Allez, un peu de volonté. Tu survivras, cette fois-ci comme les autres.

Le pull en pure laine sous sa blouse était rêche contre ma joue. Et son corps sentait l'amande.

Bon, cela remonte à onze ans maintenant, et ça ne s'est jamais reproduit.

Lorsque nous sommes seuls, il s'assied parfois au bord du lit et effleure ma couverture, mais la plupart du temps il reste à distance sans m'adresser un regard. Blotti dans l'embrasure de la fenêtre, les mains autour de ses genoux, il garde les yeux tournés vers la fenêtre quand il parle et fixe intensément l'écran quand je réponds. Pour lui, je suis plus présente dans mes mots que dans mon corps.

Certes, il m'a donné les mots. Et ce n'est pas tout. Grâce à lui, j'ai un odorat, un goût, des souvenirs de froid et de chaud ; grâce à lui, je connais le nom de ma mère et je possède des photos de mes sœurs. Il a persuadé le Centre d'Artisanat du Troisième Age d'offrir des draps en lin pour mon lit et, en remerciement, leur a fait une conférence sur les fibres du lin qui évitent les escarres. Il a demandé au Rotary Club de financer l'achat de mon ordinateur, au Lions celui de mon poste de télévision. Une fois par an, il me charge dans une voiture conçue pour handicapés et m'emmène au musée des Arts et Métiers de Stockholm où il y a une chambre de Wilson. Et il me laisse seule dans la pièce obscure, des heures durant, afin que je puisse contempler à loisir la danse de la matière.

Tout ce que j'ai, je le dois à Hubertsson. Tout.

Il y a quinze ans, après m'avoir épuisée et démolie

avec leurs recherches, les neurochirurgiens à Linköping renoncèrent enfin à leurs expériences. Alors, l'on m'avait admise au service de long séjour à Vadstena. Et là, l'on avait été obligé de me mettre sous perfusion les premières semaines pour me maintenir en vie. J'ouvrais rarement les yeux et ne bougeais pas de mon plein gré. Au bout de quelques jours à peine, je sentais les escarres éclore et bourgeonner sur mes hanches, bien qu'on me tournât toutes les deux heures. A l'époque, non seulement il n'y avait pas de problèmes de personnel, mais il était plein de bonne volonté. Au point qu'une infirmière ayant dégoté une vieille coupure de presse du *Östgöta-Correspondenten* l'avait affichée dans ma chambre. Il s'agissait d'une photo de moi calée dans un fauteuil roulant, une casquette d'étudiante vissée sur mon crâne à moitié déplumé. *L'exploit de l'étudiante de l'année !*

— Regarde, me félicitaient les aides-soignantes chaque fois qu'elles me tournaient vers le mur. Tu ne te souviens pas ? Tu es quand même drôlement douée, tu as passé le bac et tout !

Même si, à l'époque, j'arrivais encore à proférer des sons ressemblant à des paroles, l'idée de grimacer une réponse m'exténuait. Si bien que, malgré mon désir forcené de la voir enlever l'horrible photo du mur, je n'avais pas la force de le lui demander.

Hubertsson était arrivé le jeudi de la troisième semaine, de retour de vacances. Entrant dans ma chambre, il avait émis une série de petits grognements, tandis qu'une infirmière lui retraçait l'historique de ma maladie. Je n'avais pas ouvert les yeux. Un médecin n'est jamais qu'un médecin, à quoi bon regarder ?

Il s'était penché par-dessus le lit pour examiner la coupure fixée au mur, puis m'avait auscultée sans commentaire en parcourant mon corps de ses mains rêches. Il m'avait palpée comme des centaines de médecins avant lui. Je n'avais perçu sa différence qu'au moment de son départ, lorsque, debout sur le pas de la porte, il avait déclaré :

— Je crois qu'on va mettre cette photo ailleurs. Affichez-la quelque part où tout le monde puisse la voir, sauf elle.

L'après-midi même, une aide-soignante munie d'un rouleau de Scotch vint retirer la photo. Quand elle eut terminé, elle me tendit un verre de sirop à tout hasard, et, pour la première fois en trois semaines, j'eus la force d'ouvrir la bouche pour boire.

Quelques jours plus tard, il débarqua dans ma chambre, un épais classeur sous le bras. Se dirigeant droit vers le lit, il me prit la main gauche.

— Comptes-tu répondre quand on t'adresse la parole aujourd'hui ?

Sans répliquer, je lui lançai un regard vague.

— Peu importe, dit-il en serrant ma main. Tu serres une fois pour oui. Deux fois pour non.

Ce système de signaux, je m'en souvenais parfaitement. C'était le premier auquel on m'avait initiée à l'Hospice des Invalides.

— On t'a examinée et diagnostiquée sous toutes les coutures. Je ne te l'apprends sûrement pas. Mais sais-tu autre chose à ton sujet ?

Je retirai ma main. Voilà qui ne le regardait pas.

— Ne fais pas la tête, me morigéna-t-il. Ton lieu de naissance, tu le connais ? Et ta mère ? Oui ou non ?

Il s'était de nouveau emparé de ma main, qu'il tenait plus fermement.

— Alors ? Oui ou non ?

De guerre lasse, je serrai deux fois sa main. Me lâchant sur-le-champ, il s'approcha de la fenêtre dans l'embrasure de laquelle il s'assit, les mains autour de ses genoux.

— C'est à peine croyable, lança-t-il. Tu te rends à moitié dingue à te poser des tas de questions sur l'astronomie, la physique des particules élémentaires et autres abstractions – j'ai lu tes articles ! En revanche, tu ignores tout en ce qui te concerne...

Il s'interrompit, feuilletant le classeur. Je le regardai fixement, sans vraiment le voir. Le crépuscule était tombé, on était au cœur de l'automne et sa silhouette s'estompait. L'instant d'après, il revint vers mon lit.

— Il y a une raison à ton état, affirma-t-il. Une explication. Il en existe toujours. Je peux te la fournir. Toute la question est de savoir si tu as envie de la connaître.

Maladroitement, je réussis à attraper sa main que je serrai aussi fort que possible. Deux fois.

— D'accord, concéda-t-il, avec calme. Comme tu voudras. Mais je reviens demain matin.

Et tous les matins jusqu'à la fin des temps, aurait-il pu ajouter.

Comme Hubertsson ouvre la porte, un mince rai de lumière s'infiltre dans la pièce dont il mouchette le sol.

— Salut, princesse, lance-t-il, comme tous les matins depuis une quinzaine d'années. Ça boume ?

Je réponds avec une citation :

O captain, my captain...

Rigolant, il traîne la patte vers la niche.

— Je ne suis pas encore mort. Comment vont tes sœurs ?

Le temps qu'il s'installe, je souffle ma réponse qui scintille sur l'écran.

Elles ont à peu près ce qu'elles méritent.

— J'imagine, pouffe-t-il. Maintenant que ces pauvres choutes sont entre tes griffes.

Il fut un temps où je croyais Hubertsson à l'origine de mes rêves éveillés, ainsi que je les appelais, car le terme d'hallucinations était beaucoup trop inquiétant.

Un soir, peu après notre première rencontre, un goéland se posa sur le rebord de ma fenêtre. Avec ses ailes grises et ses pattes jaunes, il n'avait rien d'exceptionnel, si ce n'est qu'au lieu de se trouver ici – par cette soirée d'automne froide et maussade –, il aurait dû planer au-dessus des flots, du côté de Gibraltar. Et normalement, je n'aurais pas dû avoir la faculté de sortir de mon propre corps pour aller me nicher dans son doux plumage. Or, j'étais profondément enfouie dans un duvet blanc, très soyeux.

Sans comprendre ce qui m'arrivait, j'eus tout d'abord le souffle coupé, éberluée de me retrouver à l'intérieur de cet oiseau miraculeux. Il avait des entrailles aux membranes luisantes comme de la nacre, un foie humide d'un rouge foncé et brillant. Quant aux os de son squelette, vu leur aspect cassant, on eût dit que l'intention du Plaisantin d'en faire une flûte avait cédé la place à celle, empreinte d'ironie, de créer l'oiseau au cri le plus épouvantable de la planète. Je ne saisis où j'étais – dans l'œil noir du goéland – qu'en voyant le sol loin au-dessous de moi.

La terreur, les tremblements qui, en une seconde, me ramenèrent dans mon enveloppe charnelle, ne s'effaceront jamais de ma mémoire. Hystérique, je braillai. Un flot de voyelles rauques déferla de ma bouche grande ouverte. Quelqu'un se précipita dans le couloir, un bruit de talons martela le sol, immédiatement suivi par d'autres pas tout aussi sonores. Trois femmes vêtues de blanc se bousculèrent devant ma porte. Dès leur apparition, le goéland prit son essor et disparut.

Cette soirée fut la première d'une longue série.

Au début, j'avais très peur. Si une mouche se promenait au plafond, je me hâtais de fermer les yeux, persuadée de devoir protéger mon intellect – seule chose de valeur en ma possession. Cela ne marchait pas à tous les coups. Il m'arrivait de me retrouver suspendue au plafond de ma chambre. Et, à travers les yeux à facettes de la mouche, je contemplais les images qui défilaient dans la tête de l'être couché sur le lit, au-dessous de moi. Lâchant prise sur-le-champ avec des hurlements, je réintégrais mon corps.

— Elle fait des cauchemars, se plaignirent les infirmières pendant la visite. Elle se réveille et crie toutes les nuits.

— Tiens donc, répondit Hubertsson. Parfait! Excellent!

En voyant leurs petites mines, il se ravisa toutefois et me prescrivit un léger sédatif.

A l'époque, c'était un bel homme élégant – mais

dénué de cette beauté abîmée qui me bouleverse. C'était un peu un bellâtre. Et il jouait de sa séduction. Tous les jeudis il fréquentait l'hôtel Standard à Norrköping, si bien qu'il déboulait dans ma chambre le vendredi matin avec un retard considérable et les yeux d'un homme saturé de plaisir. Peu des filles du service lui résistaient. Il y en avait toujours une pour plonger son regard une minute de trop dans le sien. Quand elles me lavaient ou faisaient mon lit, les conversations à voix basse tournaient toujours autour de lui et des femmes qu'il avait eues. Du moins au début. A peine se rendirent-elles compte de ses visites quasi quotidiennes qu'un silence – interrogateur, frisant l'hostilité – régna autour de moi.

Quant à moi, je me posais aussi des questions sur ses objectifs que je ne comprenais pas. Certes, j'avais déjà rencontré des médecins intéressés par mon cas – surtout l'année ou la débile douée que j'étais préparait son bac –, mais aucun n'avait eu son attitude. Il venait. Voilà tout. Jour après jour, matin après matin. Tantôt, il n'ouvrait pas la bouche, tantôt il parlait sans arrêt une heure d'affilée ou davantage. Je l'écoutais donner son avis sur l'état du monde. Sur la politique. Sur la décomposition de notre société axée sur la recherche. Sur les limites de la spécialisation. Sans compter les détails sur ses camarades d'études ou sur ses confrères. Aucun de ces sujets ne m'intéressait.

Parfois il m'épouvantait. S'il venait tôt, avant le lever du jour, avant que je sois complètement réveillée, certains souvenirs d'enfance explosaient parfois dans ma tête et la panique m'envahissait. L'ombre! Toutefois, dès qu'il se dirigeait vers le recoin de la fenêtre, les battements de mon cœur se calmaient. L'ombre de mon enfance n'allait jamais jusque-là. Lui, au contraire, souhaitait s'approcher de ma vulnérabilité qui l'excitait! Même si ce n'était pas mon infirmité qu'il désirait. Il voulait autre chose, quelque chose que personne n'avait jamais réclamé avant lui.

A la fin de l'hiver, j'avais fini par m'habituer. Sa première visite, les questions qu'il avait posées cette fois-là, m'étaient sorties de l'esprit. Mais un matin d'avril, il débarqua en portant de nouveau son épais classeur sous le bras. Il le posa au pied de mon lit et me prit la main gauche.

— Ta mère s'appelle Ellen Johansson, déclara-t-il.

Je voulus aussitôt retirer ma main pour bien marquer mon irritation. Peine perdue, il ne la lâcha pas.

— Tu es née à la maternité de Motala le 31 décembre 1949. A minuit moins une.

Comme toujours lorsque je suis hors de moi, mes spasmes s'aggravèrent. J'essayai de fermer les yeux pour l'occulter.

— Elle n'a jamais eu d'autres enfants. Pourtant, tu as trois sœurs.

Quand il me vit relever les paupières, il comprit qu'il m'avait ferrée.

— C'est Ellen qui a décidé de t'appeler Désirée. Tu comprends ce que cela signifie...

Je lui décochai un regard torve. Il y avait belle lurette que j'avais compris l'ironie de mon prénom.

— Tout indique que tu étais un fœtus normal.

Merci beaucoup. C'est fou ce que c'est réconfortant.

— En revanche, tu as eu une jaunisse à la naissance. Grave. Et à cette époque, on ne savait pas transfuser du sang aux nouveau-nés. D'où tes lésions d'encéphalopathie.

Le temps de tourner la page, il se mordilla la lèvre inférieure.

— Tu as contracté d'autres lésions cérébrales à la naissance proprement dite. D'où l'épilepsie et certaines de tes paralysies. Il se peut que tu aies eu aussi une petite hémorragie cérébrale juste après ta naissance. On a laissé Ellen, qui avait un bassin déformé par le rachitisme, en travail pendant trente heures. C'était courant à l'époque, où l'on ne pratiquait presque jamais de césarienne.

Est-elle morte à la naissance? Etait-ce pour cela que j'avais été abandonnée? Soudain, mon cerveau s'emballa. Je serrai la main de Hubertsson pour lui signaler que j'avais des questions à poser. Je ne disais rien depuis tant de mois que je mis du temps pour retrouver ma voix – enfin, les gémissements et grognements qui en tenaient

lieu. Hubertsson crut sûrement qu'il s'agissait de protestations. Serrant ma main avec plus de force, il l'appuya
contre l'oreiller, le regard toujours fixé sur ses papiers.

— Bien que ton crâne ait été extrêmement malmené,
tu es née coiffée – apparemment.

Et alors? Ça ne m'intéressait pas du tout. Folle de
rage à présent et désespérée, je voulus lui cracher à la
figure. Sans succès, hélas! Le glaviot atterrit sur le mur
tant j'avais mal évalué la cadence de mes tressaillements.
N'empêche qu'il lâcha ma main. Il se redressa et recula
d'un pas sans me quitter des yeux.

— Moi aussi je suis né coiffé, lança-t-il. Cela signifie
qu'on est né sous une bonne étoile, tu le sais?

Son ébauche de grimace se transforma aussitôt en un
sourire oblique.

— Disons qu'on appartient à une espèce particulière.
Une espèce particulièrement chanceuse.

Il se tut et regarda par la fenêtre.

— En fait, je n'ai pas le droit de t'en parler mais il se
trouve que je connais ta mère, poursuivit-il d'un ton léger.
Ellen. Il y a très longtemps, c'était ma propriétaire et c'est
l'une de mes patientes à présent. Enfin, je ne devrais pas
dire « elle », mais ce qu'il en reste.

— Ho là! lance-t-il. Tu as l'air ailleurs. Ça va?

Soufflant dans mon embout, j'abandonne mes rémi-
niscences et rejoins l'homme qu'il est aujourd'hui :
l'ombre, debout au pied de mon lit, nimbée d'une aube de
fin d'hiver. La lumière qui ne le flatte guère lui décolore le
visage, dont la peau ressemble à du parchemin. Rapidement, je souffle une réponse :

Ça va. Et toi?

Il laisse la question en suspens sur l'écran. Cela me
force à la répéter :

Et toi alors? Ils sont comment, tes taux?

Il hausse les épaules :

— Cesse de me harceler.

Inquiète, j'insiste, soufflant à une telle allure que
j'intervertis des lettres :

Non, sréieusement. T'as vérifié?

Il soupire profondément.

— Oui. Mes taux correspondent à peu près à ce que je prévoyais. Du coup, j'ai pris des mesures.

Un peu plus d'insuline? Aujourd'hui encore?

— Mmmm.

Tout de même, faudrait un peu te ménager!

D'un geste brusque, il se passe la main sur le visage et me décoche un regard froid.

— Allez, lâche-moi maintenant, tu veux.

Je n'en ai aucune intention. Happant l'embout, je souffle rapidement une réponse :

Tes taux seraient peut-être meilleurs si tu buvais un peu moins!

J'ignore ce qui m'a pris. Pas une fois durant toutes ces années – fût-ce la nuit du Nouvel An où il avait picolé à en tourner de l'œil dans mon appartement – je n'ai fait allusion à son penchant pour l'alcool et l'oubli qu'il procure. C'était la condition *sine qua non*, le premier alinéa de l'accord tacite présidant à nos rapports. J'ai le droit de plaisanter, voire d'être odieuse, mais en aucun cas celui de mentionner cela. Jamais. La peur au ventre, je me dis que j'ai enfreint le règlement. Il va me quitter! Ce n'est pas le cas. Après avoir encaissé sans broncher, il éructe :

— Bon sang! Mais ma parole, on commence à ressembler à un vieux couple!

Il retourne se pelotonner dans l'embrasure. Mes lèvres perdent l'embout. Un vieux couple? C'est la première fois qu'il profère des paroles de ce genre. Même par allusions. Evidemment, moi, je ne me prive pas de fantasmer à ce sujet, rêvant d'une apparition du Grand Plaisantin. D'un pas solennel, il marcherait dans le couloir, vêtu de la cape bleu marine d'un Zeus de théâtre, coiffé d'une tiare ornée d'étoiles et il ferait de moi l'épouse de Hubertsson. De sa main de guérisseur, il frôlerait mon corps et mes jambes se déplieraient aussitôt, se muscleraient – de muscles gorgés de sang d'une forme parfaite –, mes doigts ne trembleraient plus et mon visage deviendrait lisse. Les poches de peau sèche qui me tiennent lieu de seins gonfleraient – lys ornés d'exquis petits tétons, fraises sauvages roses dans une assiette de crème fraîche. Et au même moment, les mèches clairsemées de mon crâne s'épaissiraient en une masse de cheveux ondulés. Châtains. Il serait excessif de couronner d'une perruque blonde une telle beauté. Hubertsson en serait peut-être bouleversé au point de prendre la poudre d'escampette la veille de la nuit de noces. Il ne s'agissait pas de l'effrayer. Moi, je ne songeais qu'à l'accueillir, rayonnante dans ma robe de mariée lors de la visite du matin. Comme une véritable Cendrillon.

— De quoi ris-tu ?

Je happe l'embout du tuyau et, en bonne épouse qui se respecte, je mens :

Je ne ris pas.

Il me tourne le dos de nouveau en reniflant. Dehors, le jour est presque levé, la grisaille de l'aube s'est dissipée. La journée s'annonce belle. Le pan du ciel que j'aperçois derrière Hubertsson est d'un bleu glacé. En dépit de la lumière cristalline, son visage demeure d'un jaune terne sillonné de rides plus noires que jamais. Ça me fait de la peine. Mon mari ? Oui. Peut-être. D'une certaine façon.

Non que je m'y connaisse en matière de mariages, n'ayant pour seules références que des milliers de romans et un nombre incalculable de feuilletons. Il n'en reste pas moins que ce qu'il y a entre nous ressemble sur bien des points à ce que j'ai lu et vu. Durant quinze ans, nous avons gravité l'un autour de l'autre placés sur les mêmes orbites comme une paire d'électrons égarés ayant la même charge, aussi incapables de nous fondre l'un dans l'autre que de nous séparer. Malgré nos jours, nos semaines, nos mois de discussions, nous n'avons jamais évoqué nos blessures les plus profondes. Et si nous avons souvent exploré mon enfance, nous n'avons qu'effleuré la sienne. Aussi en sais-je davantage sur son travail et ses patients que sur son bref mariage qui remontait déjà aux calendes grecques lors de notre rencontre. De même, nous avons décrit de larges cercles autour de l'essentiel de ma réalité – vu la mise en garde qu'exprimait son regard. Il n'était pas question de divulguer mes pouvoirs. Alors, je prétends que c'est un jeu. J'endosse le rôle de Schéhérazade tandis qu'il prend celui du docteur amusé par une malade originale au talent de conteuse. Ainsi nous dérobons-nous l'un à l'autre à la manière de boîtes chinoises imbriquées les unes dans les autres.

Je regrette parfois que l'homme extraordinaire qu'est Hubertsson soit en même temps si ordinaire. Atteint de « théophobie », l'idée de ce qu'il ne comprend pas l'effraie au point qu'il refuse d'approfondir les questions touchant à la nature de la matière et de l'univers. Du coup, il bâille dès que je m'emballe sur les derniers progrès de la physique des particules élémentaires. Et, du coup, il s'inquiète lorsque je m'amuse à la perspective qu'au terme de son expansion l'univers commencera à se contracter et le temps à repartir à reculons. Hubertsson ne trouve pas cela drôle. En revanche, ça l'amuse de voir se confirmer dans la réalité les histoires que j'invente sur mes aides à domicile et le personnel de la maison de santé. D'après lui, j'ai un sens de l'observation très développé, qu'il qualifie même d'intuition.

Tiens, il ne fait plus la gueule.

— Il s'est passé quelque chose cette nuit? me demande-t-il.

Avec l'espoir d'être pardonnée, je m'empresse de happer l'embout.

Oui. J'ai tué le goéland.

Il a l'air étonné.

— Pourquoi?

J'aurais voulu lui avouer la vérité. Le goéland, je l'ai tué à cause du rêve de Christina. Tandis que je souffle mon bobard, la vérité me revient en un battement d'ailes. Je vois les fenêtres de la maison de Christina, noires et brillantes, le goéland posé sur le rebord de celle de sa chambre et moi nichée dans son œil. Les rêves de Christina flottaient au-dessus du lit comme une écharpe de brume pâle. D'abord vagues et incompréhensibles, ils se précisaient peu à peu en une image : trois petites filles dans un cerisier. Ensuite, Ellen arrivait sur la pelouse, portant une carafe de sirop sur un plateau, et, d'un air amusé, elle les regardait au-dessus de la monture de ses lunettes glissées au bout de son nez.

C'était tout. C'était assez.

Ma colère éclatait, on aurait dit une anémone de mer – être venimeux, écarlate, dont les tentacules s'étiraient dans toutes les directions. Contre Ellen, la traîtresse. Contre Christina, Margareta et Birgitta, ces foutues voleuses ! Et l'instant d'après, contre le monde entier, y compris le goéland. Et je le poussai haut dans le ciel, le forçant à voler contre le vent, à décrire de larges cercles en poussant des cris, jusqu'à ce que ses ailes n'aient plus de force et qu'il en tremble. Alors, le retournant, je l'obligeai à fondre sur la rue de Sånggatan, droit sur les murs rouges de la villa de ma sœur.

Comme Hubertsson trouverait que cette vérité est le comble de la démence, je la résume :

Le goéland compliquait les choses.

Hubertsson fronce les sourcils :

— C'est le retour de la grande trouille.

Je ne réponds pas. Impatienté par mon écran noir, il revient se poster au pied du lit et me scrute, les yeux plissés.

— C'est ça ? Tu as eu peur ? Uniquement parce que ça tourne autour de ces trois-là ?

Secouée d'un spasme particulièrement violent, ma main cogne les barreaux du lit. Il le remarque sans réagir.

— Il y a quelque chose que je ne saisis pas, dit-il. Les autres histoires, tu les débites à toute allure tandis que celle-ci te prend une éternité. Pourquoi as-tu si peur de raconter quelque chose sur elles précisément ? Ne comprends-tu pas que c'est pour cela que tu dois le faire !

Je happe l'embout :

Tu joues au psy maintenant ?

En guise de réponse, il renifle avant d'aller effleurer le classeur noir resté sur la table.

— Tu as besoin de matériel supplémentaire ?

Un son franchit mes lèvres, censé signifier mon refus. Non. Absolument pas. Ce classeur qu'il m'a procuré depuis des lustres est bourré de dossiers médicaux, de photographies, de coupures de journaux sur ma mère et mes sœurs. J'en connais l'essentiel par cœur.

— Qu'est-ce que tu dis?

Je happe à nouveau l'embout et me mets à souffler.

Non. J'ai tout ce qu'il me faut. Ça coule bien cette fois-ci, ça va marcher.

— Je peux lire?

Non. Pas encore. Pas avant que ce ne soit fini.

Me tournant le dos, il examine, les mains dans les poches et en silence, une reproduction insipide de chez Ikea. Angoissée par sa froideur, je le supplie en soufflant à une telle vitesse que l'embout se remplit de salive.

Ecoute! Je n'ai pas l'intention d'abandonner cette fois-ci. Je te promets.

J'ai fini de souffler; il l'entend. Et, faisant volte-face, il lit, sourire aux lèvres.

Il m'a pardonné.

— Bravo.

Le silence tombe entre nous. Lorsque nos regards se croisent, je remarque – et seulement à ce moment là – que la petite lueur qui y brillait disparu. Je sais ce que cela signifie; tous ceux qui ont passé leur vie dans un hôpital le savent. Ça urge.

Mes mâchoires se bloquent en serrant l'embout. En même temps, ma tête est tirée sur le côté avec une telle force que le tuyau de caoutchouc s'étire comme un trait jaune sale dans l'air. Hubertsson s'approche de mon lit pour extirper doucement l'embout de ma bouche. Sa peau sent toujours bon l'amande. Et l'odeur a une couleur d'aurore qui rougeoie soudain dans la chambre.

Le temps des échappatoires est révolu. L'heure de mettre mes sœurs en branle a sonné. Enfin, presque. D'abord je veux me lover, fugacement, dans la senteur d'amande.

L'Ailleurs

« Les cônes de lumières passées et futures d'un événement P divisent l'espace-temps en trois régions [...] L'ailleurs est la région de l'espace-temps qui ne se trouve ni dans le cône de lumière future de P ni dans le cône passé. »

Stephen W. Hawking

La lettre est bizarre, elle ne ressemble pas à une lettre ordinaire. L'enveloppe a déjà servi. On l'a ouverte puis recollée avec du Scotch. Le nom du premier destinataire a été barré avec des traits verticaux agressifs au stylo à bille et celui de Christina est tracé à côté. L'écriture manque de naturel, on la dirait falsifiée, et mal. Les lettres penchent dans tous les sens, certaines griffonnées à la hâte, d'autres ornées de volutes. Le vieux timbre dans le coin à droite a été décollé tandis que trois autres, neufs, d'une valeur trop élevée, sont collés irrégulièrement dans le coin gauche. Sans être oblitérés. Ce n'est pas la poste qui a déposé ce pli dans la boîte de Christina.

Astrid, pense celle-ci. Le sol se dérobe sous ses jambes avant qu'elle ne se souvienne qu'Astrid est morte. Depuis trois ans. C'est son corps qui n'arrive toujours pas à y croire. Dieu sait pourtant si elle s'est attachée à regarder, à toucher son cadavre avec ses mains, plus blanches que celles d'Astrid à ce moment-là. Mais pour ses muscles, ses jambes, ses nerfs, Astrid est encore vivante. Une crampe lui tord les reins, la douleur se propage et lui enserre les hanches d'une ceinture de plomb.

Bien que médecin – ou précisément à cause de cela –, Christina ne sait traiter la douleur qu'en l'ignorant. Les lunettes sur le front, elle fixe l'enveloppe de ses yeux de myope, s'évertuant à déchiffrer le nom du destinataire initial. Mais, à la lumière grise du matin, trop chiche, elle ne distingue que des lettres isolées – A, E, S – derrière les bif-fures bleues. Alors, elle glisse son index sous le bord pour ouvrir l'enveloppe. Sans succès. Vu l'épaisseur du Scotch, il faut des ciseaux.

Pas Astrid, se dit Christina qui regagne la maison en tripotant l'enveloppe. Birgitta. Evidemment. Je vais être obligée d'appeler Margareta qui, bien sûr, boude parce qu'on ne s'est pas vues depuis des années... Faudra-t-il feindre d'être sœurs jusqu'à la fin des temps ?

Quand Christina trébuche sur une carcasse d'oiseau, elle en oublie la lettre. Une fois d'aplomb, elle glisse l'enveloppe dans la poche de sa robe de chambre sans réfléchir. Elle recule d'un pas, et, à la vue de la pellicule grise recouvrant les yeux noirs, elle retrousse sa lèvre supérieure de dégoût.

Les journaux – celui de Vadstena et le *Dagens Nyheter* – serrés contre sa poitrine, elle sautille dans ses bottes trop grandes jusqu'à la porte de la cuisine. Erik coupe du pain pour le petit déjeuner. Les joues roses – il vient de se raser –, il a des cheveux d'un blond roux que la douche a assombri. Il tourne ses yeux bleu pâle vers Christina en train d'enlever ses bottes. Et, l'espace d'une seconde, celle-ci a la pénible impression de se voir comme il la voit – maigre en chemise de nuit chiffonnée, avec une tignasse blond cendré ébouriffée. Un vrai moineau hérissé. Vive-ment, elle noue la ceinture de sa robe de chambre qu'elle avait laissée traîner sur le sol en traversant le jardin, et, du ton le plus détaché possible, annonce :

— Il y a un oiseau mort dans le jardin. Un goéland.

Le couteau à la main, Erik va regarder dehors.

— Où ça ?

Le cou allongé, il se dresse sur la pointe des pieds ; Christina se place derrière son dos pour adopter le même angle. Erik dégage une légère odeur de savon, mais elle ne cède pas à son envie soudaine de l'entourer de ses bras et de s'en imprégner. Cela mènerait trop loin, se dit-elle. Nous n'avons pas le temps.

A cette distance, on a du mal à discerner l'oiseau blanc camouflé par la neige sale, le gravier noir et luisant.

— Là, indique Christina, tendant le bras qu'elle a glissé sous le coude d'Erik. Juste devant le lilas. Tu le vois ?

Apercevant la tête tordue, figée dans un angle peu naturel, les ailes étalées, le bec entrouvert Erik se contente d'opiner du bonnet et va chercher un sac en plastique.

Dans le jardin, il glisse ses mains dans le sac pour saisir l'oiseau à travers le plastique, puis, retournant le sac comme un gant, il y fait un nœud.

— Il est lourd, dit-il en rentrant dans la cuisine. Tu veux sentir ?

Levant le sac pour le soupeser, Erik est déjà en train de formuler une théorie.

— Il a la nuque brisée. Il a dû voler droit dans le mur. D'ailleurs, vers quatre heures et demie, il m'a semblé entendre un bruit et j'ai cru que c'était le vent. Tu n'as rien entendu, toi ?

Muette, Christina secoue la tête. Le regard d'Erik passe d'elle à l'oiseau.

— Il a dû être malade ou avoir quelque chose, les oiseaux en bonne santé ne foncent pas comme ça sur une maison. Bon, ça ne sert à rien de le garder à l'intérieur. Je vais aller le mettre dans la poubelle, dehors.

Après quoi, il se lave les mains sous le robinet d'eau chaude. Longtemps. Au point qu'elles rougissent et que les taches de rousseur dont elles sont constellées disparaissent.

Le prof de fac de Christina.

Margareta décrit Erik ainsi. Bien qu'il ne soit pas professeur, piétinant comme maître de conférences depuis des lustres.

La description de Margareta n'en est pas moins juste. Erik est l'archétype du professeur d'université avec ses épaules frêles, son teint pâlichon. Après la douche, ses cheveux se hérissent en séchant et ceignent sa calvitie naissante d'un cercle de boucles rousses. Margareta le compare à Einstein, se rappelle Christina qui, pour l'heure, n'a aucune envie de se moquer de lui. Les lèvres pincées, elle chasse l'image.

Au vrai, Erik ne s'apercevrait même pas de son sourire. Assis à la table du petit déjeuner, il est plongé dans le *Dagens Nyheter* et essaie de reposer le couteau à beurre sans regarder ce qu'il fait. A un moment, Christina baladait le beurrier sur la table pour qu'il le cherche vainement, s'amusant à noter le temps qu'il mettrait à lever les yeux. Le record : huit minutes.

A cette époque-là, ils habitaient à Linköping. Leurs filles jumelles entraient dans l'adolescence, âge pénible s'il en est un. Assises en face l'une de l'autre à la table de la cuisine – Åsa à côté de sa mère, Tove de son père –, elles suivaient en silence les pérégrinations du beurrier. Si Christina pouffait de rire lorsque Erik levait enfin les yeux l'air confus, Åsa plissait le front et Tove reniflait avec mépris. Puis les jumelles se levaient d'un seul mouvement, repoussaient ostensiblement leurs chaises sous la table avant de s'exclamer en chœur :

— Mon Dieu, ce que vous pouvez être *puérils*!

Oui, pense Christina. C'est peut-être vrai. Erik, en tout cas, l'est. Mais dans le meilleur sens du terme. Le monde l'émerveille encore. A la puberté, la plupart des hommes ne s'étonnent plus de l'existence et la prennent à bras-le-corps jusqu'à la fin de leurs jours. Erik, lui, a gardé toute sa curiosité. Il ne se bat pas pour gagner mais pour apprendre.

A présent, Erik a fait ses bagages. Dans la chambre, sa valise, béante, s'apprête à avaler la dernière chemise. Son absence durera cinq mois pendant lesquels Christina restera seule. Pour la première fois. Auparavant, elle avait les filles.

Grandes maintenant, celles-ci font leurs études à Uppsala et ne viennent plus à Vadstena que pour des visites éclairs, espacées de plusieurs mois.

Christina n'est pas mécontente. Au contraire. Quand Erik, l'air d'un petit garçon pris en faute, lui annonça qu'on l'envoyait une fois de plus en mission à l'étranger, elle se composa une mine de circonstance alors qu'elle frétillait de joie, comme un poisson rouge. Enfin, la paix.

A la perspective de ses petits déjeuners solitaires, Christina sourit intérieurement. Café noir. Jus d'orange frais. Petits pains chauds avec du cheddar, nappés de marmelade d'oranges au whisky. Dès son retour de l'aéroport, elle jettera les flocons d'avoine et le müesli. Et si elle prenait un chat...

Comme toujours, on dirait qu'Erik devine ses rêves d'évasion et de liberté, car, baissant son journal, il la regarde :

— Pourquoi ne pas t'accorder quelques semaines de vacances en mai et venir me voir?

Un sourire hypocrite se dessine sur les lèvres de Christina. Mai, c'est la saison des lilas, elle compte bien contempler celui du jardin au lieu d'aller transpirer sur un campus universitaire poussiéreux au Texas.

— Pourquoi pas? Ça dépendra de l'évolution de la santé de Hubertsson. Si je suis obligée de le remplacer, je crains que ce ne soit impossible.

Voilà qui pousse Erik à se dissimuler de nouveau derrière son journal. Il refuse d'entendre parler de la maladie de Hubertsson, qui le dérange. Rien de plus déroutant et angoissant pour des gens raisonnables que de voir un médecin traiter son diabète par-dessus la jambe, picoler, bâfrer et flirter en permanence avec le risque d'amputation.

Or, Erik est raisonnable.

A la vue du front plissé de son mari absorbé par la lecture de l'éditorial, Christina est néanmoins envahie d'une vague de tendresse confuse. Comme souvent. C'est mon homme, pense-t-elle. Et bien davantage encore. Mon libérateur. Mon protecteur. Alors qu'il s'est toujours montré d'une grande bonté envers moi, je ne songe qu'à m'en débarrasser.

Impulsivement, elle se lève et va poser un baiser au sommet du crâne dégarni d'Erik.

— Tu me manques déjà, souffle-t-elle.

Elle le sent hésiter. Ses muscles se contractent, puis

se détendent. L'instant d'après, il est debout et, l'enlaçant, il lui embrasse le cou, les joues, les oreilles. Comme d'habitude, Christina reçoit plus qu'elle ne donne. Beaucoup trop. Son amour n'est jamais à la hauteur de celui d'Erik, qui la submerge, la noie. Il n'est pas question de céder à l'envie de le repousser. Un tel geste – ne serait-ce que d'en avoir l'idée – menacerait leur tranquillité d'esprit à tous les deux pour les mois à venir. L'un comme l'autre oublieraient le baiser de Christina pour ne plus se souvenir que de son mouvement de rejet.

Erik ne l'embrasse plus. Calmé, il se contente de la serrer contre lui. Du coup, l'étreinte devient enfin réelle.

— Toi aussi, tu vas me manquer, finit par déclarer Erik en lui caressant la tête.

Christina se dégage. Comme elle glisse les mains dans ses poches, la lettre lui revient instantanément. La lettre ! La lettre bizarre.

— Regarde ça, dit-elle, tendant l'enveloppe. Je l'ai trouvée dans la boîte quand j'ai pris les journaux.

Déjà assis et de nouveau plongé dans le *Dagens Nyheter*, Erik se contente de jeter un regard distrait sur l'enveloppe.

— De qui est-ce ?

Avec un haussement d'épaules, Christina va chercher les ciseaux.

— Aucune idée.

Elle palpe l'enveloppe en la découpant soigneusement à un millimètre du bord. Vu son épaisseur, ce doit être une lettre de plusieurs pages.

A la vue du contenu, Christina croit d'abord s'être trompée. On dirait plutôt un petit paquet ; une feuille de papier de soie rose soigneusement enroulée autour d'un objet, minuscule et précieux. Cependant, rien de tel ne tombe quand elle déplie la feuille sur la table. En outre, elle ne remarque le texte – quelques lignes écrites au milieu, au crayon, dont aucune lettre ne dépasse deux millimètres – qu'au bout d'un moment.

Christina tire la lampe pour que la lumière tombe au-dessus du papier rose et lit :

« *Je suis la désirée*
Je suis celle qui ne vint jamais
Je suis la sœur oubliée »

Et, quelques centimètres plus bas, dans un gribouillis minuscule et de travers :

« *Moi aussi j'étais perchée*
dans le cerisier de tante Ellen
Vous ne m'avez pas vue !
tante Ellen, tantelle, tarentelle, tarentule !
Araignée ou danse ?
Araignée ! »

— Quelle horreur ! s'offusque Christina une heure plus tard, enclenchant la cinquième vitesse. C'est l'œuvre d'un esprit malade, corrompu et répugnant ! Quel drame va-t-elle inventer cette fois ? Je croyais qu'elle avait épuisé son arsenal. On a eu droit à *la Pauvre Birgitta, victime d'une mauvaise réputation*, à l'*Innocente Birgitta, victime d'accusations injustes qui l'ont rendue toxicomane*. Sans compter la série sur le thème de l'*Héroïque Birgitta qui, après avoir laissé tomber la came, y replonge à cause de ses trop nombreux problèmes !* J'en ai ma claque de Birgitta. Et de Margareta aussi ! Bon sang, faut-il, à cinquante balais, continuer à jouer la grande sœur et la petite sœur d'étrangères ? D'accord, on a cohabité quelques années, mais ni Margareta ni Birgitta ne comptaient pour moi. La seule à avoir de l'importance, c'était tante Ellen. Je n'ai plus rien en commun avec elles. Rien. *Nada !* Zéro !

Erik pose la main sur son bras.

— Tu conduis trop vite, calme-toi. Oublie ça. Jette la lettre à la poubelle. Branche le répondeur pour filtrer les appels. Tôt ou tard, elles finiront par admettre que cela ne te concerne pas.

— Ah ! tu crois ça ! s'exclama Christina. Le jour où Birgitta comprendra ce genre de subtilités, les poules auront des dents ! C'est pareil pour Margareta. Il faudrait sortir la grosse artillerie, car ni l'une ni l'autre n'ont jamais eu le moindre sens des nuances.

Erik éclate de rire. Sa gaieté familière a raison de la colère de Christina, qui, tournée vers lui, remarque que ses cheveux brillent comme de l'or rouge. La grisaille matinale s'est dissipée, laissant la place à une éblouissante journée de fin d'hiver. Le soleil perçant l'azur limpide du ciel fait étinceler les dernières plaques de neige sur les champs noirs et humides.

Christina a pris un jour de congé pour accompagner Erik à l'aéroport de Stockholm. Ils ont le temps. Le décollage n'est que dans quelques heures. Elle ralentit et rétrograde en quatrième. Aucune raison de se presser, ils ont tout le loisir de profiter de leurs derniers moments ensemble.

Mais Erik n'est pas dans cet état d'esprit. A peine ont-ils rejoint l'autoroute qu'il s'impatiente d'être conduit.

— Tu as peut-être des projets grandioses pour le Paradis Postindustriel pendant mon absence ? lance-t-il d'un ton irrité.

Avec un soupir, Christina grommelle une vague réponse. Depuis vingt-trois ans, elle supporte la jalousie geignarde d'Erik qui l'exaspère plus que tout. Longtemps, elle a cru que cela disparaîtrait au fil des années. Elle n'aurait jamais imaginé qu'une maison puisse en être la cible.

Pourtant, c'est le cas. Erik est jaloux de leur maison. Et malgré son énervement, Christina est obligée de reconnaître qu'il a toutes les raisons de l'être. Elle adore son Paradis Postindustriel, pourquoi le nier ?

Au départ des filles pour Uppsala, Erik avait admis que leur maison de Linköping était trop grande pour eux deux. Il trouvait normal de faire à son tour la navette entre son bureau et chez lui, tout comme Christina l'avait fait des années durant entre Linköping et Vadstena, où elle travaillait. Lorsqu'elle lui montra la maison rouge du XVIIIᵉ siècle, il s'avéra qu'Erik avait d'autres projets. Il voulait habiter un appartement. Et le centre de Linköping ne manquait pas de logements cossus, confortables, pas trop

éloignés du CHU. D'ailleurs, pourquoi Christina ne cher-
cherait-elle pas un emploi à Linköping? La réforme des
médecins de famille offrait des possibilités... Au cours de
leur mariage, Christina avait marché sur des œufs par
souci d'éviter de perturber ou d'énerver Erik. En effet, elle
redoutait les disputes et les éclats de voix et une réplique
acerbe suffisait à la paniquer. Aussi avait-elle fini par s'y
accoutumer avec un sentiment d'angoisse mâtinée d'indifférence qui l'humiliait. Où trouver la force de faire des
scènes et de se disputer à propos de vétilles alors qu'elle
arrivait à peine à sortir du lit le matin tant le lourd secret
de sa peur et de son dégoût mobilisait son énergie?

Christina n'en avait pas moins honte de son attitude,
qu'elle considérait comme une tricherie. En quelque
sorte, elle manipulait Erik qui semblait ne s'en être jamais
rendu compte. Il est vrai qu'à l'instar des autres hommes,
il avait un champ de vision limité. Pour lui, c'était normal
qu'elle soit toujours de son avis. Comment aurait-il pu en
être autrement?

Mais la possibilité d'acquérir la vieille maison de la
Sånggatan à Vadstena avait métamorphosé Christina.
Aurait-elle eu à choisir entre celle-ci et Erik qu'elle aurait
opté pour la première. Et son mari l'avait apparemment
compris. La voyant soupeser la clé forgée main, il n'avait
plus parlé d'appartement au centre de Linköping et s'était
avoué vaincu. Il n'avait cependant pas résisté au plaisir de
lui décocher une pique venimeuse, aveu de son impuissance. Bien sûr qu'il pouvait acheter la vieille baraque. En
revanche – et elle devait le comprendre –, la rénovation, il
n'aurait pas le temps de s'y atteler. A elle de s'en charger.

Christina n'avait pas renâclé. Alors qu'Erik boudait
dans leur maison à Linköping, elle y avait consacré son
temps libre pendant quelques mois. Elle avait gratté la
peinture plastifiée, décollé les papiers peints en vinyle, ôté
les moquettes empuanties et poncé les planchers. Elle
avait dirigé les plombiers, les électriciens, les menuisiers
et les couvreurs tout en repeignant les placards et les
portes à la détrempe à l'œuf. Progressivement, elle avait
rétabli ce que la modernité avait détruit tandis qu'un

compromis acceptable entre décor à l'ancienne et confort moderne surgissait du chaos. Et c'était à elle. Beaucoup plus qu'à lui. Christina avait conquis la maison par son travail. Pour la première fois de sa vie, elle avait l'impression de posséder quelque chose et, pour la première fois, elle comprenait le plaisir que procure la possession.

Au demeurant, ce fut Erik qui baptisa la maison. Tout juste terminé, le salon n'était pas encore meublé, mais Christina avait allumé un feu dans le poêle de faïence et ouvert les doubles portes en grand pour lui montrer la beauté des ombres projetées par les flammes sur les murs gris perle. Médusé, Erik s'immobilisa sur le pas de la porte et s'exclama :

— J'ai l'impression de remonter le temps.

Les mains dans les poches, il esquissa trois pas rapides sur les grandes lames du parquet. Après avoir fait le tour du propriétaire en examinant tous les détails, il se tourna vers elle avec un petit rire :

— Bravo, Christina. Tu as réussi à créer un paradis de l'ère postindustrielle. Dans cette pièce, on dirait que le XXe siècle n'a jamais existé, qu'il n'a été qu'une parenthèse malencontreuse.

La plaisanterie décontenança Christina qui se sentit de nouveau presque honteuse. Brusquement, elle eut le sentiment d'être la maîtresse vulgaire d'un receleur, une parasite minaudant avec des bijoux volés. Plusieurs semaines après, elle ne s'expliquait toujours pas ce malaise.

Certes, Christina avait conscience du côté névrotique de sa relation à l'histoire qui la laissait en permanence sur sa faim, sans compter l'amertume et la jalousie qui la rongeaient. Incapable de la comprendre, Erik, lui, réagissait avec un haussement d'épaules aux vieux pasteurs et médecins dont il descendait. Et la vue des livres anciens, des vieux meubles de presbytère sur lesquels il était censé veiller avec ses sœurs lui arrachait des grognements exaspérés. A quoi bon ce fatras ? Il était médecin, non brocanteur. Dans son cas, nul besoin de s'encombrer de toutes ces vieilleries pour être ancré dans son identité, enraciné dans ses origines.

Et pour Christina, c'était impossible d'arriver à lui expliquer son impression de descendre d'une floppée de Christina sans nombril, sans filiation, écloses – comme des oiseaux ou des lézards – de gros œufs blancs. D'un geste censé exprimer son bon sens, il l'envoyait toujours balader. Astrid était sa mère, elle le savait très bien. Alors, elle n'avait qu'à chercher dans les registres de l'état civil si elle voulait des précisions supplémentaires. Et tant pis si l'absence de souvenirs d'avant l'âge de sept ans la tourmentait. Elle se rappelait l'hôpital, le foyer d'accueil, les années chez tante Ellen et son adolescence chez Astrid. Si elle tenait à en savoir davantage, elle n'avait qu'à faire une demande pour obtenir les vieux dossiers et les papiers du Service d'Aide à l'Enfance

— Tu ne comprends rien, lâcha-t-elle un jour, excédée. Ce n'est pas ma propre histoire que je cherche. C'est celle de quelqu'un d'autre.

Voilà ce que le Paradis Postindustriel lui avait fourni. En achetant la maison, elle s'était acheté aussi une place dans l'histoire, comme les gens d'aujourd'hui se procurent tout ce qu'ils veulent. Sa porte d'entrée datait de 1812 mais la maison était un peu plus ancienne. Sur les rayons de la vieille bibliothèque de son salon fraîchement aménagé, il y avait une brochure éditée par l'Association du Vieux Vadstena. On y apprenait qu'à la fin du XIVe siècle, on avait érigé le premier bâtiment sur son terrain. Un être privé de son histoire peut difficilement trouver mieux.

Il n'empêche que le cœur a ses raisons que la raison ne connaît point. Et ce n'était pas pour ce qu'elle savait à son sujet que Christina aimait le Paradis Postindustriel. Seule dans la maison, elle se surprenait dans des attitudes singulières. Elle appuyait sa joue sur une vitre, caressait un mur. A moins que, immobile dans un coin du salon, elle ne passe plus de vingt minutes à contempler l'arrivée furtive du crépuscule qui déposait comme un duvet d'ange sur les pâles couleurs. Un jour, elle s'était coincé les doigts en essayant d'enlacer une porte. Au retour d'Erik ce soir-là, elle s'était sentie aussi coupable que si elle avait passé l'après-midi avec un amant, comme si les bleus de ses doigts étaient aussi révélateurs que des suçons sur son cou. Erik ne s'y était pas trompé. En lui faisant son bandage, il avait manipulé ses doigts endoloris avec une rudesse inhabituelle chez lui.

Mon homme, avait-elle pensé alors, comme tant d'autres fois, en se laissant aller à lui caresser la joue.

Mon homme.

Åsa et Tove attendent devant le terminal des vols internationaux. En les apercevant de loin, Erik pousse un cri de surprise. Son émotion bouleverse Christina. Il ne s'attendait pas à ce que leurs filles prennent le temps de venir d'Uppsala à Arlanda uniquement pour lui souhaiter un bon voyage. Les bras ouverts, il se précipite hors de la voiture et les enlace avant même que Christina ait coupé le moteur. Quand elle descend, ils sont tête contre tête et se tiennent par les épaules, on dirait des joueurs de football se chargeant d'énergie avant un match. Les Renards, pense-t-elle. L'équipe de foot Les Renards. A moins que ce ne soit l'assemblée générale de l'Association des Rouquins. Et je n'y ai pas ma place.

Christina ferme soigneusement la voiture à clé avant de les rejoindre.

Les heures suivantes sont remplies de voix et de mouvements. Erik papillonne du comptoir d'enregistrement au marchand de journaux, tandis que les filles, affamées, insistent pour aller déjeuner à Sky City. Elles n'en entrent pas moins dans tous les magasins sur le chemin, si bien qu'ils mettent presque une heure pour arriver au restaurant. Sourire aux lèvres, Erik casque avec une prodigalité qui ne lui ressemble guère. De nouveaux sacs ? Bien sûr. Du véritable Mullberry. Un nouveau pull pour chacune ? Bien sûr, du jacquard traditionnel tricoté main. De nouveaux gants ? Après tout, dans la déroute générale, au point où on en est...

Après le décollage de l'avion, les filles reprennent le

car pour Uppsala, les mains serrées autour de leurs paquets. Et d'un pas léger, Christina se dirige vers le parking. Une brise souffle. Comme elle offre son visage à la fraîcheur de l'air, ses cheveux volent et, l'espace d'une seconde, elle a l'impression de décoller, de s'envoler elle aussi. La liberté. Absolue. Pas d'horaire à respecter. Pas de dîner à préparer. Pas d'enfants ni de malades qui l'attendent.

C'est la première fois en vingt ans que Christina s'appartient.

Elle appuie sur le champignon, le moteur vrombit et, prudemment, elle sort du parking en marche arrière.

Le manque lui tombe dessus sans crier gare. Après avoir bu un café à Nyköpingsbro, au moment où elle sort de la cafétéria, le souvenir de la joue rêche d'Erik contre la sienne, puis de celles, soyeuses, de ses filles, s'impose à Christina. C'est une sensation physique d'abandon ; une douleur pesante lui laboure le ventre : ma famille ! Il y a quatre ans, nous déjeunions et bavardions en nous coupant joyeusement la parole. Maintenant, le silence est tel qu'on dirait qu'aucun d'eux n'a jamais existé. Mais je les veux ici. Auprès de moi. Autour de moi !

Christina se gare pour reprendre sa respiration. La nuit commence à tomber, l'air est froid et humide. Près du parking pour poids lourds désert, des arbustes raides comme des piquets montent la garde, telle une cohorte de soldats romains attendant l'ordre de marche. Aucun son ne retentit. Il n'y a ni vent ni mouvement dans le monde, pétrifié l'espace d'un instant, où l'on n'entend même pas un bruit. Christina resserre son manteau et regarde le ciel. D'une couleur lilas, il est vide – sans nuages, sans étoiles, sans le moindre avion.

Ils sont tous partis, pense-t-elle. Ils n'existent plus et je n'existe pas pour eux.

Le regard d'un homme qui traverse le parking la force à se ressaisir. Avec impatience elle fouille dans son sac à la recherche des clés de la voiture. Une fois à l'intérieur, elle allume le plafonnier et examine son visage dans le rétroviseur. Tout à l'heure, au moment des adieux, Erik avait les yeux brillants, Åsa sanglotait, Tove n'essayait pas de cacher ses larmes. Christina, elle, n'avait rien ressenti.

— Mais qui suis-je? lance-t-elle à voix haute à son reflet.

Interrogation qu'elle répète aussitôt plus fort, comme si elle s'adressait à un patient malentendant :

— Mais qui suis-je?

Quelques heures plus tard, sa voiture cahote sur les pavés de la Sånggatan. Le Paradis Postindustriel se dresse comme une promesse muette à la lueur d'un réverbère solitaire, bien protégé par le vieux Clocher Rouge situé de l'autre côté de la rue. Une fois garée, avant de rejoindre sa maison, elle reste complètement immobile, tête penchée, à l'écoute. Autour d'elle, la ville paraît d'abord plongée dans le silence, puis un vent doux et puissant monte du Vättern, charriant une odeur de printemps et de fleurs de trèfle au cœur de l'hiver. Christina a l'impression qu'il s'attache à son dos et la pousse en avant lorsqu'elle se dirige, à contrecœur, vers la boîte aux lettres. Pleine d'appréhension, elle l'ouvre pour n'y découvrir qu'une facture et une publicité d'Ikea.

Avant d'entrer, elle fait un petit tour dans son jardin noyé dans l'obscurité. Près du lilas, elle s'arrête et remue le gravier du pied, comme pour ensevelir le souvenir de l'oiseau mort. Elle ne remarque pas le rougeoiement de la cigarette, ni celle qui, assise sur le perron de la cuisine, l'observe. Aussi sursaute-t-elle en entendant une voix rauque l'interpeller :

— Salut, Christina. Alors toi aussi, tu as reçu une lettre aujourd'hui?

Oh! là, là! Toujours aussi guindée, celle-là, constate Margareta. Manteau en loden, gants de cuir! Et pour couronner ce qu'elle croit être de l'élégance, je parie qu'elle porte un vieux foulard Hermès. Avec têtes de chevaux, brides de gala et tout le tralala. Ah! rien que d'y penser...

Elle se lève, jette son mégot dans le gravier, l'écrase de son talon, réduisant le tabac en miettes invisibles. Puis, la lettre glissée dans sa poche, elle s'avance d'un pas à la nonchalance feinte vers le lilas. A mesure qu'elle s'approche, elle distingue l'expression de Christina qui, bouche bée, a la lèvre supérieure relevée. Ses dents sont visibles.

— Je t'ai fait peur? Excuse-moi. Ce n'était pas mon intention.

La main de Christina s'envole vers le col de son manteau, ses yeux de myope se plissent derrière les verres épais de ses lunettes.

— Margareta? C'est toi?

Comme si elle ne le savait pas! La voix rauque, l'attitude d'une désinvolture exagérée, l'apparition fantomatique, c'est du Margareta tout craché.

D'un ton plus léger, Christina s'exclame :

— Si je m'attendais! Je suis contente de te voir. T'es là depuis longtemps?

— Plusieurs heures, en fait. Je commençais à croire que tu étais de garde cette nuit.

— Ma parole, tu dois être gelée !

— Ne t'inquiète pas, je suis habillée pour le Norrland. Figure-toi que j'ai plutôt passé un bon moment.

Margareta ment. Evidemment. Même si elle n'a pas eu froid – ça lui arrive rarement vu la couche adipeuse, un tantinet trop épaisse, qui l'enrobe –, de là à prétendre qu'elle a passé un bon moment, faut pas exagérer...

En réalité, elle a complètement raté sa journée, son retour aux sources. Et durant les heures passées dans le jardin de Christina, Margareta a été obligée de s'avouer que, dès le départ, elle savait que ça se terminerait ainsi. Il est des choses auxquelles l'on doit se garder de toucher – arachnéennes comme des toiles d'araignée, elles ne supportent ni les pensées ni les mots. Tout au plus, peut-on les laisser affleurer de temps à autre à la conscience.

Ainsi l'épisode de Tanum, comme perlé de rosée et limpide, qui scintille à la lisière de la conscience de Margareta, la côtoyant avec une extrême circonspection. Elle n'avait essayé qu'une fois de mettre des mots sur l'expérience, après l'amour avec Claes, à qui elle avait tenté d'expliquer les raisons de ses études de physique. En chuchotant, par bribes, elle avait décrit la fuite de la jeune Margareta dans la lande. La nuance rose pâle de l'aurore juste avant le lever du soleil, assortie à celle de la bruyère. Le mariage du ciel et de la terre. Le dernier éclat de l'étoile polaire avant que la lumière de l'aube ne l'efface.

— C'était au moment où je grimpais une petite colline. De là-haut, j'ai aperçu trois bols blancs, gigantesques, perdus dans la lande. Trois paraboles. Mais je l'ignorais, à l'époque personne ne savait ce qu'était une parabole. Quant à moi, n'ayant jamais rien vu de tel, je supposais simplement que ça avait quelque chose à voir avec l'espace. Et j'ai ressenti une joie incroyable ! Quel bonheur pour moi de les regarder, si grands et beaux... Leur existence me comblait !

Claes, qui, lové dans ses bras, avait gardé le silence pendant son récit, s'était dégagé subitement. Et, s'asseyant, il avait martelé le parquet en pin de ses pieds nus avant de proférer d'une voix faussement inquiète :

— Mon Dieu, Margareta! Et tu n'as jamais consulté un médecin pour ça!

Eclatant de rire, elle s'était levée et l'avait poussé du coude tandis que ses pieds, comme ceux de Claes, frappaient le sol :

— N'est-ce pas toi qui répètes à tout bout de champ qu'on a le droit d'être un peu cinglé?

Souriant, il avait répondu :

— Bien sûr. Mais il y a des limites.

Margareta s'en était voulu ensuite. Pourquoi tout déballer de la sorte? Il aurait été plus sage de garder pour elle cette expérience et d'accepter de ne pouvoir la partager avec personne. Fût-ce avec un ami-amant de confiance. Cela provenait sûrement de l'air du temps et de la crainte de l'intemporel inhérente à notre époque.

A priori, les mots pour définir son expérience devaient exister. Mais Claes – homme de son siècle – ne pouvait les accepter. Lui aurait-elle décrit la joie qui avait gonflé son cœur à la vue des paraboles évoquant en elle naufrages et îles désertes qu'il aurait été gêné. Aurait-elle précisé que cela se rapprochait d'une expérience mystique qu'elle l'aurait carrément troublé. Les gens raisonnables n'en ont pas. Pas de nos jours.

Il n'empêche que son cœur s'était littéralement gonflé de joie ce matin-là, tandis que, pour la première fois de sa vie, la présence de Dieu l'avait comme effleurée. L'immensité, la majesté des paraboles, dépassaient de loin les cathédrales, les temples qu'elle avait visités pendant ses études d'archéologie. Et Margareta avait eu le sentiment d'être un Robinson Crusoë; un Robinson qui, après une vie d'attente, apercevait enfin des voiles à l'horizon.

— Mais oui! avait-elle proféré à voix haute, sans comprendre ce qu'elle entendait par là. Mais oui!

Le lever du soleil rehaussait les couleurs de la lande où une myriade de fleurs de bruyère perdant leur teinte nocturne se diapraient de pourpre. Les tiges argentées de l'amourette se gainaient d'or. Et dans les immenses para-

boles, toutes les couleurs du prisme flamboyaient, se fon-
daient, redevenaient blanches. Margareta s'était alors
rendu compte que les bols blancs, loin d'être des voiles,
étaient des voix. Un cri nostalgique lancé à l'univers :
Nous sommes ici ! Nous sommes ici ! Venez nous sauver !

Il ne subsistait rien de cette vision. Même les rémi-
niscences fuyaient Margareta qui avait déchiré la toile
d'araignée. Désormais, il lui serait impossible de se souvenir de la jeune fille tombant à genoux dans la bruyère, les
yeux rivés sur les paraboles, sans évoquer la femme d'âge
mûr garant au bord de la route sa voiture dont elle descendait, les paupières mi-closes et frémissantes, comme
pour prolonger le plaisir de l'anticipation en ne les rele-
vant pas. Margareta ne voulait voir les trois bols blancs
qu'après s'être campée, en une position soigneusement
étudiée, près de la portière arrière. Elle n'ouvrirait les
yeux qu'au moment où ils seraient d'une limpidité absolue, prêts à tout absorber.

Mais ils n'eurent rien à absorber. Obligée de se rendre
à l'évidence, Margareta cilla : si la lande, la bruyère et les
paraboles n'avaient pas changé – vingt-cinq ans,
qu'était-ce, sinon un souffle pour eux –, elle si. Et les
connaissances accumulées dans la tête de cette nouvelle
Margareta étouffaient la vénération. Elle contempla les
bols blancs tout en cherchant dans sa mémoire les images
de cathédrales, de ruines de temples, de naufrages et de
voiles blanches. En vain. Ce qu'elle avait sous les yeux,
elle l'expliquait trop bien pour que les images puissent
éclore. Il ne s'agissait pas de cri lancé à l'univers mais de
trois paraboles de réception de satellite rudimentaires. A
la rigueur, on aurait pu les qualifier d'oreilles. Celles-ci
n'éveillaient au demeurant aucun sentiment religieux
chez Margareta. Passe encore que les yeux soient compa-
rés à des brasiers ; en revanche, les oreilles sont vouées à
la fonction de vulgaires entonnoirs, qui, si importants et
fonctionnels soient-ils, n'inspirent guère plus de vénération que des cors aux pieds.

— Quelle conne ! se fustigea-t-elle tout haut en donnant un coup de pied dans le gravier au bord de la route.

Quelle nouille! Vraiment, je ne suis qu'une débile, une abrutie!

La question qui l'assaillit alors lui donna le vertige : Que serait-elle devenue si elle n'était pas partie en vadrouille cette nuit-là? Elle aurait eu son doctorat depuis belle lurette. Personne ne met plus de quatre ou cinq ans à terminer une thèse d'archéologie, alors qu'un physicien doit s'y atteler dix voire quinze ans pour aboutir à un résultat. En outre, les archéologues passent leur temps dans les séminaires ou autres colloques en Grèce, leurs soirées à picoler, sans compter leurs aventures amoureuses. Les physiciens, eux, sont condamnés à des nuits de labeur solitaire dans des remises ouvertes aux quatre vents du Norrland pour régler leurs instruments et faire des recherches. En tout cas, ceux qui, comme Margareta, n'ont pas assez de talent pour être envoyés à Cern en Suisse.

Oui, pensa Margareta, remontée dans la voiture, le pied sur le champignon. Il serait temps de reconnaître que je ne suis qu'une minable.

Sa main tâtonna sur le siège du passager à la recherche de ses cigarettes. Elle en trouva une, qu'elle alluma. La fumée de la première bouffée lui brûla les yeux qui se remplirent de larmes. Elle cligna. Loin de s'éclaircir, sa vue se brouilla davantage. Elle pleurait pour de bon.

Reniflant, Margareta se passa le doigt sous le nez avec une certaine irritation. D'où venaient ces larmes? Voyons, était-ce bien Margareta Johansson, experte en art de la vacherie, qui les versait? Ah non! ça faisait quinze ans que cela ne lui arrivait plus, il n'était pas question de recommencer. Il y avait trop de fumée dans la voiture. Voilà tout. Elle ouvrit la vitre. Le vent fit voler ses cheveux tandis que ses yeux s'embuaient derechef.

D'accord. Elle était un peu déprimée, et ça ne datait pas d'hier. En fait, depuis qu'elle avait compris que sa vie ne consistait qu'en demi-mesures. Elle n'avait qu'une moitié de talent. Elle était une demi-vieille avec une thèse à moitié terminée, une situation pécuniaire à moitié catastrophique et des demi-sœurs. Dans la mesure où l'on pouvait encore parler de sœurs. Par-dessus le marché, la plus grande partie de l'année, elle n'était qu'une femme-tronc vu que Claes habitait à Stockholm et elle à Kiruna. D'ailleurs, celui-ci avait précisé dès le départ qu'il ne pouvait lui offrir qu'une amitié doublée d'une certaine entente charnelle. Une demi-relation. Margareta écrasa sa cigarette avec une grimace. Au fond, elle devrait tenter sa chance dans un numéro de fête foraine : « Oyez, oyez ! Venez voir une femme-tronc ! A moitié prix ! »

A une dizaine de kilomètres d'Uddevalla, son quart d'heure d'auto-fustigation passé, elle s'arrêta à un carrefour pour regarder la carte. Il fallait prendre la direction de Jönköping. Cela avait beau être un détour par rapport à la route de Stockholm, c'était l'ultime étape de son retour aux sources dans *Memory Lane*.

Dès le début elle avait décidé de ne pas passer à Vadstena même si elle connaissait par cœur la nouvelle adresse de Christina. Il lui suffisait de rouler, bien pépère, sans s'arrêter dans la bourgade prétentieuse hébergeant une vaniteuse petite doctoresse et de continuer jusqu'à Motala. Là, elle allumerait un cierge sur la tombe de tante Ellen et jetterait un regard discret à la vieille maison avant de rejoindre Stockholm. Rien ne pressait – Claes ne rentrerait pas avant quelques jours de Sarajevo et elle se réjouissait d'occuper seule, pour la première fois, l'appartement de celui-ci. Non qu'elle eût l'intention de fouiller partout, mais si un tiroir ou un placard était ouvert, comme par hasard...

Margareta déjeuna à l'Auberge de la Loutre Dorée où elle s'attarda au moins une demi-heure dans la salle déserte, à contempler l'eau bleu-gris du Vättern hivernal avant de retourner à la voiture. Une dizaine de kilomètres plus loin, la vieille Fiat de Claes se mit à faire du bruit – on eût dit un régiment de blindés. Se garant sur une route secondaire, elle descendit et contourna la voiture pour voir ce qui clochait. Sans y parvenir. Quand elle voulut redémarrer, le bruit s'amplifia. N'osant pas revenir sur l'autoroute, elle roula lentement dans la direction où pointait son capot.

Voilà qu'elle se retrouvait – misère de sort! – à Vad-stena, obligée par-dessus le marché d'adopter une vitesse d'escargot et de pétarader dans les rues étroites.

Comme de juste, le garage qu'elle dénicha ne pouvait promettre une réparation rapide. Le pot d'échappement était trop vieux. Peut-être en trouverait-on un à Linköping. Si elle avait de la chance.

— Demain, dit le garagiste avec l'accent traînant du centre du pays. Vous l'aurez demain après-midi. Pas avant.

En sueur et tendue, Margareta passa sa main dans sa frange.

— Ça va coûter cher?

Il souleva un peu sa casquette et regarda ailleurs.

— Ça se pourrait. On verra.

En arrivant sur le parking, elle trouva une lettre glis-sée sous l'essuie-glace.

Angoissée, Margareta tremblait en arrivant chez Christina. Et son appréhension s'accrut lorsqu'elle découvrit la maison. Elle en fit deux fois le tour, frappa à la porte de la cuisine, sonna à maintes reprises à celle de d'entrée avant de réaliser que son comportement frisait l'hystérie. Il n'y avait aucune raison pour que la maison ne soit pas aussi déserte qu'elle en avait l'air. Il n'y avait pas lieu d'imaginer Christina tapie derrière les carreaux noirs et luisants, refusant de la laisser entrer. Sa sœur n'était pas là. Un point c'est tout.

Hors d'haleine, mais soulagée d'avoir retrouvé un minimum de bon sens, Margareta finit par s'asseoir sur le perron de la cuisine pour l'attendre. D'abord, elle tripota l'enveloppe et passa son index dessus. Au bout d'un petit moment, elle se détendit et se réchauffa. Et ses mains, tombant sur ses genoux, entourèrent la lettre qu'elle ne tenait plus, qui restait en équilibre sur le jean moulant ses cuisses.

Cela aurait pu être un instant à savourer. N'eût été

cette voix obstinée qui fredonnait dans sa tête la dernière ligne de la lettre : *Quelle honte ! Quelle honte ! Personne n'a voulu d'elle !*

Durant sa longue attente, Margareta tendit sa jambe et sa bottine frôla l'allée du jardin. Christina ratissait soigneusement son gravier une fois par semaine, elle l'aurait parié. C'est ainsi qu'il fallait procéder. Du moins d'après tante Ellen. Tous les samedis, elle fourrait un râteau dans les mains des filles qui devaient exécuter ses ordres. A Christina incombait l'allée entre la grille et la maison. A Margareta, la petite cour. A Birgitta, le petit carré de gravier derrière la maison.

Pour peu que Margareta eût envie un jour de broder sur une tenture murale – sous forme d'adage – la sagesse que la vie lui avait enseignée, elle évoquerait ces samedis. *Comme tu ratisses tu vivras.* Car l'existence des trois sœurs avait ressemblé à leur façon de ratisser

A peine tante Ellen avait-elle le dos tourné que Birgitta jetait son râteau dans l'herbe et se blottissait contre le mur de la maison, hors de vue de la fenêtre de la cuisine. Ensuite, elle les lorgnait par en-dessous en se rongeant les ongles qui l'étaient déjà tellement qu'ils saignaient aussitôt.

Margareta méprisait cette attitude. Pas question de s'esquiver. Au contraire, elle voulait que la cour soit vraiment jolie. Tirant son râteau dans le gravier, elle y dessinait des fleurs, des chevaux de cirque, des princesses, mais fondait en larmes à la vue du résultat. On ne voyait même pas qu'elle s'était donné du mal ! On n'aurait même pas dit que c'était ratissé !

Seule Christina s'y prenait comme il fallait. Derrière elle, le gravier se sillonnait de stries régulières et droites. Elle commençait par sa portion du terrain, puis s'attaquait à celle de Margareta et, en dernier, à celle de Birgitta. Ne se plaignant jamais, elle semblait plutôt craindre d'être surprise en flagrant délit, et se dépêchait de terminer le travail de ses sœurs en jetant des coups d'œil inquiets vers la fenêtre de la cuisine.

Enfin, pouvait-on vraiment parler de sœurs?

Margareta changea de position et chercha ses cigarettes dans ses poches. Ces dernières années, Christina avait fait la morte, ne donnant jamais de ses nouvelles et prétextant de multiples occupations les empêchant de se voir. Les semaines précédant Noël, Margareta répondait pleine d'espoir au téléphone lorsqu'il sonnait – peut-être Christina allait-elle l'inviter pour le réveillon comme autrefois. Peine perdue. En tout et pour tout, elle n'avait droit qu'à une carte de Noël de Vadstena. De la part de la *famille* Wulf. Preuve flagrante que Christina ne voulait pas d'elle pour sœur. *Quelle honte! Quelle honte! Personne n'a voulu d'elle!*

Tout à coup, Margareta trouva sa présence sur ce perron absurde. D'une main tremblante, elle alluma sa cigarette. Pourquoi s'imposer à quelqu'un qui, manifestement, la rejetait? Au cours de sa vie, elle avait toujours choisi de partir plutôt que d'être abandonnée. Voilà ce qu'il lui restait à faire. Se lever, chercher un petit hôtel où elle flanquerait sa carte de crédit sur la table, mangerait un bon repas – d'ailleurs, elle avait faim –, boirait un verre de vin et se glisserait ensuite entre des draps propres.

A moins de louer une voiture et de filer à Stockholm? Sauf qu'il était impossible de laisser la Fiat en carafe à Vadstena, Claes piquerait une crise s'il ne la retrouvait pas à son retour. Et puis il y avait cette histoire de lettre: d'une façon ou d'une autre il lui fallait se débarrasser de ce poids et Christina était – malheureusement – la seule capable d'en comprendre le contenu. Il se tramait quelque chose. Seules trois personnes au monde pouvaient s'en rendre compte, dont l'auteur de la missive auprès de qui Margareta n'avait certainement pas l'intention de courir se plaindre. Cela risquait même d'être dangereux – on ignore ce qui peut se passer dans un cerveau aussi ramolli.

Quoique? Après tout, pourquoi se tourmenter? Une droguée minable de Motala pouvait-elle vraiment nuire à Margareta Johansson? Pourquoi ne pas simplement prendre cette lettre et toutes celles qui ne manqueraient pas d'arriver dans les semaines à venir et les jeter aux toilettes ? Pourquoi se laisser effrayer ?

— Non et non, proféra-t-elle à haute voix en prétendant se lever.

Elle allait ignorer toutes ces conneries, trouver l'hôtel le plus proche et prendre une chambre. Que Birgitta aille se faire foutre ! Christina aussi d'ailleurs.

A ce moment précis, une voiture se gara dans la rue ; Margareta resta clouée sur place. Il était trop tard pour partir. Immobile, elle écouta les pas légers de sa sœur qui entrait dans le jardin. Tiens, elle s'était arrêtée devant le lilas et donnait des coups de pied dans le gravier.

Margareta comprit que sa sœur se croyait seule et cela réveilla son penchant pour les effets dramatiques. Elle se laissa retomber sur la marche, tira une bouffée profonde sur sa cigarette et lança ensuite de sa voix la plus rauque :

— Salut, Christina. Alors toi aussi, tu as reçu une lettre aujourd'hui ?

A présent, elles sont un tantinet sur leurs gardes. Christina, les pieds serrés, a les mains chastement croisées sur son ventre tandis que Margareta, les jambes écartées, a les siennes enfoncées dans les poches de sa veste. Celle-ci reprend confiance en elle. L'air du soir a nettoyé ses poumons et purifié son sang, elle se sent forte, nette, propre, comme après un bain.

— Désolée que tu aies été obligée d'attendre, dit Christina avec sérieux en se dirigeant vers la porte de la cuisine. J'ai accompagné Erik à Stockholm aujourd'hui. Il est invité au Texas pour des recherches, c'est un projet tout nouveau, très intéressant au demeurant, il s'agit de grossesses tardives et...

Elle masque habilement le désagrément que lui cause l'invitée indésirable. Sa voix claire, aimable, musicale, ne ressemble pas à celle de son enfance, ainsi que s'en souvient Margareta. Les premiers mois, chez tante Ellen, Christina chuchotait, au point qu'on avait parfois l'impression qu'elle chuintait. Lorsqu'elle s'était enfin exprimée, elle avait parlé un dialecte bizarre avec un accent déformé de Scanie. La plupart des Scaniens se débarrassent peu à peu des diphtongues disgracieuses, tout en conservant les « r » vibrants. Christina, qui n'était pas née en Scanie, faisait chanter le bout de sa langue comme tout le monde, mais n'arrivait pas à prononcer la moindre voyelle entièrement pure. Le mystère s'éclaircit au bout de quelques années, lorsque Astrid aux doigts bleus – cette sorcière, la mère de Christina – vint récupérer sa fille. Astrid parlait ainsi. Entre-temps, Christina avait adopté l'accent traînant du centre de la Suède et n'avait pas l'intention d'en changer. Cachée derrière le fauteuil de tante Ellen, elle avait crié comme une folle quand Astrid s'était approchée d'elle.

Christina sort la clé, ouvre la porte de la cuisine, entre et allume la lumière. Margareta lui emboîte le pas et retire sa veste en jetant un regard autour d'elle. C'est logique, pense-t-elle. Ils ont caché le super-frigo, le méga-congélo derrière des façades. Mais la cuisinière hypermoderne, ils n'ont pas pu la dissimuler. Sans doute est-ce pour cela qu'une bassine en cuivre avec des immortelles trône sur le fourneau en fonte. Pour qu'on regarde plutôt de ce côté-là. Ah ! rien que d'y penser... Pas difficile de deviner à quel petit jeu on s'amuse dans cette baraque.

— Eh bien, dit-elle en posant sa veste en peau de mouton sur le dossier d'une chaise. Maison neuve. Ou rénovée à l'ancienne.

Debout au milieu de la cuisine, Christina a les doigts sur le premier bouton de son manteau. On dirait qu'elle répugne à l'enlever et à révéler le probable carré de soie en dessous. Le manteau toujours boutonné, elle part vers la penderie, lançant par-dessus son épaule :

— On peut faire le tour du propriétaire si tu veux. Juste le temps de me débarrasser.

Margareta, qui n'a pas l'intention d'attendre dans la cuisine, la suit. En traversant l'entrée, elle aperçoit le reflet de Christina dans la glace. Celle-ci arrache le foulard comme si c'était un secret honteux et le fourre dans un tiroir, tout en passant les doigts dans ses cheveux. Sa main poursuit son envol vers le collier de perles, visible

sous la veste du tailleur. Va-t-elle aussi s'en dépouiller?
Elle n'en a pas le temps. Margareta se tient à la porte,
appuyée contre le chambranle, un sourire mi-figue mi-
raisin flottant sur les lèvres.

— Jolies perles, dit-elle. Cadeau du professeur?

La remarque paraît réveiller chez Christina la révolte
de son adolescence. D'un mouvement brusque de la
nuque, elle signale qu'il est hors de question d'ôter son
collier de perles, quelle que soit l'opinion de Margareta.

— Oui, dit-elle en le caressant. Elles sont belles. Et
anciennes. Elles sont passées de génération en génération
dans la famille d'Erik. Moi, je les ai héritées de ma belle-
mère.

Margareta lève les sourcils.

— Ingeborg l'Angoissée? Ah! elle est morte?

Christina hoche la tête.

— Mmm. L'année dernière.

Sans rien ajouter, Margareta se contemple dans la
glace à côté du reflet de Christina. Une lassitude soudaine
l'envahit. De quel droit ironise-t-elle sur le foulard et les
perles de Christina? N'a-t-elle pas également un look standard? Elle arbore tous les attributs requis pour une
femme entre deux âges censée ne pas être convention-
nelle : jean noir, veste en lin de marque, cheveux coupés
au carré avec un flou savant et yeux maquillés. Autour du
cou, un collier dont l'originalité ne justifie soudain plus
l'absence de beauté – quelques pans de céramique au bout
de minces lacets de cuir. Quels signaux s'imaginait-elle
donner dans cet accoutrement?

Christina se retourne et la regarde.

— Tu es fatiguée?

Hochement de tête :

— Je ne dors pas très bien depuis quelque temps.

— Comment ça se fait?

Haussement d'épaules :

— Aucune idée. Peut-être des prémonitions.

Christina a une moue de médecin, les prémonitions
n'entrent pas dans sa vision du monde. Puis ça lui revient,
tout à coup :

— Tu as parlé d'une lettre?

Margareta la sort et la tend à Christina qui ne la prend pas. Elle glisse ses mains dans les poches de sa veste tout en se penchant pour examiner l'enveloppe.

Levant simultanément les yeux, elles se dévisagent. Margareta fait une grimace et détourne vivement le regard. La boule dans la gorge, celle qu'elle essaie d'ignorer depuis si longtemps, voilà qu'elle gonfle et éclate comme une bulle de savon gluante. Elle est obligée de serrer les lèvres pour refouler ses larmes. Christina n'en a pas moins tout vu.

— Allons, dit-elle en tapotant le bras de Margareta avec sollicitude. Du calme. Qu'est-ce qu'elle écrit donc qui te bouleverse tant?

Margareta tend de nouveau la lettre que Christina, à présent, est forcée de saisir. A la façon dont elle la manipule, on la croirait contaminée. Puis, formant une petite pince de ses doigts, elle les glisse avec précaution dans l'enveloppe dont elle retire un papier froissé qu'elle pose sur la commode. Après quoi, ajustant ses lunettes, elle jette un regard résolu à Margareta avant de se mettre à lire de sa voix bien modulée :

« *Trois femmes étaient en train d'accoucher.*
Aïe, dit Astrid, aïe dit Ellen, aïe dit Gertrud.
Aïeaïeaïeaïe.
La sage-femme tourna le dos. Ploupploupploupploup!
Il y eut quatre enfants.
L'une est tombée par terre. A qui était cette môme
vilaine?
Quelle honte! Quelle honte! Personne n'a voulu d'elle!
Quelle honte! Quelle honte! Personne n'a voulu de
toi! »

Le silence s'installe tandis qu'elles s'évitent des yeux. Christina passe sa main sur la lettre et semble prendre une décision. Ouvrant un tiroir de la commode, elle en sort un paquet de mouchoirs en papier.

— Mouche-toi, dit-elle. Allez, viens, on va manger un morceau.

Margareta obéit. Le nez et la bouche enfouis dans le Kleenex, elle gémit d'une voix pâteuse :

— Je pourrais la tuer ! C'est de sa faute, tout ça. Cette putain de vie, c'est de la faute de Birgitta !

Le printemps n'était qu'une promesse vide. A la tombée de la nuit, l'hiver lance une dernière attaque. Le vent s'est levé et il a commencé à neiger, il y a déjà un petit tas de neige prêt à fondre au pied de la fenêtre. Assise à la table de la cuisine, Margareta frissonne. Un buisson fouette la vitre, tantôt il l'effleure d'une caresse, tantôt il la brutalise à la manière d'une femme de ménage furibarde.

A la lecture de la lettre de Christina, Margareta a failli s'étrangler – réaction sans doute excessive vu l'ineptie du charabia, mais elle avait l'impression confuse que l'expression de sa révolte refoulerait les larmes. De toute façon, celles-ci sont loin à présent. Elle a beau garder le mouchoir en papier dans sa main, la boule dans la gorge s'est résorbée et ses yeux sont secs. D'un regard plus assuré, elle suit les mouvements de Christina dans sa super-cuisine. Même si celle-ci évolue en habituée parmi les ustensiles étincelants, elle se comporte comme une intruse dans sa propre maison. Les bras plaqués le long du corps, elle se déplace silencieusement, diminue, d'un geste vif, le jet d'eau pour éviter les éclaboussures et empêche, au dernier moment, la porte du réfrigérateur de claquer. Après avoir pris une profonde inspiration sans s'en rendre compte, elle l'arrête à deux mains pour la fermer sans le moindre bruit.

La lumière de la cuisine accentue l'impression de mystère. Christina n'a allumé qu'une lampe, celle au-dessus de la table – de chez *Svenskt Tenn*, constate Margareta. Le genre à coûter deux mille balles au bas mot ! – et se tient dans la pénombre, près de l'évier. En revanche, ce qu'elle prépare est plutôt prometteur. Elle a ouvert une bouteille de vin pour le laisser s'aérer. A présent, elle décongèle au micro-ondes un pain fait maison, tandis qu'une masse congelée se transforme en potage sur la plaque de cuisson.

— Je peux t'aider? demande Margareta.

L'air étonné, Christina lève les yeux comme si elle avait oublié sa présence. Mais elle se ressaisit rapidement.

— Non, dit-elle. C'est pratiquement prêt. Ne bouge pas.

— Ça t'embête si je fume?

Christina hausse les épaules. Sa cigarette une fois allumée, Margareta se penche par-dessus la table, le briquet à la main.

— J'allume aussi la bougie?

— Euh, oui, dit Christina avec indifférence. Si tu veux.

Margareta reconnaît le bougeoir. C'était elle qui l'avait acheté, au Pérou. Soudain, les images d'une plage à Lima, tard le soir, lui reviennent. Plus tôt dans la journée, elle avait vu l'enfant pour la première fois, un petit garçon tout chiffonné aux yeux noirs. Couché les bras au-dessus de la tête à la manière des nourrissons, il la fixait sans cligner des yeux d'un regard qui l'avait réduite au silence pour plusieurs heures. Sans un mot, elle était descendue à la plage, s'était assise sur le sable et avait contemplé l'océan Pacifique. Au fond, c'est normal, avait-elle pensé. Nous, les enfants abandonnés, nous sommes un peuple à part, nous devons nous serrer les coudes... Elle était rentrée à l'hôtel en souriant à l'idée du bonheur de la maternité et, croisant un vendeur de rue qui proposait de jolis bougeoirs peints à la main, elle en avait acheté cinq dans un accès de prodigalité. L'un était resté longtemps sur la table de nuit de tante Ellen à la maison de santé. Voilà donc où un autre avait échoué, sur cette table, dans une cuisine, à Vadstena. Le plus beau, elle donnerait cher pour savoir où il se trouve maintenant – elle l'avait posé par terre à côté du lit du bébé.

Christina pose devant Margareta une assiette de potage fumant dont celle-ci reconnaît l'odeur acidulée.

— C'est la soupe de tante Ellen? demande-t-elle affamée en prenant la cuillère.

Pour la première fois de la soirée, Christina sourit.

— Oui, elle m'a donné des tonnes de recettes la dernière année. J'ai celle du bœuf braisé. Et du gâteau aux framboises.

Margareta affiche un sourire gourmand par-dessus la cuillère de soupe :

— Oh! le gâteau aux framboises! J'aimerais bien avoir la recette. Tu te souviens?

Sans qu'elle ait besoin de préciser quoi que ce soit, Christina émet un rire étouffé, roucoulant. On dirait un écho de celui de tante Ellen. D'une main qui vibre au même rythme que son rire, elle verse le vin.

— Tu parles, se faire piquer les doigts dans le pot de confitures! Tu étais assez mal barrée. Et moi qui étais morte de trouille...

Margareta lui répond par un sourire.

— Oui. Quelle engueulade on a pris!

Christina tend la corbeille d'un geste décontracté. Ça y est, la glace est presque rompue entre les deux sœurs.

— Tu es allée sur sa tombe récemment? lance Margareta.

Il lui suffit de sentir la consistance de la tranche de pain chaud dont elle s'empare pour être sûre qu'il est fait d'après la recette de tante Ellen.

Christina hausse les épaules.

— A la Toussaint. En douce. Je n'aime plus me rendre à Motala.

Le couteau en l'air, Margareta arrête de beurrer son pain.

— Pourquoi? Tu l'as rencontrée?

— Non, mais...

Elle fixe des yeux le mur derrière Margareta.

— Eh bien? s'impatiente celle-ci. Mais quoi?

— J'ai l'impression qu'on m'épie. On dirait que tout le monde sait qui je suis, depuis le jour où elle a volé mon carnet d'ordonnances. Il a fallu que j'aille plusieurs fois au commissariat pour l'enquête, puis témoigner au tribunal. Il y a eu des reportages dans les journaux et à la radio locale. Vraiment, ça n'a pas été une partie de plaisir.

— Mais ils n'ont pas mentionné ton nom ?

Christina a un petit sourire oblique.

— C'est du pareil au même ! Ici tout le monde sait tout sur tout le monde. Ecoute, le printemps dernier, je suis allée faire des courses à Motala. Et après, j'ai décidé de déjeuner dans un nouveau restaurant sur la place, un self-service. Eh bien, la propriétaire est venue débarrasser en personne, tournant autour de moi et maniant la vaisselle si bruyamment que j'ai été obligée de lever les yeux. Elle en a aussitôt profité pour m'aborder : « Pardon, ne seriez-vous pas le docteur Wulf de Vadstena ? » J'ai évidemment dû acquiescer. Alors, le visage empreint d'une sorte de compassion figée, elle a ajouté : « Ma foi, je voulais juste vous dire qu'on a essayé avec votre sœur pour la plonge ici au restaurant, on a fait ce qu'on a pu pour l'aider, mais ça n'a pas marché. »

Avec une grimace, Margareta demande :

— Comment as-tu réagi ?

— Qu'est-ce que je pouvais dire ? La bombarder de questions ? Est-ce qu'elle s'était mise à poil devant les gens qui faisaient la queue ? Est-ce qu'elle avait attiré les clients dans l'arrière-cuisine pour se les taper moyennant finances ? Est-ce qu'elle avait mis des amphétamines dans les patates ? Non merci. Je suis partie tout simplement, après lui avoir affirmé que je n'avais pas de sœur. La vérité !

Pour une gifle, c'en est une. Christina ne paraît toutefois pas remarquer les joues soudain écarlates de Margareta. Elle lève son verre en disant :

— Santé. Sois la bienvenue à la maison.

Mais, les mains posées sur la table, Margareta ne l'accompagne pas.

— Désolée, déclare-t-elle d'une voix dont la fermeté l'étonne. Je n'y pensais pas quand tu m'as servie. Il ne faut pas que je boive, je reprends la route pour Stockholm cette nuit.

Et je ne reviendrai plus jamais, ajoute-t-elle en son for intérieur. Plus jamais ! Espèce de sale petite bourge !

L'air surpris, Christina baisse son verre.

— Voyons, c'est impossible que tu rentres cette nuit avec le temps qu'il fait. Et en plus, tu n'as pas de voiture.

Margareta lance un regard par la fenêtre. Même s'il vente et neige, ce n'est pas la tempête.

— J'en louerai une. Le boulot, tu sais. J'ai une réunion à la fac demain après-midi. Faut que je me prépare.

— Enfin, nous avons à parler, insiste Christina, plus sérieuse maintenant, comme si elle commençait à mesurer la portée de ses paroles.

— Nous avons le temps de parler en mangeant.

Christina baisse les yeux et respire à fond.

— Je t'en prie, Margareta. Il y a si longtemps qu'on s'est pas vues. Si je te supplie ?

Margareta fixe Christina qui ne lève pas les yeux. La petite pince blanche que forment ses doigts tripote nerveusement quelques miettes sur la nappe.

— Je t'en prie ! répète-t-elle, les yeux toujours baissés.

A présent, on dirait vraiment qu'elle l'implore. Le silence s'installe entre les deux sœurs. Margareta est en proie à une grande confusion, car elle n'a pas plus envie de partir que de rester. Dans les deux cas, c'est une humiliation. La solution s'impose soudain à elle :

— Bon, dit-elle en prenant son verre. Si je pars demain matin, je suppose que ça ira. Et je ferai un détour par Motala pour aller sur la tombe puisque personne n'y a mis les pieds ni déposé des fleurs depuis une éternité.

— Et Birgitta alors ? demande Christina après le dîner, devant le poêle en faïence, après un long silence. Qu'allons-nous faire de Birgitta ?

— L'achever, répond Margareta en prenant une goulée de son verre à liqueur.

Christina leur a servi de l'Amaretto dont l'arôme d'amande, doux au palais, embrase la gorge. Elle se sent bien. Christina lui a offert un instant de vie raffinée qu'elle ne s'autorise jamais. Il faut soigner les détails et Margareta n'a jamais estimé avoir le temps pour cela. A l'époque de son adolescence, elle avait toujours la culotte mal mise, le jupon entortillé sur les hanches, considérant ne pas avoir vingt secondes à sacrifier pour s'habiller correctement. Et l'âge adulte n'y a rien changé. Elle commence sa journée par une tasse de café instantané qu'elle avale debout dans la cuisine en se brûlant la langue et en regrettant vaguement de ne pas s'attabler pour un vrai petit déjeuner. Demain, sans faute, voilà ce qu'elle se promet tous les jours. Demain, elle commencera une nouvelle vie. Elle s'arrêtera de fumer. Elle fera de la gymnastique le matin. Elle prendra un petit déjeuner correct. Elle mettra des rideaux à la fenêtre de la cuisine. Mais pas aujourd'hui. Aujourd'hui, elle a trop de choses à faire et si elle ne s'y attèle pas sur-le-champ, la mort la rattrapera. Et il sera trop tard.

Christina s'est abstenue de liqueur. L'alcool paraît autant l'effrayer que du temps de sa jeunesse. Au dîner, elle n'a bu que de timides gorgées de vin. Assise dans son fauteuil à oreillettes, le dos droit, les jambes croisées, elle tient à deux mains sa tasse de café qui donne l'impression de flotter entre ses doigts tendus et écartés. Elle incline sa nuque raide pour y boire et en frôle le bord des lèvres.

— Oui, dit Margareta, la tête calée sur l'appui-tête du fauteuil. Ce serait une bonne chose de l'achever.

Christina a un sourire en coin.

— C'est incontestablement tentant. Trop tard.

Margareta cligne des yeux.

— Comment ça ?

Christina boit une petite gorgée de café et son sourire s'amenuise :

— Nous aurions dû la tuer tout de suite après l'histoire avec tante Ellen. Alors, personne ne nous aurait soupçonnées. Maintenant, en revanche, on l'a dénoncée un peu trop souvent, sans compter les renseignements qu'on a fournis au juge d'instruction. La police se doute de ce que nous pensons de Birgitta. On serait coincées illico. Moi, en tout cas.

Un sourire hésitant aux lèvres, Margareta se redresse dans son fauteuil.

— De toute façon, je n'étais pas sérieuse...

Les yeux gris, limpides, de Christina soutiennent le

regard de Margareta. Après quoi, elle reprend une gorgée de café et esquisse de nouveau un sourire. Neutre.

— Moi non plus, dit-elle. Je plaisantais, bien sûr. N'empêche, qu'est-ce qu'on va faire ?

Avec un haussement d'épaules, Margareta allume une cigarette.

— Aucune idée. En ce moment, il n'y a sans doute rien d'autre à faire que d'essayer de prévoir le coup suivant.

— Et d'après toi, ce sera quoi ?

— Mystère. C'est ça le pire. Ça peut être n'importe quoi. Un chat mort sur le tapis de l'entrée. Un numéro dans un reality-show à la télé. *Pardonnez-moi.* Ou *C'est humain.* Tu vois ce que je veux dire.

Christina enlève ses escarpins et remonte les jambes sous sa jupe.

— Quelle horreur !

— A moins que ce ne soit un sachet rempli de merde sur le bureau de ton cabinet.

— Trop tard. C'est déjà fait. En général elle ne se répète pas.

Margareta soupire et ferme les yeux mais continue sur sa lancée.

— Ou une lettre anonyme à ton sujet au journal de Vadstena. Rien de publiable, un tissu de calomnies. Ou un petit incendie. A propos, tu as un détecteur de fumée ?

Christina hoche la tête. Margareta vide son verre d'un seul coup, puis le repose bruyamment sur la table. Un ange passe. Blottie dans son fauteuil, Christina a les pieds dissimulés sous sa jupe et les mains dans les manches de sa veste.

— Ce n'est pourtant pas ça, le pire, profère-t-elle enfin, regardant ses genoux.

Margareta ne répond pas. Je sais, pense-t-elle. Je sais. Le pire c'est qu'elle connaît tout sur nos points faibles. *Quelle honte ! Quelle honte ! Personne n'a voulu de toi !*

— Je peux avoir un autre verre de liqueur ? demande-t-elle sans ouvrir les yeux.

Une heure plus tard, elle est assise – morose – au bord du lit dans la chambre d'amis de Christina. Exiguë et trop meublée. Ici, Christina s'est vraiment surpassée : lit en fer, commode, chaise, bureau – tout est ancien. Sans oublier le papier peint qui tapisse les murs, une copie

Margareta l'entend se laver les dents dans la salle de bains. Nul doute que sa brosse à dents est aussi d'époque. De 1840 ou dans ces eaux-là. Et elle les brosse probablement avec de la colle universelle, pour qu'aucune spontanéité ne s'échappe au cours de la nuit de sa bouche scellée.

Leur conversation n'a pas donné grand-chose. Mais qu'espérait-elle ? Que Christina ait une solution à l'insoluble ? Ou qu'elle propose une collaboration entre sœurs à celle qu'elle ne considère manifestement que comme une relation importune ? C'était idiot de venir ici. Demain matin, elle partira le plus tôt possible – elle n'aura qu'à se promener en ville en attendant la voiture. Après quoi, elle montrera à Christina qu'elle a retenu la leçon. Aucun contact. Quoi qu'il arrive.

— Hé ho ! appelle Christina sur le palier. Margareta ! La salle de bains est libre.

Margareta attrape sa serviette et sa trousse de toilette. Au moment où elle va se lever, le téléphone sonne. Du coup, elle reste assise, regardant son visage dans la glace au-dessus de la commode. Elle a des yeux comme des meurtrières, le front plissé.

— Oui, entend-elle Christina dire. Oui, mais...

Une seconde de silence.

— Je sais, dit Christina. Mais...

On lui a manifestement coupé la parole. Il semble que la personne à l'autre bout du fil parle sans interruption.

— C'est très grave ? demande Christina.

Le murmure dans le combiné monte d'une octave. Un patient, pense Margareta. C'est sûrement l'un de ses patients.

— Oui. Je sais. Je suis moi-même médecin, finit par déclarer Christina. D'accord, d'accord. J'arrive.

Sans un merci, ni un au revoir, elle raccroche. Un

silence absolu règne dans la maison. Margareta reste immobile devant le miroir dans la chambre d'amis tandis que Christina l'est apparemment tout autant sur le palier.

— Margareta! s'écrie enfin Christina d'une voix sourde. Margareta?

Avec un profond soupir, celle-ci sort de la chambre. Elle se plante au milieu du palier, la serviette et la trousse de toilette dans les bras.

— C'était elle?

— Non, rétorque Christina. C'était les urgences de Motala.

— Qu'est-ce qu'ils voulaient?

Christina se passe la main dans les cheveux. Et elle n'est plus impeccable, tant s'en faut : sa chemise de nuit est froissée, ses cheveux sont ébouriffés, sa robe de chambre bâille.

— Ils m'ont prévenue que Birgitta avait été tabassée. Sérieusement. A présent, elle est hospitalisée à Motala et ils veulent qu'on vienne.

— Pourquoi?

Christina soupire de fatigue, mais sa voix est sèche et neutre.

— Parce qu'elle est en train de mourir. Voilà ce qu'ils m'ont dit.

— Pocharde ! crie quelqu'un au loin. Ma parole, t'as dégueulé dans le lit, sale pute, sale camée, va !

Dégueulé ? Dans le lit ?

La voix se mue en un vague murmure. Ne sachant qui a crié, Birgitta n'a pas la force d'ouvrir les yeux. Rien à cirer. Apparemment, elle est couchée dans un lit quelque part. Aux draps sales. Des grains d'une substance grasse, huileuse s'accrochent au bout de ses doigts quand elle passe la main sur le tissu. Elle a déjà vu ces grains dans tant de lits qu'il lui est inutile d'ouvrir les yeux pour les reconnaître. C'est le cas d'une literie tellement crasseuse que la saleté ne pénètre plus dans les fibres du tissu. De plus, elle reconnaît l'odeur – douceâtre et infecte – de tabac mélangé au dégueulis de bière.

Oui. Il a raison. La pocharde a dégueulé dans le lit. Et elle a dû se vautrer dedans. Sa joue la tire un peu sous le vomi qui sèche. Pourtant, elle est trop crevée pour changer de position, son corps est trop chaud, trop lourd de sang. Tout ce qu'elle arrive à faire, c'est soulever ses mains avec une infinie lenteur, les joindre et les glisser sous sa joue. Gertrud disait un jour qu'elle ressemblait à l'ange d'images pour enfants quand elle était couchée ainsi. Un vrai petit ange.

A présent que le calme est revenu, elle peut à nouveau se consacrer à ce qui l'intéresse. Aux snobinardes.

Un paysage familier se précise dans son imagination.

De chasse. Un fusil mitrailleur sous le bras, elle grimpe d'une colline à l'autre, silencieuse comme un fauve. Et tata-tatata, une rafale de balles pour Margareta. Et tatatatata, une autre pour Christina, dont les balles pulvérisent les genoux, le ventre, les seins et la gorge. Cette salope, elle ne sera plus que de la chair à saucisse!

Birgitta ne se lasse pas de la chasse aux snobinardes. En pleine défonce, en manque ou dans le puits de son alcoolisme de ces dernières années, le scénario est immuable. C'est son seul secret, elle n'a jamais trouvé de mots pour le décrire, que ce soit à des potes ou aux pou-fiasses de l'Aide sociale. Pourtant, elle est vachement bonne avec les mots, elle sait parler aux camés à la manière des camés, et en latin aux poufiasses de l'Aide sociale. Devant un tribunal on pourrait, à l'entendre, se croire à une conférence. Mais que dire ici? L'accusée veut bien admettre qu'à huit mille six cent soixante-treize occasions elle a mentalement réduit en chair à saucisse les plai-gnantes Margareta Johansson et Christina Wulf. Bon, et alors? Elle n'a menacé personne. Elle n'a jamais dit ou fait quoi que ce soit de répréhensible.

Voilà que la douleur et la nausée reviennent, comme si on lui passait les entrailles dans un presse-purée, et que je te mouline et que je t'écrase... Ses boyaux se nouent, ça lui brûle l'estomac. Mais cette fois, quelque chose d'acide et d'aqueux s'écoule de sa bouche au lieu du vomi. Merde! Elle ne supporte plus rien. Autrefois, elle était capable de tenir deux doses et un litron de gnôle sans problème, il ne se passait rien, elle se sentait juste bien. Aujourd'hui, encore heureux quand elle arrive à supporter une petite bière de rien du tout.

Une bière, tiens... Si seulement elle en avait une!

Son bras pèse des briques, elle réussit néanmoins à le soulever et à prendre appui sur le lit. Elle gémit, sa tête tourne, on dirait que son cerveau flotte telle une éponge ballottée dans l'océan. Une crampe vrille son estomac. Tant pis, il faut qu'elle se lève, quitte à en perdre la vie.

Assise à présent, elle n'a pas encore ouvert les yeux et ne sait pas distinguer le haut du bas. Ses orteils, qu'elle

bouge un peu, frôlent un sol froid et un bout de tissu. Soulevant les paupières, elle regarde entre ses jambes écartées.
Il y a une chemise avec un dessin vert sous ses pieds. Le sol
est gris, maculé d'une tache de brûlé, derrière son talon.

Levant lentement la tête, elle jette un regard autour
d'elle. Pour sûr, elle n'est pas chez elle. Mais ailleurs. Dans
une pièce exiguë. A gauche, trois petites fenêtres noires
occupent tout le mur. La couverture qu'on a essayé
d'accrocher devant est tombée et ne tient plus que par un
seul pan. Sous le radiateur, une lampe à pied, renversée,
est allumée. On doit être en pleine nuit. Ou tôt le matin.

Cette piaule, à qui est-elle ?

A la fois familière et anonyme, elle ressemble à toutes
les autres. Il y a des meubles de l'Aide sociale : une table
bancale avec des traces de brûlures et des ronds d'humi-
dité, un lit – celui où elle est assise – et deux matelas par
terre. Deux chaises en bois, une debout, l'autre par terre.

L'air est épais de fumée et d'odeurs corporelles. A en
juger par le cendrier débordant de mégots, la table jonchée
de bouteilles, de canettes et de verres, la fête a dû être gran-
diose. Avec beaucoup de précaution, Birgitta se penche, et,
secouant une canette, sent qu'il en reste presque la moitié.
Comme elle s'en empare à deux mains et boit avidement, le
presse-purée lance une nouvelle attaque par en-dessous et
essaie de retourner son estomac comme un gant. Elle
résiste. Assise le dos droit et les yeux fermés, elle combat la
nausée. Les premières crampes passées, elle sirote la bière
éventée par petites gorgées rapides. La canette vidée, elle
rouvre enfin les yeux. La lampe par terre semble éclairer
davantage et les contours sont plus précis. Maintenant, elle
se rend compte qu'elle n'est pas seule. Quatre, non cinq
corps endormis sont alignés le long des murs. Aucun d'eux
n'est Roger. Tout au fond, dans le coin, une jeune fille aux
cheveux blond platine écarquille des yeux qui ne voient
rien. Elle a l'air étrange. On dirait un dessin de livre de
contes de fées. Un cou d'une finesse extrême. Une tête
toute ronde. La petite princesse *Rosenknopp* s'est four-
voyée.

Prenant appui sur le lit, Birgitta se lève en gémissant.

La vieille femme qui prend la liberté de diriger de plus en plus ses pensées et mouvements est de retour. Avec un ricanement, elle se moque d'elle. Voilà ce qu'elle est devenue, elle qui clamait qu'elle mourrait jeune et ferait un beau cadavre.

Rien à cirer. Il faut qu'elle aille aux chiottes. Les genoux en capilotade, Birgitta sort de la pièce d'un pas incertain et se retrouve dans une petite entrée. Dans les toilettes dont la porte est grande ouverte, la lumière est allumée et son reflet la dévisage avec des yeux plissés, des lèvres grises, des cheveux qui pendent en tristes mèches.

Une pocharde.

Une pocharde obèse. Tellement moche que...

Une honte brûlante. Mais elle a l'habitude et elle sait parer les coups. Les mains devant son visage, elle se laisse tomber sur la cuvette des toilettes et, l'espace de quelques instants, elle n'existe plus.

Comme elle émerge, on la saisit par les cheveux. On la secoue. Même si ça fait mal, c'est une douleur pure, précise et cuisante. Presque agréable.

— Aïe! maugrée-t-elle pourtant d'une voix pâteuse, encore ensommeillée. Qu'est-ce que tu fous?

— Dégage, la vieille. Je dois pisser.

Un grand mec la domine. A la voix rocailleuse et avec un double menton. Il est fort et sait ce qu'il veut. Il la soulève par les cheveux et la jette dans l'entrée. Elle tombe par terre en rebondissant dans un tas de vêtements.

— Sale con! lance-t-elle.

Il ne répond pas. Les jambes écartées devant la cuvette, il s'appuie sur le mur devant lui. Peut-être ne l'entend-il pas. Il a le regard éteint des êtres enfermés en eux-mêmes. Birgitta s'étonne de ne pas le reconnaître. Manifestement, c'est un ancien camé. C'est la première fois qu'elle le voit, or, elle croyait connaître tous ceux de Motala.

Voilà qu'il s'adresse au mur, le regard toujours aussi fixe. D'un ton monocorde, il marmonne une litanie sans fin. D'abord elle n'entend pas les paroles, puis il élève la voix et elle saisit des bribes :

— ... faire la peau à toutes ces putains de vieilles dégueulasses, niquer ces foutues camées et les laisser s'étouffer dans leur propre merde... Des salopes d'accros, des salopes de foutues camées...

En une seconde, Birgitta retrouve son calme et sa lucidité – ce genre de tirade, elle en a déjà entendu et en connaît parfaitement la suite. Elle cherche en tâtonnant son blouson dans le tas de vêtements, le trouve presque tout de suite et l'enfile à moitié tout en rampant vers la sortie. L'homme sort des toilettes au même moment, aperçoit sa précipitation et lui prête main-forte. En une enjambée, il a rejoint la porte qu'il ouvre en grand. Et, l'attrapant de nouveau par les cheveux, il la soulève. Birgitta a l'impression que la peau se détache de son crâne et que la douleur – comme chauffée à blanc – l'aveugle. Tout va très vite. La seconde d'après, c'est fini. Le type la lâche et lui assène un coup aux fesses de son pied nu. Sans violence. De quoi la faire tomber sur le palier. Simplement.

— Morue, dit-il sur un ton de conversation presque normal. Tire-toi !

Birgitta sait exactement le degré de soumission qu'il exige pour ne pas frapper. Fixant le sol, elle s'écarte en rampant, aussi loin que possible des yeux du type. Y aurait-il eu un escalier qu'elle se serait laissée glisser en bas avec la rapidité d'un serpent se faufilant dans de hautes herbes. Hélas ! il n'y en a pas. Sous l'effet de la panique, elle bat de l'aile. Il n'y a pas d'escalier ! L'instant d'après, elle aperçoit l'ascenseur. Dès qu'il aura fermé la porte, elle s'y engouffrera.

Quelques minutes plus tard, elle sort dans la cour où l'accueille une aube grise. Dans son dos, la porte se referme. Il a un peu neigé durant la nuit et il fait toujours très froid. Birgitta qui s'emmitoufle dans son blouson en frissonnant se rend compte qu'elle porte une paire d'escarpins noirs qu'elle n'a jamais vus auparavant. Noirs et larges. A croire qu'elle a piqué les pompes de Minnie.

Lentement, elle lève la tête et regarde autour d'elle.

L'endroit où elle se trouve lui est totalement inconnu. Elle se tient devant un immeuble gris qu'elle n'a jamais vu de sa vie et, de l'autre côté de la pelouse, se dressent des petits immeubles à deux étages tout aussi inconnus. Ils viennent d'être rénovés. On a tenté de donner du chic au béton gris en le peignant en rose pâle. N'importe quoi! Ça fait faux-cul.

Birgitta secoue la tête et commence à marcher. Avec ses hauts talons, elle titube sur la pelouse et sur un terrain de jeu, sans cesser de regarder de tous côtés, cherchant un indice susceptible de lui indiquer où elle se trouve. En vain. Il n'y a que des immeubles. Des grands. Des petits. Des gris. Des roses. Et entre eux, quelques buissons rabougris par l'hiver, des parkings à moitié vides, des congères de neige sale et des graffitis insipides.

Où peut-elle bien être?

Au beau milieu d'un parking, elle s'arrête et pivote lentement sur elle-même. C'est incroyable de ne rien reconnaître. Il fait froid. Ses joues piquent et ses orteils deviennent gourds. Rien d'étonnant, vu qu'elle a les pieds trempés! Soudain, elle se figure dans un fauteuil roulant, les pieds coupés; l'image l'attire tout en l'effrayant. Birgitta imagine les snobinardes rongées de culpabilité à la porte de la salle d'hôpital. Elles portent de gros manteaux, tandis que le col blanc de sa chemise de nuit est impeccablement replié sur sa blouse d'hôpital bleu ciel. Ses cheveux, propres, sont aussi blonds et parfumés que du temps de sa jeunesse. D'abord, elle feindra de ne pas les voir – les snobinardes – pour qu'elles macèrent un peu dans leur jus, luttent contre les larmes, puis elle lèvera lentement la tête et les fixera d'un œil noir...

Pfuit. D'une secousse, elle chasse le fantasme et tourne encore une fois sur elle-même. C'est carrément dément. Voilà qu'elle erre dans un monde inconnu, avec aux pieds les chaussures d'une autre, et qu'elle meurt lentement de froid. Si au moins elle avait une bière! Elle doit rentrer. Il y a plein de cachettes dans sa piaule, il doit bien en rester une quelque part.

Au loin, elle entend un bruit de moteur, une voiture –

une seule – traverse l'aube. Les bras croisés, elle se dirige vers le bruit. La marche entre de nouveaux immeubles en béton maquillé, des pelouses et des terrains de jeu, est interminable. Mais elle est plus décidée. Les bras serrés autour d'elle pour garder la chaleur, Birgitta avance d'un pas rapide. Une fois dans la rue, elle va se reconnaître. Elle a habité Motala toute sa vie et il n'y a pas une rue qu'elle ne connaisse, peu importe la cuite qu'elle se paie. Et une fois qu'elle saura où elle se trouve, elle rentrera boire une bière. Et dormir. Un vrai sommeil. Sur son matelas. Pour un instant, la pensée devient tellement vivante qu'elle ferme les yeux et s'endort presque en marchant.

Merde! Pourquoi faut-il toujours qu'elle soit hantée par ces putains de courts métrages qui se déroulent sans arrêt dans son cerveau? Ils sont dangereux. Magiques et enchantés, ils gâchent la réalité. Rien ne devient jamais comme on l'a rêvé. Aussi faut-il ranger ses désirs les plus ardents dans un petit sac noir au fond de son cerveau et ne jamais – au grand jamais! – céder à la tentation de l'ouvrir. Elle l'a appris dès l'enfance. Mille fois elle se voyait partir de chez cette chieuse d'Ellen pour retourner chez Gertrud. Et que s'est-il passé? Gertrud est morte. Ensuite, quand elle était plus âgée, elle rêvait tant au bonheur de fonder une famille avec le Dogue qu'aujourd'hui, elle se souvient davantage du rêve que de ce qui est arrivé. Ils allaient avoir un trois-pièces-cuisine moderne avec des rideaux festonnés de volants à la cuisine. Et qu'a-t-elle eu? Fourneau à bois, eau froide, chiottes dans la cour jusqu'à ce que le Dogue se tire et qu'on lui enlève le môme.

Alors, elle doit faire un effort, ne pas s'imaginer dans sa piaule, sinon elle n'y retournera plus jamais. Et si elle pense à dormir, elle ne dormira plus jamais de sa vie. *Pense à ce que tu fais*, répétait Ellen la Chieuse. Et ça avait du sens. C'est même la seule chose sensée que cette vipère ait sortie durant toutes ces années.

Tiens, elle arrive près d'une rue. Son ventre se noue quand elle se rend compte qu'elle ne la reconnaît pas non plus. Elle est large, beaucoup plus large qu'une rue de Motala, avec des doubles files et des refuges au milieu. De l'autre côté commence un autre quartier d'habitation : de grands immeubles gris aux fenêtres noires. Elle ne les a jamais vus auparavant.

Mais qu'est-ce que c'est que cette embrouille ? C'est quoi encore, ce nouveau quartier ?

Birgitta ferme les yeux en respirant à fond, puis les rouvre et essaie de se concentrer sur ce qu'elle fait. Elle est Birgitta Fredriksson, sur un gazon quelque part, portant les chaussures froides et mouillées de quelqu'un d'autre, mais avec son blouson sur le dos. Elle a beau ne pas savoir où elle se trouve, ni comment elle a échoué dans ce quartier, elle sait que si elle remontait la fermeture Éclair de son blouson, elle aurait moins froid. D'un autre côté, c'est un projet irréalisable : ses doigts sont déjà tellement engourdis par le froid qu'elle n'y arrivera pas.

Droit devant elle, il y a un trottoir dont l'asphalte noir est couvert de plaques verglacées. Birgitta est forcée de marcher sur une congère pour l'atteindre. La neige gelée crisse et éclate sous son poids, quelques petits bouts de glace tombent dans ses escarpins noirs. Mais elle y arrive enfin. Et, à quelques mètres d'elle, une femme la regarde. Se passant la main dans les cheveux, Birgitta tente de se donner l'allure d'une femme normale qui va à son travail. Les mains dans les poches de son blouson pour ne pas mouliner des bras à la façon des camés, elle trottine vers la femme. Et elle s'aperçoit que c'est un arrêt de bus.

— Excusez-moi, mais je me suis perdue... Pouvez-vous me dire où je me trouve ?

C'est une immigrée, elle a des cheveux noirs coupés court et un manteau léger qui lui moule trop les fesses. Fixant Birgitta de ses yeux marron, légèrement écarquillés, elle esquisse un petit geste signifiant un tas de choses. Du genre : *Ne me frappe pas, espèce de grosse géante !* Ou : *Je ne parle pas ta langue, laisse-moi tranquille.* Ou : *Je ne suis pas d'ici et toi non plus.*

— Dis-moi..., commence Birgitta, un vague sourire aux lèvres. Puis elle se rappelle que sa bouche la trahit. Aucune femme normale ne se balade avec des trous noirs laissés par les dents cassées. Chaque sourire révèle qu'elle est une droguée, reconvertie en pocharde sur le tard. D'un coup sec, elle referme les mâchoires et laisse le sourire s'évanouir.

Puis le bus arrive. Birgitta met quelques secondes à comprendre ce qui cloche. C'est le panneau à l'avant du bus qui annonce sa destination.

Vrinnevi ? Mais c'est à Norrköping...

Et soudain Birgitta sait où elle est.

Le chauffeur du bus est inflexible ; il laisse le moteur gronder son impatience en tournant à vide, tout en répétant obstinément la même chose. Celui qui ne peut pas payer son billet ne monte pas. Pas d'exception.

Agrippée à la portière, Birgitta le supplie :

— Allez, sois un peu sympa, merde ! Je caille dehors. Le fric, j'te jure que je te l'enverrai. Donne-moi l'adresse et j'enverrai l'argent à ta foutue compagnie de bus dès que je serai chez moi. S'il te plaît !

Le chauffeur de bus regarde droit devant lui sans répondre.

— Oh ! écoute ! implore à nouveau Birgitta. Merde quoi, sois un peu sympa !

— Descendez de la marche, dit le chauffeur, le regard toujours droit devant lui. Le bus va démarrer et j'ai l'intention de fermer la portière.

Même si un petit souffle s'échappe par la portière, rien ne se passe. Birgitta n'a pas l'intention d'abandonner si facilement.

— Allez, sois sympa... Un salaud a chouravé mon portefeuille, mais j'ai de l'argent à la maison, je te promets d'envoyer le prix du billet dès que j'arrive chez moi. D'abord, faut que j'aille porter plainte au commissariat. Nom d'un chien, écoute-moi ! Merde alors !

— Descendez ! Je ferme maintenant !

Le chauffeur, qui tend un bras légèrement menaçant vers la portière, n'ose pas aller au bout de son geste. Birgitta monte sur la marche suivante.

— Ecoute ! Je ne vais même pas m'asseoir, je resterai debout, je me tiendrai au poteau. Et j'enverrai l'argent ! Je te le jure !

— Sortez! lance le chauffeur de bus.

Il pince tellement les lèvres qu'elles sont toutes minces et son dos est rigide. Birgitta fait un autre pas dans le bus. A présent, elle est tout près de lui.

— Ecoute-moi! dit-elle en tentant de sourire sans ouvrir la bouche. Qu'est-ce qui t'empêche d'être un peu sympa et d'aider une nana dans la dèche?

Nana! Derrière son dos, quelqu'un répète le mot en s'esclaffant. Elle pivote. Deux adolescentes sont assises à l'avant du bus. L'une s'est bâillonnée d'un foulard pour étouffer son rire, l'autre tient les deux mains devant la bouche. Aucune n'ose lever les yeux. Birgitta les jauge rapidement et leur tourne le dos. Les gloussements de gamines, elle ne les supporte pas tant ils lui rappellent – plus que tout – ce qu'elle est devenue. Autrefois, c'était elle qui se moquait du monde. Enfin, c'est pas le moment d'être angoissée. Plus tard.

— Sortez, répète le chauffeur.

— Attends, fait Birgitta, je crois que j'ai encore un peu de monnaie dans les poches. Il n'a pas tout piqué, le voleur. T'as qu'à démarrer, tu vas voir que je te trouverai ce qu'il faut. Allez, vas-y, t'inquiète pas! Regarde, voilà une couronne. Et cinquante *öre*. Combien il te faut déjà?

Cette fois, le chauffeur du bus coupe le moteur et se lève. Pas de quoi avoir peur, c'est un freluquet aussi maigrichon que Roger. Le type même du chouchou à sa maman qui roule des mécaniques simplement parce qu'il a un bus sous son autorité.

— Vous n'avez qu'à prendre le bus suivant, dit-il. Sortez!

Birgitta continue à farfouiller dans ses poches.

— Vas-y, tu peux partir!

— Vous êtes sourde? Sortez, j'ai dit!

Les adolescentes continuent de rigoler dans son dos. Derrière elles, un homme réclame soudain d'une voix assourdie mais distincte :

— Faites-la donc descendre. Le bus va prendre du retard.

— C'est vrai, renchérit un autre. On a tous un travail

qui attend, on ne peut pas se permettre d'attendre comme ça des heures.

— Ta gueule! grogne Birgitta. Te mêle pas de ce qui te regarde pas.

C'est alors qu'elle glisse la main dans la poche arrière de son jean où elle sent quelque chose de bizarre. Un billet de banque? Bien sûr! Quand elle est bourrée, elle fourre toujours ses derniers sous là. Pendant une seconde, elle oublie de se méfier de ses rêves; une image la traverse, celle de son triomphe quand elle jettera son billet de cent couronnes au visage du petit merdeux. Et elle s'en contente. Cette brève image suffit. A peine Birgitta a-t-elle regardé sa main qu'elle se rend compte qu'elle vient encore de se faire avoir. Le rêve a gâché la réalité. Il ne s'agit pas d'un billet de cent couronnes. C'est une lettre. Une petite lettre étrange.

— Gestapo de merde! crie-t-elle en atterrissant sur le trottoir.

Elle perd l'équilibre un instant, sans tomber. Pas question. Pivotant, elle tente de remonter dans le bus. Mais le chauffeur est plus rapide. La portière se referme avec un pfuit méprisant et il n'y a plus rien à attraper. Le bus s'ébranle tandis que les passagers suivent ses gesticulations impuissantes par les fenêtres éclairées d'une lumière jaune, chaleureuse.

— Gestapo de merde! hurle-t-elle de nouveau, visant les roues arrière pour un coup de pied. Salaud de Hitler! Je porterai plainte pour coups et blessures!

Avant même qu'elle ait cessé de vociférer, le bus est déjà loin et elle ne voit plus que ses feux arrière rouges qui s'estompent.

Après avoir marché un bon moment, Birgitta s'aperçoit qu'elle tient toujours la drôle de lettre à la main. Elle se frôle la joue en passant sa main sous le nez pour essuyer la morve. Ses yeux coulent autant que son nez, mais elle ne sait pas si c'est à cause du froid ou si elle est en train de pleurer.

S'arrêtant sous un réverbère, elle examine la lettre de plus près. C'est une vieille enveloppe, déjà utilisée. On a rayé l'ancienne adresse et écrit la sienne à côté. Mlle Birgitta Fredriksson. Mademoiselle! Qu'est-ce que c'est que ce guignol qui l'appelle mademoiselle?

Ses doigts sont tellement gourds qu'elle doit déchirer l'enveloppe pour sortir la lettre. A la vue de la petite feuille jaune, un espoir insensé la traverse comme une brûlure. Une ordonnance! On lui a envoyé une ordonnance : peut-être du Sobril, ou – oh! mon Dieu, oui! – du Rohypnol. Ses mains tremblent tellement qu'elle n'arrive à déplier le papier jaune qu'en s'aidant de la bouche.

Il s'agit en effet d'une ordonnance. Elle porte même le tampon de sa sœur : Christina Wulf, médecin généraliste. Le texte sur la feuille est tracé en gros au marqueur rouge avec des lettres mal formées :

> *Ah si la place de Birgitta je pouvais prendre*
> *Je borderais ma chatte de cuir*
> *Puis chez tous les mecs j'irais me vendre*
> *et copieusement me faire reluire*

Et tout en bas, en lettres plus petites :

> *C'est ce qu'elle a fait!*
> *Elle l'a fait!*
> *Elle l'a fait!*

Une griffe lui déchire les entrailles. La douleur la surprend. Elle se penche et croise les mains sur son ventre.

Ensuite, elle est incapable de retrouver son chemin. Pendant une éternité, elle a marché dans la même rue, et le béton gris des années soixante a disparu derrière elle. A présent, il y a des immeubles au crépi jaune des années cinquante sur sa droite, des villas cossues sur sa gauche. Si quelques rares fenêtres des immeubles sont éclairées, les villas sont encore plongées dans le noir.

Birgitta cherche la maison d'Ellen la Chieuse. Ayant perdu la notion du temps, elle sait seulement que la lettre

avec l'horrible vieille rengaine est enfouie dans son soutien-gorge. Le papier froissé lui frotte la peau, l'égratigne
et attise sa colère.

Les salopes! Ellen et les snobinardes! Elle va les tuer
pour de vrai, il est temps de passer à l'acte après les fantasmes. Elle est à bout. Mensonges et calomnies. Dénonciations et témoignages malveillants. Même quand elle
était sur le bon chemin, quand elle s'était ressaisie et était
sur le point de reprendre sa vie en main, même là elles la
poursuivaient avec leurs accusations et leurs dénonciations. Elles lui ont toujours mis des bâtons dans les roues,
ne l'ont jamais épaulée. Tout ça parce qu'elles crèvent de
jalousie. Autant aujourd'hui que la première fois qu'elles
l'ont vue. Parce qu'elle avait Gertrud, une vraie maman
qui l'aimait. Alors que Christina n'avait que son Astrid à
moitié cinglée, une mère qui avait même voulu brûler sa
gamine! Quant à Margareta, elle n'en avait pas. Abandonnée dans une buanderie. C'est quoi, ça, comme saloperie
de mère, quelqu'un capable de déposer son nouveau-né
dans une buanderie? Des mères de merde, voilà ce
qu'elles avaient! Alors qu'elle, elle avait Gertrud! Et ça, ni
les snobinardes ni Ellen la Chieuse n'ont pu le supporter.
Ellen voulait être la seule, la plus grande, la meilleure des
mères. La championne suédoise de la maternité. Tu
parles d'une championne! Quand on savait ce que ça
cachait...

Birgitta renifle et titube sur le trottoir, glissant à
cause du verglas. Sur la chaussée, en revanche, les voitures ont creusé des sillons dans la gadoue neigeuse où
l'asphalte est assez sec pour que les semelles en cuir, si
lisses soient-elles, y adhèrent. Devant elle, il y a une boule
de neige et de graviers, elle y donne un coup de pied.
Grosse et dure, la boule, encore plus que les poings du
Dogue qui avait pourtant les plus grosses paluches qu'elle
ait vues chez un homme. Ah! le Dogue! C'était la
deuxième raison de leur putain de jalousie. Jamais elle
n'oubliera la mine de Margareta ce soir-là. Son visage qui
apparaissait derrière la vitre d'une voiture, littéralement
vert de jalousie. Le Dogue l'avait choisie, elle! Toutes les
nanas de Motala qui valaient quelque chose – donc pas

Christina et les autres cloportes de son espèce – étaient là et chacune aurait voulu être à sa place. Parfaitement! Ça n'était pas arrivé à quelqu'un d'autre, mais bien à elle, Birgitta.

S'immobilisant au milieu de la chaussée, elle laisse de nouveau défiler les images. Varamon, dans les années soixante. Un crépuscule bleu pâle du mois de juin. Dans une voiture, Margareta, Lille-Lars, Loa et Birgitta écoutent le dernier disque de Cliff Richard diffusé par un petit tourne-disque portatif, lorsque le Dogue entre dans le parking au volant de sa Chrysler. Rouge, avec d'énormes ailerons et une véritable orgie de lumière à l'arrière. Une minute, il reste assis derrière le volant, se laissant admirer tandis que le moteur tourne à vide. A l'évidence, il a conscience de sa beauté. Il doit savoir que ses cheveux noirs et lustrés brillent et que la chemise de Nylon sous le blouson de cuir est d'un blanc aussi éblouissant que son front.

S'il est aussi attirant, ce n'est pas seulement parce qu'il est beau mais parce que c'est un mec dangereux – vols de voitures, années en maison de redressement, un été passé avec des forains nomades. Voilà qui répand un parfum épicé dans le parking, incitant les filles à baisser les paupières et humecter leurs lèvres.

— Le Dogue, dit Lille-Lars, avec un vibrato dans la voix tandis qu'il tourne la clé de contact de la nouvelle Anglia de son père.

Lille-Lars ressemble à la voiture de son père, dont il a les angles pointus, aux endroits les plus inattendus.

— Non, lance Birgitta. Ne démarre pas.

Lille-Lars a appris à obéir. Pendant dix-neuf ans, il a obéi à son père. Pendant huit ans, il a obéi aux professeurs. Et ces quatre dernières années, il a obéi à un contremaître à Luxor. A présent, il obéit à Birgitta. Pour la première et dernière fois.

Le Dogue sort de sa voiture, claque la portière et regarde autour de lui. Le parking est plongé dans le silence où ne résonne que la voix de Cliff Richard. Le Dogue est le point de mire de tous les regards. Comme un essaim de papillons, l'envie des filles volette vers lui, tandis que l'impuissance des garçons se fige en un mutisme rogue.

Il se dirige vers elle, Birgitta le sait. Avant même qu'il n'ait commencé à marcher vers l'Anglia. Lille-Lars aussi le sait. De petites perles de sueur constellent son front. Sans ouvrir la bouche il se penche, prend le mange-disque sur les genoux de Birgitta et le pose sur les siens. Au même moment, le Dogue ouvre brutalement la portière et attrape le poignet de Birgitta :

— A partir d'aujourd'hui, t'es ma nana.

Rien d'autre que ces mots.

Comme au cinéma, pense-t-elle. Exactement. Et elle a l'impression d'entendre des chœurs et des violons quand il la sort de la voiture; des chœurs et des violons qui s'amplifient en un crescendo lorsqu'il se penche au-dessus du capot de l'Anglia et lui donne un premier baiser. Du coin de l'œil, elle voit Lille-Lars fermer les yeux et derrière lui le visage vert de Margareta. Ses yeux comme des meurtrières, elle montre les dents. La langue du Dogue a un goût amer de bière, c'est une découverte pour elle. Les autres n'avaient eu qu'une haleine sentant le chewing-gum et les cigarettes bon marché.

Il ne la tient pas par la main. Il ne le fera jamais. Mais il lui enserre le poignet à la manière d'un gardien de prison, et, docilement, elle le suit à petits pas vers la Chrysler rouge. Pendant qu'elle s'installe, il démarre et appuie sur un bouton. Le toit s'ouvre et se replie. C'est une décapotable! Birgitta jubile : elle est assise dans une décapotable avec le caïd le plus en vue de Motala. Tout ce qu'elle a souffert dans cette ville devient alors supportable. Il y avait un sens caché derrière tout cela. Elle vient seulement en cet instant de le comprendre...

Il est obligé de traverser le parking pour faire demi-tour. Pour Birgitta, cela se mue en une tournée triomphale. Elle, l'Elue. La reine de Varamon se laisse admirer par les laissées-pour-compte. A l'instant où la voiture quitte le parking, un braillement de garçon parvient à ses oreilles :

— Ah! si la place de Birgitta je pouvais prendre...

Le ricanement résonnera dans sa tête toute sa vie, même si la certitude de l'avoir entendu ne sera jamais absolue. En revanche, elle est sûre du regard oblique que lui lance le Dogue. Et de sa question :

— C'était quoi?

— Oh! dit-elle. Rien.

Qu'aurait-elle dû lui dire? Qu'ils criaient une rengaine qui l'avait poursuivie depuis ses treize ans? Que cette rengaine avait été peinte sur les murs des toilettes et gravée dans les cabines téléphoniques? Qu'elle avait été criée dans la cour de récréation et fredonnée dans son dos quand elle avait commencé à travailler à Luxor? Elle ne peut tout de même pas dire cela, ça signifierait la fin de son rêve. De toute façon, il l'apprendrait toujours assez tôt.

— Super ta caisse, dit-elle en passant la main sur le siège en skaï.

Et alors, fait inouï, il lui sourit.

Des freins grincent derrière elle, un moteur grogne. Birgitta se retourne à moitié avec un geste apaisant : du calme. Mais le conducteur appuie encore une fois sur l'accélérateur et laisse le moteur s'emballer. Birgitta décide de l'ignorer, elle lui tourne le dos et marche exprès d'un pas infiniment lent sur la bande d'asphalte noir au milieu de la rue, poussant du pied le gros bloc de glace devant elle. Elle ne l'entend pas. Il peut accélérer à vide autant qu'il veut, elle n'a de toute façon pas l'intention de l'entendre.

Il y a une villa de l'autre côté de la rue, blanche, comme la maison d'Ellen la Chieuse. Au fond, c'est peut-être la sienne, même si elle n'est pas tout à fait pareille. Ellen a peut-être changé des trucs, planté de nouveaux buissons et déplacé les fenêtres pour égarer Birgitta. Ça lui ressemblerait bien. Quelqu'un allume dans la cuisine et elle aperçoit une ombre qui bouge. C'est sûrement Ellen la Chieuse. Elle se dandine entre la table et la cuisinière, comme d'habitude, avec ses vieux seins flasques qui pendouillent sous la robe de chambre. Des seins comme des gros gants en tricot de Lovikka. Ah! ce qu'elle pouvait être immonde, cette bonne femme-là!

Peut-être aurait-elle continué son chemin, en titubant, vers la villa blanche, de l'autre côté de la rue, si le conducteur de la voiture derrière elle n'avait klaxonné. A trois reprises... Birgitta s'arrête net et se fige sur place.

— Ta gueule! crie-t-elle, comme si la voiture était un être vivant capable de l'entendre. Comme elle lui tourne le dos, son cri se perd dans la mauvaise direction.

— Ta gueule! Laisse-moi tranquille!

La voiture klaxonne de nouveau. Alors Birgitta se retourne. En un mouvement qui la fait chanceler. L'instant d'après, elle retrouve l'équilibre et remarque qu'il y a trois autos derrière elle, l'éclairant des gros yeux blancs de leurs phares. La première roule lentement vers elle, en poussant des sons sourds et menaçants, tandis que le conducteur baisse la vitre et se penche.

— A quoi tu joues? crie-t-il. Remonte sur le trottoir, la vieille!

En un coup d'œil, Birgitta détermine à qui elle a affaire. Voiture rutilante. Cheveux coupés court. Lunettes. Voix criarde. Cravate. Un snob.

Birgitta déteste les snobs. Aussi est-ce sans réfléchir qu'elle se baisse, s'empare du bloc de glace, et, le soulevant au-dessus de sa tête, le balance d'un seul mouvement dans la figure du conducteur. Il pousse un cri. La voiture cale. Sa main est comme bloquée sur le Klaxon.

Puis, une kyrielle de bruits explose dans le silence matinal. Un cri. Un hurlement de Klaxon. Le crissement des freins des deux autres voitures, dont les portières s'ouvrent et claquent après que deux hommes en sont sortis. Un aboiement de chien. Et l'instant d'après, un bonhomme aux cheveux gris ouvre la porte de la maison blanche. Il descend l'escalier péniblement, à pas lents, les deux mains sur la rambarde, apparemment sans se rendre compte qu'il est pieds nus. Pétrifiée au milieu de la rue, Birgitta suit attentivement les mouvements autour d'elle.

Mais lorsque le vieux pose ses pieds nus dans l'allée du jardin, elle se réveille et commence à reculer. Se retournant, elle s'élance au pas de course. Elle est hors de sa portée avant même qu'il n'ait atteint le trottoir. Mais il l'a vue. Lui et les autres. S'ils ont des yeux pour voir, ils l'ont vue.

Il n'y a pas de cachette. Les jardins des pavillons sont trop petits et les buissons n'offrent que des branches dépourvues de feuilles. La grande cour déserte de l'autre côté de la rue n'offre même pas un abri à vélo où se tapir. Birgitta entend ses pas, sa respiration haletante et des sirènes dans le lointain. Déjà ? Se peut-il vraiment que les flics se pointent déjà ?

Impuissante, elle secoue quelques portes d'immeuble fermées à clé, pianote des combinaisons de chiffres sans queue ni tête sur les petits boîtiers noirs à côté des portes. Rien ne se déclenche hormis le clignotement d'une petite lampe rouge. Les sirènes s'approchent. Il faut qu'elle coure, qu'elle disparaisse.

On la retrouve dans l'escalier extérieur d'une cave d'immeuble. Elle a glissé au pied des marches couvertes de glace, s'éraflant les mains, se tordant un pied. Quelques minutes, elle a tiré sur la porte de la cave, puis elle y a donné des coups de pied. Sans résultat. En désespoir de cause, elle a essayé de casser le carreau de la porte avec une chaussure de Minnie qu'elle avait enlevée. En vain... La vitre ne s'est même pas fêlée. Du verre sécurité de qualité.

Au silence succédant au hululement des sirènes, elle s'est résignée ; elle s'est laissée tomber sur le ciment froid et a tiré son blouson sur sa tête. Elle est toujours dans cette position quand un jeune policier aux joues rouges se penche par-dessus la balustrade deux mètres au-dessus d'elle.

— Elle est là, crie-t-il. Je l'ai trouvée !

Les voyelles de son dialecte de Norrköping sont grasseyantes, l'aboiement de son berger allemand triomphal.

Expéditions punitives

« Je suis *benandante* puisque quatre fois
par an, c'est-à-dire lors des quatre changements de
saison, je pars nuitamment avec les autres
pour, invisible, lutter avec mon âme
alors que mon corps reste sur place... »

Le commissaire-priseur Battista Moducco
devant l'inquisition de Cividale
le 27 juin 1580.

Bon. Voilà.

J'ai enfin mis mes sœurs en branle. Maintenant, elles sont exactement où je veux.

Grise de fatigue, Christina est assise dans une voiture devant les urgences des femmes à Motala tandis que Margareta sort, en ce moment précis, du bâtiment. Fermant soigneusement la porte, elle la secoue pour s'assurer que le pêne est bien engagé – la cage d'escalier est remplie de mises en garde contre mâles sujets à des poussées de testostérone – puis elle allume une de ses éternelles cigarettes. Christina ouvre la portière et lui indique d'un geste qu'elle est prête à en supporter l'odeur pourvu qu'elle lui donne des nouvelles.

— Ce n'est pas eux qui ont appelé, l'informe Margareta en hochant la tête. Ils n'ont que trois filles – une venue de son plein gré et deux qui ont besoin de protection. Aucune n'a appelé, elles l'ont certifié.

— Tu les crois ?

— Absolument. Celle qui est là de son plein gré m'a même soufflé, en aparté, que Birgitta, s'étant attaquée deux ou trois fois au mobilier, est interdite d'accès.

— Mon Dieu ! gémit Christina d'une voix éteinte en démarrant. Alors, elle a même réussi à se faire interdire l'accès aux urgences pour femmes. Y a pas à dire, elle y va fort.

— Et maintenant ? dit Margareta.

— Petit déjeuner, dit Christina. Je commence à travailler dans deux heures.

Birgitta jure. Et question jurons, elle s'y connaît! Tout le monde y passe. Anges du paradis, diables de l'enfer, tous dans le même panier. A présent, les couleurs l'ont abandonnée. Ses cheveux pendent en mèches grisâtres, elle a le teint livide, granuleux, des lèvres à peine plus foncées.

Eh bien, ce sont des choses qui arrivent. Même pour celle qui un jour fut la Marilyn Monroe de Motala.

En revanche, le jeune policier est beau. Un véritable Apollon. Immense, blond aux yeux bleus, une peau de pêche tendue sur des muscles d'airain, un squelette en acier. Autrefois, des jeunes gens de ce genre n'existaient pas, ce sont des spécimens post-modernes – l'incarnation de cette fin de siècle. On les reconnaît surtout à leurs mâchoires : une musculature du cou très développée et de larges mentons. C'est un phénomène étrange. Car les jeunes gens n'ont absolument pas besoin de nos jours d'être des géants ni d'avoir des muscles d'airain. Il aurait été plus logique qu'ils blanchissent au fil des siècles, deviennent de frêles muguets au lieu de se muer en chênes vigoureux.

Birgitta aussi possède des mâchoires bien développées, mais pour des raisons tout à fait différentes. Elle n'a cessé, durant plus de vingt ans, de racler ses dents sous l'empire des amphétamines. Désormais, le silence règne dans sa tête. Il ne lui reste plus beaucoup de dents à faire grincer, d'ailleurs elle est passée à d'autres produits chimiques. Elle prétend que c'est la conséquence d'une décision réfléchie, feint d'avoir sciemment renoncé aux amphétamines après avoir vu trop de ses semblables en mourir. En réalité, ce n'est pas Birgitta qui a abandonné les amphétamines, ce sont celles-ci qui ont abandonné Birgitta, sur qui elles n'avaient plus aucun effet, la laissant avec l'alcool pour seule consolation. Et si les narines sensibles de l'Apollon se dilatent lorsqu'il descend l'escalier en ciment, c'est à cause de cela. Birgitta dégage une odeur qui n'est pas un parfum de rose ou de jasmin.

Toujours accroupie, le blouson tiré sur sa tête, elle refuse de bouger, bien qu'il lui demande plusieurs fois de se lever. Elle ne reprend ses esprits qu'au moment où il la prend par le bras et la traîne en haut de l'escalier. Et, l'agonissant d'injures, elle lui crache sur le bras, hurle qu'il maltraite une femme innocente tout en envoyant un coup de pied vers son berger allemand. Les babines retroussées sur ses crocs, le chien se prépare à mordre, mais l'Apollon l'arrête avec un grognement. Il en va de sa dignité. Personne ne doit dire qu'il a eu besoin du chien pour coincer une vulgaire pocharde. Il sait parfaitement comment s'y prendre avec ces gens-là, tout seul.

En revanche, Birgitta n'a jamais compris l'importance de défendre sa dignité. Elle a toujours recherché l'avilissement comme si elle en était assoiffée. Il n'y a pas un magasin à Motala où elle n'ait été prise en flagrant délit de vol, pas une rue où la police ne l'ait embarquée, pestant et gesticulant, pas un centre de désintoxication où elle n'ait été démasquée en train de débiter ses mensonges. Je l'ai vue vomir dans une poubelle sur la place du marché – un samedi matin évidemment, quand ça grouillait de monde – pour ensuite se plier en deux sans un mot et regarder couler une diarrhée puante le long de ses jambes. Je l'ai vue ivre morte, trempée d'urine, assise dans un tas de neige en pleine nuit, entourée par une bande d'ados ricanants. Je l'ai vue écarter les jambes pour une ribambelle d'hommes ; même pour des types qui, comme Roger, couvraient son visage de leurs paumes pour ne pas la voir. Et au sein de ce désastre, j'ai vu son orgueil, son incompréhensible fierté d'être tombée si bas.

L'automobiliste blessé est au milieu d'un petit attroupement. Il garde la main sur son œil, un filet de sang coule comme une larme sur sa joue. Tels deux gardes du corps, les autres l'encadrent ; ils tournent leurs visages blêmes vers Birgitta et la regardent, les yeux écarquillés. Devant eux, un policier plus âgé réussit d'une étrange façon à être à la fois présent et absent. Peut-être est-ce un ange, un petit ange gardien ayant tellement vu de choses qu'il ne voit plus rien du tout.

L'homme aux pieds nus a trouvé des chaussures. A côté du policier distrait, il tend le doigt tandis que l'Apollon fait traverser la rue à Birgitta tantôt en la poussant, tantôt en la traînant.

— C'est elle, crie-t-il en agitant sa main constellée de taches brunes. C'est elle qui l'a fait. Je l'ai vue!

— Ta gueule, vieux con! éructe Birgitta pour la forme.

Pour l'Apollon élevé dans le respect du grand âge par des parents vieillots, cela dépasse la mesure. Il lui assène un coup violent sur la nuque, tellement violent qu'elle n'arrive plus à proférer le moindre son. Et c'est alors qu'il comprend qu'elle n'est pas non plus de la première jeunesse.

Dans la voiture qui les ramenait à Vadstena, Christina et Margareta, elles aussi, se taisaient. Mes deux sœurs sont comme deux vases communicants. Quand l'une est en colère ou boude, l'autre s'inquiète, cajole et la supplie avec force sourires, avant de prendre la mouche à son tour, devenant hargneuse lorsque la première finit par se laisser attendrir. Elles ont toujours fonctionné ainsi, en tout cas tant que Birgitta est hors de vue. Dès l'apparition de celle-ci, les deux autres scellent un accord dévastateur. Et je n'emploie pas ce terme à la légère.

A la lumière blafarde de l'aube, elles avaient trouvé un équilibre où le silence s'impose. Elles venaient de passer une nuit tellement remplie de mots qu'il n'en restait plus. Elles avaient parlé sans trêve, d'abord en chuchotements déférents quand elles croyaient se rendre au chevet d'une agonisante, ensuite sur un ton neutre mais assourdi à l'hôpital, qui était vite devenu mordant et soupçonneux lorsqu'il s'était avéré qu'aucune Birgitta Fredriksson ne figurait parmi les patientes admises durant la nuit. Christina fut celle qui s'emporta le plus. Sa réserve habituelle fit long feu sous la tension et elle éclata. Ses talons martelaient rageusement le sol tandis qu'elle fouillait l'hôpital, allant d'un service à l'autre, sa voix de médecin tellement crispée et autoritaire qu'une infirmière lui fit une révérence tant elle était intimidée. Et, à mesure que Christina se transformait, Margareta subissait aussi une sorte de métamorphose. Sa fine couche d'assurance se fissura et, anxieuse, elle suivit Christina comme un petit chien, dans ses bottines souples à la pointe de la mode, tout en lançant avec nervosité :

— Tu vois bien qu'elle n'est pas là, allez, on s'en va !

Mais, ne voulant rien savoir, Christina vérifia systématiquement tous les services du grand bâtiment gris, de la pédiatrie à la gériatrie. Au bout d'une heure passée à courir dans les couloirs, elles renoncèrent et prirent l'ascenseur pour descendre au rez-de-chaussée. Le visage de Christina était blême de colère. Elle était à bout. A présent, elle se débrouillerait pour que Birgitta soit enfermée pour de bon et elle prendrait sur elle de se débarrasser de la clé.

— Il y a des cas désespérés, dit-elle en poussant la porte d'entrée. Il faut simplement l'admettre. Certaines personnes sont incurables. C'est génétique. Elle est exactement comme sa mère. Un cas désespéré !

Un petit vent nocturne ébouriffa les cheveux de Margareta qui, marchant de son pas chancelant, cherchait ses cigarettes dans ses poches.

— Mon Dieu, Christina. Si quelqu'un doit tourner sa langue dans sa bouche avant d'évoquer la génétique, c'est bien toi.

Christina pivota et lui décocha un regard noir. Elle avait pris des couleurs, au point que ses cheveux d'un blond triste semblaient scintiller à la lueur des réverbères.

— Astrid, tu veux dire ! Que je serais comme Astrid ! Et puis quoi encore ? J'ai un père, que je sache.

Margareta protégea la flamme de sa main pendant qu'elle allumait une cigarette.

— Elle aussi.

— C'est ça, lança Christina. Un vieil ivrogne, j'imagine. Un autre cas désespéré.

— Qu'est-ce que tu en sais ? rétorqua Margareta. Et moi, qu'est-ce que je devrais dire alors ? Je ne sais même pas qui était ma mère. Qu'est-ce que savent des gens comme nous de leurs gènes?

— Suffisamment. Nos vies en sont la preuve. Ecoute, s'il y a une chose qui me gonfle, c'est bien ton humanisme à la con. D'abord, tu te plains d'elle, tu l'injuries, puis tu te défiles. Tu dis qu'il faut la tuer, mais en fin de compte tu n'as toujours que « pauvre Birgitta! » à la bouche. Excuse-moi, mais ça, je connais. Ne l'oublie pas.

Exaspérée, Margareta lui souffla une volute de fumée à la figure.

— Alors, tu veux dire que c'est grâce à tes gènes extraordinaires que tu as une existence acceptable? Que ça n'a rien à voir avec le fait d'avoir été la préférée de tante Ellen?

Christina renifla.

— Moi? C'était toi son chouchou! La charmeuse, la drôle. Moi, je n'étais que celle qui s'en sortait pas trop mal; de toute façon, si je ne m'en sortais pas, je n'existais pas, alors... Tu oublies que Birgitta aussi habitait chez tante Ellen qui, parfois, la préférait à nous deux. Tu sais, quand elle a commencé à travailler à Luxor. Ça, c'était bien. Un bon boulot à l'usine. Tellement mieux que mes prix et mes bonnes notes.

Margareta tendit la main pour toucher le manteau de Christina. Elle chercha à lui prendre la main, mais Christina la repoussa brusquement. C'est seulement là que Margareta mesura la colère de sa sœur. Elle baissa le ton :

— Enfin, tu ne comprends pas? Tes succès lui faisaient peur. Elle n'en avait pas l'habitude. Le travail de Birgitta à l'usine, ça, c'était normal, elle savait ce que c'était. Et elle souhaitait que nous ayons une existence normale. Un travail normal, un bonhomme normal et des mômes normaux. C'est bien ce que tu as eu. Tu as eu tout ce qu'elle voulait pour toi, seulement beaucoup plus et beaucoup mieux.

Mais Christina lui tourna le dos et se dirigea vers le parking.

— Ecrase-la, ta cigarette, maintenant, dit-elle. Ecrase-la qu'on puisse y aller.

En courant à moitié, Margareta suça sa cigarette à moitié fumée.

— Aller où ?

— Aux urgences des femmes, évidemment. On va tirer ceci au clair, une fois pour toutes.

Bon sang de bonsoir... Comme si on pouvait jamais tirer quoi que ce soit au clair.

— Petit déjeuner ! gazouille une infirmière à la porte. On aurait dit une perruche aux anges. Yaourt ou porridge, Désirée ?

Elle pose la question pour la forme. Elle sait que je veux du yaourt. Non parce que c'est bon, j'aime mieux du porridge avec la compote, mais quand Kerstin Un travaille le matin, je n'ai pas le droit de manger le porridge seule. Vu que je tache les draps, elle veut qu'on me donne la becquée. Entre boire du yaourt seule avec une paille et être exposée au contact de la Patrouille des Novices, je choisis le yaourt. Toujours.

Je ne sais pas comment s'appelle cette fille, je n'ai pas encore eu le temps d'apprendre les noms des infirmières et des filles de salle de toutes les équipes de jour, mais elle s'adresse à moi comme si nous étions des amies d'enfance. Désirée par-ci, Désirée par-là. A en croire Kerstin Un, ainsi qu'elle l'inculque systématiquement à ses subalternes, les gens sont plus coopératifs si on les appelle par leur prénom. Elle est mariée à un V.R.P.

Celle dont j'ignore le prénom pose le plateau sur ma table de chevet et continue à gazouiller :

— Laisse-moi secouer ton oreiller, Désirée. Et puis, on va te soulever par-derrière, pour que tu sois bien installée et ne renverses rien. Parce que tu veux du café, non ? D'après les filles, tu en raffoles ! Ha ! ha ! ha ! Est-ce que vous avez eu votre petite réunion matinale, le docteur Hubertsson et toi ? Veux-tu que je laisse une tasse pour lui ?

Brise-toi le cou. Ou va te faire foutre.

L'espace d'un instant, il me vient à l'esprit que je pourrais effectivement, en m'introduisant dans sa tête, réussir à ce qu'elle se casse la gueule. Mais l'idée ne va pas plus loin. Je n'ai plus le temps ni le loisir de me livrer à des expéditions punitives hasardeuses.

Ça n'a pas toujours été le cas. Au cours du premier été après la découverte de mes pouvoirs, j'étais d'une ignorance absolue et en proie à une soif d'expériences dévorante, si bien que je prenais n'importe quel risque sans me soucier des personnes de mon entourage. Elles ne comptaient pour moi que comme hôtes possibles de mon esprit. Tant le pasteur de l'hôpital que le thérapeute par le travail, les aides-soignantes, les médecins, les visiteurs occasionnels ou les parents en deuil. Impatiente et excitée, je les entraînais dans la chaleur estivale pour les abandonner dès qu'ils croisaient d'autres porteurs plus convenables. Il y avait tant de choses que je n'avais jamais pu être que je voulais être tout. Je changeais sans cesse d'apparence. Le matin, j'étais une fille chaussée de sandales à talons hauts qui sentait la caresse du vent tiède sur sa nuque. A midi, un jeune homme assis au bord du Vättern jouant à laisser s'écouler du sable blanc entre ses doigts. Au crépuscule, une femme entre deux âges penchée sur des pieds d'alouettes bleus s'imprégnant de leur parfum.

Cet été-là, j'appris beaucoup. Quel effet ça fait d'embrasser et d'être embrassée; la façon dont la danse humidifie le sexe le plus sec; l'impression que procure une caresse du nez et de la bouche sur la tête duveteuse d'un nourrisson.

Entre autres.

Toutefois, à l'automne, alors que les journées raccourcissaient et que les arbres griffaient le ciel de leurs branches noires, comme dans les gravures, tout devint différent. Je fis la connaissance des *benandanti*, dont j'écoutai les mises en garde. Et je découvris que mes escapades avaient un prix. Après chaque évasion, j'étais de plus en plus fatiguée, je restais parfois à moitié évanouie plusieurs heures d'affilée. Certes, à ce stade, j'étais suffisamment rassasiée d'expériences pour pouvoir me calmer un peu. Du coup, je m'intéressai de nouveau à ce qui se passait dans le service. C'est ainsi que je commençai à me glisser dans la peau de celles qui me soignaient. Et j'appris à craindre les plus douces, celles qui souriaient le plus gentiment au-dessus de ma tête.

Des psychopathes. Des assassins en puissance. Toutes autant qu'elles étaient.

— Tu parles d'une vie, chuchotaient-elles entre elles dans la pièce des infirmières et dans les couloirs. Elle ne peut ni parler ni marcher.

— Et puis avec la tête qu'elle a...

— Oui, mon Dieu! On dirait un extraterrestre. La première fois que je l'ai vue, elle m'a flanqué une de ces frousses!

— Et les escarres qu'elle se paie! Hier j'ai vu son fémur. Et Hubertsson qui nous rebat les oreilles avec ses draps en lin. Comme si ça allait changer quoi que ce soit.

— Tout de même, elle doit souffrir.

— Bien sûr. C'est inhumain. Ça fait déjà trente ans qu'elle est comme ça avec ses spasmes. A quoi ça sert qu'elle convulse trente ans de plus? Ou davantage? Autant en finir une fois pour toutes.

La fréquence d'accidents dans le service s'accrut nettement cet automne-là. L'une trébucha dans l'escalier et se fractura la cheville. Une autre s'ébouillanta les mains. Une troisième s'empoisonna par erreur avec mes médicaments contre l'épilepsie. Une quatrième se trancha le bout d'un doigt en coupant du pain.

Et ainsi de suite.

Certes, je sévissais durement, pourtant j'affirme que mes sentences étaient justes. Je punissais seulement la pitié artificielle, celle pourvue d'une voix humaine mais dépourvue d'un cœur humain. Les femmes silencieuses et les filles calmes, je les laissais tranquilles; je me résignais même à leurs maladroites manifestations de tendresse. Elles pouvaient m'ébouriffer les cheveux et me caresser la joue sans que je cherche à les mordre. A condition qu'elles se taisent. Car la véritable bonté ne parle pas. Elle s'exprime de nombreuses façons, mais sans paroles.

Voilà pourquoi je déteste celle dont j'ignore le prénom et qui est en train de poser le petit déjeuner sur ma table de chevet. Il y a tant de mots dans sa bouche qu'ils dégoulinent comme de la bave sur son menton. Et pourtant je sais que lorsqu'elle quittera ma chambre, elle dira comme les autres : *Pourquoi la laisser vivre ? C'est tellement absurde.*

Comprenez-moi bien : ce n'est pas parce qu'elle souhaite ma mort, parfois je me la souhaite moi-même. C'est sa prétention qui m'est insupportable, sa certitude que ma vie est plus absurde que la sienne. Car quel est le sens de sa précieuse existence ? Pondre des mômes ? Passer quelques décennies de soirées-télé à côté d'un mec grognon ? Le bonheur d'arpenter de temps à autre les rues pavées de Vadstena pour faire des emplettes ?

Lui poserais-je la question qu'elle serait médusée. A l'évidence. Si les valides – même Hubertsson – parlent avec une extrême facilité de l'absurde, il leur est très difficile d'en évoquer le sens. L'idée en tant que telle leur donne des réactions de soldats de l'Armée du Salut dans un bordel : malgré leur attirance, ils sont tellement gênés qu'ils piquent un fard et ne savent plus où poser les yeux. Il paraît que c'est la faute d'Isaac Newton – depuis trois cents ans, son image du monde mécanique rend l'homme occidental étranger à la notion de sens. Bien sûr, si l'univers est un mécanisme à la Newton et l'homme un microbe, fruit du hasard, la notion de sens gêne plus qu'autre chose. Dans un tel univers, un microbe biologiquement incomplet – quelqu'un comme moi – est totalement négligeable. Le mécanisme continue son tic-tac sans lui. Peut-être qu'il fonctionne d'autant mieux. Par conséquent, mon existence a moins de sens que celle des microbes biologiquement complets.

Nous savons toutefois que Newton n'a qu'effleuré la surface de la réalité. Loin d'être une machine immuable, l'univers est un cœur. Un cœur vivant qui s'élargit et se rétracte, qui s'étire à l'infini avant de se contracter pour devenir incompréhensible. Et comme tous les autres cœurs, il recèle une foule de secrets, de mystères, d'énigmes, d'aventures, de changements et de transformations.

Le seul élément inaltérable, c'est la quantité de masse et d'énergie. Ce qui a existé existera pour toujours – fût-ce sous une autre forme, différente.

Ainsi, chaque particule de mon corps monstrueux est aussi éternelle que l'univers. Et ce qui rend cette concentration de particules unique, c'est qu'elle sait qu'elle existe.

J'ai une conscience. En ceci, je ne me distingue pas des gens qui m'entourent, de ceux qui peuvent marcher et parler. Mais je suis convaincue que le sens se trouve dissimulé là, dans la conscience. J'ignore tout de sa forme ou de son contenu – si c'est une équation ou un poème, un chant ou un conte – mais je suis sûre qu'il existe. Quelque part.

Voilà pourquoi j'ose prétendre que ma vie a autant de sens que celle de la fille sans prénom, qui, en ce moment, découpe ma tartine en morceaux de la taille d'un timbre-poste. Et j'ai même l'outrecuidance de prétendre que ma vie a plus de sens que la sienne. Car elle sera toujours où elle est. Jamais ailleurs.

Tandis que je suis capable d'être là où je ne suis pas. Exactement comme l'électron avant de faire son saut quantique. Et, tout comme l'électron, je laisse des traces. Même là où je ne suis pas allée.

Sorcière d'avril, disent les *benandanti*. Tu es presque comme nous, mais pas l'une de nous. Je laisse mes porteurs, un goéland, une pie, une corneille ou un corbeau, ouvrir leurs ailes et faire une révérence ironique. Je sais. Je suis presque comme eux, mais pas l'une d'eux.

Certains d'entre eux m'envient. J'ai davantage de pouvoirs et je peux couvrir de plus grands territoires. Ce n'est que justice au demeurant. Un *benandante* possède un corps qui fonctionne, il vit une vie normale dans le monde normal, et la plupart ne quittent leur corps que lors des fêtes, quatre fois par an. Certains d'eux ignorent même ce qu'ils sont. Aux changements de saisons, ils se réveillent le matin après avoir marché toute la nuit dans la Procession des Morts, avec seulement de vagues souvenirs de visages pâles et d'ombres grises. Et ils croient avoir rêvé.

Une sorcière d'avril, c'est différent. Elle sait ce qu'elle est. Et une fois qu'elle connaît ses pouvoirs, elle a la faculté de voir à travers le temps, de flotter dans l'espace. Celle de se cacher dans des gouttes d'eau ou dans des insectes tout comme de prendre possession d'êtres humains. En revanche, elle n'a pas de vie propre. Son corps est toujours frêle, incomplet, immobile.

Nous ne sommes pas très nombreuses. A dire vrai, je n'en ai jamais rencontré d'autre. Quatre fois par an, je me rends fidèlement à la Procession des Morts dans l'espoir de rencontrer une semblable, sans que cela me soit encore arrivé. La place de Vadstena a beau se remplir de toutes sortes d'apparences, je n'y ai jamais trouvé une autre sorcière d'avril. J'ai dû me contenter des *benandanti*, ces petits-bourgeois inquiets du monde des ombres.

Cela dit, ils ont leur utilité. Grâce à eux je suis plus prudente que lors des premières années. Les *benandanti* m'ont appris que si l'on parle à un corps vide – dont on s'est absenté –, il est impossible de le réintégrer. On devient une ombre sans contours qui ne peut se matérialiser que dans la Procession des Morts.

Dans mon appartement, j'étais en sécurité, car on m'y fichait la paix tant que je ne réclamais pas de l'aide. Si j'avais l'air de dormir, les assistants fermaient doucement la porte de ma chambre et me laissaient tranquille. Ici, c'est différent : n'importe qui risque de surgir à n'importe quel moment. Pour la Patrouille des Novices de Kersin Un, un malade qui sommeille en plein jour est une véritable provocation. A croire que lui adresser la parole est un devoir.

Aussi dois-je surveiller mon corps pendant la journée, et me contenter d'observer à distance sans intervenir. A la rigueur je peux m'autoriser une escapade, saisir un oiseau au vol et le forcer à porter vite fait une lettre à un certain destinataire. Par exemple.

Mais il me reste les nuits. Tant que j'aurai ma chambre, elles m'appartiendront. Ah ! les différentes équipes de nuit ! Pourtant, j'ai appris à me défier de ces femmes. En général, je les laisse en paix au début de la nuit quand, surchargées de travail, elles se laissent difficilement guider. Tant que je suis dans mon corps, je ne demande rien et les laisse m'installer pour la nuit, éteindre la lumière. Après quoi, vogue la galère, à bord d'un goéland ou d'une pie. Je préfère les goélands car ils ont de grandes ailes et une élasticité dans le vol que ne possèdent pas les pies. En outre, ils sont peu sensibles et semblent ne pas s'apercevoir qu'une autre conscience flotte à travers la leur. En revanche, les pies s'agitent, affolées par ce qu'elles devinent soudain derrière leurs yeux. Presque comme les humains.

Comme je ne veux pas effrayer les femmes de l'équipe de nuit, je m'attaque rarement à elles. Si cela m'arrive, ce n'est qu'entre deux et trois heures du matin, alors que les patients dorment profondément de leur sommeil sans rêves et qu'au calme dans la salle des infirmières, leurs pensées vagabondent. Attentive à la répartition de mes faveurs, je laisse ma conscience passer lentement de l'une à l'autre. Je chuchote des mots consolateurs à celles qui sont tristes, je peins des rêves fleuris pour les plus jeunes et je chante aux agitées de petites chansons évoquant des lacs paisibles. J'attends qu'elles reposent à la lisière étroite séparant le sommeil de la veille pour avoir recours aux services de l'une ou l'autre.

Une nuit, il y a plusieurs semaines, je poussai ainsi Agneta à écrire une lettre en caractères minuscules sur du papier de soie rose. Puis, je l'incitai à emprunter le couloir pour aller la porter dans ma chambre et la cacher sous ma taie d'oreiller. Le lendemain, Marie-Louise dut écrire une autre lettre et faire le même parcours. Quelques nuits plus tard, la pâle Ylva dénicha un carnet d'ordonnances jaunes portant le tampon du docteur Wulf. Mais lorsque je chuchotai la rengaine de Birgitta dans sa tête, elle fut prise de telles nausées qu'elle lâcha le stylo. Je dus, au prix d'un effort extrême, dilater mon moi pour qu'il remplisse finalement toute sa tête et que sa main saisisse un marqueur rouge afin de noter maladroitement ce que je lui dictais. A l'arrivée de Hubertsson ce matin-là, j'étais tellement épuisée que je fus incapable de répondre quand il me parla. N'empêche que la nuit suivante, j'eus assez de forces pour que Tua aux yeux noirs prépare trois enveloppes ayant déjà servi et y marque les adresses. Et la nuit dernière, à présent que la partie est bel et bien lancée, je poussai Lena dans le bureau des infirmières, la forçant à fermer la porte sans bruit, à composer un numéro de téléphone et affirmer qu'elle appelait des urgences pour femmes à Motala.

Tout cela, c'est pour Hubertsson que je le fais. Il me tanne depuis des lustres pour connaître l'histoire de mes sœurs.

Mais quelle que soit son importance pour moi, je ne peux lui donner ce qu'il veut sans lui donner en même temps ce qu'il ne veut pas. Le récit de ce qui m'est resté de la vie, une fois que les autres se sont servis.

C'est Hubertsson qui me fit cadeau du début de ce récit-là.

— Tu es la dernière victime de la dernière famine, a-t-il dit un jour. Peut-être est-ce une façon de voir les choses ; le récit de chacune de nos vies est aussi le récit de ceux qui nous ont précédés.

Mon histoire commence par conséquent une bonne trentaine d'années avant ma naissance. Un jour de novembre, à la fin de la Première Guerre mondiale, une petite fille pleure dans une humble masure d'ouvrier à Norrköping.

— Pas encore des raves, maman..., sanglote-t-elle, la gorge nouée. Pas des raves !

La mère ne répond pas et se penche pour enfourner une autre bûche dans le poêle. Avant de refermer la porte sur le feu qui repart, la fille a le temps de voir l'écorce de bouleau étinceler.

Tous les traits du visage de la petite fille – ses yeux, ses lèvres, son menton – sont mouillés et suppliants. Chez sa mère, tout est sec et fermé, la bouche pincée, les mains serrées, le dos tourné.

— S'il te plaît, maman, pas des raves. Pas aujourd'hui encore !

La compassion a déserté la mère, qui a oublié pourquoi les larmes de sa fille lui serraient le cœur. Comme la petite prend un nouvel élan et ouvre la bouche pour une nouvelle supplique, la mère se retourne et la regarde droit dans les yeux. Aussitôt, la fillette se tait. Bien qu'elle n'ait pas encore quatre ans, elle comprend le regard. Et ça ne fait que commencer.

— Des raves, on n'a que ça, fait la mère.

La petite ne répond pas et laisse sans mot dire sa mère lui essuyer le visage avec son tablier. L'eau d'innombrables lessives a assoupli le tissu mais rendu sa main calleuse.

Et la situation s'aggrave lorsque l'automne glisse vers l'hiver. La petite fille ne pleure plus, subit en silence la faim qui la dévore. Son squelette mou se déforme, ses jambes se tordent et s'arquent, des boules se constituent entre ses côtes – aux endroits où l'os devient cartilage –, tandis que son bassin, furtivement, change de forme.

La petite fille supporte sa fatigue comme si c'était une bosse sur son dos. Une fois que sa mère, partie à l'usine, l'a laissée seule avec du feu dans le poêle, elle grimpe sur la banquette-lit où elle se couche. Sans jouer. Elle ne se rappelle plus l'époque – du porridge et du lait – où elle en était capable. Le jour où elle trouve des miettes au fond de la banquette, le souvenir lui revient. Sa main a glissé à côté du matelas ; l'index qui frotte sent quelque chose. Des miettes de pain dur. Un jour, il y a longtemps, quelqu'un s'est allongé sur cette banquette et a mangé du pain. Humectant son doigt, la fillette le glisse de nouveau au fond de la banquette. Les miettes s'y collent. Elle les met dans sa bouche. Malgré son jeune âge, elle reconnaît le goût de noisette du pain de seigle brûlé. Aussitôt, de façon inexplicable, elle se met à saigner du nez.

Ce symptôme la poursuivra toute sa vie. Ses parois vasculaires ont une fragilité de bulles de savon : il suffit d'un courant d'air pour qu'elles éclatent. Et le temps n'y changera rien. A la fin de la disette, on dirait que son corps refuse d'y croire. Il y a des pommes de terre, du lard, de la sauce à l'oignon, du pain de seigle et des pommes parfumées sur la table. Elle grandit. Elle apprend à faire des pains au lait avec beaucoup de beurre et à préparer du lait caillé qui tremble tellement il est épais dans la jatte. Peine perdue. Elle saigne et son squelette est déformé pour toujours.

Mon existence commence à l'intérieur de ce corps ensanglanté. Enfouie dans la muqueuse de son utérus, je m'y accroche et flotte dans l'éternité de la vie fœtale, l'entendant chanter et glousser pendant que j'y pousse.

Ne sachant rien des vieux logements ouvriers, de la famine, le médecin qui l'ausculte avant la naissance ne prend pas la peine de mesurer son bassin. Trente heures d'affilée, mon crâne mou se cogne à des os difformes. Trente heures de supplice pour toutes les deux, à cause d'une faim du passé qui barre la route à la vie. Nous sommes à deux doigts de la mort lorsqu'on l'endort enfin pour une césarienne.

— C'est quoi? chuchote Ellen à son réveil.

Que peut-on lui répondre? Qu'y a-t-il à dire?

La sage-femme tourne le dos et se tait. Tout le monde se tait.

Mais moi, je tends ma main à travers le temps et je chuchote :

— Du bois flottant. Un morceau de bois flottant, maman.

Peut-être que je ne vais pas infliger cette histoire à Hubertsson. La fragilité des parois vasculaires d'Ellen, la difformité de son squelette, il les connaît sur le bout des doigts. Contrairement à moi, il l'a effectivement connue. Et soignée.

Il attend de moi un récit complet. Il veut connaître la fin de l'histoire qui a commencé un jour de juin, il y a plus de trente ans, quand il a trouvé sa propriétaire par terre, victime d'une attaque.

Il ne se lasse pas de raconter la réaction des trois filles : Christina figée à la porte, les deux poings plaqués sur la bouche, Margareta assise par terre à côté d'Ellen et lui tenant la main, Birgitta, qui, collée au mur, gémissait d'une voix criarde :

— C'est pas de ma faute, c'est pas de ma faute.

Il était parti avec Ellen dans l'ambulance. Et quand il était revenu, tard le soir, il avait trouvé la maison vide avec un mot sur la porte disant que le Service d'Aide à l'Enfance avait pris les filles en charge.

Dès lors, il ne put les suivre qu'à distance. Bien qu'étant devenue collègue, Christina reste extrêmement réservée. Elle parle volontiers de son travail, l'invitant même à dîner de temps en temps, mais dès qu'il mentionne Ellen et les événements d'autrefois, elle détourne les yeux – muette comme une carpe.

— Je me demande, dit-il parfois. Je me demande ce qui s'était passé avant mon retour ce jour-là...

Une fois, j'eus la bêtise de répondre :

— Laisse-moi donc te l'écrire, cette histoire.

Des paroles que je regrettai aussitôt.

Hubertsson croit que c'est par peur que je ne cesse de remettre l'histoire à plus tard. Ce n'est pas le cas. Mes sœurs ne m'effraient pas, simplement je ne veux pas trop les approcher. Au vrai, je ne tiens pas à approcher qui que ce soit. Sauf Hubertsson. A la rigueur.

Dans ma situation embarrassante – l'extérieure comme l'intérieure –, le pire, c'est que je ne peux pas me défendre. Pendant près de cinquante ans, d'autres personnes ont tripoté mon corps. On a lavé mes cheveux, enduit ma peau de pommades, brossé mes dents, nettoyé mes ongles, changé mes couches sales et jeté mes serviettes hygiéniques ensanglantées. Et ce qui était un plaisir ou supportable pour moi enfant est désormais un tourment quotidien. J'ai la sensation que ces mains me perforent le corps de trous d'où suinte mon être. Bientôt, il n'en subsistera que des os dans un sac de peau ; le reste se sera écoulé sur le lino de la chambre et aura été balayé par les femmes de ménage.

Or, vu mes pouvoirs secrets, ce devrait être l'inverse.

En principe, une sorcière d'avril réduit l'être de son porteur en une mince pellicule et utilise son corps à ses propres fins. Moi, je m'oublie dans la tête des autres auxquels je m'assimile, perdant mon fil conducteur. Beaucoup trop souvent. Et mes rires, mes larmes, mes amours, mes haines ne m'appartiennent pas, ce sont les leurs. Je me noie dans mes porteurs. Mais je ne veux pas qu'il en soit ainsi. Il ne faut pas que ce le soit.

Du coup, j'ai décidé de ne plus entrer que dans des animaux ou dans des étrangers qui m'indiffèrent. En eux, il m'est possible de flotter à la surface sans qu'une mort par noyade ne me menace. Du coup, je prends soin d'éviter de me glisser dans ceux qui comptent pour moi. Dans le bon ou le mauvais sens. Ainsi, il n'est pas question de m'introduire dans Kerstin Un ni dans Hubertsson. Et jamais, jamais dans mes sœurs.

Il y a une de mes trois sœurs qui vit la vie qui m'était destinée. Et je veux découvrir laquelle avec la même ardeur que Hubertsson veut savoir la vérité sur ce qui s'est passé le jour de l'attaque d'Ellen.

En réalité, je ne veux que le découvrir. Je ne veux pas le vivre. Je veux voir mais ne pas être touchée.

Encore que... J'ai promis à Hubertsson de répondre à une vieille question et une promesse, c'est sacré. Aussi suis-je, en ce moment, en plusieurs endroits différents. A moitié redressée dans mon lit, je cherche à attraper un bout de tartine au saucisson en même temps que je plane au plafond de la cellule réservée aux ivrognes où se trouve Birgitta, au commissariat de Norrköping, et que je me tiens sur l'escalier devant la maison paradisiaque de l'ère postindustrielle, regardant Christina fouiller dans son sac à la recherche de ses clés. Margareta se tient derrière elle en se mordillant la lèvre.

— Je vais prendre une douche et je file, annonce-t-elle.

Après la nuit blanche, Christina est trop fatiguée pour feindre l'hospitalité. Elle hausse simplement les épaules. La voix de Margareta a quelque chose d'implorant :

— Remarque, je dormirais bien une heure ou deux.

Si ça ne te dérange pas. De toute façon, la voiture ne sera
pas prête avant midi.

Après un nouveau haussement d'épaules, Christina
ouvre la porte. Son silence accentue l'angoisse de Margareta.

— Si tu veux, je peux préparer le petit déjeuner. Pendant que tu te prépares.

Méticuleuse, Christina accroche son manteau sur un
cintre. Margareta jette sa veste sur un coffre ancien et
claironne :

— Bon, on fait comme ça. Je m'occupe du p'tit déj'
pendant que tu te prépares. Tu veux du thé ou du café ?

Christina met un peu de temps avant de répondre :

— Du café, lance-t-elle en examinant son visage gris
dans la glace de l'entrée. Noir.

La bouche ouverte, Birgitta est couchée sur le sol en
pente de la cellule pour ivrognes. Elle dort, mais elle ne
rêve pas. Jusque dans le sommeil, elle sait qu'on doit se
méfier des rêves.

Personne ne s'est donné la peine de l'interroger.
Quand elle a refusé de dire son nom, on l'a simplement
envoyée dans la cellule sans autre formalité. Elle n'a pas
crié, même pas juré. Elle s'est seulement couchée sur le
côté en plaçant les deux mains sous sa joue. Comme un
ange. Un vrai petit ange.

Ah ! je vous dis pas... C'est pour ça qu'elle m'a abandonnée.

Oui, c'est la vérité. Ellen m'a abandonnée. Trois
petites indigentes mais en bonne santé furent accueillies
dans une respectable maison de Motala au début des
années cinquante, parce qu'un bébé épileptique, spasmodique, gravement atteint d'une encéphalopathie néonatale
avait été placé dans un hospice d'invalides quelques
années plus tôt. Et oublié là.

D'un point de vue utilitaire, c'était une bonne décision : le bonheur de trois filles au prix du malheur de la
quatrième. Or, Ellen vivait à une époque utilitariste ne

tolérant ni la souffrance, ni les déficiences. La nouvelle
société de bien-être pour tous exigeait la propreté dans le
moindre recoin. Aussi, fous et infirmes étaient-ils placés
dans des institutions. Là, les blouses blanches des médecins fleuraient bon l'air frais et l'eau ; les sols étaient
récurés au savon noir tous les jours et les couloirs étaient
tellement silencieux qu'on entendait de loin le froufrou
des uniformes empesés des infirmières. Seuls les enfants
abandonnés – hydrocéphales baveux et aveugles, pieds-
bots vagissants, bossus geignards, épileptiques hurlants et
bégayants – faisaient tache.

A maints égards, Ellen était une fille de son temps. En
tant qu'aide à domicile, l'une des premières recrutées par
la commune, elle était membre des brigades d'hygiène.
Ayant contracté au cours de son adolescence une peur vis-
cérale des contraintes et de l'emprisonnement du travail
en usine, elle avait fui la région de Norrköping, fief de
l'industrie textile, pour s'installer à Motala. Où, affublée
d'une blouse ressemblant presque à un uniforme d'infirmière, elle parcourait la ville à vélo du matin au soir. Elle
faisait la cuisine pour des vieillards célibataires, lavait et
mouchait les enfants de mères grabataires et veillait à ce
que la psychose de l'accouchement ne dévore pas celles
qui venaient de donner le jour à un bébé au point de leur
faire oublier leurs devoirs.

D'après tout le monde – tant les services sociaux que
ceux d'aide à l'enfance –, c'était une perle. Gaie, conscien-
cieuse, propre, méticuleuse, compétente et digne de
confiance. En outre, elle faisait bien la cuisine. Personne
ne fut donc étonné lorsque Hugo Johansson, premier
ouvrier du bâtiment à avoir jamais siégé au conseil municipal de Motala, commença gauchement à la courtiser. Ils
étaient comme faits l'un pour l'autre : des gens bien, hon-
nêtes et travailleurs. Et tant mieux si Hugo, un veuf, avait
vingt ans de plus qu'elle. Ainsi, il pouvait offrir à sa jeune
épouse sa maison entièrement équipée.

Dans les papiers de Hubertsson, il y a une photo de
Hugo, un portrait retouché des années quarante représentant un homme entre deux âges aux yeux de vieux, au

visage glabre. J'ai du mal à penser à lui comme à mon père, son regard ne me dit rien.

Sans doute n'est-ce guère surprenant. Pour ma mère, Hugo ne fut qu'un donneur de sperme. Lorsqu'on allongea Ellen sur la table d'accouchement, Hugo luttait déjà contre son cancer, dans une autre salle de l'hôpital.

Je m'arrête au milieu d'une bouchée de tartine, tendant l'oreille. Dans le couloir, le martèlement de talons de la Patrouille des Novices s'amplifie comme un roulement de tambour, tandis que leurs voix s'assourdissent. Les novices ne parlent ainsi entre elles que lorsqu'un malade va très mal.

Tiens, de qui peut-il s'agir ?

Je ne connais pas bien les autres patients. A vrai dire, je les évite. La plupart sont des vieillards et leur présence me tourmente pour plusieurs raisons. L'autre jour, lorsqu'une des infirmières de Kerstin Deux poussait mon fauteuil roulant dans le couloir, j'aperçus un vieillard assis seul dans la salle à manger. L'entrevoyant par une porte entrebâillée, je retins ma respiration et la fille derrière mon dos s'arrêta net. L'espace d'un instant, nos regards se figèrent. Celui de la fille, du vieillard et le mien.

Comme moi, il était calé et attaché dans un fauteuil roulant. Mais la lanière supérieure s'était défaite et son torse était tombé de sorte que sa joue gauche reposait directement sur la table. Son dentier était à moitié sorti de sa bouche. Ses deux bras, flasques, pendaient sous lui et il n'avait pas la force de les soulever pour prendre appui sur la table et se redresser. Les épaules étaient directement en contact avec le bord de la table. Ça devait faire mal.

Ne gémissant même pas, le vieillard se contentait de hausser doucement un sourcil. Alors, le temps se remit en mouvement. Lâchant mon fauteuil, la fille porta les mains à sa bouche et s'exclama :

— Mon Dieu ! Oh non !

Elle n'ajouta rien. Je lui en fus reconnaissante. Elle faisait partie de l'équipe de Kerstin Deux, dont les membres ne s'adressent pas à nous comme si nous étions des nourrissons. En quelques pas rapides, elle traversa la pièce et l'aida à se redresser.

— Tu veux t'allonger, Folke ? lui demanda-t-elle.

Il hocha la tête en fermant les yeux. Moi, je fus saisie d'un immense élan envers lui. J'aurais voulu me lever, le prendre dans mes bras puissants, l'éloigner de l'humiliation et l'emporter ailleurs. En fait, je ne pus que détourner les yeux au moment où la fille passa devant moi en poussant son fauteuil.

Comme tant d'autres me fuient du regard.

Peut-être Folke a-t-il décidé de mourir.

Chez les vieux, les plus forts procèdent ainsi. Ils décident de mourir. Evidemment, ils ne choisissent pas les maladies qui s'attaquent à eux. En revanche, on dirait qu'ils peuvent décider de mourir. Ils lâchent prise, tout simplement. Un beau jour, ils ouvrent la main qui a tenu la ligne de vie et se laissent aller.

Pour ma part, je tiens toujours fermement ma ligne. Surtout à cause de mes sœurs et de Hubertsson, mais aussi parce que je connais le sort réservé à ceux qui meurent avant leur heure. Folke, lui, n'a rien à craindre. Sa vie est accomplie, il n'aura jamais à marcher dans la Procession des Morts.

Du bruit à la porte. C'est la fille avec la voix haut perchée qui l'ouvre d'un coup de hanche.

— Tu as fini ton petit déjeuner, Désirée ?

Je happe l'embout et souffle.

Oui. Et puis je veux prendre une douche aujourd'hui. C'est possible ?

A la lecture de la phrase sur l'écran, elle prend un air incertain. Elle hausse les épaules.

— Je ne sais pas. Je vais demander.

La dernière fois, c'était il y a plus d'une semaine.

Elle essaie de m'avoir en se taisant. J'ai des exigences, donc je suis gâtée. Tous les patients qui ont eu des aides à domicile et leur appartement sont considérés comme tels. Et, vu que je bénéficie du soutien de Hubertsson, je le suis particulièrement. Des gens comme moi s'imaginent avoir le droit de tout décider par eux-mêmes – y compris le moment et la fréquence de leurs douches. Sans le moindre égard pour la charge de travail du personnel et les exigences de restrictions de la santé publique.

Je n'ai pas lâché l'embout :

Il faut que je prenne une douche aujourd'hui. Je pue. En plus, j'ai des escarres si je n'ai pas deux douches par semaine, vous le savez bien.

Elle ne piaille plus comme une perruche, son ton a baissé d'une octave quand elle sort de la chambre le plateau à la main :

— Je viens de te dire que j'allais demander !

A l'évidence, elle va immédiatement faire un rapport à Kerstin Un, qui, elle, tardera à donner sa réponse.

Avec un petit sourire, je me prépare à attendre.

Dans son Paradis Postindustriel, Christina s'installe à la table du petit déjeuner et réprime un soupir. Voici son premier petit déjeuner solitaire, celui dont elle rêvait depuis si longtemps. Pas de marmelade au whisky, pas de cheddar et pas de petits pains blancs. Et quant à sa tranquillité, c'est râpé.

Son œuf a l'air bizarre, moitié coque moitié poché. Apparemment, la coquille a éclaté dans l'eau bouillante, le blanc est sorti et pend comme de la bave à l'extérieur. On dirait que l'œuf a la rage. De plus, dans un accès d'ambition déplacée, Margareta a fait griller huit tranches de pain : froides et noircies, elles reposent dans le panier à pain.

— Je crois que je préfère griller mon pain au fur et à mesure, glisse Christina en souriant prudemment par-dessus la table.

Margareta hausse les épaules, elle s'est renfrognée en préparant le petit déjeuner et, en ce moment, elle se fiche éperdument des critiques emberlificotées sur ses talents culinaires.

— Tu restes dormir quelques heures ? s'enquiert

Christina en laissant une fine couche de beurre imprégner sa tranche de pain à peine grillée.

Le beurre est plein de points noirs. Margareta vient de tartiner l'une des tranches brûlées. Toutes deux contemplent en silence le beurre moucheté avant que Margareta ne réponde enfin :

— Oui. Si c'est possible. Mais je partirai vers midi.

Christina hoche la tête avec sérieux :

— Alors je vais te sortir une clé, pour que tu puisses fermer en partant. Tu n'auras qu'à la déposer dans un des coquillages.

Margareta fait une grimace.

— Les gros coquillages sur le perron de la cuisine ?

— C'est ça. Je les ai achetés à Bali quand on y est allés avec Erik l'année dernière. Faut dire que ce n'est vraiment pas le genre de choses à transporter.

Margareta renifle en douce :

— Alors, ils sont vrais ?

Christina lève les yeux, sincèrement choquée de la question.

— Evidemment.

Margareta rigole et tend le bras pour attraper ses cigarettes. Sa tartine à moitié mangée reste sur l'assiette.

— Ça alors, dit-elle en allumant son briquet. Moi qui croyais qu'ils étaient en plastique...

Au moment précis où c'est au tour de Christina de faire la tête, le téléphone sonne. Il faut qu'elle se rende à la maison de santé. Sur-le-champ.

Kerstin Un déboule plus vite que prévu. Les semelles de ses sandales blanches sont souples et je ne l'entends pas. Un coup d'épaule à la porte de ma chambre, et la voici.

En fait, et c'est très étrange, les jolies femmes n'ont pas de visage. Il suffit de regarder comment on les représente dans la pub : la plus magnifique n'a pas de traits, mais des yeux qui donnent l'impression de flotter et une esquisse de bouche.

Eh bien, Kerstin Un leur ressemble. D'accord, elle a

un nez, des joues et un menton, mais ses yeux brillants et ses lèvres parfaitement dessinées dominent le visage au point d'escamoter le reste. Fronçant ses beaux sourcils, elle darde son regard lumineux sur ma misère.

— Tu as de nouvelles escarres ?

Je happe l'embout :

Non. Pas encore.

— Mais tu viens de dire à Ulrika que tu as des escarres.

Quelle Ulrika ?

— L'infirmière qui t'a servi le petit déjeuner. D'après elle, c'est ce que tu prétends.

Je n'ai pas dit ça. J'ai dit que j'aurai des escarres si on ne me fait pas prendre une douche.

— Nous n'avons personne pour ça aujourd'hui.

Mais ça fait une semaine que je n'en ai pas pris !

— Je regrette. Ce n'est pas ma faute si nous n'avons pas assez de moyens. Mais je vais me débrouiller pour qu'on te lève et t'installe dans la salle de jeu. Il n'y a pas de meilleur remède contre les escarres que le fauteuil roulant, tu le sais bien. Et puis, nous allons faire un loto d'images aujourd'hui. Il y a aussi une chorale qui viendra chanter.

Mes spasmes augmentent, ma tête part dans tous les sens, tellement fort que j'ai du mal à conserver l'embout entre les lèvres. Je réussis tout de même à souffler une protestation saccadée :

Je ne veux pas jouer au loto d'images. Et je ne veux pas écouter une chorale. Je veux prendre une douche !

Kerstin Un attend patiemment que j'aie terminé. Ensuite elle sourit.

— Tu verras que c'est sympa une fois que tu y seras. Qui sait, peut-être que tu gagneras l'orange aujourd'hui ? Et puis, il faut qu'on mette un peu d'ordre dans ta chambre. Tu vas avoir droit à un changement d'air.

L'embout glisse de ma bouche sur le côté, je dois lutter contre mes convulsions pour le rattraper. Kerstin Un ne se presse pas. Un sourire aimable aux lèvres, elle reste près de mon lit et me regarde happer l'air vide, plusieurs fois. Lorsque j'attrape enfin l'embout, je n'ai la force de souffler que deux mots :

Changement d'air ?

Le sourire de Kerstin Un s'accentue.

— Eh oui. On va t'installer chez une autre patiente. Ça te fait plaisir ?

Je souffle une longue bouffée :

Non !

La voix de Kerstin Un devient plus grave quand elle se penche pour me border.

— C'est dommage, je croyais que tu aimerais avoir des gens autour de toi.

Elle redresse le dos et croise les bras sur sa poitrine.

— C'est vraiment dommage, dis donc. Mais je n'y peux rien, nous sommes obligés de réorganiser les malades afin que Folke puisse avoir une chambre particulière. Il va très mal et toute sa famille va venir. On va lui donner la tienne et toi tu iras rejoindre la petite Maria.

A présent, je mords l'embout malgré ma crainte de voir mes convulsions arracher le tuyau. Dans ce cas, je resterai sans voix jusqu'à ce que Kerstin Deux et son équipe prennent la relève. Ou peut-être même jusqu'à la visite de Hubertsson demain matin. Même si cette perspective m'affole, je n'arrive pas à me résoudre à ouvrir les mâchoires et lâcher prise. Je souffle :

Rejoindre qui ?

Les mots clignotent sur l'écran. Kerstin Un y jette un œil en se dirigeant vers la porte. Elle s'arrête, une main sur la poignée, et me fait un petit signe avec l'autre.

— La petite Maria. La trisomique. Elle est adorable, comme tous les mongoliens. Ils sont le sel de la terre, tu sais. Toujours adorables, le cœur sur la main. Elle a beaucoup à t'apprendre !

Quelques éclairs blancs fusent dans mon champ de vision, une crampe qui n'est pas un spasme secoue mon corps. Je ferme les yeux. L'horizon est sombre. La tempête est en route et la seule chose à faire est de m'abandonner à son déchaînement.

Jumeau-pompe

« ... et tu t'es dit dans la salle de bains :
Je ne suis pas l'enfant préféré.
En fin de compte, mon chéri,
quand la lumière s'éteint et que la brume arrive,
et que tu es captif dans ton corps renversé
sous une couverture ou une voiture en feu,

et que des flammes rouges suintent de vous
et allument l'asphalte près de votre tête,
ou le plancher, ou l'oreiller,
alors aucun de nous ne l'est ;
ou bien nous le sommes tous. »

Margaret Atwood

— La maison de santé ? répète Margareta. Je croyais que tu travaillais au centre médical.

Christina arpente la cuisine à la recherche de son trousseau de clés. Elle a déjà enfilé son manteau.

— Oui, c'est exact. Mais, en tant que médecin de famille, j'ai aussi des patients à la maison de santé.

Elle trouve le trousseau sur la banquette à côté de la cuisinière et s'escrime à détacher la clé de la porte de la cuisine. Ses doigts refusent d'obéir et, sous l'effet de la crispation, leur peau diaphane rougit.

— Donne, lance Margareta, toujours installée devant le petit déjeuner. Laisse-moi faire.

Christina boutonne son manteau en attendant le résultat de la tentative de Margareta.

— Tiens, voilà ! dit-elle, au bout d'une fraction de seconde.

Margareta lui rend le trousseau, la clé de la cuisine se trouve sur la table. Elles la regardent un instant, tandis que la voix de tante Ellen résonne dans leurs têtes : *Pas de clés sur la table ! Ça porte malheur !* Avec un petit sourire, Margareta la prend et la fourre dans la poche de son jean.

— Bon, dit Christina, soudain moins pressée, et plutôt hésitante. Bon. Fais bien attention à toi alors. On s'appelle...

Margareta grimace un peu.

— Oui, c'est ça. Fais attention à toi, toi aussi.

— Tu iras sur la tombe ?

Margareta hoche la tête.

— Si j'ai le temps avant la nuit.

— Et Birgitta ?

— Oh ! Elle doit avoir fini de jouer pour cette fois.

Il y a un petit silence, puis Christina se racle la gorge :

— Bon. On s'appelle alors. Il faut que je file.

On dirait qu'elle va s'avancer d'un pas pour toucher Margareta. Celle-ci l'en empêche en soufflant un nuage de fumée dans sa direction.

— Erik, profère Christina à haute voix en tournant la clé de contact de la voiture.

Cela lui arrive souvent quand elle est seule, non parce qu'il lui manque, mais parce que la pensée d'Erik la stabilise. Or, elle a besoin de stabilité en ce moment. Comme si les événements de ces dernières vingt-quatre heures avaient levé un rideau – un rideau de velours gris acier, un rideau de fer gondolant – pour dévoiler le passé. Lorsqu'elle souhaitait le départ d'Erik, elle avait oublié qu'il était le seul capable de fermer le rideau, de l'aider à vivre comme si le passé n'existait pas. A ses côtés, le passé est mort. Alors qu'il se remet à bouger et à respirer quand Erik est loin.

Cette fois, elle n'a pas l'intention de se laisser faire. Elle n'est plus une enfant ni une adolescente, et le passé est le passé. La Christina Wulf qui vit aujourd'hui n'a rien à voir avec l'ancienne. Elle est née à l'université de Lund, très précisément vers la fin des années soixante quand l'histoire du monde s'enrayait en hoquetant. On avait déposé un œuf dans une chambre d'étudiante et après quelques heures la mince coquille s'était fissurée. Au milieu de la nuit, l'éclosion avait eu lieu. Une jeune femme était sortie de la coquille brisée en deux. Dès le premier instant, celle-ci était ce qu'elle était destinée à être : une personne sérieuse et déterminée qui, chaque matin à huit heures précises, s'installait à son bureau en ouvrant ses livres. Parfois, fort peu souvent, elle repoussait ses livres pour écrire une lettre à une mère adoptive, rencontrée dans une autre vie. Le contenu était toujours le même : tout va bien et j'économise pour venir te voir à Noël ! Si elle recevait rarement de réponse, d'autres lettres arrivaient dans sa boîte. Souvent, elles étaient postées de Norrköping. Elle les froissait, ces lettres-là, et les jetait dans la corbeille à papier sans les ouvrir. Elle ne connaissait personne à Norrköping. Elle venait de naître et habitait à Lund.

On peut choisir sa vie, pensait-elle souvent à cette époque-là. On n'est pas obligé de se contenter de celle qui vous a été donnée.

Et elle est adulte depuis belle lurette. Elle a fait son choix. Elle habite à Vadstena. C'est une personne qui a des devoirs et des responsabilités. Une personne qui n'a ni le temps ni les moyens de fouiller le passé. Elle tourne la clé de contact encore une fois. Le moteur répond avec un toussotement peu convaincant. Deux lampes rouges clignotent sur le tableau de bord. Le témoin d'huile et le témoin de batterie. Christina passe la main dans ses cheveux, elle transpire et ses lunettes sont en train de se couvrir de buée.

— Du calme, s'admoneste-t-elle à haute voix en se forçant à fermer les yeux.

Elle tourne la clé une nouvelle fois. Et le miracle a lieu : le moteur répond d'un ronron amical. Il a démarré. Elle jette un rapide coup d'œil sur sa montre. Cela fait sept minutes qu'on l'a appelée. Il en faut huit de plus pour arriver à la maison de santé. Elle arrivera à temps.

Naturellement, Christina sait que Folke va mourir. Elle ne peut pas le sauver. La pneumonie définitive est arrivée, celle qui libère tous les patients atteints de démence sénile. Sauf que Folke n'est pas sénile, il en a simplement assez d'être vieux. Quand son corps a commencé à se vider de ses forces, il a volontairement bloqué ses sensations, ne voulant ni voir, ni entendre, ni parler. Christina n'y peut rien. Seulement lui souhaiter bon voyage.

Tout bien considéré, elle n'est pas vraiment obligée de se rendre à la maison de santé, elle pourrait se contenter de prescrire de la morphine par téléphone et ensuite terminer son petit déjeuner. Les autres médecins agissent de la sorte. C'est impossible pour Christina. Dans ce cas, elle passerait le reste de la journée à chasser ses fantasmes de culpabilité à propos de la mort douloureuse de Folke. Voilà pourquoi elle craint d'être en retard. Elle a peur des regards de la famille et de celui de la surveillante blonde qui a téléphoné. Kerstin Un, c'est comme ça qu'on l'appelle. Christina devine que cette femme perçoit à quel point son métier lui déplaît, et cela la rend mal à l'aise.

En effet, son métier lui déplaît. Elle a fait le mauvais choix. Elle le sait depuis longtemps – depuis le jour où elle a vu Erik pour la première fois.

Elle s'était retrouvée à son cours plus ou moins par hasard. C'était un jeune professeur n'ayant manifestement pas l'habitude de se trouver face à un public. Nerveux au début, il avait un regard vague et s'interrompait souvent, puis son manque d'assurance s'était volatilisé à mesure qu'il se plongeait dans son sujet. *Agenesia cordis!* Un état de grossesse extrêmement rare, seulement un cas sur trente-cinq mille.

Christina n'écoutait qu'à moitié. Rien, jusque-là, ne lui avait paru essentiel. Intéressant peut-être, mais pas indispensable pour un médecin généraliste qui venait tout juste d'avoir son diplôme. En outre, elle n'était plus accoutumée à ne rien faire ; ces derniers mois, elle courait d'un patient à un autre, d'une garde de nuit à un service de jour, du centre médical à la consultation hospitalière, de la maison de santé à la maison de retraite.

Sa stupéfaction commençait enfin à s'estomper, celle qui ne l'avait pas quittée durant cette première année. Elle avait réussi! Christina Martinsson était docteur en méde-cine! Quand elle apercevait son reflet dans une vitrine brillante, au cœur de l'hiver – petite femme grise en blouse blanche avec le stéthoscope dépassant de la poche –, elle n'était plus surprise. Au contraire, elle s'adressait un petit clin d'œil ironique. Pardi! Elle est docteur.

Malgré tout, ces brefs instants de triomphe se raré-fiaient. Elle commençait à mesurer sa naïveté. Année après année, elle s'était plongée dans les livres, avec la passion que lui procurait sa détermination. Ses études la poursuivaient dans son sommeil et des rêves troublants sur des patients mystérieux la réveillaient en pleine nuit. C'était dans l'ordre des choses. Le matin, oubliant ses rêves, elle s'attelait à l'acquisition de nouvelles connaissances. Un matin, pensait Christina à cette époque, elle se réveillerait médecin. Alors, tout changerait. Elle surtout. Tout ce qui flottait, indécis, en elle, se figerait et elle serait comme coulée dans un seul bloc, inattaquable, aussi inébranlable qu'un pilier en béton.

Ce matin-là arriva. Mais pas le miracle. Pendant douze mois, les matins s'étaient succédé sans que la métamorphose se produise. Et Christina percevait qu'elle ne se trouvait face à son métier que maintenant – après onze ans d'études et de formation. Elle était devenue médecin sans avoir eu le temps de se demander si c'était sa vocation.

Mais pourquoi? Pourquoi est-ce que cela avait eu cette importance?

A cause d'Astrid, évidemment. Et d'Ellen.

Elle était devenue médecin à cause de ses deux mères.

Christina inclina la tête et oublia le jeune conférencier. Oui, c'était ça. Ni Astrid ni Ellen n'avaient jamais cru en sa réussite. Sceptique, Ellen s'était inquiétée quand Christina lui avait expliqué son intention de faire médecine, tandis qu'Astrid s'en était moquée, ouvertement. La première fois que Christina y avait fait allusion, elle avait murmuré en reniflant que l'orgueil précède la chute. Pourtant, Astrid était l'une des raisons l'ayant poussée à la médecine. Dans l'univers d'Astrid, les médecins, tous les médecins, possédaient un pouvoir mythique; face à eux, elle devenait une petite dame banale, une femme angoissée au sourire obséquieux surveillant son langage. Or, Christina ne voulait la voir que comme ça. Jamais autrement. Seulement comme ça.

Ce métier était une fuite, une tentative d'évasion. Mais Astrid ne la lâchait pas. Elle avait planté une petite graine en Christina, une petite graine de dégoût qui s'était enracinée au cours de ses années d'études et avait fleuri lorsqu'elle avait obtenu son premier poste. Et, quotidiennement, elle s'était efforcée de dissimuler son aversion des corps qui s'exhibaient devant elle : cuisses poilues, ventres mous, seins flasques, fesses fripées, plaies suppurantes et bas-ventres aux mauvaises odeurs.

La chair lui fait horreur. Mais le médecin en est libéré. Pur et imperméable à la contagion, il plane au-dessus des souillures des autres – à une telle hauteur que la putréfaction ne l'atteint pas.

Oui. Encore une fois, Christina fixa le jeune conférencier du regard. Elle allait continuer à être médecin. Pour planer. Et pour tante Ellen qui lui avait adressé un sourire déformé et serré – avec une extrême difficulté – la main, la première fois que Christina s'était rendue à son chevet à la maison de santé, vêtue de sa blouse blanche et avec le stéthoscope prêt à servir.

S'agitant maladroitement sur l'estrade, le jeune conférencier demanda qu'on déroule l'écran. Puis il prépara le projecteur de diapos. Christina redressa le dos comme une écolière prise en faute et essaya d'avoir l'air d'écouter. La lumière s'éteignit et la salle fut plongée dans le noir. La première diapositive s'afficha. Un placenta. Le réseau vasculaire avait été rempli de bleu de méthylène et la baguette du conférencier parcourut l'image à la recherche de l'artère :

— L'étiologie n'est toujours pas claire mais, d'après une théorie, il s'agirait d'une malformation vasculaire au tout début de la grossesse, avec pour conséquence que le jumeau le plus faible est alimenté en sang usagé via *umbilicalus*. Ce sang arrive d'abord à la moitié inférieure du corps, et c'est pourquoi cette partie du corps – nous allons le voir – est un peu plus développée.

Il appuya de nouveau sur son bouton. L'auditoire accueillit la photo suivante par un grand silence. D'abord, Christina eut l'impression de ne rien distinguer; cillant des yeux, elle ajusta ses lunettes avant de plaquer la main sur sa bouche – geste bien peu professionnel. Elle se força à la reposer sur ses genoux et tourna la feuille de son bloc-notes, comme pour y noter quelque chose d'important qu'elle n'écrivit pas au demeurant.

La photo représentait un petit corps avec un cordon ombilical et de fines excroissances incomplètes en guise de jambes. Un nourrisson sans tête ni bras, une petite masse de chair à la peau rose. C'était manifestement un être humain. Mais seulement un demi-être humain. Il était tout lisse vers le haut, lisse et doucement arrondi là où auraient dû se trouver le cou et la tête.

Silencieux à côté du projecteur, le conférencier laissa la photo se graver dans les esprits avant de poursuivre :

— Dans la littérature, on a appelé ce phénomène *The acardia monster*, le monstre sans cœur. Ce qui en soi est correct, en ce sens qu'il n'existe effectivement pas de cœur ici, mais je préfère éviter cette dénomination que je trouve un peu – euh – racoleuse.

Il appuya une fois de plus sur son bouton, une nouvelle photo surgit : le même être mais vu sous un angle différent. On distinguait un petit pli de peau chaste entre les deux excroissances qui auraient dû devenir des jambes. La baguette s'agitait au-dessus du pli.

— Le fœtus difforme et le jumeau sain sont toujours du même sexe. En général, ce sont des filles, mais la raison de cette surcharge est inconnue. La mortalité chez le jumeau-pompe est élevée, puisqu'il y a de plus en plus d'exigences en apport de sang au fur et à mesure que la grossesse progresse. Cela peut amener de grosses difficultés pour le jumeau-pompe.

Bien des années plus tard, quand leurs propres jumelles avaient commencé à l'école, Christina réalisa une nuit qu'elle avait dû mal comprendre les propos d'Erik. Prise d'une impulsion, elle tendit la main pour le secouer, bien que son sommeil fût sacré.

— Erik ! chuchota-t-elle dans l'obscurité de la chambre. Erik !

Mettant un moment à répondre, il grogna et se retourna. Mais Christina insista :

— Ecoute ! Il faut que je te demande une chose.

Il ouvrit les yeux et se tourna vers elle, tout ensommeillé.

— Hein, c'est quoi?

— Tu te souviens de ta conférence, le jour de notre rencontre? Le monstre sans cœur? Tu t'en souviens?

Il ramena la couverture sur son épaule et referma les yeux.

— Mmm. Et alors?

— Tu parlais du *jumeau-pompe*, n'est-ce pas? Mais tu voulais dire lequel des deux, alors? Le fœtus sain? Ou l'autre?

Il dissimula son irritation derrière un petit rire.

— Bon sang, Christina, tu me poses ce genre de question en pleine nuit? Je voulais dire le fœtus sain, évidemment. Ça s'entend: le jumeau-pompe pompe du sang dans la malformation.

— Ah! dit Christina. Bien. Merci. Rendors-toi maintenant.

Il prit la main de Christina qu'il serra légèrement.

— Pourquoi tu voulais savoir ça?

— Oh! Le mot m'a traversé l'esprit! J'ai toujours cru que c'était l'autre qui était le jumeau-pompe.

Bien qu'à moitié rendormi, Erik restait poli et intéressé.

— Et pourquoi?

Christina retira sa main et se blottit sous la couverture, serrant fortement les paupières pour chasser la vieille image.

— Bof, dit-elle. Sans doute parce qu'à mes yeux il ressemblait à une sorte de pompon...

— Dors bien.

— Toi aussi, dit-elle.

Leur façon de se parler, cette manière de dire *merci* et *s'il te plaît* et *porte-toi bien*, agaçait terriblement Astrid. Lorsqu'elle vint pour sa première et dernière visite chez eux, sans être invitée, elle ne se gêna pas pour leur balancer leurs quatre vérités.

— Ça fait pas naturel, dit-elle avec son accent

déformé de Scanie. Vous alors, vous vous prenez pas pour de la merde. Pouvez pas dire ce que vous avez à dire, comme ça directement ? Vous êtes vraiment obligés de faire les imbéciles sans arrêt ? Vous êtes mariés, que je sache ! Vous n'avez qu'à parler comme tout le monde.

Christina, qui s'attendait à une attaque de ce genre, avait affûté sa réplique des mois et des années durant. Et même si elle l'avait sur le bout de la langue, elle ne la sortit pas sur-le-champ. La bouche pincée – une ligne mince –, elle prit la tasse à café de sa mère encore à moitié pleine et la porta vers l'évier. Muette. Raide.

— Dis-donc, jeune femme, gueula Astrid dans son dos. J'avais pas fini !

Christina se figea, pivota, tenant toujours la tasse et fixa sa mère. Astrid agitait ses mains dont la couleur – bleu clair – surprenait toujours.

— Bon, fais-moi le plaisir de remettre cette putain de tasse devant moi. Et de me passer un cendrier, merci !

— Je ne veux pas que tu fumes ici. Erik n'aime pas ça.

— Aha ! fit Astrid en allumant sa cigarette. Sa Majesté le Roi a ordonné. Rien n'empêche d'ouvrir la fenêtre.

Elle s'étira au-dessus de la table de la cuisine. Ses seins flasques pendouillaient comme des sacs de billes à moitié pleins. Après avoir tripoté les crochets, ostensiblement, elle ouvrit la fenêtre en grand, puis s'écroula sur sa chaise, le souffle court. Ayant tiré une grosse bouffée de sa cigarette, elle tapota la table à l'endroit où s'était trouvée la tasse de café. Christina reposa celle-ci, à moitié remplie, devant Astrid, et respira à fond. Il ne fallait pas que sa voix flanche au moment de sortir LA Réplique.

— Ce n'est pas plus franc de pester contre les gens que de leur parler aimablement. Mais tu as toujours pensé que la colère est le seul sentiment véritable.

Christina avait sous-estimé son adversaire. Astrid lui décocha un regard qui réduisit la Réplique en poussière.

— Qu'est-ce qu'il faut pas entendre ! vociféra-t-elle. On dirait une putain de rengaine à la radio, est-ce que tu t'en rends compte au moins ? *Petits, petits mots d'amour !* *Diiis-le avec un sourire !*

Christina resta devant la table, le dos rigide. La peur, antédiluvienne, lui tordait le ventre. Astrid se pencha et, avec une promptitude de reptile, attrapa le poignet de sa fille de ses doigts bleutés, le serra, le tourna, à peine, juste assez pour que ça fasse vraiment mal, sans que cela se voie. Respirant silencieusement, elle articula d'une voix néanmoins plus assourdie qu'à l'ordinaire.

— Garde-toi bien de monter sur tes grands chevaux avec moi, ma petite. C'est grâce à moi que t'es un docteur et une dame distinguée.

Au même moment, Erik ouvrit la porte d'entrée et lança un bonjour. On entendit des cintres cliqueter dans l'entrée.

Il pend sa veste, pensa Christina.

La poigne d'Astrid se fit plus dure. Quelque chose heurta le plancher.

Maintenant, il ôte ses chaussures. Oh ! je t'en prie, viens vite !

Froissement de papier... Il vérifiait le courrier. Astrid serra davantage, frotta la peau de sa fille, son poignet, tout en observant attentivement sa réaction. Des yeux luisants. Pas de résistance. Christina ne lui avait résisté qu'une seule fois dans sa vie et, vu les conséquences, elle n'avait plus jamais recommencé.

— Ohé ! cria Erik à nouveau. Ohé ! y a quelqu'un ?

Il se dirigea vers la cuisine. Christina regarda sa mère droit dans les yeux, Astrid renifla avec dédain, mais ne soutint pas son regard. Lâchant prise, elle repoussa la main de Christina avec une fureur puérile.

— Salut, lança Erik.

Debout à la porte de la cuisine, sourire aux lèvres, il n'avait rien vu.

Astrid écrasa vivement sa cigarette, passa la main sur son front et regarda ailleurs. Les yeux de Christina allèrent de l'un à l'autre, ils se rétrécissaient avec une lueur de triomphe quand elle les posait sur Astrid, s'écarquillaient et brillaient quand elle souriait à Erik.

— Salut, dit-elle en allant au-devant de lui, les bras grands ouverts. Je ne t'ai pas entendu venir.

Mon homme, pensa-t-elle, en se blottissant contre lui. J'ai vraiment un homme.

Elle ne lui a jamais confié qu'il était le seul homme qu'elle ait jamais eu. Même le seul qu'elle ait embrassé. Quand il s'était installé à côté d'elle au dîner après cette première conférence, elle s'était raidie et figée et, lorsqu'il l'avait appelée quelques semaines plus tard pour l'inviter au théâtre, elle avait vomi une fois qu'elle avait accepté l'invitation. Non qu'il fût répugnant, bien au contraire, mais parce que c'était tellement inouï qu'un homme daigne la regarder.

Au cours des multiples dîners, concerts et pièces de théâtre de ce premier printemps, son hymen devenait de plus en plus épais et résistant. Dix ans auparavant, il aurait été acceptable, cinq ans plus tôt un peu comique. Aujourd'hui, c'était une honte. Car les temps avaient changé. Et une femme encore vierge à trente ans était considérée comme défectueuse

La veille de la Saint-Jean, l'angoisse la fit éclater en sanglots quand elle prépara sa nouvelle valise en cuir avec des vêtements d'été soigneusement repassés. Sa plus belle robe de coton sentait le vent et la mer, et alors ? Ses ongles polis brillaient comme de la nacre et elle s'était fait faire une nouvelle coupe de cheveux très seyante, et alors ? La chose était imminente, elle le savait, sinon Erik ne l'aurait jamais invitée à fêter la Saint-Jean avec ses parents dans leur villa d'été sur l'île de Sainte-Anne. Elle s'était préparée à supporter beaucoup de choses : la gentillesse condescendante de la grande bourgeoisie vis-à-vis de la parvenue, les questions détournées des sœurs d'Erik sur sa famille et les sourcils que ne manqueraient pas de lever les parents d'Erik à ses réponses sommaires. Mais Erik se tiendrait à son côté, elle le savait, il avait déjà commencé à plaisanter au sujet des questions inquiètes de sa mère concernant ce qu'elle appelait « le pénible passé de Christina ». Mais comment allait-il réagir à sa virginité ? Prendrait-il peur et reculerait-il? Ou se détournerait-il d'elle avec mépris?

Rétrospectivement, on aurait dit que son corps avait pris la décision de son propre chef. Son bras droit se tendit; sa main tira le store; ses pieds la menèrent jusqu'à la commode où sa main droite prit le miroir de poche tandis que sa main gauche dégrafait la jupe et la laissait tomber à terre. Une main repoussa la valise pendant que l'autre débarrassait Christina de sa culotte. La jambe droite se leva toute seule, le pied se posa sur le bord du lit, tandis que l'index, le majeur et l'annulaire de la main droite se joignaient en un instrument chirurgical. Les yeux se donnèrent l'autorisation de se fermer.

Après, elle saisit la glace à main et se regarda entre les jambes, comme si elle examinait le vagin d'une étrangère. Tout semblait indiquer qu'il s'agissait d'une femme ayant une certaine expérience sexuelle, fût-elle limitée. Ça ne saignait pas beaucoup. Une toilette rapide allait en ôter toute trace. Après quoi, personne ne soupçonnerait la vérité.

En sortant de la salle de bains, elle aperçut les doigts de sa main droite. Autour des ongles et dans les plis des articulations, le sang formait d'épaisses lignes rouges. Chancelant de dégoût, elle faillit perdre l'équilibre et retourna à la salle de bains en s'appuyant au mur. Une fois la porte fermée, elle n'alluma pas et chercha à tâtons le robinet, laissant l'eau couler jusqu'à ce que ses doigts soient si froids qu'ils n'aient plus de sensibilité.

Pourtant, le lendemain matin, lorsque Erik se gara devant son immeuble, elle descendit les escaliers d'un pas léger. La journée était magnifique : le ciel au-dessus de Vadstena était aussi bleu que la robe de la Vierge Marie, les feuilles des bouleaux brillaient au soleil, l'air était facile à respirer.

— Tu as l'air bien heureuse? dit Erik sur un ton de suspicion quand ils se retrouvèrent sur le trottoir. Il s'est passé quelque chose?

Christina se hâta d'atténuer un peu son sourire.

— Absolument pas, répondit-elle de sa voix habituelle réservée. Je suis de bonne humeur. Voilà tout.

Car j'ai un homme, pensa-t-elle pour la première fois de sa vie. J'ai payé le prix et maintenant j'ai réellement un homme !

Chez tante Ellen, personne ne s'attendait à ce que Christina trouve un homme. Elle non plus d'ailleurs. Durant l'adolescence, elle endossait sa féminité avec une mine de souffrance et tentait régulièrement de s'en débarrasser. C'était Christina qui avait les nausées et les douleurs, elle qui se roulait par terre une fois par mois et qui ensuite était secouée de frissons et devait être mise au lit avec plusieurs couvertures et des bouillottes, alors que Margareta et Birgitta s'occupaient d'imiter les coiffures de Brigitte Bardot, avec l'arrogance de jeunes femmes prêtes à conquérir le monde.

C'était une époque atroce. Comme elle essayait de réchauffer ses mains glacées sur la bouteille d'eau chaude que tante Ellen avait recouverte d'une chaussette de laine et glissée dans son lit, Christina fermait les yeux et essayait de se rappeler des jours plus heureux : le dernier jour d'école en classe préparatoire quand elle reçut un prix pour la première fois, des dimanches matin gris et douillets dans la cuisine quand le beurre fondait sur les petits pains tout chauds de tante Ellen, les jeux dans le cerisier dehors par de paisibles soirées d'été.

C'était simple d'être une petite fille chez tante Ellen. Simple et apaisant. Il suffisait de bien manger, d'obéir et de se laisser choyer. Dans cet ordre. Pour Christina, cela ne posait aucun problème ; elle aimait tous les plats de tante Ellen, les exigences d'obéissance étaient compréhensibles, se faire choyer était une pure joie. Alors que Birgitta protestait en hurlant quand tante Ellen insistait pour laver son visage sale avant le dîner, Christina, le cœur gonflé d'amour, se penchait et posait sa tête sur le ventre de tante Ellen lorsque c'était son tour. Birgitta se plaignait que tante Ellen avait la main dure, mais personnellement, Christina trouvait cette rudesse agréable. Au foyer de l'Assistance Publique, il y avait eu une puéricultrice à la main très douce. Christina avait crié de terreur chaque fois que cette femme s'approchait ; elle criait sans cesse jusqu'à ce que la puéricultrice perde patience et la saisisse avec violence. Christina ne se laissait laver qu'à ce moment-là tout en continuant de hurler. Au cas où.

Sinon, ses souvenirs du foyer se résumaient à une grande salle avec de hautes fenêtres et des lits alignés. Tout était blanc dans son souvenir : les murs, les lits, la lumière qui filtrait à travers les branches des bouleaux du jardin. Par flashes, une image d'une seconde surgissait dans son esprit : un garçon serrait son nounours à une seule patte, une fille vêtue d'un manteau avec des chaussures d'hiver se retournait et regardait Christina en sortant de la salle, les pleurs d'une toute petite fille à qui l'on avait pris sa couverture doudou : *Ma couverture, ma couverture, où est ma petite couverture ?* Autant de souvenirs inutiles, incompréhensibles. Il y manquait des noms et une certaine cohérence. Ils étaient impossibles à partager.

Il en allait de même pour l'hôpital, dont Christina ne se rappelait que les murmures, les doigts blancs appuyés sur une seringue. Tout de même, elle avait le souvenir d'une personne – une des patientes de la salle commune où l'on avait fini par l'installer. Une grosse vieille femme qui parlait sans cesse ; constamment en mouvement, elle allait d'un lit à un autre en faisant des commentaires à voix haute sur l'état et le traitement des autres patients. La petite fille de cinq ans avec les brûlures l'intéressait spécialement.

Le pire, c'était la soif. S'il y avait des piqûres contre les douleurs, des piqûres qui faisaient planer Christina, il n'existait aucun remède contre la soif. Le goutte-à-goutte allait faire du bien, disaient les êtres habillés de blanc à la lisière de la réalité. C'était faux. Sa langue enflait et se couvrait d'une glaire épaisse, ses lèvres se fissuraient et le gosier gonflait tant que chaque respiration devenait un sifflement. Sa soif finissait par tourmenter également ceux qui la voyaient et ils en vinrent à poser un bol d'eau à côté de son lit avec des compresses afin que Christina puisse les poser sur ses lèvres pour calmer sa douleur. Chaque fois, les êtres en blanc se penchaient sur elle et la sermonnaient : *Mouille les lèvres, mais ne suce pas. Il ne faut surtout pas sucer !*

Evidemment qu'elle suçait. Avec une extrême prudence toutefois pour n'alerter personne. De sa main intacte, elle prenait les compresses et les passait sur sa bouche comme les infirmières le lui avaient recommandé, mais elle écartait furtivement les lèvres derrière la gaze et passait le bout de sa langue sur les fils du tissu. Et soudain, elle devenait un être vivant, un petit animal goulu animé d'une volonté qui la forçait à sucer la compresse jusqu'à la dernière goutte.

La seconde d'après, quelque chose de jaune et de piquant montait de ses entrailles, le corps se contractait en une crampe, le feu dans ses plaies se ravivait. Quand elle ouvrit les yeux pour se délivrer un peu de la douleur, la grosse femme se tenait le doigt levé au-dessus de son lit.

— Je t'ai vue, dit-elle. Tu suçais. C'est de ta faute.

Christina ferma les lèvres, refoulant ses larmes.

— Mais oui, dit la femme à nouveau. Je t'ai vue. Je sais que c'est de ta faute.

Et, loin dans la tête de Christina, une voix criarde faisait chorus :

Tu entends, sale môme ! C'est ta faute ! Tout ce qui arrive, c'est de ta faute !

La grille noire en fer forgé grinça lorsque la puéricultrice la referma derrière elles.

— Viens, dit-elle en tendant la main à Christina.

Ses gants bleus étaient assortis à son manteau. Alors que Christina en portait un marron clair et des moufles vert cru. Elle voyait bien que c'était laid. Depuis qu'elle s'était murée dans le silence, on aurait dit que les couleurs, dures et tranchantes, lui grattaient les yeux comme du gravier. Eût-elle su comment s'y prendre que le monde aurait été noir, blanc et gris. Comme une photographie.

— Allez, viens. Ne sois pas timide, dit mademoiselle Inga en prenant sa main. C'est ma belle-sœur et elle est vraiment gentille.

Mais la main de Christina retomba mollement, tellement souple et abandonnée qu'on ne pouvait même pas la saisir. Clouée sur place dans l'allée du jardin, la petite fille ne semblait pas l'entendre. Car cela venait enfin de se produire, elle était finalement entrée dans sa photographie. Le jardin ressemblait au monde en noir et blanc qu'elle avait créé dans sa tête. Tout concordait : le faux jour et la brume blanche, les lignes noires des arbres fruitiers se détachant sur le ciel gris, le givre en train de fondre sur le gazon. Voilà un jardin pour des filles dans son genre. Un jardin pour princesses d'hiver.

Mademoiselle Inga réussit à prendre sa main et l'entraîna.

— Mais viens donc! Il n'y a pas de quoi avoir peur.

L'escalier extérieur était immense. Et carrelé. Telle-ment différent de l'escalier en bois de la véranda du foyer de l'Assistance publique. Cet escalier ne tremblait pas quand on y posait le pied, il restait inébranlable et lourd, comme une montagne en attente d'être gravie. Il était propre aussi et balayé : les traces du balai étaient encore visibles dans la neige qui restait sur les tomettes rouges.

Mademoiselle Inga sonna tout en ouvrant la porte, puis elle poussa Christina devant elle dans la petite cage d'escalier. Ici également, tout était en carrelage : gris et lisse par terre, d'un vert pâle et comme poreux sur les murs. On aurait dit un hôpital, un petit hôpital carrelé.

Mademoiselle Inga retira rapidement les caoutchoucs ayant protégé ses escarpins du dimanche de l'hiver qui ne se décidait pas à partir. A la même vitesse, elle aida Chris-tina à enlever ses bottes. Ensuite, elle frappa résolument à la porte marron et l'ouvrit.

— Ohé! cria-t-elle à l'intérieur. Ohé!... y a quelqu'un?

Aux bruits de l'appartement, Christina eut un petit frisson dans le dos. Des parasites de radio et quelque chose grésillant dans une poêle. Elle avait appris à les détester, ils étaient aussi inquiétants que le lait en poudre granuleux au fond du gobelet en inox des collectivités.

Sauf qu'on ferma immédiatement la radio et qu'on enleva la poêle de la cuisinière; ici il y avait de la place pour les voix des gens.

— Elle ne mange presque rien, prévint mademoiselle Inga. Elle écarta une mèche de cheveux du visage de Chris-tina, défit sa barrette pour la remettre en place aussitôt. Elle ne parle pas non plus. Pas le moindre son, sauf quand elle pleure.

Pendant une seconde, la femme de l'autre côté de la table plongea son regard dans les yeux gris de Christina.

— Bon, dit-elle. De toute façon, on parle toujours trop, alors...

La fille assise à côté d'elle appuya rapidement sa joue contre le bras de la femme.

— Tu parles, toi, tante Ellen. Tu parles tout le temps.

Ellen toucha son nez avec le bout de ses doigts.

— Oh! la la! fit-elle. Voilà que le nez de Margareta s'est de nouveau allongé!

La fillette pouffa de rire et but une grosse gorgée de lait. Elle avait mangé onze boulettes de viande, Christina les avait comptées. Onze! Et pourtant, il en restait encore une montagne dans le gros plat sur le fourneau. Elle n'en avait mangé qu'une, avant de poser sa fourchette, bien décidée à résister aux tentatives de persuasion de mademoiselle Inga. Elle n'avait cédé que sur un point : elle avait vidé presque tout son verre de lait. C'était du vrai lait, elle s'en était rendu compte tout de suite. Pas une poudre granuleuse délayée dans de l'eau du robinet.

— J'espère que ça ne te bouscule pas trop, dit mademoiselle Inga. Je veux dire qu'on débarque comme ça sans prévenir. Mais il ne restait que quatre enfants pour Noël, alors nous avons pensé que c'était aussi bien de fermer l'établissement et de les prendre avec nous. Le directeur en a pris deux, Brita et moi un chacune. Sinon, on n'aurait pas eu de véritable Noël cette année.

Elle s'arrêta, passant encore la main sur le front de Christina.

— Et elle est tellement gentille, elle ne dérangera personne.

Vêtue de sa blouse de ménagère à grosses fleurs, les bras blancs lourdement posés sur la table, Ellen sourit un peu.

— Ça ne me dérange absolument pas, dit-elle. Vraiment pas.

Plus tard ce même jour, Christina se retrouva seule dans la pièce de séjour de tante Ellen. Le tissu rugueux du canapé frottait un peu contre sa cuisse, elle n'avait pas de panty en laine pour couvrir l'interstice entre sa culotte et les bas.

La maison était plongée dans le silence. Mademoiselle Inga et Margareta étaient parties acheter un sapin de Noël au marché; elles avaient insisté pour que Christina les accompagne, mais celle-ci avait obstinément secoué la tête et s'était faite tellement molle et inconsistante que mademoiselle Inga n'avait même pas réussi à lui enfiler le manteau.

— Laisse-la rester avec moi, avait fini par dire tante Ellen et, après un flot de remontrances et d'excuses mademoiselle Inga avait cédé.

Aussi Christina, assise bien droite sur le canapé, regardait-elle la pièce. Elle l'aimait. Les couleurs allaient bien ensemble. Elles ne se disputaient pas, ne criaient pas en cherchant à s'entre-tuer. La nuance jaune pâle du rideau se mariait au gris du canapé, les tons d'or du tapis jouaient avec le marron d'un meuble bas adossé au mur. Au-dessus du meuble était accroché un grand tableau représentant une forêt aux teintes flamboyantes. Cette peinture était une tentation pour Christina. Peut-être allait-elle y entrer et devenir une princesse d'automne au lieu d'une princesse d'hiver ? Mais non, elle voulait rester dans cette pièce, dans cette maison, dans ce silence qui semblait amplifié par le tic-tac déterminé de la pendule.

Tante Ellen apparut soudain dans l'encadrement de la porte, toujours vêtue de sa blouse à grandes fleurs. Son visage sous ses cheveux sombres était large et carré, elle avait les bras blancs croisés sur sa poitrine robuste. Ses lunettes avaient glissé un peu sur le nez et, dans une de ses narines, il y avait un bout de coton blanc.

— Un bonbon ? proposa-t-elle en regardant par-dessus la monture de ses lunettes, tandis qu'elle sortait un sachet de sa poche.

— Des coussins en soie, fit-elle ensuite comme si cela devait expliquer quelque chose, puis elle se laissa tomber dans le fauteuil à côté du canapé.

Christina se pencha timidement en avant et regarda dans le sachet. Les bonbons ressemblaient effectivement à des coussins en soie : ils scintillaient et brillaient dans des tons pâles irisés. Du rose, du lilas, du bleu ciel.

— Sers-toi, dit tante Ellen en secouant les bonbons.

Christina forma une petite pince avec son pouce et son index et glissa doucement la main dans le sachet ; les coussins de soie étaient un peu collants et agglutinés, elle dut les titiller un peu pour dégager le plus beau. Il était de couleur parme.

— Prends-en d'autres, dit tante Ellen en secouant à nouveau le sachet. On est bien la veille du réveillon aujourd'hui, non?

Christina glissa de nouveau sa main dans le sachet. Cette fois-ci, elle en ressortit une masse collante. Quatre coussins de soie poisseux. Les yeux rivés sur tante Ellen, la petite fille retint sa respiration et la fixa. Allait-elle se mettre à crier?

Pas du tout. Non seulement tante Ellen ne cria pas, mais elle referma le sachet et le remit dans sa poche sans regarder la boule de bonbons collés. Puis elle s'appuya contre le haut dossier du fauteuil et observa le tableau à l'autre bout de la pièce. A croire qu'elle envisageait aussi d'entrer dans la forêt de la princesse d'automne.

— Eh oui, soupira-t-elle. Ce n'est pas toujours aussi facile.

Au même moment, l'enveloppe friable du coussin de soie éclata dans la bouche de Christina. Une douceur crémeuse se répandit sur sa langue.

Bien sûr. Maintenant elle se rappelait. C'était le goût du chocolat.

Dehors, le jour baissait, le crépuscule envahissait la maison. Noël blanc ne serait pas blanc. La neige fondue de la matinée s'était vite transformée en pluie. Tant pis. On allait tout de même célébrer le réveillon de Noël et, en attendant, on pouvait parfaitement rester calmement dans la pièce de séjour à regarder en silence les gouttes de pluie sur les fenêtres luisantes et noires de tante Ellen.

Celle-ci ne parlait pas. En cela, elle était vraiment différente. Christina n'avait jamais rencontré d'adulte capable de garder le silence aussi longtemps. Les autres étaient tellement occupés à parler qu'ils en oubliaient de penser, tandis que cette femme se contentait de rester assise avec sa narine bouchée et sa bouche à moitié ouverte. Non qu'elle dorme : ses yeux gris étaient grands ouverts et brillants.

Ensuite, le rire de mademoiselle Inga et le bavardage de Margareta retentirent dans la cage d'escalier. La porte de l'appartement s'ouvrit et Margareta se précipita à l'intérieur, en grosses chaussettes de laine et le manteau déboutonné. Tante Ellen mit les mains sur les accoudoirs pour se soulever, tendit les bras vers Margareta, l'aida à enlever son manteau, rit de son bavardage et lui ébouriffa les cheveux.

Christina se détourna et regarda la fenêtre, suivant des yeux une autre goutte de pluie qui cherchait son chemin sur la surface lisse. L'idée qui l'effleura la frappa de stupeur : tout aurait été différent si j'avais su parler.

C'était la première fois. Elle n'avait jamais pensé ainsi auparavant.

Mais sa voix n'allait pas revenir uniquement parce qu'elle le souhaitait, de même qu'elle n'avait pas disparu sous l'effet de sa volonté. Ce sont des choses qui arrivent. Un point c'est tout.

Sans donner l'impression de s'apercevoir que Christina n'ouvrait pas la bouche, Margareta déversait des flots de paroles. Les mots tombaient de sa bouche comme des boules de mercure, ils roulaient par terre à toute allure et disparaissaient dans les coins.

Quand elles eurent fini de décorer le sapin, Margareta entraîna Christina pour lui montrer le reste de la maison. Elle découvrit la cave sombre avec la buanderie en ciment gris, la salle de bains vert clair, l'escalier carrelé, le palier à l'étage et la porte marron de l'appartement là-haut, mis en location. Et puis le grenier évidemment, le plus important. Christina respira à fond quand elle passa la tête par la trappe, ça sentait bon ici. Poussière, sciure et bois de charpente.

— Ça sert de cabane, dit Margareta en se dirigeant vers de petits meubles devant la fenêtre du pignon. Oncle Hugo avait l'intention d'en faire une pour jouer, mais il est mort avant d'avoir eu le temps de commencer. N'empêche qu'il a eu le temps de fabriquer les meubles.

On aurait dit que Margareta et Christina étaient tout à coup devenues des géantes. Les meubles étaient trop petits pour elles, leurs fesses débordaient des chaises en bois, il n'y avait pas de place pour leurs genoux sous la table.

— Il les a faits pour un tout petit enfant, expliqua Margareta. Enfin, ils sont à moi maintenant.

Sur ce, elles retournèrent dans l'appartement composé de quatre pièces. Margareta avait donné un nom à chacune d'elles : la grande pièce, la petite pièce, la salle à manger et la pièce vide.

Dans la pièce dite vide, il y avait toutefois un lit et une commode. Margareta n'y entra pas, elle entrouvrit seulement la porte sans lâcher la poignée.

— En fait c'est ma chambre, déclara-t-elle. Du moins, ce le sera. Plus tard. Quand je commencerai l'école. Pour l'instant, je dors avec tante Ellen. Dans la petite pièce.

Christina fit une grimace. Elle n'aimerait pas coucher dans le même lit qu'un adulte.

— Pas dans le même lit s'entend, précisa Margareta comme si elle pouvait lire dans ses pensées. C'est un double-divan, il y a un lit sous le lit que nous tirons le soir.

Rien n'indiquait pourtant dans la petite pièce que Margareta l'occupait. Divan, fauteuil, armoire à linge et boîte à couture oui, mais pas le moindre jouet ou livre pour enfant. Au foyer de l'Assistance publique, chacun avait sa petite armoire pour ranger ses vêtements et ses affaires. Rien de tel ici. Ceux de Margareta étaient accrochés dans le placard de tante Ellen dans le vestibule. Christina avait remarqué, quand Margareta la faisait visiter, le mélange des grandes et des petites robes sur la même tringle.

Sans paraître se soucier du désordre du placard ni du fait qu'elle soit comme invisible dans la petite pièce, Margareta dévala vers la cuisine où elle ouvrit une autre porte.

— Le placard à balais ! s'écria-t-elle. C'est ici que je garde mes jouets.

Christina s'avança d'un pas circonspect pour regarder. En réalité, le placard à balais était un minuscule cagibi avec un globe de lumière blanc au plafond et une vieille lirette au sol. Il y régnait une odeur âcre que Christina connaissait. C'était celle du foyer de l'Assistance publique les jours où le parquet brillait. Une odeur de cire.

L'instant d'après, elle sut qu'elle aurait aimé rester dans le placard à balais, assise par terre, à faire le lit de poupée de Margareta pendant que les femmes adultes s'affairaient dans la cuisine. Tante Ellen ayant terminé les boulettes de viande, ce qui grésillait à présent dans la poêle en fonte noire sentait le chou et le vinaigre.

Les plats qu'elles préparaient n'étaient pas encore prêts quand ce fut l'heure d'aller se coucher. On posa devant Christina et Margareta, sur la table de la cuisine, une petite assiette de saucisses miniatures et de boulettes de viande, tandis qu'Ellen touillait la marmite de fonte et que mademoiselle Inga préparait la moutarde. Un grand bol sur les genoux, elle faisait rouler une grosse boule en fer sur les graines de moutarde, qui les écrasait. Elle avait les larmes aux yeux à cause des vapeurs qui s'en dégageaient.

— C'est un véritable boulet de canon, vous savez, expliqua-t-elle aux filles en reniflant. Je le tiens de ma grand-mère. Nous ne l'utilisons que la veille du réveillon, conformément à la tradition.

Avec un sourire en coin, tante Ellen lui tendit un mouchoir.

— Mouche-toi, dit-elle en riant à moitié. Ta morve coule dans la moutarde.

Fascinée, Christina écoutait ce rire qui secouait tante Ellen à tout bout de champ. On aurait dit qu'une colombe s'était préparé un nid dans sa gorge et qu'elle roucoulait avant de s'y installer. L'idée de la colombe absorba tellement Christina qu'elle s'oublia. Sans réfléchir, elle mangea tout ce qu'il y avait dans son assiette : trois petites saucisses, quatre boulettes de viande et une tartine au fromage presque en entier. Alors qu'elle mâchait la dernière bouchée de tartine, la nausée surgit. Ouvrant la bouche, la petite fille laissa le pain à moitié mastiqué tomber sur l'assiette. Au même moment, la voix étrangère se réveilla dans son esprit : *Qu'est-ce que c'est que ces manières, sale môme ! Tu oses recracher la nourriture ?*

Christina ferma les yeux et attendit le feu. Il n'y en eut pas. Pour la première fois, les cicatrices ne la brûlèrent pas au son de cette voix. Elle attendit encore une seconde avant de relever les paupières d'un millimètre. Mademoiselle Inga s'essuyait les yeux avec le mouchoir, elle n'avait rien vu. Margareta fixait Christina la bouche grande ouverte, mais sans rien dire. Quant à tante Ellen, elle posa une main douce sur la tête de Christina, lui effleura les cheveux tout en glissant, subrepticement, le bout de pain à moitié mâché dans la poche de sa blouse.

Mademoiselle Inga se moucha et leva les yeux.

— Ça alors, dit-elle. Il me semble que Christina a fini son assiette !

Ainsi se termina le premier jour.

Dans l'après-midi du réveillon de Noël, le reste de la famille commença à affluer. Selma, la vieille mère de tante Ellen, arriva la première. C'était une femme noueuse et tout endimanchée dans une robe aussi lisse et noire que son visage était blanc et fripé. Elle prit Margareta par le menton et l'examina d'un regard sec, avant de la lâcher sans broncher et de se tourner vers Christina.

— Une nouvelle ?

Mademoiselle Inga donna un petit coup derrière les genoux de Christina pour lui faire esquisser une révérence :

— Non, non. Elle vient du foyer d'accueil où je travaille, nous sommes seulement ici pour Noël.

Selma haussa les épaules.

— Ah bon ! Très bien. Je n'ai rien contre les enfants. A condition qu'ils se comportent comme il faut. Sinon qu'ils aillent au diable...

Mademoiselle Inga ouvrit la bouche comme pour dire quelque chose, mais au même moment on entendit de nouvelles voix dans la cage d'escalier. Et voilà qu'arrivèrent les personnages principaux. Les invités les plus importants.

Stig s'arrêta sur le pas de la porte en écartant les bras ; la seconde d'après, Gunnar répéta le mouvement derrière lui. Tous deux avaient déboutonné leur manteau pour dévoiler chacun une chemise moderne en Nylon légèrement jauni. Leurs voix étaient tonitruantes, elles remplissaient toute la maison.

— Nous voici! tonna Stig.

— Joyeux Noël! gronda Gunnar.

Derrière eux se massaient leurs familles : l'épouse de chacun – Bitte pour Stig, Anita pour Gunnar – et au total cinq fils de différentes tailles, les cheveux soigneusement plaqués à l'eau. Ils portaient tous des prénoms flous des temps modernes : Bosse, Kjelle, Lasse, Olle et Ante.

— Soyez les bienvenus, dit tante Ellen.

Le regard de Christina se posa sur elle. Non seulement elle avait troqué la blouse de ménagère contre une jolie robe grise avec col en dentelle, mais on eût dit qu'elle avait troqué sa voix contre une autre de la même couleur et du même modèle. Mademoiselle Inga aussi s'était transformée, mais d'une autre façon. Elle était rouge d'excitation quand elle tendit la main à Stig :

— Salut frangin! Je suis contente de te voir.

Stig serra rapidement sa main et commença à se débarrasser de son manteau.

— Moi aussi je suis content de te voir. Comment ça va?

— Ça va bien. Et toi? Tu t'en sors avec le conseil municipal?

Stig tira vivement sur les revers de son veston et rajusta son costume.

— On m'a élu président du Service d'Aide à l'Enfance en octobre. On ne te l'a pas dit?

Mademoiselle Inga mit la main devant sa bouche, achevant ainsi sa transformation. Ce n'était plus l'employée sévère d'un foyer de l'Assistance publique, seulement une petite fille.

— Non mais! T'es sérieux? C'est magnifique!

Stig entoura Gunnar de son bras et le poussa vers sa sœur.

— Et voici le prochain président de la section syndicale à Luxor. L'année prochaine, il fera le stage de trois mois à Runö et ensuite, il sera porte-parole en un rien de temps, tu peux me croire.

— Bof! dit Gunnar en donnant une tape sur l'épaule

de son frère. Il en passera de l'eau sous les ponts avant que j'aie autant de bagout que toi.

— Tu rigoles, dit Stig. Tel que je te connais, ça va pas traîner.

— Oh! fit mademoiselle Inga, comme perdue dans ses pensées. Quel dommage que Hugo n'ait pas eu le temps de vivre ceci. Ça lui aurait fait tellement plaisir!

Christina n'oublierait jamais ce premier réveillon chez tante Ellen. Pourtant, il ne se passa rien de spécial, rien qui ne se répéterait à tous les réveillons ou fêtes de famille. D'énormes quantités de nourriture surgirent comme par enchantement et furent englouties : du hareng, de la tentation de Jansson, des côtes de porc, du fromage de tête, des boulettes de viande et des saucisses, des fromages, des pâtés, du jambon avec du chou rouge. Des bières légères et des bières plus fortes passaient de main en main à la table des adultes, alors qu'un Stig transpirant de plus en plus – il était déjà en bras de chemise avec la cravate de guingois – se chargea de servir le schnaps à tout le monde. A la table des enfants, en revanche, on ne fit pas passer de boissons : chacun avait une bouteille entière de cidre posée près de son couvert. Christina n'arrivait pas à manger quoi que ce soit, mais une boulette de viande et une saucisse traînèrent dans son assiette durant tout le repas, en guise d'alibi. Ce n'était pas vraiment nécessaire, car pendant cette première fête dans la maison de tante Ellen, qui prêtait attention à elle? Cela lui convenait parfaitement. Elle pouvait voir sans être vue elle-même et écouter sans être entendue.

D'autant que, même si elle avait su parler, elle aurait été incapable de se faire entendre. Comment une petite fille l'aurait-elle emporté sur les vociférations qu'éructait cette bruyante famille? Elle ferma les yeux et écouta. A la table des adultes, Gunnar raconta quelque chose avec une voix de samedi soir bien arrosé. Et Selma réagit d'un énorme gloussement auquel se joignit Stig qui frappa du poing sur la table tout en haletant pour retrouver sa respiration – *aaiih, aaiih, aaiih!* on aurait dit un cochon à l'abattoir – pendant que Bitte, Anita et Inga libéraient des rires cristallins qui s'élevaient tel un vol d'hirondelles vers le plafond. Les garçons à la table des enfants riaient aussi, bien qu'aucun d'eux n'eût pu entendre ni comprendre ce qui était si drôle et, durant une seconde, la voix aiguë de Margareta perça le vacarme :

— Mais c'était quoi ? Raconte ! Qu'est-ce qu'il a dit ?

Il ne manquait que le petit rire de colombe de tante Ellen. Pourtant, elle était là. En ouvrant les yeux, Christina l'aperçut dans l'embrasure de la porte en train de regarder ses invités. Sans le faire exprès, le regard de Christina s'aventura vers Inga, Anita et Bitte, cherchant leurs robes bariolées et leurs cheveux éclatants, leurs yeux brillants. Tante Ellen, elle, était différente avec son visage carré et sa robe grise.

La voilà qui s'éclaircissait la gorge pour essayer de se faire entendre dans ce brouhaha :

— Ecoutez tous ! Ecoutez ! Soyez gentils maintenant de venir dans la grande pièce.

Après maintes vociférations et beaucoup de rires, Stig et Gunnar se levèrent, en chefs naturels, les bras sur les épaules l'un de l'autre. Comme un seul être avec quatre jambes – fût-il chancelant –, ils s'approchèrent de tante Ellen, se séparèrent sans un mot et la serrèrent entre eux. Ils se tenaient comme soudés, la veuve de Hugo et ses plus jeunes frères. Une unité, une famille.

— Le meilleur repas du monde, dit Stig.

Gunnar hocha la tête malgré un sérieux coup dans le nez.

— Absolument ! Impossible de trouver mieux.

Tante Ellen rit :

— Bien, bien. Je vous remercie. Bon, maintenant, allez vous servir du café et des friandises.

Comme d'habitude, elle était rassurante, ferme et aimable. Quelqu'un d'observateur remarqua cependant que sa lèvre supérieure tremblait un peu. Ça faisait bizarre. On eût dit que c'était elle l'invitée de la maison.

Toute sa vie d'adulte, Christina s'est demandé comment se sont passés les pourparlers secrets qui avaient forcément eu lieu chez tante Ellen à un moment quelconque lors de ces premières fêtes de Noël. La question lancinante revient dès qu'elle arrive au parking de la maison de santé. Qui a pris l'initiative? Tante Ellen elle-même? Inga? Ou Stig?

Elle aimerait que ce soit tante Ellen, que tante Ellen ait chuchoté à l'oreille de son beau-frère qu'elle voulait cette enfant, précisément cette petite maigrichonne, muette, aux cheveux cendrés. Mais ce ne devait pas être le cas. Tante Ellen se gardait bien de demander quoi que ce soit à la famille de Hugo, qu'elle soupçonnait de penser qu'elle avait déjà eu plus que sa part et que son mariage avec leur frère n'avait pas duré assez longtemps pour lui donner le droit d'hériter sa maison et toucher son assurance-vie.

Ce ne devait pas non plus être Inga. Trop jeune alors, bien trop jeune et égocentrique pour s'intéresser à autrui. Elle n'était jamais vraiment présente. La moitié de sa personne était ailleurs. Quelquefois, il arrivait qu'elle s'oublie totalement pour faire quelques pas de danse rêveurs, suivant une musique qu'elle seule entendait, laissant la large jupe de son uniforme de puéricultrice voler autour d'elle comme une robe de bal.

Non, c'était sans doute Stig qui avait pris l'initiative

du placement de Christina, de la même façon que, quelques années plus tard, il prendrait celle du placement de Birgitta.

— Stig Grande-Gueule, entend-elle Birgitta lâcher en rigolant. Christina ne peut s'empêcher de sourire, tout en garant avec précaution la voiture entre deux autres. Comment a-t-elle pu oublier le surnom dont Birgitta avait affublé le beau-frère le plus distingué de tante Ellen ? Mais si ! Elle s'en souvient, tout comme du rire strident qu'avait eu Margareta en le découvrant. Quant à Christina, elle s'était contentée d'esquisser un vague sourire, un petit sourire coincé derrière des lèvres closes. Christina n'osait jamais rire à haute voix quand Birgitta affublait les gens de surnoms, ayant de bonnes raisons de croire que sa sœur en cachait un à son intention dans un recoin de sa cervelle.

Grande gueule ou pas, sans Stig et sa mission communale, Christina se serait retrouvée ailleurs. Probablement dans une famille évangéliste du Småland. Ou dans une des fermes boueuses de la plaine d'Östergötland. C'est ce qui se passait en général pour ceux qui se retrouvaient à l'Assistance publique dans les années cinquante. Si toutefois on trouvait une famille d'accueil. Certains enfants restaient parfois plusieurs années dans le foyer de l'Etat avant d'être récupérés par leurs parents à peine guéris de leur folie ou de la tuberculose.

Astrid faisait partie des cinglés, et sans Stig, elle aurait récupéré sa fille quand celle-ci avait douze ans. Et cela – Christina serre fort les mâchoires tant elle en est sûre – lui aurait coûté la vie. Car sa volonté de vivre ne s'était réveillée que chez tante Ellen. Or, sans un instinct de survie forcené, personne n'aurait survécu près d'Astrid. Ainsi Stig Grande-Gueule avait pratiquement sauvé la vie de Christina.

— Tout à son honneur, n'empêche qu'il est un tantinet ridicule de temps en temps, se dit-elle à haute voix en défaisant sa ceinture de sécurité.

Au fil des ans, il était néanmoins devenu un peu moins honorable. Un peu pathétique dans ses efforts inlassables pour dépasser son défunt frère en matière de pouvoir et de respectabilité. Il n'avait jamais compris qu'il était son propre ennemi. Il buvait trop, parlait trop et recourait trop souvent à des gestes grandioses pour ressembler à Hugo.

Donner à tante Ellen une enfant pour la remercier de son excellent repas de Noël aurait été un geste tout à fait dans ses cordes. Les veuves ne pouvaient devenir mères d'accueil qu'exceptionnellement, mais en tant que président du Service d'Aide à l'Enfance, Stig Grande-Gueule n'avait qu'à claquer des doigts. Peu d'hommes à Motala auraient pu faire la même chose. Malgré ses beaux discours sur les collectivités et la solidarité, Stig Grande-Gueule avait effectivement une terrible propension à agir d'une façon qu'aucun homme de Motala ne pouvait imiter.

Au cours de son adolescence – alors qu'Ellen était déjà hospitalisée à moitié paralysée, justement dans cette maison de santé à Vadstena, et qu'elle-même avait été reléguée dans l'appartement en béton d'Astrid à Norrköping –, Christina avait eu pour la première fois l'idée que, comme dans le cas de Birgitta, tante Ellen n'avait peut-être jamais voulu d'elle et s'était uniquement sentie obligée de suivre la volonté de Stig. Ce n'était pas impossible. Si tante Ellen poussait souvent de grands soupirs devant les décisions de Stig Grande-Gueule, elle ne protestait jamais ouvertement.

L'idée l'avait comme étouffée. Et, sans réfléchir, elle s'était penchée. Une bouchée de cervelas à moitié mâchée était retombée dans son assiette. Un filet de salive avait coulé de sa lèvre inférieure. En train de feuilleter un vieux magazine, Astrid avait levé la tête de sa place, de l'autre côté de la table de la cuisine.

— C'est dégueulasse, avait-elle assené, levant ses doigts bleus pour ôter la cigarette du coin de sa bouche. Tu es vraiment immonde, tu le sais ?

Christina secoue la tête pour chasser l'image d'Astrid. Mais le rideau est largement ouvert à présent et il ne se referme pas comme ça, alors elle préfère se remémorer Margareta debout dans l'escalier, vêtue de sa robe et des bottes en caoutchouc, le jour où la grille noire grinça encore une fois derrière Christina. Margareta avait froid sans son manteau, ça se voyait, elle serrait ses bras nus, se berçait en pliant les genoux.

— Allez viens, Christina! Viens! On va habiter la pièce vide, tante Ellen l'a préparée, mais je n'ai pas le droit de m'installer avant que tu sois là. Alors viens! Dépêche-toi!

Christina ne l'écoutait pas, ne la regardait même pas. Son regard était ailleurs. L'après-midi de février était bien avancé et les rayons du soleil entraient presque à l'horizontale dans le jardin. Il avait déjà pris des couleurs bien que le printemps et l'éclosion des feuilles soient encore loin. La photo en noir et blanc s'était transformée en aquarelle où les feuilles de l'année précédente formaient comme des croûtes de plaies sur l'herbe. Mademoiselle Inga riait de la hâte de Margareta derrière le dos de Christina, elle avait déjà commencé à déboutonner son manteau.

— Tu me sembles très pressée.

Margareta l'ignora.

— Allez, viens, Christina! Viens!

Quelques minutes plus tard, Christina constata que la pièce vide était réellement transformée. Il y avait un lit contre chaque mur et une petite table devant la fenêtre. La commode avait disparu, Christina eut un frisson fugace en pensant au fouillis de la penderie du vestibule. Est-ce qu'on allait y fourrer ses vêtements, entre les robes de Margareta et celles de tante Ellen?

— Est-ce que je peux m'installer, tante Ellen? Christina est arrivée, alors j'ai bien le droit maintenant, non?

On entendit le doux rire de colombe de tante Ellen, quelque part en arrière-plan.

— Ça fait plusieurs jours qu'elle s'impatiente, elle ne tient plus.

— Christina aussi, ajouta mademoiselle Inga en hochant la tête.

Christina tourna la tête pour la dévisager. Pourquoi mentait-elle ainsi ?

Quelques jours seulement après son arrivée, les vêtements de Christina avaient commencé à sentir différemment. C'était une odeur tout emmêlée et quand elle s'habillait le matin, elle essayait d'en distinguer les différents éléments. Du savon fort. Des odeurs de cuisine. Des odeurs corporelles acides. Le parfum du talc de la marque Christel. Les odeurs de tante Ellen.

Elle ne savait pas comment elle s'était retrouvée chez tante Ellen, ni combien de temps elle allait y rester. Tout ce qu'elle savait, c'était qu'un jour, mademoiselle Inga avait pris tous ses vêtements pour les faire laver et que, le lendemain, elle les avait soigneusement mis dans une valise toute neuve. Ensuite, elles avaient pris le train pendant une demi-heure, avant d'arriver à Motala. De là, elles avaient pris le bus – un bus gris-bleu qui correspondait bien à cette ville industrielle toute grise et bleue – jusqu'à la toute dernière maison de la ville. Durant les fêtes de Noël, Christina n'avait pas remarqué que la maison de tante Ellen était située à la lisière de la ville. Mais, à présent, elle voyait qu'elle se trouvait à la fois à la campagne et à la ville. A gauche, il y avait des maisons, à droite des champs, et de l'autre côté de la route, il y avait la forêt.

La route était celle de Vadstena, et elle était dangereuse. On n'avait absolument pas le droit de s'y aventurer sans être accompagnée de tante Ellen. Dans le jardin, en revanche, on pouvait faire ce qu'on voulait. Sauf casser des branches aux arbres fruitiers, bien sûr. Mais il était permis de grimper dans le cerisier, si on se limitait aux branches les plus solides.

Pendant les premiers temps, cependant, personne ne grimpa dans les arbres du jardin de tante Ellen. Christina n'osait pas et Margareta ne voulait pas. Après la première semaine, Margareta était comme transformée : pleurnicharde et susceptible, toujours en train de se plaindre d'injustices réelles ou imaginaires. De plus, elle refusait de manger.

— Quelle mouche t'a donc piquée? soupirait tante Ellen jour après jour en la prenant sur ses genoux pour essayer de lui donner la becquée comme à un bébé. Mange, tu as pourtant bon appétit d'habitude.

Margareta pinçait les lèvres, et, les yeux clos, appuyait sa tête sur la poitrine de tante Ellen, se fermant au monde entier. Ses pleurnicheries faisaient s'envoler la petite colombe de la gorge de tante Ellen. Seule Margareta semblait pouvoir lui faire entendre raison car tous les efforts de Christina restaient vains. Certes, tante Ellen faisait l'éloge de Christina quand elle avait essuyé la vaisselle et elle souriait quand elle tirait sur le chiffon pour montrer qu'elle voulait donner un coup de main pour le ménage. En revanche, elle n'avait jamais pour elle ce rire roucoulant.

Devant le refus de s'alimenter de Margareta, Christina se mit à manger, bien que cela lui répugnât toujours autant. Après chaque repas, elle allait poser son assiette et son verre dans l'évier et remerciait poliment pour le repas. Il y avait un calcul froid dans son attitude. Elle savait que Margareta se mettrait à hurler de plus belle quand elle recevrait sa dose de compliments.

Les yeux candides grands ouverts, elle traversa encore une fois la cuisine, posa les couverts dans l'évier et rinça sous l'eau chaude son assiette déjà bien raclée avant de se retourner et d'esquisser une petite révérence vers tante Ellen.

— C'est très bien, Christina, dit tante Ellen avec quelque chose de fatigué dans la voix. Tu te débrouilles très bien.

Et voilà. Ça marchait. Margareta se mettait à pousser des hurlements de sauvage et se débattait comme un tout petit enfant dans les bras de tante Ellen.

Oui, c'est à se demander comment elle a réussi à nous supporter les premières semaines, pense Christina qui tire le frein à main et s'inspecte rapidement dans le rétroviseur. Même si elle est un peu pâlichonne après la longue nuit de veille, personne n'a l'habitude de voir Christina Wulf avec les joues roses. Elle est de celles qui se confondent avec le papier peint. Sans oublier le surnom que Birgitta finissait par lui lancer au visage. Cloporte. Margareta trouvait ça drôle.

— Faut croire que c'est ce que je suis, dit-elle à son reflet. Le cloporte Christina Wulf, *take it or leave it !*

On dirait qu'elle n'est plus aussi pressée. Elle traverse le parking à pas lents comme pour retarder son arrivée, inévitable. Elle n'aime pas pénétrer dans la maison de santé. Quand elle y hospitalise des personnes âgées, celles-ci se mettent toujours à pleurer en parlant de « Salle d'attente de la Mort », et Christina sort des protestations lénifiantes pour les consoler. Il ne faut pas voir les choses ainsi, dit-elle. Absolument pas. La porte de cette maison-là s'ouvre vers le dehors tout autant que vers le dedans, on s'y consacre en priorité à la réadaptation fonctionnelle. En réalité, elle sait aussi bien que ses patients que la vérité est tout autre. La maison de santé est une salle d'attente de la mort, et seuls ceux qui sont nés avec beaucoup de chance s'en échappent avec la vie sauve.

Ce n'est pourtant pas cette étiquette-là qui lui fait détester la maison de santé. C'est la laideur qui y règne. On a laissé les mains libres au personnel. Or, à l'instar de la nature, celui-ci a horreur du vide. Aussi la belle maison des années quarante, avec son crépi jaune pâle et ses proportions harmonieuses a-t-elle été transformée en une gigantesque salle des fêtes ringarde. On l'a décorée de petites étagères en pin et de fleurs en plastique rose, de bougeoirs en laiton bon marché et de tableaux représentant des enfants en larmes. Sans compter les maximes encadrées parlant de bonheur quotidien et d'amour maternel. Et ce fatras rapetisse tant la maison que ses pensionnaires. Pourquoi un homme comme Folke – ancien jardinier ayant passé sa vie à faire germer des graines et pousser des fleurs – doit-il être réduit à mourir entouré de géraniums en plastique ? Il aurait mieux valu le porter dans la forêt ou poser son lit dans l'allée centrale d'une église pour qu'il puisse dans ses derniers moments jouir de ce qui rend l'existence supportable : la couleur du ciel et la beauté du monde.

Autrefois, Erik et les filles se moquaient de sa sensibilité excessive.

— Maman est une esthète, vous savez, répétait Erik aux filles en roulant les yeux. Il faut la laisser faire.

Bien sûr. C'était vrai. Le temps passé chez tante Ellen avait fait d'elle une esthète. Mais quand elle le disait à Erik, il avait simplement un sourire en coin puis changeait de sujet de conversation. Elle devinait que pour lui, le bon goût n'allait pas sans une certaine culture dont tante Ellen était dépourvue. Simple, tel était le terme qu'il utilisait toujours : « Christina a grandi chez une femme simple. »

Christina n'en revenait pas de son arrogance, de sa façon de considérer tante Ellen comme un être humain de moindre valeur que – par exemple – sa mère. Ingeborg l'Angoissée avait grandi dans un presbytère à la campagne et non pas dans un misérable logement ouvrier à Norrköping, sans salle de bains ni cuisine. Elle fréquentait une école pour jeunes filles pendant qu'Ellen travaillait comme bonne à tout faire, elle buvait du thé dans de la porcelaine anglaise alors qu'Ellen buvait du café dans une tasse de Gustavsberg, et, aux yeux d'Erik, cela la dotait de plus de profondeur. En réalité, Ingeborg l'Angoissée n'avait aucun sens de la beauté : elle se contentait de disposer ce qu'on lui avait donné conformément à ce qu'on attendait d'elle, de même qu'elle agissait, pensait et ressentait conformément à ce qu'on attendait d'elle. Un être obéissant.

Christina se rendait compte que le dédain d'Erik provenait de son inexpérience. S'il avait rencontré des êtres à qui tout avait manqué, il n'en avait néanmoins jamais réellement connu. Il était exaspéré par des remarques sur l'inégalité des chances. Selon lui, il suffisait d'un peu d'initiative pour s'en sortir. Et ceux qui n'y arrivaient pas, eh bien, il fallait évidemment s'en charger d'une façon ou d'une autre. Christina n'abordait pas souvent ce sujet, les mots se coinçaient toujours dans sa gorge et la rendaient muette. Et il n'en existait pas pour décrire ce que tante Ellen avait signifié pour elle, en tout cas pas de ceux qu'Erik était à même d'accepter. D'autant que le sentiment d'avoir une dette envers lui et sa famille l'empêchait d'avoir les coudées franches. Qu'aurait-elle été sans eux ? Eux qui avaient fait d'elle un être à part entière ?

Aussi n'avait-elle jamais avoué à Erik à quel point elle souffrait de le voir assimiler le mot « simple » à « simplet ». Comment lui faire comprendre que ce mot avait une tout autre signification pour elle, qu'il exprimait l'extrême sollicitude qui caractérisait la vie dans la maison de tante Ellen ? Tout objet y avait sa beauté et son importance, les nappes en lin lissées à la calandre qu'elle avait tissées elle-même, les torchons soigneusement brodés à ses initiales, un pour les verres et un pour les assiettes, les délicates tasses à café à liseré doré qui étaient un cadeau de mariage. De plus, tante Ellen était minimaliste : quand le géranium était en fleur, elle le laissait seul à la fenêtre de la cuisine pour qu'il soit mis en valeur. Et lorsque des femmes comme Bitte et Anita, vers la fin des années cinquante, commençaient à remplir leurs maisons de rideaux à volants qui changeaient sans cesse, et d'abat-jour fleuris, tante Ellen se tenait à une seule couleur stricte, refusant de devenir ce genre de consommatrice. Ainsi, sa maison était comme un témoin figé des années quarante, abritant un fragment d'éternité. Les journées s'y confondaient, battant comme des vagues contre un rivage. Le rythme en était apaisant, la répétition même atténuait toute inquiétude et éloignait la colère. Et les choses rentraient vite dans l'ordre : Margareta descendait des genoux de tante Ellen et se mettait à manger, Christina s'habituait à toutes les odeurs de la maison et ne les sentait plus. Ensemble, elles entraient dans le placard à balais et commençaient à jouer, pour n'en sortir qu'à l'heure du repas suivant.

Chez tante Ellen, rien ne comptait davantage que les repas, et aucun travail n'était plus important que celui de cuisiner. Chaque lundi, une camionnette arrivait de l'usine de textile avec cinquante vestes à moitié terminées que tante Ellen devait piquer durant la semaine, et elle préférait passer les nuits à coudre plutôt que de bâcler les repas dans la journée. Il était plus important de préparer une sauce au raifort pour le colin au court-bouillon que de récurer l'escalier. Il était plus important de blanchir le chou pour faire du chou farci que de faire le ménage dans le séjour. Et il était plus important de sécher du pain dans le four et de le réduire en chapelure pour que les côtes de porc aient une panure vraiment croustillante, que de s'occuper du linge à repasser qui attendait dans la buanderie.

Tante Ellen était toujours occupée : le travail coulait comme un fleuve entre ses mains carrées. Pourtant, elle ne semblait jamais pressée, fredonnait sans cesse et avait toujours le temps de laisser éclater son petit rire de colombe à la moindre occasion. Désormais, Margareta n'était plus la seule à la faire rire. Quand Christina suçait une mèche de ses cheveux, tante Ellen gloussait en écartant les cheveux mouillés :

— C'est vraiment si bon que ça, petite sotte ?

Petite sotte était un mot essentiel. Christina savait ce qu'il signifiait : qu'on s'était trompé mais que ce n'était pas grave. Chez tante Ellen, ça ne l'était pas. Elle l'avait compris au rire ravi de Margareta quand tante Ellen feignait de la gronder pour sa façon négligée de faire son lit. D'un autre côté, elle n'était pas très sûre que cette règle-là s'applique à toutes les petites sottes. Margareta jouissait d'une faveur particulière, il valait donc mieux pour sa part qu'elle veille à faire son lit correctement.

Une seule fois, tante Ellen essaya de prendre Christina sur ses genoux, de la même façon que Margareta. A peine sentit-elle Christina se raidir qu'elle la lâcha. Sans s'en aller. Elle s'attarda, détacha la barrette de Christina, y remit la mèche qui voulait toujours s'échapper et lui donna une petite tape amicale sur les fesses quand elle eut terminé. Après quoi, elle ne toucha Christina que pour la toilette : elle lavait son visage et ses mains, la coiffait, l'aidait à enfiler son manteau bien que Christina fût assez grande pour se débrouiller toute seule. Loin de protester, la petite fille se laissait docilement traiter en bébé. Et dans la salle de bains glaciale, elle supportait même que tante Ellen passe le doigt sur ses cicatrices. Guéries à présent, celles-ci ne lui faisaient presque plus mal. Si les grandes taches de peau rose en gardaient le souvenir, Christina, elle, avait presque tout oublié.

Pour tante Ellen, il ne semblait pas important que Christina ne sache pas parler. Au lieu de secouer la tête en chuchotant avec d'autres dames comme les puéricultrices du foyer, elle ne s'en préoccupait pas et se contentait de fixer de ses yeux gris la bouche de Christina pour voir si ses lèvres formaient un oui ou un non muets. Rien de plus. Et quand de petits sons commencèrent à percer derrière les mouvements de ses lèvres, elle ne les commenta pas non plus.

Pour la fête de la Saint-Jean, la famille se réunit pour le hareng et l'aquavit traditionnels. A Christina l'honneur de ciseler la ciboulette. Elle y mit un soin extrême – les brins devaient être exactement de la même longueur. Debout derrière elle, mademoiselle Inga l'observait.

— Tu as vu comme elle s'en sort bien, finit-elle par déclarer.

— Merci, dit Christina avec une petite révérence.

Inga se retourna, fixant tante Ellen.

— Tu as entendu ? Elle a parlé ! Elle sait parler !

Occupée à disposer les morceaux de hareng sur un plat en verre à la table de la cuisine, tante Ellen ne leva même pas les yeux.

— Naturellement, constata-t-elle. Après tout, elle va commencer l'école à l'automne.

Cet été-là..., pense Christina en grimpant rapidement les escaliers de la maison de santé. Ce fut l'été de tous les étés. Non parce qu'il faisait particulièrement beau. Au contraire. La pluie s'était annoncée mi-juin et était tombée sans interruption six semaines d'affilée. Cela n'avait aucune importance. Christina aimait bien la pluie, qui dressait comme un mur entre la maison de tante Ellen et le monde. Dans la matinée, la cuisine était silencieuse, tante Ellen cousait, tandis que les filles, installées à la table, dessinaient. Christina levait parfois la tête pour écouter la concentration muette, sans rien entendre d'autre que le tambourinement de la pluie contre la vitre.

Malgré ce temps exécrable, il fallait bien qu'elles s'aèrent. Tous les après-midi, tante Ellen sortait leurs imperméables et leurs bottes en caoutchouc et envoyait les filles dans le jardin. D'abord, elles se réfugiaient dans l'escalier, puis elles fonçaient et s'offraient à la pluie. Un jour, elles construisirent un pays d'escargots dans les groseilliers : Christina les pourchassait et Margareta dessinait routes et maisons dans la terre mouillée. Un autre jour, elles partirent toutes les trois en excursion à Vadstena. Le sac de tante Ellen était lourdement chargé de deux Thermos – un pour le café et un pour le chocolat chaud – ainsi que de douze sandwiches, trois pains à la cannelle et six pommes. Assises sur un banc humide en face du Vättern, elles mangèrent avant de monter gaiement au grand château. Lorsqu'une nonne passa à vélo avec sa coiffe noire volant comme des ailes de corbeau sur ses oreilles, elles l'observèrent en silence. Tante Ellen aussi.

Pour Christina, Vadstena ne fut jamais la ville des nonnes. Depuis le premier instant, ce fut la ville des femmes pâles. Dès le chemin qui menait de la gare au Château, elle l'avait remarqué. Ensuite, descendant la grand-rue, elle dévisagea toutes les personnes qu'elles croisaient. En effet, toutes les femmes de Vadstena étaient pâles. Voilà qui plaisait à Christina, qui imagina en outre qu'elles avaient des voix sourdes. Sa décision fut instantanée. Quand elle serait grande, elle habiterait une ville où les gens chuchotent.

Tante Ellen avait une idée derrière la tête avec ce voyage. Elle devait acheter des dentelles d'un nouveau modèle pour son métier à fuseaux. Quoi de mieux que cette ville aux nombreux couvents spécialisée dans leur production ? C'était une mission délicate. Elle allait d'un magasin à un autre et examinait avec sérieux les échantillons et les bandes de papier qu'on lui présentait. Elle finit par choisir. Avec un soupir de culpabilité, vu le prix des cartons à dentelle. Ils coûtaient bien trop cher pour ce qui n'était pas une nécessité, mais un plaisir.

La dentelle aux fuseaux fut le premier triomphe de Christina, sa première victoire sur Margareta. Dès que tante Ellen s'installait devant son métier, Christina surgissait dans son dos, fixant ses mains. Au début, elle ne comprit rien : on aurait dit des libellules voletant au hasard au-dessus du carreau de velours quand tante Ellen déplaçait les fuseaux. Mais elle ne tarda pas à voir le dessin dans le mouvement et, au bout de quelque temps, elle tendit sa main par-dessus l'épaule de tante Ellen pour indiquer celui à bouger. Du coup, tante Ellen monta chercher un vieux métier au grenier, puis l'aida à mettre en route sa dentelle. Et elles passèrent les sombres soirées de ce mois d'août, l'une en face de l'autre à la grande table de la salle à manger, à avancer centimètre par centimètre. La mère libellule et sa grande fille. Alors que la petite sœur libellule, qui n'avait pas le droit d'apporter ses pots de peinture à l'eau dans la salle à manger, boudait à la cuisine. Tant pis pour elle.

Le moment d'avoir de telles idées était mal choisi. Christina gravit les marches deux par deux. Une fois à l'intérieur, elle enfila sa blouse blanche. Seize minutes s'étaient écoulées depuis le coup de téléphone. Pourvu que Folke ait tenu le coup...

Kerstin Un est assise à son bureau dans la pièce des infirmières. Chaque fois que Christina voit cette femme, elle a un petit choc. Elle est si parfaite, si accomplie, de ses ongles couleur coquillage jusqu'à ses cheveux d'un blond doré.

— Salut, dit Christina sur un ton faussement familier pour se donner un air aimable. Me voici. Folke est toujours à la deux ?

Kerstin Un fixe Christina de ses grands yeux bleus et diffère sa réponse d'une seconde de trop, afin de montrer qu'elle n'est pas dupe. Elle tient à montrer que les médecins de la maison de santé n'ont pas toute son approbation. C'est manifestement un principe chez elle.

— Oui, pour l'instant, répond-elle. Mais nous sommes en train de libérer une autre chambre pour lui. Il y a un peu trop de monde aujourd'hui. Enfin, ça ira. Ou plutôt : je sais que ça ira. Certains vont être obligés de se serrer un peu.

Hochant la tête, Christina happe le dossier que lui tend Kerstin Un.

— Un nouvel antibiotique ? demande Kerstin Un en levant les sourcils.

Christina soupire, elle a déjà essayé trois produits et Folke n'a réagi à aucun. A quoi bon en essayer un quatrième ?

— Je ne pense pas, dit-elle brièvement en tournant le dos.

La mort a mauvaise haleine. Christina en perçoit l'odeur fétide dès le couloir et l'aspire à pleins poumons en pénétrant dans la chambre de Folke. Il lui suffit de jeter un regard sur lui pour savoir que son heure est venue. Ça se voit sur son visage : sa mâchoire inférieure pendouille, sa bouche est un trou noir, la peau de ses joues, parcheminée, est tendue par l'œdème d'une longue maladie. Il n'y a plus rien à faire. Pour la forme, elle glisse tout de même les écouteurs du stéthoscope dans ses oreilles et tapote sa poitrine. Elle entend ce qu'elle escomptait : un son sourd. La capacité respiratoire est réduite et un râle erre dans le poumon gauche. En revanche, c'est avec détermination que le cœur de Folke continue de battre, bien que faiblement. Il était inutile de se dépêcher à ce point. Il va combattre l'inéluctable pendant de nombreuses heures.

De l'autre côté du lit, une femme aux cheveux blancs tient la main enflée de Folke dans la sienne. Christina frémit. Rien de pire que d'annoncer aux épouses éplorées, aux enfants adultes aux yeux brillants que c'est le moment d'interrompre le traitement.

— Allons dans le couloir, propose-t-elle à voix basse.

La femme ne répond pas. Comme elle cligne des yeux, des larmes ruissellent sur ses joues ridées. Christina hésite. Peut-être n'a-t-elle pas entendu.

— Je vous en prie, répète-t-elle. Venez avec moi dans le couloir.

La femme secoue la tête.

— Je ne veux pas le quitter.

— Ecoutez, j'ai des explication à vous donner.

— C'est inutile. Je sais.

Christina se tait. Le processus de la mort a sa liturgie et les phrases rituelles sont au bout de sa langue : il n'y a plus rien d'autre à faire que de l'empêcher de souffrir – et quand elle ne peut les formuler, elle est pétrifiée. Debout au chevet de Folke, Christina, soupirant malgré elle, regarde son épouse en pleurs. Cette femme ne sait pas ce qui l'attend. Pendant quinze ou vingt heures, elle va rester avec la main de son mari dans la sienne et le voir traverser tous les stades de la mort. La soif. Les douleurs. La suffocation et les râles. Il devrait exister une issue facile à la vie, une porte ouverte et accueillante.

Outre la pitié, Christina ressent aussi de la jalousie envers le chagrin si manifeste de la vieille femme. Elle qui n'a jamais réussi à pleurer ainsi, même lorsque tante Ellen s'est enfin éteinte au bout de quinze ans dans la maison de santé. Margareta, elle, si. Après s'être penchée sur le corps d'Ellen et l'avoir pris dans ses bras, elle avait souillé la chemise d'hôpital blanche de son mascara qui coulait et bafouillé des mots de consolation absurdes au cadavre : « Ça ira, ma petite Ellen, ça ira, tu verras, tout finira par s'arranger. »

Christina en avait été folle de rage, comme si Margareta lui volait son propre chagrin avec son flot de larmes. Elle était sortie de la chambre en martelant exprès le sol de ses talons, avait emprunté le couloir et descendu les escaliers pour aller retrouver le grand érable sur la pelouse devant la maison de santé. Indifférente au froid hivernal, elle s'était frayé un chemin dans la neige qui lui arrivait aux genoux, sans tenir compte de ses escarpins trempés et de ses orteils gelés. Et arrivée au pied de l'arbre, elle s'était jetée dessus, le rouant de coups de pied et martelant l'écorce de ses poings blancs.

— Merde ! avait-elle crié en jurant pour la première fois depuis de nombreuses années. Saloperie de putain de merde !

Plus tard cette nuit-là, une fois qu'on eut transporté le corps de tante Ellen, les deux sœurs traversèrent le parking jusqu'au centre médical et s'installèrent dans le bureau de Christina. Elles restèrent longtemps silencieuses, leurs mains froides serrées autour d'une tasse de thé, avant que Christina se risque à demander :

— Tu crois qu'il est possible de vivre sans amour ? De survivre ?

Margareta renifla et s'essuya de la main.

— Bien sûr, répondit-elle. De toute façon, on n'a pas le choix.

Alors Christina se mit à pleurer. Pas tant parce que tante Ellen était morte, mais parce que Margareta avait déjà oublié tant de choses.

A présent, elle arrive à proférer quelques phrases de docteur à la vieille femme, puis elle sort dans le couloir. Il faut qu'elle parle à Kerstin de la morphine. Elle a parfois le sentiment que cette femme fait des économies sur les antalgiques quand les médecins sont hors de vue. Elle a déjà rencontré ce type d'infirmière, des femmes qui, à côtoyer la mort, semblent prises d'un sentiment de toute-puissance. Elle venait juste d'obtenir son diplôme lorsqu'elle avait entendu une vieille surveillante religieuse dressée au-dessus d'un vieillard gémissant siffler : « Tiens-tu vraiment à te présenter devant Notre Seigneur avec du poison dans le corps ? » Les motivations de Kerstin Un sont sûrement d'une autre nature, la dévotion, c'est pas son genre.

Appuyée contre le chambranle du bureau des infirmières, Christina toussote. Kerstin Un lève les yeux de ses papiers. Avant que l'une d'elles n'ouvre la bouche, une infirmière arrive en courant.

— Venez vite, dit-elle. Crise à la six ! Pire que d'habitude !

— Maria ? demande Kerstin Un.

— Non non, Désirée.

Kerstin Un se lève lentement et lisse sa tunique blanche froissée. Les faux plis disparaissent comme par enchantement, en une seconde sa blouse a l'air repassée de frais. Fascinée, Christina l'observe, puis se dit qu'elle devrait faire quelque chose. Même si elle ignore qui est la patiente dont elles parlent, ayant à peine mis un nom et un visage sur ses malades de la maison de santé, elle demande :

— Vous avez besoin de moi ?

— Pas que je sache, répond Kerstin Un.

Une faible odeur de café chatouille le nez de Christina à son arrivée au centre médical. Elle jette un coup d'œil dans la salle de déjeuner et y trouve Hubertsson en train de lire le *Dagens Nyheter*.

— Salut, dit-elle. Tu es bien matinal aujourd'hui.

Il ne lève même pas les yeux du journal pour répondre :

— Je le suis toujours. Tu ne le savais pas ?

Absolument pas. Pourquoi le saurait-elle ? A vrai dire, elle essaie d'éviter Hubertsson le plus possible. Non par décision préméditée, mais par instinct ; un instinct concernant tous ceux qui connaissent une autre Christina que la généraliste du centre médical de Vadstena. Hubertsson avait été le locataire de tante Ellen. A son arrivée, Christina avait quatorze ans. Il l'avait vue lycéenne, portant une jupe écossaise et un duffle-coat, comme les autres lycéennes à qui elle ne réussissait toutefois pas à ressembler tout à fait. Au lieu d'être en os, les boutons de son duffle-coat étaient en bois et les carreaux de sa jupe étaient bleu marine et non pas rouges comme ils auraient dû l'être. Ces vêtements avaient beau être l'œuvre de tante Ellen, Christina ne pouvait la rendre responsable, ayant choisi elle-même le tissu de la jupe et les boutons. De toute façon, aurait-elle fait le bon choix que cela n'aurait pas changé grand-chose – on ne l'aurait pas plus aimée en classe. C'était normal. Les élèves l'ignoraient de même que deux autres filles, aussi plates et insignifiantes qu'elle. Les échanges n'étaient pas des plus animés. Au point que Christina s'éclaircissait la gorge en rentrant de l'école pour retrouver sa voix, rouillée à force de ne pas servir. Pas toujours avec succès. L'après-midi où elle trouva tante Ellen avec un nouveau locataire dans la grande pièce, son bonjour fut de l'ordre du croassement. Ils venaient de prendre le café que tante Ellen avait servi dans ses plus jolies tasses. La transpiration perlait sous son nez et la boule de coton dans sa narine était devenue rouge sombre. A peine excitée qu'elle saignait du nez.

— C'est un docteur, chuchota-t-elle à Christina un instant plus tard après avoir fermé la porte derrière Hubertsson.

Christina hocha gravement la tête. Elles l'écoutèrent monter l'escalier jusqu'à l'appartement loué, ouvrir la porte et déposer ses valises. Christina observa tante Ellen. Son attitude attentive et tendue témoignait d'un respect que Christina ne lui connaissait pas. Cela l'étonna. D'habitude, tante Ellen ne se laissait pas impressionner par les études universitaires, une lueur de dédain brillait plutôt dans ses yeux lorsque Christina parlait avec dévotion de ses professeurs de lycée. Tante Ellen estimait que trop d'études ne menaient pas à grand-chose. Cela rendait parfois toqué, comme certains de ses profs – enfin, c'était un bruit qui courait. Quoi qu'il en soit, la règle ne s'appliquait manifestement pas aux médecins. Loin de s'en moquer, elle les respectait. D'ailleurs, Hubertsson eut beau devenir un ami de la maison, tante Ellen avait toujours du mal à ne pas esquisser une révérence dès qu'il s'approchait.

Si Hubertsson s'installait à Motala et avait trouvé un emploi à Vadstena, c'était à cause de son récent divorce. Il avait quitté son poste de médecin hospitalier à Göteborg. Tante Ellen n'y fit jamais allusion. Birgitta était – naturellement – la source de toutes ces informations.

Il ne s'est jamais remarié. Dommage, il aurait eu besoin d'une femme. Surtout maintenant qu'il est vieux et malade.

— Il reste encore du café pour moi ? lance Christina.

— Bien sûr, dit Hubertsson en tournant la page de son journal. Fais comme chez toi.

Christina se dirige d'abord vers le réfrigérateur et commence à farfouiller. Elle y garde du beurre et un bout de fromage, peut-être qu'elle trouvera aussi un morceau de pain.

— Je peux mendier un bout de pain ?

Hubertsson pose le journal sur la table.

— Bien sûr. Rafle tout ce que tu veux.

— Sérieusement ?

Il rit.

— Il y a un petit pain tout au fond. Tu peux le prendre.

Il l'observe pendant qu'elle coupe le pain friable en deux moitiés.

— Pourquoi arrives-tu au boulot tout essoufflée et sans avoir pris de petit déjeuner ?

— La maison de santé, expliqua Christina laconiquement en s'asseyant. Si, j'en ai pris un. Simplement il n'était pas très réussi.

— Ah bon, dit Hubertsson. Comment ça, t'as brûlé tes céréales ?

— Margareta, glisse Christina en mordant dans sa tartine pour ne pas avoir à en dire plus.

Hubertsson se penche en avant, manifestement intéressé.

— Ta sœur ? Elle est ici ?

Christina finit d'avoir mâché avant de répondre.

— Ma sœur adoptive.

Hubertsson a un sourire en coin.

— Ah oui ! c'est vrai, dit-il en reprenant son journal. Ta sœur adoptive. C'est ça.

Le front plissé, Christina suppose qu'il va ressasser le passé. Mais Hubertsson n'ajoute rien, il continue seulement de feuilleter son journal. A priori, il ne devrait déchiffrer que les titres tant il néglige son diabète. A l'heure qu'il est, il devrait être à moitié aveugle. Car Hubertsson est plus malade que la plupart de ses patients.

Aujourd'hui, il a l'air encore moins en forme qu'à l'ordinaire. Tout gris. Christina se penche en avant et frôle son bras. Il lève les yeux.

— Comment tu vas, vraiment? demande-t-elle. Est-ce que ça va bien?

Hubertsson se lève et se dirige vers la porte en traînant la patte.

— Très bien, lance-t-il par-dessus l'épaule. Je suis en pleine forme. En parfaite forme. Ça va très, très bien. T'avais autre chose à me dire? Ou est-ce que je peux aller lire mon journal en paix, maintenant?

Christina fait une grimace derrière lui. Vieux grincheux.

Dans la matinée, elle oublie tout grâce au travail. Aussi bien Hubertsson que ses sœurs, et seule une étrange faiblesse dans les coudes lui rappelle la longue nuit blanche. Aujourd'hui, elle aime bien travailler. Non qu'elle aime son métier plus qu'avant, mais parce que la routine, la répétition de ces phrases, qu'elle a déjà dites des milliers de fois, apporte un sentiment de sécurité. De plus, les cas de ce matin sont tous simples et limpides. Quelques petits streptocoques. Un enfant de cinq ans couvert de boutons qui ne mangera plus jamais d'oranges de sa vie. Peu de risques de trouver une tumeur à l'affût derrière de tels symptômes. Lorsque le patient suivant entre, elle se sent encore plus tranquille. Dès qu'elle aperçoit les yeux gonflés de l'adolescent, elle sait tout de suite de quoi il retourne. Ophtalmie.

Elle ne l'en ausculte pas moins méticuleusement et éteint le plafonnier quand il s'allonge sur la table d'examen, pour que la lumière ne lui blesse pas les yeux. Elle a un petit élan de tendresse envers lui, ses épaules sont aussi frêles et étroites que celles d'Erik et son menton est couvert d'une acné terriblement enflammée. Pas le genre de garçon à faire les quatre cents coups. Aucune ressemblance avec les jeunes mâles bourrés de testostérone qu'Åsa et Tove avaient l'habitude de ramener à la maison quand elles étaient ados.

— Je vais te prescrire une pommade, lui dit-elle quand elle a fini de l'examiner. Et puis, je pense que ça te ferait du bien de ne pas aller à l'école pendant quelques jours.

Habituellement, Christina est chiche avec les arrêts de travail, elle sait que les fonctionnaires de la Sécurité sociale tiennent des statistiques de tous les arrêts maladie prescrits par les médecins et celui qui se montre trop généreux risque de se voir réprimander. Mais ce garçon est trop jeune pour se retrouver dans une statistique. En outre, il a l'air triste. Il a vraiment besoin de prendre du repos et de s'isoler un peu pendant quelques jours.

Se redressant, il reste assis sur la table d'examen, les jambes ballantes. Christina, sur le point de se lever pour rédiger l'ordonnance, se laisse retomber sur son tabouret en inox rutilant.

— Tu voulais me dire autre chose ?

Il ne répond pas tout de suite, incline seulement la nuque en soupirant.

— Dis-moi, dit Christina doucement. Il y a autre chose ?

Il la regarde à travers les fentes rouges de ses yeux. Les cils sont poisseux de pus.

— Pourquoi doit-on vivre ? profère-t-il ensuite d'une voix enrouée.

Les mains de Christina tombent sur ses genoux. Sans en avoir conscience, elle tourne les paumes vers le haut. Je n'en sais rien, exprime le geste tandis qu'elle n'ouvre pas la bouche.

— Vous le savez, vous qui êtes docteur ? Vous savez pourquoi on doit vivre ?

Soudain, la fatigue de la nuit l'envahit. Désarmée, elle est incapable de recourir à son armada de phrases toutes faites.

— Non, soupire-t-elle. Je ne sais pas. Je vis, c'est tout.

Toujours dans la même position, les jambes ballantes, le garçon a un petit trou au bout de sa chaussette blanche.

— Mais si on ne veut plus vivre ? Qu'est-ce qu'on fait alors ?

— C'est ton cas?

— Oui.

— Et pourquoi?

— Parce que je ne veux pas.

Alors, Christina a un geste qu'elle n'a en principe pas le droit de s'autoriser. Mourant d'envie de le consoler, elle lui caresse les cheveux. Puis le téléphone sonne. Machinalement, elle se lève pour répondre. La seconde d'après, elle est sûre d'avoir commis une erreur qu'elle se reproche en prenant le combiné :

— Oui, ici Christina Wulf. Qu'est-ce que c'est?

D'une petite voix inquiète, l'infirmière de la réception, qui sait qu'on n'a pas le droit d'appeler les médecins quand ils sont en consultation, annonce :

— Désolée, Christina, c'est la police. Elle n'arrête pas d'appeler, il paraît que c'est important et je n'ai pas réussi à m'en débarrasser.

Christina jette un coup d'œil au-dessus de son bureau; le garçon occupe toujours la même position, mais il a cessé de balancer les pieds.

— D'accord. Passe-les moi alors.

Cliquetis dans le combiné et puis une nouvelle voix se fait entendre. Une femme.

— Allô, docteur Wulf?

— Oui.

— Eh bien, c'est la police de Norrköping. Nous avons ici une personne qui a donné votre nom...

Christina marque son impatience. Qui donc parmi les quelques rares alcoolos de Vadstena a bien pu se rendre à Norrköping et se retrouver au violon? Et qu'est-ce qu'on attend d'elle?

— Elle s'appelle Birgitta Fredriksson...

— A-t-elle subi des coups et blessures? l'interrompt Christina.

— Du tout. Ce serait plutôt le contraire.

— Comment ça, le contraire?

— Elle est soupçonnée elle-même de coups et blessures. Nous l'avons appréhendée tôt ce matin. Maintenant, nous ne pouvons plus la garder, nous sommes obligés de la relâcher. Elle n'a pas d'argent pour prendre le bus pour Motala et elle dit que vous pouvez vous porter garante d'elle en quelque sorte. C'est-à-dire, si nous lui avançons l'argent pour le voyage, vous nous rembourseriez ensuite. C'est possible ? Est-ce que vous accepteriez un arrangement de ce genre ? Après tout, vous êtes sa sœur.

Quelque part en arrière-plan, elle reconnaît une voix familière.

— Démerdez-vous pour qu'elle accepte ! Dites-lui que c'est son putain de devoir de le faire !

La colère de Christina est blanche, blanche la chaleur qui étincelle devant ses yeux, blanche la chaleur qui brûle sa gorge. Jamais de la vie !

— Allô ? appelle la voix de police. Allô, docteur Wulf. Vous êtes toujours là ?

Christina prend une profonde inspiration et, quand elle parle à nouveau, c'est d'une voix métallique.

— Oui. Mais je crains de ne pas pouvoir vous aider. Tout ceci est un malentendu. Il se trouve que je n'ai pas de sœur.

— Sauf qu'elle l'affirme.

— Elle ment.

— Elle a une ordonnance avec votre nom.

Une petite inquiétude remonte le long de la colonne vertébrale de Christina.

— Une prescription ?

— Non, non. Juste le formulaire. Il y a une comptine assez moche écrite dessus. Et puis il est tamponné de votre nom. Christina Wulf, Centre médical de Vadstena. C'est bien vous ?

Christina passe la main dans ses cheveux, elle devine de quelle comptine il s'agit, elle est restée gravée dans leur mémoire à toutes les trois. Mais elle n'a pas l'intention de se laisser entraîner dans ce jeu. Jamais.

— Tout cela s'explique. Si vous vérifiez dans vos registres, vous allez trouver que cette personne a volé l'un de mes blocs d'ordonnances l'année dernière. Elle a été condamnée pour cela.

La femme policier hésite. C'est tout juste si on ne l'entend pas se gratter la tête.

— Ah bon, dans ce cas... alors je ne sais pas très bien ce qu'on va pouvoir faire.

— Il faudra vous tourner vers les services d'aide sociale.

Un bruit de cliquetis dans le combiné, le policier là-bas à Norrköping pousse un cri de surprise, et soudain la voix familière entre si violemment dans l'oreille de Christina qu'elle fait vibrer son tympan.

— Dis donc, espèce de salope, rugit Birgitta. Toute ta vie, t'as pas arrêté de me faire chier, alors maintenant t'as intérêt à me filer un coup de main. Je t'aurais jamais crue cap. Des lettres anonymes, et puis quoi encore! Putain, être rusée à ce point-là, c'est monstrueux. Merde, voilà ce que je te dis!

Christina raccroche violemment et enfouit son visage dans ses mains. Liquéfiée, elle se sent aussi flasque qu'un jouet gonflable et ses jambes se dérobent sous elle. Immobile, elle entend le tic-tac de sa montre lorsqu'un petit mouvement dans le fond attire son regard. Mon Dieu! Le garçon. Elle l'a complètement oublié!

Elle pivote sur la chaise, un tour entier en respirant à fond.

— Excuse-moi. Normalement, de tels incidents ne devraient pas avoir lieu. Où en étions-nous?

Le garçon la regarde. Sous l'effet de l'inflammation, ses yeux sont deux traits noirs.

— Vous deviez me prescrire des médicaments.

— Oui mais...

Tout en descendant de la table d'examen, il s'exprime comme un homme à présent.

— Nous en étions à la pommade pour les yeux, précise-t-il. C'est ça, à la pommade pour les yeux.

Le jeune homme parti, Christina reste dans la pénombre sans trouver le courage de se lever pour allumer la lumière. Le patient suivant sera obligé d'attendre, elle a besoin de calme pour décompresser. Elle tourne sa chaise de bureau de façon à regarder par la fenêtre. Au bout d'un instant, elle aperçoit le garçon qui coupe par le parking. Son allure l'inquiète; les épaules voûtées, ses bras pendouillent mollement de chaque côté de son corps, il a la nuque inclinée. Il devrait avoir froid, dérapant ainsi dans la neige fondue, mais son blouson est déboutonné et il n'a ni gants ni écharpe. Une des sempiternelles phrases de ses études de médecine lui traverse l'esprit. Les conditions sont-elles réunies pour qu'il y ait un risque de suicide? Oui. Absolument.

Et l'impression que leurs vies sont liées s'empare d'elle. Parce qu'elle a été une enfant maltraitée qu'on a placée dans un foyer d'adoption quarante ans auparavant, il est possible que ce jeune garçon rentre chez lui se suicider. La vie serait vraiment trop difficile, trop compliquée et impossible si de telles causes à effets existaient. S'il n'y avait pas eu de Birgitta dans la vie de Christina, le téléphone serait resté silencieux sur son bureau lorsque le garçon commençait à s'épancher et le serait resté jusqu'à ce qu'il ait fini de parler.

S'il n'y avait pas eu de *si*, raille Astrid dans son souvenir.

Astrid. C'est ça. C'est sa faute, c'est elle qui a fait de la vie de Christina ce qu'elle est. Et son pouvoir est si grand que, longtemps après sa mort, elle peut encore griffer les plaies des autres avec ses ongles sales. Sans réfléchir, Christina ouvre le tiroir du bas de son bureau et sort une enveloppe. Elle est marron et un peu froissée, ça fait de nombreuses années qu'elle se trouve à cet endroit.

Erik ne sait pas qu'elle a cette enveloppe. Il ignore qu'elle a déjà fait, il y a plus de quinze ans, ce qu'il lui a si souvent conseillé de faire. Elle a demandé à consulter les dossiers de son enfance. Et pas seulement les dossiers, elle s'est aussi procuré les rapports d'intervention des pompiers, de l'investigation préliminaire de la police et – à l'aide de son autorité de médecin et de quelques demi-mensonges – certaines parties du dossier d'Astrid de l'hôpital psychiatrique.

Son propre dossier médical se trouve sur le dessus.

Elle place la feuille jaunie sous la lampe de bureau et commence à lire les mots familiers : *Fillette de cinq ans. Arrivée en ambulance 22 h 25. Sans connaissance. Brûlures au deuxième-troisième degré sur le ventre, la poitrine, le bras G et la paume D.*

Elle n'arrive pas à y croire. Chaque fois qu'elle lit ce dossier, le doute l'envahit ; ce n'est pas possible, ça ne peut pas être possible. Et pourtant, elle sait pertinemment que chaque mot est vrai, ne serait-ce que parce que les cicatrices sont toujours là. Certaines parties de sa peau resteront pour toujours plus fines et plus lisses que d'autres : le ventre, la poitrine, le bras gauche et la paume droite.

Elle dispose aussi de l'investigation préliminaire et du témoignage des époux Pettersson. Ces voisins dont elle ne se souvient pas, pas plus qu'elle ne se souvient de l'appartement qu'elle habitait avec Astrid et de l'immeuble dans la Sankt Persgatan à Norrköping. Néanmoins, elle a l'impression d'entendre l'accent de madame Pettersson en feuilletant le procès verbal des auditions :

— Eh bien, c'est qu'on avait l'habitude d'entendre la môme crier, quoique, la plupart du temps, elle ne faisait que sangloter. Mais cette fois-ci, elle hurlait tellement que c'était horrible.

Le résumé de la première page de l'investigation préliminaire donne les détails :

Les époux Elsa et Oskar Pettersson déclarent que vers neuf heures et demie du soir, le 23 mars 1955, ils ont remarqué une odeur piquante de fumée. Madame Pettersson est sortie dans la cage d'escalier et a constaté que l'odeur venait de l'appartement voisin. Elle a alors dit à son mari d'alerter les pompiers, puis elle a vérifié si la porte de l'appartement voisin était fermée à clé, ce qui n'était pas le cas. Une fois entrée dans l'appartement, elle s'est précipitée dans la cuisine, puis dans le salon, sans réussir à localiser le feu ni la locataire, mademoiselle Astrid Martinsson. Quand elle a essayé d'ouvrir la porte de la chambre, elle a constaté que celle-ci était fermée à clé, mais la clé était restée dans la serrure. Elle a déverrouillé et est entrée. Des flammes sortaient du lit de l'enfant. Madame Pettersson a étouffé le feu avec un tapis. Tandis qu'elle s'activait, Astrid Martinsson a surgi et lui a donné deux coups de couteau dans le dos avec un couteau de cuisine. Sur ce, monsieur Pettersson a surgi dans la chambre. Un tumulte s'est produit quand celui-ci a essayé de désarmer mademoiselle Martinsson, provoquant la chute d'une lampe à pétrole par terre, ce qui a fait repartir le feu. Madame Pettersson a cependant réussi à étouffer ce nouveau foyer avec le tapis, pendant que monsieur Pettersson maîtrisait mademoiselle Martinsson et la maintenait.

Christina remet les papiers dans l'enveloppe. En fait, elle n'a pas besoin de les lire : elle les connaît par cœur. En particulier le procès verbal de l'interrogatoire d'Astrid. Au début, celle-ci affirme que le feu a été provoqué par la lampe à pétrole renversée par sa fille. Elle devient violente quand on la confronte aux témoignages des ambulanciers affirmant que les bras et les jambes de la fillette étaient attachés aux barreaux du lit de sorte qu'ils avaient été obligés de trancher les liens.

S'ensuivent les diagnostics d'Astrid à l'hôpital psychiatrique, les uns après les autres, tous avec un point d'interrogation hésitant dans la marge. Psychose endogène ? Schizophrénie paranoïde ? Maniaco-dépressive ? Psychopathe avec manifestations psychotiques ? L'incertitude semble aussi avoir caractérisé le traitement. Pendant les sept années passées à l'hôpital psychiatrique, Astrid avait fait l'expérience des sangles, des bains prolongés, du Sulfazin, de l'Isofen, des électrochocs et de l'insulinothérapie avant qu'on lui administre finalement le remède miracle de l'époque : de l'Hibernal.

Si Christina sait tout, elle ne se rappelle rien. Et le plus étrange, c'est que, enfant, elle savait déjà, sans en avoir le souvenir. Le jour où Astrid est venue à la maison de tante Ellen pour exiger qu'on lui rende sa fille, elle savait.

C'était un jour glacial du début de janvier, un de ces jours où l'air est tellement vif qu'il vous égratigne les poumons, où la lumière est d'une blancheur tellement éblouissante qu'elle blesse les yeux. Mais il faisait chaud dans la cuisine de tante Ellen qui fleurait bon les petits pains au lait en train de cuire dans le four. C'était les vacances de Noël. Christina et Margareta, qui avaient passé la matinée à jouer dans la neige, traînaient à la table de la cuisine en attendant que leurs pantalons de ski sèchent. Un moineau frigorifié échoué dans la mangeoire devant la fenêtre picorait sans entrain les dernières miettes de pain sec. Après quoi, le plumage hérissé, il ne bougea plus.

— Est-ce qu'on peut donner un petit pain à l'oiseau ? demande Margareta.

Tante Ellen se pencha pour sortir une plaque du four, elle utilisait les pans de son tablier pour ne pas se brûler.

— Euh, dit-elle, pas un tout frais. Mais il en reste deux de la semaine dernière dans la boîte à pain. Vous n'avez qu'à les prendre.

Les deux filles se levèrent en même temps. On aurait dit que Margareta allait arriver la première à la boîte à pain, elle prit son élan en deux grands pas avant de partir dans une glissade sur le lino avec ses grosses chaussettes en laine. Mais tante Ellen l'arrêta de son bras tendu :

— Dis-donc, petite sotte. Marche normalement, tu vas finir par trouer tes chaussettes si tu t'amuses à glisser comme ça sans arrêt.

Cela suffit pour laisser l'avantage à Christina. Quand Ellen relâcha Margareta, Christina avait déjà sorti les petits pains rassis de la boîte et en tenait un dans chaque main avec un sourire triomphal.

— Tante Ellen ! se plaignit Margareta.

Ellen n'avait même pas besoin de regarder pour savoir de quoi il retournait, elle connaissait son petit monde. Tournant le dos aux filles, elle déclara :

— Un chacune. Et sans vous disputer.

Au même moment, on frappa à la porte.

Pour le restant de sa vie, Christina saurait que le temps est une notion relative, qu'instant et éternité sont la même chose. Une image fugace fusa dans son cerveau : un caillou jeté s'enfonçait dans une eau sombre, de larges cercles se formaient sur la surface. Voilà comment était le temps. Le caillou était le maintenant, les cercles ce qui avait été et ce qui allait arriver. Elle avait beau savoir tout ce qui s'était passé et allait se passer, elle était tout aussi incapable de se souvenir du passé que du futur. Le temps d'une seule respiration, mille pensées lui traversèrent l'esprit : Qui n'utilise pas la sonnette ? Comment se fait-il que nous n'ayons pas entendu la porte extérieure se refermer avant qu'on frappe à la porte intérieure ? Pourquoi les poils sur mes bras se dressent-ils ?

Tante Ellen et Margareta se comportaient comme si c'était tout à fait normal que quelqu'un frappe à la porte. Margareta attrapa l'un des petits pains rassis et s'approcha de la fenêtre, tante Ellen s'essuya les mains sur son tablier et alla ouvrir la porte.

La voix dans le vestibule semblait bizarre. Un authentique accent du sud, outré, rebondit vers tante Ellen et l'interrompit avant même qu'elle ait eu le temps de dire bonjour.

— Je suis venue la chercher, dit la voix étrangère.

La voix de tante Ellen se fit soudain stridente :

— Qui ça ? Que voulez-vous dire ?

— Elle est à moi. Je suis venue la chercher.

Quelque chose tomba. Christina ferma les yeux et savait que c'était le tabouret sous l'étagère à téléphone dans le vestibule qui avait dégringolé. Le nez, pensa-t-elle. Maintenant, tante Ellen va encore saigner du nez. Et effectivement, la seconde d'après, tante Ellen apparut sur le seuil de la cuisine tenant un pan du tablier contre sa narine droite. D'un geste vif, elle signala à Christina : *cache-toi !*

Par la suite, elle regretterait de ne pas s'être cachée dans le placard à balais, mais elle n'eut pas cette présence d'esprit. Le placard à balais avait perdu de son importance lors de cette dernière année, Christina était maintenant en huitième et Margareta en neuvième, elles étaient trop grandes pour jouer toute la journée dans un cagibi. Désormais, le placard à balais n'était qu'un placard à balais, là où se trouvaient l'aspirateur et le seau avec la serpillière, là où le chiffon à poussière était suspendu à côté d'une sorte d'organisateur mural aux pochettes en tissu bien remplies. Christina avait aidé tante Ellen à broder les mots qui l'ornaient. On aurait dit une comptine ou une chanson : sacs, ficelles, bouchons et factures.

Quelque chose venait de se passer avec ses yeux. On aurait dit que son regard aiguisait tous les contours. A présent, elle voyait chaque détail de la vie quotidienne d'ordinaire si invisible. Le lino marron. Le dessin de la toile cirée. Le petit moineau toujours devant la fenêtre. Je te tiens prisonnier avec mon regard, pensa Christina. Tu ne peux pas bouger sans mon consentement.

Mais elle-même avait apparemment bougé sans son propre consentement, car tout à coup elle se retrouvait à côté de la table. Comment s'était-elle débrouillée ? Impossible de s'en souvenir. Elle ne se souvenait pas non plus d'avoir repoussé la chaise de tante Ellen pour se glisser derrière. C'est pourtant là qu'elle se trouvait, derrière la chaise de tante Ellen, le dos appuyé au mur.

— Où est-elle ? résonna la voix dans le vestibule.

Tante Ellen abaissa son pan de tablier, une petite auréole de sang entourait sa narine comme des pétales de fleur. Elle se retourna vers le vestibule.

— Maintenant ça suffit ! dit-elle de sa voix la plus revêche. Nom de Dieu, qu'est-ce que c'est que ces manières d'entrer comme ça chez les gens ?

Ellen n'utilisait cette voix-là que dans des cas exceptionnels, mais quand elle le faisait, le monde entier – et pas seulement les filles – se mettait au garde-à-vous. Cela s'était produit, Christina en avait été témoin, aussi bien avec l'épicier qu'avec le locataire à l'étage. Mais cette personne-ci n'était pas de celles qui se laissent intimider, elle le savait. Et effectivement, un bras fut tendu qui écarta tante Ellen. Et puis elle fut là. Astrid.

Elle ressemblait vraiment à une sorcière. Grande, voûtée, maigre et avec son nez si pointu. A moins que ce ne soit ses vêtements bizarres. Imperméable noir et suroît. En janvier ? De plus, elle avait mis le suroît à l'envers : le pan le plus long avançait comme une visière au-dessus de son front et dissimulait ses yeux.

— Chrisssstiiiina !

Elle suça les syllabes comme si en réalité elle ne voulait pas abandonner le nom.

— Ma fiiiille !

Astrid ouvrit les bras et fit deux pas en avant. Quelqu'un poussa un cri, c'était peut-être Christina elle-même, elle finit par se dire que ce devait être elle, même si elle n'avait pas senti ce cri aigu et monotone sortir de sa gorge.

— Il ne faut pas les croire, dit Astrid. Tout ça, c'est que des mensonges.

Du coin de l'œil, Christina pouvait voir Margareta bouche bée de l'autre côté de la table. Elle tenait toujours le petit pain sec à la main. Et à la porte de la cuisine, tante Ellen restait comme pétrifiée. Elle aurait pu être une photographie d'elle-même, n'était le petit filet de sang sombre qui s'écoulait lentement de sa narine droite. Christina ouvrit la bouche à nouveau, cette fois-ci elle put sentir le cri strident jaillir dans un tremblement.

— Ne crie pas, dit Astrid qui s'était mise à parler plus vite, presque hors d'haleine. Il ne faut pas crier parce que tout ça, ce sont que des mensonges, des inventions de toutes pièces. Tout, ils ont tout inventé. On s'entendait bien toutes les deux, Christina.

Ses yeux jouaient sous les ombres du suroît, comme si la peau de Christina était tellement glissante que son regard ne trouvait aucune prise. Elle avait toujours les bras tendus, ses mains tremblaient légèrement et les doigts étaient si pâles qu'ils viraient au bleu.

Pendant ses études de médecine, Christina allait apprendre que les tremblements étaient le premier des effets secondaires de l'Hibernal. Le deuxième était la chute de tension. Le troisième, l'hypersensibilité à la lumière. Le quatrième, des grimaces grotesques. Le cinquième, l'hypothermie. Il était donc facile d'expliquer médicalement ce qui, ce jour-là, parut relever de la sorcellerie et du sortilège.

Mais quand cela eut lieu, c'était de la pure magie. Un rayon de soleil blanc et brillant se fraya un chemin par la fenêtre de la cuisine et frôla Astrid avant de s'élargir et de grandir jusqu'à inclure Ellen aussi. Elle cilla, et ce réflexe involontaire sembla la réveiller. Respirant à fond, Ellen traversa la cuisine, tourna autour d'Astrid et se posta devant Christina, les bras écartés pour la protéger. Astrid pivota et essaya de l'attraper, mais il était trop tard, ses doigts bleus ne touchèrent que de l'air. Une grimace la défigura ; elle remonta la lèvre supérieure et montra dents et gencives, sa langue sortit et balaya son menton, son œil droit se ferma puis se rouvrit. L'instant d'après elle tangua, ses genoux se dérobèrent sous elle et elle tomba par terre sans connaissance.

Plus tard, quand tante Ellen eut appelé Stig Grande-Gueule et que des aides-soignants de l'hôpital psychiatrique furent venus chercher Astrid – c'était sa première permission –, plus rien ne fut comme avant. Comme si Astrid avait brisé quelque chose en venant à la maison de tante Ellen, brisé une cloison en verre, un mur de glace ou une énorme bulle de savon. Tous les bruits devenaient plus forts. Soudain, les voitures dans la rue hurlaient, le vent d'hiver secouait les tuiles du toit, le prédécesseur silencieux de Hubertsson à l'étage commençait à faire du bruit avec ses talons en montant l'escalier. Il en allait de même avec la température : tout à coup, il faisait froid et humide dans toute la maison, Christina grelottait et devait tout le temps mettre un tricot et deux paires de chaussettes. Le froid rendait ses doigts raides et rigides, ils ne voulaient plus lui obéir comme avant. Dans un mouvement d'impatience, elle rejetait sa broderie quand ses points carrés commençaient à ressembler à ceux de Margareta : irréguliers et puérils. Ça la démangeait sous la peau, elle n'arrivait plus à rester toute une soirée à côté de tante Ellen à écouter la radio. L'air abattu, elle parcourait la maison, dérangeait Margareta qui était presque toujours allongée sur le lit dans la pièce vide en train de lire des livres, ou bien elle passait d'une fenêtre à l'autre, enlevait les feuilles sèches des plantes vertes et se regardait dans les fenêtres luisantes et noires. Elle s'entraînait parfois à supporter l'insupportable : qu'est-ce qu'elle ressentirait si un visage blanc et maigre se collait soudain contre la vitre? Si tante Ellen mourait? Si un jour elle était obligée de quitter la maison de tante Ellen?

Un trou noir. Voilà ce qu'elle ressentirait. Voilà ce qu'elle ressentait.

Tante Ellen aussi changea après la visite d'Astrid. Elle levait de plus en plus souvent les yeux de son ouvrage et suivait Christina du regard, mais sans sourire et sans rien dire. Elle changea certaines habitudes : les filles n'avaient plus ni le droit de répondre au téléphone quand il sonnait, ni celui d'aller chercher le courrier dehors dans la boîte aux lettres. Tante Ellen le faisait elle-même. Elle s'arrêtait même parfois pour ouvrir certaines lettres dans le jardin, bien que ce soit encore l'hiver et qu'il fasse froid. Christina l'observait depuis la fenêtre de la cuisine : le front plissé, Ellen ouvrait une enveloppe, parcourait rapidement la lettre et allait directement la jeter à la poubelle.

Seule Margareta restait fidèle à elle-même. Elle semblait ne pas se rendre compte que rien n'était plus comme avant et qu'il y avait soudain des secrets dans la maison. Elle continuait à se frotter contre tante Ellen comme un chat câlin dès qu'elle en avait l'occasion et à fatiguer Christina en lui racontant en détail l'intrigue de tous les livres qu'elle lisait. Elle ne semblait même pas se rendre compte que Stig venait leur rendre visite de plus en plus souvent et qu'il venait toujours lorsque c'était l'heure pour les filles d'aller au lit.

Mais Christina s'en rendait compte. Soir après soir, dans la pièce vide, elle restait au lit, les yeux grands ouverts, à écouter la voix qui, dans la cuisine, ressassait toujours la même chose. Il parlait sans arrêt et tante Ellen ne disait presque rien.

Persuasion. Oui, ça devait être ça. Stig essayait de persuader tante Ellen de faire quelque chose qu'elle refusait. L'idée donna la nausée à Christina. Il fallait qu'elle fasse quelque chose, n'importe quoi. Il fallait qu'elle sache de quoi il s'agissait. Très doucement, elle posa ses pieds nus sur le sol de la pièce vide, se leva et se faufila sans un bruit dans le vestibule.

— Ce qu'il nous faut, c'est une solution à long terme, dit Stig avec un petit bruit des lèvres qui révélait que tante Ellen lui avait offert le café. Et le foyer de l'Assistance publique n'est pas une solution à long terme. Pas dans ce cas.

Christina chercha sa respiration. Allait-on la renvoyer? Tout à coup, elle eut envie de faire pipi. Oh! pire que ça! Elle se pissait dessus. Bien qu'elle serrât les jambes, elle sentit un mince filet dégouliner sur sa cuisse gauche. Elle se précipita aux toilettes sans avoir le temps de fermer la porte.

La porte était toujours ouverte lorsque tante Ellen et Stig vinrent dans le vestibule, il leur avait semblé entendre du bruit. Christina ferma les yeux de honte. Elle ne voulait pas qu'ils la voient assise sur les W.-C., sa chemise de nuit en flanelle remontée sur les genoux, mais elle ne pouvait pas se lever pour tirer la porte, sinon elle inonderait le sol.

— Tu es réveillée? demanda tante Ellen surprise.

Et derrière elle pointait le visage souriant de Stig:

— Dis moi, Margareta, dit-il. Est-ce que ça te dirait d'avoir une autre sœur?

— Elle, c'est Christina, rectifia tante Ellen.

Dès le lendemain, Birgitta fit son entrée chez tante Ellen.

Christina n'arrivait pas à déterminer si elle était mignonne ou laide. Les deux, d'une certaine façon. Avec ses cheveux bouclés d'un blond blanc, ses yeux tout ronds, sa bouche en cul-de-poule, on eût dit une poupée. N'était son corps. Extrêmement lourdaud ! Ses jambes ressemblaient à des bûches sans la moindre courbe aux mollets, son ventre était bombé, ses mains grosses et carrées. Son cou, grisâtre, n'avait pas la même teinte que son visage. En outre, un filet vert tremblait sous une de ses narines, tandis que ses doigts, dépassant des ongles rongés, étaient tellement à vif et gonflés qu'on sentait à quel point ils faisaient mal.

— Je veux rentrer chez ma maman, dit Birgitta.

Pour puérile que soit sa requête, elle la formula néanmoins d'un ton rauque, presque masculin.

— Allons, l'admonesta la dame du Service de l'Aide à l'Enfance qui l'accompagnait. Tu sais bien qu'il faut que ta maman se repose.

— Elle le peut pas si je suis pas là. C'est moi qui m'occupe d'elle.

Un sourire artificiel aux lèvres, la dame se pencha et lui déboutonna sa veste.

— Evidemment, c'est ce que tu crois, petite sotte. Mais il faut vraiment que ta maman se repose, c'est pour ça qu'elle nous a demandé de nous occuper de toi pendant quelque temps.

Lui jetant un coup d'œil méfiant, Birgitta renifla puis s'essuya du revers de la main. Ce faisant, elle repoussa la main de la dame. Et, l'instant d'après, Birgitta avait déjà refermé le bouton. Plus personne ne bougea dans le vestibule de tante Ellen. Margareta et Christina, la dame du Service d'Aide à l'Enfance, tante Ellen, toutes la fixaient. Le regard de Birgitta naviga de l'une à l'autre. Une fois son examen terminé, elle ferma les yeux et poussa – comme involontairement – un énorme soupir. Christina et Margareta l'imitèrent. On eut l'impression qu'un coup de vent balayait le vestibule.

Après quoi, Birgitta rouvrit les yeux où une lueur s'alluma. Et, faisant volte-face, elle se rua sur la porte.

On frappe à celle du bureau de Christina. Des petits coups craintifs. Fugacement, elle a l'impression que le moineau gelé de la mangeoire de tante Ellen a traversé le temps pour atterrir dans le couloir du centre médical. Machinalement, son corps – pas dupe de l'illusion – lui fournit l'alibi nécessaire. Christina écarte vivement la lampe et pivote la chaise vers l'ordinateur pour avoir l'air de mettre à jour le dossier.

— Oui ? lance-t-elle de son ton le moins aimable.

— Excuse-moi, Christina, chevrote une voix.

C'est Helena, l'une des infirmières.

— Je suis bientôt prête pour le suivant, dit Christina, le regard toujours fixé sur l'écran.

— Ce n'est pas ça, insiste Helena. Tu n'as pris que cinq minutes de retard.

— Quoi, alors ?

— C'est Hubertsson.

— Qu'est-ce qu'il a ?

— Il est très bizarre. On vient d'appeler de la maison de santé, où, apparemment, une de ses patientes a eu une crise d'épilepsie particulièrement violente.

— Et alors ?

— Eh bien, Hubertsson... Euh, on n'arrive pas vraiment à entrer en contact avec lui.

Christina remet ses lunettes en place.

— Il a bu?

Horriblement mal à l'aise, Helena se tortille. Au centre médical, personne ne prend la défense de Hubertsson avec plus d'ardeur qu'elle – maman poule sans poussins, prête à supporter tous les caprices et changements d'humeur de Hubertsson, pour le plaisir de pouvoir étendre ses blanches ailes sur lui quand il va mal.

— Non, je ne crois pas. Il est simplement hermétique à tout contact.

Christina se lève et enfonce ses mains dans les poches de sa blouse blanche. Elle est irritée. Ce n'est pas la première fois qu'Helena trouve Hubertsson bizarre. Pourtant, elle refuse obstinément d'accepter la théorie de Christina qui attribue ces anomalies à la bouteille de whisky qu'il cache quelque part. A moins qu'il ne soit allergique aux pastilles sans sucre pour la gorge : en général, son haleine a une très forte odeur de menthol mêlé d'alcool quand Helena le trouve vraiment anormal. Dans ces moments-là, Christina doit prendre en charge ses patients en plus des siens.

— Où est-il?

— Dans son bureau.

En traversant la salle d'attente, Christina constate qu'il y a trois malades. L'un est le sien, les deux autres sont ceux de Hubertsson. En conséquence, elle peut dire adieu à sa pause déjeuner.

La porte de Hubertsson est entrouverte. Comme Christina tout à l'heure, il a éteint toutes les lampes et est assis dans la même position qu'elle occupait, le regard tourné au dehors. En revanche, il fixe la façade jaune de la maison de santé, non le parking. S'emparant du dossier de sa chaise, Christina lui fait faire un tour complet avant de se pencher pour le regarder dans les yeux.

— Comment ça va?

Il a le teint terreux, le front mouillé.

— Tu te sens bien ? lui demande Christina en élevant la voix.

Sans répondre, il signale que non d'un geste.

— Tu as bu ?

Le regard vacille, il secoue un peu la tête. Elle s'approche, respire un peu son haleine d'où n'émane aucune odeur de whisky ou de menthol. Même pas un relent d'une ancienne cuite.

— As-tu mangé aujourd'hui ?

Le son qu'il profère en guise de réponse n'est pas compréhensible. Christina pose la main sur son front. Il n'est pas seulement humide, il est trempé de sueur.

— Et l'insuline ? Tu l'as prise ?

Il grogne quelque chose d'inaudible, ses paupières vibrent. Christina comprend immédiatement ce qui lui arrive. Hypoglycémie. Elle s'étonne un peu. Bien qu'il ne suive pas les préceptes qu'il martèle à ses patients diabétiques, Hubertsson est en général assez habile pour sentir venir les crises et ne quitte jamais son appartement sans fourrer quelques morceaux de sucre dans la poche de son pantalon.

— Vite, lance Christina par-dessus son épaule à Helena. Je fais un dextro. Toi, prépare une injection de glucose.

Le soulagement d'Helena est perceptible. Toutes les infirmières sont pareilles ; rien ne les rassure autant que de ne pas avoir à prendre une décision et de s'occuper de la piqûre. Christina fait le test pendant qu'Helena prépare l'injection. Mettant la grande main de Hubertsson dans la sienne, elle tient son doigt qu'elle pique. Puis elle y applique la petite bande testeur. La réponse est immédiate : le taux de sucre dans le sang est extrêmement bas.

A présent, elles travaillent en silence, concentrées, sans se regarder ni se parler. Helena se penche sur Hubertsson et lui enlève à moitié la blouse blanche, roule la manche droite de sa chemise et attache le garrot juste au-dessus du coude. Christina donne de petits coups avec le bout des doigts dans le pli du coude pour que la veine ressorte. Hubertsson pousse un soupir quand il sent

l'aiguille en place. Et lorsque, très lentement, Christina
pousse le piston à fond, il ouvre les yeux et articule dis-
tinctement :
— Désirée.

— Birgitta, Margareta et Christina, gloussa la dame
du Service d'Aide à l'Enfance. Il ne nous manque qu'une
petite Désirée pour avoir toutes les princesses royales du
château de Haga.
— Désirée diarrhée, fit Birgitta. Assise par terre dans
la cuisine dès que la dame l'avait ramenée de la cage
d'escalier, elle refusa de bouger. Christina avait le ventre
tordu d'anxiété : il faudrait que la nouvelle comprenne
qu'elle est beaucoup trop grande pour rester assise par
terre. Et puis qu'elle cesse de sortir ce chapelet de gros
mots comme font les petits. Enfin, elle devrait se lever et
s'installer à table, boire son sirop et manger son petit pain
au lait à l'instar de Christina et de Margareta.
— Désirée diarrhée, répéta Birgitta. Mademoiselle
Caca boudin, duchesse Diarrhée von Boule de Crotte.
Si Margareta pouffa, Christina détourna les yeux
qu'elle posa sur tante Ellen, dont le visage était pire que ce
qu'elle imaginait. Blême, elle avait les pupilles dilatées et
noires et ses pattes d'oies, à peine visibles à l'ordinaire,
semblaient s'être creusées. On eût dit des toiles d'araignée. La nouvelle sentait sûrement son regard. Pourtant,
feignant de l'ignorer, elle ne bougeait pas. Le trou de son
bas, à hauteur du genou, se remarquait parce qu'elle étalait ses jambes par terre et, à tout bout de champ, elle
tirait sur les manches de son tricot trop petit pour les ral-
longer.
La dame du Service d'Aide à l'Enfance coula un
regard à tante Ellen avant de proférer, la main sur son
cou :
— Bon, c'est fini ces bêtises, Birgitta !
— Comtesse Diarrhée von Prout de Caca.
Comme Margareta pouffait de nouveau, Birgitta lui
lança un rapide coup d'œil et un petit sourire trembla un

instant aux coins de sa bouche. La dame du Service d'Aide à l'Enfance se leva et se posta résolument devant elle.

— Maintenant, tu te lèves, Birgitta. Tu viens t'asseoir à table et tu bois ton sirop comme les autres !

Baissant la tête, Birgitta fixa une fois de plus le plancher.

— Je veux pas boire de sirop jaune.

La dame recula d'un pas. Ses mains retombèrent mollement le long de son corps, comme si elle ne savait plus quoi faire.

— Et pourquoi ça ?

— Parce que le sirop jaune, ça a un goût de pisse !

Puis ce fut l'affaire d'une seconde. Tante Ellen, qui jusque là était restée sans bouger, fit deux pas déterminés vers Birgitta qu'elle mit debout. Les jambes molles, Birgitta pendouillait comme une poupée de chiffon dans les bras de tante Ellen.

— Ecoute, que ce soit bien clair, souffla tante Ellen. Je déteste les mots que tu viens de débiter. Et dans cette maison, c'est moi qui décide ! Voilà, maintenant tu sais.

Portant Birgitta, elle l'installa sur la chaise vide au bout de la table, prit rapidement le verre qui attendait Birgitta depuis un long moment déjà et le remplit de sirop jaune.

— Bois ! ordonna-t-elle en croisant les bras sur sa poitrine.

Margareta, qui, comme à l'ordinaire, n'avait apparemment rien compris, éclata d'un rire tonitruant.

— C'est du sirop d'orange ! crut-elle bon de préciser. C'est tante Ellen elle-même qui l'a préparé avec des écorces d'orange qu'on a gardées pendant tout l'automne...

Sans rien dire, Christina dévisagea la nouvelle tout en portant à sa bouche son verre, qu'elle vida en quelques gorgées avides. Mais Birgitta, muette et immobile, ne l'imita pas et se borna à observer le liquide jaune.

Tante Ellen se pencha vers elle, et lui dit d'une voix basse mais très distincte :

— Bois. Il le faut absolument.

On entendit le tic-tac de l'horloge de la cuisine, la petite aiguille rouge des secondes avançait par saccades sur le cadran. A l'instant où elle atteignit le douze, Birgitta tendit la main et saisit le verre. Quand elle eut atteint le six, le verre était vide.

Une nouvelle ère venait de commencer.

Hubertsson cligne des yeux et secoue la tête comme un ours à peine réveillé quand Christina et Helena l'aident à rejoindre sa table d'examen près du mur.

— Maintenant, tu vas te reposer un moment, dit Christina. Dans un quart d'heure, on te fera un nouveau test et on verra s'il faut t'envoyer à Motala.

Il marmonne quelque chose, que Christina ne comprend pas sur-le-champ. *La maison de santé*. C'est ça. On lui avait téléphoné de là. Elle se tourne vers Helena en train de mettre une couverture jaune en nid-d'abeilles sur Hubertsson, de l'étendre sur ses épaules en la lissant avec une tendresse particulière.

— Qui a téléphoné de la maison de santé?

— Kerstin Un.

— Bon, je vais la rappeler.

Se servant du téléphone de Hubertsson, elle pianote le sous-main de son bureau avec ses ongles soigneusement limés pendant que ça sonne à l'autre bout. Kerstin Un met du temps à décrocher. Et lorsqu'elle finit par répondre, c'est avec sa voix cristalline. Christina l'entend presque vibrer alors que Kerstin Un semble pourtant tout à fait détendue.

— Nous n'avons téléphoné que parce que Hubertsson nous a recommandé de l'appeler quand cette patiente fait une crise, dit-elle. Cette fois, elle en a eu deux, dont une très longue. D'abord sept minutes, puis une pause d'une demi-heure, et ensuite une nouvelle crise de presque quarante-cinq minutes.

Christina se mord la lèvre. Une crise de quarante-cinq minutes est à la limite du *status epilepticus*, l'état de crise permanent.

— C'est passé, maintenant?

— Mmm. J'ai fait mettre quatre suppos de Stesolid à 10 milligrammes.

Christina retient sa respiration. Comment a-t-elle osé ? Une dose à assommer un cheval.

— Combien pèse-t-elle, cette patiente ?

— Environ quarante kilos.

La main de Christina se serre convulsivement. Cette femme doit être folle !

— De qui s'agit-il ?

— C'est la préférée de Hubertsson, tu sais.

Non, elle ne sait pas.

— C'est Hubertsson qui a prescrit une dose aussi élevée ?

Kerstin Un pousse un petit soupir d'impatience.

— Non, en général il vient installer le goutte-à-goutte quand ça dure aussi longtemps. Mais aujourd'hui, je n'ai pas réussi à le joindre. Ne t'inquiète pas, elle est coriace cette patiente. Incapable de bouger, de parler, elle a des lésions d'encéphalopathie. Elle a beau être épileptique et spasmodique par-dessus le marché, elle refuse de mourir. A plus de quarante-cinq ans, elle a passé toute sa vie à l'hôpital. Pourtant, comme je viens de te le dire, elle n'a pas la moindre intention de passer l'arme à gauche.

Christina a la bouche sèche.

— J'arrive.

Kerstin Un soupire.

— Ce n'est pas nécessaire, elle a des crises tous les jours, jusqu'à cinq fois par jour. D'habitude, nous appelons Hubertsson. Ensuite, elle dort quelques heures. D'ailleurs, elle adore dormir et ce n'est pas moi qui vais m'en plaindre.

Christina se racle la gorge.

— N'empêche que j'arrive.

C'est tout juste si elle n'entend pas Kerstin Un hausser les épaules.

— Eh bien, si tu n'es pas plus débordée que ça, en pleine consultation, ça te regarde.

Cette fois-ci, elle s'est blindée pour se préparer au

choc. A la vue de Kerstin Un, elle n'en a pas moins le souffle coupé. On dirait une pub pour shampooing. Une myriade de petites étoiles scintillent dans ses longs cheveux blonds, alors qu'elle aide une malade à traverser le couloir. Sa blouse et son pantalon sont d'une blancheur immaculée. Enfin elle a aux pieds des chaussettes douillettes et des sandales blanches apparemment tout juste sorties de leur carton. A côté d'une telle perfection, la malade – une de celles de Christina – n'en paraît que plus mal en point. Ses cheveux sans aucun lustre sont clairsemés, elle est vêtue d'une combinaison de sport délavée et se traîne dans une vieille paire de pantoufles déformées. Trisomique, Maria a une épilepsie sévère et un sourire qui semble demander qu'on lui fasse grâce.

— Salut Maria, lance Christina bien que bouillant d'impatience. Maria est capable de pleurer pendant des semaines si l'on a oublié de lui dire bonjour. Comment vas-tu aujourd'hui ?

— Pas très bien, dit Maria en secouant la tête. Pas bien du tout.

Christina se retient. D'ordinaire, Maria ne se plaint jamais, elle se contente de sourire, d'affirmer que tout va pour le mieux jusqu'à ce qu'elle s'évanouisse.

— Qu'est-ce qu'il y a ?

— On me permet pas de rester avec les anges, répond Maria en baissant la tête.

— Allons, dit Kerstin Un en lui tapotant la main. Tu sais bien que c'est provisoire...

La chambre de Maria est sacrée, Christina est au courant. Si le reste de la maison de santé est comme une salle des fêtes, la chambre de Maria est un temple. Un temple de la naïveté. Elle l'a décorée avec des anges : des chérubins potelés en porcelaine se disputent la place sur le rebord de la fenêtre, des séraphins fabriqués maison pendent du plafond, des anges marque-page étincelants et des anges bariolés découpés dans des magazines couvrent les murs du sol au plafond. Maria les colle directement sur le mur, et, parfois, elle utilise de la colle universelle. La directrice de la maison de santé, une femme au sens pratique, dépourvue de rêves de paradis, a toujours quelque chose d'affolé dans le regard quand on évoque Maria. On prétend qu'elle fait des cauchemars peuplés d'employés municipaux furieux qui ont appris la transformation de la chambre. Pourtant, elle n'a jamais essayé de priver Maria de ses anges. Elle sait que la chambre aux anges est la seule chose qui maintienne la volonté de vivre de Maria. Quand elle se réveille d'une de ses crises récurrentes, elle regarde toujours autour d'elle avec de l'inquiétude dans les yeux. Mais lorsqu'elle constate que ses anges sont encore là, elle se calme.

— Pourquoi Maria n'a-t-elle pas le droit d'être dans sa chambre? demande Christina à Kerstin Un sans tourner la tête vers elle, une petite peur dont elle n'arrive pas à se défaire la poussant plutôt à regarder Maria.

— Je regrette. Nous n'avons pas le choix, répond Kerstin Un. Folke a besoin d'une chambre pour lui tout seul, et nous ne pouvons pas l'installer parmi tous les anges, donc nous avons déplacé la petite préférée de Hubertsson. Et comme elle est en train de dormir et qu'il ne faudra pas la réveiller d'ici un bon bout de temps, nous avons pensé qu'il valait mieux pour Maria rester quelques heures dans la salle de jeu.

Maria tente d'amadouer Christina avec un sourire. Celui-ci n'est pas convaincant. Les coins de sa bouche tirent vers le bas et lui donnent un air larmoyant. Christina, qui commence à se sentir de nouveau défraîchie et liquéfiée, se passe la main dans les cheveux. Quelle journée! Et dire qu'il n'est pas encore midi.

— Il n'est pas possible de trouver un autre arrangement? hasarde-t-elle, harassée.

— Non, dit Kerstin Un. Ce n'est pas possible. Et d'ailleurs, aujourd'hui, il y a un loto d'images d'organisé, ça va être amusant.

Quelque chose frôle la tête de Christina quand elle fait le premier pas dans la chambre de Maria. D'instinct, elle lève la main comme pour se protéger d'un oiseau qui attaquerait et, l'espace d'un instant, elle se souvient du goéland mort dans son jardin. Mais ce ne sont pas des ailes d'oiseau qui frôlent ses cheveux, ce sont les pieds souples en laine d'un ange. La toute dernière création de Maria est suspendue à un fil au plafond juste devant la porte : un ange de cinquante centimètres de haut, avec une tête en papier d'aluminium et des cheveux bouclés en Scotch doré, enveloppé d'une vieille serviette portant l'inscription PROPRIÉTÉ DU CONSEIL GÉNÉRAL. On aperçoit la même inscription sous le plumage clairsemé des ailes en carton. Le stock de carton et de plumes multicolores de décoration de Maria semble toucher à sa fin, mais, à force d'insister, elle a réussi à obtenir du vieux matériel datant de l'époque où la maison de santé n'était pas encore sous la gestion de la commune.

Les centaines d'images d'anges sur les murs accrochent toute la lumière, si bien que la chambre est plus sombre qu'elle ne le devrait. Même si l'on est le matin pour les humains, chez Maria et les anges, c'est le règne du crépuscule. Pourtant, la chambre semble différente. La table qui, d'habitude, est placée devant la fenêtre, a été repoussée ; les ciseaux, les plumes, les rouleaux de Scotch et les magazines découpés ont été ramassés et forment un petit tas au milieu.

Le lit de l'autre patiente se trouve du côté de la fenêtre. Ses affaires paraissent pauvres et déplacées parmi le faste de Maria : un classeur et quelques livres jonchent le pied du lit, un ordinateur dans son support d'acier est placé à la tête. Un tuyau jaune avec un embout sort de l'ordinateur, et tout à coup, Christina se souvient d'avoir entendu parler de cette malade – de l'admission à la maison de santé d'une femme s'exprimant via un ordinateur. Cela étant, on ne voit aucun texte sur l'écran : la patiente est au-delà de tous les mots ; et par conséquent, son ordinateur aussi. Enfin, son écran de veille – espace noir constellé de milliers d'étoiles – cadre parfaitement avec la chambre de Maria. En le regardant, Christina, frappée d'un vertige fugace, a l'impression de traverser l'univers à la vitesse de la lumière. Elle cligne des yeux avant de les baisser sur le dossier. Désirée Johansson, 31.12.49-4082.

Lésions d'encéphalopathie, convulsions et épilepsie grave depuis la naissance.

Elle ressemble à un oisillon tout nu sans plumage. Si frêle qu'elle ne paraît pas laisser d'empreinte sur le matelas, et si maigre que chaque os et chaque tendon se voient sous la peau. Les doigts d'une main, déformés, sont figés en une griffe. Sa position dans le lit est étrange : sur le dos, les jambes relevées et croisées en position fœtale. Son visage a la forme d'un cœur, le menton pointu. La peau des paupières est si mince qu'on aperçoit les vaisseaux tel un delta bleu.

Voici donc la préférée de Hubertsson.

Les mains de Christina tremblent un peu quand elle met le stéthoscope en place et se penche au-dessus de la patiente. Elle jette encore un coup d'œil rapide dans le dossier : oui, cette femme a apparemment des crises quotidiennes et les crises de ces dernières années ont manifestement aggravé ses lésions cérébrales. En ce moment, elle dort pourtant d'un sommeil paisible : le cœur bat à un rythme aussi rassurant que la pendule du séjour chez tante Ellen. La respiration est régulière et sans râles. Elle remet le stéthoscope dans sa poche et vérifie le tonus des bras et des jambes. Lui aussi, normal : elle ne sent aucune crampe retardataire. Pour finir, elle ouvre très doucement la bouche de la patiente et éclaire le palais avec sa petite lampe. Non. Elle ne s'est mordu ni la langue ni les joues. Tout paraît en ordre, pour autant qu'on puisse parler d'ordre pour un être dans cet état. Christina éteint la lampe et regarde la patiente endormie. Pauvre petite créature...

La femme dans le lit sursaute et ouvre les yeux. Pendant une seconde, Christina reste plongée dans son regard bleu, avant que les paupières ne s'abaissent à nouveau, très lentement. Christina recule d'un pas, son cœur s'emballe. Mais ça y est, c'est passé. Après quelques respirations, la patiente semble calmement endormie et le cœur de Christina reprend ses battements normaux, fussent-ils stressés.

Elle remonte la housse de couette à rayures sur la

femme dans le lit pour la border, le mouvement fait tomber à terre l'un des livres au pied du lit. Christina se penche pour le ramasser et, à la vue du titre, lève les sourcils : *Les Rêves d'Einstein*. Elle regarde un peu les autres livres. *Le Quark et le Jaguar* de Murray Gell-Mann, *Les Pommes d'or du soleil* de Ray Bradbury, *I Benandanti – Les Bons Maîtres sorciers* de Carlo Ginzburg, *Sorcières et procès de sorcières* de Bror Gadelius. Plus un exemplaire d'*Une brève histoire du temps* de Stephen Hawking en lambeaux à force d'être lu.

Christina hausse les épaules. Cette nouvelle physique moderne, c'est le domaine de Margareta. Elle n'a jamais vraiment eu le courage de s'y plonger. Ça lui donne mal à la tête quand Margareta commence à disserter sur la matière et l'antimatière, sur le Big Bang, l'expansion de l'univers, les quarks, les gluons et autres baryons. Ça a un petit relent de flou intellectuel, et c'est une odeur que Christina n'aime pas.

Elle empile soigneusement les livres sur la table de chevet. C'est assez émouvant de voir que le livre de Stephen Hawking a été tant lu. Pour une femme comme celle-ci, il doit paraître l'égal des dieux. La question serait de savoir ce qu'elle jalouse le plus chez lui. Son cerveau ou sa célébrité ? Ou tout bonnement ses histoires d'amour ?

Un moment plus tard, Christina traverse le parking. Elle va beaucoup mieux. L'air frais lui fait du bien et ses talons claquent joyeusement sur l'asphalte lisse et humide. D'un geste inconscient, elle passe la main derrière sa tête et soulève un peu ses cheveux, offrant sa nuque à la caresse du vent vivifiant du Vättern. L'envie d'écarter les bras et de virevolter s'empare d'elle sans qu'elle y cède. Un médecin généraliste qui a toute sa tête ne peut pas se permettre de jubiler dans un parking uniquement parce qu'elle a découvert que le ciel est haut et d'un bleu profond, le soleil blanc et étincelant, et que les bourgeons du châtaignier sur la pelouse débordent de vie.

C'est l'air frais et vif qui la rend si heureuse. Demain, c'est l'équinoxe de printemps.

Chez tante Ellen, le changement de saisons était salué par une débauche de cérémonies et de rituels. Pour la Sainte-Walpurgis, on descendait les vêtements d'été du grenier et le quinze septembre, on les remontait, peu importent la température et le temps qu'il faisait. Si les filles se plaignaient qu'il fasse trop chaud ou trop froid, tante Ellen se contentait d'un de ses éternels dictons : « On doit saluer le printemps en transpirant et l'automne en frissonnant ! »

Christina ne peut s'empêcher de sourire. De maintes façons, tante Ellen était un peu bizarroïde avec ses manières obsolètes. Ainsi, elle était persuadée que toutes les petites filles portaient encore des tabliers à l'école dans les années cinquante, comme elle l'avait fait dans les années vingt. Du coup, elle avait affublé Christina d'une robe en coton à carreaux avec un tablier brodé pour son premier jour d'école. D'un autre côté, tante Ellen s'adaptait en un temps record. Il lui avait suffi d'observer les autres élèves quand elle avait accompagné Christina à l'école pour comprendre. Alors, elle s'était discrètement penchée pour lui ôter son tablier et le glisser dans son sac. En un sens, c'était dommage. C'était un beau tablier avec le monogramme de Christina brodé au point de croix sur le plastron et ourlé d'une petite bordure d'oiseaux. Aujourd'hui, il se trouve dans un sac en plastique au Paradis Postindustriel, avec les autres ouvrages que Christina a réussi à acheter à la vente aux enchères qui a suivi la mort de tante Ellen. Lorsque, de temps en temps, elle ouvre l'un de ces sacs en plastique soigneusement scellés avec du Scotch, il lui semble retrouver l'odeur, tenace, de savon et de talc de la marque Christel de tante Ellen. Chaque fois, celle-ci est au demeurant un peu moins forte. Du coup, Christina les ouvre de plus en plus rarement.

Mais elle aime bien y penser. Savoir qu'ils existent. Qu'ils sont à elle. Rien qu'à elle.

Christina fut celle qui dut se pousser le plus quand Birgitta emménagea dans la pièce vide. Margareta, elle, se cantonnait à son lit – elle lisait, dessinait, jouait à la poupée et faisait ses devoirs dessus – alors que Christina n'utilisait le lit que pour dormir. Quand elle dessinait ou apprenait ses leçons, elle choisissait la table devant la fenêtre. A présent, il n'y avait plus de place car c'est là qu'on allait installer le nouveau lit. Tante Ellen enleva la table, qu'elle mit dans le vestibule, où il était toutefois impossible de travailler à cause de la pénombre. En outre, elles n'avaient plus le droit de rester à la table de la salle à manger parce que Birgitta avait réussi à en casser une figurine, dès le troisième jour. Ne restait que la table de la cuisine. Mais là non plus, rien n'était comme avant : quand Margareta et Birgitta s'y trouvaient, il était impossible à Christina de se concentrer, tant les deux autres bavardaient, pouffaient de rire et se chuchotaient des secrets.

La maison ne fut plus jamais calme après l'arrivée de Birgitta. Cette fille était comme électrifiée : ça crépitait autour d'elle et celui qui s'en approchait de trop près risquait de prendre le courant. Quand le téléphone sonnait, elle arrachait le combiné, criant *Allô !* avant même que tante Ellen n'ait eu le temps de se retourner ; et quand on sonnait à la porte, elle se précipitait sur le perron comme une furie. Elle ne voulait jamais rester tranquillement à lire comme Margareta ou faire des travaux d'aiguille comme tante Ellen et Christina. Ses jeux étaient agités et turbulents, et quand elle ne jouait pas, elle provoquait des disputes. Elle n'avait aucun scrupule et enfreignait gaiement les règles de tante Ellen : un jour, elle ouvrit la grille noire en fer forgé et partit sur la route en zigzaguant sur le vélo de tante Ellen. Un autre jour, elle fugua et s'absenta de nombreuses heures avant que tante Ellen ne la retrouve dans son ancienne rue au centre-ville. Un troisième jour, elle vola quatre couronnes dans la caisse du ménage. Lorsque tante Ellen lui expliqua qu'elle resterait enfermée dans la pièce vide pendant deux jours comme punition pour avoir volé, elle lui tira la langue en criant :

— Espèce d'emmerdeuse ! Tu n'es pas ma maman ! Tu n'as aucun droit sur moi !

Cette fois-là, Christina se boucha les oreilles en fermant les yeux. Tante Ellen ne le vit pas tout de suite, elle était occupée à traîner une Birgitta hurlante qui se débattait comme un beau diable avant de fermer à clé la porte de la pièce vide. Quand elle revint dans la cuisine, du sang coulait de son nez. Se dirigeant vers l'évier, elle jeta un rapide coup d'œil à Christina, toujours figée sur place, et renifla :

— Qu'est-ce que tu as à rester comme ça ? C'était quand même pas si terrible que ça !

Toutefois, lorsque Christina dut s'agenouiller devant la cuvette des toilettes pour vomir, tante Ellen, redevenue elle-même, posa une main sur le front de Christina et lui caressa le dos.

— Tout va s'arranger, chuchota-t-elle. Tu verras, tout finira bien par s'arranger.

Tante Ellen se trompait. Rien ne s'arrangeait vraiment. Ce premier printemps, Birgitta les épuisa toutes, chacune à sa façon. Avec Margareta sur ses talons, elle parcourait la maison et le jardin, et s'emparait de l'espace, mètre carré après mètre carré. Margareta tantôt riait, tantôt frémissait, oscillant entre l'effroi et le ravissement. Rien n'était vraiment comme avant ; désormais, le grenier était le repaire d'une sorcière, la cave une ville fantôme et le jardin une jungle dangereuse. A l'heure d'aller se coucher, Birgitta se mettait à pleurer comme une gamine. Tante Ellen ne devait pas éteindre la lumière. Elle ne pouvait plus laisser les filles seules dans la pièce vide non plus, il fallait qu'elle reste assise sur le bord du lit de Margareta et lui tienne la main jusqu'à ce qu'elle s'endorme.

Tante Ellen saignait du nez à longueur de journée. L'après-midi, quand les filles rentraient de l'école, elles la trouvaient de plus en plus souvent dans le séjour – assise dans le grand fauteuil, les yeux fermés et la bouche grande ouverte, avec une boule de coton rouge sombre dans chaque narine. Son métier à dentelle trônait, inutilisé, sur la table de la salle à manger. Un jour, pour dîner, elle alla jusqu'à servir un nouveau plat vraiment mauvais, de la purée de pommes de terre en flocons. Pourtant, elle eut du mal à finir son ouvrage à temps cette semaine-là et cousit jusqu'à deux heures du matin la veille du jour où la camionnette de l'usine venait le chercher

Il y avait pire. Tante Ellen ne regardait plus Christina de la même manière qu'avant. Elle avait beau lui sourire et la remercier comme d'habitude quand elle l'aidait pour la vaisselle, l'interroger sur ses leçons comme avant et l'aider comme toujours quand il fallait compter les carreaux de sa broderie, on aurait dit que Christina devenait invisible dès qu'elle faisait un pas hors du champ visuel de tante Ellen. Celle-ci ne la suivait plus du regard. Eût-elle regardé qu'elle aurait remarqué un certain nombre de choses. Ainsi, le dos de Christina s'était raidi, car c'était désormais une fille constamment sur ses gardes.

Sans comprendre pourquoi, elle était l'ennemie désignée de Birgitta. Dès la première semaine, celle-ci ne la regardait plus qu'avec des yeux plissés. La semaine suivante, Christina trouva sa poupée sans bras et sans jambes ; une semaine plus tard, une page du livre de la bibliothèque était arrachée. Rapidement, elle devint attentive, surtout quand elles jouaient dans le jardin. Il lui arrivait de sentir brusquement un coup dans le dos qui l'envoyait valdinguer par terre, et elle s'égratignait le genou et trouait son bas. C'était plus grave quand il n'y avait que le bas d'esquinté car elle avait alors droit à des remontrances de tante Ellen sur les bas qui ne poussaient pas sur les arbres. Christina n'osait jamais parler des coups, car dans ces moments-là, Birgitta était toujours dans les parages et ses yeux étaient plus rétrécis que jamais. D'ailleurs, tante Ellen avait des principes, et l'un d'eux était qu'elle n'aimait pas les enfants qui rejettent la faute sur les autres. Un trou au bas était pratiquement toujours la faute de celle qui avait sa jambe dans le bas. Il valait donc mieux s'écorcher aussi le genou. Dans ce cas-là, loin d'être grondé, on obtenait un pansement, un petit pain au lait et quelques mots de consolation.

Cependant, les choses s'arrangèrent un peu une fois que Birgitta s'empara du cerisier. Il avait été là, au milieu du jardin de tante Ellen pendant toutes ces années, plein de promesses alléchantes pour celle qui oserait la première grimper sur les plus hautes branches. Christina et Margareta s'étaient souvent laissé tenter, mais aucune n'avait jamais rassemblé assez de courage pour grimper plus haut que les branches les plus basses. Birgitta, elle, osa. En soufflant et en haletant, elle hissa son corps pataud d'une branche à une autre, de plus en plus haut, sans prêter attention à l'écorce qui lui griffait l'intérieur des cuisses en laissant de longues stries. Margareta voulut faire une tentative pour la suivre, mais n'arriva qu'au milieu de l'arbre où elle resta les bras cramponnés autour du tronc. Christina n'arriva pas plus haut que d'habitude. Elle s'assit sur l'une des branches basses et resta là, tout en se cassant presque la nuque pour regarder en haut l'ascension de Birgitta et Margareta.

— Faites attention ! leur cria-t-elle.

Birgitta n'en avait absolument pas l'intention. Poussant son rire rauque, elle attrapa des deux mains une branche au-dessus de sa tête et se hissa debout. Christina ferma les yeux, sans trop savoir si elle espérait ou craignait que Birgitta perde l'équilibre. Si, elle espérait. Quand elle rouvrit les yeux, Birgitta était à nouveau assise sur une branche. Elle n'était pas tombée.

Grâce à ce don pour grimper aux arbres, tante Ellen finit par accepter Birgitta. Durant les premiers mois, elle n'avait jamais ri de quoi que ce soit que disait ou faisait Birgitta ; au contraire, sa voix devenait sèche et autoritaire dès que la fillette se montrait. Ce soir-là du mois de juin en revanche, quand elle sortit au jardin et aperçut les trois filles assises comme des fruits dans le cerisier, son visage s'éclaira :

— Ça alors, s'exclama-t-elle en regardant par-dessus ses lunettes. Ce n'est pas mal comme grimpette, Birgitta !

Elle tenait un plateau à la main, et elle le posa si vite sur la pelouse que les verres de sirop s'entrechoquèrent.

— Ne bougez pas, je vais chercher l'appareil photo, leur cria-t-elle.

Sur la photo, on voyait aussi bien l'arbre que les trois

filles. Ce fut une photo tellement réussie que tante Ellen la fit agrandir et colorier. Mais le photographe se trompa dans les couleurs : il donna à Birgitta une robe rose et à Christina une robe verte, alors qu'en réalité, c'était le contraire. Birgitta fut ravie de la méprise : dès l'instant où la photographie encadrée fut placée sur l'armoire à linge de tante Ellen, elle estima que la couleur rose serait désormais la sienne.

— A partir de maintenant, tout ce qui est rose est à moi, déclara-t-elle une fois au lit ce soir-là.

— Et tout ce qui est jaune est à moi, dit Margareta. Parce que j'ai une robe jaune sur la photo.

Christina se tortilla dans le lit et se tourna vers le mur. A la respiration des deux autres, elle comprenait qu'elles attendaient sa réplique. Le silence régna pendant plusieurs minutes, jusqu'à ce que Margareta n'arrive plus à supporter cette tension.

— Et toi alors, Christina, chuchota-t-elle. Vert ou bleu ? Ou rouge ?

Christina ne répondit pas. Le rose était la seule couleur qu'elle ait jamais aimée.

Helena est sortie attendre Christina à la porte du centre médical.

— J'ai réussi à annuler un des rendez-vous de Hubertsson, dit-elle. Mais il faut que tu te charges de l'autre. Et tu as une demi-heure de retard pour tes propres patients.

— Combien il en a, Hubertsson, pour cet après-midi?

— Six. Enfin, on est en train de les appeler pour essayer de déplacer leurs rendez-vous.

Christina se glisse dans le vestiaire et commence à ôter ses bottes d'hiver.

— Et Hubertsson?

— J'ai fait un autre dextro tout à l'heure. Le sucre monte. Il est en train de dormir maintenant.

— Bon. Nous attendrons un moment, alors.

— Et puis ta sœur a appelé.

Christina en a le souffle coupé.

— Ma sœur?

— Mmm. Elle voulait te dire au revoir avant de partir, mais quand je lui ai expliqué le genre de journée que tu as, elle a dit qu'elle rappellerait en arrivant à Stockholm.

Christina pousse un soupir de soulagement. Au bout de quelques heures ici, ça lui était complètement sorti de l'esprit qu'elle avait laissé Margareta à la maison ce matin.

— Elle voulait aussi qu'on transmette le bonjour à Hubertsson de sa part, ajoute Helena en souriant. Il paraît que vous le connaissiez quand vous étiez petites.

Christina esquisse une grimace et arrange sa blouse blanche. Margareta parle trop. Comme toujours.

— Oui, dit-elle. C'est vrai.

— Ça alors ! dit Helena. Je l'ignorais totalement.

Cela n'étonne guère Christina que Margareta veuille saluer Hubertsson. Elle doit en garder un souvenir agréable. Après tout, il était son tout premier amour. A peine âgée de quatorze ans, elle cessa de se frotter comme un chat frileux contre tante Ellen pour se trémousser dès que Hubertsson était dans les parages, c'est-à-dire tous les soirs pour le dîner. Après seulement six mois dans le meublé de tante Ellen, Hubertsson avait abandonné toute velléité de se débrouiller seul pour la cuisine et le ménage.

— Encore une autre boîte de conserve et je vais me retrouver avec le scorbut, dit-il en proposant à tante Ellen une somme mensuelle assez rondelette en échange d'un repas chaud par jour. Si en plus elle voulait bien se charger de son linge et de son ménage, il lui donnerait le double.

Tante Ellen ne fut pas longue à se décider. Du temps, elle en avait à revendre. Christina et Margareta avaient au lycée de longues journées de cours, quant à Birgitta, elle travaillait à Luxor et faisait des journées encore plus longues. De plus, elle avait besoin de cet argent. La maison s'était un peu dégradée ces derniers temps et son travail annexe de couture n'était plus aussi rentable qu'avant. Les filles coûtaient aussi de plus en plus cher à entretenir. Elle avait besoin de renflouer la caisse.

D'un autre côté, l'offre de Hubertsson exigeait quelques investissements. On ne pouvait pas demander à un authentique docteur de manger sur une toile cirée de chez Konsum. Par conséquent, tante Ellen prit un jour le train de Linköping pour faire des courses : ce n'est pas à Motala qu'elle trouverait des nappes cirées dessinées par Viola Gråsten. Et il fallait au moins du Viola Gråsten, c'était l'avis de toutes les autres femmes du Centre d'Artisanat dont tante Ellen était un membre assidu, bien qu'un peu sur la réserve. Elle profita aussi de son passage à Linköping pour acheter un pot de laque pour les chaises de la cuisine, du tissu pour faire des serviettes de table et de nouveaux rideaux de cuisine. Ainsi que cinq ronds de serviettes en pin tout simples.

Elle se faisait du souci pour les serviettes. Dans les années quarante – juste avant de devenir aide à domicile –, tante Ellen avait passé un an comme bonne à tout faire dans une famille d'architecte et ce séjour lui avait appris mille et une choses sur la symbolique des serviettes. Chez cet architecte, on était moderne, donc Ellen mangeait à table avec tout le monde les jours ouvrables et, comme pour les autres, on lui changeait sa serviette en lin une fois par semaine. La différence entre les maîtres et le personnel était très subtilement indiquée : les membres de la famille avaient chacun leur rond de serviette alors que la serviette d'Ellen devait être pliée en quatre et placée directement sur l'assiette.

Chez tante Ellen, on n'utilisait pas de serviettes au quotidien. Celle qui avait mangé salement devait aller se débarbouiller aux toilettes après le repas. Pour Noël, la Saint-Jean et autres fêtes de famille, tante Ellen achetait de petites serviettes fines en papier, mais surtout pour la forme. Dorénavant, le changement s'imposait parce que Hubertsson avait sûrement l'habitude d'avoir une serviette et un rond. Et de quoi ça aurait l'air s'il était le seul à table à en agiter une ?

Christina et tante Ellen se démenèrent tout un week-end pour arranger la cuisine. Elles poncèrent les chaises et les repeignirent, cousirent les serviettes et installèrent les nouveaux rideaux. Méprisant leurs efforts, Birgitta remonta le col de son blouson de daim et sortit poursuivre ses aventures du samedi soir. Margareta traînait à la porte de la cuisine, donnant son avis sur tout mais pas un seul coup de main. Au point que tante Ellen en eut assez et lui demanda de tortiller des bouts de laine de couleurs différentes qui serviraient à distinguer les ronds.

Comme de juste, elle mit du rose pour Birgitta, du jaune pour elle, tandis que Christina eut droit au blanc et tante Ellen au bleu ciel. Autour de celui de Hubertsson, elle noua un fin ruban de soie d'un rouge éclatant qu'elle fixa par un joli petit nœud.

Elle eut ce même rouge aux joues quand Hubertsson descendit de son appartement le dimanche soir pour prendre son premier repas dans la cuisine de tante Ellen.

— On vous a mis au bout de la table, osa dire Margareta pour lui montrer qu'elle n'était plus une petite fille qui devait se tenir à sa place.

Hubertsson l'observait avec amusement. Il n'était pas né de la dernière pluie et savait parfaitement pourquoi les yeux de Margareta rivalisaient d'éclat avec les chaises fraîchement repeintes. Mais sa préférence n'allait pas à la chair aussi fraîche. Il n'avait envie que du rôti de bœuf avec des pommes de terre, des petits pois et des carottes, de la gelée de groseilles et des cornichons aigre-doux. Et ces bonnes choses, il voulait les napper de sauce à la crème, dont l'odeur épicée de vinaigre et d'anchois, de poivre et de feuilles de laurier s'était infiltrée dans chaque recoin de la maison depuis une bonne heure déjà.

Les voilà donc installés tous les cinq autour de la table de cuisine de tante Ellen avec les nouvelles serviettes de table sur les genoux, en train de manger en silence. Birgitta, avec ses cheveux blonds relevés en choucroute et ses yeux charbonneux, Margareta avec une queue de cheval et des joues roses, Christina avec ses nouvelles lunettes lui tombant à moitié sur le nez, Hubertsson avec une boucle de cheveux sur le front, et tante Ellen très contractée, les joues rougies par la chaleur du fourneau. Elle ne se détendit que lorsque Hubertsson attaqua sa troisième portion.

— Excusez-moi, dit-il. D'habitude, je ne mange pas autant. Mais c'est tellement bon !

Alors tout le monde éclata de rire. Même Birgitta.

Sinon, Birgitta ne riait pas souvent durant ces années. Bien que les larmes versées à la mort de sa mère l'aient apparemment débarrassée de son mauvais caractère – après que le chagrin violent des premiers temps eut cédé du terrain –, elle n'était pas comme les autres. Elle avait beau ne plus crier ni se bagarrer, elle affichait une lippe dédaigneuse en permanence.

Lorsque l'année scolaire de cinquième toucha à sa fin, elle se transforma littéralement en une statue du commandeur. Inamovible. Soir après soir, elle resta à côté de la table de travail de tante Ellen à répéter la même phrase : pas question d'entrer dans cette foutue quatrième ! Ce n'était pas obligatoire, elle pouvait donc s'en dispenser si elle voulait. De plus, oncle Gunnar avait promis de lui trouver un travail à Luxor si elle en avait envie. Elle renifla quand tante Ellen lui expliqua à quel point le travail à l'usine n'était pas plaisant. Plaisant ? Qui travaillait pour son plaisir ? On travaillait pour gagner de l'argent. Et à Luxor, même des filles de quatorze ans comme elle pouvaient bien gagner leur vie.

Dès le départ, Christina s'étonna du respect que tante Ellen montra devant le travail de Birgitta. Il devint désormais plus important de préparer la gamelle de Birgitta le soir que de vérifier les devoirs de Christina et de Margareta. Car, bien que Christina ait trois mois de plus et Margareta seulement onze mois de moins que Birgitta, celle-ci était devenue adulte, alors que les deux autres étaient toujours des jeunes filles.

Tante Ellen ne critiquait même plus les accoutrements de Birgitta. Elle se faisait un plaisir de sortir la machine à coudre quand Birgitta voulait rétrécir encore un jean ou une jupe. D'ailleurs, plusieurs jupes finirent par être si serrées qu'on apercevait son mont de Vénus à travers le tissu. A en juger par son sourire satisfait lorsqu'elle se mirait dans la glace du vestibule, ça lui convenait parfaitement. Elle se voulait ainsi – la poitrine pigeonnante, les fesses provocantes et un triangle équivoque au milieu de la jupe.

Birgitta consacrait un temps fou à se crêper et laquer les cheveux, à essayer de nouvelles coiffures et façons de les arranger. Néanmoins, quand elle était prête, elle avait toujours le même aspect : une sorte d'énorme barbe à papa sur le crâne, des lèvres peintes en blanc et des yeux peinturlurés de noir. Une poule à loubards. Une vraie poule à loubards qui plus est, pas une poule mouillée qui se dégonfle quand on lui met la main aux fesses.

Christina trouvait Birgitta répugnante. Ce tas de chair blanche et ces paupières éternellement mi-closes la dégoûtaient. Sans parler de l'odeur aigrelette qui traînait toujours derrière elle et qui, désormais, remplissait la chambre même quand Birgitta n'y était pas. De toute façon, Christina avait commencé à trouver la plupart des gens répugnants. Hubertsson avait des doigts répugnants, Stig Grande-Gueule une bouche répugnante. Parfois, Christina en arrivait même à trouver que tante Ellen était devenue un peu répugnante. Le matin, quand elle préparait le petit déjeuner vêtue seulement de sa chemise de nuit et sa robe de chambre, son corps dégageait une odeur âcre qui se répandait dans la cuisine. Au point que Christina changea ses habitudes. Dorénavant, elle était lavée, habillée et coiffée quand elle s'installait à la table du petit déjeuner. Et quand l'odeur de tante Ellen devenait trop forte, elle levait sa main propre vers son nez et respirait l'odeur du savon. Ça lui chatouillait les narines.

Seule Margareta n'était pas répugnante à ses yeux. Elle n'était même pas devenue répugnante quand Birgitta essayait d'en faire son double, car elle avait beau lutter avec le peigne à crêper, la bombe de laque, le rouge à lèvres et le mascara, jamais elle ne réussissait à transformer Margareta durablement. Au bout d'une demi-heure, elle ressemblait à un raton laveur à moitié noyé : le crêpage pendait, elle avait léché le rouge à lèvres et frotté le mascara en pâtés noirs autour des yeux. Tante Ellen riait en la voyant et lui disait d'aller se laver. *Petite sotte !*

Parfois, Margareta avait le droit d'accompagner Birgitta dans ses virées nocturnes. Les samedis soir en question, elles se bousculaient devant la glace du vestibule tandis que tante Ellen se tenait à la porte de la cuisine et les observait par-dessus ses lunettes. Elle disait rarement quelque chose, ne leur faisait jamais de recommandations particulières et encore moins de critiques. Elle semblait avoir abdiqué, estimant sans doute qu'elle n'avait pas le droit d'exprimer des opinions sur cette chose nouvelle et incompréhensible qu'on appelait la vie des ados.

Jamais il ne fut question que Christina soit de la partie. Birgitta, sans utiliser de mots, en avait décidé ainsi. Son hostilité ouverte envers Christina s'était maintenant transformée en indifférence et mépris. Birgitta excluait tout simplement Christina de sa conscience, ne lui adressait jamais la parole sauf pour glisser un commentaire railleur et répondait rarement quand Christina lui parlait. Elle avait même mis au point un regard spécial destiné à Christina : un coup d'œil rapide suivi d'un clin d'œil tout aussi rapide. *Espèce de cloporte. Si tu crois que je vais te regarder !*

Pourtant, Christina savait en détail ce que fabriquait Birgitta, car Margareta n'arrivait pas à garder un secret : durant la demi-heure de marche pour se rendre au lycée chaque matin, elle confiait à Christina ce que Birgitta lui avait raconté. Au début, elle pouffait de rire : ses yeux étincelaient quand elle chuchotait le prénom du garçon qui le premier avait eu le droit d'enlever le soutien-gorge de Birgitta et le surnom de celui qui, en même temps, avait glissé la main dans sa culotte. Cependant, au fil des mois, le sourire de Margareta devenait de plus en plus forcé. Il avait complètement disparu le matin où elle ouvrit la porte d'une cabine téléphonique pour montrer une comptine griffonnée sur le mur. Christina remonta ses lunettes et lut à haute voix la première ligne : « *Ah si la place de Birgitta je pouvais prendre...* »

— Tais-toi ! s'écria Margareta en lui plaquant la main sur la bouche.

Christina la regarda avec étonnement : c'était pourtant évident qu'elle se serait tue aussitôt en comprenant ce qu'il y avait d'écrit. Comment Margareta pouvait-elle une seconde la croire capable de mettre ces mots immondes dans sa bouche ?

La main tremblante, elle fouilla dans son sac à la recherche de sa trousse, sortit son meilleur stylo-bille – celui qu'elle n'utilisait que pour mettre au propre ses compositions – et se mit à barrer les graffiti du mur. Quel était l'idiot qui avait écrit cette comptine et qui ne savait même pas l'orthographe?

Margareta pleurait. Appuyée contre la paroi de la cabine, elle sanglotait comme un petit enfant et se laissait lentement glisser par terre. Sa voix était empâtée, mais elle n'arrivait plus à se retenir, il fallait qu'elle lui raconte le pire.

— A l'école, ils disent que samedi elle a couché avec trois types différents. Mais quand je lui ai demandé, elle a répondu qu'elle ne s'en souvenait pas, qu'elle était trop saoule. Et puis elle m'a ri au nez!

Christina sentit un vent de panique. Elle appliqua encore plus fort le stylo sur la paroi et tira un autre trait sur l'inscription, bien qu'elle sût que ça ne servait à rien. Ces mots ne seraient jamais effacés. Jamais, jamais.

Une certitude la traversa, lourde comme une pierre. Christina avait toujours su qu'un jour, « elle » finirait par arriver. Et « elle » était arrivée maintenant.

La catastrophe.

Helena est à l'affût dans le couloir quand Christina raccompagne le quatrième patient.

— Comment va Hubertsson? lui demande Christina d'une voix assourdie.

— Pas trop mal, répond Helena d'une voix tout aussi basse. Je viens de lui acheter quelques sandwichs. J'en ai pris un pour toi aussi. Viens!

Christina jette un coup d'œil au casier à dossiers devant la porte. Apparemment il y a deux patients qui attendent.

— J'ai le temps?

— Evidemment que tu l'as. Il faut bien que tu manges. Allez, viens!

Assis à son bureau, Hubertsson a pivoté la chaise et tourne le dos à l'ordinateur. Christina, qui n'avait jamais remarqué l'écran de veille, se rend compte qu'il représente l'espace noir constellé de milliers d'étoiles. Elle lève les sourcils: Hubertsson ne partagerait pas son écran de veille avec n'importe qui. Kerstin Un avait peut-être raison en appelant cette patiente sa « préférée ».

— Je suis allée voir Désirée Johansson..., tente-t-elle.

Occupé à fouiller dans le petit sac qu'Helena lui tend, Hubertsson ne réagit pas. Le sandwich au jambon est apparemment à son goût, mais il fait une grimace à la vue de l'eau minérale.

— Tu n'aurais pas pu prendre une bière ? lance-t-il.

Helena affiche un sourire indulgent comme envers un petit garçon capricieux.

— Oh non ! pas de bière pour toi pendant un bon moment.

— Et un peu de café, c'est autorisé ?

— J'allais justement en chercher, dit Helena qui se faufile par la porte, un sourire heureux sur les lèvres.

Christina mord dans son propre sandwich pour masquer une grimace qu'elle s'interdit ici. Mille fois au cours de sa vie professionnelle, elle a vu des infirmières dorloter des médecins mâles et chaque fois cela a provoqué en elle un sentiment d'irritation et d'impuissance. Elle sait bien pourtant qu'elle a moins de raison d'en vouloir à Helena qu'à la plupart des autres. Car Helena n'est pas du genre qui refuse de sortir des dossiers et des résultats d'analyses pour les médecins femmes, tout en se mettant en quatre pour servir les hommes. Si ce n'est qu'elle est carrément ridicule en ce qui concerne Hubertsson.

Hubertsson, lui, semble trouver la serviabilité d'Helena tout à fait normale. L'air satisfait, il se cale sur sa chaise et boit une bonne gorgée d'eau minérale.

— Comment ça va, maintenant ? dit Christina.

Avec un sourire en coin, il pose la bouteille.

— Nickel. Comme un gamin de dix-sept ans.

Christina soupire.

— Assez ravagé alors.

Il rigole et change de sujet de conversation.

— J'ai entendu dire que Margareta a appelé et qu'elle a insisté pour qu'on me transmette ses salutations. Jusqu'à quand reste-t-elle en ville ?

Christina prend une gorgée de sa propre bouteille

pour gagner un peu de temps. Ces derniers mois, Hubertsson a été vraiment impossible ; à la moindre occasion, il a
essayé de ramener la conversation sur Margareta, Birgitta
et tante Ellen. Et sciemment. Il se doute que ça l'exaspère.

— Elle est déjà partie, dit-elle brièvement. Elle était
juste de passage. D'ailleurs, tu as entendu ce que je t'ai
dit ? Je suis allée voir l'une de tes patientes à la maison de
santé, une certaine Désirée Johansson. Kerstin Un lui
avait donné quatre suppos de Stesolid à 10 milligrammes.

Hubertsson ne l'entend manifestement plus. Parfaitement immobile, il fixe la fenêtre. Christina suit son
regard : un oiseau est posé sur le rebord. Un goéland. Il
regarde intensément Hubertsson avant de poser une patte
devant l'autre en un mouvement gracieux et d'incliner sa
tête blanche. Ensuite, il déplie avec une infinie lenteur ses
ailes – immenses, grises et blanches –, qui couvrent
presque entièrement la partie inférieure de la fenêtre. On
dirait qu'il salue. Non. Plutôt qu'il se prosterne.

— Mais c'est..., hésite Christina.

Comme si sa voix avait traversé la vitre, l'oiseau fait
un mouvement brusque et décolle. Christina ne s'en lève
pas moins et se dirige vers la fenêtre pour suivre des yeux
le goéland qui s'envole au-dessus du parking.

— C'est drôle..., dit-elle. Et hier... Les goélands, ils ne
sont pas migrateurs ?

— Pas tous, répond Helena en posant le plateau avec
les cafés sur le bureau de Hubertsson. Certains restent
pour l'hiver. Pourquoi ?

Christina lance un regard à Hubertsson. Il n'est plus
immobile ; il a légèrement pivoté pour attraper sa tasse de
café.

— A l'instant, un goéland a eu un comportement
bizarre ici. Et hier, on a trouvé un goéland mort dans le
jardin chez nous.

Hubertsson, qui a levé la tasse pour boire, interrompt
son mouvement.

— Sans blague ?

— Oui. Il avait le cou brisé. D'après Erik, il aurait
pris le mur de plein fouet.

Helena rit :

— Il doit y avoir une épidémie de folie qui sévit chez les goélands. Il faudrait avertir les ornithologues.

Si Helena ne voit pas que le visage de Hubertsson s'est figé en une grimace sceptique, Christina, elle, le ressent. Aussi étrange que cela paraisse, il ressemble à tante Ellen. Elle avait exactement la même expression quand Christina – après plusieurs jours d'hésitation – s'était décidée à lui vider son sac à propos de Birgitta. Et le lendemain, son visage était aussi terreux lorsqu'elle l'avait retrouvée étendue par terre dans le séjour sans plus pouvoir bouger ni parler.

Le Service d'Aide à l'Enfance a pris les filles en charge, écrivit Stig Grande-Gueule sur un bout de papier qu'il punaisa sur la porte de Hubertsson.

Toutes les trois se tenaient, pâles et muettes, dans le vestibule de tante Ellen. Dans la cuisine, le chou farci répandait toujours son odeur dans la marmite posée sur la cuisinière et la table était mise et prête pour le dîner, mais il n'était venu à l'idée d'aucune des filles de débarrasser ni de mettre le chou au réfrigérateur.

— Vous avez tout ce qu'il vous faut ? demanda Stig avec autorité. Brosses à dents ? Chemises de nuit ? Livres de classe ?

Personne ne répondit mais Margareta hocha silencieusement la tête.

Dehors, la première neige de l'hiver était en train de tomber, le crépuscule était gris sur le jardin et le transformait en une photo en noir et blanc.

— Je vous emmène chez moi, dit Stig en fermant à clé derrière lui. Vous resterez quelques jours, jusqu'à ce qu'on sache combien de temps ça va durer.

Bitte leur avait préparé des lits dans la chambre d'amis rustique qu'ils avaient aménagée dans la cave de leur villa neuve. Les murs étaient tapissés de papier peint vert représentant des herbes marines et Bitte les avait décorés avec une série d'assiettes commémoratives de chez Rörstrand. Avec inquiétude, elle regarda Birgitta qui ôtait son tricot en agitant les bras :

— Les assiettes de collection sont assez chères, soyez gentilles d'y faire attention, leur dit-elle.

Ils furent serrés à table pour le dîner. Les garçons de Bitte – car c'était ses garçons, presque exclusivement les siens – prenaient beaucoup de place avec leurs énormes paluches d'adolescents et leurs longues jambes. Christina et Margareta devaient se partager un bout de table, Birgitta se coller contre Bitte à l'autre bout. Seuls Bitte et Stig parlaient.

— Ils l'ont emmenée à Linköping ? demanda Bitte qui secoua la tête en prenant une gorgée de lait. Alors c'est qu'elle doit être drôlement atteinte.

— Eh bien, dit Stig en jetant un coup d'œil à Christina. On peut aussi raisonner autrement. C'est à Linköping qu'il y a les meilleurs médecins. Les spécialistes. Ils vont réussir à la remettre sur pied bien plus rapidement que les docteurs ici à Motala.

Bitte secoua la tête.

— Mais une hémorragie cérébrale...

Stig posa sèchement son verre de lait.

— Nous ne sommes pas sûrs qu'il s'agit réellement d'une hémorragie cérébrale.

— Pourtant, Hubertsson a bien dit que...

— Hubertsson ! lâcha Stig dédaigneusement en s'essuyant la bouche du revers de la main.

Un dimanche, trois semaines plus tard, il ouvrit la portière de sa Volvo Amazon toute neuve et pria les filles de se dépêcher. Christina se cala sur le siège arrière et posa avec précaution le grand hibiscus de tante Ellen sur ses genoux. Il avait été tout sec, et à moitié effeuillé, lorsqu'elle était retournée chez tante Ellen au bout d'une semaine pour faire le ménage et arroser les plantes. A présent, il était reparti et avait trois gros bourgeons. Elle tenait à ce que tante Ellen les voie s'ouvrir de son lit d'hôpital à Linköping. Margareta prit place à côté d'elle, serrant sur sa poitrine la photographie encadrée des trois filles dans le cerisier. Birgitta s'assit, les mains vides, sur le siège avant.

Elles ne se parlaient pas. Au cours des semaines passées, c'est à peine si elles avaient échangé une parole. Margareta se taisait même lorsqu'elle et Christina se rendaient à l'école le matin, et elle continuait à se taire le soir aussi. Elle ne lisait plus comme d'habitude. Dès qu'elle avait sommairement noté le vocabulaire et calculé les problèmes qui constituaient ses devoirs, elle s'allongeait sur son matelas gonflable et fixait le plafond.

Christina était plus active. Après la première semaine, elle se rendait chez tante Ellen tous les jours, triait le courrier, arrosait les plantes et enlevait la poussière. Parfois, elle passait l'aspirateur, non par nécessité, mais parce que le bruit de l'aspirateur la calmait. Elle ne montait jamais chez Hubertsson, se contentant de poser le courrier sur la première marche de l'escalier avant de refermer la porte sans le moindre bruit.

Elle ne voyait pas beaucoup Birgitta. Celle-ci partait à son usine tôt le matin et ne rentrait jamais dîner le soir. Toutes les nuits, néanmoins, Christina se réveillait au retour de Birgitta qui descendait l'escalier du sous-sol, ses chaussures éculées à la main. Peut-être percevait-elle que les garçons de Bitte avaient honte de l'avoir dans la maison. Leurs sourires dragueurs et leurs regards de désir s'étaient éteints le jour même où un camarade de classe de Kjelle avait chuchoté la comptine qui faisait le tour de Motala – comme un oiseau tournoyant sur lui-même.

Stig les examina quand elles descendirent de la voiture devant l'hôpital de Linköping.

— Prêtes ? lança-t-il sur un ton de militaire.

Margareta hocha la tête, Christina chuchota un faible oui. Birgitta, elle, recula d'un pas.

— Je ne veux pas, dit-elle.

— Pas de caprices maintenant, répliqua Stig en claquant la portière.

Birgitta secoua la tête à en faire trembler sa choucroute.

— Mais je ne veux pas !

Stig la prit par le bras, sa voix s'était assombrie :

— Maintenant, tu arrêtes tes sottises !

D'un mouvement, Birgitta se dégagea avec une telle violence que la barrette qui maintenait en place sa frange blonde se détacha et tomba par terre. Elle pivota et commença à courir, aussi vite que le permettaient sa jupe étroite et ses chaussures à talons hauts. A mi-chemin sur le parking, elle se retourna et cria d'une voix stridente :

— Je ne veux pas ! Tu entends, vieux con !

Stig haussa les épaules et mit les clés de la voiture dans la poche de sa veste du dimanche.

— Eh bien, qu'elle coure, cette traînée !

— Tu ressembles à un pirate, lança Margareta en riant au milieu de ses larmes.

Tante Ellen afficha son nouveau sourire oblique et porta une main gauche tremblante vers le bout de tissu noir qui couvrait son œil droit.

— Elle ne peut pas cligner des yeux, expliqua la femme du lit voisin. C'est pour ça qu'on lui a mis ce bout de tissu. Pour ne pas que l'œil sèche.

Un instant, Christina se dit que c'était la même femme qui, dix ans auparavant, avait tourné autour de son propre lit d'hôpital. Elle lui décocha un regard telle-ment hostile que celle-ci se leva immédiatement et traîna les pieds vers la porte. Naturellement, ce n'était pas la même, elle s'en rendait bien compte. Cependant, mieux valait qu'elle parte. Les regards inquisiteurs des quatre autres malades de la salle commune étaient déjà bien assez pénibles.

Tante Ellen ne pouvait toujours pas parler, il n'y eut qu'un peu de salive mousseuse sur ses lèvres quand elle voulut essayer. Pourtant, aussi bien Christina que Marga-reta la comprenaient. Margareta s'assit sur le bord du lit, prit la main de tante Ellen et la posa contre sa propre joue. Christina tomba à genoux à la tête du lit et posa sa joue sur l'oreiller, tout près de tante Ellen.

Aucune d'elles ne dit mot. Il n'y avait plus rien à dire.

Ce soir-là, ils se réunirent dans la salle de séjour de Stig. Lui-même prit place devant la table, les manches de sa chemise remontées, pendant que les filles s'installèrent en rang sur le canapé à fleurs. Christina à gauche, Birgitta à droite, Margareta entre elles deux pour faire office de tampon. Stig n'osa pas les regarder; il gardait les yeux sur les papiers du Service d'Aide à l'Enfance qui formaient trois tas blancs au milieu de la table, tout en fouillant nerveusement dans sa poche pour trouver ses cigarettes et son briquet. Il lui fallut une éternité pour sortir une John Silver du paquet et l'allumer.

— Bon, reprit-il ensuite en soufflant un nuage de fumée. Vous êtes assez grandes pour comprendre de vous-mêmes, je veux dire, maintenant que vous l'avez vue...

Il fit une brève pause, le regard toujours fixé sur la table.

— Voici ce qui va se passer, poursuivit-il. Le Service d'Aide à l'Enfance a trouvé un petit studio pour Birgitta et une nouvelle famille d'accueil pour Margareta. Et Christina retournera avec sa maman à Norrköping.

Quelques heures plus tard, alors qu'une soie rose vespérale enveloppe la blancheur de cette fin d'hiver, Christina aperçoit Hubertsson. Vêtu de son vieux pardessus et le porte-documents à la main, il coupe par le parking. Donc, il rentre chez lui, car ce n'est pas dans ses habitudes d'enfiler un manteau pour se rendre à la maison de santé. Apparemment, Helena a réussi à le convaincre. Tiens, il ne se dirige pas non plus vers sa vieille Volvo...

Christina jette un coup d'œil sur sa montre, elle a pris du retard dans ses consultations, malgré ses efforts pour presser un peu chaque patient. Le suivant est né en 1958. Tant mieux. Les hommes de cet âge-là n'aiment pas trop faire durer les choses, en général.

Juste au moment où elle se lève pour aller le chercher dans la salle d'attente, elle regarde à nouveau par la fenêtre et voit que Hubertsson s'est arrêté. Le visage tourné vers le centre médical, l'on devine qu'il parle avec quelqu'un. Christina esquisse un petit sourire. Helena l'aura sans doute observé par la fenêtre et le gronde gentiment de ne pas aller directement vers sa voiture.

Mais Hubertsson n'aime pas qu'on lui fasse des remarques, il fronce ses sourcils broussailleux et dit quelque chose, avant de tourner le dos avec irritation et de se diriger vers la maison de santé. Christina entend qu'on referme la fenêtre du bureau des infirmières d'un coup sec. Hubertsson aussi l'entend. Il fait un petit signe d'au revoir avec son porte-documents.

Elle a déjà vu ce geste. Un jour. Plus de trente ans auparavant.

C'était un de ces samedis après-midi où les villes suédoises sont silencieuses, quand les magasins sont fermés et que les gens se sont retirés chez eux. Un crépuscule humide pesait sur Norrköping ; des carreaux jaunes commençaient à s'allumer sur les façades noires des immeubles, et dans les rues les réverbères se coiffaient d'une auréole.

Après avoir fermé la porte de l'hôpital, elle était restée un petit moment sur le perron, le temps d'enfiler ses gants. Rien ne pressait. Oui, elle n'était jamais pressée quand c'était l'heure de rentrer après son petit job à l'hôpital, le week-end.

Elle remarqua un petit interstice entre la manche de son duffle-coat et le gant. Vu les centimètres qu'elle avait pris au cours de cette année passée à Norrköping, la plupart de ses habits commençaient à être vraiment trop petits pour elle et élimés. Le pire, c'était les sous-vêtements. Quand sa classe se changeait pour les cours de sport, elle essayait toujours de se cacher derrière une porte pour que personne ne voie les gros trous de ses culottes et son unique soutien-gorge devenu gris avec l'âge.

Il ne lui serait jamais venu à l'idée de demander de l'argent à Astrid pour s'acheter de nouveaux vêtements, aussi mettait-elle de côté tous les mois vingt couronnes de son salaire, deux billets ternes de dix couronnes qu'elle glissait derrière la couverture de son livre de maths. Ce n'était pas demain la veille qu'elle en aurait assez pour s'acheter un nouveau duffle-coat, mais c'était peut-être aussi bien. Qui sait comment Astrid réagirait si elle trouvait soudain un nouveau vêtement sur le portemanteau ? En attendant, il ne restait qu'à tirer sur ses gants ou bien enfoncer les mains au fond de ses poches. Il n'empêche qu'elle allait s'acheter un soutien-gorge la semaine prochaine. Et quelques nouvelles culottes. Astrid ne s'en rendrait pas compte.

Elle remonta la capuche pour protéger ses cheveux de la fine pluie et traversa tête baissée l'asphalte brillant de la cour. Elle ne leva les yeux que lorsqu'elle eut rejoint la Promenade Sud. Là, elle s'arrêta : il y avait un tramway à l'arrêt et un instant elle se demanda si elle allait s'offrir un billet. Mais non. Ça coûterait trop cher, et ça irait trop vite. Si elle marchait, elle disposerait encore d'une bonne heure avant d'arriver à la maison.

C'est alors qu'elle l'aperçut. Il lui fallut un instant avant de comprendre, et durant cet instant le monde entier parut se déplacer latéralement comme si quelqu'un l'avait heurté. Puis une joie extrême l'envahit. C'était lui ! C'était vraiment lui qui descendait justement du tramway devant l'hôpital de Norrköping !

— Hubertsson, cria-t-elle. Hubertsson !

Son regard glissa d'abord sur elle sans se fixer, pendant une seconde on aurait dit qu'il pensait avoir mal entendu et qu'il allait poursuivre son chemin. Christina fut prise de panique ; sans réfléchir, elle se précipita et le prit par le bras.

— Mais tu ne me reconnais pas ? C'est moi. Christina !

Il fit un pas en arrière et la regarda.

— Ah oui, en effet. C'est toi.

Les mots trébuchèrent de la bouche de Christina :

— Comment va tante Ellen ?

Hubertsson fit une petite grimace.

— Oh ! à peu de chose près comme avant !

— Elle a reçu mes lettres ?

— Oui.

— Elle va rester dans ta maison de santé ?

— Ce n'est pas *ma* maison de santé. Euh oui, je suppose.

— On peut lui rendre visite ?

— Bien sûr. Et toi, comment tu vas ?

Christina haussa les épaules.

— Ah bon ! fit Hubertsson. Ah bon.

Il y eut un moment de silence. Puis il se racla la gorge et secoua les épaules pour chasser le malaise.

— Je suis pressé, je dois retrouver un collègue. Bon, eh bien... au revoir.

Christina hocha la tête. Sa joie s'était évanouie ; elle restait plantée là dans une petite flaque de déception. Comme si, avec son indifférence, Hubertsson avait rompu le dernier petit fil d'argent qui la reliait au passé. Peut-être serait-il possible de le renouer ? Si elle renonçait à ses nouveaux sous-vêtements... A cette idée, elle éleva de nouveau la voix et cria derrière lui :

— Hubertsson !

Il se retourna sans s'arrêter, recula de quelques pas pendant qu'elle posait sa question.

— C'est combien, le train pour Vadstena ?

— Trente-deux couronnes !

Il pivota et agita son porte-documents en signe d'au revoir.

Voilà. Comme si elle n'existait pas.

En tant que tel, rien de nouveau sous le soleil. Depuis son arrivée à Norrköping, elle avait l'impression d'être une poupée de verre filé, les gens ne la voyaient que lorsqu'ils la heurtaient. A part les professeurs à l'école, elle ne parlait qu'avec trois personnes. Astrid, Margareta et Elsie l'infirmière.

Elsie semblait bien l'aimer. Pendant la pause-café à l'hôpital le samedi matin, elle demandait toujours comment s'était passé le dernier test de maths, et quand Christina annonçait une nouvelle note, elle hochait la tête avec tant de satisfaction que ses doubles mentons tremblaient.

Au demeurant, Elsie n'était pas toujours aussi satisfaite. Parfois, elle saisissait Christina par le menton et la dévisageait. Mangeait-elle vraiment correctement ? Dormait-elle suffisamment ? D'habitude, une adolescente en bonne santé avait les joues roses sans cernes sous les yeux. Elle était vraiment courageuse de travailler tout en allant à l'école et elle était sans doute d'une grande aide pour sa mère, mais en avait-elle vraiment la force ? Ne devrait-elle pas consacrer ses week-ends à se reposer et à sortir prendre l'air ?

Christina avait toujours honte quand Elsie la prenait par le menton. Mais son visage blanc ne reflétait pas la vérité. Le travail était son seul repos. A l'hôpital, elle n'avait pas à être sur ses gardes, il suffisait de saluer, d'être polie et de faire ce qu'on vous disait. Mais à qui aurait-elle pu raconter tout cela ?

Comment oser avouer à Elsie que, précisément, elle faisait partie de ce repos, que les muscles tendus du cou de Christina se relâchaient toujours quand elle entendait sa voix et qu'elle sentait l'odeur de savon et d'eau de rose qui flottait autour de son petit corps potelé ? Elle portait un corset très serré sous son uniforme d'infirmière bleu ciel, elle était douce mais réservée, exactement comme Christina aurait voulu être, alors qu'en réalité, elle ressemblait de jour en jour davantage à une sculpture de glace en train de se figer lentement : gelée et dure à l'extérieur, fondue et dégoulinante à l'intérieur.

Parfois, elle imaginait qu'Elsie lui demanderait de venir habiter dans son appartement. Il serait situé dans l'une de ces maisons de style anglais qui bordaient la Promenade Sud, et là, Christina aurait sa propre chambre au papier peint avec des roses. Chaque soir, elle ferait ses devoirs à un joli petit bureau datant du XIXe tandis qu'Elsie préparerait le thé du soir dans la cuisine. Et ensuite, elles resteraient ensemble dans le petit séjour à écouter le théâtre à la radio. Evidemment, Elsie ne proposait rien de tel. Christina habitait chez sa maman et continuerait à habiter chez sa maman, comme toutes les autres filles du lycée.

Un jour, Christina avait vu Elsie frissonner de dégoût quand une des infirmières parla du quartier de Hageby. Depuis, elle vérifiait soigneusement ses semelles en caoutchouc avant d'entrer dans l'enceinte de l'hôpital. Pas question de se trahir avec des traces de boue. Car on reconnaissait les habitants de ce nouveau quartier de Norrköping à leurs chaussures boueuses. Plus d'un an après que les premiers locataires y eurent emménagé, le quartier n'était encore qu'un vaste chantier plein de boue.

Astrid compta parmi les premiers locataires. Ça faisait des années qu'elle était sur la liste d'attente et elle finit par obtenir son deux-pièces au dernier étage d'un immeuble en béton gris. Un an après, elle vantait encore son nouvel appartement tout en maudissant avec force détails éloquents le taudis destiné à la démolition qu'elle avait quitté. Christina se gardait bien de dire quoi que ce soit pouvant être interprété comme une critique de l'appartement ou de l'environnement boueux et, une fois dehors, elle se gardait bien de révéler où elle habitait. Le risque d'être démasquée cependant n'était pas très grand, puisque, jusque-là, personne n'avait demandé son adresse.

Elle n'avait pas d'amies dans sa classe. C'était normal. Les autres se connaissaient depuis des années, et Christina était nouvelle. De plus, elle était comme trop fatiguée pour essayer de nouer des contacts. Pendant les récréations, elle prenait souvent un manuel scolaire avec elle et se retirait dans un coin pour se préparer au cours suivant. Il y avait d'autres filles pâles dans d'autres coins, mais leur parler eût été au-dessus de ses forces.

Margareta avait surgi après les vacances de Noël. Sans que Christina ait pu dire ouf, Margareta s'était jetée sur elle dans la cour, l'inondant immédiatement de son flot habituel de paroles. Est-ce que Christina savait qu'on avait transféré tante Ellen à la maison de santé de Hubertsson à Vadstena? Margareta était allée lui rendre visite la semaine dernière avant de s'installer dans sa nouvelle famille d'accueil ici, à Norrköping. Maintenant, elle était fille unique. Elle avait sa propre chambre et des tas de vêtements neufs. Il fallait que Christina vienne avec elle un jour voir sa maison. La sonnerie retentit avant que Christina ait eu le temps de répondre, et la prochaine fois qu'elle aperçut Margareta, celle-ci était déjà dans le carré des fumeurs en train de draguer un type de la classe d'audessus. Elle n'avait jamais réitéré son invitation et, quand elles se croisaient dans les couloirs, elles n'échangeaient que deux ou trois mots. Elles n'avaient pas grand-chose à se dire. Peut-être parce que Christina avait tant de choses à taire, peut-être parce que Margareta semblait tellement absorbée par son unique obsession : se transformer en une adolescente accomplie. Après un mois seulement, elle avait l'air de sortir directement du dernier numéro de *Bild-Journalen*. Difficile d'imaginer que c'était la même fille qui, un an auparavant, s'était laissée maquiller en poule à loubards. Désormais, ses cheveux étaient coupés au carré dernier cri et son foulard pendait jusqu'aux genoux. Elle était une vraie icône de mode. Christina, elle, n'était rien. A part une bûcheuse, évidemment.

Durant ses premières semaines chez Astrid, Christina avait pris trois décisions. Premièrement, celle de passer son bac, coûte que coûte. Deuxièmement, celle de ne pas penser au passé. Troisièmement, celle de ne pas pleurer.

La troisième décision était la condition des deux premières, et la plus difficile à tenir. Parfois, il lui semblait être devenue comme le chien de Pavlov dont on avait parlé au lycée. Non pas qu'elle soit spécialement triste, la plupart du temps elle ne ressentait rien du tout, mais ses yeux se remplissaient chaque jour de larmes quand elle glissait la clé dans la serrure de l'appartement d'Astrid. A croire qu'elle avait une machine à pleurer dans le corps. La porte à peine refermée, son corps était secoué de sanglots, elle avait les yeux inondés de larmes et sa bouche s'ouvrait toute seule pour laisser sortir un meuglement inarticulé. Inutile de jouer la fille forte et blindée en suspendant soigneusement son duffle-coat sur un cintre, elle se sentait tellement à l'extérieur de son propre corps que ses mains maladroites laissaient tomber le duffle-coat par terre. Calme et disciplinée, elle se penchait et le ramassait, pendant que sa bouche continuait à pousser ces sortes de beuglements, de mugissements de bête blessée.

— Pourquoi tu l'as dit ? gémissait la machine à pleurer. Pourquoi tu n'as pas pu tenir ta langue ?

Il n'y avait rien à répondre. Rien. Ce qui était fait était fait.

Les pleurs cessaient toujours, et de façon inexplicable, aussi brusquement qu'ils étaient venus ; la machine toussait puis s'arrêtait. En reniflant, Christina reprenait sa respiration. La machine à pleurer était d'une ponctualité infaillible. Astrid rentrerait dans vingt minutes. Christina s'aspergeait le visage d'eau froide et commençait à éplucher les pommes de terre. Et, tandis que les tubercules marron devenaient blancs sous ses mains, elle se jurait encore une fois de cesser de pleurer. C'était absolument nécessaire, aussi logique et nécessaire qu'un nombre en mathématiques. Car si elle ne cessait pas de pleurer, elle n'aurait pas le temps de bien faire ses devoirs, et si elle n'avait pas le temps de faire ses devoirs, ses notes allaient chuter, et si les notes chutaient, Astrid la forcerait d'arrêter l'école. Peut-être même en profiterait-elle pour la contraindre à autre chose, comme d'aller travailler à l'usine de textile.

N'importe quoi. Mais pas ça.

Pour les premières vacances de Noël, un mois seulement après l'arrivée de Christina à Norrköping, Astrid lui avait trouvé une place à YFA. Elle avait présenté la chose comme une faveur : parce qu'elle-même était tellement appréciée des chefs et des collègues, sa fille allait obtenir un des postes de vacances brigués par tous les lycéens. Et dans l'atelier de tissage, qui plus est.

L'usine était l'univers d'Astrid. Chaque jour, en rentrant du travail, elle se laissait tomber lourdement sur une chaise de cuisine et massait ses pieds enflés tout en faisant un compte-rendu détaillé de sa journée. Les monteurs des trames, ces sales cons bouffis d'orgueil, exigeaient 25 *öre* de plus que les tisserands. Un idiot de Finlandais dans le stockage des fils s'était coincé la jambe dans une porte, tant pis pour lui, il n'avait qu'à être moins lourdaud. Birgit allait devenir grand-mère, bien qu'elle n'ait que trente-quatre ans. Rien d'étonnant, en fait, parce qu'elle-même et sa fille avaient toujours été de véritables Marie-couche-toi-là, c'était d'ailleurs bien aussi l'avis de Maud et Monkan.

Maud et Birgit, Monkan et Barbro... les prénoms volaient sans que Christina sache à qui ils appartenaient. Pourtant, à partir des récits d'Astrid, une image de l'usine se précisa dans son cerveau. C'était l'usine de textile la plus moderne de toute la Suède. Donc, elle devait être en acier et scintiller. Partout, les sols étaient en parquet à cause des machines. Donc, les parquets devaient briller. Les métiers à tisser étaient entièrement automatiques. Donc, les immenses ateliers devaient être presque déserts.

La réalité fut comme une gifle. Quand le contre-maître ouvrit la porte de la salle de tissage où Christina allait passer ses vacances de Noël comme balayeuse, ce fut littéralement comme si quelqu'un lui avait assené un coup sur les oreilles. Sans parler de l'obscurité ! Et tout était si laid ! Les machines étaient peintes dans une nuance de vert sauterelle et le parquet était tellement usé et abîmé qu'on l'aurait dit touché par une bombe. Mais ce n'était pas le pire. Le pire, c'était ce grondement sourd qui, en arrière-plan, était comme à l'affût depuis qu'elle avait franchi le portail de l'usine, et qui enfla en un rugissement formidable quand la porte de la salle de tissage fut ouverte ; c'était le hurlement désespéré d'un être capable de n'importe quoi, un dément qui la frappait et qui secouait son corps. L'Ogre, eut-elle le temps de penser avant de cesser de penser. L'Ogre gronde pour avoir de la viande pour son moulin...

A l'approche des grandes vacances, elle composa d'une main tremblante le numéro du service du personnel de l'hôpital. Après un bref interrogatoire, l'affaire fut réglée. Elle pourrait commencer dès le premier jour des vacances. On manquait de filles de salle.

Jusque-là, une sorte de trêve avait régné entre Astrid et Christina. Elle avait emménagé un dimanche et Astrid l'avait accueillie avec du café, des gâteaux et un sourire hésitant. Toutefois, au bout de quelques heures, sa voix devint plus sévère. A l'heure d'ouvrir le canapé-lit du séjour, Christina se hâta d'expliquer qu'elle y arriverait toute seule, ce n'était pas un problème. Ce ne fut pas le cas. Du moins pas sur-le-champ. Elle attendit qu'Astrid eût quitté la pièce pour d'abord ouvrir en grand la porte du balcon. Elle resta un instant à respirer à fond, à nettoyer ses poumons de la fumée de cigarette d'Astrid. Un espoir timide pointait le bout du nez : au fond, ça ne serait peut-être pas si terrible, Stig Grande-Gueule avait peut-être eu raison quand il avait plissé le front devant son inquiétude larmoyante et l'avait qualifiée de fille pleine de préjugés. Avant qu'elle ne quitte Motala, il lui avait tenu un long discours moralisateur avec toutes sortes de recommandations. Christina ne savait-elle pas qu'on avait trop longtemps relégué les malades mentaux à l'ombre de la société ? Mais cette époque-là était révolue, ces maladies n'étaient plus incurables et honteuses, il existait des médicaments pour les guérir, et l'on pouvait les prévenir avec une politique sociale appropriée. De plus, la maman de Christina était un brillant exemple des progrès réalisés. Elle était complètement guérie aujourd'hui, tout à fait capable de subvenir aux besoins de sa fille et de s'occuper d'elle. Christina n'avait aucun souci à se faire. L'incident dans la cuisine de tante Ellen, quand elle avait onze ans, n'était que la manifestation d'une maladie qui, depuis belle lurette, était guérie. Ça ne se reproduirait plus, lui, Stig Grande-Gueule, pouvait s'en porter garant.

Christina s'approcha du canapé-lit et l'ouvrit. Il était affreux, brunâtre et aussi lourd qu'un char d'assaut. Comme le mobilier de la pièce. De plus, Astrid semblait détester les coins. On n'en voyait nulle part. Placés en biais, les meubles les dissimulaient comme s'ils étaient un secret honteux. L'étagère en teck près de la porte du balcon était ensevelie sous une couche de poussière. Elle ferait un passage avec l'aspirateur et le chiffon demain en rentrant du lycée, ainsi la voix d'Astrid se ferait peut-être moins sévère.

Quand Christina commença à déplier le drap de dessous, elle put entendre Astrid sortir de la salle de bains. Un petit souffle de l'air frais du soir avait dû la frôler car, une seconde plus tard, elle apparut soudain à la porte du séjour, en soutien-gorge et en culotte

— Qu'est-ce que tu fabriques ? fit-elle en fixant Christina.

Les mains de Christina se crispèrent sur le drap.

— Je prépare le lit.

— Ne fais pas l'idiote. Pourquoi t'as ouvert la porte du balcon ?

— Je voulais aérer.

— Comment ça, aérer ? C'est l'hiver, putain de merde, tu es en train de refroidir tout l'appartement.

Astrid alla refermer la porte d'un coup sec, trafiqua avec le store à lamelles qu'elle réussit à baisser et à fermer. Quand elle se retourna, ses paupières étaient à moitié fermées et sa voix assourdie.

— Tu es du genre exhibitionniste ?

Christina ne sut où fixer le regard, ses genoux voulurent se dérober sous elle, mais elle les força à rester rigides. Astrid ricana.

— Oh oui ! on me la fait pas à moi. Je vois bien que t'es du genre à te déshabiller devant la fenêtre pour montrer tes nichons à tous les gros dégueulasses qui passent.

Christina voulut ouvrir la bouche pour expliquer qu'elle était encore entièrement habillée, qu'elle avait eu l'intention de baisser le store dès qu'elle aurait terminé son lit, et que personne ne pouvait regarder dans un appartement au douzième étage, mais aucun mot ne sortit de sa bouche. Son corps avait pris la décision. Les mots n'y pourraient rien.

— Reste pas plantée là comme une imbécile, dit Astrid. Va te coucher. Et rappelle-toi que les putes et leur manège, c'est pas le genre de la maison. Tant que t'habiteras chez moi, t'as intérêt à bien te tenir.

Les premiers mois, Astrid semblait pourtant presque normale, peut-être juste un peu imprévisible. Elle se levait le matin quand le réveil sonnait pour préparer le café, elle se lavait, se brossait les dents, réveillait Christina et servait le petit déjeuner. Le soir, elle restait dans le séjour, affalée devant la télévision, pendant que Christina faisait ses devoirs dans la cuisine. Parfois, elle criait un ordre bref : elle voulait du café, un bain de pieds ou un nouveau paquet de cigarettes et Christina se dépêchait de lui apporter la Thermos, de remplir la bassine ou de courir au bureau de tabac. Mais elle ne s'attardait jamais dans le séjour après. Dès que le souhait d'Astrid avait été satisfait, elle bredouillait quelque chose à propos de devoirs et de contrôles et se retirait dans la cuisine.

C'était risqué de trop parler avec Astrid. On ne pouvait jamais savoir quels mots et sujets allaient allumer l'étincelle dans son regard, cette petite étincelle froide qui immanquablement amenait Christina à baisser les yeux et se taire. Il ne fallait surtout pas prononcer le mot *fou*, même au sujet d'un des professeurs qu'Astrid méprisait cordialement. Il ne fallait pas non plus mentionner ni tante Ellen ni Motala, encore moins poser des questions sur la vie d'Astrid ou sur l'homme qui un jour l'avait mise enceinte. La moindre conversation risquait de dégénérer ; quant à aborder des sujets tels que médicaments, incendies et nourrissons, c'était à bannir absolument.

S'il n'était pas difficile de garder le silence, il l'était davantage de veiller à ce qu'Astrid ne se sente pas critiquée. Il suffisait que Christina époussette ou passe l'aspirateur trop souvent ou qu'elle vide les cendriers débordants de mégots pour qu'Astrid pique une crise si elle la voyait. Une fois, elle fit exprès de renverser des mégots et du marc de café sur le tapis du séjour ; une autre fois, elle frotta le visage de sa fille avec sa culotte sale parce que Christina avait eu le toupet de la ramasser par terre dans l'entrée. Mais c'était exceptionnel. En général, elle se bornait à gueuler. Il n'en fallait pas plus. Dès qu'Astrid haussait le ton, Christina, blême, lâchait son chiffon ou l'aspirateur. La trêve ne tarda pas à être rompue lorsque Christina, après des semaines de tergiversations, osa enfin avouer qu'elle s'était trouvé un autre boulot d'été que celui qu'Astrid avait imaginé.

L'engueulade initiale dura plus longtemps qu'à l'ordinaire. On aurait dit que, en préférant l'hôpital à l'usine, Christina manifestait son mépris. Ce dont Astrid avait à revendre au demeurant. Elle arpenta le séjour en fumant cigarette sur cigarette. Un vrai moulin à paroles. Travailler à l'hôpital était un foutu boulot de demoiselles et, naturellement, Christina était une de ces putains de demoiselles, alors.... Gâtée, une sainte nitouche qui puait à des kilomètres à la ronde. Il fallait qu'une chose soit claire – le gîte et le couvert ça coûtait pareil pour les demoiselles que pour les gens ordinaires. Donc, elle allait avoir la putain de gentillesse de payer pour le gîte et le couvert durant l'été autant qu'elle avait payé pendant les vacances de Noël, quel que soit le salaire qu'on lui donnerait pour porter des pots de pisse. Astrid n'avait vraiment pas les moyens de payer les frais de ses habitudes de demoiselle, contrairement à cette Ellen qui, elle, était *payée* pour s'occuper de Christina. Et si ce régime n'était pas à son goût, elle n'avait qu'à déménager : Astrid avait bien subvenu à ses propres besoins et habité une chambre meublée dès l'âge de quatorze ans. Christina avait déjà pu passer son brevet, cela n'avait jamais été donné à Astrid de le faire, bien qu'elle fût la meilleure de sa classe, oui, de toute l'école. Cette histoire de passer son bac, de toute façon, ça ne marcherait jamais, c'était vraiment vouloir péter plus haut que son cul. C'était sûrement cette satanée Ellen qui lui avait fourré cette idée dans le crâne, tout comme elle lui avait débité un tas de mensonges sur Astrid. Est-ce qu'elle était conne au point de croire qu'Astrid ne s'en était pas rendu compte ? Oui, c'était elle tout craché : rien qu'une conne et une flemmarde pardessus le marché. Ah ! c'était vachement plus peinard de s'user le fond de culotte sur les bancs de l'école comme une sale gosse de riche au lieu de se trouver un boulot honnête et commencer à payer ce qu'on doit.

Dehors, le crépuscule obscurcissait le ciel violet. Christina avait l'impression qu'elle aurait pu s'y laisser couler bien qu'elle restât assise dans le séjour d'Astrid, le dos droit et les mains croisées. Un vol d'oiseaux noirs glissait vers le coucher du soleil. Soudain, ils se retournèrent à l'unisson, aussi rapides que l'éclair, et changèrent de direction. L'instant d'après, Christina fixa Astrid – sans crainte – pour la première fois de sa vie. Et elle l'examina.

Ce grand corps osseux ne ressemblait en rien au sien, pas plus le long menton que le nez légèrement courbé ne ressemblaient à son propre menton et son propre nez. Une idée voletait dans sa tête : Ce n'est pas ma mère. Nous ne sommes pas de la même famille. Il s'agit d'une méprise ridicule.

Astrid s'était figée.

— Tu veux ma photo ? T'entends ce que je te dis ?

Ses mains tremblaient quand elle les leva et brandit les poings devant le visage de Christina. Un peu de salive s'était agglutinée à la commissure gauche de ses lèvres.

— Est-ce que tu as écouté un seul foutu mot de ce que je viens de dire ? J'ai plus envie de payer pour que tu te la coules douce, t'entends ?

Christina la repoussa et se leva, soudain complètement calme.

— Combien veux-tu ?

Les poings serrés d'Astrid s'ouvrirent et retombèrent.

— Quoi ?

— Combien veux-tu ?

— Qu'est-ce que tu veux dire ?

— Combien veux-tu par mois pour le gîte et le couvert ?

Astrid en resta bouche bée. Christina fit un rapide calcul, le calcul mental avait toujours été son fort.

— Je t'ai donné cent vingt-cinq couronnes pour les vacances de Noël qui ont duré trois semaines. Le prix du gîte et du couvert dans cette maison est donc de cent soixante-six couronnes par mois. Je vais pouvoir payer cela durant les vacances d'été aussi, il me restera même vingt-cinq couronnes. Et à l'automne, tu toucheras la prime d'éducation pour moi, ça fait quatre cent vingt-cinq couronnes par semestre. Je te devrais donc deux cent trente-neuf couronnes par semestre ou bien cinquante-neuf couronnes et – voyons voir – soixante-quinze *öre* par mois. J'y veillerai.

Le dos raide, Christina sortit du séjour pour aller dans la cuisine, où elle ouvrit le robinet et prit un verre dans le placard. Quelle sensation ! Son cerveau avait la

clarté et la fraîcheur de l'eau qui coulait dans le verre.
Mais elle avait soif. Une soif dévorante!

Au moment où elle allait boire, Astrid lui donna un
violent coup de pied. Le verre lui échappa des mains et
atterrit sur le tapis en plastique aux rayures vertes. Sans
se briser, il roula par-dessus le bord du tapis sur le lino,
hésita et finit sa course sous la table de la cuisine.

— Qu'une chose soit bien claire entre nous, fit Astrid
en agitant maladroitement ses doigts bleus pour avoir une
meilleure prise dans les cheveux de Christina. Quand on
me donne un coup de pied au cul, je le rends.

Christina ferma les yeux et ce fut le vide. C'était sûrement arrivé avant. Sinon, pourquoi aurait-elle déjà un
goût de sang dans la bouche?

Après avoir refermé la porte sur le dernier patient de
la journée, Christina éteint le plafonnier et se laisse tomber sur sa chaise. Il faut qu'elle repose ses yeux un instant,
ils sont très fatigués. De toute façon, elle est crevée. La
longue nuit blanche la happe comme une immense vague
déferlante.

Basculant en arrière, elle lève les mains devant la
fenêtre, examine ses doigts écartés à la lumière de l'après-
midi. Ils sont droits et jolis, rien dans leur forme n'indique
que la peau dissimule cinq fractures qui ont guéri toutes
seules – deux à ceux de la main gauche, trois à la droite.
Avant d'arriver à la fac, elle n'avait pas réalisé qu'elle se
promenait avec ces anciennes fractures. Mais pendant un
cours, on lui avait fait poser les mains sous un appareil de
radiographie et, quand les images furent montrées au
groupe d'étudiants, un murmure d'intérêt avait parcouru
la salle. Le professeur avait insisté pour qu'on lui fasse
une densimétrie osseuse, à laquelle elle n'avait pu s'opposer. Mais elle sut quand même éluder leurs questions,
lorsque les résultats se révélèrent parfaitement normaux.
Elle ne voyait vraiment pas quand et comment ces fractures s'étaient produites. Peut-être avait-elle glissé un
hiver et était-elle tombée sur les mains? Pourtant, on

voyait que les blessures ne dataient pas toutes de la même époque. Bizarre. Mal? Non, elle ne se rappelait pas...

Au souvenir de la douleur, ses yeux la brûlent. Astrid s'attaquait à ses doigts en dernier lieu. Toujours. A ce stade, l'euphorie lui faisait monter les larmes aux yeux et la salive mouillait ses lèvres. Elle envoyait Christina valdinguer par terre, et, un genou sur sa cage thoracique, dépliait de force un des doigts de sa main qu'elle serrait convulsivement. Juste avant, le silence de l'appartement était absolu. La tête levée, Astrid humait l'air, tandis que Christina prenait une profonde inspiration pour étouffer ses cris.

La dernière fois en revanche – la veille de son bac –, Christina avait hurlé d'une voix stridente :

— Fais ce que tu veux! Je serai médecin envers et contre tout. Quoi que tu fasses, je le serai.

— T'es qu'une sale petite péteuse, avait sifflé Astrid. Espèce de merdeuse prétentieuse! T'es pas capable de devenir médecin, tu finiras à l'asile, avec les dingues!

Et elle avait resserré sa prise autour de l'annulaire de Christina, l'arquant de plus en plus en arrière. Malgré la douleur, insupportable, Christina avait eu la force de cracher :

— C'est ce que tu crois! Mais ce n'est pas héréditaire.

Là, elle n'y couperait pas. Dans une minute. Une seconde. Christina avait pincé les lèvres. Si elle laissait échapper le moindre son, c'est tout son être qui se briserait.

Astrid n'aurait pas raison. Jamais de la vie.

Christina baisse ses mains. Ça suffit, elle ne veut plus se souvenir.

— Ma maison me manque, dit-elle à mi-voix en se moquant d'elle-même.

Son Paradis Postindustriel est trop proche pour pouvoir lui manquer. Elle n'a qu'à se lever et enfiler son manteau. Elle peut laisser sa voiture sur le parking et rentrer à pied dans le crépuscule bleu; une fois à la maison, elle allumera un feu dans son poêle de faïence, s'enveloppera d'un châle et s'installera dans un fauteuil avec une tasse de thé et un livre. Le silence autour d'elle sera tellement dense qu'il lui sera possible de s'imaginer que le reste du monde est vide et qu'elle est en sécurité comme pourrait l'être le dernier humain sur terre.

Bien qu'elle y pense, Christina reste assise à son bureau, ne bouge pas.

Et elle restera ainsi jusqu'à la sonnerie du téléphone.

Le Sourire mentalement retardé

« Tout ce que nous avons c'est l'un l'autre
L'un l'autre L'un l'autre L'un l'autre

Nous sommes un double-cri. »

Lars Forssell

Je ne veux pas me réveiller. Pas savoir.

Mes crises commencent à me coûter cher et j'y laisse de plus en plus de plumes. L'épilepsie est une tempête d'automne et je suis un arbre solitaire. Elle me secoue, m'ébranle et fait tomber mes feuilles l'une après l'autre. Bientôt, il ne restera que les branches nues.

La semaine dernière, j'ai perdu la sensibilité du pied droit. Je ne tiens pas à savoir quelle faculté j'ai perdue aujourd'hui.

De surcroît, ce n'est même pas l'automne. Demain, c'est l'équinoxe de printemps. Le premier jour du printemps et le dernier de l'hiver.

Les *benandanti* ressentent cela comme une démangeaison dans le corps. Ils se tortillent, assis sur leurs chaises à leurs tristes boulots dans les banques et les magasins, ils pensent au fenouil et au sorgho au lieu des colonnes débit et crédit, leurs regards errent et ils n'entendent pas ce qu'on leur dit. Ils veulent être ailleurs, ils savent que ceux qui sont morts avant l'heure se rassemblent maintenant quelque part et se préparent pour la procession de la nuit à venir.

Les autres – les gens comme Hubertsson et Christina, Margareta et Birgitta – ignorent tout de cela. La plupart des gens ne remarquent même pas que c'est l'équinoxe et, parmi ceux qui s'en souviennent, rares sont ceux qui savent que, dans d'autres temps, ce jour était un jour de fête. Tous les ans, depuis que Tiamat et Marduk étaient les dieux de la Mésopotamie, l'hiver et le printemps luttaient l'un contre l'autre. Chez les Inuits, un homme né en hiver combattait un homme né en été ; dans la Suède qui venait de voir le jour, on organisait un tournoi entre le comte de l'hiver et celui de l'été et, en Allemagne, on fouettait les hommes et les animaux avec les branches bourgeonnantes des arbres. Mais la véritable lutte se déroulait en secret. Durant des siècles, les *benandanti* rencontraient les sorcières dans des combats nocturnes clandestins pendant l'équinoxe, d'abord dans l'Italie du Moyen Âge, puis, au fil du temps, jusque dans le Nord. Au Sud, ils s'armaient de tiges de fenouil pour déjouer les bâtons de sorgho des sorcières ; au Nord, de branches d'arbres couvertes de bourgeons contre les fagots de sapin des sorcières. Partout, l'enjeu était le même : la récolte à venir. Les *benandanti* protégeaient les hommes de la famine.

Je porte le signe secret des sorcières, leur *stigma diabolo* : je ne sais pas pleurer. Je ne l'ai jamais su. Pourtant, c'est aux *benandanti* que je me joins à chaque équinoxe de printemps à titre de déserteur. Mais ce n'est pas grave. De nos jours, il y a peu de sorcières capables de m'incriminer. De façon générale, il y en a peu. Voilà pourquoi les *benandanti* ont changé le caractère de leur fête. Aujourd'hui, ils conduisent le chant dans la Procession des Morts quatre fois par an. Sans avoir conscience de l'oiseau noir qui plane au-dessus d'eux et dénonce les famines d'antan avec ses cris. Cela n'a rien d'étonnant. Les *benandanti* sont des gens de leur temps et, comme leurs contemporains, ils ont oublié la famine. Ils ne savent plus qu'elle a les doigts longs, qu'elle peut les écarter loin, très loin pour planter ses griffes dans notre époque de satiété.

Moi, je le sais. C'est pourquoi je crie. C'est pourquoi je vais crier cette nuit.

Pour l'instant, je n'ai pas la force de décoller. Kerstin Un m'a administré tellement de Stesolid que je repose comme un pavé dans mon propre corps. Mon cœur bat lentement, chaque pulsation envoie un tremblement à travers ma cage thoracique. Mes pensées tremblent au même rythme, bientôt je n'arriverai plus à les maîtriser.

Dans cet état, je ne peux qu'observer mes sœurs à distance, je ne peux plus les pousser sur l'échiquier par-ci, par-là. Tant pis. A ce stade, le récit est sa propre machine. Il continue d'avancer indépendamment de ma volonté.

Margareta vient juste de comprendre quelque chose et cela l'effraie. Du coup, elle claque des dents face au miroir dans la salle de bains de la maison paradisiaque de l'ère postindustrielle, tout en essayant d'envelopper son corps nu dans une serviette de bain. Sans succès d'ailleurs. Sa maladresse est telle qu'elle laisse tomber la serviette, à plusieurs reprises, et doit la ramasser par terre et recommencer. Toujours pressée, comme d'habitude. Si elle prenait le temps de s'essuyer après la douche, elle aurait moins froid et arriverait mieux à maintenir la serviette en place. Mais elle ne prend pas le temps, elle serre la serviette sur sa poitrine et se précipite sur le palier, descend l'escalier sur ses pieds humides sans remarquer les traces qu'elle laisse derrière elle. Christina ne sera pas contente, elle qui ne supporte pas de voir des traces de pieds humides par terre. En réalité, cela va l'effrayer. Elle aura beau essayer de se persuader que ce sont les traces de Margareta – la suite logique après avoir accepté d'héberger une invitée aussi bordélique dans la maison –, elle n'y parviendra pas. Pendant les semaines à venir, une petite voix menaçante lui susurrera : Fais attention ! Tu n'es peut-être pas aussi seule dans la maison que tu le crois, peut-être quelqu'un ou quelque chose se cache dans un recoin, quelqu'un ou quelque chose qui aime jouer avec des allumettes... Pauvre Christina ! Elle ne va pas pouvoir fermer l'œil pendant des semaines. Quand je pense qu'elle n'aspire qu'au calme et à la tranquillité...

Le calme et la tranquillité n'intéressent pas le moins du monde Birgitta. Depuis qu'on l'a relâchée de la cellule pour ivrognes, elle a réussi à pousser à bout une postulante de l'école de Police, elle a téléphoné en douce dans un bureau vide, elle s'est faufilée dans la salle du personnel où elle s'est fait prendre, et elle a énervé deux jeunes policiers en se plaignant du café qu'elle avait subrepticement réussi à boire. On a réussi à la sortir des locaux de détention, mais elle refuse de quitter le bâtiment. Elle a rejoint la réception au rez-de-chaussée, où elle est en train de mouliner des bras en criant à la cantonade, devant de pauvres victimes d'infractions qui attendent leur tour pour porter plainte : pour sa part, elle estime que le commissariat de Norrköping vaut n'importe quelle cave de la Gestapo, et elle a l'intention de porter plainte contre sept fonctionnaires, au moins, pour abus de pouvoir.

Eh oui. Elle est en forme aujourd'hui. Mais peut-être pas aussi réceptive qu'elle le devrait. Elle ne se rend pas compte qu'elle s'est trompée d'auditoire. Des gens qui viennent d'avoir leurs fenêtres brisées, leurs chaînes hi-fi emportées et leurs voitures volées sont rarement enclins à sympathiser avec des femmes sur le retour dont le visage et le vocabulaire indiquent qu'elles ont pas mal roulé leur bosse. Elle ne voit pas non plus les deux jeunes policiers s'approcher d'elle par-derrière. En uniforme impeccable, ils ont une lueur cruelle dans le regard. Ça commence à bien faire! Dehors, la pocharde.

Kerstin Un donne une claque sonore sur ma joue et me force à la regarder dans les yeux. Ils étincellent comme des pierres précieuses.

— Allons, dit-elle en retirant ses gants en plastique. On va changer le drap, son lit est trempé. Et il faudra lui mettre une chemise de nuit sèche.

— Pas de vêtements de jour? demande Ulrika prudemment.

— Non, pas avec la dose de Stesolid qu'elle a eue. Elle va dormir des heures.

Sans oser vérifier ce qui me reste de mobilité, je remue la bouche pour montrer que j'ai quelque chose à dire et que je veux mon embout. Bien que Kerstin Un le voie parfaitement, elle fait comme si de rien n'était. Peut-être soupçonne-t-elle que je vais réclamer une fois de plus de prendre une douche. Elle préfère passer une main sur mon front et de l'autre repousser sur le côté la tablette avec l'ordinateur. A présent, l'embout et le tuyau jaune pendouillent loin, hors de ma portée. Impossible de m'exprimer avant que quelqu'un ne m'en donne le droit.

Et voilà que j'aperçois les murs. Je cille. Ce n'est pas vrai ! Ce n'est pas possible.

— Regarde, dit Ulrika. Elle vient d'apercevoir les anges.

Kerstin Un plisse le front et la reprend.

— On ne doit pas parler des patients. On doit s'adresser directement à eux. En général, leur ouïe reste intacte jusqu'au bout.

Mon ouïe est parfaite, et elle le sait. Pourtant, elle élève la voix et me crie à moitié dans l'oreille.

— Tu vois les anges, petit chou ? Ce sont les anges de Maria. Tu te trouves dans la chambre de Maria. C'est beau, n'est-ce pas ? Et Maria est tellement mignonne, vous allez sûrement bien vous entendre.

Elle lève la tête et appelle avec la même voix stridente :

— Viens dire bonjour à Désirée, Maria.

Au son de sa voix, je comprends sans la voir que Maria doit être une personne obéissante. Aussitôt que Kerstin Un lance son ordre déguisé, elle lâche sur la table l'objet en métal qu'elle tient, grince avec une chaise quelque part et se traîne dans mon champ de vision. Un instant, j'ai l'impression de la reconnaître, mais comprends tout de suite mon erreur. Cette Maria a des yeux gris, il lui manque les stries jaunes et marron qui, telle une menace, zébraient les yeux de Maria la Tigresse.

— Tu ne dis pas bonjour à Désirée ? dit Kerstin Un.

— Bonjour, Désirée, fait Maria en esquissant un sourire implorant.

De nombreuses années, j'ai vécu à côté d'un tel sourire. Je le connais bien. C'est la seule défense des débiles mentaux : un sourire de pénitent, un sourire de mendiant.

Vers la fin, Maria la Tigresse souriait à la moindre minute d'éveil.

Personnellement, j'ai refusé de sourire très tôt : si je ne souriais pas de cette façon-là, pensais-je, le monde comprendrait que je n'étais pas une arriérée mentale, que j'en avais seulement l'air. Vain espoir. Le médecin-chef Redelius avait établi une fois pour toutes que j'étais tellement arriérée que ce n'était même pas la peine de me parler. Et quand j'ai eu presque douze ans, il a réitéré son diagnostic à chaque nouvelle auscultation – à l'Hospice des Invalides, on avait droit à une visite hebdomadaire. Peu importait la pile de livres posée sur ma table de chevet. Je me bornais à les feuilleter, affirmait-il. C'était un comportement machinal, par pure imitation.

— Grünewald et les autres ont beau jeu de prétendre que n'importe quel idiot peut devenir professeur, dit-il ce jour-là en marquant une petite pause. Il faut parfois se résoudre à accepter les faits. Un enfant de ce type doit être nourri trois fois par jour et lavé deux fois, pour le reste c'est un cas désespéré.

A son côté, la surveillante hochait la tête, feignant de prendre des notes. Elle le faisait systématiquement. Et même si tout le monde voyait qu'elle tenait le stylo à quelques millimètres au-dessus de la feuille du dossier, Redelius, lui, ne le remarquait pas. Au contraire, les mouvements du stylo le flattaient : de temps à autre, il s'interrompait pour qu'elle ait le temps de noter ses propos.

— En tant que chef de service, poursuivit-il sur un ton lent et distinct, j'ai une responsabilité non seulement envers les patients, mais aussi... (Pause.) ... envers nos commanditaires, c'est-à-dire les contribuables. Longue pause. Reconnaissons que mieux vaut miser l'argent de nos impôts sur des enfants et des jeunes qui ont un avenir... (Pause.) ... plutôt que sur des êtres qui tout au plus peuvent atteindre le niveau d'un chimpanzé... (Nouvelle pause.) Comme celle-ci.

Et toc, prends ça dans la mâchoire...

Il se tourna vers le lit voisin où Maria la Tigresse était

allongée dans un garde-à-vous figé. Elle avait treize ans cette année-là et commençait juste à comprendre certaines choses sur elle-même et son entourage. Ce jour-là, on l'avait attachée sur le lit. Redelius examina la courroie.

— Maria a été vilaine ?

La surveillante serra le paquet de dossiers sur sa poitrine.

— Elle a essayé de fuguer.

Redelius secoua la tête comme si un grand chagrin venait de le frapper.

— Maria, Maria, Maria ! Qu'as-tu donc fait ?

Maria la Tigresse fondit en larmes : c'étaient des pleurs d'enfant bruyants et braillards, qui, en un instant, inondèrent tout son visage : les joues de larmes, le front de sueur, le menton de salive. Mes convulsions s'intensifièrent, je voulus expliquer que Maria la Tigresse n'avait pas du tout essayé de fuguer, qu'elle avait seulement voulu se rendre au kiosque à journaux. Sa maman lui avait envoyé un billet de cinq couronnes dans une lettre pour son anniversaire et Maria la Tigresse avait voulu acheter des bonbons pour tout le monde. Elle avait oublié qu'on n'avait pas le droit de franchir les grilles sans l'autorisation de la directrice, mais n'était-ce pas humain d'oublier ? En particulier quand on avait treize ans, et qu'on était mongolienne avec une mémoire immédiate endommagée par des centaines de crises d'épilepsie ? D'autant que Maria ne s'échapperait jamais, sa lésion à la hanche l'empêchait de marcher plus de quelques centaines de mètres à la fois, ils le savaient bien, non ? Ils ne s'en souvenaient pas ? Mais les mots ne vinrent pas. A cette époque, j'arrivais à me faire à peu près comprendre à condition d'être tout à fait calme et qu'on se donne la peine de m'écouter. Mais personne ce jour-là ne daigna prêter attention à moi. Je n'arrivai à sortir que de la salive écumante et quelques sons inarticulés. Sans remarquer l'aggravation de mes spasmes, Redelius regarda Maria la Tigresse avec un profond soupir.

— Ça s'est passé quand ?

La surveillante baissa son stylo et le regarda avec sérieux.

— Hier.

— Et qu'est-ce que vous avez décidé avec la directrice?

— Elle gardera le lit pendant trois jours et sera privée d'aller jouer dans le parc le quatrième et le cinquième jour.

Redelius hocha la tête.

— Tu entends, Maria. Il faut respecter le règlement. Bon, j'espère que cette expérience te donnera une bonne leçon.

— Oui-hii! sanglota Maria la Tigresse en esquissant derrière ses larmes son faible sourire de mendiante. Je vai-hais apprendre, je pro-homets que je vai-hais apprendre...

Moi, je fermai les yeux, furieuse contre Maria la Tigresse.

Nous étions quatre filles dans la salle : Maria la Tigresse, Elsegerd, Agneta et moi. Nous avions chacune un lit et une commode, et en commun un petit bureau avec deux chaises. Devant notre fenêtre poussait un chêne gigantesque et, devant notre porte, s'étendait un long couloir avec huit portes marron. A l'étage au-dessus et au-dessous, le même couloir. Au bout de chaque couloir se trouvait un petit bureau pour les infirmières. Les enfants n'avaient pas le droit d'y entrer, celui qui voulait quelque chose devait frapper à la porte et attendre que l'infirmière ouvre. Cela n'avait aucune importance. La plupart d'entre nous n'auraient de toute façon pas pu en franchir le seuil. Nous étions tous handicapés moteurs, plus ou moins gravement atteints.

Notre chambre avait quelque chose de particulier : en plus de nos autres handicaps, nous étions toutes les quatre épileptiques. C'est pourquoi on nous faisait porter des casques jour et nuit. Enfin, pas vraiment des casques, plutôt des sortes de bonnets matelassés se fermant sous le menton. Pour Elsegerd et Agneta, ces bonnets étaient la marque infamante d'une caste, tandis que Maria la Tigresse et moi-même l'acceptions. Des parias, nous l'étions déjà.

Car il régnait une stricte hiérarchie parmi les enfants de l'hospice des Invalides. En haut de l'échelle se trouvait celui qui était le moins atteint, en bas se situait celui atteint de déficiences motrices et mentales. Pour ceux qui n'étaient pas attardés, il était essentiel de maintenir la ligne de démarcation par rapport aux idiots. C'était une mesure de précaution. Tout le monde savait que de l'autre côté des grilles, nous risquions tous d'être considérés comme des idiots et ça, c'était dangereux, car celui qui est considéré comme un idiot a finalement tendance à se conformer à ce rôle. L'épilepsie était assimilée à une sorte d'arriération mentale. Aucune personne sensée ne se jetterait régulièrement par terre en bavant et se faisant pipi dessus.

Elsegerd et Agneta auraient grimpé des échelons dans la hiérarchie s'il n'y avait pas eu l'épilepsie. Elsegerd avait un pied bot mais n'avait besoin que d'une seule canne, Agneta avait un spina-bifida et sa dépendance à son fauteuil roulant était compensée par son adorable bouille. Son casque matelassé laissait échapper une cascade de boucles blondes, et quand son petit visage de poupée éclatait en un sourire mélancolique, tout le monde avait les larmes aux yeux. Aux fêtes de Noël, on lui demandait toujours de chanter « Je vais peindre le monde entier, ma petite maman ... », et il était arrivé que même Redelius fonde en larmes, des pleurs muets et grimaçants.

Agneta avait une maman pour de vrai. Et une maman extrêmement dévouée. Dès qu'elle avait quelques jours de congé, elle surgissait à l'hospice et emmenait Agneta faire les magasins de Stockholm. Le soir, elle revenait dans la salle, assise dans son fauteuil roulant, les genoux couverts de sacs et de paquets. Est-ce que ça nous dirait de voir ce qu'elles avaient acheté ? Un nouveau chemisier ! Un puzzle ! Un savon qui sentait le parfum ! Pour toutes les vacances un peu longues, elle rentrait à la villa de Svartsjölandet ou à la maison de campagne à Singö, comme si elle était une élève dans un véritable pensionnat.

Elsegerd et Maria la Tigresse avaient aussi des mères mais pas aussi riches. Les parents d'Elsegerd, missionnaires en Afrique noire, ne rentraient que tous les trois ans ; quant à la mère de Maria la Tigresse, elle était veuve et vivait avec quatre autres enfants à Vilhelmina, loin au nord. Elle ne pouvait même pas venir aussi souvent que les missionnaires. Mais chaque semaine, elle envoyait une carte à Maria la Tigresse, une carte que les infirmières lisaient à haute voix au déjeuner et qu'ensuite Maria la Tigresse gardait dans une boîte à chaussures. Quand les autres filles faisaient leurs devoirs, Maria la Tigresse tirait une chaise jusqu'à mon lit et étalait toutes ses cartes postales sur ma couverture. Laquelle je préférais ? Les images d'hiver ? Ou le coucher de soleil sur le lac de Malgomaj ? Je votais toujours pour les images d'hiver, mais la décision finale revenait à Maria la Tigresse et elle choisissait toujours le coucher de soleil sur le Malgomaj.

Après les devoirs des autres filles, mes leçons commençaient. Elsegerd était mon professeur, Agneta mon porteur de stylo et Maria la Tigresse mon admiratrice. J'avais besoin de toutes les trois, surtout de la dernière.

Ça avait commencé comme un jeu, un jeu qu'Elsegerd voulait jouer parce que, dès l'école primaire, elle avait décidé de devenir institutrice quand elle serait grande. La table se transformait en bureau, et les deux chaises en pupitres. Au début, elle essaya d'enrôler Agneta et Maria la Tigresse comme élèves, mais celles-ci se lassèrent vite, Agneta parce qu'elle connaissait déjà tout ce qu'Elsegerd avait à enseigner, Maria la Tigresse parce qu'elle n'arrivait pas à suivre. Elles pouffaient de rire et bavardaient, ayant envie de jouer à d'autres jeux. Alors, en désespoir de cause, Elsegerd attendit qu'elles soient sorties de la chambre pour commencer ses cours. Je me piquai tant au jeu que je me mis à baver. Je ne souhaitais rien tant que d'apprendre à déchiffrer ces petits signes dans les livres. Ça devait être comme écouter la radio avec les yeux, or, c'était ce que j'aimais le plus au monde.

— O, dit Elsegerd en agitant son livre de lecture. Comme « Oh ! maman, un orvet ! »

— Eueuh, répondis-je.

— Non, non, dit Elsegerd. Essaie encore ! O... On dit O !

— Euhhh !

— Mais si ! Tu peux y arriver ! Oh ! maman... Orvet !

— Ooeuh !

— Oui ! Bien ! Tu auras une étoile dans le livre. Voici un M. Est-ce que tu sais dire M ?

— Eueumm !

— Oui ! C'est bien ! Tu auras une autre étoile, Désirée. Et c'est fini pour aujourd'hui, maintenant nous allons chanter un hymne et prier Dieu !

— Eueum !

— Mais si, nous allons prier. Il n'y a que les vilaines filles qui refusent de prier Dieu !

Joignant mes mains récalcitrantes dont elle emmêla les doigts, elle se dépêcha de réciter le Notre Père à une vitesse vertigineuse avant que mes spasmes n'envoient mes mains d'un côté à l'autre.

— Amen ! dit-elle hors d'haleine.

— Euhmn ! lançai-je.

Du coup, le visage pâle d'Elsegerd se fendit d'un grand sourire.

— Très bien, me félicita-t-elle. Tu auras droit à une autre étoile !

Telle fut ma scolarité de base : un chemin semé des étoiles d'Elsegerd. Au bout d'un certain temps, Agneta s'installa à côté d'Elsegerd et m'aida à tenir le stylo quand j'écrivais, tandis que Maria la Tigresse s'allongeait sur son lit, bouche bée d'émerveillement devant mes progrès. Quand nous quittions le livre de lecture, nous entrions dans le pays de la multiplication, nous arpentions les prés de l'histoire naturelle et donnions des noms à des oiseaux et des arbres que je n'avais jamais vus, nous retenions notre respiration avec Gustave Vasa quand il se cachait dans la charrette de foin et nous volions ensemble au-dessus de tous les départements de l'atlas. Elsegerd était une pédagogue brillante, même un peu trop parfois. Elle parlait de façon tellement vivante de Valdemar Atterdag et de Christian le Tyran que Maria la Tigresse développa une véritable phobie des Danois. Et lorsqu'on apprit que Redelius partait en voyage d'études aux Etats-Unis pendant trois mois, et qu'il serait remplacé par un médecin danois, elle fut véritablement prise de panique.

Il s'appelait Preben. Il nous stupéfia littéralement en entrant dans notre chambre tout seul, sans la cour habituelle d'infirmières et d'aides-soignantes qui entourait toujours Redelius, et en se comportant en invité. Il alla du lit d'Elsegerd à celui d'Agneta et ensuite au mien, et nous salua avec une poignée de main. En arrivant au lit de Maria la Tigresse, il eut l'air confus. Où se trouvait la quatrième enfant ?

Les autres filles mobilisèrent tout de suite une défense : Elsegerd claudiqua vers lui et fit plusieurs petites révérences, tout en excusant Maria la Tigresse dans des termes vagues. Agneta mit en marche tout son charme et fit scintiller le soleil dans ses yeux en racontant que Maria la Tigresse se trouvait sous le lit tellement elle avait peur.

— A-t-elle peur des docteurs ? demanda Preben.

Son accent danois donnait l'impression qu'il avait une patate dans la bouche.

— Non, répondit Agneta. Elle a peur des Danois.

L'air surpris, Preben se ressaisit vite, et, s'agenouillant, regarda sous le lit.

— Coucou..., fit-il doucement.

Maria la Tigresse hurla en se bouchant les oreilles.

— Pourquoi as-tu peur des Danois ? demanda Preben.

Maria la Tigresse hurla encore plus fort. Elsegerd s'alarma et se dépêcha de boitiller jusqu'à la porte pour la fermer. Preben se troubla davantage.

— Pourquoi fermes-tu la porte ?

Elsegerd prit peur et n'arriva pas à répondre, mais Agneta inclina la tête et afficha son plus gracieux sourire.

— Elle ferme pour que la directrice et l'infirmière n'entendent pas les cris de Maria.

— Aha ! dit Preben, qui s'installa en tailleur par terre. A présent, explique-moi s'il te plaît pourquoi Maria a peur des Danois.

— Valdemar Atterdag, lança Agneta.

— C'est à cause de Christian le Tyran, répliqua Elsegerd.

Preben ne put s'empêcher de rire, il se redressa, brossa sa blouse blanche et s'assit sur le bord du lit de Maria la Tigresse.

— Valdemar Atterdag, dit-il. Savez-vous ce que signifie ce nom ?

Bien que nous le sachions toutes, même Maria, Elsegerd répondit tout en s'asseyant sur le bord de son lit.

— Valdemar Nouveau Jour.

— Oui, dit Preben. C'est ça. Et on lui a donné ce nom-là parce qu'il a libéré le Danemark de l'obscurité de la nuit.

Nous reconnûmes le ton de sa voix. Il parlait comme les dames à la radio quand elles racontaient des contes de fées.

C'était un meilleur pédagogue qu'Elsegerd. Pendant une demi-heure, il resta sur le lit de Maria la Tigresse pour nous raconter comment Valdemar Atterdag avait défendu par la ruse et la force le Danemark tiraillé entre le roi suédois Magnus et les Holsteinois. Le silence régnait dans la chambre et, au bout d'un moment, je vis que Maria la Tigresse reposait ses mains. Sans plus se boucher les oreilles, elle écoutait aussi attentivement que nous toutes. Et lorsque, quelques jours plus tard, Preben revint dans notre chambre pour la visite hebdomadaire ordinaire – cette fois-ci suivi de toute la cour de Redelius –, elle resta docilement dans son lit, allongée dans un garde-à-vous figé, dans la position que la surveillante lui avait demandé de garder. Il s'arrêta devant son lit et sourit.

— Bonjour, dit-il. Tu sais qui je suis?

Affichant son sourire de pénitente, Maria baissa les yeux.

— Tu es le Danois.

La surveillante chercha sa respiration, elle aurait donné une correction immédiate à Maria si Preben ne l'avait pas arrêtée d'un geste.

— Sais-tu comment je m'appelle?

— Mmm, dit Maria. Tu t'appelles Valdemar Atterdag.

Maria avait raison. Preben était notre Valdemar Atterdag. Il venait à nous avec la lumière, il était le premier à nous faire entrevoir que tout ne doit pas obligatoirement rester comme ça a toujours été. Il veilla à ce qu'Elsegerd puisse voir un conseiller en éducation pour l'orientation de ses études, qu'un kinésithérapeute s'occupe des muscles atrophiés des jambes d'Agneta et que Maria la Tigresse ait une nouvelle robe du dimanche. Il était temps. Pendant des années, elle n'avait eu que les robes et les chemisiers délavés mis au rancart par les autres filles. Maintenant, quand c'était l'heure de la prière du dimanche matin, elle remontait l'allée centrale de la chapelle trottant comme une petite mariée, vêtue d'une tenue bleu marine en coton épais avec un col brodé à la machine. Malgré tout, je fus celle qui reçut le plus beau cadeau. Il m'envoya chez un orthophoniste à l'hôpital Karolinska.

A treize ans, j'avais toujours vécu à Stockholm, sans avoir jamais vu la ville. Quand les autres enfants partaient en excursion – et ça arrivait au moins une fois par an –, Maria la Tigresse et d'autres comme nous n'avions pas le droit de les accompagner. C'était inutile puisqu'on ne comprendrait rien de ce qu'on verrait.

Et voilà que je devais aller à Karolinska. Seule. En taxi!

Je ne l'oublierai jamais. Une aide-soignante m'habilla d'une robe qu'Agneta avait eue quand elle avait sept ans, me porta dans l'escalier et m'installa à l'arrière du taxi. En arrivant devant le bâtiment en briques rouges, le chauffeur de taxi me porta chez l'orthophoniste qui s'appelait madame Nilsson. C'était une femme élégante avec des talons aiguilles et le col du chemisier remonté. Elle avait un rouge à lèvres cerise, brillant, assorti au vernis de ses ongles et des cheveux relevés, un peu crêpés. Du dernier chic. Mais c'était son sourire qui me fascinait le plus. Loin de tirer sur les commissures de ses lèvres, elle formait un petit cercle avec sa bouche, de sorte que trois traits obliques se dessinaient de part et d'autre de la rigole sous le nez. On aurait dit qu'elle avait des moustaches comme les animaux, que c'était une joyeuse petite souris de bande dessinée.

Je ne tarderais pas à apprendre qu'il ne s'agissait pas d'une souris normale, mais d'un lion déguisé, dont les rugissements forçaient des mots impossibles à franchir mes lèvres. Il fallait que ce soit distinct, pas de bafouillage ni de gémissements! Et lorsque Redelius revint d'Amérique et voulut encore une fois économiser l'argent du contribuable, elle se révéla encore plus sévère envers les autorités médicales qu'envers moi. D'abord, elle émit toute une suite de grognements sourds et ensuite un rugissement qui fit céder Redelius. Ainsi, j'aurais le droit de me rendre une fois par semaine à Karolinska pour mes exercices d'articulation. Peut-être le fait que le mari de madame Nilsson fût l'un des plus éminents neurochirurgiens de Karolinska plaida-t-il en ma faveur : comme toutes les personnes autoritaires, Redelius était toutou. Il se couchait sur le dos et offrait son ventre dès qu'il flairait un pouvoir plus grand que le sien.

Pour Redelius aussi, rien n'était plus comme avant. A son départ pour l'Amérique, c'était encore le roi de son royaume, mais, à son retour, ce n'était plus qu'un dictateur sur la corde raide. On aurait dit que son remplaçant avait creusé d'une brèche le mur d'enceinte de l'hospice, par laquelle la lumière, l'air et les idées nouvelles s'étaient engouffrés. Ce n'était d'ailleurs peut-être pas uniquement l'œuvre de Preben. D'autres l'agrandissaient. Un reporter radio décrivait notre situation d'une voix douce et amenait la nation entière à douter que la discipline et les offices religieux soient ce dont nous avions le plus besoin. Quelques parents courageux osaient élever quelques objections : Etait-il vraiment nécessaire de former tous les enfants handicapés moteurs aux métiers de vannier et relieur ? Etait-il nécessaire, au fond, de les placer en institution pour qu'ils aillent à l'école ? Pourquoi ne pas tout simplement installer des rampes d'accès dans les écoles normales et les laisser habiter chez eux ? Ce serait aussi bien, sinon mieux, et en tout cas cela reviendrait moins cher. Dans son bureau aux belles boiseries de noyer, le ministre des Affaires sociales frottait son menton en pensant à haute voix : Maintenant que la construction du bon foyer démocratique et égalitaire était menée à bien, le moment n'était-il pas venu de miser un peu aussi sur les enfants encore à la traîne de la société, à savoir les débiles mentaux ?

Devenues adolescentes, nous observions toutes les quatre avec une joie maligne le nuage qui assombrissait le front de Redelius. En plus, trois d'entre nous connaissaient le nom de ce nuage : Karl Grünewald et la future loi sur la prise en charge. Même Maria la Tigresse et moi allions avoir le droit d'aller à l'école ! Il serait interdit d'attacher les enfants dans les lits et de mettre une camisole de force à Maria la Tigresse quand il lui prendrait l'envie de rentrer chez elle.

Quelles journées magnifiques ! Les murs de notre chambre furent repeints en jaune soleil et le bureau des infirmières transformé en salle de jeu pour les pensionnaires. L'association des parents exigea des subventions pour un poste de télévision. Et une fois celle-ci installée, on exigea de la directrice de nouveaux horaires d'extinction des feux. Maintenant, tous ceux qui avaient plus de dix ans avaient le droit de veiller jusqu'à neuf heures du soir ! Au rez-de-chaussée, on aménagea une salle de jeu pour les tout-petits avec des jouets pédagogiques jaunes, bleus et verts. Les jeudis, la dame de l'atelier peinture venait, et alors on déshabillait les pitchounets en culottes pour qu'ils passent une heure de liberté dans les douches avec quelques gros pots de peinture. A la fin de la séance, la dame les alignait dans la douche et les passait sous l'eau. Ce n'était pas plus difficile que ça, expliquait-elle quand la directrice se récriait. C'était de la peinture à l'eau et il fallait bien laver ces petits bouts de chou de temps en temps. Un peu d'eau n'abîmerait pas les fauteuils roulants !

Pour nous, les grands, la grande nouveauté, ce fut le chariot à livres. La bibliothécaire s'appelait Barbro et elle riait avec de grandes dents blanches quand elle nous rassemblait pour l'heure des histoires dans la salle de jeu. Après, elle restait toujours un moment avec les plus friands de lecture et souriait mystérieusement quand elle distribuait le livre de la semaine à chacun : *Fifi Brindacier* d'Astrid Lindgren pour Agneta, *Kulla-Gulla* pour Elsegerd et – avec un clin d'œil qui montrait qu'elle connaissait mes goûts – *Le Trésor de Sieur Arne* et *Le Cocher* de Selma Lagerlöf pour moi.

Mais il était difficile de trouver le calme nécessaire pour lire. Il y avait souvent un tel remue-ménage. Parents, frères et sœurs surgissaient à n'importe quelle heure de la journée. Des gens qui, encore quelques années auparavant, s'inclinaient devant la directrice et les infirmières ne leur témoignaient plus que du mépris si elles protestaient parce que les horaires de visite n'étaient pas respectés. Une mère n'avait-elle pas le droit de voir son enfant quand elle le voulait ? Personne dans cet endroit n'avait-il donc les connaissances les plus élémentaires concernant les besoins et le développement des enfants ?

La lumière inondait nos chambres.

Personne ne s'imaginait que les ombres sont tapies aux endroits où la lumière est la plus éclatante.

Un souffle. Les choses ont commencé ainsi.

Les trois autres filles avaient déjà basculé si profondément dans le sommeil qu'on n'entendait plus leur respiration. J'étais éveillée, seule, à regarder dans le noir. C'était la meilleure heure, la seule entièrement à moi. A présent, mes pensées pouvaient voler librement, sans ricocher sur le bavardage des filles et les gestes routiniers des infirmières.

Je pensais à Stefan. Il avait un an de plus que moi et occupait la chambre au-dessus. Son lit se trouvait même juste au-dessus du mien. Agneta me l'avait assuré. Contrairement à moi, elle était allée à l'étage au-dessus. Si je n'avais jamais vu la chambre ni le couloir de Stefan, lui, je le voyais tous les jours quand on nous emmenait en sortie dans le parc. Blond, il avait le teint olivâtre et doré – on eût dit qu'il avait été trempé dans de l'or. Malgré sa longue frange un peu rebelle, on apercevait l'hirondelle finement dessinée sur son front : ses sourcils.

Stefan écrivait des poèmes. Tout le monde le savait, comme tout le monde savait qu'un jour son désespoir brûlant avait débordé. En hurlant, il avait balayé l'établi de l'atelier de reliure avec une béquille, et fait tomber pêle-mêle par terre les feuilles, la colle et les bobines de fil. Le professeur et les élèves les plus mobiles s'étaient enfuis, et une fois qu'ils avaient disparu, Stefan avait bloqué la poignée avec la canne d'un autre élève. Sa barricade avait tenu plus d'une heure, et même lorsque Redelius s'était posté devant la porte en le menaçant des punitions obsolètes, camisole de force et courroies de cuir, Stefan avait refusé d'enlever la canne. Le concierge avait dû entrer par la fenêtre et éloigner de force son fauteuil roulant de la porte. Alors, cessant de hurler, Stefan avait enfoui son visage au creux de ses mains.

Toutes les filles de l'hospice étaient amoureuses de lui. Sans exception. Je n'étais pas bête au point de croire qu'il me parlerait un jour, mais j'étais contente qu'il existe pour meubler mes pensées. Parfois, je m'offrais un petit rêve : on installait deux fauteuils roulants côte à côte sous le grand chêne, et Stefan lisait son dernier poème, qui m'était destiné, pendant que sa main prenait la mienne et que le vent chantait dans le feuillage au-dessus...

C'était en rêvant ainsi que je l'entendis la première fois. Le souffle inconnu.

Je n'avais pas entendu la porte s'ouvrir ni se fermer, aucun pas sur le lino, même pas le bruit vague et chuchotant qui se produit quand le tissu d'une manche de chemise frotte sur la chemise. Il n'y avait que cela : un souffle profond. Presque comme un soupir.

Malgré l'obscurité de la chambre, on distinguait les ombres et les contours. Pourtant, il me fallut un moment avant d'apercevoir l'ombre nouvelle près de la porte. Bien qu'elle fût immobile, aucun doute n'était possible : c'était le contour d'un être vivant. Un être vivant aux aguets.

L'ombre apparemment sentit mon regard. Au moment où je perçus sa présence, elle sut que j'étais réveillée. Mais elle ne recula ni ne s'enfonça dans l'obscurité, elle avança d'un pas en avant et sa respiration, lourde, haletante, résonna.

Je n'étais plus la seule à être réveillée. J'entendis les draps d'Elsegerd froufrouter et un petit bruit étouffé dans le lit d'Agneta. Seule Maria la Tigresse dormait toujours, toutefois pas aussi profondément. Elle bougeait dans son sommeil, et, à sa respiration, on devinait qu'elle était en train de se réveiller.

L'ombre voulait que nous le soyons. Dans un bruit assourdi de pas, elle glissa d'un lit à un autre comme si elle voulait s'assurer que nous étions toutes prêtes à voir et à entendre ce qui allait se passer pour la première fois et qui ensuite se passerait chaque nuit pendant de nombreux mois. D'abord, elle s'arrêta au pied du lit d'Elsegerd, puis de celui d'Agneta et ensuite du mien. Elle mit la main sur les barreaux du pied du lit et, avec une douce secousse, transmit un tremblement dans tout le lit. C'était une menace, un avertissement. Je n'osai pas bouger, mais je regardai ; je plissai les yeux dans l'espoir de discerner quelque chose. En vain : il n'y avait pas de visage. Ce qui se dressait devant moi n'était qu'une ombre.

Me tournant le dos, elle se dirigea vers Maria la Tigresse, s'arrêta au bord du lit et leva une main comme pour une bénédiction.

— Oh ! Maria ! chuchota une voix dans le noir. Mon ange, ma petite fleur de tigre ! Ma putain ! Ma petite foufoune gluante !

Après, quand la porte eut été refermée et que les pas traînants eurent disparu du couloir, nous restâmes muettes pendant une éternité en scrutant l'obscurité. On n'entendait qu'un seul bruit, un faible gémissement qui montait du lit d'Agneta. Il se transforma peu à peu en un son acéré et grinçant, qui perça mes tympans et se planta comme une aiguille dans ma tête. Finalement, ce fut insupportable. Je tentai de me boucher les oreilles, mais mes spasmes rendaient mes mains incontrôlables, et le son perçait quand même. Soudain, j'entendis que j'avais rejoint le chœur, que de ma propre gorge montait le même bruit strident que de celle d'Agneta.

Finalement, ce fut Elsegerd qui osa commettre un geste inouï, le plus interdit de tous. Elle alluma la lumière, chercha sa béquille et sortit du lit. C'était une infraction sévèrement punie. La nuit, aucune personne extérieure à l'hospice ne se trouvait dans le bâtiment, et les règles en vigueur étaient toujours celles de l'ancien régime.

Je la revois encore, chancelante sur sa béquille et écartant ses cheveux blond cendré de son front. Elsegerd était soudain ravissante : visage blanc, yeux noirs et profonds. Sans un mot, elle claudiqua jusqu'au lit de Maria la Tigresse et saisit le drap de dessus froissé pour le secouer, le retourna ensuite et l'étendit sur le corps immobile de Maria la Tigresse pour la border.

Je tendis le cou et regardai Maria. Un sourire figé aux lèvres, elle gisait, raide comme une poupée.

Des années plus tard – j'avais quitté le centre d'hébergement et habitais mon appartement équipé depuis plusieurs années –, une femme inconnue se présenta un jour à ma porte. Son manteau était couleur cannelle et je me rappelle avoir été surprise par cette couleur. Je n'aurais jamais imaginé que le marron puisse être aussi éclatant. Mais ce manteau brillait tant que je n'arrivais pas à voir qui était dedans.

— Salut, Désirée, dit-elle. Tu ne me reconnais pas ?

Je l'interrogeai du regard. Elsegerd ?

— Tu te souviens tout de même de moi ? dit-elle en faisant quelques pas dans mon salon. Elle boitait toujours, mais n'avait besoin que d'une petite canne.

— Nous partagions une chambre à l'hospice des Invalides.

J'étais stupéfaite. Jamais l'idée ne m'avait effleurée qu'un jour je reverrais Elsegerd ou Agneta. Quand nous nous sommes séparées, c'était pour toujours, parce que des gens comme nous n'étaient pas autorisés à prendre leurs propres décisions. Je perdis d'abord de vue Agneta, puis il y eut le décès de Maria la Tigresse. Elsegerd ne put pas assister à l'enterrement. Malgré son jeune âge, elle avait été admise dans une vraie *folkhögskola*, pour suivre une formation pour adultes. Les derniers jours, elle passait du rire aux pleurs ; un instant elle jubilait à l'idée de sa future liberté, pour, l'instant d'après, s'effondrer de chagrin à la mort de Maria la Tigresse.

Et voilà que je la retrouvais dans mon salon, dans le fauteuil clair que je venais d'acheter pour avoir un siège à offrir à mes invités. Depuis cinq ans que je vivais dans mon appartement, le possessif me remplissait de joie. *Mon* appartement. *Mon* fauteuil. *Mon* invitée.

— Oh ! dit Elsegerd qui regarda autour d'elle en déboutonnant son manteau. Comme c'est joli chez toi ! Si clair et lumineux !

C'était une journée d'hiver éblouissante, un de ces jours où des grains de poussière lumineux dansaient dans les rayons de soleil. Par un temps pareil, je me félicitais encore plus des tonalités de mes rideaux fleuris. A cette époque-là, j'en raffolais au point de me demander si je n'étais pas en train de devenir fétichiste de rideaux. Non que le reste de la pièce eût quoi que ce soit à envier aux rideaux : table en bouleau clair, canapé rouge, rayonnages remplis de livres. Sans oublier la lirette, ce tapis fait main que j'avais acheté pour trois fois rien grâce aux relations de Hubertsson avec le Centre d'Artisanat.

J'étais tellement occupée à me rengorger de mon joli salon que je ne compris que lorsque Elsegerd eut enlevé son manteau. A la vue du col blanc sur un plastron noir, je dus reprendre ma respiration. A cette époque, je pouvais encore saisir mon embout avec la main, je le mis vivement dans la bouche et soufflai :

Tu es pasteur ?

Elsegerd baissa les yeux et lissa sa jupe avec la main en un geste de petite fille.

— Mmm. J'ai été consacrée l'année dernière. C'est pour cela que je suis ici à Vadstena. Conférence œcuménique, tu sais. Mais je sèche aujourd'hui. Pour toi.

Je tendis ma main de mon mieux pour frôler la sienne.

Je suis contente que tu sois venue.

Elle jeta un rapide coup d'œil sur mon écran et sourit.

— Moi aussi. J'ai pensé que nous pourrions fêter ton anniversaire, un peu en retard c'est vrai. J'ai acheté des mille-feuilles.

Je ris et soufflai :

Alors, tu t'en souviens que j'en avais envie tous les ans pour mon anniversaire ?

— Mmm. La mère d'Agneta était vraiment gentille d'organiser des goûters d'anniversaire quatre fois par an.

Tu te rappelles quand Maria la Tigresse voulait une couronne de princesse ?

Les yeux d'Elsegerd s'embuèrent et elle les détourna.

— Tu veux que je fasse le café ? proposa-t-elle. Ou tu y arrives toute seule ?

Je mis en marche le moteur de mon fauteuil roulant et disparus dans la cuisine.

Elsegerd ne fut capable de parler de Maria la Tigresse que plus tard, à l'heure du crépuscule.

— Je pense à elle tous les jours, dit-elle en tripotant sa jupe. Que c'était de ma faute.

Je laissai mon écran vierge.

— Je veux dire – pour toi, c'était impossible de raconter quoi que ce soit. Et Agneta était trop fragile, on ne pouvait pas le lui demander. Mais j'aurais dû faire plus que ce que j'ai fait. J'étais la plus âgée et la plus valide, j'aurais dû comprendre qu'elle allait mourir.

Je laissai quelques mots de consolation balayer l'écran :

Mais tu as essayé. Je sais que tu en as parlé à la directrice même si tu ne nous l'as jamais dit.

Elsegerd fit une grimace.

— Elle m'a accusée d'avoir une imagination obscène. Tu te rends compte ! Elle voyait pourtant bien que Maria la Tigresse ne parlait plus, ne mangeait plus et se baladait constamment avec ce sourire creux. Et avec ça, elle osait affirmer que j'avais une imagination obscène !

Je soupirai tellement fort que mes mots se retrouvèrent tout en bas de l'écran :

C'est toujours pareil. Encore aujourd'hui. Ce n'est pas des gens comme nous qui décidons de ce qui est réel.

Elsegerd sanglota :

— Mais j'aurais dû faire comme Stefan, tu sais. J'aurais dû bloquer la porte pour que cet homme ne puisse pas entrer. Et j'aurais dû crier pour que l'infirmière de nuit soit obligée de venir.

Ça n'aurait servi à rien. Elle était avec les petits la plupart du temps. Et même si elle nous avait entendues, elle était trop loin. Il aurait eu le temps de s'échapper et personne ne nous aurait crues.

Elsegerd se pencha en avant et saisit ma main.

— Mais toi tu sais, n'est-ce pas ? Tu te souviens de lui et de ce qu'il faisait ? Même si on n'a jamais osé en parler entre nous ? Même si on a fini par se murer dans le silence ?

Je m'en souviens.

Elsegerd respira enfin. Au crépuscule, son visage avait pris un éclat blanc argenté.

— Merci.

Je retirai ma main.

Il n'y a pas de quoi me remercier.

Elsegerd n'ajouta rien et, après un moment, j'effaçai mes paroles de l'écran. Je savais bien qu'il y avait de quoi.

Puis nous restâmes longtemps en silence à penser à Maria la Tigresse.

Il est en route. Je l'entends monter l'escalier en marmonnant tout seul. Mais je ne veux pas qu'il vienne. Pas encore. Pas avant que j'aie fait l'inventaire de mes facultés.

Et pourtant, quand je l'entends pousser la porte et entrer dans ma chambre en traînant la patte, la fatigue cède, elle se retire comme la marée basse pour laisser la plage dégagée. J'ouvre les yeux.

— C'est quoi, ce foutu endroit où on t'a mise? Le royaume du ciel?

Hubertsson se tient au milieu de la pièce et passe la main sur son crâne pour se dégager des habits blancs d'ange faits à partir d'un torchon.

Je remue les lèvres pour montrer que je veux parler. Hubertsson s'approche du lit et avance mon ordinateur, glisse ensuite l'embout entre mes lèvres en disant :

— Et comment ça se fait que tu es réveillée? Tu as eu quatre suppos de Stesolid, tu devrais être au moins K.O. pour vingt-quatre heures.

C'est lourd de souffler une réponse :

Tu n'as pas l'air très en forme toi-même. Comment tu vas?

— Bof! j'ai eu une petite hypoglycémie. Mais il n'y a pas de problème. Je vais aller prendre un solide déjeuner, ensuite je rentre me reposer.

Fais attention à toi, j'ai envie de dire. Prends garde. Ne bois pas de vin au déjeuner et vérifie ton taux de glucose toutes les heures! Mais je ne le dis pas, je me souviens du premier commandement : Pas de familiarités. C'est pourquoi je ne souffle qu'un bref coup :

Bien.

— Je voulais seulement vérifier comment tu allais. Après le Stesolid.

Christina est venue ici.

Hubertsson jette un regard sur l'écran et dit :

— Oui, je sais. Elle me l'a dit. Mais elle pensait sûrement que tu dormais.

Je ne dis pas que c'est sa pensée qui m'a réveillée. *Pauvre petite créature...* Elle le paiera. Tôt ou tard.

Je somnolais.

Hubertsson s'éclaircit la gorge et détourne le regard :

— Parfois, il y a de ces hasards... Elle a trouvé un goéland mort hier. Dans son jardin.

Je ne réponds rien et je l'observe. Il n'ose croiser mon regard, il préfère saisir mon poignet, regarder sa montre et compter les pulsations de mon cœur. C'est inhabituel, en général il laisse aux infirmières le soin de me prendre le pouls. La prise est légère comme le contact d'un papillon, le bout de ses doigts est chaud.

— Hum, constate-t-il en me lâchant. Tu es fatiguée, n'est-ce pas ?

Souffle bref.

Oui.

— Kerstin Un va m'entendre. Elle n'y a pas été avec le dos de la cuillère. Quatre suppos de Stesolid, non mais !

Je ne réponds pas. N'en ai pas la force. Les masses d'eau de la marée haute sont à nouveau en route pour la plage. Hubertsson jette un regard autour de lui, cherche un endroit où s'asseoir. Mais dans cette chambre, il ne peut pas s'asseoir dans la niche de la fenêtre, mon lit lui en barre le chemin. C'est pourquoi il reste debout, un peu hésitant, à côté du lit, et laisse son regard flotter parmi les milliers d'anges sur les murs. Mes yeux suivent les siens et, bien que je sois à nouveau en train d'être submergée de fatigue, je me rends compte que je n'ai pas vu grand-chose la dernière fois que j'ai ouvert les yeux. Les anges de Maria se bousculent et se poussent en plusieurs épaisseurs sur les murs, des chérubins curieux regardent par-dessus les épaules des séraphins, d'immenses ailes d'hommes blanches heurtent doucement des ailes de femmes arrondies, pendant que de petits *putti* instables volent partout et essaient d'avoir un peu d'air sous leurs petites excroissances argentées.

— C'est vraiment de la folie, dit Hubertsson.

Il a raison. C'est de la folie. Et l'instant d'après, je suis pourtant pleine de reconnaissance pour l'esprit dérangé de Maria. Car si les murs n'avaient pas été couverts de ses anges marque-page, Hubertsson n'aurait pas été subjugué. Et s'il n'avait pas été subjugué, il n'aurait jamais soulevé ma main pour s'asseoir sur le bord de mon lit. Et s'il n'avait pas continué à être subjugué, il ne serait pas assis comme il est assis en ce moment, en tenant toujours ma main dans la sienne.

Un œuf dans son nid. Une perle dans sa coquille.

Ma main dans la sienne. C'est là, sa place, pour toujours.

De nos jours, il n'y a plus que les ignorants pour comparer, à l'instar de saint Augustin, le temps à un fleuve. Nous autres savons que c'est plutôt un delta : il se ramifie à la recherche de nouveaux chemins, se rejoint avant de trouver une myriade de nouvelles trajectoires. Il est des moments qui s'emballent comme des cascades, d'autres qui forment des petites flaques d'éternité tandis que l'eau du temps ruisselle.

C'est l'un de ces moments. Une flaque. Je m'y laisse couler avec l'espoir d'y demeurer à tout jamais.

Il n'a jamais tenu ma main auparavant.

Si. Peut-être une fois. Mais je ne sais pas si c'est du domaine de la réalité, du souvenir ou du rêve.

Au cas où ce serait du domaine de la réalité, cela remonte à très longtemps, bien avant la rénovation de la maison de santé, bien avant mon installation au centre d'hébergement. Peut-être était-ce le jour où il m'avait révélé le nom. Je ne sais pas. Impossible de me souvenir.

En revanche, je me rappelle qu'il me porta dans un couloir jaune sale. Les lampes au plafond défilaient, comme de pâles étoiles qui auraient renoncé à triompher de l'obscurité. Lovée dans les bras de Hubertsson, je jouais avec elles comme je jouais avec la lumière quand j'étais petite. Les yeux clos, je laissais la lumière prendre une teinte rouge sombre, cillant à une telle vitesse que le monde entier resplendissait, fermant les yeux si fort que seul le souvenir de la lumière s'irisait de vert derrière mes paupières.

A l'époque, Hubertsson était encore en bonne santé. Et fort. Dans ses bras, j'étais un poids plume. Il marchait d'un pas rapide et souple. Oui, il montait pratiquement au pas de course l'étroit escalier séparant les deux services. On ne croisa qu'une personne en route, une aide-soignante solitaire qui lui adressa un petit sourire craintif. Il répondit d'un hochement de tête rapide, sans ralentir son allure ni chercher à expliquer pourquoi il portait une malade d'un service à l'autre. Après coup, la physionomie de la femme me donna envie d'éclater d'un rire triomphal. Avec ses acolytes, elles avaient dû se creuser la cervelle – ça avait dû jaser le reste de la journée! Sur le moment, toutefois, je l'avais vue sans la voir.

Après ce qui me parut une éternité, Hubertsson s'arrêta devant une porte.

— Elle entend, j'en suis sûr, affirma-t-il. Et je crois qu'elle voit. Alors essaie de ne pas faire de bruit. Sois silencieuse.

Une peur subite m'envahit. Ma main gauche attrapa le revers de sa blouse blanche, le tirailla, tandis que ma tête partait malgré moi sur les côtés dans des spasmes de plus en plus violents. Au vrai, je n'avais aucune envie de la voir! Qu'est-ce que ça changerait? Elle m'avait jetée comme on jette un verre brisé, elle m'avait livrée à Redelius et l'hospice des Invalides, qui à leur tour m'avaient livrée aux chercheurs en neurologie. Rien de tout cela ne pouvait s'effacer, le temps n'offre pas d'issues de secours où nous glisser pour changer ce qui a eu lieu.

J'essayai d'expliquer tout cela à Hubertsson, mais il n'arriva pas à interpréter mes grognements, j'étais trop agitée.

— Chuuuut! dit-il en poussant la porte avec le coude.

Je reconnus la chambre : ça aurait pu être la mienne. Lumière grise du matin sur les murs vert pâle. Rideaux orange en tissu synthétique, vestige d'un style passé de mode depuis peu. Un fauteuil en Skaï usé au siège fissuré. Petite table de chevet. Fournie par le Conseil Général et apparemment la seule chose immuable sur cette planète. Draps à rayures. Couverture en nid-d'abeilles jaune.

Je cillai. Non. Tout compte fait, il y avait beaucoup de choses dans cette chambre qui ne se trouvaient pas dans la mienne. Un bougeoir massif trônait sur la table et, devant la fenêtre, un alignement de photographies : une prise d'avion d'une maison à un étage entourée d'un jardin croulant sous la verdure du mois de juin, deux jeunes filles le jour de leur bac dans un cadre d'or – l'une sérieuse, l'autre souriante –, un agrandissement colorié de ce qui était manifestement une photo en noir et blanc du début des années soixante. Trois petites filles étaient perchées dans un cerisier. Si l'on avait ombré leurs visages de rose pâle, leurs robes de rose, de jaune et de vert, le feuillage autour d'elles était aussi gris et terne que sur la photo originale.

Hubertsson fit encore quelques pas dans la pièce, je fermai les yeux et tournai mon visage vers sa poitrine. Son haleine était chaude contre ma joue quand il chuchota :

— Ne crains rien. Elle dort.

En premier lieu, je remarquai ses mains. A la peau flasque. Et si pâle qu'elle virait au bleu. Limés, ovales, parfaits, les ongles brillaient à force d'avoir été polis. On s'était même donné la peine de repousser les cuticules pour faire apparaître les lunules blanches. J'en fus étonnée : dans mon expérience, on les coupait sommairement à l'Assistance Publique. Elle recevait donc un traitement de faveur.

La curiosité l'emporta sur la peur et je levai les yeux vers son visage. Aussi pâle que les mains, il était étrangement lisse tandis qu'un réseau de quelques vaisseaux éclatés se dessinait sur ses joues. Elle avait les cheveux d'ange d'une vieille femme : fins, blancs et bouclés.

— Hémorragie cérébrale, chuchota Hubertsson. Elle est restée hémiplégique, ça fait quatorze ans qu'elle est ici. Maintenant, elle a une pneumonie.

Elle avait la bouche ouverte, comme tous ceux qui vont bientôt mourir. Malgré cela, je n'entendais pas sa respiration. Tout était immobile dans la pièce : seule sa cage thoracique se soulevait lentement pour retomber ensuite tout aussi lentement.

Plus tard, quand je retrouvai mon lit, Hubertsson emprisonna ma main dans la sienne. Alors seulement, j'osai demander ce que je n'avais jamais osé demander auparavant, ce que je n'avais même pas osé penser. Les mots s'échappèrent de ma bouche, et je formulai d'une voix parfaitement distincte :

— Pourquoi m'a-t-elle abandonnée ?

Hubertsson ne répondit pas.

Néanmoins, cela ne lui aurait pas ressemblé de laisser cette question sans réponse. Le lendemain, il était prêt à me répondre, bien qu'entre-temps j'aie changé d'avis et prétende ne rien vouloir savoir. Le rabrouant en disant que c'était du harcèlement, j'essayai – fût-ce pour un piètre résultat – de me boucher les oreilles.

Il commença son laïus en évoquant l'époque où Ellen m'avait mise au monde.

— Pourquoi t'a-t-elle abandonnée ? C'est ça ta question ? Eh bien, parce que c'est ce qu'on faisait dans les années cinquante. On ne tolérait pas les aberrations, surtout les médecins. Quand j'étais interne à Göteborg, c'était encore une évidence pour un tas de vieux schnocks qu'un corps difforme abritait une âme perverse. Dans mon service, il y avait un médecin-chef qui conseillait systématiquement aux parents d'abandonner et d'oublier un enfant difforme. Il suffisait parfois d'un pied bot...

Il se tut en plissant le front :

— En fait, je ne comprends pas comment il raisonnait, s'il croyait les enfants avec un pied bot vraiment débiles ou si ceux-ci gênaient tout bonnement sa vision du monde. C'était un grand adepte de l'ordre et du conformisme, je pense que cela le dérangeait surtout qu'une foule d'éclopés et d'infirmes peuplent les rues. Mieux valait les cacher dans des institutions. En général, ils faisaient long feu...

Comme il se tournait vers moi, j'en profitai pour lui

tirer la langue. Avec ce sens de l'observation qui est tout à son honneur, il comprit parfaitement que je le faisais exprès, en dépit de la violence de mes spasmes.

— Libre à toi de faire toutes les grimaces que tu veux, dit-il. Mais si tu refuses de saisir la réalité de cette époque, tu ne comprendras pas Ellen. Et ne va pas t'imaginer savoir comment c'était, tu étais trop petite pour voir à quel point on s'aplatissait avec force courbettes et révérences devant les sommités du haut de l'échelle, tandis que ceux situés plus bas que nous n'avaient droit qu'à des coups de pied, des crachats et du mépris. C'était pire à l'Assistance Publique, pire que dans l'armée, me semble-t-il.

Il se retourna pour s'asseoir au pied de mon lit, tira une feuille du paquet de dossiers qu'il y avait jeté, la tapota du bout des doigts et énonça d'une voix forte :

— Ton juge s'appelait Zimmerman et c'était un neurologue. Il t'a auscultée alors que tu avais trois semaines et a immédiatement tout compris. C'est écrit sur cette feuille, noir sur blanc. Pour le citer : tu es si gravement atteinte que tu ne pourras jamais apprendre quoi que ce soit. Tu ne sauras jamais des choses aussi élémentaires que mâcher et fixer le regard. Et, cela coule de source, tu n'auras jamais de vie affective.

Il lâcha la page qui vola sur le lit tandis qu'il se raclait la gorge.

— Je n'en ai pas parlé à Ellen. Elle ne sait même pas que je connais ton existence. A présent, c'est trop tard, elle est trop malade. Pour autant que je sache, durant toutes ces années, elle n'a jamais fait allusion à toi. Certes, les gens savaient que Hugo et elle avaient eu un enfant, mais j'ignore ce qu'elle racontait, si elle prétendait que tu étais morte ou quoi... On ne parlait pas tellement de ces choses-là autrefois, on considérait qu'il valait mieux oublier et passer à autre chose.

Il baissa la voix :

— Il faut se rappeler que Hugo avait un cancer et qu'il est mort trois mois après ta naissance. Elle est restée auprès de lui tout ce temps ; dans son dossier, il est noté qu'elle s'est levée dès le deuxième jour et s'est échappée. C'était courageux. A l'époque, les femmes qui venaient d'accoucher devaient rester au lit pendant au moins une semaine, on ne savait pas que c'était l'embolie assurée. Toi, on t'a envoyée à Stockholm à cause de l'épilepsie et des lésions cérébrales. Ton état nécessitait des soins, aucun doute là-dessus. Tu as passé tes deux premières années à l'hôpital pour enfants, tu sais ça?

Il me jeta un regard sans vraiment me voir. Ça revenait au même. De toute façon, je n'avais pas l'intention de révéler que c'était une nouvelle pièce du puzzle qu'il m'obligeait de compléter.

— Reste à savoir si elle t'a seulement vue. Peut-être à travers une vitre. Mais j'en doute, ils avaient le don, bordel, pour séparer les bébés des parents... Surtout s'il y avait quelque chose qui clochait.

Il se tourna à nouveau vers la fenêtre et fixa le ciel gris.

— Si tu te demandes pourquoi elle n'est jamais venue te voir, la réponse se trouve dans les lettres que Zimmerman lui écrivait. Il y a des copies dans tes dossiers. Tu veux les voir?

Ma réponse fusa :

— Non!

Il s'affaissa un peu :

— Bon. Ça se comprend. Ce n'est pas très édifiant. Des variantes sur le même thème : cette enfant ne vaut pas la peine. N'arrivera pas à apprendre quoi que ce soit. Ni à marcher. Ni à parler. Ni à comprendre.

Le souvenir de Redelius passa dans mon esprit. Chimpanzé. *Hey hey, we're The Monkeys...*

Hubertsson avait l'air rêveur. Ses mains, qui tout à l'heure gesticulaient, pendaient le long de son corps. Il resta immobile un moment, avant de cligner des yeux et de poursuivre :

— Bon. Quoi qu'il en soit... Les lettres d'Ellen ne se trouvent pas dans le dossier, mais elle écrivait apparemment assez souvent à Zimmerman. Il est exclu, répondait-il, que tu puisses être soignée à domicile. Il déconseillait toute visite. Selon lui, ce serait trop dévastateur pour elle et totalement absurde en ce qui te concernait. Tu avais tout ce qu'on pouvait demander, tu étais nourrie toutes les quatre heures et on changeait régulièrement tes couches.

Elle avait pourtant une responsabilité, voulus-je dire. Personne n'aurait pu l'empêcher de venir. Elle aurait dû comprendre qu'elle avait un devoir à remplir, elle aurait dû être capable de se rappeler que j'étais son enfant, qu'il y avait un être humain derrière toutes mes lésions. N'ayant toutefois plus la force de parler, je fermai les yeux – ma façon de demander à Hubertsson de se taire. Il s'y refusa et continua de parler tout en tambourinant le marbre du rebord de la fenêtre.

— Oui, on s'occupait bien de toi, d'après Zimmerman. Ellen et *son époux* feraient mieux d'aller de l'avant et de concevoir un nouvel enfant.

Il rit :

— Ce con avait oublié qu'elle était veuve !

Il se tut un moment et son attitude signala que ce serait bientôt l'heure pour lui de partir.

— Oui, finit-il par dire. C'est sûrement ce qui explique que Margareta ait été placée chez elle en nourrice.

Ma fatigue est tellement profonde que je ne sais même pas si ma main repose toujours dans celle de Hubertsson. Peu importe. Elle y a été.

Mais je me trouve toujours dans une flaque d'eau. Verte et translucide. Comme du verre. J'ai la faculté de voir loin. Jusqu'à ma sœur Margareta.

Calée dans la vieille voiture de Claes, elle sourit en écoutant la voix de son ami dans l'autoradio. Jamais Margareta n'est aussi heureuse que quand elle va d'un endroit à un autre et qu'elle roule assez vite pour se persuader que personne ne peut la rattraper. Et en ce moment, elle l'est particulièrement. D'abord, parce qu'elle s'éloigne de Christina – cette givrée ! –, ensuite parce qu'elle va à Norrköping où se trouve Birgitta. Elle vient de comprendre le dessous de l'histoire. Et elle est en route pour sa B.A. de la journée. C'est une véritable scoute, ma petite sœur.

A mille lieues de toute idée de bonne action, Birgitta, elle, longe la Promenade Nord à Norrköping, les pieds flottant dans ses escarpins trop grands, en tentant de trouver le moyen de regagner Motala. Si le car est exclu, le train pourrait être une solution. Ce ne serait pas la première fois qu'elle se cacherait dans les toilettes d'un train, et, autrefois, c'était pour des trajets autrement plus longs. Mais d'abord, elle a envie d'une clope et elle n'a qu'une couronne cinquante dans sa poche. Comment se procurer des cigarettes sans fric, hein? Quelqu'un a-t-il une réponse à ça?

Je me noie!

L'eau remplit mon gosier et ma gorge, l'eau coule de ma bouche ouverte sur le cou et la poitrine. Je tousse, mais je n'ouvre pas les yeux. Toutes mes forces sont concentrées sur cette seule chose. Tousser, trouver de l'air. Aidez-moi, je me noie!

On me relève la tête d'un geste si brusque qu'elle tombe en avant.

— Oh! mon Dieu! murmure quelqu'un. Je voulais seulement lui donner un peu à boire, je ne savais pas...

— Ce n'est pas ta faute, dit Kerstin Un. Donne-moi un coup de main maintenant, penche-la plus en avant!

Ma tête pendouille, je n'essaie même pas de la guider. Car maintenant, je sais ce que j'ai perdu, ce que la dernière crise m'a coûté.

Je ne peux pas avaler. Je ne vais plus jamais pouvoir avaler.

La Princesse de cerise

« Pose ta main dans la mienne si tu as envie.
Je ne suis pas de ceux qui restent
pour de l'amour sucer la moelle et le cri.
Je suis de ceux qui viennent et qui partent.

Un air populaire séduisant
m'a tôt fait quitter famille et patrie.
Je suis seulement un passant.
Pose ta main dans la mienne si tu as envie. »

Hjalmar Gullberg

Margareta écrase sa cigarette à l'instant où la porte du bureau se referme derrière Christina, se balance sur la vieille chaise en bois et s'étire. Il vaut sans doute mieux débarrasser tout de suite la table. Pour que Sa Grâce ne tombe pas raide morte d'effarement au cas où elle rentrerait en avance et trouverait la vaisselle sale du petit déjeuner encore sur la table.

Margareta s'est toujours étonnée de voir Christina ignorer que le ménage ne jouit pas d'une cote très élevée chez les bourgeois cultivés, elle qui a pourtant si méthodiquement assimilé les autres rites et signaux. Prendre soin de son corps et de ses vêtements, c'est autre chose. Un corps récuré, des vêtements propres et une habitation crasseuse, voilà le mot d'ordre. En revanche, nettoyer dans les coins équivaut à un esprit borné de petit-bourgeois. Seul celui qui a quelque chose à cacher a besoin d'avoir une maison impeccable.

Sur ce point, elle a vraiment su mieux se débrouiller que Christina pour adopter les mœurs de la classe sociale dont elles font toutes deux partie désormais. Son appartement à Kiruna se trouve dans un état de chaos constant. Cela n'a aucune importance, étant donné que ceux qui passent éventuellement la voir sont des physiciens comme elle-même qui rigolent quand elle leur sert sa phrase standard d'excuse :

— L'entropie s'accentue. Surtout chez moi.

Pourtant, elle ne verrait pas d'inconvénient à vivre comme Christina. C'est agréable, la lumière du matin qui filtre à travers des vitres à la transparence de cristal, un plancher de cuisine aux lames frottées et nettoyées jusqu'à en devenir blanches et une lirette si propre que chaque nuance de la trame est visible. Mais quel boulot ! Sans compter que Christina doit sa situation privilégiée à Erik – en particulier l'argent dont il a hérité. Margareta a toujours préféré garder ses hommes un peu à distance, si bien garnies que soient leurs tirelires. La plupart se considèrent comme le personnage principal non seulement de leur propre vie mais aussi de celle de leurs femmes, et Margareta n'a aucune envie de jouer les seconds rôles dans sa propre histoire.

Quoi qu'il en soit, elle va faire un petit tour d'exploration. Hier soir, elle a remarqué dans le salon un meuble qui l'intrigue. Il a l'air d'un petit autel avec une nappe blanche, des bougeoirs en étain et une vieille photo d'Ellen jeune aux joues rebondies. Nul doute que ce petit bahut recèle des secrets. Des secrets intéressants.

Après avoir fait la vaisselle, Margareta essuie ses mains humides sur son jean et ouvre l'un des battants de la porte du salon. Il grince un peu. Le soleil a beau entrer à flots dans la cuisine, la lumière grise de l'aube règne toujours ici. Debout sur le seuil, Margareta contemple la pièce avant de secouer lentement la tête devant ce qui lui a échappé la veille. Christina a fait de son salon un sanctuaire dédié à sainte Ellen. Pour qui sait interpréter les signes, il y a des reliques partout : un petit napperon bordé de dentelle, le compotier sobre en pâte de verre qui se trouvait sur la table dans le séjour d'Ellen, les livres couleur rouille des années quarante contenant les œuvres complètes de Martin Andersen Nexøs. Sans compter l'icône dans son cadre argenté sur l'autel. Sa photographie.

Mais Ellen n'a pas besoin d'un temple. Ce n'était pas une sainte, seulement une femme particulièrement douée pour la maternité. N'empêche qu'elle savait rabrouer les filles d'un ton à faire tourner le lait ou s'évanouir les mouches de la fenêtre. Et pingre avec ça ! Cahiers de dessins et crayons de couleur étaient des faveurs qu'elle distribuait pour Noël et les anniversaires. Le reste de l'année, il n'y avait qu'à dessiner au crayon sur de vieux sacs en papier et du papier d'emballage. Mais passe encore. Le pire, c'était sa jalousie. La lueur verte qui s'allumait parfois dans ses yeux. Le seul objet de cette jalousie, c'était l'école.

La lueur de ses yeux se vit comme le nez au milieu de la figure quand Christina attendit la confirmation de son admission au collège, elle avait douze ans et on aurait dit qu'elle attendait sa condamnation à mort. Tous les matins, elle traînait, pâle et concentrée, derrière la porte quand tante Ellen sortait pour prendre le courrier. Et, au fil des jours, elle rapetissait et maigrissait. Comme si la longue attente la vidait de sa substance, comme si elle n'allait bientôt même plus pouvoir sortir du lit le matin si la réponse tardait trop.

La lettre arriva enfin. Tante Ellen avait ouvert l'enveloppe dans le jardin et la tenait à la main en franchissant la porte.

— Alors ? chuchota Christina.

L'air sérieux, tante Ellen fixa le mur au-dessus de sa tête.

— Je suis désolée. Tu n'as pas été acceptée.

Le visage de Christina vira couleur cendre, on aurait dit qu'elle allait s'évanouir. Reculant de quelques pas, elle se laissa tomber sur le tabouret sous l'étagère du téléphone.

— J'en étais sûre ! dit-elle.

Tante Ellen rit en agitant la lettre.

— C'est une blague, tu n'as pas compris ? Evidemment que tu es admise. Avec les notes que tu as...

Mais Christina resta assise sur le tabouret, incapable de se réjouir.

Si Margareta comprend aujourd'hui la jalousie qu'éveillaient en tante Ellen ceux qui pouvaient s'instruire, ce n'est pas pour autant qu'elle l'accepte. Même si

tante Ellen regrettait amèrement d'être née à une époque
où il était exclu que la bâtarde d'une ouvrière dans le textile puisse suivre les cours d'une école professionnelle et
encore moins aller au lycée, elle aurait dû se montrer suffisamment adulte pour souhaiter à ses filles ce qu'elle
n'avait pas eu.

Christina refuse de se rappeler cet épisode. Et
lorsqu'un jour Margareta le lui avait rappelé au téléphone,
sa voix était devenue tranchante et aiguë. Mensonge et
calomnie ! S'il y a bien quelqu'un qui souhaitait pour elles
ce qu'il y avait de mieux, c'était tante Ellen ! Sur quoi, elle
lui avait raccroché au nez et elle avait rompu les relations
diplomatiques. Margareta avait été obligée de ravaler sa
fierté pour faire les premiers pas et insister plusieurs mois
pour rentrer en grâce.

Margareta fait une grimace. Est-ce calomnier tante
Ellen que de se souvenir d'elle telle qu'elle était ? Est-ce
moins l'aimer ? Non. Tante Ellen était – avec tous ses
défauts – la meilleure mère que Margareta ait jamais eue.
Encore que la concurrence n'ait pas vraiment été écra-
sante...

L'autel de tante Ellen est en réalité une bonnetière
paysanne de 1815, la date figure devant. Margareta doit
tourner trois fois la clé pour déverrouiller la lourde porte
mais, quand elle s'ouvre, la déception est instantanée. Il
n'y a pas grand-chose à l'intérieur : quelques sacs en plastique soigneusement fermés avec du Scotch sur l'étagère
d'en haut, un sac en papier marron en bas. C'est tout.
Mais il faut quand même examiner le peu qu'il y a.

Installée en tailleur par terre, Margareta prend les
sacs en plastique dont elle connaît le contenu. Les
ouvrages de tante Ellen. Christina a dû faire une sélection
rigoureuse à la vente aux enchères, ce n'est même pas le
centième de ce que tante Ellen a fait, mais c'est exquis. De
crainte d'en abîmer le contenu, elle n'ose même pas ouvrir
le premier sac : c'est un travail libre aux fuseaux représentant des oiseaux, monté sur du velours bleu. Margareta
sourit. Tante Ellen avait eu du mal à dissimuler son
triomphe quand les femmes du Centre d'Artisanat avaient

parlé d'exposition et de musée à la vue de cet ouvrage. Bien sûr, c'est impressionnant : un véritable travail d'ingénieur, le résultat de nombreux mois de patients calculs. Elle se souvient aussi des napperons à points ajourés : il fallait deux mois pour en broder un seul. Mais voici quelque chose d'inconnu : un tablier à carreaux de petite fille avec une bordure d'oiseaux et un monogramme au point de croix. CM. Christina Martinsson. Bizarre. Elle n'arrive pas à se rappeler Christina avec ce tablier. Et ici – ça alors ! –, une petite chemise de bébé en batiste d'une extrême finesse. Elle a dû appartenir à Margareta, puisqu'elle est la seule à être arrivée bébé chez tante Ellen.

Très doucement, elle défait le Scotch et sort la chemise. Le devant n'est pas plus grand que sa main. Etait-elle vraiment si petite que ça à son arrivée ? Quelle taille peut bien avoir un bébé de quatre mois ?

Margareta lisse le sac en plastique par terre et pose doucement la petite chemise dessus. Elle est entièrement faite main, les coutures au point arrière, des petits points dissimulés pour les ourlets et des broderies blanches sur le col froncé. On ne consacre tant de travail qu'à des vêtements destinés à un enfant très désiré. Et voilà. Il y a donc eu quelqu'un pour souhaiter Margareta.

— Il y avait sans doute un ange qui savait que je me sentais seule et triste, disait en général tante Ellen du temps où Margareta était petite et la seule enfant de la maison. Aussi a-t-il fait basculer son nuage pour te laisser tomber, et tu es tombée jusque chez moi.

— Ça a percé le toit ? demandait Margareta.

— Pas du tout, répondait tante Ellen. Tu étais suffisamment avisée pour tomber dans le cerisier. Je t'ai trouvée un jour où je voulais cueillir des cerises.

— J'en avais mangé ?

— Des tonnes. Tu as toujours été vorace. Il y avait plein de noyaux sous l'arbre. Je n'ai pas pu faire de sirop cette année-là, il n'y avait pas assez de cerises. Mais ce n'était pas grave, puisque je t'ai eue à la place.

Margareta avait cinq ans ; pour petite qu'elle fût, elle

avait bien compris qu'il ne s'agissait que d'une jolie histoire. Pourtant, elle se blottissait dans les bras de tante
Ellen et riait de plaisir.

En tirant la langue parce qu'elle s'applique, Margareta replie la chemise de bébé dans les anciens plis de
repassage. Ça la touche que Christina l'ait gardée : dans sa
bonnetière, elle sera encore protégée pour de nombreuses
années et quand Christina ne sera plus là, une de ses filles
la reprendra sûrement. C'est la tradition dans cette
famille : on garde, on prend soin, on conserve pour les
générations d'après. Et lorsque l'amas de diverses particules connues et inconnues constituant actuellement
Margareta Johansson sera un jour dissous et absorbé par
des milliers d'autres masses de particules, la chemise sera
un témoignage de son existence. Elle aura une pierre tom-
bale en batiste.

Bah ! Serait-elle en train de devenir sentimentale ? Ce
n'est pas le moment, il faut qu'elle se concentre pour
remettre les sacs en plastique exactement dans le même
ordre qu'auparavant. Si Christina se rend compte que
Margareta a fouillé dans sa bonnetière, elle sera furieuse –
à sa manière glaciale et rancunière. Et ça, Margareta n'en
a aucune envie : l'arrogance ordinaire de Christina lui suffit amplement.

En souriant, Margareta tend la main pour attraper le
sac en papier en bas, mais, dès qu'elle le frôle, son sourire
s'éteint. Elle ouvre et regarde. Eh oui. La main avait raison. Il y a une casquette de bachelière dans ce sac. Celle
de Christina.

Non, vraiment, elle n'aurait jamais imaginé que
Christina veuille la conserver.

Voitures décorées de branches de bouleau. Pancartes rigolotes. Vacarme et clameurs.

Au milieu de la foule se pressant dans la cour du lycée, Margareta essaya d'apercevoir l'escalier et la porte d'où allaient sortir les bacheliers frais émoulus. En vain. Même sur la pointe des pieds, elle était trop petite. Peut-être qu'avec des chaussures à très hauts talons... De toute façon, on ne l'aurait jamais laissée quitter la maison avec de telles chaussures... Margot se tenait au courant de la mode pour les jeunes, et les talons aiguilles étaient définitivement démodés. C'était seulement les Doooris qui avaient des talons aiguilles. Tu ne veux tout de même pas être une Doooris, ma petite Maggan?

Non. Elle ne voulait pas être une Doooris. En général, elle aimait bien les vêtements que Margot lui achetait : des jupes courtes, des chaussures plates, des bottines blanches et des robes aux dessins géométriques. Et si elle ne les aimait pas, elle les portait quand même. Autant éviter de faire des histoires, l'expérience le lui avait appris.

Aujourd'hui, elle portait des bottes blanches et une mini-robe orange toute droite. Elle était diviiine! Vraiment ravissaaante! Les gars allaient tomber « comme des abeilles ». Margareta renifla. Ça l'agaçait énormément que Margot s'embrouille toujours dans ses comparaisons, affirmant par exemple que le soleil tombe à verse et que le plancher est glissant comme une peau de serpent.

Peu importait. Elle disposait de plusieurs heures de liberté ; Margot serait même déçue si elle rentrait trop tôt. Elle lui avait donné cinquante couronnes, rien que ça, pour acheter des fleurs – achète donc des fleurs pour tous tes copains qui passent le bac, ma petite Maggan ! Même pour le dernier de la classe ! – et Margot s'attendait à ce que cet investissement mène Margareta d'une fête à une autre jusqu'à minuit.

En réalité, Margareta avait décidé de ne fêter qu'une seule bachelière. Christina. C'était une sorte de pénitence : ça faisait déjà trop longtemps qu'elle avait mauvaise conscience vis-à-vis de sa sœur. Elles ne s'étaient pas vues une seule fois hors de l'école depuis qu'elles habitaient à Norrköping, elles s'étaient seulement arrêtées parfois dans les couloirs du lycée pour échanger rapidement des nouvelles de tante Ellen : un jour, Christina avait rencontré Hubertsson devant l'hôpital, et Margareta de son côté avait l'habitude de l'appeler en cachette une fois par mois. Voilà de quoi elles parlaient. Jamais d'elles-mêmes, ni de ce qui s'était passé pour Birgitta : c'était un accord tacite.

Christina n'avait pas l'air en bonne santé. D'ailleurs, pas un seul jour durant toute cette année, elle n'avait paru en bonne santé. Pâle comme un fantôme et avec des cernes noirs sous les yeux, elle passait toutes ses récréations à réviser dans un recoin de la cour. Margareta, elle, allait au carré des fumeurs, toujours pour s'amuser avec les garçons, bavarder, draguer. Parfois, elle jetait un rapide coup d'œil vers Christina, mais celle-ci ne regardait jamais de son côté. Comme si elle ne se rendait pas compte qu'il existait un monde en dehors des livres, comme si elle avait oublié qu'elle se trouvait dans une cour de récréation truffée d'aventures possibles. Au fond, n'avait-elle pas toujours vécu dans son monde, même chez tante Ellen ? Elle ne quittait jamais le jardin pour aller au terrain de jeu comme Birgitta et Margareta, elle ne voulait pas les suivre à Varamon pour se baigner en été, ni venir à la bibliothèque ou aux Jeunes Aigles avec Margareta en hiver, et elle n'avait jamais eu de meilleure copine comme en ont les filles d'habitude. Elle se contentait de rester là, une copie de tante Ellen en plus petit et plus pâle, en se consacrant à ses dentelles et à ses broderies. Tante Ellen avait dû être excédée à la fin de l'avoir ainsi toujours fourrée dans ses jupes.

Quoi qu'il en soit, Margareta tenait à fêter le bac de Christina. Elle avait acheté trois roses jaunes pour lui mettre autour du cou et un recueil des poésies complètes de Karin Boye qu'elle allait solennellement lui remettre à la réception. Elle ne savait pas très bien où habitaient Christina et sa mère, ni comment s'y rendre, mais elle pourrait toujours le demander quand elle lui offrirait les fleurs.

Où pouvait donc être la mère de Christina ? Margareta regarda autour d'elle. Elle ne manquerait pas de la reconnaître, cette sorcière, son unique visite chez tante Ellen s'était gravée dans son esprit. Impossible de la repérer, toutefois, parmi les gens qui se bousculaient dans la cour du lycée...

Un mouvement parcourut la foule : les voilà ! Au loin, des voix stridentes entamèrent la chanson des étudiants, une trompette solitaire s'y joignit pendant quelques mesures avant que le chant ne se transforme en cris de joie. Les étudiants se précipitèrent dans la cour et fendirent la foule qui les laissa passer.

Margareta adorait les ambiances joyeuses. En première ligne soudain, elle sautait à pieds joints d'excitation. Quelle imbécile de ne pas avoir acheté de fleurs pour les autres ! Anders, celui avec les grandes oreilles, aurait droit à la bise. Et Leif qu'elle apercevait ! Et Carina, dans la robe de bachelière la plus géniale qu'on ait jamais vue ! Bises, bises, salut, salut, félicitations, félicitations !

En nage, Margareta avait les joues roses lorsqu'elle se dégagea des bras maigres d'Anders qui ne voulait pas la lâcher pour regarder autour d'elle. Où était donc Christina ? Avait-elle déjà eu le temps de partir dans une voiture avec le pare-chocs décoré, comme le voulait la coutume, de rameaux de bouleau ?

Non, la voilà ! Mais était-ce bien Christina qui traversait ainsi la cour du lycée d'un pas décidé ? Les dents serrées, aussi pâle que d'habitude, bien qu'un peu changée toutefois. Se protégeant le visage de la main gauche comme d'un bouclier, elle poussait des gens qu'elle ne connaissait pas, se frayant un passage entre des mères fières et des fils bacheliers aux anges, allant jusqu'à enfoncer le coude dans le dos d'une vieille femme pour l'écarter.

Qu'est-ce qui lui prenait? Avait-elle perdu la boule?

— Christina! cria Margareta en se faufilant jusqu'à elle. Félicitations, Christina! Félicitations!

Christina marqua un temps d'arrêt et laissa retomber ses mains, mais sans s'arrêter vraiment. Elle avait presque atteint le trottoir quand Margareta réussit enfin à la rattraper.

— Attends, Christina! Voyons, attends!

Christina se retourna et lui décocha un regard gris qui ne voyait rien, puis elle cligna des yeux et revint à elle-même. Margareta mit les fleurs autour de son cou, elles pendaient, un peu pathétiques, sur un chemisier blanc en tissu synthétique, l'un de ceux qu'on achète chez Hennes pour 9,90 couronnes. Sa jupe blanche droite ne valait pas beaucoup plus. Ses chaussures étaient une paire de vieux escarpins sur lesquels on avait passé une couche de blanc en l'honneur de cette journée. Ce n'était pas très réussi : la couche de blanc s'était écaillée dans les vieux plis d'usure, mettant le cuir d'origine – marron – à nu. Christina suivit son regard et, l'espace d'un instant, toutes deux gardèrent les yeux fixés sur les chaussures. Margareta en ressentit une profonde gêne.

— Euh, félicitations, dit-elle en levant les yeux. Et bonne chance!

— Merci.

— Alors, tu la fais où ta fête?

Christina essaya de rire, on eût dit qu'elle se raclait la gorge. Une petite femme boulotte surgie devant elles lui coupa la parole.

— Christina! Te voilà enfin! Toutes mes félicitations, ma petite!

Les joues de Christina prirent soudain un peu de couleur, elle plia les genoux et inclina gracieusement la nuque pour que la femme puisse passer les fleurs autour de son cou. Du muguet.

— Et où est ta mère, ma chérie? Je voudrais la saluer. Elle doit être fière de toi aujourd'hui...

Christina fit à nouveau une révérence.

— Elle n'a pas pu venir, Elsie. Elle est tombée malade cette nuit.

La femme boulotte mit la main devant sa bouche.

— Ça alors, quelle malchance! Juste aujourd'hui. J'espère que ce n'est pas grave?

Christina plia derechef les genoux, on eût dit qu'elle le faisait chaque fois qu'elle s'adressait à cette femme.

— Non, je ne crois pas. Mais elle avait beaucoup de fièvre hier soir, 41,2°. Nous avons malheureusement dû annuler ma fête.

Elsie plissa le front.

— 41,2°. Si la fièvre ne baisse pas, il faut que tu l'emmènes chez un médecin.

Nouvelle révérence.

— J'y veillerai. Et merci mille fois de votre attention.

Elsie lui tapota la joue.

— De rien, ma petite. Je me réjouis de savoir qu'il existe encore des filles comme il faut.

Christina se mit en route dès qu'Elsie fut hors de vue. Margareta la poursuivit.

— Je suis désolée que ta mère soit malade, Christina. Tu es obligée de rentrer ou est-ce qu'on a le temps de boire un coup quelque part? J'ai de l'argent, je t'invite.

— Elle n'est pas malade.

— Quoi?

— Astrid n'est pas malade, elle est au boulot. J'ai juste prétendu ça pour simplifier les choses.

— Alors, tu fais une petite fête?

— Non.

Christina allongea le pas, si bien que Margareta dut presque courir pour la suivre.

— On va boire un coup alors? Il faut quand même fêter ça!

— Non, ce n'est pas possible.

— Pourquoi pas?

— Parce que je n'ai pas le temps. Je dois prendre le train.

Elle tourna au coin de Drottninggatan. Les orteils de Margareta faillirent sortir de l'ouverture à l'avant des bottes, elle fut obligée de s'appuyer contre un mur d'immeuble et de remettre ses pieds en place avant de pouvoir continuer. Quand elle tourna au coin à son tour, Christina était déjà un demi-pâté de maisons plus loin et elle dut piquer un cent mètres pour la rattraper. Les orteils sortirent à nouveau.

— Attends, dit-elle hors d'haleine. Quel train? Où tu vas?

— A Vadstena, répondit Christina. J'ai un boulot d'été à la maison de santé de tante Ellen.

Christina devait avoir tout préparé dès le matin. Sa valise se trouvait déjà à la consigne de la gare, le billet était en sécurité dans la poche à fermeture Eclair de son portefeuille. Une fois qu'elle eut récupéré la valise, qu'elle plaça entre ses pieds après avoir jeté un regard sur l'horloge de la gare, elle retrouva enfin son calme.

— Nous sommes en avance, déclara-t-elle. Le train ne part que dans une demi-heure.

Pourtant, elle voulut aller tout de suite sur le quai. Elle fit une grimace en soulevant la valise, mais refusa de laisser Margareta la porter, elle changea simplement de main. Elles s'assirent sur un banc et regardèrent les rails vides.

— Libre, dit Christina.

— Quoi?

— Oh rien!

— Où vas-tu habiter? A la maison de santé?

Christina rit :

— Non, chez les bonnes sœurs qui ont des chambres d'hôtes. C'est vraiment pas cher. Et si on donne un coup de main à la cuisine, on a un rabais pour le loyer.

Margareta hésita :

— Ne me dis pas que tu es devenue religieuse?

Christina ne put s'empêcher de rire, elle allait visiblement mieux depuis qu'elles attendaient sur le quai.

— Non, je ne suis pas devenue religieuse. Mais j'ai besoin d'un peu de calme et de tranquillité. Ça devrait être possible dans un couvent.

— Et comment ta mère prend ça?

— Oh! Astrid? Je ne lui ai rien dit.

— Elle ne sait pas où tu vas? Et si elle te fait rechercher, tu n'es pas majeure, tu sais?

Christina haussa les épaules.

— Ça m'étonnerait. Il faudrait qu'elle aille chez les flics et ça, elle n'ose pas. D'ailleurs, je pense qu'elle est assez contente d'être débarrassée de moi.

— Tu crois?

— Oui, dit Christina. Elle me remplacera peut-être par un chat. Pour le passer dans la centrifugeuse.

Les pensées de Margareta se bousculèrent. Elle se pencha et remarqua que ses orteils se détachaient, roses, sur le cuir blanc des bottes. Ça avait l'air idiot. C'était une paire de bottes idiote.

— Ça a vraiment été aussi horrible que ça? finit-elle par demander.

— Oui. Abominable.

Elle resta sur le quai jusqu'au départ du train. Christina se pencha par la fenêtre de son compartiment, les cheveux au vent, et agita sa casquette de bachelière; on aurait dit tout à coup qu'elle s'était soûlée au champagne. Margareta agita mollement la main en retour. Les insectes de l'angoisse avaient commencé à grouiller sous sa peau, des hyménoptères aux mâchoires tranchantes creusaient des galeries dans son ventre, des mouches grasses montaient et descendaient le long de ses bras, des araignées affluaient de tout son corps pour se rassembler dans le larynx. Respirer était devenu difficile.

De retour dans la salle d'attente, elle alla au guichet et échangea une couronne contre quatre pièces de vingt-cinq *öre*. Elle dut attendre un moment avant que la cabine téléphonique soit libre et quand ce fut son tour, l'excitation la rendait tellement maladroite qu'elle parvint à peine à glisser la pièce dans la fente.

Une voix de femme répondit. Une adulte. Margareta prit sa voix la plus puérile :

— Bonjour, je m'appelle Margareta Johansson. Je suis en RIIb. Pourrais-je parler à monsieur André ?

— Un instant ! (La femme mit la main sur le combiné et appela d'une voix forte :) Bertiiil ! Téléphone ! Une élève !

Il vint presque immédiatement ; la voix était un peu impatiente.

— Allô !

— C'est moi.

Il prit une profonde inspiration et baissa la voix :

— Tu es folle ! Pourquoi tu appelles ici ?

— Je t'en prie, chuchota Margareta qui fixa la plaque d'Isorel perforée devant elle, farfouilla avec le petit doigt dans un trou déjà élargi pour l'élargir encore plus. Ne te fâche pas ! J'ai tellement envie... On ne peut pas se voir ce soir ?

Sur le chemin du retour, un peu après minuit, elle inventa un cousin de Stockholm. Elle l'avait rencontré chez Anders, non, c'était mieux si elle l'avait rencontré chez Rasmus parce que Margot ne savait pas qui c'était. Le cousin s'appelait Peter et il était presque trop bien pour être crédible. Blond avec une frange à la Beatles. Bronzé aux yeux bleus. Joueur de tennis. Son père était concessionnaire de voitures et lui, il voulait devenir avocat. Signe du zodiaque : scorpion. Couleur préférée : le bleu.

Margot l'avala tout cru, assise sur son énorme canapé du salon, vêtue d'un peignoir rose par-dessus sa gaine, avec une serviette éponge de la même nuance rose, entortillée comme un turban autour des cheveux.

— Il t'a embrassée ? demanda-t-elle en posant sa petite main potelée sur celle de Margareta.

Celle-ci résista à l'envie de retirer impulsivement sa main.

— Non. Il a essayé, évidemment, mais j'ai refusé. Je l'ai laissé m'embrasser sur la joue.

— C'est bien, dit Margot. On ne doit pas céder si facilement. Vous allez vous revoir?

Margareta hocha la tête en souriant.

— Mmm. On va au cinéma demain soir. Et puis j'ai promis de lui montrer la ville demain après-midi.

Margot haussa les épaules en roucoulant, visiblement ravie.

— Super! Tu t'habilles comment?

Margareta soupira intérieurement, elle était fatiguée et troublée et son sexe lui faisait encore mal, mais à quoi bon. Il fallait bien payer le gîte et le couvert.

— Je ne sais pas, dit-elle en inclinant la tête. J'ai pensé que tu pourrais m'aider à choisir.

Margot pouffa.

— Maintenant?

Margareta acquiesça.

Elles montèrent à l'étage sans faire de bruit, Margareta portant ses bottes blanches à la main, Margot avec ses pantoufles en éponge rose aux pieds. Au fait, combien de pantoufles en éponge possédait-elle? Une paire rose, une paire bleu ciel, une paire turquoise, une paire rouge... Et à chaque paire, un peignoir assorti. Savoir assortir était important. Les gens qui ne le savaient pas manquaient de style.

La chambre de Margareta était elle aussi assortie. Elle en arrivait à considérer qu'elle n'était qu'un accessoire, un détail complétant l'aménagement. Faut bien mettre une fille dans une chambre de fille. Margot avait acheté les papiers peints, les rideaux et le couvre-lit à Londres l'année précédant l'arrivée de Margareta. Elle n'avait pas su résister! Vous imaginez: les mêmes roses sur les murs que sur le rideau et sur le couvre-lit. On ne trouvait des trucs pareils qu'à Londres, pas dans ce triste pays socialiste. Toute sa vie, Margot avait désiré une fille, une adorable petite adolescente qui occuperait une chambre au papier peint fleuri, et quand elle avait vu celui-ci, elle avait compris que le moment était venu. Tout s'était passé à merveille. Le fonctionnaire du Service d'Aide à l'Enfance n'avait eu qu'à jeter un seul regard à la

villa pour trouver que c'était une famille d'accueil idéale.
Le rêve de n'importe quelle fille. Mais des forces supé-
rieures avaient sûrement eu leur mot à dire. Tout le
monde avait son ange gardien et celui de Margot, d'une
efficacité surprenante, s'appelait Astor.

Elles étaient arrivées sur le palier de l'étage. Le bour-
donnement régulier qui s'était fait entendre pendant
qu'elles montaient l'escalier s'interrompit. Margot se
figea.

— Chut! fit-elle, un doigt sur la bouche.

Clouées sur place, elles attendirent que les ronfle-
ments d'Henry reprennent. Margot pouffa de rire.

— J'ai cru qu'il allait se réveiller. Il a pas le droit de
nous faire ça...

Sourire aux lèvres, Margareta secoua la tête.

— Nous, les filles, on a quelquefois besoin de rester
entre nous, dit Margot en ouvrant la porte de la chambre
de Margareta. Voyons ce qu'il y a dans ta garde-robe, ma
petite chérie.

Au bout d'une demi-heure, elles n'avaient pas avancé.
Margareta enfilait les robes les unes après les autres et se
pavanait devant la glace. Margot appuyait son menton
contre sa main, l'air de plus en plus soucieux.

— Non, dit-elle. Ça ne va pas, ça. Nous n'avons qu'à
nous lever tôt demain matin et aller en ville. J'ai vu une
super petite robe en jaune et vert dans cette nouvelle *boutique* de Drottninggatan. On dit bien *boutique*, n'est-ce
pas?

Margareta approuva d'un sourire. Surtout prendre
des gants avant d'avancer une objection.

— Mais demain matin, j'ai école...

— Bof! dit Margot en l'expédiant d'un geste. Je te
ferai un mot. Et ça ne sera pas long, tu pourras y aller
l'après-midi.

— Mais c'est samedi, on s'arrête à midi.

— On s'en fiche. Tu prends tout ça beaucoup trop au
sérieux. En fait, les filles n'ont pas besoin de passer leur
bac. Et ne dis pas à Peter que tu es en S, il prendra peur.

Les garçons n'aiment pas les filles trop intelligentes, je te l'ai déjà dit.

Avant que Margareta n'ait eu le temps de répondre, la porte s'ouvrit, Henry se tenait sur le palier vêtu d'un pyjama de vieux, à rayures. Son sexe en érection formait une bosse sur le devant du pantalon.

— Alors, tu viens, Margit ?

Margot se leva, irritée.

— Je m'appelle Margot. Margot, pas Margit ! Tu pourrais quand même l'apprendre.

Se jetant un coup d'œil dans la glace, elle se lécha les lèvres. Après quoi, elle endossa son rôle de petite fille obéissante.

Quand Margareta passa de la salle de bains à sa chambre, après s'être rapidement lavé les dents, elle se boucha les oreilles. Sans résultat : Henry avait des façons de faire l'amour peu discrètes. Ses gémissements arrivèrent jusqu'à elle.

Elle savait qu'il ne suffisait pas de se mettre du coton dans les oreilles, les bruits d'Henry ne se laissaient pas refouler au dehors à moins de remonter aussi les lobes pour fermer l'ouverture et d'y appuyer ses doigts. Alors, c'était le silence. Et elle se glissait dans son lit en faisant comme si de rien n'était.

Seulement, Margareta n'arrivait pas à trouver le sommeil dans cette position. Chez tante Ellen, elle s'étendait, impériale, sur le dos, un bras replié par-dessus la tête et s'endormait en quelques minutes. A présent, elle mettait un temps fou à y parvenir. Et c'était pénible. Margareta préférait rêver que penser. Or, l'insomnie l'obligeait à réfléchir. Nuit après nuit, elle se fustigeait. Qui était Margareta Johansson ? Qu'était-elle ? Un être avec des secrets honteux. Elle jouait double jeu. Elle mentait. Elle était hypocrite.

Pourtant, elle ne voyait pas d'alternative, ne sachant comment survivre dans cette maison sans mentir. Pour peu qu'elle se mette à dire la vérité, elle subirait le sort du caniche insupportable que Margot avait fait tuer l'année dernière. Nul doute que celle-ci ne la traînerait pas chez le vétérinaire – la solution manquerait d'élégance –, mais elle la renverrait à coup sûr. Et Dieu seul savait ce que lui réserverait la prochaine famille d'accueil. Sans parler de la prochaine école.

D'autant qu'elle ne détestait pas Margot. Si celle-ci l'irritait parfois, Margareta avait surtout pitié d'elle. Avec ses vêtements assortis et toujours mal ajustés qui la boudinaient, elle avait un côté pathétique. Elle ne montrait jamais ses véritables cheveux et, à défaut de porter à la maison l'une de ses perruques synthétiques, elle s'entourait la tête d'une serviette éponge. Pourtant, elle n'avait pas l'air d'être chauve, car quelques mèches s'échappaient du turban. Sans doute ne voulait-elle pas, par coquetterie, montrer ses cheveux tout comme elle ne voulait pas non plus montrer son corps. Elle n'enlevait jamais sa gaine amincissante et la portait même sous le peignoir quand elle prétendait être une petite femme douce s'étirant voluptueusement sur le canapé après un bain moussant. L'été dernier, elle s'était promenée en perruque, gaine et bas Nylon même par trente degrés à l'ombre. Margareta avait enfin compris que cette femme avait honte. Sinon, quel besoin aurait-elle de tant se cacher ?

Tante Ellen, elle, ne dissimulait rien et ne portait jamais de bas en été. Elle s'asseyait dans le jardin et étirait ses jambes au soleil sans prêter attention aux veines qui dessinaient des lignes bleues sur sa peau blanche. Mais Margareta ne devait pas y penser, elle ne devait jamais penser à tante Ellen quand elle était seule. Au lycée, ça pouvait encore aller, ou quand elle allait boire un coup avec les autres filles de sa classe, mais jamais, jamais quand elle était seule. Car qui était la responsable ? Quelle était la cause de ce qui était arrivé ? Non, il fallait chasser toutes ces pensées.

Margot n'aimait pas qu'elle parle de tante Ellen. En général, Margareta ne devait même pas se considérer comme une enfant placée, Margot voulait qu'elles jouent à être mère et fille pour de vrai. Au début, elle exigeait que Margareta l'appelle « mamounette », mais elle arrêta tant cela sonnait faux dans la bouche de Margareta. Alors, va pour « Margot ». Beaucoup de parents modernes laissaient leurs enfants les appeler par leur prénom, elle l'avait lu dans *Vecko-Revyn*. A moins que ce ne soit dans *Femina*. Ou dans *Damernas Värld*...

Margot n'avait d'autres amies que les magazines féminins qui lui tenaient compagnie lorsque Margareta était au lycée et Henry à son entreprise. Au dîner, on repérait quel magazine était sorti ce jour-là. Si c'était *Svensk Damtidning*, presque tout était « adorable », si c'était *Damernas Värld*, tout était « très chic ». Pour l'arrivée de Margareta dans la maison, elle s'abonna aussi à *Bild-Journalen* et à *Vecko-Revyn*, avec pour résultat que l'existence devint pendant des mois tantôt « super-forte », tantôt « archi-chouette ».

Henry semblait trouver tout normal que sa femme vive dans un monde de rêves. Certes, il secouait la tête en la traitant de folle, mais, la plupart du temps, il la laissait tranquille. Quand elle lui réclamait quelques billets de cent couronnes – soit presque tous les jours –, il ouvrait son portefeuille et marmonnait, amusé, quelque chose sur les bonnes femmes et leurs lubies. Margareta soupçonnait Henry de la considérer comme une des lubies de Margot : babiole coûteuse, comme un nouveau manteau de fourrure ou un tapis persan, de quoi occuper la petite femme afin qu'elle ne devienne pas trop difficile à manier. Personnellement, il n'était absolument pas intéressé ; jamais, ne serait-ce qu'une seconde, il ne s'était comporté en père adoptif, c'était à peine s'il lui disait bonjour. Faut dire qu'il ne pensait qu'à son entreprise, une affaire qu'il avait créée à partir d'une simple menuiserie, et qui était devenue une fabrique de meubles avec plus de trois cents employés. Il avait largement les moyens d'entretenir une épouse dingue et une fille de l'Assistance qui se faisait gâter, mais il n'avait pas de temps à leur consacrer. Sauf la nuit, s'entend, lorsque Margit – ou Margot, comme cette barge se faisait appeler – était censée accomplir la seule tâche dont les femmes s'acquittaient correctement.

Décidément, il n'y avait d'autre issue que le mensonge. Margot exigeait des confidences pour loyer de sa chambre, et d'un genre qui lui convienne. Margareta avait pour fonction de rendre l'univers des magazines réel, d'où les petits amis idéaux et les histoires d'amour à moitié chastes qu'elle inventait. Et bien sûr qu'il y avait une sorte de justice divine. C'était logique. Elle avait été obligée d'apprendre à fermer sa grande gueule, elle ne pouvait plus laisser n'importe quoi franchir ses lèvres.

Margareta commençait à apprendre certaines choses, des choses qu'elle n'avait jamais comprises auparavant. Tout avait un prix ; on n'avait jamais rien pour rien. Par conséquent, il lui fallait accepter d'être un jouet et une poupée mannequin pendant encore un an, jusqu'au bac. Si toutefois elle l'avait, le bac ; vu ses résultats, rien n'était moins sûr. Margot s'inquiétait inutilement, car ce n'était certainement pas par la réussite de ses études que Margareta ferait fuir ses prétendants.

En réalité, elle n'en voulait pas. Ni même de petit ami. Les garçons de la cour dégageaient une odeur de renfermé, de chair et de lubricité qui l'effrayait. Pourtant, elle ne leur résistait qu'à moitié. Elle draguait sans retenue dans le carré des fumeurs pendant les récréations, elle lançait des œillades appuyées et savait répondre du tac au tac. Mais lorsqu'un garçon tentait de l'enlacer, elle lui glissait habilement entre les mains. Margareta voulait autre chose. Un homme. Un homme immense, grand au point de cacher la moitié du ciel.

Doucement, elle relâcha la pression de son index sur le lobe de l'oreille. C'était fini ? Oui. Henry ronflait de nouveau. Enfin, elle pouvait se tourner sur le dos et poser le bras sur la tête.

Ce mouvement lui rappela que son sexe était douloureux. Margareta soupira : eh oui, personne n'a rien pour rien. C'était le prix à payer pour un homme. Un homme immense, grand au point de cacher la moitié du ciel.

André. Elle l'appelait comme ça, bien que ce soit son nom de famille. Impossible de se résoudre à lui donner du Bertil. Passe encore que les bûcheurs au lycée ou les comptables soient affublés d'un tel prénom, mais certainement pas un amant.

Or, il était son amant. Elle avait dix-sept ans et un véritable amant.

Elle ne savait pas très bien si elle en avait honte ou si elle en était fière. Quand elle papotait avec ses copines dans un café, penser à André lui faisait parfois monter aux yeux des larmes d'humiliation – un vieux! Mon Dieu, elle s'était mise avec un vieux! Quand elle le croisait dans le couloir du lycée, toutefois, le sang affluait à ses joues et elle était obligée de cacher son triomphe. C'est mon amant! Il le sait et je le sais, mais personne d'autre au monde ne le sait.

Heureusement qu'il enseignait dans d'autres classes que la sienne. Une seule fois – juste après son arrivée à Norrköping –, il avait remplacé un des profs de Margareta. D'ailleurs, c'est ainsi que ça avait commencé, juste au moment où il avait balancé son cartable usé sur le bureau en s'écriant:

— Salut, sales mômes. Asseyez-vous et taisez-vous.

Les chaises raclèrent le sol, l'ambiance de la salle fut soudain souriante et pleine d'attente. André. Tout le monde savait comment il était.

— Une nouvelle élève? fit-il en examinant la liste des élèves. Margareta Johansson. Qui est-ce?

Elle agita un peu la main, il se leva et passa entre les rangées de tables, les mains dans les poches de son pantalon de flanelle. Grand et massif, les cheveux sombres et épais, il ressemblait un peu à cet acteur américain, c'était quoi déjà son nom... Dean Martin. C'est ça. Comme Hubertsson d'ailleurs.

— De Motala? Est-ce qu'on connaît la géographie, à Motala?

La classe se mit à rigoler. Margareta aimait ça, c'étaient des rires bienveillants, complices. Elle sourit:

— Oh oui! Pas mal, même.

Il s'assit sur le bord de sa table, et sa cuisse se trouvait à quelques centimètres de la main de Margareta.

— Tiens donc! Alors cite-moi les fleuves du Halland.

La classe rit. Margareta retira sa main et se récita la vieille phrase de l'école primaire, *Laga Vi, Äta Ni* pour se souvenir de Lagan, Viskan, Ätran et Nissan.

— Lagan, Viskan, Ätran, Nikan...

La classe s'esclaffa bruyamment. Troublée, Margareta cilla. Qu'avait-elle dit de si drôle ? Un petit sourire aux lèvres, André resta assis jusqu'à ce que les derniers rires se soient tus.

— Très bien, dit-il en se levant. En particulier Nikan.

— Oh ! souffla Margareta en comprenant son lapsus et elle plaqua la main sur sa bouche.

A partir de ce jour-là, il souriait toujours quand il la croisait dans les couloirs. Et Margareta souriait en retour. Mais, chaque fois, plus vite et plus timidement. Cette lueur dans l'œil du prof... Serrant ses livres sur sa poitrine, elle s'éloignait rapidement.

— Pourquoi tu rougis ? s'étonna sa voisine de table en la voyant entrer en classe.

— Moi ?

— Eh ! Fais pas semblant !

Durant les vacances d'été, Margareta fantasma sur lui, au point d'en rêver la nuit. Des rêves bizarres, d'ailleurs. Nuit après nuit, ils luttaient dans la cour, soufflant, haletant, gémissant et geignant.

Pourtant, elle ne voulait pas lutter avec André. Elle voulait seulement qu'il l'embrasse.

Au premier bal du semestre d'automne, il fit le surveillant. Margareta était la déléguée des élèves. Rien de plus normal que se parler plusieurs fois au cours de la soirée. Et même qu'il lui saisisse le poignet quand elle faisait mine de s'éloigner. Et lorsqu'il l'invita à danser, il fallait sans doute le prendre comme une politesse envers le Conseil des élèves : une danse avec l'une de ses membres. A moins que ce ne soit une blague, l'un de ses petits gags habituels. Car lorsqu'il la prit par la taille, un sourire généralisé se répandit dans le gymnase : Regardez ! André danse avec Margareta !

Il la tenait un peu à distance, sans serrer ni appuyer comme les garçons, et en la guidant d'une main ferme sur la piste de danse, le regard en permanence plongé dans le sien. Ses yeux se rétrécirent lorsque le ventre de Margareta frôla son bas-ventre, il écarta les lèvres et laissa voir ses dents l'espace d'un instant. Margareta aimait bien qu'il la regarde, qu'il la maintienne avec les yeux, mais, en fait, elle était plus préoccupée par ses mains, la gauche qui s'entortillait autour de la sienne et la main droite qui était étalée dans son dos. Elles étaient vraiment immenses : elle avait la sensation qu'elle tiendrait en entier dans sa paume et qu'elle pourrait s'y blottir pour dormir. Elle aurait voulu qu'il la soulève, qu'il la porte dans ses grandes mains, la serre tout contre lui et la fasse tournoyer.

Il remercia pour la danse en laissant très rapidement sa joue frôler la sienne. Le contact passa comme un frisson et lui fit perdre sa concentration, si bien qu'elle n'entendit pas ce qu'il lui chuchota.

— Pardon ? fit-elle sans le regarder, les yeux toujours fixés sur son bras. Les poils s'étaient dressés. Comme si elle avait froid.

Il se pencha vers elle pour répéter :

— Tu es une petite diablesse. N'est-ce pas ?

Après la dernière danse, il enfila son manteau, comme s'il était sur le point de partir. Pourtant, il s'attarda presque une heure, le temps que Margareta et les autres délégués fassent le ménage. Enfin, il se tint près de la porte en la maintenant ouverte pour que les élèves soient obligés de passer sous son bras en sortant.

Finalement, il ne resta plus que Margareta. Elle était au milieu du gymnase, les mains croisées sur le bas-ventre. Elle espérait qu'elle était jolie ; pour la première fois de sa vie, elle espérait consciemment être assez jolie.

Toujours debout à la porte, il la regarda.

— Allez, viens ici, dit-il.

Maintenant, ça va se passer, pensa-t-elle et elle mit un pied devant l'autre. Ça va se passer maintenant. C'est réel.

Il invoqua Dieu quand il entra en elle.

Après quoi, ils traversèrent la cour ensemble, lui en premier, à grands pas, elle trébuchant et courant à moitié derrière. Dans la voiture, il alluma une cigarette avant de tourner la clé de contact, la lumière du briquet fit danser des ombres noires sur son visage.

— Pourquoi ne m'as-tu pas dit que tu étais vierge?

Haussant les épaules, elle tendit la main vers son paquet de cigarettes.

— Ça t'a fait mal?

Elle secoua la tête. Ça n'avait pas fait mal. Ça avait été bon. Mais pas de la même façon que pour lui : pas une seconde elle n'avait eu envie de crier et de délirer. Et maintenant, elle souhaitait rester dans son silence. Tant qu'elle ne parlait pas, elle était encore entourée, étreinte, retenue. Ce qui s'était passé s'était passé dans un lieu au-delà des mots, et tant qu'elle se taisait, elle pouvait encore sentir sa peau contre la sienne; tant que ses lèvres restaient fermées, elle pouvait conserver son goût dans sa bouche.

— Mais réponds-moi! Je t'ai fait mal?

Elle mit sa main sur la sienne, elle aurait soudain voulu parler le langage des signes, comme les sourds. Mais elle n'avait aucune idée de ce que ses doigts, dans ce cas-là, auraient dit.

— Le fumier !

Les larmes aux yeux, Margareta remet la casquette de bachelière dans le sac en papier et l'enfouit dans la bonnetière. Elle n'arrive toujours pas à penser à André sans se mettre en rogne. Si elle l'avait eu sous la main, elle lui aurait filé une de ces baffes ! Enfin, à quoi bon donner une baffe à *ça* ? Car qu'était-il aujourd'hui, sinon un cadavre ? C'est-à-dire un vieux bonhomme avec la tremblote, quelque part dans une maison de retraite. Cela étant, elle peut au moins se permettre le luxe de souhaiter qu'il ait la goutte. Ou une autre maladie de vieux vraiment douloureuse.

Il l'utilisait. D'accord, elle se précipitait docilement dans ses bras, certes elle se faufilait parfois dans la salle des profs pour glisser des petits mots dans la poche de son manteau, d'accord elle restait plus d'une fois traîner dans la cour l'après-midi à l'attendre. Mais quand même : elle n'avait que seize ans, allant sur ses dix-sept, quand cela avait commencé. Et lui, quel âge avait-il ? Quarante. Ou quarante-cinq. Il était père de trois enfants et professeur dans son lycée, il savait qu'elle était orpheline et placée en famille d'accueil, qu'elle se rongeait les ongles et avait des coliques de temps en temps. Il aurait dû comprendre que ce dont elle avait besoin, c'était d'être vue. Et qu'est-ce qu'il lui donnait ? Une formation express de Lolita.

Margareta ne l'avait compris que passé la quarantaine. Pendant plus de vingt ans, elle s'était sentie nulle parce qu'elle ne fonctionnait pas comme les autres femmes. Sa sexualité était énigmatique et mystérieuse, errant dans l'arrière-cour du mariage des autres et basée sur l'imposture, sur le mensonge et sur la feinte. Elle avait beau se composer une figure rigolote devant le miroir en se disant que les mauvaises filles ne sont pas ce qu'il y a de pire, au fond d'elle-même, elle restait malgré tout intimement persuadée de ne rien valoir. André l'avait détruite, lui ayant fait croire qu'elle était obligée d'écarter les jambes pour payer chaque mot aimable. La tendresse se paie avec du sexe. L'intérêt se paie avec du sexe. Le droit d'exister pour les filles comme Margareta Johansson se paie avec du sexe.

Si André ne l'avait pas touchée, elle aurait peut-être rencontré un garçon de son âge, un petit bigleux avec des boutons sur le menton et les mains moites, et tout aurait été différent. Ils auraient pu s'aimer plutôt que de faire l'amour. Ils auraient pu s'engueuler et se réconcilier, dormir dans les bras l'un de l'autre, se faire confiance.

Elle ferme la porte de la bonnetière d'un coup sec. Qu'est-ce qu'elle disait, Moa Martinsson? « Faire confiance à un homme? Ça mérite une raclée. » Maintenant, elle va remettre la clé là où elle l'a trouvée et aller prendre une douche. Et oublier qu'en réalité, elle n'a jamais aimé un autre homme sans se souvenir d'André.

Le fumier.

Le téléphone sonne alors qu'elle en train de monter l'escalier. Elle hésite, se demandant si elle va répondre d'en haut ou d'en bas. Mais quand elle s'est enfin décidée, il est trop tard. La voix formelle de Christina résonne déjà dans le répondeur du vestibule. Margareta descend. Peut-être est-ce Christina. Dans ce cas, il doit être possible d'interrompre l'annonce pour répondre.

C'est effectivement sa sœur, elle l'entend dès la première syllabe. Mais pas la bonne. Pas la bonne sœur.

— Tu te prends pour qui, espèce de salope? bredouille Birgitta. Comment peut-on être vache au point de refuser de filer des sous pour un simple billet de bus ? Et comment peut-on écrire ce que tu as écrit dans cette lettre ? Hein ? Comment on s'y prend ? T'es foutue comment dans ta tête ? Mais fais gaffe à toi, je vais...

Comme une automate, Margareta soulève le combiné, chaque cellule de son corps sait qu'elle va le regretter, mais elle le fait quand même.

— Allô, fit-elle. Birgitta ?

Il y a une seconde de silence.

— Margareta ? dit ensuite Birgitta. C'est toi Margareta ?

— Oui.

— Ma parole ! Je croyais que tu étais là-haut dans l'enfer des Lapons. Ou en Afrique.

— En Afrique ?

— Oui. T'as bien bossé en Afrique à un moment...

— Non, non. C'était en Amérique latine. Et je n'y suis restée que trois mois. C'était il y a longtemps.

— Peu importe. Qu'est-ce que tu fous chez ce cloporte ?

Si quelqu'un devait le savoir, c'est bien toi, pense Margareta. Mais elle ne dit rien. Tout à coup, elle a un peu peur. *Quelle honte ! Quelle honte ! Personne n'a voulu de toi !*

— Je ne fais que passer, répond-elle froidement, alors qu'elle aurait voulu lui dire tout autre chose : Merci pour la lettre et la nuit blanche, chère sœur. Mais n'oublie pas que nous sommes dans le même bateau : personne ne veut de toi non plus. Même pas ton adorée petite maminette...

— T'as une voiture ?

— Oui mais...

— Quelle veine ! S'il te plaît, il faut que tu viennes me chercher, je suis complètement larguée.

Et puis quoi encore ? pense Margareta, alors qu'elle s'entend dire :

— Attends un instant. Tu es où ?

— A Norrköping.

— A Norrköping ? Qu'est-ce que tu fiches à Norrköping ?

— Oh ! c'est trop long à expliquer ! Je te dirai ça une
autre fois. Combien de temps il te faut pour venir à Norrköping ? Une heure. Ecoute, je t'attends devant le commissariat dans une heure.

— Attends ! crie Margareta.

Mais il est trop tard. Birgitta a déjà raccroché.

Qu'est-ce qu'on fait ? Margareta adresse un rire résigné à son reflet dans le miroir de la salle de bains. Comment réagit une femme bien élevée quand sa sœur est
dans la détresse ?

Elle s'en fout. Voilà tout.

A cette idée, elle se sent un peu coupable. Birgitta est
une femme adulte, elle devrait savoir qu'elle ne peut pas
simplement donner des ordres comme ça aux gens. Et si
elle a réussi à se rendre à Norrköping, elle n'a qu'à se
débrouiller pour en repartir.

Birgitta a dû élargir son terrain de chasse ces derniers
temps. Elles ont toujours gardé un contact sporadique et,
ces dix dernières années, Birgitta avait semblé s'en tenir à
son territoire de Motala. D'un autre côté, il peut s'agir
d'une de ses feintes habituelles. Birgitta ignore que Margareta est au courant de ses petites escapades. A Vadstena, pour poser un sachet de caca sur le bureau de
Christina et piquer un bloc d'ordonnances. Et à Hinseberg, il y a quelques mois. En revanche, à la moindre cure
de désintoxication, elle téléphone à Margareta pour
annoncer la bonne nouvelle. Parce que maintenant, elle
arrête de picoler pour de bon. Et la came aussi. Promis,
juré !

Les premières années après l'hémorragie cérébrale de
tante Ellen, Birgitta allait souvent à Norrköping, Margareta l'avait compris. Elle l'avait même aperçue à Saltängen un soir qu'André et elle tournaient à la recherche
d'une place de parking à l'écart.

— Arrête-toi ! s'était-elle écriée en posant sa main sur
la sienne.

Il avait freiné machinalement, mais avait vite reposé le pied sur l'accélérateur.

— Pas ici. Tu ne sais pas où nous sommes ?

Mais si. Dans le dernier bas-quartier de Norrköping, peut-être le tout dernier de Suède. Ici, les gens avaient encore les toilettes dans la cour, et de l'eau froide au robinet. Ici habitaient les enfants abandonnés, ceux qui n'avaient pas eu de place dans cette fameuse société de providence. Le soir, de belles voitures roulaient lentement dans les rues de Saltängen et des hommes, pour casser un peu leurs vies trop organisées, scrutaient les trottoirs de leurs yeux perçants.

Birgitta avait pris une pose classique sous un réverbère. Car c'était bien elle ? Oui. Sans confusion possible. Margareta reconnaissait son vieux blouson de daim. Elle le portait ouvert au-dessus d'un chemisier blanc qui moulait sa poitrine. Birgitta avait grandi. Elle aussi.

— Attends, fit Margareta à nouveau. Je la connais.

— Qui ? dit André en freinant encore. Celle-là, sous le réverbère ?

— C'est ma sœur.

— Mais tu n'as pas de sœur !

— Si. En un certain sens. Recule un peu, je veux lui parler.

— Pas question ! s'offusqua André. C'est une pute.

L'eau de la douche est trop chaude, c'est agréable, mais ça la ramollit complètement. Ses pensées deviennent vagues. N'ayant même pas la force de se savonner, elle garde le visage tourné vers le jet. Elle devrait peut-être dormir une heure ou deux, par précaution, avant de chercher la voiture et de prendre la route pour Stockholm. Ça peut coûter combien un pot d'échappement ? Qu'est-ce qui lui reste de son salaire ? Probablement pas grand-chose. Ce mois-ci, comme tous les autres, elle a appliqué le même principe financier : mieux vaut faire valser l'argent avant qu'il n'y en ait plus.

Elle se retourne, soulève ses cheveux et laisse l'eau inonder sa nuque. La question de l'argent ne la tracasse pas spécialement. Sur ce point, elle s'est toujours sentie rassurée. Elle est comme le ver à soie : si le fil vient à manquer, il n'y a qu'à en tisser un autre. Elle peut toujours pondre un article sur les aurores boréales ou les protubérances solaires pour le supplément du dimanche d'un quotidien (sous pseudonyme, évidemment), ça ne sera pas la première fois, ou bien assurer quelques heures de remplacement au lycée. Ce n'est pas un problème. De plus, il va falloir que Claes casque pour le pot d'échappement, oui, la moitié. Ça ne serait que justice. Il en profitera plus qu'elle. Peut-être qu'il aura appelé de Sarajevo et que le répondeur sur sa commode en bois décapé, dans l'appartement du Söder, est en train de clignoter ? Il faut l'espérer. Elle aime bien entendre sa voix dans le répondeur.

Soudain, une idée surgit et met en déroute toutes les autres. Comment Birgitta avait-elle su que Margareta se pointerait à Vadstena la veille, alors qu'elle-même l'ignorait ? Comment avait-elle su à quel garage elle s'adresserait ? Comment avait-elle réussi à se cacher au bon endroit, au bon moment, pour déposer la lettre juste pendant le bref instant où Margareta avait parlé avec le chef d'atelier ?

C'est incompréhensible. Mystère et boule de gomme. Pourquoi n'y a-t-elle pas pensé auparavant ?

L'eau est devenue glacée. Margareta s'entoure de ses bras. Elle a froid.

Margareta n'aime pas les mystères. Mais elle a bien dû apprendre à vivre avec.

On l'avait trouvée dans la buanderie collective d'un immeuble à Motala, une buanderie tout ce qu'il y avait d'ordinaire à l'époque. L'immeuble datait des années quarante. Un escalier en ciment menait de la cour à la porte peinte en blanc avec, au milieu, un carreau en verre dépoli. Dans la buanderie, un lavoir à l'ancienne était accolé à l'un des murs, et une machine à laver en inox trônait devant l'autre. Le sol était carrelé, un tuyau rouge strié courait d'un robinet au mur vers le puits collecteur. Elle sait cela, elle se souvient de tout cela. Car la semaine après son bac, elle avait menti à Margot pour y aller.

C'était tôt en été, mais il faisait déjà très chaud. La porte de la buanderie était grande ouverte. Dans la cour, quelques draps blancs flottaient sur une corde et des enfants jouaient dans le bac à sable. Margareta descendit lentement l'escalier, resta à la porte et regarda à l'intérieur. Les vapeurs formaient un brouillard. Au début, elle ne vit que son ombre sur le carrelage blanc du sol.

— C'est pour quoi?

Une femme surgit du brouillard. Vêtue d'une blouse de ménagère et de bottes en caoutchouc, elle avait un foulard sur les cheveux. Pas un turban, mais plutôt un fichu. Elle était grande et grosse, la transpiration perlait sur son front. Margareta lui tendit poliment la main. La femme la dévisagea un instant avant de s'essuyer sur sa blouse pour la lui serrer.

— C'est pour quoi ? répéta-t-elle.

Margareta devint soudain muette. Comment expliquer ?

— Je voudrais regarder, finit-elle par articuler.

— Regarder ? Regarder quoi ?

— La buanderie.

La femme plissa le front et mit les mains sur ses hanches.

— Regarder la buanderie ? C'est quoi ces bêtises ? Allez, dehors maintenant !

— Mais...

La femme moulina des bras.

— Allez, ouste ! Dehors !

Margareta trébucha, heurta les marches d'escalier et tomba. Au dernier moment, elle eut le temps d'attraper la main courante, mais son coccyx heurta néanmoins violemment la marche. Ça lui fit tellement mal qu'elle ne put se retenir plus longtemps : les larmes lui montèrent aux yeux et elle se mit à pleurer très fort, comme un bébé. Et ensuite, impossible de s'arrêter. Elle pleura sur tout : sur l'hémorragie cérébrale de tante Ellen, sur André qui n'arrivait pas à l'aimer, sur les peurs de Christina, sur les péchés de Birgitta, sur la pauvre Margot et ses vêtements toujours assortis. Mais, surtout, elle pleura sur elle-même : parce qu'elle était seule au monde et qu'on ne la laissait même pas entrer dans une buanderie.

La femme eut l'air alarmé.

— Tu t'es fait mal ?

Margareta tourna son visage vers elle en hoquetant :

— Je vou-houlais seulement regarder. La buanderie. C'est ici qu'on m'a trouvée...

— Alors, c'est toi l'enfant abandonnée ?

Elle s'appelait Gunhild et avait une soixantaine d'années. Veuve, elle continuait d'habiter le deux-pièces qu'elle et Eskil avaient occupé après la guerre. Elle bougeait en se dandinant de la paillasse à la table de cuisine pour servir le café, les petits pains au lait et sept dif-

férentes sortes de petits gâteaux. Margareta allait gentiment se servir du peu que la maison pouvait offrir. Quel
plaisir de l'avoir ici; elle s'était souvent demandé ce
qu'était devenu le bébé.

Ce n'était pas Gunhild elle-même qui l'avait trouvée,
c'était Svensson, le concierge, mais il était mort depuis
belle lurette. Cela dit, Margareta avait bien été déposée ici
sur le divan, oui, là, dans le salon. Svensson l'avait portée
chez elle, puisque Gunhild et Eskil étaient les seuls de
tout l'immeuble à avoir le téléphone. Mais elle n'y était
pas restée longtemps. Un quart d'heure après, la police
était déjà là. Et une heure après, une personne du Service
d'Aide à l'Enfance avait déboulé avec un biberon et des
couches propres. Heureusement, parce que Margareta
pleurait terriblement.

— J'étais habillée comment?

Gunhild fit une grimace pour réfléchir.

— En fait, tu n'étais pas habillée du tout. Elle t'avait
enveloppée dans un chiffon, un de mes vieux torchons,
d'ailleurs, que j'avais oublié dans la buanderie. Le cordon
ombilical était toujours là, ça faisait vraiment bizarre.
Mais elle t'avait lavée, tu n'avais pas du tout de sang ou ce
genre de choses.

Margareta trempa son troisième petit gâteau dans le
café et prit son élan devant la question cruciale :

— Vous savez qui elle était?

Gunhild retomba sur sa chaise et croisa les bras sur
son gros ventre. La cuisine était plongée dans l'ombre, il
faisait plus frais dedans que dehors. Pourtant, quelques
gouttes de sueur perlaient toujours sur son front.

— Eh non, je ne le sais pas. Vraiment pas.

Margareta regarda dans sa tasse, quelques miettes
nageaient dans le café.

— Mais qu'est-ce que vous avez pensé? Il n'y avait
pas quelqu'un ici dans l'immeuble que vous avez soupçonné?

— Non, dit Gunhild. Des bruits couraient, évidemment, je ne peux pas le nier, mais pas sur quelqu'un de
l'immeuble.

— Sincèrement?

Gunhild, qui comprenait manifestement la gravité de la question, plongea son regard dans celui de Margareta et mit ses deux mains bien en vue sur la table.

— Non, dit-elle. Sincèrement.

Le silence s'installa pour un instant. Le robinet gouttait dans l'évier : on aurait dit des battements de cœur, comme si quelqu'un les écoutait en cachette en retenant sa respiration, quelqu'un qui n'arrivait cependant pas à dissimuler les battements de son cœur. Margareta tourna la cuillère dans la tasse de café, en racla le fond pour ne plus entendre le rythme de ce goutte-à-goutte.

— Elle a accouché dans la buanderie?

Gunhild avait l'air tourmenté.

— Je ne sais pas, personne ne l'a su. Elle a pu le faire et nettoyer derrière elle. En tout cas, il a dû y avoir du sang sur le sol, parce que les chaussures de Svensson ont laissé de grosses marques dans le salon. J'ai été obligée de cirer le parquet après.

Tout à coup, Margareta le vit devant elle : un petit homme fluet en bleu de travail au milieu du salon de Gunhild. Comment pouvait-elle savoir qu'il était fluet? Pourtant si. Elle le savait. Mais elle ne savait rien d'autre, elle ne pouvait pas se rappeler si le soleil avait éclairé la cuisine ou le salon.

— C'était à quelle heure?

— C'était le matin. Eskil venait tout juste de partir au travail.

— Comment avait-elle pu entrer dans la buanderie?

Gunhild hésita, un gâteau à moitié dans la bouche, qu'elle posa ensuite sur l'assiette fleurie.

— Eh bien, ça, je ne le sais pas non plus. C'était peut-être écrit dans le journal. Suis-je bête, j'oublie les coupures! Prends un autre gâteau, je vais aller chercher le cahier.

Margareta se retrouva seule dans la cuisine obscure. La fenêtre était entrouverte sur la cour et les enfants qui jouaient. Leurs voix étaient fraîches dans la chaleur, fraîches et cristallines. Le robinet gouttait toujours.

— Tiens !

Gunhild revint dans la cuisine avec le cahier de coupures serré contre sa poitrine ; de son bras potelé, elle balaya quelques miettes de la toile cirée et approcha sa chaise de celle de Margareta avant de s'asseoir.

— Voyons voir, dit-elle en ouvrant le gros cahier marron. Ceci est le cahier de coupures d'Eskil. Tu vois, ça parle surtout de football. Il était dans la même école que Gösta Löfgren.

Margareta hocha la tête. Elle avait grandi à Motala et personne ne pouvait ignorer qui était Gösta Löfgren. Même tante Ellen savait de qui il s'agissait. Gunhild passa rapidement sur les articles retraçant son ascension vers l'équipe de Suède.

— Voilà, dit-elle finalement. Et elle posa un index dodu sur un titre : NOUVEAU-NÉ TROUVÉ DANS UNE BUANDERIE.

L'idée n'était jamais venue à l'esprit de Margareta que les journaux aient pu parler d'elle. Pourtant, elle se rendit compte qu'elle avait fait les gros titres, même s'ils n'étaient pas aussi gros que les succès de l'AS de Motala dans la série A. *Expressen* montrait la première photographie d'elle : un nourrisson à l'air grave fixant l'objectif. Le titre clamait : MAMAN OÙ ES-TU ? *Kvälls-Posten* employait le même style. Margareta eut honte, esquissa une grimace et détourna le regard. *Östgöta-Correspondenten*, *Motala Tidning* et *Dagens Nyheter* étaient moins sirupeux et sentimentaux, même s'ils en avaient aussi écrit des kilomètres.

Elle feuilleta sans entrain le cahier de coupures, survola un instant les titres, sans rien lire. Soudain, elle regretta d'être venue. Il n'y avait pas de réponses à ses questions, ni dans ce cahier de coupures de presse ni dans la buanderie. A la fin, elle jeta tout de même un regard de myope sur une photo. Le concierge Vilhelm Svensson était effectivement un homme petit et fluet. Un instant, son odeur chatouilla ses narines. Tabac et sueur d'été.

Au ralenti, Gunhild se servit une deuxième tasse de café. Tout à coup, elle sembla fatiguée. Peut-être ces retrouvailles n'étaient-elles pas ce qu'elle avait imaginé non plus.

— Il faut que tu essaies de pardonner, dit-elle. Elle n'avait probablement pas le choix. C'est différent aujourd'hui, mais, à cette époque-là, c'était une honte d'avoir des enfants si on n'était pas mariée. Une grande honte.

Elle tourna la cuillère dans la tasse et observa un instant le mouvement circulaire du café avant de redire :

— Une très grande honte.

Durant la suite de son voyage en car, Margareta eut un peu mal au cœur. Les gâteaux de Gunhild lui ballonnaient le ventre, la plaine était écrasée de chaleur, les gaz d'échappement du car se faufilaient par les fenêtres ouvertes et lui donnaient la nausée.

Tante Ellen fut surprise de sa visite. Avec son sourire oblique, elle tendit sa main valide. Elle pouvait à nouveau parler, fût-ce lentement et en bafouillant, mais elle ne disait pas grand-chose, préférant exprimer par mimiques et par gestes ce qu'elle désirait. Là, elle se frotta le front. La chaleur l'incommodait.

Se promener à travers Vadstena avec tante Ellen fut une nouvelle expérience. Au cours de son séjour chez Margot, Margareta n'avait réussi qu'à deux occasions à lui soutirer de l'argent pour le car et un dimanche de liberté. Et, les deux fois, il y avait eu de la neige. A présent, le fauteuil roulant glissait facilement sur le trottoir, elles se baladèrent loin, bien plus loin que ce que Margareta prévoyait. Lentement, elles flânèrent dans les rues. Régulièrement, Margareta s'arrêtait devant la vitrine d'une des nombreuses merceries de la ville, tante Ellen se penchait pour examiner les dentelles, puis faisait un geste résigné de sa main valide avec un petit soupir. La ville était tellement silencieuse que Margareta parlait à mi-voix, comme si tante Ellen dormait dans le fauteuil roulant et qu'il ne fallait pas la réveiller. Pourtant, elles ne parlaient que de choses superficielles, de la chaleur, de Hubertsson et de Christina qui serait bientôt de retour à Vadstena. Cette année encore, elle avait trouvé un job d'été à la maison de santé et devait revenir de Lund dans une semaine.

Le Jardin du Port était presque désert, la saison touristique ne battait pas encore son plein. Les ombres sous les hauts arbres invitaient à la douceur et à la rêverie, quelques taches de soleil éparses mouchetaient la pelouse bien tondue et l'ombre du château s'étendait à la lisière du jardin. Margareta enclencha le frein de la chaise roulante et s'assit sur un banc. En silence, elles contemplèrent le Vättern, humèrent l'odeur de l'herbe tondue et écoutèrent les cris des goélands.

— Je suis allée à Motala aujourd'hui, finit par dire Margareta. Dans la buanderie, tu sais.

Tante Ellen tourna la tête et regarda Margareta qui continua de fixer l'eau. Sa pensée fila dans une autre direction, comme toujours quand elle avait quelque chose d'important à raconter. J'ai toujours cru que c'était un mythe, que l'eau puisse être bleue, pensa-t-elle. En général, elle est grise. Aujourd'hui, elle l'est vraiment, en tout cas. Bleu d'encre.

— C'est étrange, poursuivit-elle. Quand nous habitions à Motala, je ne voulais jamais y aller. J'avais beau connaître la rue et l'immeuble, je n'y croyais pas. Ce n'était pas réel. C'était plus facile de croire que tu m'avais vraiment trouvée dans le cerisier.

Un sourire fugitif passa sur les lèvres de tante Ellen, Margareta baissa les yeux et regarda ses mains.

— Est-ce que tu sais ce que je croyais réellement, quand j'étais petite ? Je croyais que tu étais ma véritable maman et que tu voulais juste garder le secret.

Tante Ellen lui tendit la main, Margareta la saisit.

— C'était l'impression que j'avais. Comme ça, je n'avais jamais besoin de penser à l'autre, elle n'existait pas. Je n'ai commencé à y penser qu'à mon arrivée à Norrköping, c'est seulement à ce moment-là que j'ai compris que tu avais dit la vérité. Que j'étais une enfant abandonnée, une orpheline.

Tante Ellen serra sa main, mais Margareta se dégagea et se mit à fouiller dans son sac à main. Elle glissa une cigarette entre ses lèvres, se pencha un peu et l'alluma avant de jeter un rapide coup d'œil par-dessus son épaule.

— Margot s'évanouirait si elle me voyait, dit-elle en soufflant la fumée. Les filles comme il faut ne fument pas dehors.

Tante Ellen haussa les épaules et se tourna vers le Vättern, suivit un goéland du regard quand il plongea dans l'eau scintillante pour, aussitôt après, monter vers le ciel, un poisson étincelant comme un bijou d'argent dans son bec.

— Pourquoi m'a-t-elle abandonnée? demanda soudain Margareta en jetant la cigarette à moitié fumée. Tu le sais, toi? Tu sais, toi, comment on peut abandonner un nouveau-né?

Tante Ellen ne répondit pas; immobile dans sa chaise roulante, elle continua à fixer l'oiseau.

— Non, fit Margareta en soupirant. Evidemment que tu ne peux pas le savoir.

La physique fut une consolation. Une bien meilleure consolation que l'archéologie.

L'être humain connaît bien des situations embarrassantes, mais celle-ci, tout de même, la concernait particulièrement, pensait-elle durant les premières années de ses études de physique. Ne rien savoir sur ses origines. Dieu nous a laissés dans une buanderie. Puis il s'est taillé.

Margareta n'avait pas la sottise de proférer cela à voix haute. Elle avait vite compris que la convention des sciences naturelles exigeait une certaine pondération dans la relation au microcosme comme au macrocosme. On n'avait pas le droit de s'abandonner aux aspects existentiels de cette science des sciences avant d'avoir été déclaré génie; de la part des petits physiciens ordinaires, on exigeait de la pondération en pensées, en paroles et dans les actes. Sinon, l'on risquait d'être renvoyé à la faculté de philosophie ou – quelle horreur! – de théologie. Et cette règle est encore en vigueur. Un aspirant au doctorat de physique de niveau tout juste passable au fin fond du monde ne doit pas penser à Dieu, cela est réservé à Albert Einstein et autres Stephen Hawking. Et encore: Hawking est bien trop vaniteux et préoccupé de lui-même dans sa relation avec Dieu pour susciter un véritable respect parmi ses collègues ; et Albert Einstein apparaît, à certains égards, comme l'exemple à ne pas suivre.

« Dieu ne joue pas aux dés », disait-il. Pourtant, c'est précisément ce qu'il fait. Si Dieu existe, c'est un joueur de dés notoire : cela a été prouvé par la physique quantique. La matière se trouve dans un état permanent d'hésitation, elle n'arrive pas à décider si elle est constituée d'ondes ou de particules, cela n'est déterminé que dans l'œil de l'observateur. De plus, certaines particules ont le don d'ubiquité, ce qui, à son tour, peut attester la justesse de la théorie de plusieurs univers. Cela signifie – en simplifiant un peu – que la faculté des particules de se trouver à plusieurs endroits simultanément indiquerait que la réalité est sans cesse scindée, que l'univers se multiplie par scission.

Dieu se moque de nous, pense parfois Margareta. Il se joue de nous et nous taquine. Mais il a beau jeter de nouvelles mystifications sur notre chemin, nous sommes sur ses traces. Nous allons déchiffrer sa création dans le moindre détail. Nous allons trouver la partie disparue de l'antimatière jusqu'au plus petit positron, nous allons calculer le poids exact du neutrino, car c'est seulement pour se gausser de nos tentatives de calculer le poids de l'univers qu'il prétend que celui-ci n'a pas de masse. Nous allons capturer les particules de Higg dans une boîte de fer-blanc et ricaner en la secouant. Il ne nous aura pas.

Mais elle garde pour elle ce genre de pensées : le jour, elle regarde docilement son ordinateur et se consacre à ses tempêtes magnétiques. Cette partie-là de la réalité, elle arrive à l'appréhender tant avec sa sensibilité qu'avec sa raison. L'autre partie – les mystères –, elle n'en parle pas.

Toutefois, en silence, elle se demande si les autres physiciens arrivent à mobiliser assez de force de pensée pour comprendre et non pas seulement calculer la réalité. La quatrième force de la nature, par exemple. La gravitation. Comme tous les autres, Margareta sait comment celle-ci doit être décrite et calculée, mais elle ne sait pas ce qu'est réellement la gravitation. Cela dit, elle n'est pas la seule. Personne ne semble savoir ce que c'est. Pourtant, elle a l'impression d'être la seule à y réfléchir. Parfois, elle regarde autour d'elle dans la cantine de l'Institut d'astrophysique à Kiruna en se disant : Allez, je me lance, je vais me lever et poser la question. Elle se représente très bien la scène, comment les autres lâchent leurs couverts et cessent de manger, comment le silence tombe dans la cantine.

— Euh, veut-elle dire, excusez-moi de vous déranger en plein repas, mais y en a-t-il d'autres, à part moi, qui croient que la gravitation, c'est Dieu? Ou, au moins, les mains de Dieu?

Fallait oser. Elle imagine sans peine la suite : le collègue fatigué qui la saisit par le col du chemisier et par le fond du pantalon et la jette dehors dans un monceau de neige. Exit Margareta Johansson. Adieu le poste fixe de chercheur après la thèse. Si toutefois thèse il y a. Plutôt un transport en catastrophe vers les urgences psychiatriques.

Alors, Margareta reste gentiment assise sur sa chaise dans la cantine, boit son lait demi-écrémé et mâche sa paupiette de veau. Seulement, de temps en temps, elle ferme les yeux une seconde et regarde sa nostalgie en face. Elle voudrait quelqu'un. Un ami. Un enfant. Une sœur. Quelqu'un avec qui partager ses interrogations.

Elle ne prend pas le temps de chercher un peignoir. En frissonnant, une serviette de bain enroulée autour du corps, elle se précipite dans l'escalier, va dans la penderie et fouille de ses mains humides la poche de sa veste. Le reçu est froissé, mais elle parvient à déchiffrer le numéro de téléphone. Bien qu'elle claque des dents en composant le numéro, elle réussit quand même à maîtriser sa voix.

— Allô? dit-elle. Je vous ai confié une Fiat, hier. Elle est prête? Parfait. Je serai là dans dix minutes.

Où est l'annuaire? Elle ouvre les tiroirs de la vieille commode et farfouille. Merde. Il y a mille foulards de soie et écharpes en cachemire, mais pas un seul annuaire. Il faudra qu'elle appelle les renseignements. Elle a besoin de deux numéros. Celui des taxis. Et puis celui du centre médical de Christina.

Ensuite, elle remonte l'escalier quatre à quatre. Elle veut s'habiller le plus vite possible et quitter cette maison de fous.

Christina est aussi folle que sa mère. Aucun doute là-dessus.

Une fois qu'elle a ramassé ses affaires et bouclé son sac, elle respire à fond. Sa voix doit être calme et indifférente quand elle parlera avec Christina, elle doit dire merci et au revoir d'une façon tout à fait détendue, comme si elle n'avait toujours rien compris ni rien soupçonné.

— Puis-je parler au docteur Wulf?

— Elle n'est pas là, répond une voix fatiguée. Je vous passe l'infirmière.

Pas là? Pourvu qu'elle ne soit pas en train de rentrer.

— Helena, l'infirmière, à l'appareil!

Le genre tonique.

— Je voudrais parler à Christina Wulf. Mais, apparemment, elle n'est pas là.

— Je regrette. Puis-je vous aider? Vous voulez prendre rendez-vous?

— Non, pas du tout. Je suis sa sœur, j'étais venue la voir, et je voulais simplement la remercier de son accueil avant de reprendre la route.

Le ton de voix d'Helena, l'infirmière, baisse un peu et devient plus confident.

— Ah bon! Alors c'est dommage qu'elle ne soit pas là. Elle est simplement allée faire un saut à la maison de santé, vous comprenez.

— Vous pouvez lui dire que j'ai appelé? Et que je lui ferai signe en arrivant à Stockholm?

— Je n'y manquerai pas.

Margareta est sur le point de dire au revoir quand elle se rappelle :

— Hubertsson travaille aussi au centre médical, n'est-ce pas? Il est là?

Helena s'éclaircit la gorge.

— En effet, mais malheureusement lui non plus ne peut pas vous parler au téléphone juste maintenant.

— Eh bien, passez-lui le bonjour de ma part, s'il vous plaît! On ne s'est pas vu depuis des années, mais je pense qu'il se souvient encore de moi. Margareta. La petite sœur de Christina.

Voilà qui manifestement intéresse Helena au plus haut point :

— Alors vous et Christina, vous avez connu Hubertsson autrefois?

Margareta a un petit sourire. C'est typique de Christina, et de Hubertsson aussi, de ne pas avoir laissé les autres au centre médical comprendre à quel point ils se connaissent bien. Mais si elle peut révéler une partie de leur petit secret, c'est avec plaisir qu'elle le fait.

— Bien sûr! Il a loué un appartement chez nous pendant quelques années...

— Ça alors, dit Helena rêveuse.

Par acquit de conscience, Margareta cache la clé de la porte de la cuisine dans le coquillage exotique de Christina et sort sur le trottoir. Elle préfère attendre son taxi dehors, au cas où l'hôtesse aurait soudain l'idée de surgir.

Folle, dingue. Vraiment cinglée. Complètement tarée.

Il est probable que Birgitta n'a jamais posé de caca sur son bureau. Peut-être qu'elle n'a même pas volé le carnet d'ordonnances de Christina... Et elle n'a définitivement pas assez d'argent, de discipline et de détermination pour réaliser une opération aussi complexe que celle dont a été victime Margareta. En revanche, Christina, oui.

Elle a dû en consacrer, du temps, à ce petit jeu. D'abord, s'informer sur le voyage à Göteborg de Margareta, ensuite s'y rendre uniquement pour pouvoir la suivre et la surveiller. Et, quand Margareta s'était arrêtée à la Loutre dorée pour boire un café et admirer la vue de l'auberge, elle avait dû se glisser sous la voiture pour trafiquer le système d'échappement...

L'idée la cloue sur place et la fait pouffer de rire. Mais non, c'est ridicule! Avec son manteau de loden et son carré de soie Hermès soigneusement repassé, impossible que Christina ait pu poser son sac à main sur l'asphalte du parking, se mettre à plat ventre et se glisser sous la voiture, non, et puis comment se serait-elle retournée sur le dos pour démonter le châssis?

Ça n'a aucun sens. Les choses n'ont pas pu se passer ainsi. Ne serait-ce que parce que, dans ce cas, Christina aurait eu les mains sales. Et Christina ne supporte pas d'avoir les mains sales. Ça la rend malade. Littéralement. Ça la fait vomir.

Et si elle-même était en train de devenir folle?

Quelle importance, au fond ? L'essentiel, c'est de partir d'ici. Le plus vite possible.

Confiance. Foi. Espérance. Sérénité. Sécurité. Protection. Abri. Mots.

Peut-être veulent-ils dire quelque chose dans un autre univers.

Si, à seize ans, elle avait été une adolescente plus avisée – ou un être humain plus avisé de façon générale –, les choses ne seraient jamais devenues ce qu'elles sont. Si elle avait pu arrêter et contrôler son inquiétude, si elle avait su se taire, si elle n'avait jamais ouvert la porte de cette cabine téléphonique, sa vie aurait suivi son cours normal.

Tante Ellen habiterait encore aujourd'hui dans sa maison de Motala. Elle aurait peut-être besoin de quelques heures d'aide à domicile par semaine, et qui serait venue, alors, si ce n'est Birgitta ? Parce que Birgitta se serait évidemment calmée : vers la fin de l'adolescence, elle aurait rencontré un Bill, un Leif ou un Kenneth qui aurait été un brave ouvrier d'usine, un mécanicien ou un ouvrier en bâtiment. Et, quand elle aurait eu deux enfants avec lui – des garçons évidemment, dans le cas de Birgitta rien d'autre n'était possible –, elle ne serait pas retournée à l'usine. Elle serait restée dans son trois-pièces pendant quelques années à torcher les mômes et préparer les biberons, elle aurait pleuré sa mère et ses illusions, elle se serait reposée pour reprendre des forces, tandis que Bill, Leif ou Kenneth aurait fait des heures supplémentaires à la pelle pour ramasser de l'argent destiné à la petite maison de leurs rêves. Et, une fois la maison achetée, Birgitta aurait commencé à travailler au service des aides ménagères – à mi-temps, évidemment – pour contribuer aux traites et aux amortissements. Son dos se serait redressé et toute la honte d'autrefois aurait lâché prise. Décontractée et souriante, elle aurait pédalé dans les rues de Motala comme l'avait fait un jour tante Ellen. Voici Birgitta Fredriksson (ou quel que soit son nom) sur des jantes qui chantent ! L'épouse honnête d'un ouvrier honnête. Une femme tout ce qu'il y a d'ordinaire.

Et si tante Ellen avait des malaises – elle aurait tout de même plus de quatre-vingts ans aujourd'hui –, Birgitta aurait appelé sa sœur aînée Christina. Le médecin. Et Christina aurait pris sa petite voiture après la journée de travail et se serait rendue chez tante Ellen, aurait pris sa tension, contrôlé ses médicaments et lui aurait recommandé de ne pas se surmener. Christina repartie, tante Ellen aurait bien sûr appelé Margareta pour grogner, un peu rebelle : elle irait à l'assemblée générale de l'amicale des retraités, quoi qu'en dise Christina ! Et Margareta aurait ri et se serait joyeusement rangée à cet avis subversif.

Pour Noël, ils se seraient tous retrouvés dans la maison de tante Ellen. Birgitta serait venue avec son Bill, Leif ou Kenneth et leurs fils, deux grands jeunes hommes avec des mains comme des couvercles de chiottes et du rire plein les yeux. Ils auraient pris leur petite maman dodue dans leurs bras pour la serrer un peu, ils auraient appelé tante Ellen « mamie » et l'auraient déconcertée en racontant d'étranges détails techniques sur l'atelier où ils avaient des boulots si rassurants. Car, grâce à leur formation, les garçons de Birgitta n'auraient aucun souci à se faire, ils seraient vaccinés contre le chômage ambiant, leur entreprise ne pourrait tout simplement pas se passer d'eux.

Exactement comme autrefois, ils seraient obligés de dresser une petite table supplémentaire pour les jeunes dans la salle à manger. Et, à cette table, il y aurait d'un côté les garçons de Birgitta, et de l'autre, les filles de Christina – Åsa et Tove naturellement, car même si le mari de Christina avait ses défauts, Margareta ne voudrait jamais le voir disparaître, ni lui ni leurs enfants, de la vie de Christina. Et, en bout de table, il y aurait de la place pour le cinquième enfant. Le sien.

Ce serait ce garçon qu'elle avait vu à l'orphelinat de Lima. Grâce à Margareta et son fils, tante Ellen serait devenue l'aïeule d'une lignée infinie d'orphelins ; des enfants qui, à travers les générations, auraient tendu la main vers d'autres enfants perdus. Mais il ne se sentirait pas vraiment perdu. La peau cuivrée, indien, aussi beau et mystérieux qu'un conte des Andes, assis à la table de Noël de tante Ellen, il observerait ses cousins de ses yeux noirs fendus, avec un petit sourire perpétuellement à l'affût derrière le sérieux apparent. Et, au milieu du repas, il capterait le regard de Margareta, il lèverait sa bière de Noël pour un toast en lançant :

— *Por la vida*, maman !

Et Margareta sourirait en levant son propre verre pour répondre à son toast. *Por la vida !* Pour la vie, pour la confiance et pour l'espoir qui régneraient dans la maison de tante Ellen.

Le taxi tarde, Margareta s'affaisse sur le perron de la maison paradisiaque de l'ère postindustrielle et appuie son menton dans ses mains. Qu'est-ce qui ne va pas avec moi ? pense-t-elle. Qu'est-ce qui ne va pas avec toutes les trois ? Pourquoi sommes-nous toujours prêtes à penser le pire l'une de l'autre ? Comment avons-nous pu devenir si sournoises et méfiantes ?

Ça aurait dû tourner autrement. Nous avons grandi à l'époque de la sécurité, à l'époque où chaque lever de soleil était une victoire sur la veille. Tout le mal avait déjà eu lieu, le passé avait déjà été subi et supporté, c'était fini tout ça. Désormais, ce ne serait qu'une longue suite de lendemains qui chantent... On le savait bien. Tout le monde le savait.

Mais peut-être l'espérance n'est-elle pas autre chose que de la naïveté, peut-être ont-ils raison, ces cyniques qui possèdent le monde, quand ils soutiennent que la naïveté est simpliste de nature. Si Margareta n'avait été qu'une fille naïve, à l'aise dans une époque naïve, comment alors expliquer qu'elle ait montré la cabine téléphonique à Christina ? Il fallait qu'elle soit simpliste aussi. Bouchée. Quasiment débile.

Eh oui, elle n'était pas seulement naïve. Certes, elle savait déjà que le monde était rempli d'ombres. Certaines apparaissaient à la lisière de l'existence et disparaissaient, comme sa maman et celle de Birgitta, d'autres attendaient, menaçantes, leur heure, comme celle de Christina. Parfois, il y avait des ombres même sur le visage de tante Ellen.

Quand elle croyait que personne ne la voyait, elle s'asseyait à la table de la cuisine et enfouissait son visage dans ses mains, et quand elle redressait la tête, son visage était strié du sang coulant de son nez, et de larmes.

Ce n'était pas seulement chez tante Ellen qu'il y avait des ombres. Une fille de sa classe, avec une lueur affolée dans le regard, parlait d'un endroit qui s'appelait Auschwitz, où sa mère avait attendu la mort devant une chambre à gaz pendant deux jours avant que quelqu'un ne la sauve dans un bus blanc. Et Susanne, une autre camarade de classe, avait ouvert l'armoire à linge familiale un après-midi et montré à Margareta le secret caché sous une pile de taies d'oreiller blanches. C'était une photo. D'une petite fille aux yeux fermés et portant un pull angora rose.

— C'est ma sœur, chuchota Susanne. Elle s'appelle Daisy.

Margareta regarda la fillette de la photo un instant avant de chuchoter en retour :

— Pourquoi elle ferme les yeux ?

— Elle est aveugle.

Margareta frémit et chercha une consolation.

— Elle est mignonne en tout cas. Super-mignonne.

— Elle l'était. Plus maintenant, chuchota Susanne en remettant la photo sous les taies d'oreiller. Elle est hydro-céphale.

— C'est quoi ?

— Sa tête ne fait que grandir et grandir, elle est pleine d'eau... Nous sommes allés la voir il y a trois ans, et sa tête était devenue énorme. Comme un ballon. Elle ne pouvait pas se redresser, sa tête était trop lourde.

— Elle ne rentre jamais à la maison ?

Susanne ferma à clé la porte de l'armoire à linge. Soudain, elle reprit le ton d'une conversation normale, comme s'il n'y avait plus aucune raison de chuchoter, maintenant que l'armoire était fermée. Elles étaient seules, les parents de Susanne étaient sortis, et il n'y avait pas de frères et sœurs à la maison.

— Non. Ce n'est pas possible. Nous n'allons même plus la voir.

— Pourquoi ?

— Parce qu'elle crie. Elle crie pendant des jours et des jours après notre départ.

Margareta pédala directement chez elle et jeta son vélo dans le gravier de l'allée du jardin avant de se précipiter dans la maison. Tante Ellen la gronda, mais quand Margareta raconta l'histoire de Daisy, elle se tut et tourna le dos.

Il ne fallait pas parler des ombres. Elles allaient d'ailleurs bientôt disparaître. Quand l'avenir viendrait, elles ne seraient plus là.

C'est seulement adulte qu'elle comprit que Christina et Birgitta ne partageaient pas ses espérances, qu'elles n'avaient pas la même foi en l'avenir qu'elle. Sans doute parce que les ombres de leur enfance étaient plus sombres que les siennes. La certitude l'avait frappée quelques années auparavant, lors d'une conversation au téléphone avec Christina. Elle l'avait appelée pour savoir à quoi Birgitta avait été condamnée pour le vol d'un certain carnet d'ordonnances et les escroqueries qui s'en étaient ensuivies. Dissimulant mal sa satisfaction, Christina avait annoncé que Birgitta avait déjà été envoyée à Hinseberg. Une déception pour Margareta qui avait espéré une liberté surveillée et un suivi médical.

— Le bon foyer démocratique est en train de s'effriter, avait-elle lancé.

— Tu parles d'une perte, avait rétorqué Christina.

Le ton avait suffi pour qu'une image fulgurante traverse l'esprit de Margareta. Un immeuble. Une tour de béton dans un champ de boue. Voilà à quoi ressemblait le foyer démocratique pour Christina. Et elle soupçonnait que tout devait être aussi gris dans la tête de Birgitta. Pour elle, ce fameux bien-être pour tous se réduisait probablement à un petit bureau triste à l'Aide sociale. Mais, aux yeux de Margareta, le bon foyer démocratique serait toujours autre chose. Une maison blanche dans un jardin verdoyant. Une maison où même les enfants égarés pouvaient grandir en sécurité.

Le paradis de l'ère industrielle.

— Vous venez ou quoi ?

Le chauffeur de taxi s'impatiente, il se penche par-dessus le siège vide du passager et baisse la vitre. Apparemment, il a remonté toute la Sånggatan, fait demi-tour et tourné la voiture dans la bonne direction sans que Margareta ne le remarque.

Elle décoche un sourire :

— Excusez-moi. Je rêvassais.

Dix ans plus tôt, un tel sourire et une telle réplique l'auraient fait fondre, il aurait coupé le moteur et serait descendu de la voiture, il l'aurait aidée à porter son sac et aurait ouvert la portière du siège avant pour être vraiment sûr de l'avoir à côté de lui. Aujourd'hui, il la regarde seulement, un peu énervé, par la vitre à moitié baissée et la laisse traîner elle-même son sac sur le trottoir. Il ne proteste même pas quand elle s'assied à l'arrière. Margareta a un petit sourire. Non pas qu'elle ait jamais joué dans la même catégorie que Birgitta, mais, pendant des dizaines d'années, elle a toutefois eu l'impression de se frayer un chemin à travers un enchevêtrement de mains et de regards masculins. Elle n'est pas fâchée que cette page soit tournée, que le paysage se soit dégagé et qu'elle puisse se balader librement sans risquer d'accrocher sa jupe à un fourré, même si ça signifie qu'elle doive traîner elle-même ses sacs et être rembarrée par des chauffeurs de taxi grognons. Elle n'a plus besoin d'être sur ses gardes, elle peut s'asseoir, se relever et partir comme ça lui chante, sans risquer d'éveiller des cascades de testostérone. Mais pour Birgitta ça n'a peut-être pas été aussi simple et indolore.

Au moment où la pensée de Birgitta l'effleure, elle se décide. Oui. Elle ira à Norrköping, malgré tout. Elle conduira même Birgitta à Motala.

Car Margareta n'a peur ni du diable ni des trolls. Ni d'aucune de ses sœurs.

En sortant du garage, elle jette un regard sur l'horloge du tableau de bord : en appuyant à fond sur l'accélérateur, elle n'aura qu'une demi-heure de retard.

Quelle sensation délicieuse que d'être pressée quand il

fait beau comme aujourd'hui! Ah! conduire vite sur la route étroite et peu fréquentée de Motala, baisser la vitre et laisser le vent de la vitesse lui ébouriffer les cheveux au soleil... Le ciel est haut et limpide au-dessus d'elle, la terre sous ses pieds humide et en attente.

La main droite de Margareta tâte l'autoradio, et quand elle a tourné le bouton elle rit de surprise. C'est la voix de Claes qui remplit la voiture! Elle conduit la vieille auto de Claes en écoutant sa voix! Il livre son reportage sur le même rythme staccato que d'habitude : cette mélodie spéciale qui semble la même pour tous les envoyés spéciaux du monde entier. Il faut un moment avant qu'elle entende réellement ce qu'il dit. On vient encore de trouver un charnier dans les montagnes bosniaques : quarante-quatre corps, probablement des hommes et de jeunes garçons.

Elle ralentit et cherche ses cigarettes. Quarante-quatre corps. Elle croit voir leurs orbites vides et leurs grimaces nues de têtes de mort. Et puis Claes, debout dans leur tombe, ses grosses chaussures de marche aux pieds, tenant le micro à hauteur de la bouche.

Il rentre ce week-end, elle a promis d'aller le chercher à Arlanda samedi soir. Ensuite, ils iront dîner; comme toujours, il a réservé une table au restaurant du quartier avant de partir. Là, il tripotera ses couverts pendant qu'il racontera sans livrer quoi que ce soit. Claes ne raconte jamais rien. Il remplit le vide entre eux avec des mots, mais il ne dit rien. Rien de réellement important. Rien de réellement vrai.

Elle non plus ne dira rien, du moins rien qui soit réellement important ou vrai. Elle ne sait pas plus comment il réagirait qu'il ne sait comment elle réagirait.

Ils se consolent mutuellement. Mais ils n'ont pas confiance l'un en l'autre. Pas un seul instant.

Quand Margareta avait commencé son travail à l'Institut d'astrophysique, elle avait eu vent du fait que l'un des autres chercheurs était un peu religieux. Ça ne se voyait pas. Il jurait et tonnait plus que n'importe qui et lorsque, tous les six mois, il partait au Svalbard pour faire des relevés, il ne laissait personne ignorer qu'il avait l'intention de glisser une bouteille de whisky dans son sac à dos.

Il s'appelait Viking par-dessus le marché !

Au début, Margareta avait éprouvé un peu d'appréhension à son égard. Il en va de même pour les dévots que pour les troubadours et les poètes amateurs : on ne sait jamais quand ils ont l'intention de devenir insupportables. Mais, parallèlement à son inquiétude, elle était assez tentée de faire plus ample connaissance avec lui. L'avantage avec ceux qu'on s'imagine insupportables, c'est qu'on peut baisser la garde en leur compagnie et devenir un peu insupportable soi-même.

Elle céda à la tentation un soir où l'on célébrait, avec une fête surprise à l'institut, les cinquante ans d'un collègue. On avait dressé des tables dans la salle à manger et dansé plus tard dans la soirée. Margareta se retira quand la première bobine passa dans le magnétophone, elle se hâta de monter l'escalier vers son bureau, faisant semblant de se souvenir qu'elle avait une tâche urgente à finir. En réalité, elle avait seulement l'intention de chercher son manteau. Comme tant de fois par le passé, elle était lasse de ces gens qui s'amusaient et elle avait envie d'une cigarette, d'un moment de réflexion sur le toit du laboratoire.

Dans son bureau, elle enfila son manteau matelassé, mais ne remonta pas la fermeture Eclair et ne mit pas ses bottes. Elle aimait voir ses pieds dans ces légers escarpins de fête, ils l'aidaient à imaginer qu'elle était quelqu'un d'autre, quelqu'un qui n'était que surface et façade, quelqu'un qui vivait une tout autre vie, bien plus accomplie, que la sienne.

C'était facile d'aller sur le toit. On grimpait un petit escalier, puis on sortait par une porte ordinaire, voilà tout. Il fallait que le toit soit accessible puisqu'il était couvert de bulles en plastique, de grosses bulles laides qui protégeaient les caméras et les instruments perpétuellement dirigés vers le ciel.

A l'instant même où elle ouvrit la porte, elle vit l'aurore boréale. Elle était énorme et si étendue qu'elle couvrait la moitié du ciel, et elle avait une couleur dont, jusque-là,

Margareta avait seulement entendu parler. D'ordinaire, l'aurore boréale était blanche ou bleue. Mais ce soir, des vagues violettes parcouraient le ciel, des lignes gondolantes se formaient puis se déformaient, de grosses plaques de pourpre volaient comme des draps en train de sécher dans un rêve venteux. Et le ciel se reflétait dans la terre. La neige au sol prenait une teinte lilas.

— Oh! dit Margareta à haute voix pour elle-même, à la fois comblée et déçue.

Après plusieurs années passées à Kiruna, elle n'avait toujours pas surmonté son idée irrationnelle selon laquelle une aurore boréale devait aussi s'entendre. L'espace aurait dû se remplir de musique quand les électrons du soleil se mettaient à danser dans l'atmosphère, des archets auraient dû suivre les lignes du drapé de l'aurore boréale, tambours et trompettes auraient dû sonner quand une couronne dardait ses rayons sur elle, et le chant argenté d'une flûte paisible aurait dû accompagner le déclin du spectacle dans le ciel.

Mais une aurore boréale ne pouvait pas s'entendre, bien sûr, même pas une aurore aussi violette que celle-ci. La couleur provenait du fait que des électrons à grande vitesse avaient pénétré extrêmement loin dans l'atmosphère. Quoi qu'il en soit, électrons lancés à une vitesse vertigineuse ou pas, cette draperie de soie violette était un miracle, et toute personne témoin d'un miracle est obligée de respirer à fond, de poser la main sur sa poitrine et de tourner son visage vers le ciel. Elle a le droit de jubiler en son for intérieur, mais en silence. Interdiction de proférer le moindre petit bruit.

Bof! Elle enleva la main de sa poitrine et chercha ses cigarettes dans sa poche. Si on était obligé de se taire face à un miracle, alors il ne devrait normalement pas y avoir le moindre bruit sur toute la planète. Car c'est bien ce qu'elle est, un miracle, cette boule d'arbre de Noël, non? Un miracle oublié, cela dit, bruyant et crade, une mine d'escroqueries, de trivialités, de canards en plastique cassés, de calendriers désuets, de collants filés, de pulls en acrylique devenus rugueux, de fast-foods graisseux et de serpillières puantes. Peut-être faudrait-il être reconnaissants de tout ce fatras qui détourne l'attention? pensa Margareta. Si nous, les humains, nous nous étions sans cesse rappelé que nous vivons dans un miracle, nous évoluerions peut-être comme des fées new-age dans un film de Walt Disney, graves, le dos droit sous nos capes, poussant d'éternels *ah!* et *oh!* d'émerveillement devant la moindre feuille de bouleau ou brin d'herbe. Au fond, est-ce que ce serait si drôle que ça? On peut se le demander.

Margareta se penchait pour allumer sa cigarette quand on poussa la porte dans son dos. Elle trébucha. Viking pointa son visage carré dans l'entrebâillement de la porte.

— Oh! fit-il. Pardon.

Margareta retrouva l'équilibre.

— Ce n'est rien. Viens voir, c'est le grand show, ce soir.

— Effectivement, acquiesça Viking en passant la main sur son visage. C'est magnifique.

Il était en bras de chemise. Et il avait à moitié remonté ses manches.

— Tu n'as pas froid? demanda Margareta.

— Non. J'ai besoin de me rafraîchir. Il fait assez chaud en bas, ils commencent à être en forme...

— Tu vas attraper une pneumonie.

Viking rigola en lui lançant un regard en coin :

— Ça ne fait rien. Je crois en une vie après celle-ci.

Etouffant un petit rire gêné, Margareta s'entoura de ses bras et martela le sol de ses pieds chaussés d'escarpins du dimanche pour ranimer ses orteils.

— Moi, j'ai mis mon manteau, comme tu vois.

— Oui. Mais tu n'as pas de bottes.

— Non. Nous sommes quelques-uns à ne jamais être tout à fait convaincus. Même en ce qui concerne la température.

Il s'ensuivit un léger silence. L'aurore boréale se pavanait au-dessus de leurs têtes.

— Ça fait du bien de croire? demanda Margareta. Est-ce que ça rend la vie plus facile?

Viking soupira un peu en croisant les bras sur sa poitrine.

— La réponse correcte est non. La foi n'aide ni à profiter de la vie ni à la simplifier.

Margareta attendait une suite, mais il n'ajouta rien. Elle dut le bousculer :

— Et la vraie réponse, alors. La non correcte ?

— La vraie réponse est oui. Ça fait du bien de croire. Ça rend la vie plus simple. On a accès à un autre langage.

Il se tourna vers elle et plissa ses yeux :

— Dis-moi si j'ai raison de supposer que tu es une humaniste égarée ?

Margareta rit.

— Oui. Tu as sans doute raison. Mais plus égarée qu'humaniste. Si tu vois ce que je veux dire...

— Non. Qu'est-ce qui t'a poussé à faire de la physique ?

Margareta aspira une bouffée profonde. Allait-elle lui raconter ? Non. Elle pourrait envisager de coucher avec Viking s'il le fallait, mais lui parler des paraboles à Tanum, ça non. Il y a quand même des limites.

— Oh ! dit-elle. Tu sais comment cela se passait dans les années soixante-dix. Presque personne n'avait envie de faire de la physique, tout le monde misait sur la sociologie. Les facs de sciences acceptaient tous ceux qui passaient par-là. Et j'en faisais partie. Au départ, je voulais être archéologue.

Elle s'appuya contre le mur et éteignit sa cigarette contre la semelle de sa chaussure. La cendre forma un point noir sur le cuir clair, puis elle tomba dans la neige.

— La gravitation, fit Margareta, le sourire aux lèvres. Toujours cette histoire de gravitation.

Viking leva des sourcils interrogateurs, mais sans ouvrir la bouche. Les mains dans les poches de son manteau, Margareta se redressa et rentra le cou et le menton sous son col.

— Et moi, est-ce que je me trompe en disant que tu ne viens pas d'un milieu universitaire ? dit-elle. Tu as pas mal bourlingué, non ?

Il sourit rapidement.

— Oui. Mon père était forestier. Et toi ?

— Aussi. Ma mère était aide ménagère. Avant de devenir ménagère tout court.

— Aha! dit Viking. Et tu as vu et appris des choses au cours du voyage ?

— Oui, un certain nombre, répondit Margareta avec un sourire oblique. Sur ce qui nous a été donné et ce qui nous a été refusé.

Viking se réchauffa rapidement en se tapant avec les bras. Le souffle qui sortait par ses narines formait un plumeau blanc.

— Tu veux parler de la présomption ambiante, c'est ça ? Cette façon d'essayer de faire valoir qu'on est soi-même la norme et les autres des exceptions ? Ce n'est pas notre tasse de thé. Pas plus que ces idées selon lesquelles celui qui est né dans l'aisance le vaut bien, et que les autres ne méritent que la misère dans laquelle ils sont nés.

Margareta fit une grimace.

— Tu oublies les avantages. La liberté. Nous jouissons d'une liberté qu'ils n'auront jamais.

Viking glissa ses mains sous ses aisselles. Il avait froid et avait oublié l'aurore boréale.

— Peut-être bien.

— Ça se remarque particulièrement chez les femmes, dit Margareta. C'est lamentable.

Viking se mit à sautiller sur place, les mains toujours glissées sous les aisselles.

— Comment ça ?

— Elles sont si bien éduquées. N'élèvent jamais la voix. Ne rient jamais la bouche ouverte. Ne courent pas. Ne grimpent pas. Ne rêvent pas. Se contentent de rester assises les genoux bien serrés avec le plus de discrétion possible. Comme si elles étaient à moitié mortes.

Viking prit un air songeur, mais sans cesser de sautiller.

— Oui, dit-il. Tu as sans doute raison. Et ça concerne probablement les hommes aussi. La classe bourgeoise exige une conformité. Mais la classe ouvrière n'est pas en reste.

Margareta se joignit à ses sautillements. Bien que gelée, elle ne voulait pas rentrer. C'était bon, pour une fois, de mener une conversation sincère avec un homme sincère. Leurs pieds martelaient le toit en rythme.

— Nous qui sommes à cheval entre deux milieux, nous sommes libres, affirma-t-elle. Partout, nous sommes différents. Ça, c'est une richesse.

Le soupir de Viking créa comme un petit nuage devant sa bouche.

— Je n'en suis pas sûr. Parfois, cela doit être agréable de savoir qu'on appartient à une certaine classe sociale et de ne pas se poser de questions.

Margareta ferma les yeux et réfléchit pendant qu'elle sautillait.

— Non, finit-elle par répondre. C'est bon de ne pas être obligé d'appartenir à un milieu bien précis.

— Tu ne vois aucun inconvénient alors. Rien que la liberté ?

Margareta cessa de sautiller et se frictionna avec ses bras. Viking s'arrêta aussi, sa respiration était devenue lourde.

— Si, dit Margareta. Je vois un inconvénient. Mais je suis incapable de déterminer s'il s'agit d'un problème psychologique privé ou si c'est lié à ce changement de classe sociale. Je n'arrive pas à témoigner de la confiance à quiconque. Je ne fais confiance à personne.

Viking la dévisagea un instant avant de se frictionner le corps lui aussi.

— Confiance ? dit-il. Il n'y a aucune raison d'avoir confiance.

— Toi non plus, tu n'as confiance en personne ?

Viking ouvrit la porte et fit un geste comme pour la pousser vers la chaleur.

— J'ai confiance en Dieu, dit-il. En revanche, pas dans la nature humaine. Il n'y a aucune raison, les hommes sont capables de n'importe quoi.

Le commissariat de Norrköping se dresse tel un point d'exclamation sur la Promenade Nord. Margareta le voit de loin, mais, une fois arrivée, elle est obligée de faire deux fois le tour d'un rond-point avant de comprendre où elle est censée bifurquer pour trouver un parking.

Norrköping n'a pas changé. La lumière du ciel a toujours ce ton de laiton, les tramways bringuebalent dans les rues et les habitants ont l'air aussi pressés qu'il y a trente ans. Elle aime bien cette ville. Ici il n'y a rien de l'auto-satisfaction aigrelette de Kiruna qui, parfois, l'exaspère profondément. Elle devrait peut-être jeter sa thèse dans le broyeur à papiers et venir habiter ici, profiter de sa formation de professeur, enseigner dans un lycée et se trouver un amant. Qui sait, un paysan aux joues rêches et avec des racines bien ancrées dans le riche terreau d'Östergötland. Le pied, quoi ! A moins d'imiter Hubertsson et de se rendre chaque jeudi au dancing passablement bourgeois de l'Hôtel Standard. Alors, chaque vendredi, elle pourrait afficher la mine du chat de Cheshire. Comme Hubertsson.

C'est malheureusement impossible. Celle qui a été élevée par tante Ellen ne peut pas jeter sa thèse dans le broyeur à papiers et doit finir ce qu'elle a commencé. Il en va de la thèse de Margareta comme des napperons qu'elle brodait autrefois ; même si elle se rendait très vite compte que le résultat serait minable, il fallait mener le projet à bien. Tante Ellen en avait décidé ainsi. Ou Dieu. Ou l'Administration des Grandes Ecoles.

Elle claque la portière, ferme à clé et jette un regard circulaire. Il n'y a personne devant l'entrée du commissariat, Birgitta attend peut-être à l'intérieur. Elle sort une brosse de son sac à main, qu'elle passe rapidement dans ses cheveux, arrange sa veste et lisse ses dents de devant avec la langue. Il faut avoir l'air soigné quand on entre dans un commissariat, surtout quand le rapprochement entre personnes telles que Birgitta et elle est inévitable. Margareta redoute les autorités. Bien sûr, elle trouve normal qu'il existe des commissariats et des bureaux d'aide sociale pour assister les citoyens dans la détresse mais, sur le plan personnel, elle se garde bien d'avoir affaire à eux. Elle soupçonne aussi bien les policiers que les travailleurs sociaux d'être comme les blaireaux du mythe, de mordre et de ne pas lâcher prise avant d'avoir entendu le squelette craquer.

L'entrée aussi est vide. Aucune Birgitta ne traîne à l'intérieur. Margareta jette un coup d'œil à sa montre ; elle a conduit plus vite que prévu, elle n'a que vingt minutes de retard. Birgitta aurait dû avoir assez de jugeote pour l'attendre. Elle est peut-être assise dans la salle d'accueil.

Il y a beaucoup de monde. Partout des citoyens fatigués, debout ou assis, tous avec des tickets d'attente à la main comme à n'importe quelle boucherie. Margareta prend un ticket et étouffe un gémissement. Elle a le numéro 73, et en ce moment, c'est le numéro 51 qui est penché au-dessus du comptoir en train de murmurer ce qui l'amène ici. Elle devra attendre la journée entière.

Du regard, elle parcourt le local : ça fait des années qu'elle n'a pas vu Birgitta, peut-être qu'elle ne la reconnaîtrait pas immédiatement. Mais non. Il n'y a personne ici qui ait la moindre ressemblance avec Birgitta. La plupart des gens sont silencieux et bien élevés, seule une personne marmonne des jurons à mi-voix. Cela aurait pu être Birgitta s'il n'avait pas été si évident que la personne en question est un homme : barbe d'un jour et tatouage. Margareta est prête à croire pas mal de choses au sujet de sa sœur, mais de là à ce qu'elle change de sexe! Birgitta a toujours beaucoup apprécié d'être une femme.

Puis soudain, elle comprend.

Eh oui. Ça vient de se reproduire. A deux reprises en un jour et une nuit, elle a été entraînée à se rendre à des endroits où Birgitta ne se trouve pas. Mais cette fois-ci, c'est encore plus étrange qu'hier. Christina aurait très bien pu mentir au sujet de l'appel téléphonique si, pour une raison ou une autre, elle avait trouvé satisfaisant de passer la moitié de la nuit à cavaler entre les services de l'hôpital de Motala. Mais aujourd'hui, Margareta a personnellement parlé avec Birgitta. Et c'était bien sa voix. Aucun doute là-dessus. Christina n'aurait jamais réussi à l'imiter aussi bien.

Et puis merde, elle a de toute façon fini de jouer à ce jeu. Qui que ce soit qui le mène, le jeu continuera sans elle désormais. Elle froisse son ticket et le jette dans une poubelle. Elle va rentrer à Stockholm. Immédiatement.

Elle se retourne si vivement qu'elle heurte un policier qui traverse le local. Et avant d'avoir le temps de s'arrêter dans son élan, elle a posé sa main sur son épaule. Quand il se retourne, elle voit qu'il est très jeune. Sa peau est aussi lisse que sa chemise. On dirait que toute sa personne est repassée au fer à vapeur.

— Excusez-moi, dit Margareta, je voudrais juste vous demander...

— Oui?

Elle choisit ses mots avec soin, s'exprime comme elle pense que s'exprimerait un tuteur ou une secrétaire sociale.

— Je suis venue chercher une personne de Motala ici. Une personne qui aurait été arrêtée ce matin. Birgitta Fredriksson.

— Oui?

— Mais je ne la trouve pas. Il était convenu qu'elle attende dehors, mais elle n'y est pas.

Le repassé plisse le front.

— Comment est-elle?

Margareta hésite. A quoi Birgitta ressemble-t-elle aujourd'hui?

— La cinquantaine. Assez forte. Un peu bruyante.

Sourire entendu du policier.

— Je crois savoir à qui vous faites allusion. Nous avons été obligés de la porter dehors il y a un petit moment.

Les genoux de Margareta se détendent. De soulagement. Birgitta est venue ici, on n'a donc pas cherché à la tromper. Elle lève les sourcils et interroge le repassé du regard :

— La *porter* dehors?

L'homme se raidit.

— Elle s'est emportée ici, alors nous l'avons sommée de quitter les lieux. Un collègue et moi l'avons accompagnée dehors.

Margareta passe la main sur son front. Rien de plus facile que d'imaginer comment cela s'est passé. Sympathique.

— Vous avez vu où elle est partie?

— Elle est descendue le long de la Promenade Nord. Vers la gare.

Margareta est obligée d'attendre à deux feux rouges avant de pouvoir rejoindre le bon trottoir. Cela l'exaspère, elle est pressée. Il est devenu très important de trouver Birgitta et de faire en sorte qu'elle puisse retourner à Motala.

Elle commence par la gare, la cherchant partout, systématiquement. Pas de Birgitta dans la salle d'attente. Pas de Birgitta dans la queue au guichet. Pas de Birgitta sur le quai. Elle ne peut pas non plus être partie, parce qu'aucun train n'est parti pour Motala dans les deux dernières heures. Et les voyants des toilettes sont tous au vert, donc elle n'y est pas non plus. Cela dit, elle imagine mal Birgitta payer cinq couronnes pour entrer dans des toilettes. Mieux vaut y regarder de plus près.

Une adolescente en chaussures à semelles compensées d'une dizaine de centimètres la regarde avec méfiance quand elle va d'une porte à une autre, glisse une pièce de cinq couronnes dans chaque serrure et ouvre la porte pour la refermer aussitôt après. Pas de Birgitta. Seulement les monceaux habituels de papier toilette par terre.

En sortant sur le perron de la gare, elle examine les alentours. Et si elle allait au parc, de l'autre côté de la Promenade Nord ? Autrefois, c'était un refuge pour les marginaux. Si ça ne donne rien, elle retournera à sa voiture et ira à Saltängen. Elle ne sait pas si Saltängen est resté comme avant, mais elle connaît Birgitta suffisamment bien pour savoir qu'elle marche volontiers sur ses propres traces.

Une fois arrivée dans le parc, elle jette un œil vers la rue et s'arrête net : l'Hôtel Standard n'est plus l'Hôtel Standard, elle ne pourra plus jamais s'y rendre dans le même but que Hubertsson et en ressortir avec la même satisfaction discrète que lui. Peu importe. Elle donne un coup de pied dans le gravier de l'allée devant elle et continue son chemin vers le square de Karl-Johan. On dirait qu'ils sont quelques-uns de la fine équipe sur un banc là-bas. Elle plisse les yeux comme une myope : a priori, il n'y a que des hommes. Cela étant, elle sait que les hommes jeunes et les femmes âgées se confondent facilement de loin.

Mais c'est une bande entièrement masculine, elle le constate dès qu'elle s'approche. Trois hommes entre deux âges, qui se passent de main en main une pauvre canette de bière. La seule en leur possession. Peut-être ont-ils vu Birgitta ? Savent-ils où elle se trouve ? Non. Margareta n'a pas l'intention de leur demander. Non qu'elle ait peur d'eux, mais elle ne sait pas comment elle se débarrassera d'eux une fois qu'elle leur aura adressé la parole. Faisant un grand détour pour les éviter, elle poursuit son chemin.

Quelques minutes plus tard, elle s'assied sur l'une des larges marches de la rive en terrasse, derrière le vieux Restaurant Strand, et contemple la rivière de Motala. L'endroit lui est familier. Avec ses copines, elle venait souvent s'asseoir sur ces marches et regarder. Une fois, elle était allée à une fête de baccalauréat à Strand. André s'y trouvait. Avec sa femme.

Avec un rictus, Margareta ouvre son sac à main pour prendre une cigarette. Ah! quel salaud, ce type! On aurait dit que ça lui donnait la pêche de les avoir toutes les deux dans la même pièce, de guider Margareta sur la piste de danse alors que sa femme passait son temps, seule à une table, à ouvrir et fermer son sac à main du soir. Oui, la reine des connes, c'était pas l'autre, c'était elle! Le sourire aux lèvres, le cœur battant la chamade, mouillant dès qu'il posait un regard sur elle.

Il y a du vent, elle est obligée de retenir ses cheveux avec la main pour les empêcher de voler dans la flamme du briquet, mais cela l'empêche également de protéger la flamme, qui vacille un dixième de seconde avant de s'éteindre. Bon, les cheveux sont plus importants : elle incline le menton vers la poitrine et clique plusieurs fois son briquet.

— Tiens donc, t'es tout de même venue, lance une voix derrière elle. Merde alors. Tu m'offres une cigarette?

Etre la petite sœur de Birgitta signifie également être sa poupée de chiffon, jetée de-ci, de-là, les yeux fermés, et ne jamais vraiment savoir où l'on va se trouver quand on les rouvrira. C'était toujours comme ça dans le jardin de tante Ellen; n'importe quel jeu tournait à tout autre chose, les groseilliers qui, à l'instant, étaient les murs d'une crémerie, s'effaçaient et renaissaient comme étagères de pharmacie. Margareta s'appuyait contre la chaise de jardin qui servait de comptoir et souriait aimablement à la cliente malade qui arrivait en boitant sur le gazon en tenant sa main droite cachée à l'intérieur de son tricot.

— On dirait en fait que je serais professeur, disait Birgitta. Quelqu'un d'un peu zinzin. Et puis, je te demanderais si tu as du poison de serpent à la pharmacie...

— Du poison de serpent?

— Oui. Et tu dirais que tu n'en as pas.

Margareta penchait la tête en s'inclinant :

— Je suis désolée. Nous n'avons pas de poison de serpent.

Le visage de Birgitta se tordait en une grimace effrayante, elle sortait violemment la main cachée dans son tricot et secouait un petit pot en verre devant les yeux de Margareta.

— Ha! Ha! Alors vous allez en avoir maintenant! Parce que j'ai des bébés serpents dans mon pot que vous pourrez acheter!

Margareta reculait, une légère nausée commençait à monter dans sa gorge. Elle n'arrivait pas à voir ce qu'il y avait dans le pot, mais l'idée de quelque chose de gluant et de gris derrière le verre transparent suffisait à la dégoûter.

— Non!

Birgitta riait en rejetant sa tête en arrière, dans la parfaite attitude d'un professeur devenu cinglé.

— Bon. Alors tu dirais non et alors je me fâcherais. « Vous allez acheter mes serpents! Vous allez me donner mille couronnes, sinon je les fais sortir! »

Margareta levait les bras pour se protéger de sa peur.

— Non!

— Oui, tu dirais non. Et alors je me fâcherais tellement fort que je dévisserais le couvercle et je ferais sortir les serpents!

Margareta hurlait. Un son aigu qui faisait s'envoler les oiseaux dans le cerisier, s'éloignant comme des ombres vers le ciel. Elle voyait les serpents tomber en une masse grisâtre du pot. Ils se tortillaient et s'enroulaient sur eux-mêmes en atterrissant sur le comptoir. Certains tombaient par terre et rampaient vers elle en ondulant. L'un montait sur son pied et encerclait sa cheville... Elle se penchait en agitant les bras au-dessus de sa jambe, mais sans oser la toucher.

— Non, criait-elle. Arrête! Non! Non!

— Ne hurle pas, répliquait Birgitta. Allez, chiche, qui grimpera le plus haut dans le cerisier?

Le pot en verre restait sur la chaise de jardin. Vide. Il avait toujours été vide.

Margareta entoure ses genoux de ses bras et observe Birgitta pendant qu'elle allume la cigarette, Birgitta répond d'un rapide coup d'œil. Elle perçoit un avertissement diffus là-derrière. Je sais très bien de quoi j'ai l'air. Mais dis un seul mot là-dessus et tu ne verras pas le coup partir !

Son double menton s'est transformé en un sac flasque. Elle a des cernes bleus sous les yeux et ses lèvres, gercées, sont fissurées. Ses cheveux ternes et abîmés par une ancienne permanente pendent de part et d'autre de son visage comme une vieille draperie. Ses cuisses sont tellement grosses que son jean est élimé à l'entrecuisse. Son blouson matelassé a des accrocs : la doublure synthétique blanche sort d'un trou à la poche et d'une déchirure sur la manche. Le tissu rouge est couvert d'une couche uniforme de saleté, comme si l'on avait vaporisé le blouson de gris.

— Merde, t'en as mis du temps, dit Birgitta. J'ai attendu, attendu, puis je me suis tirée.

— La voiture était en réparation, explique Margareta. Il m'a fallu un moment pour aller la récupérer.

Birgitta ne l'entend pas.

— Ma parole, les flics de cette ville ont perdu la boule !

— Ah bon ?

— On dirait qu'on n'a pas le droit de marcher dans une rue, ici. J'étais même pas saoule, n'empêche qu'ils m'ont mise au trou. J'avais absolument rien fait.

— Mais qu'est-ce que tu fabriques à Norrköping ? Pourquoi tu te retrouves ici ?

Birgitta tire une profonde bouffée sur la cigarette et bat des paupières.

— Il y avait une fête. Je ne sais plus trop, j'étais assez fatiguée hier... Tout ce que je sais, c'est que j'étais à une nouba...

Trous de mémoire, pense Margareta. Bientôt, ton cerveau sera plein de trous comme un gruyère, chère sœur. Et tu le sais.

— Tu ne t'en souviens pas ?

Birgitta lui lance un bref coup d'œil, et tâche de reprendre du poil de la bête.

— Merde. Tu sais. C'était une teuf grave, si tu vois ce que je veux dire...

Elle tente d'étirer la commissure de ses lèvres, mais le sourire arrogant n'a pas la force de percer. Tournant la tête, elle examine l'eau en clignant quelques fois des yeux.

Margareta l'entoure de son bras, et, attirant Birgitta, laisse la tête de sa sœur reposer sur son épaule.

Une seule fois Margareta avait répondu au téléphone, bien que cela lui fût interdit. C'était tard un soir en hiver, l'année après l'arrivée de Birgitta à la maison. Un jeudi soir.

Chez tante Ellen, le jeudi soir était réservé au bain, les filles devaient enfiler leurs peignoirs et descendre à la cave en file indienne. Et pendant que tante Ellen frottait l'une d'elles, les deux autres, assises sur le caillebotis, attendaient leur tour.

Mais ce jeudi soir, Margareta n'avait pas eu le droit de venir, elle avait de la fièvre, alors c'était dangereux de prendre un bain. Assise les jambes croisées sur son lit, dans la pièce vide, elle lisait un livre du *Club des Cinq* quand le téléphone avait sonné.

Elle dressa l'oreille. Tante Ellen se fâchait en général quand Birgitta bravait l'interdiction de répondre au téléphone. Birgitta ne s'en précipitait pas moins sur le combiné dès la première sonnerie. Pour peu que tante Ellen fasse la vaisselle ou ait les mains sales, Birgitta arrivait la première, quitte à risquer une engueulade.

Margareta hésita. Devait-elle répondre ? L'interdiction était-elle en vigueur aussi quand tante Ellen n'était pas là ? Non. Si le téléphone sonne, quelqu'un doit répondre et, en ce moment, elle était la seule disponible. Elle se dépêcha de remonter ses grosses chaussettes en laine tire-bouchonnées – c'était la mort assurée si on marchait pieds nus quand on avait de la fièvre – et se faufila dans le vestibule.

— Allô? dit-elle en soulevant le combiné noir.

Il était tellement grand qu'elle dut le tenir des deux mains.

— Petite chérie, sanglota une voix dans son oreille. Quelle chance que ce soit toi qui répondes! J'avais tellement peur que ce soit encore cette horrible personne qui m'engueule tout le temps.

— Allô, répéta Margareta. C'est qui?

La femme dans le combiné sanglota :

— Oui mais, tu ne l'entends pas, ma petite? Tu ne reconnais même pas ma voix? C'est ta petite maminette, ta petite maman chérie. Mais c'est la dernière fois que j'appelle.

La voix monta en un hululement :

— Oui, c'est la dernière fois que maman appelle, ma chérie, parce que maintenant maman va mourir! Tout est prêt. Il y a une boîte de somnifères ici sur la table devant moi et à côté un couteau... Je vais prendre tous les comprimés dans un petit moment et ensuite je vais me couper les poignets, tu vois! Je vais mouriiiir! Mouriiiir parce que je n'ai pas le droit d'avoir ma petite fille avec moi! Alors ils verront, parfaitement, ils nous ont séparées, eux qui ne te laissent même pas venir ici pour aider ta maman un tout petit peu! Ça, ils vont le regretter!

Sous l'effet de la fièvre, le sol tangua. Margareta dut prendre appui sur le mur pour ne pas tomber.

— C'est qui? dit-elle encore. Allô! C'est qui?

Les sanglots se transformèrent instantanément en un crachat agacé :

— Fais pas semblant, maintenant, Birgitta! Tu sais très bien qui c'est!

— Oui mais... Ce n'est pas Birgitta. C'est Margareta.

La voix inconnue devint soudain raisonnable et distincte.

— Ah bon! dans ce cas... Ah bon!

Un clic dans le combiné. La maman de Birgitta avait raccroché.

— Merde, lâcha Birgitta au bout d'un moment, en se

redressant et se dégageant du bras de Margareta. On peut pas rester assises ici, on se gèle les fesses.

Oui, évidemment. Margareta se lève, se tord le cou pour essayer de voir par-dessus l'épaule si sa veste en peau de mouton a des taches humides.

— Tu as déjeuné? demande-t-elle.

Birgitta ricane :

— Déjeuné? Non, en général, je ne déjeune pas. Je ne *dîne* pas non plus. Et aujourd'hui, je n'ai rien eu à me mettre sous la dent.

— On va manger quelque chose alors?

Birgitta fait une grimace de dégoût.

— Non, je n'ai pas faim.

— Moi si. On peut prendre une pizza simplement. Ou quelque chose dans ce genre.

Birgitta hausse les épaules et tripote avec ses gros doigts un paquet de Blend. Il faut une seconde à Margareta pour comprendre que c'est son paquet. De toute évidence, Birgitta se l'est approprié, tout son langage corporel montre que désormais il lui appartient et qu'elle pourrait même mobiliser une certaine dose d'indignation si quelqu'un d'autre venait le lui réclamer. Margareta s'agace de sa propre lâcheté. Pourquoi se tient-elle là comme une imbécile sans oser exiger qu'on lui restitue ses cigarettes? Tournant le dos, elle enfonce les mains dans ses poches et prend la direction de Drottninggatan. Birgitta se hâte de la suivre, mais oscille quand elle arrive à hauteur de Margareta.

— Merde, dit-elle. J'suis pas à l'aise dans ces chaussures.

Margareta suit son regard : Birgitta porte une paire de vieux escarpins noirs, usés et manifestement trop grands. Margareta remue ses propres orteils : bien qu'ils soient au chaud dans des bottines fourrées à la mode, ils sont un peu engourdis. L'hiver est toujours là.

— Bien sûr qu'on peut aller manger, dit Birgitta. Mais tu payeras. J'ai pas un sou.

Birgitta fronce le nez devant le restaurant italien de Drottninggatan. Elle n'aime pas les spaghetti, c'est collant et dégueu. Mais on peut aussi y manger des pizzas et des grillades, et elle n'est pas trop mécontente quand elle passe la porte.

— Pas mal! s'exclame-t-elle en effleurant du regard les bouteilles d'alcool sur les étagères derrière le comptoir.

Margareta sent sa lèvre supérieure se pincer. Ça a mis du temps. D'habitude, un quart d'heure passé en compagnie de Birgitta suffit pour qu'elle commence à pincer les lèvres à l'instar de Christina. Cette fois, presque une demi-heure s'est écoulée.

— On va juste manger. Rien d'autre.

Birgitta lève les mains pour se défendre :

— Qu'est-ce que j'ai encore dit? Oh! pardon! Alors là, pardon, vraiment.

Le restaurant est à moitié vide, pourtant il faut un moment avant que le garçon n'apporte le menu à leur table près de la fenêtre. Birgitta lui décoche un regard d'approbation, il est jeune, brun et porte une chemise blanche immaculée. Avec un coup d'œil condescendant, il met ses deux mains dans le dos et tourne les yeux vers la rue.

— Eh bien? demande-t-il ensuite sur un ton impérieux.

Margareta adopte sa voix d'institutrice la plus arrogante :

— Nous aimerions d'abord regarder le menu. Si vous pouviez revenir dans quelques minutes, ce serait gentil de votre part.

— Mais apportez-nous deux bières en attendant, dit Birgitta. Pour qu'on ait quelque chose à boire en choisissant.

Margareta pose le menu et soupire.

Elle aurait dû retenir la leçon. Elle a eu assez de crises de philanthropie aiguë au fil des ans pour savoir qu'on ne peut pas aider Birgitta sans y laisser des plumes. De fait, elle aurait dû le comprendre dès la première fois. Mais ce jour-là, elle n'était pas venue voir Birgitta pour l'aider, plutôt pour trouver de l'aide.

Margot s'était désintéressée d'elle quelques semaines après le bac. Elle avait déniché un manoir en ruine à Brå-viken – quatorze pièces ! fresques aux plafonds ! tennis privé ! – et comme Margareta n'acceptait pas d'abandonner sur-le-champ son projet d'étudier l'archéologie à Göteborg pour se laisser transformer en pâle demoiselle de manoir, Margot avait cessé du jour au lendemain de lui parler. Elle avait beau continuer à mettre trois assiettes pour le dîner, ses mouvements étaient raides et saccadés quand elle passait le lait ou le sel à Margareta. A présent, seul comptait Henry. Son envie du manoir était un laser dirigé sur le front de son mari.

Henry n'était pas mécontent, ça se voyait, bien qu'il tienne de longs discours sur l'incapacité générale des bonnes femmes à faire des affaires. D'un autre côté, expliquait-il, même une poule aveugle arrivait à trouver une graine, alors cette ruine hantée n'était peut-être pas un si mauvais investissement que ça, à condition que Margit sache bien se tenir durant la rénovation. Il s'occuperait lui-même de trouver l'entreprise pour les travaux, Margit pourrait à la rigueur décider de la couleur des papiers peints. Pour le reste, elle fermerait sa gueule. Oh bien sûr! N'aurait-elle quand même pas le droit de réserver un voyage à Londres pour tous les deux cet automne? Ainsi, elle pourrait aller à ce magnifique magasin de papiers peints dans Oxford Street, pendant que Henry l'attendrait dans son pub préféré à Soho. Henry hochait la tête de bonne grâce et Margot, ravie, battait de ses mains potelées. Magnifique!

Ainsi, Margareta s'était retrouvée toute seule à la maison pour faire ses bagages avant de partir à Göteborg. Son hésitation ralentissait ses mouvements, elle ne savait pas très bien quelle attitude avoir vis-à-vis des cadeaux de Margot et Henry. Trois Noëls, deux anniversaires, et un baccalauréat avaient rendu son écrin à bijoux aussi lourd qu'un coffre à trésor. Mais ces bijoux étaient-ils vraiment à elle? Pouvait-elle vraiment en disposer? Dans quoi allait-elle mettre ses affaires? Elle n'avait qu'un petit sac le jour de son arrivée ici et maintenant, il ne contiendrait même pas le tiers de sa garde-robe. Et de quoi allait-elle vivre en arrivant à Göteborg? Il faudrait des semaines avant qu'elle touche son emprunt d'étudiant.

Le troisième jour, la nourriture vint à manquer. Margareta contempla le dernier petit sandwich dans sa main et décida de considérer les bijoux comme siens. Elle avait lu suffisamment de romans pour savoir ce qu'était un mont-de-piété, et elle savait qu'il en existait toujours un à Norrköping. Elle avait vu l'enseigne un après-midi ce printemps quand, censée avoir un rancard avec un prince charmant, elle avait traîné dans les petites rues derrière l'hôtel de ville.

Entrer dans le mont-de-piété, c'était comme entrer dans un roman. L'on se retrouvait soudain dans les années dix au lieu des années soixante et elle devenait une héroïne légèrement phtisique, en mules et robe flottante au lieu de mini-jupe et sabots. L'homme derrière le comptoir était manifestement un personnage datant de la même époque : son petit corps tordu était enfermé dans un costume noir élimé et ses doigts étaient tellement blancs qu'on aurait dit qu'il n'avait jamais quitté ce local obscur ni vu d'autre lumière que celle dispensée par la lampe jaune sale. Il examina en silence la montre en or, les perles des boucles d'oreille et le collier qu'elle avait décidé de sacrifier, puis donna son prix : trois cent vingt-cinq couronnes. Une petite fortune. Margareta hocha la tête, muette, et tendit vivement la main pour saisir le stylo et signer le reçu. La tuberculose imaginaire était guérie, elle pouvait sentir son cœur battre dans un corps jeune et en parfaite santé, un corps qui allait bientôt conquérir le monde.

Elle acheta deux valises au grand magasin Domus et prit le tramway pour rentrer, ses cheveux volaient au vent qui entrait par les fenêtres ouvertes. D'un bond, elle descendit du tramway, courut les derniers mètres jusqu'à la villa de frime de Margot et Henry, grimpa l'escalier quatre à quatre et lança les valises sur le lit. *Yes!* Maintenant elle était libre. Enfin !

Après avoir rempli ses nouvelles valises, elle s'octroya une concession au passé : elle appela André, bien qu'elle sût qu'il était en vacances avec femme et enfants. Un long moment, elle resta immobile, le combiné plaqué contre l'oreille, le fil entortillé autour de l'index, à écouter la sonnerie et à imaginer son écho dans la maison vide. Ensuite, elle raccrocha lentement et prit ses valises.

Il fallait partir tout de suite à la gare ; tant pis si elle n'avait pas vérifié les horaires. Il y aurait bien un train. Tôt ou tard.

Au cours du semestre d'automne, elle écrivit deux, trois fois à Margot et Henry, mais ne reçut aucune réponse. Ce silence la troubla, c'est pourquoi sa deuxième lettre fut plus bavarde et obséquieuse que la première. Elle les remerciait pour le temps passé chez eux, évoquant sa nouvelle vie avec enthousiasme : elle n'avait pas obtenu de chambre d'étudiant, mais avait trouvé une petite chambre meublée au centre de la ville, non loin de Heden. Göteborg était une ville agréable, même s'il y avait beaucoup de vent et s'il pleuvait souvent. Ses études se passaient bien. Elle pensait réussir son premier partiel avant Noël. Naturellement, elle fut obligée aussi de glisser un petit mensonge : elle s'était fait plein de nouveaux amis. Surtout des garçons.

Elle écrivit d'autres lettres aussi, plus brèves et plus près de la vérité, mais jamais entièrement sincères. Elle ne mentionnait jamais le creux au ventre qu'elle n'arrivait pas à nommer. Au lieu de quoi, elle parlait d'amour à André. De ses soirées solitaires à tante Ellen. De ses études à Christina. Et, à Birgitta, elle écrivait qu'elle était partagée entre l'envie et la crainte d'avoir une famille. Elle ne reçut pas de réponses avant plusieurs mois. Cependant, un après-midi de décembre qu'elle rentrait tard de ses cours, elle aperçut une petite carte postale appuyée contre la lampe de la commode de l'entrée. Sa propriétaire sourit en voyant avec quelle ardeur Margareta se jeta dessus et eut du mal à dissimuler qu'elle l'avait déjà lue. Tant pis. Margareta parcourut les quelques lignes et sourit de soulagement. Elle n'aurait pas à passer Noël dans sa chambre meublée : Christina avait l'intention d'aller à Vadstena pour Noël. Margareta avait-elle envie de partager une chambre d'hôte avec elle chez les bonnes sœurs ? Et passer le réveillon avec tante Ellen à la maison de santé ?

La dernière semaine avant Noël, elle se rendit au mont-de-piété avec une bague sertie de pierres blanches et – après une certaine hésitation – son avant-dernier bracelet en or. La bague avait plus de valeur qu'elle ne l'imaginait. Elle mit l'argent dans la poche de son manteau en fourrure de lapin que Margot lui avait acheté l'hiver dernier et sortit en ville, flâna le long de l'*Aveny* pendant des heures avant de trouver les bons cadeaux de Noël : un châle tissé main de la boutique d'artisanat suédois pour tante Ellen, des gants fourrés en peau de mouton pour Christina et un pull rose en pure laine très douce pour Birgitta.

C'est seulement une fois dans le train qu'elle se souvint que Birgitta ne passerait évidemment pas Noël avec elles.

Ce Noël fut pourtant une fête de réconciliation. Une autre Christina que celle qu'elle avait laissée à la gare de Norrköping presque deux ans auparavant vint la chercher au train. Bien que toujours pâle et maigre, elle n'avait pas l'air malade, mais plutôt – Margareta chercha le mot – argentée. Elle irait à merveille dans le manoir de Margot. Tiens, et si Margareta les mettait en rapport toutes les deux ? Ainsi, Christina pourrait travailler comme demoiselle de manoir à Bråviken pour les vacances, elle passerait l'été avec sa broderie devant une porte-fenêtre, l'air évanescent, plongée dans sa vie intérieure...

Leur chambre au gîte était aussi monacale qu'on pouvait s'y attendre : lampe terne au plafond, deux lits étroits aux sommiers défoncés et un crucifix au mur. Derrière la haute fenêtre, on aurait dit que le crépuscule était déjà tombé, bien que l'on fût encore au début de l'après-midi. La neige volait à la lumière d'un réverbère solitaire sur la Promenade de la Plage et, au fond, s'étendait l'eau noire du Vättern. Soudain, Margareta eut envie de pleurer : elle appuya le front contre la vitre et essaya de faire partir les larmes en cillant. Peine perdue. Elle dut rester longtemps dans cette position avant de passer discrètement un doigt sur sa joue et de se retourner. Christina n'avait rien remarqué. Elle était en train de vider la valise de Margareta pour accrocher les vêtements aux cintres en fer de la penderie. Comme une mère. Ou une véritable grande sœur.

— J'espérais qu'on pourrait la ramener à la maison, dit-elle en passant la main sur un chemisier blanc. Que nous fêterions Noël à Motala comme autrefois. Elle aurait eu une permission de quelques jours, ça n'a rien d'exceptionnel. Mais Stig Grande-Gueule a loué la maison et fait mettre toutes ses affaires dans un garde-meuble. C'est lui qui a été désigné pour gérer ses affaires.

— Et si elle guérissait ? Elle habiterait où alors ?

Christina se retourna et la regarda :

— Tante Ellen ne guérira pas. Tu n'as toujours pas compris ?

Margareta fit une grimace :

— Des miracles, ça arrive parfois...

— Non, dit Christina. Des miracles, ça n'arrive jamais.

Christina avait tout planifié dans le moindre détail. Elle avait parlé à la directrice de la maison de santé dès le début du mois de décembre et obtenu la promesse qu'elle pourrait servir son repas de Noël dans la chambre de tante Ellen. Des nonnes, elle avait obtenu de pouvoir utiliser la cuisine du gîte tard le soir. La veille du réveillon, elle ne s'était pas couchée avant quatre heures du matin et pourtant, elle ne semblait pas du tout fatiguée quand elle ouvrit la porte du réfrigérateur et montra, d'un air triomphant, ce qu'elle avait préparé : tentation de Jansson, hareng du vitrier, jambon, boulettes de viande, chou rouge, côtes de porc, tête de veau, biscuits aux amandes et biscuits au gingembre. Sans compter ce qu'elle avait acheté : le fromage et le pâté de foie, les saucisses-cocktail et le pain spécial de Noël. Le tout empaqueté et conservé dans des barquettes et des papillotes.

— Oh! s'écria Margareta. Le buffet de Noël de tante Ellen. En miniature.

Christina sourit :

— Exactement. J'ai pensé que nous fêterions cette année un Noël de maison de poupée.

Tante Ellen sourit aussi en les voyant arriver avec leurs paniers à provisions et ressembla à ce qu'elle était jadis. Tantôt elle pinçait la joue de Margareta en l'appelant petite sotte, tantôt elle caressait le front de Christina en lui disant de manger de bon appétit pour prendre enfin quelques kilos. Les filles de salle l'avaient aidée à décorer la chambre. Sur la table, dans le vase standard du Conseil Général, on avait mis quelques branches de sapin ornées de petites boules en verre, et au bord de la fenêtre brûlait une bougie à trois mèches sortie des ateliers thérapeutiques. Au moment de la distribution des cadeaux, elle fut cependant gênée :

— Si seulement j'avais pu utiliser mes mains comme avant, bredouilla-t-elle quand Margareta ouvrit son paquet. Alors j'aurais été capable de te faire quelque chose de joli.

Margareta regarda le petit collier dans le paquet, quelques bâtonnets et perles en bois blanc formaient un motif régulier.

— Mais il est ravissant! s'exclama-t-elle en enfilant le collier. Il est vachement joli!

Christina hocha la tête en tâtant son propre paquet.

— Il va super bien avec ta robe. Et avec une robe noire, il sera parfait.

Elle ouvrit son paquet : deux carrés au crochet pour ne pas se brûler en prenant les plats.

— J'ai appris à faire du crochet cet automne, dit tante Ellen toujours avec son sourire oblique. J'y arrive à une seule main. Alors, l'année prochaine, ça sera des couvre-lits.

Margareta rit :

— J'en veux un jaune!

Une lueur traversa les yeux de Christina :

— Et moi j'en veux un rose!

Tante Ellen tint bon assez longtemps, mais quand il fut presque dix heures, elle était fatiguée. Sans protester, elle accepta que Christina et Margareta lui retirent sa robe de dimanche et l'aident à passer sa chemise de nuit; elle parut apprécier énormément de les voir assises de part et d'autre de son lit. Quand elle fut endormie, elles repoussèrent doucement les chaises et se rendirent sur la pointe des pieds à la kitchenette du personnel. Christina remplit l'évier pour la vaisselle, tandis que Margareta prenait un torchon.

— Qu'est-ce que Birgitta peut bien faire ce soir, à ton avis? demanda-t-elle.

Christina haussa les épaules.

— Aucune idée. Comme tous les autres soirs, je suppose.

Margareta posa avec précaution la première assiette essuyée.

— Pas un soir de réveillon... Quand même?

D'un ton vif bien que sa voix fût sourde, Christina lança :

— Qui sait ce que font ces gens-là pour Noël ? Qui sait ce qu'ils font de façon générale ? Je ne veux pas en parler. C'est infect !

Il neigeait encore quand elles sortirent et le froid s'infiltra dans l'interstice laissé entre la fourrure de lapin et les bottes de Margareta. Christina, bien sûr, était plus judicieusement habillée : son manteau lui descendait presque jusqu'aux genoux et elle avait pris soin d'enfiler un panty en laine avant d'aller dehors. Margareta hésita un instant avant d'oser poser la question qui lui brûlait les lèvres depuis une bonne heure.

— On va à la messe de minuit ?

Christina, qui enfilait ses nouveaux gants, la regarda, surprise. Ils lui allaient parfaitement, aussi bien en couleur qu'en taille.

— Non, dit-elle. Pourquoi irait-on à la messe de minuit ?

Parce que j'en aurais besoin, pensa Margareta un moment plus tard quand elle fut couchée dans le lit mou de la chambre d'hôte du couvent. Parce que mes yeux ont besoin de reposer sur des images de saints et sur des chandelles, parce que je suis toute vide et que j'aurais besoin de me remplir de bruissements d'orgue et de chant d'hymnes, parce que j'ai besoin de pardonner et d'être pardonnée.

Elle ferma très fort les yeux, essayant de chasser les souvenirs qui l'assaillaient. Elle allait tout effacer de sa tête et lorsque, quelques années plus tard, elle penserait à cet automne, elle aurait tout oublié sauf les études et la gentille propriétaire du meublé. Même en faisant des efforts, elle n'arriverait plus à se rappeler l'espèce de honte qui l'avait saisie en arrivant à l'université, une honte si lourde à porter qu'elle en était comme paralysée. La Margareta bruyante, riante et toujours en train de flirter était remplacée par une fille osant à peine parler à ses camarades de cours. Au lieu de participer à leurs réunions et leurs fêtes, elle errait seule dans les rues, le poing droit serré sur l'estomac. Elle se retournait pour regarder des inconnus droit dans les yeux quand ils lui adressaient la parole, et, à trois occasions, elle avait suivi ces hommes dont elle avait satisfait le désir sans un mot.

Allait-elle pouvoir raconter cela à Christina en chuchotant dans l'obscurité ? Allait-elle pouvoir lui avouer qu'elle s'était trouvée dans une arrière-cour, la culotte à moitié baissée, sa joue appuyée contre celle d'un inconnu ? Que, dans un cinéma, elle avait écarté les jambes pour faciliter le chemin à une main aux doigts grossiers ? Que, sans un mot, elle avait suivi un anonyme dans une chambre meublée défraîchie ? Pendant l'acte elle avait ressenti une sorte de soulagement, mais, après, l'angoisse avait de nouveau gargouillé en elle, et comme la paix et la délivrance tant attendues n'étaient pas au rendez-vous, elle s'était giflée pour se punir de n'être désirée qu'à la va-vite.

Non. Elle ne pourrait pas raconter cela. Pas à Christina. Mais peut-être à Birgitta.

Je dévale la pente, pensa-t-elle. Pourvu que quelqu'un m'aide à ne pas sombrer !

Christina était obligée de retourner à Lund dès le lendemain de Noël, elle avait des examens tout de suite après la rentrée. Margareta l'accompagna à la gare, elles se dirent au revoir en se serrant rapidement dans les bras et se promirent de garder le contact.

Margareta alla ensuite à la maison de santé ; la pluie avait eu raison de la neige de Noël, et tante Ellen hocha la tête avec empressement quand Margareta lui proposa une promenade. Il y eut beaucoup de promenades les jours suivants, tante Ellen aspirait à l'air libre et n'avait rien contre la bruine et le vent cinglant. Elle reprenait du poil de la bête ; l'après-midi, elle offrait le café à la cafétéria de la Grand-Place. Il fallait que Margareta se tienne tranquille sans rien dire derrière la chaise roulante pendant que tante Ellen parlait aux dames derrière le comptoir pour se renseigner sur les ingrédients de tous les gâteaux et biscuits. La veille du réveillon du Nouvel An, elle commanda un énorme gâteau à la crème et, bien qu'il tombât des cordes dans la matinée de la Saint-Sylvestre, elle insista pour venir elle-même le chercher. Et plus vite que ça! Le personnel prenait le café à quatre heures de l'après-midi et il fallait que le gâteau soit à sa place. Elle frissonna et se recroquevilla dans le fauteuil roulant au retour en n'arrêtant pas de recommander à Margareta de faire bien attention aux pavés pour que le gâteau arrive sain et sauf dans son carton. Margareta en riait. Ses doigts étaient engourdis par le froid, et la pluie avait rendu la fourrure de lapin lourde et collante. Mais le rabâchage familier de tante Ellen lui réchauffait le cœur.

Cependant, les vacances de Noël ne duraient qu'un temps et Margareta dut repartir. Au moment des adieux, tante Ellen lui caressa la joue et Margareta pressa sa joue contre cette main.

— Tu veux bien m'écrire de temps en temps?

— Mais je tremble tellement en écrivant, dit tante Ellen en secouant la tête. Tu ne pourras pas me lire.

— Mais si, insista Margareta. Alors écris. S'il te plaît, écris-moi.

Tante Ellen écarta la frange du front de Margareta.

— Bon bon, fit-elle. Je suppose que je vais y arriver. Si c'est tellement important pour toi.

Elle ne savait pas qu'elle l'avait toujours eue, cette idée, derrière la tête. Mais c'est en se retrouvant sur le quai de la gare qu'elle se rendit compte qu'elle n'attendait pas le train de Mjölby, où était sa correspondance pour Göteborg. Oui, il lui fallait d'abord se rendre à Motala, dans la direction opposée. Elle avait encore un cadeau de Noël à distribuer.

Il pleuvait à Motala aussi. Elle resta un moment dans la salle d'attente de la gare et regarda vers le parc dans l'espoir de voir cesser la pluie, avant d'enfouir le menton dans le col ébouriffé de son manteau de fourrure et d'ouvrir la porte.

Dans sa poche, elle avait un bout de papier chiffonné avec une adresse, elle avait réussi à convaincre Stig Grande-Gueule de la lui donner avant qu'on ne l'expédie à Norrköping. L'adresse indiquait une petite rue à l'écart dans la Vieille Ville, mais Margareta n'avait qu'une idée vague de la maison en question. De toute façon, rien ne différenciait vraiment les maisons dans ces quartiers : elles étaient toutes de guingois et pleines de courants d'air.

Il n'empêche que la ville envoyait son passé aux oubliettes, une balade dans ses rues suffisait pour qu'on s'en rende compte. Des immeubles flambant neufs, de brique et de béton, se dressaient à la place des vieilles bicoques délabrées, collées les unes aux autres. Le futur était en marche, aussi exigeant qu'une belle-mère, et il s'attendait à ce que tout soit propre et en ordre pour son arrivée.

Enfin, il n'était pas encore parvenu à la rue de Birgitta, ne s'étant contenté d'y envoyer qu'un signe avant-coureur sous forme d'une station-service installée sur le terrain d'une vieille maison démolie. Sinon, rien n'avait changé : clôtures cassées du côté du trottoir bordé de maisons en bois aux façades dont la peinture était écaillée.

Margareta ouvrit la porte de la cage d'escalier et regarda autour d'elle. Les murs étaient recouverts d'un lambris marron et le sol d'un lino abîmé. Aucune modernité ici, même pas le petit panneau bleu avec les lettres en plastique blanches indiquant les noms des locataires. Il y avait juste quatre boîtes aux lettres désuètes sur le mur, peut-être que l'une d'elles appartenait à Birgitta Fredriksson ? Mais non. Aucune ne portait le nom de Fredriksson. Aucune ne portait le moindre nom d'ailleurs.

— Va te faire foutre ! Sale pute !

Une porte s'ouvrit à l'étage, une voix d'homme tonna et, la seconde d'après, des pas lourds martelèrent les marches de l'escalier. Margareta se serra contre le mur. En passant devant elle, l'homme enfila son blouson de cuir noir. Le cuir frôla le visage de Margareta, sans que l'homme le remarque. Il ouvrit la porte extérieure d'un coup de pied et disparut. Elle eut le temps d'apercevoir le dos de son blouson avant que la porte ne se referme : il arborait une grosse image de tigre.

Un enfant, pensa-t-elle. Birgitta a une relation avec un petit garçon.

Car elle était sûre à présent d'être à la bonne adresse. C'était le Dogue. Plus gros et plus ravagé que le chevalier suprême de l'ordre des loubards de naguère, mais malgré tout fidèle à lui-même. Et là où se trouvait le Dogue, il y avait de fortes chances pour que Birgitta ne soit pas loin...

Un nourrisson pleurait quelque part avec une sorte de résignation qui fit frissonner Margareta lorsqu'elle monta l'escalier. Elle s'arrêta sur le palier. Derrière laquelle des deux portes marron était Birgitta ? Elle choisit la porte de droite, sans aucune raison particulière.

Au coup de sonnette, les pleurs de l'enfant s'interrompirent, pour repartir de plus belle une seconde plus tard, quand quelqu'un marcha sur le plancher :

— Oui ? dit Birgitta en ouvrant violemment la porte. Qu'est-ce que c'est ?

Sans aucun confort ni eau chaude, l'appartement était balayé de courants d'air. Un radiateur solitaire rougeoyait au milieu de la cuisine et sur le fourneau en fonte était posé un réchaud électrique. Il mettait une éternité à chauffer, de sorte que Birgitta eut le temps de fumer trois des cigarettes de Margareta avant que le café ne soit prêt. Quelque part dans la maison, le nourrisson criait toujours, mais les cris étaient plus assourdis maintenant et moins désespérés.

Birgitta était encore belle : ses cheveux avaient gardé le même blond éblouissant, sa peau le même velouté, ses lèvres le même dessin pur. Mais les bouts de ses doigts gonflaient toujours autour des ongles rongés jusqu'au sang et la marque du peigne était visible dans sa frange. Elle aurait eu besoin de se laver les cheveux. De fait, elle aurait eu besoin d'être lavée des pieds à la tête : la trace grise de crasse de son enfance était de nouveau là, elle formait comme un carcan autour de sa gorge.

Tout en servant le café, Birgitta accueillit son examen critique d'un regard au moins aussi critique.

— T'as l'air d'un chat échaudé, dit-elle en poussant une assiette de biscuits secs en direction de Margareta. Qu'est-ce que t'as fait? T'es venue à la nage?

— Il pleut dehors, fit Margareta en prenant un biscuit. Et je suis venue à pied de la gare.

Birgitta jeta un regard par la fenêtre, comme si elle venait de remarquer le brouillard gris et froid dehors. Sans y prêter attention, elle tourna le dos à la fenêtre, et, tendant les jambes, examina les bas noirs couvrant ses mollets bien droits. L'enfant, épuisé, cherchait sa respiration quelque part. Quand il cria à nouveau, le son était plus frêle et faible. Birgitta ne semblait pas l'entendre.

— Qu'est-ce que tu fabriques, ces temps-ci? reprit-elle en reposant ses jambes sur le sol.

— Je fais mes études. A Göteborg. Je te l'ai écrit dans ma lettre. Tu ne l'as pas reçue?

Birgitta haussa les épaules en s'allumant encore une cigarette.

— Alors, qu'est-ce que tu fous à Motala, si c'est à Göteborg que tu habites?

Margareta tendit son paquet-cadeau par-dessus la table avec un timide sourire.

— Je viens t'apporter ton cadeau de Noël.

Birgitta fixa le paquet tout en lâchant l'allumette brûlée dans le cendrier, mais ne fit aucun geste pour le prendre.

— Prends-le, dit Margareta. C'est pour toi!

En hésitant, Birgitta saisit le paquet d'une main, glissa ensuite la cigarette au coin de sa bouche et s'emporta, arracha le ruban et le Scotch en un seul mouvement rapide.

— Oh! fit-elle en soufflant un nuage de fumée d'entre les lèvres.

Elle brandit le pull rose. Il avait un col en V, ce n'était plus la mode, c'était carrément un peu ridicule aujourd'hui. Margareta était pourtant persuadée que Birgitta aimait toujours être une vamp avec un pull en col en V et une jupe moulante.

Birgitta posa le pull sur ses genoux, prit la cigarette et, méfiante, souffla une bouffée.

— T'es venue depuis Göteborg rien que pour me donner un pull?

Margareta leva sa tasse, un peu gênée tout à coup.

— Non. Je suis allée à Vadstena. Chez tante Ellen.

Birgitta plissa le front.

— La vieille a déménagé? Elle habite à Vadstena maintenant?

Margareta but une gorgée de café.

— Elle est dans une maison de santé à Vadstena.

Birgitta eut l'air étonnée.

— Elle est toujours malade?

Margareta hocha la tête et regarda la table. La toile cirée était craquelée, laissant apparaître les fils de la toile blanche

— Elle est paralysée. La moitié du corps. Elle ne guérira jamais.

Tirant une grosse bouffée, Birgitta détourna le regard. D'une voix tranchante, elle assena :

— Ce n'est pas de ma faute.

Margareta baissa les yeux, ne sachant quoi répondre. Il y eut un moment de silence, la pluie fouettait doucement la vitre, les pleurs de l'enfant s'étaient transformés en un vagissement exténué qui s'affaiblissait. En proie à une énorme fatigue, Margareta fixa sa tasse de café. Cela ne servait à rien. Même à Birgitta, elle était incapable de confier ce qui s'était passé au cours de l'automne. Quand bien même elle y serait parvenue, Birgitta ne trouverait ni consolation ni explication. Elle était trop coincée dans sa vie. L'enfant chercha sa respiration. La seconde d'après, ses pleurs montèrent en un cri de désespoir.

— Saloperie de môme!

Birgitta balaya d'un geste la tasse de café et se leva, traversa la cuisine en chaussettes, sortit dans le vestibule et disparut. On l'entendit ouvrir une porte.

— Tais-toi! cria sa voix perçante. Veux-tu te taire, sinon je te tue!

Margareta se leva si vite qu'elle renversa la chaise derrière elle ; elle venait de comprendre que l'enfant se trouvait dans l'appartement de Birgitta. Elle traversa la cuisine à grandes enjambées, faillit glisser sur la lirette du vestibule et se rattrapa au chambranle de la porte.

La pièce où se trouvait Birgitta était petite et sombre. Sans doute sa chambre à coucher : le store était baissé et, près du mur, il y avait un lit défait. Par terre, sur un matelas, s'entassaient des couvertures jetées en vrac. Au milieu de la pièce se trouvait un lit à barreaux. Il flottait une odeur écœurante d'excréments.

Birgitta occupait une position étrange devant le lit à barreaux, comme au garde-à-vous. Le dos rigide, elle plaquait les mains le long de son corps et fixait le plafond.

— Tais-toi ! cria-t-elle. Tais-toi espèce de sale merdouille avant que je me déchaîne sur toi !

Un cri aigu monta du lit à barreaux, une petite main s'agita. Margareta avança d'un pas hésitant dans la chambre.

— Birgitta ? dit-elle. Tu as eu un enfant ?

Birgitta pivota sur elle-même et lui jeta un regard cinglant.

— Oui, qu'est-ce que tu crois ?

Margareta réussit à jouer à la petite suppliant sa grande sœur de lui permettre de s'amuser avec son adorable poupée. A trois mois, le bébé ne pesait rien dans ses bras. Pourtant, elle eut l'impression de voir une crainte d'un extrême lucidité fuser dans son regard quand elle le souleva et le posa sur le lit. Ses fesses étaient rose sombre, presque violettes, elle le vit quand elle essuya le caca avec un pan de la grenouillère, fichue de toute façon : le caca s'était échappé de la couche et avait coulé le long de la jambe depuis un bon bout de temps.

Vite, elle mouilla la grenouillère pour l'utiliser comme gant de toilette et serviette. En fouillant dans la chambre, elle dénicha un paquet d'ouate, en prit quelques épaisseurs qu'elle assouplit dans ses mains comme elle faisait autrefois pour ses poupées, et les mit dans la couche-culotte. Le temps avait raidi le plastique et les coutures étaient souillées de vieux caca. Margareta entoura le bébé d'une couverture. On aurait dit qu'elle portait un petit chou farci. Les yeux fermés, il criait toujours mais plus faiblement. Son front bombé était trempé de sueur.

Margareta s'arrêta devant la porte de la cuisine et inclina la tête. Birgitta s'était installée à la table et avait allumé une nouvelle cigarette.

— Il a peut-être faim?

Birgitta fit une moue et laissa tomber la cendre.

— Il n'a pas faim. C'est seulement pour me faire chier.

— S'il te plaît, insista Margareta. Je n'ai encore jamais donné le biberon à un bébé. Laisse-moi le faire!

Birgitta hocha la tête, mais détourna le regard.

Elle se débrouilla pour trouver le paquet de lait et mettre de l'eau dans la casserole, chercher un fouet et nettoyer le biberon englué. Sans grand succès. Il était impossible d'y arriver avec de l'eau froide et à une seule main. Car Margareta n'osait pas poser le bébé qui criait toujours. Birgitta se bouchait les oreilles. A l'évidence, si elle le mettait par terre ce serait plus facile de diluer la poudre. Le lait faisait des grumeaux.

Malgré tout, elle s'assit à la table de la cuisine et glissa la tétine dans la bouche du bébé. Il ouvrit les yeux une seconde et la fixa d'un regard vide avant de les refermer lentement et de se mettre à téter. Tout à coup, la maison fut silencieuse. Quant à Birgitta, elle était toujours assise à la table de cuisine, les mains sur les oreilles.

— Il s'appelle comment? demanda Margareta doucement.

Birgitta ôta les mains des oreilles et haussa les épaules. Ses doigts tâtonnèrent sur la toile cirée à la recherche du paquet de cigarettes, mais quand elle le trouva, elle le lâcha immédiatement.

— Dis-donc, fit-elle. Tu pourrais pas le garder une heure ou deux? J'ai besoin d'aller faire des courses. Et puis j'ai un rendez-vous à l'Aide sociale, j'ai besoin d'argent pour aller chez le docteur.

Margareta hésita et regarda sa montre. La voix de Birgitta se fit plus pressante, elle se pencha en avant.

— J'ai pas de landau, tu comprends. Alors si j'ai pas de baby-sitter, je peux pas sortir. Et il y a plus rien à manger à la maison. J'ai vraiment besoin d'aller chez le docteur, merde, j'ai tellement mal !

Margareta hocha la tête. Birgitta était à plaindre. Le bébé était à plaindre. Ils avaient besoin d'aide.

— Mais il faut que tu sois de retour avant cinq heures. J'ai un train à prendre.

Birgitta était déjà debout et se passait la main dans les cheveux.

— Aucun problème, je serai de retour dans deux heures. T'es vachement sympa, Margareta. Je te reconnais bien là !

Margareta baissa les yeux. Sympa ? Oui. Sans doute. Effectivement.

Birgitta arracha son pull noir qu'elle lança dans un coin, enfila le rose et se précipita dans le vestibule. Quand elle pointa à nouveau la tête dans la cuisine, ses yeux étaient noircis à l'eye-liner et ses lèvres rose clair.

— Deux heures, c'est tout, dit-elle en souriant. T'es vraiment sympa !

A huit heures du soir, Margareta se mit à pleurer. A dix heures, elle s'arrêta et commença d'énumérer tous les jurons qu'elle connaissait, un pour chaque pas qu'elle faisait dans la cuisine. A deux heures du matin, elle s'endormit avec le bébé dans les bras. A six heures et demie, quelqu'un la secoua par l'épaule jusqu'à ce qu'elle se réveille.

— Dégage de là, quoi, merde ! dit Birgitta. C'est mon lit. Et je suis vannée.

— Fais pas la gueule, lance Birgitta en remplissant son verre. C'est qu'une bière.

Margareta détourne le regard : elle regrette encore, elle regrette toujours ce qu'elle fait. La prochaine fois qu'elle aura envie d'être gentille avec l'une de ses sœurs, elle se donnera d'abord un bon coup de pied aux fesses. Histoire de se rafraîchir la mémoire.

— Je ne fais pas la tête, affirme-t-elle, sans réussir à modérer son ton. Simplement, je croyais que tu t'étais arrêtée de boire. C'est ce que tu m'as dit quand j'ai appelé l'année dernière.

Birgitta lève son verre, dont elle examine le liquide ambré.

— Je bois pas. Je prends seulement une bière. T'es pas obligée de devenir hystérique.

Hystérique ? Margareta prend une profonde inspiration et regarde le menu.

— De quoi as-tu envie ? D'une pizza ? Ou d'autre chose ?

Birgitta ne répond pas, elle a fermé les yeux et descend sa bière à grandes rasades.

— Moi, en tout cas, je prendrai du saumon, dit Margareta en reposant le menu. Du saumon grillé.

Birgitta baisse son verre et lèche un peu de mousse restée sur sa lèvre supérieure.

— Du saumon ? J'sais pas moi, j'ai pas trop faim.

Si elle ne mange pas, elle sera ivre et si elle est ivre, elle sera impossible à tenir. Margareta se représente la scène : toutes deux dans la Drottninggatan, elle essayant de calmer une Birgitta qui gueule et titube. Pas question de s'exposer à une telle humiliation. Les deux mains sur la table, elle se penche en avant et siffle entre ses dents :

— Tu vas me faire le plaisir de manger! Sinon, je ne t'emmène pas à Motala, tu n'auras qu'à te débrouiller pour rentrer!

L'espace d'un instant, Birgitta a l'air étonnée.

— Merde, hé calmos! Bien sûr que je vais bouffer, c'est seulement que j'aime pas le saumon. J'ai bien le droit, non?

Elle sirote sa bière en feuilletant le menu.

— Escalope reconstituée? dit-elle. C'est quoi ça?

Margareta allume une cigarette, sa main tremble un peu.

— Les escalopes reconstituées sont fabriquées avec des bas morceaux de charcuterie.

Elle serre les dents pour ne pas poursuivre. C'est de la nourriture fabriquée pour des gens comme toi par des gens qui les méprisent. Birgitta ne l'entend pas. Ni ce qu'elle pense ni ce qu'elle dit.

— Avec pommes frites et sauce béarnaise. Merde, oui. Je prends ça.

Elle lève son verre à nouveau et sourit par-dessus son bord.

— Merde, ce que t'es sympa, Maggan. T'es toujours là quand on a besoin de toi!

Le silence s'installe. Margareta regarde par la fenêtre et sent ses épaules se détendre. Drottninggatan est plongée dans l'ombre. Tout est comme autrefois. Hormis les vêtements des gens et la couleur des tramways, on se croirait encore dans les années soixante. D'ailleurs, elle pourrait très bien être une lycéenne de dix-sept ans. Intérieurement en tout cas.

— Quand j'habitais à Norrköping, j'ai eu une aven-

ture avec un prof, dit-elle en remplissant son verre, la première surprise.

Jamais, auparavant, elle n'a parlé à qui que ce soit de
ce qui s'était passé entre André et elle. Birgitta ne semble
pas l'écouter. L'air déçu, elle fixe le verre que Margareta
porte à sa bouche ; peut-être espérait-elle avoir droit à une
deuxième bière.

— Le soir, on partait avec sa voiture à la recherche
d'un coin tranquille, on se garait chaque fois à des
endroits différents pour que personne ne nous
reconnaisse. Et ensuite, on faisait l'amour sur la banquette arrière.

L'intérêt de Birgitta s'est éveillé, elle rigole.

— Putain, j'aurais pas cru ça de toi. C'était un bon ?

— Un bon ?

— Oui. Un bon coup, quoi !

Margareta remonte un tantinet sa lèvre supérieure.
Mon Dieu...

— Je suppose que oui. Mais ce n'était pas le plus
important. J'étais seule, j'avais besoin de quelqu'un.

Le garçon pose une assiette devant Margareta qui,
s'étant tue, jette un regard morne au saumon. Birgitta
tend la main pour attraper la salière et elle sale ses
pommes frites en faisant de grands gestes. Margareta
cherche sa respiration et continue :

— Ce qui arrivait à tante Ellen était tellement affreux
que je crois que ça m'a traumatisée pendant un an.

Birgitta s'arrête au milieu du mouvement, ses yeux
rétrécissent :

— C'est pas ma faute !

La colère de Margareta s'enflamme. Pourquoi ne
peut-elle pas écouter ?

— Je n'ai jamais dit ça.

Birgitta lâche la salière et cherche les cigarettes. Un
rictus déforme sa bouche tandis qu'elle actionne le briquet.

— Vous m'avez toujours accusée ! Toujours !

Margareta pique une pomme de terre avec sa fourchette, elle a soudain envie d'être méchante.

— Un soir, mon prof et moi, on t'a vue.

Le regard vague, Birgitta lâche le briquet et fouille avec sa main libre dans la poche de son jean.

— Regarde ça, dit-elle. Christina est complètement marteau, elle me poursuit. Regarde ça, cette saloperie de lettre qu'elle...

Elle jette sur la table un petit papier jaune, plié en quatre. Ses mains tremblent quand elle essaie de le déplier. Margareta l'observe avec un sourire en coin, elle n'a pas l'intention de se faire avoir. Elle a été suffisamment manipulée comme ça. Ça suffit d'être sympa. Elle n'a même pas peur.

— Oui, poursuit-elle. Je disais donc... On t'a vue un soir, mon prof et moi. Tu faisais le tapin à Saltängen.

Birgitta la dévisage une seconde avant d'enfoncer la cigarette dans l'escalope reconstituée, puis elle ramasse le bout de papier jaune. Elle se lève et commence à tirer sur le blouson accroché au dossier de la chaise.

— Salope! crache-t-elle par-dessus l'épaule. Espèce de sale snob hypocrite. Vous avez calculé tout ça ensemble, toi et Christina?

Margareta la scrute froidement. Qu'elle parte, et rapidement! Je serai d'autant plus vite à Stockholm! Mais elle n'a pas encore terminé : elle veut planter ses dents encore plus profondément dans Birgitta et lui arracher un bout de chair. Le menton dans sa main, elle lance de sa voix la plus aimable :

— Le Dogue, c'était ton maquereau? Et le bébé? Il a été conçu pendant les heures de travail?

Birgitta attrape le blouson qu'elle jette sur ses épaules, il vole comme une mantille dans son dos alors qu'elle se précipite vers la porte. Décidément, les escarpins sont trop grands, elle nage dedans.

Bien sûr que Margareta a des remords, mais pas avant d'avoir mangé le saumon. Son pouls bat la chamade et elle mange à toute vitesse. Elle mâche et avale, à chaque morceau elle se sent plus lourde, plus sûre d'elle. Finalement, c'est pas mauvais, meilleur que ce qu'elle aurait cru, surtout après avoir appelé le garçon pour qu'il remporte la bière et apporte à la place une bouteille d'eau minérale.

Margareta n'a jamais aimé la bière. C'est vraiment infect, la bière, et les gens qui puent la bière sont encore plus infects. Pouah !

Avec le café, ça lui tombe dessus. Elle se penche sur sa tasse et frémit. Qu'est-ce qui lui a pris ? Comment a-t-elle pu parler ainsi ? Que sait-elle de la vie de Birgitta ? Qu'est-ce qui dit qu'elle n'a pas toujours eu la main appuyée sur l'estomac, elle aussi, comme si elle était en train de se vider de son sang ? Peut-être qu'elle aussi n'avait d'autre consolation que de rencontrer un parfait étranger ? Peut-être qu'elle cherchait seulement, comme Margareta, la confirmation de son existence ?

Margareta passe la main sur son visage et redresse le dos. Non. Il n'y a aucun point commun entre Birgitta et elle-même. Il faut bien un jour qu'elle se pardonne d'avoir presque perdu pied les premiers temps à Göteborg. Dès le semestre de printemps suivant, tout avait changé. Chaque semaine, une carte postale arrivait de Vadstena avec des lettres tremblées et de brefs textes télégraphiques : *Le printemps est en route ! Fais attention à toi !* On aurait dit que ces cartes postales la réveillaient, lui ouvraient les yeux et la poussaient à regarder autour d'elle après un long sommeil. Au fond, elle n'était pas plus laide que les autres filles du cursus, alors pourquoi ne pas aller aux réunions et aux fêtes ? C'est ainsi qu'elle était devenue libertine d'une façon plus acceptable socialement et qu'elle avait appris que l'angoisse se laissait aussi dompter avec des garçons de son âge. Elle allait au cinéma et aux réunions du FNL avec eux, elle avait même fini par se mettre en ménage avec l'un d'eux. Elle avait vécu avec lui presque un an dans une vieille résidence de préfet à Majorna avant de le planter là un beau matin, tout comme elle allait, plus tard dans sa vie, quitter quatre autres hommes. Levée tôt ce jour-là, elle avait fait ses bagages en silence, l'avait laissé endormi dans le lit pré-matrimonial pour aller s'installer dans une chambre meu-

blée et – accessoirement – dans une brève histoire
d'amour avec un jeune docteur tout frais émoulu.
Contrairement à Birgitta, elle avait toujours pris ses responsabilités; même au cours de ses crises les plus profondes, elle n'avait jamais oublié de prendre la pilule.

Pourtant, de quel droit est-elle montée sur ses grands
chevaux vis-à-vis de Birgitta? Elle n'a pas le droit de la
juger. Que serait-elle devenue si sa mère, cette femme
inconnue, n'avait pas eu le bon sens de partir, si elle ne
l'avait pas laissée dans une buanderie mais s'était penchée
comme une ombre sur son enfance? Elle doit se réjouir et
remercier Dieu – au fait c'est qui, celui-là? – d'être arrivée
chez tante Ellen et que sa vie ait pris cette tournure.
Qu'elle n'ait pas eu à vivre comme Birgitta et Christina.
Mais sur un point, Birgitta a raison. Elles l'ont toujours
accusée. Margareta s'en est voulu à mort d'avoir ouvert la
porte de cette cabine téléphonique et montré à Christina
la comptine griffonnée sur le mur, mais Birgitta aussi
avait quelque chose de grave à se reprocher! Si seulement
elle avait évité de laisser traîner ses petites culottes sur
tous les sièges arrière des voitures de loubards, si elle
n'avait pas eu la stupidité de se vanter de ce que les autres
considéraient comme une honte, si elle avait compris la
chance qu'elle avait eue d'avoir été retirée de chez sa
souillon de mère et de se retrouver chez tante Ellen! Et, le
plus important de tout : si Birgitta n'avait pas dit ou fait
ce qu'elle avait forcément dit ou fait quand tante Ellen la
mettait au pied du mur, cette chose mystérieuse qui avait
fait s'emballer le cœur de tante Ellen, monter sa tension et
éclater un vaisseau dans son cerveau, alors tout – la vie
entière! – aurait été différent pour toutes les quatre!

Quelle foutue imbécile!

Margareta écarte sa frange et saisit la tasse de café,
ses mains tremblent. Bien sûr qu'elle en veut à Birgitta!
Depuis bientôt trente ans, sa colère contre Birgitta ne
désarme pas, depuis le moment où, à son retour de l'école,
elle avait entendu une voix gémir :

— C'est pas ma faute, pas ma faute!

Avant même de refermer la porte derrière elle et de

traverser le vestibule, avant même de voir tante Ellen par terre dans le salon, Margareta savait que la vie ne serait plus jamais la même.

Elle était tombée sur le tapis marron et avait fait pipi, l'odeur d'ammoniaque frappa Margareta quand elle s'agenouilla à côté d'elle et lui prit la main.

— Tante Ellen! Que s'est-il passé?

Tante Ellen leva un sourcil et remua la bouche. Sa lèvre supérieure était rouge de sang, elle avait saigné du nez, et un peu de salive moussait dans le coin gauche de sa bouche. Elle n'arrivait pas à parler. Margareta leva la tête et regarda Birgitta plaquée contre le mur côté fenêtres, revêtue de ses ornements habituels : cheveux crêpés et laqués, jupe serrée et pull moulant. Dans la tête de Margareta, il n'y eut plus qu'un point rougeoyant, le mépris. Pouffiasse! Elle se reprit :

— Qu'est-ce qui s'est passé?

Birgitta mit la main devant sa bouche et geignit entre les doigts :

— C'est pas ma faute!

Margareta souffla :

— Tu l'as frappée? Tu as osé frapper tante Ellen, espèce de sale...

Birgitta se colla encore davantage au mur, la main toujours sur la bouche.

— Non! Je ne l'ai pas touchée, je le jure. On s'est disputées, elle m'a crié dessus et ensuite elle est tombée. C'est pas ma faute!

Ecœurée, Margareta baissa les yeux, cette créature n'était même pas digne qu'on la regarde. Elle lâcha la main de tante Ellen et alla chercher un coussin sur le canapé, il était brodé au point de croix en vert et rouge; elle souleva doucement Ellen et glissa le coussin sous sa tête.

— Voilà, petite maman, dit-elle en lui caressant la main. Tout va s'arranger.

Au même instant, Christina surgit à la porte du salon. Sa voix était un chuchotement, à peine audible :

— Qu'est-ce qui s'est passé?

Margareta leva la tête, regarda sa sœur et laissa couler ses larmes.

Birgitta est condamnée à vie. Et elle le mérite.

Margareta cherche ses cigarettes sur la table pendant une seconde avant de comprendre qu'elles ne sont plus là. Birgitta n'était pas hors d'elle au point d'oublier de les lui piquer. Peu importe. A présent, Margareta sait ce qu'elle va faire. Elle va trouver un fleuriste, acheter une rose et une chandelle funéraire, ensuite elle retournera à Motala. Elle ira sur la tombe de tante Ellen et restera là un moment à lui parler de ces lettres qui ne viennent de nulle part, de tout ce qui est et de tout ce qui aurait pu être. Oui. Elle va raconter à tante Ellen ce qu'elle n'a jamais raconté à personne, elle va lui parler d'André et du premier automne à Göteborg, de son voyage en Amérique latine avec un homme qu'elle a quitté dès le troisième jour, de ses marches solitaires à Lima et de cet instant où, revenant à l'orphelinat, elle avait trouvé le lit vide.

— Où est mon petit garçon? s'était-elle écriée en se retournant pour fixer les yeux noirs de la directrice.

— Oh! *señorita*, avait dit la femme avec un sourire gêné. Ce n'était pas votre petit garçon. Sa mère est venue ici avec un avocat cet après-midi. Il lui a offert 500 dollars pour le garçon. Vous auriez pu payer davantage, vous?

Oui. Elle aurait pu payer plus, elle a beaucoup reçu, c'est pourquoi elle a beaucoup à donner. L'héritage qu'elle aurait pu transmettre à toute une lignée d'orphelins aurait suffi pour payer plus que n'importe quel couple américain bourré de dollars. Mais le petit garçon était déjà parti, la directrice avait refusé de lui donner le nom de l'avocat et tante Ellen ne pourrait jamais devenir l'aïeule de ces orphelins. Et Margareta Johansson n'aurait jamais de descendance. Elle est un assemblage de particules tout à fait aléatoires qui va se dissoudre et se mélanger aux milliers d'autres particules tout aussi aléatoires, sans laisser la moindre trace derrière elle.

Une fois dehors, elle choisit le côté ensoleillé de la rue, tourne son visage vers le ciel et laisse le vent jouer avec ses cheveux. L'air frais embaume, elle le hume et essaie d'identifier les molécules qui rebondissent contre les muqueuses de son nez, sourit quand elle y arrive. Du printemps dans l'air. Bien sûr. Demain c'est l'équinoxe de printemps. La veille de l'équinoxe, c'est un jour idéal pour rendre visite à tante Ellen.

Apercevant un fleuriste de l'autre côté de la rue, Margareta se hâte vers un passage pour piétons. On lui saisit le bras juste au moment où elle pose le pied sur la chaussée. Elle se retourne et découvre le visage gris de Birgitta, son double menton flasque tremble quand elle bafouille :

— C'est pas ma faute ! Il faut que tu me croies, un jour il faudra bien que tu me croies !

Margareta ne répond pas. Dégageant son bras, elle s'apprête à traverser. Au bout de quelques pas, le feu vire déjà au rouge et elle est obligée de courir pour gagner l'autre trottoir. Un bus la menace de son vrombissement et elle n'entend ce que lui crie Birgitta qu'une fois de l'autre côté.

— Elle mentait ! Elle était complètement givrée ! Tu ne sais pas ce qu'elle avait fait !

C'en est trop. Birgitta n'a qu'à se débrouiller pour rentrer à Motala par ses propres moyens.

Dans la balance

« Et toi, belle et merveilleuse nature
Qu'es-tu donc sinon un troll enjolivé
Qui tues et dévores ta propre descendance
D'abord trompée par tes cruelles caresses ?
Toi, à la fois leur tombe et leur fossoyeur,
qui surveilles la porte de l'éternité, un Sphinx,
A la figure de vierge et aux griffes de lion,
Tu persistes avec ton sourire de mort et ton silence...
Soit ! Prends-moi. Mais dis-moi avant :
Pourquoi j'ai vécu cette vie ? »

                    Per Daniel Amadeus Atterbom

Je ne peux pas avaler. Je ne le pourrai plus jamais. Qu'est-ce que cela signifie ? Où m'a menée cette perte ? La réponse est simple : au bord de rien.

Tel un papillon, Kerstin Un est sortie de la chambre pour appeler Hubertsson. J'aurais pu lui dire que ce n'est pas la peine, que Hubertsson a quitté le Centre médical pour la journée, mais elle a placé mon ordinateur tellement loin que je ne peux pas atteindre l'embout.

Ulrika est toujours là. Son visage est transformé, le sourire professionnel s'est éteint. Elle a en effet terminé son service : elle a déjà changé ma chemise de nuit et mes draps, lavé mon visage avec un gant de toilette qui sent le savon qu'elle a trempé dans de l'eau tiède et a arrangé les livres sur ma table de chevet selon leur taille pour éviter que toute la pile ne tombe par terre. Pourtant, elle ne se résout pas à partir, elle rôde en silence autour de mon lit, lisse mon drap bien que ce ne soit pas nécessaire, plie la couverture en nid-d'abeilles avec un soin exagéré.

Elle a peur. Elle est soudain si jeune et sa peur est si grande que je voudrais bien la consoler. Mais mon embout est hors d'atteinte.

Pas question de me laisser gagner par la peur, moi aussi. Je sais ce qui m'attend, c'est justement pour ça que je ne dois pas avoir peur. Quand on a perdu la faculté d'avaler, il ne reste plus que trois possibilités. La première est de ne rien faire du tout. Alors, on meurt de déshydratation au troisième jour. La seconde est de perfuser : alors, le corps reçoit un apport de liquide, de sucre et de certains sels minéraux, mais en réalité aucune substance nutritive. On meurt donc de faim au bout de quelques mois. La troisième possibilité est d'introduire un tuyau par la narine, le faire descendre par l'œsophage jusque dans l'estomac et, ensuite, le remplir d'une solution nutritive toutes les trois heures. Alors, on peut vivre éternellement. Amen.

> *Praise the Looord*
> *I've seen the Light...*

Des voix remplies d'allégresse résonnent dans le couloir et parviennent jusqu'à la chambre de Maria. L'espace d'une seconde, une vision s'impose à mon esprit : au-dessus de la maison de santé, le ciel s'est ouvert et archanges, séraphins et chérubins m'appellent de leur chant. Ensuite, je me rappelle que le ciel est toujours ouvert et qu'une chorale doit venir à la maison de santé aujourd'hui. Leur jubilation me procure un grand calme. Je regarde les anges de Maria. Vous avez envie que je vienne ? Vous m'attendez ? J'arrive. Bientôt.
Mais pas tout de suite.

L'image que j'ai du Grand Plaisantin est naïve, je le sais. J'ai rencontré suffisamment de pasteurs d'hôpital au fil des ans pour comprendre que ce n'est pas politiquement correct de se le représenter comme un roi spatial de contes de fées, un Jupiter avec une barbe blanche et une couronne d'étoiles, un géant dont le trône galactique flotte dans le vide de l'autre côté de la Voie lactée et dont le manteau bleu est magnifiquement décoré d'étoiles blanches et de supernovae, de nuages d'antiparticules scintillants et de matière sombre brillante. Il est bien plus mystérieux que ça, disent-ils, il est le mystère inhérent à l'existence.
Un tel dieu est si abstrait qu'il doit vivre enfermé dans son propre mystère, sourd, muet, aveugle et paralysé. Je n'arrive pas à comprendre comment on peut parler avec ce

dieu-là. Et moi, j'ai envie de parler avec le Grand Plaisantin. Sinon, avec qui d'autre chercher querelle, qui tenir pour responsable? Mais je ne crois pas en Lui. Il n'y a aucune raison de croire en Lui. Car la physique est en ce moment en train de trouver la réponse à la dernière question que toutes les religions ont gardée en réserve : comment le monde peut-il exister sans Créateur? Comment quelque chose peut-il surgir de rien?

La matière peut surgir du vide si la pression est suffisamment forte. C'est prouvé. Quelque chose – par exemple un univers – peut donc surgir de rien. D'un autre côté, la pression devrait bien être considérée comme étant quelque chose. Et peut-être le vide aussi. Le vide est-il quelque chose? La non-existence? Qui a créé le Grand Plaisantin? Qui a créé celui qui a créé le Grand Plaisantin?

On peut poursuivre longtemps comme ça. Si on a le temps. Et si l'on ne supporte pas de s'en tenir à ce que nous savons déjà : que quelque chose peut devenir rien. Par exemple la conscience. La pensée. L'existence.

Les yeux fermés, je me laisse couler dans le Stesolid. Une étrange fatigue, qui n'est ni de plomb et nauséeuse, comme celle de Birgitta attendant à un passage piétons de Norrköping, ni douloureuse et alerte comme celle de Christina quand elle ferme les yeux dans son bureau de consultation, ni même somnolente comme celle de Margareta en train de faire la queue chez un fleuriste. C'est ma fatigue à moi – légère, transparente, paralysante. On dirait que je suis sur une toile d'araignée qui se balance, incapable de me libérer, incapable même de le vouloir.

Enfin. Bien sûr que j'aimerais me libérer, si j'avais de l'espoir. L'état que je rejetais avec mépris, il n'y a que quelques heures, me semble à présent paradisiaque. Ah! Etre assise dans mon lit et prendre le petit déjeuner. Approcher de ma bouche une cuillère tremblante pleine de porridge et de compote de pommes, appuyer ma langue contre le palais et jouir des images qui naissent. Fin d'été. Houppes d'avoine frémissantes. Pommes odorantes. Vue dégagée sur la vaste plaine d'Östergötland.

Une carte postale, en somme.

Dans la salle de jeu, la chorale **prend** un nouvel élan et les chanteurs font résonner leurs voix d'argent :

> *Search me Lord,*
> *Shine a light from heaven on my soul*
> *Search me Lord*
> *I wanna be right I wanna be saved*
> *I wanna be whole...*

Non merci. Je n'ai pas forcément envie de connaître le salut ni de me retrouver de l'autre côté, plus sûr à ce qu'il paraît, je n'aspire pas à cette variante-là de la vie éternelle. Pourtant, ça ne me déplairait pas de me trouver face au Grand Plaisantin après ma mort, histoire d'avoir un petit résumé. Je le verrais bien assis sur son trône galactique, tenant une balance dans la main, et me forçant à répondre de mes péchés. Devant lui, j'ouvrirais ma main et j'y trouverais trois billes noires : une pour l'envie, une pour l'amertume, une pour ne pas avoir fait fructifier mes dons.

« Ecoute, maintenant ! » dirais-je, et je mettrais la bille de l'envie dans sa balance. « Oui, je suis coupable. Chaque jour de ma vie, j'ai convoité ce que d'autres ont eu. J'ai envié Maria la Tigresse parce que sa mère lui écrivait, Agneta parce qu'elle était si mignonne et facile à aimer, Elsegerd parce qu'elle savait marcher, fût-ce avec une béquille. Je les ai toutes enviées parce qu'elles ont pu, chacune à leur façon, s'évader de l'hospice des Invalides. Plusieurs années plus tard, lorsque j'ai pu en sortir moi-même et qu'on m'a ramenée de Stockholm aux bons soins du Conseil Général d'Östergötland, je n'ai pourtant pas été satisfaite. En devenant le cobaye des neurochirurgiens de Linköping, j'ai envié aux autres patients leur guérison. Les neurochirurgiens ouvraient leurs crânes, farfouillaient à l'intérieur, puis tout rentrait dans l'ordre. Je les voyais les uns après les autres se lever de leur lit et faire leurs premiers pas titubants dans la chambre, alors que moi je restais allongée à les observer avec mes yeux mi-clos. Moi aussi je voulais marcher ! »

Je reculerais d'un pas et je rejetterais ma tête en arrière pour le regarder droit dans les yeux.

« Pourquoi as-tu fait un péché de l'envie et pas de la jalousie ? Ce devrait être le contraire. Ça devrait être plus grave de dire : *Je ne veux pas qu'elle ait ça !* plutôt que *Moi aussi j'en veux !* Pourquoi celui qui est privé de tout n'aurait-il pas le droit de souhaiter lui aussi avoir la même chose ? »

Ensuite, je mettrais la deuxième bille dans sa balance.

« Voici l'amertume. J'en suis également coupable. Et là, je n'ai pas d'objections, c'est un péché. Mais je voudrais m'expliquer, essayer de montrer sa nature. »

Ici, je prendrais une voix plus basse, à la limite du chuchotement.

« L'amertume est la séquelle d'une maladie. Elle frappe ceux qu'on ne laisse pas faire leur travail de deuil jusqu'au bout. Il se trouve que j'ai vécu à une époque qui ne reconnaissait pas le deuil, une époque qui cherchait plutôt des problèmes. Car les problèmes, c'est plus simple, on peut les résoudre, mais le deuil, il faut le vivre. De plus, le deuil est contagieux et cela effraie les hommes, c'est pourquoi ils sont prêts à toutes sortes d'extrémités pour empêcher celui qui a des raisons de pleurer de le faire réellement. Ils mentent. Ils moralisent. Ils crient et rient avec des voix fortes pour tout couvrir. J'avais beaucoup de raisons de pleurer, c'est pourquoi j'ai éveillé leur crainte. Ils se fâchaient contre moi parce que ma situation était désespérée. C'est pourquoi on veillait d'abord à ce que je sois reconnaissante d'avoir de quoi manger et des vêtements sur le dos, ensuite à ce que j'accepte mon sort, que je sois réaliste et apprenne à considérer mon handicap comme une situation certes difficile mais pas tragique. Alors que c'était une tragédie ! C'est une tragédie de ne pouvoir ni marcher ni parler, c'est infiniment plus qu'une situation difficile. Tous ceux qui en sont frappés devraient avoir le droit de serrer le poing vers le ciel au vu et au su du monde entier, de jurer, maudire, crier, se révolter, se jeter par terre, donner des coups de pied, marteler le sol de leurs poings autant que faire se peut, et de pleurer toutes les larmes de leur corps. Après seulement, on peut voir le monde. Rester allongé encore un peu et suivre une fourmi du regard quand elle traîne un brin chez elle. Accepter que la vie ne donnera pas plus que ça, mais que c'est quand même beaucoup. Finir par admettre que c'est un bonheur de simplement exister. »

Encore une fois, je regarderais le Grand Plaisantin, il serait en train de jouer avec sa barbe et il me regarderait, hocherait la tête pour que je continue. Et je continuerais, car désormais plus rien ne m'arrêterait.

« Pourtant, ce n'était pas seulement de ne pas pouvoir mener à bout le deuil qui me rendait amère. Il y avait autre chose. Je n'étais jamais la plus importante. Jamais, non jamais je n'ai été la plus importante au monde pour quelqu'un. Même pas au moment de ma naissance. Pour Ellen, la mort de Hugo était plus importante que ma vie. Et après cela, je n'ai jamais rencontré quelqu'un auprès duquel j'aurais pu revendiquer quoi que ce soit, il n'y avait aucune raison pour que je compte pour quelqu'un. Rien que de très logique, en somme; celui qui n'a pas été le plus important au monde pour sa mère ne peut jamais devenir vraiment important aux yeux de quelqu'un d'autre. Pas même pour lui-même. »

La voix du Grand Plaisantin tonnerait à travers les espaces.

« Hubertsson ? »

Je le regarderais sévèrement, le courroux du microbe frapperait le souverain de l'univers.

« Tu vas te taire maintenant! Pour une fois, c'est toi qui écoutes. J'arriverai à Hubertsson. Plus tard. D'abord, je vais mettre ma troisième bille dans ta balance : le péché de ne pas faire fructifier ses dons. »

Je me redresserais, mettrais mes mains dans le dos et m'éclaircirais un peu la voix avant de poursuivre.

« Tu ne m'as pas laissée entièrement dénuée de tout. J'ai été dotée d'yeux perçants et d'une intelligence qui fonctionne. Pourquoi alors ne me suis-je pas fait une vie malgré tout? Pourquoi ne suis-je pas devenue un chercheur illustre du genre de Stephen Hawking? Ou à défaut une étudiante médiocre? Pourquoi suis-je restée dans mon lit à me sentir volée par mes sœurs plutôt que de poursuivre mes études? »

Il hocherait la tête. Oui. Pourquoi?

« Reviens donc avec moi à Linköping durant les années où j'étais une idiote douée et le petit cobaye chéri des neurochirurgiens. Oh! comme j'étais douée! Oh! ce que j'aimais ça! Je brillais comme un soleil quand on me faisait des éloges : Regardez la petite Désirée, elle qui est si douée dans sa chaise roulante et qui a toujours le dernier cours par correspondance sur les genoux. Elle vient de réussir l'anglais! Elle vient de terminer une recherche sur Thomson et l'électron! Bon, maintenant il faut qu'elle pose les livres, parce qu'on doit l'amener en salle d'opération pour sonder encore une fois son crâne. »

Ici, je le regarderais à nouveau.

« Sais-tu combien de fois ils m'ont opérée, toi, Grand Plaisantin Omniscient? Moi je ne le sais pas. Je sais seulement que je croyais que toutes ces opérations étaient un signe qu'ils étaient en train de trouver ce petit bout de nerf magique, la racine de tout le mal, qu'ils allaient le réparer avec leurs doigts habiles et leurs instruments tranchants et qu'ensuite, je pourrais faire des choses auxquelles je n'osais rêver auparavant. Chanter. Danser. Courir. Je me préparais à une nouvelle vie, c'est pourquoi je penchais ma tête rasée sur les livres de cours quelques jours seulement après chaque opération, c'est pourquoi je ne me plaignais jamais de ce qu'une plaie avait à peine le temps de se refermer qu'ils me ramenaient déjà en neurologie pour m'en faire une autre. Alors que j'avais une vie qui m'attendait, moi... »

Je respirerais à fond pour garder la voix stable.

« Puis est venu le jour où j'ai passé le bac. Un représentant de l'école par correspondance est venu personnellement dans le service avec mes notes et la casquette blanche des bacheliers, les autres patients m'ont donné des fleurs et le personnel s'est cotisé pour m'offrir un gâteau. *Östgöta-Correspondenten* est venu aussi, on m'a calée dans le fau-

teuil roulant avec toutes mes fleurs, le photographe a pris
une photo tandis que le reporter s'est posté derrière avec
un sourire bienveillant... J'étais heureuse. Pour la première
fois vraiment vue et pour la première fois vraiment heureuse. Quelques heures plus tard, Lundberg est arrivé. »

Ici, j'allais probablement être obligée d'avaler beaucoup pour arriver à poursuivre.

« Tu te souviens du docteur Lundberg, je suppose. Le
médecin-chef. Oui, bien sûr que tu t'en souviens, toi qui es
omniscient. Alors tu sais aussi ce qu'il a dit en arrivant,
après m'avoir tendu un livre comme cadeau d'examen –
c'était le moins qu'il puisse faire. Il voulait fendre mon cerveau en deux, a-t-il dit. Il voulait tirer son bistouri à travers
la substance coriace de mon cerveau et ainsi séparer les
deux hémisphères. Cela était nécessaire, prétendait-il, pour
que l'épilepsie ne cause pas davantage de dégâts. C'était
tout ce qu'ils pouvaient faire pour moi, il espérait que je
l'avais compris, ils ne pouvaient pas guérir et reconstruire,
ils ne pouvaient que prévenir de nouvelles lésions. Couper
le cerveau en deux était certes inhabituel, mais c'était une
méthode éprouvée. Aux Etats-Unis, on l'utilisait depuis les
années quarante. »

Ici je baisserais la voix encore davantage.

« Je me suis desséchée. C'est inéluctable quand l'espoir
s'évanouit. On se dessèche. D'un coup, j'ai eu la sensation
que mes os se vidaient de leur moelle, tandis que le peu de
force et d'équilibre que j'avais m'abandonnait. Il voulait
diviser mon cerveau ! Séparer le sentiment de la raison, les
lettres des chiffres, la conscience de l'inconscient. Il voulait
me priver de ma personnalité pour qu'elle ne subisse pas
d'autres dommages. Je posai son cadeau et regardai cet
homme, me rappelant tout à coup qu'il ne m'avait jamais
rien promis, que je m'étais leurrée moi-même. Cela ne se
reproduirait plus jamais. Qu'avais-je donc espéré ? Chanter ? Danser ? Courir ? Non. Un travail dans des archives,
avec un peu de chance. Quatre, six ou huit heures par jour
à traîner en fauteuil roulant dans les labyrinthes reculés
d'une bibliothèque poussiéreuse. Ou, avec un peu de malchance, le chômage comme seule perspective. Il était plus

que vraisemblable que l'avenir continuerait à me réserver mon lot de malchance... Je rassemblai ce qui me restait de moelle et de force en un mot : Non. Il n'aurait pas le droit de couper mon cerveau en deux. Je refusais de le laisser faire. »

Ici, je regarderais le Grand Plaisantin dans les yeux à nouveau.

« J'étais prête à abandonner. A mourir. Je cessai de parler et de lire, je cessai de manger et de boire et je hurlais de terreur à la seule vue d'un neurochirurgien. Ainsi, je suis devenue inutilisable et le Conseil Général m'a déplacée à Vadstena pour des soins moins chers et moins compliqués. Et la vie a pris un tournant : Hubertsson a croisé ma route et j'ai découvert que je valais un peu plus que ce que j'avais cru jusqu'alors. Mon âme s'est senti pousser des ailes, si tu veux bien accepter une métaphore aussi nulle. »

Le Grand Plaisantin grognerait. Venons au fait !

« Il n'y a rien de plus à dire. J'ai été obligée de devenir sa patiente pour pouvoir être près de lui. Je m'envolais dans le monde la nuit et restais immobile dans mon lit le jour, et découvrais que cela me suffisait. C'est pourquoi je n'ai pas poursuivi mes études, c'est pourquoi je ne suis jamais devenue un Stephen Hawking. »

Ici, je sourirais et je ferais mon tour de passe-passe : d'un pli de mon vêtement, je tirerais une quatrième bille – sphère d'or éblouissante, plus grande que les trois autres réunies.

« Regarde, dirais-je, penche-toi en avant et regarde dans ma bille ! Je vais la poser sur l'autre plateau. Va-t-elle faire pencher la balance ? »

Ici, je laisserais la bille rouler de ma main sur le plateau, elle brillerait et étincellerait et, avant d'atterrir, il serait évident qu'elle était plus lourde que toutes les étoiles du Grand Plaisantin.

« Regarde, dirais-je, regarde comment la balance penche sous le poids de ma bille, comment le métal du plateau est sur le point de se briser. »

Le Grand Plaisantin se pencherait en avant, poserait la main de son immensité devant moi et j'avancerais d'un pas, tremblante et craintive, mais résolue. Lentement, je monterais à travers les cieux, dans la main de Dieu je serais menée devant le visage de Dieu. Devant sa réponse.

« Je sais, dirait-il. Tu as aimé. »

Kerstin Un et Ulrika sont de retour dans ma chambre, je les aperçois derrière mes paupières mi-closes. Jamais je ne les ai vues comme elles sont en ce moment. Kerstin Un a les cheveux en bataille, les yeux d'Ulrika sont brillants et elle est nerveuse. Elles relèvent encore davantage la tête de mon lit, me soulèvent et lissent la chemise de nuit sous mon dos. C'est bon. Les plis peuvent devenir une torture quand on est obligé de reposer dessus heure après heure.

— Désirée, dit Kerstin Un d'une voix très différente, beaucoup plus grave qu'à l'ordinaire.

— Désirée ! Tu m'entends ?

J'ouvre les yeux et la regarde.

— Je n'arrive pas à joindre Hubertsson. J'ai téléphoné au centre médical et chez lui, mais je n'arrive pas à le joindre. Veux-tu que je fasse venir le docteur Wulf en attendant ?

Non. Je ne veux pas. J'ai d'autres projets. Je ferme les yeux et fais un petit mouvement de la tête. Pour la première fois, Kerstin Un admet qu'elle voit l'un de mes mouvements non convulsifs.

— Tu préfères attendre Hubertsson ? Bien. Je te promets de le rappeler. Et si on ne le trouve pas avant que je m'en aille pour la journée, je préviendrai Kerstin Deux. Ça te va ?

Ça me va. Ça me va tout particulièrement.

Je ne sais pas ce que je vais dire à Hubertsson quand il arrivera. Il y a des décisions à prendre. Des promesses à tenir.

Naturellement, nous avons déjà parlé d'euthanasie, en particulier au cours de ces dernières années, où le mot ne fait plus tant penser au nazisme et aux camps de la mort qu'à des solutions nouvelles dans une ère de haute technologie. Ce n'est pas seulement en Hollande qu'on cherche de nouvelles voies. En Australie, on a inventé une aide nouvelle pour les handicapés moteur. Un ordinateur de la mort. On approche le fauteuil roulant de l'écran, on remplit une seringue de poison et on introduit une canule que l'on bloque dans le bras de la victime. Sur l'écran, une question est répétée à trente secondes d'intervalle :

Veux-tu vraiment mourir ?
Entrée.
Veux-tu vraiment mourir ?
Entrée.
Veux-tu vraiment mourir ?

La question est posée trois fois, et trois fois il faut qu'on appuie sur Entrée. Trente secondes plus tard, le blocage de la canule se défait et le produit létal se mélange au sang. Simple et hygiénique. Pas de bourreau. Rien qu'une victime. Et une somme rondelette économisée pour les contribuables.

Quant à la chorale, ils en sont au final. Les chanteurs sont maintenant bien en voix et en redemandent, ils sont comme habités par leur chant et frappent le rythme si fort que je n'entends qu'un bref fragment du texte :

No one else can calm my fear...

Je les envie. Moi aussi j'aimerais pouvoir chanter. C'est justement cette chanson que j'aimerais chanter à Hubertsson.

J'en sais plus sur Hubertsson qu'il ne le pense. Je sais le goût qu'a la peau de son cou contre une langue, je sais comment ça fait de laisser ses doigts jouer avec les poils sur sa poitrine, comment il ferme les yeux et ouvre la bouche à l'instant de l'orgasme. Mais le souvenir est mince et ténu, je l'ai caché pour qu'il dure longtemps, j'ai pris garde de ne pas l'user. Et désormais c'est du pareil au même : l'avenir est bref.

Une seule fois, j'ai suivi Hubertsson à l'Hôtel Standard de Norrköping. C'était un jeudi en janvier, juste à l'époque où ma courbe ascendante avait commencé à se rompre, quand les crises devenaient plus fréquentes et quand les bruits et grognements qui franchissaient mes lèvres commençaient de moins en moins à ressembler à des mots et des phrases. A cette époque-là, j'étais souvent en colère et perdais patience avec mes aides à domicile, j'avais l'impression qu'ils faisaient exprès de ne pas comprendre ce que je disais. Ils tenaient toujours à me présenter un abécédaire pour me forcer d'épeler le moindre mot alors que c'était aussi difficile d'indiquer avec le doigt que de parler : mes mains partaient en tous sens sur le tableau et rendaient mes messages mystérieux et incompréhensibles même pour moi. Pour finir, j'essayais en glissant le bâton dans la bouche, sans plus de succès.

Donc, je me taisais et je me repliais sur moi, restant couchée à longueur de journée à dormir ou à le prétendre, déjouant toutes les timides tentatives de me sortir de la maison. Il y avait de la neige dans les rues et l'air était froid! Qu'avais-je à faire dehors?

Les aides à domicile finirent par s'y habituer, ils s'installaient dans mon salon avec des livres et des journaux, jetant juste un coup d'œil de temps à autre dans ma chambre pour voir si j'avais des crampes. Ils cessèrent de me parler et c'était exactement ce que je voulais. Car quand je ne risquais pas qu'on m'adresse la parole, je pouvais m'en aller.

J'avais trouvé un hôte idéal pour mon esprit, une vieille corneille qui avait surgi dans le pin devant la fenêtre de ma chambre vers la fin novembre et qui s'y était installée comme chez elle. Son caractère me convenait : obtuse et agacée la plupart du temps, elle était au fond un être extrêmement pragmatique. Quand elle se rendait compte de ma présence derrière ses yeux, elle n'était pas saisie de panique comme d'autres corneilles, mais se livrait simplement à un rapide calcul. Elle n'avait pas été longue à comprendre que j'avais beau être plus forte, j'avais néanmoins besoin d'elle. Il régnerait donc une sorte d'équilibre entre nous. Je renforçais le calcul en ma faveur à l'aide d'une petite bouffée de certitude dans ses veines : si elle agissait selon ma volonté, elle survivrait et, quand viendrait le printemps, je la laisserais tranquille pour couver ses œufs.

J'y allais en douceur avec elle au début, lui demandant de me mener au-dessus de Vadstena seulement deux ou trois fois par jour. Je ne la forçais jamais à survoler le Vättern – on distinguait l'eau noire entre les plaques de glace près des rives et cela lui faisait peur – et je me contentais de contempler le lac depuis les tours du château et les cimes des arbres du parc. Ensuite, j'obtenais d'elle qu'elle me dépose dans un arbre devant le centre médical, d'où je pouvais observer tantôt Hubertsson, tantôt Christina lors de leurs consultations. Peu à peu, je devins plus audacieuse, j'abandonnais la corneille un instant et me reposais dans une goutte de neige fondue sur une branche, je la laissais s'envoler et rejoindre un autre arbre. Elle ne volait jamais loin et, après quelques jours, elle revenait dès que ma pensée l'appelait. Pourtant, je poussai encore plus loin la préparation, forçant ma corneille à décrire des cercles de plus en plus larges au-dessus de la plaine, m'arrêtant dans des forêts et des bosquets, me glissant dans un renard ou dans un lièvre, entrant dans un hérisson endormi et rêvant avec lui, consolant ensuite un écureuil gelé avec des souvenirs de l'été avant de rappeler mon oiseau. Elle arrivait à tire-d'ailes, bien qu'elle ait dû attendre des heures. Elle était à moi. Dressée et prête à servir.

Les jeudis, je me réveillais toujours l'inquiétude vissée au corps : c'était le jour où Hubertsson allait partir précipitamment après une rapide tasse de café, pour ne revenir que tard le lendemain, à supposer qu'il revienne. Il ne parlait jamais beaucoup le jeudi matin, il était déjà absorbé par la nuit à venir. Je n'aimais pas cela. J'en savais trop peu sur ses jeudis et ses nuits du vendredi, je ne savais même pas s'il rencontrait la même femme toutes les semaines ou bien s'il s'en choisissait une nouvelle à chaque fois. Mais je n'avais pas l'intention de demander, cela aurait été une violation de notre contrat. Je ne voulais pas non plus me contenter de le regarder à distance,

de le suivre derrière mes paupières closes comme je le faisais déjà avec mes sœurs. Je ne voulais pas voir avec les
yeux de Hubertsson, je voulais être celle qu'il voyait avec
ses yeux.

Puis arriva enfin le jeudi tant attendu : Hubertsson
agita un salut distrait avec sa serviette en partant de chez
moi ce matin-là, je le suivis du regard et décidai de risquer
le tout pour le tout. Durant la journée, je me montrai gentille et docile, acceptant même une promenade en fauteuil
roulant pour calmer mon aide à domicile. Et vers cinq
heures, je me mis à bâiller pour faire comprendre que je
désirais aller me coucher. Vers six heures avait lieu la
relève et celui qui devait me surveiller – un jeune artiste
peintre très consciencieux – entrouvrit la porte de ma
chambre pour noter avec satisfaction que je paraissais
dormir calmement. Il ouvrit son carnet d'esquisses et saisit son crayon. Ce soir, il aurait le temps de bien travailler.

Tout de suite, quand je dirigeai la corneille vers le
nord-est, elle sembla comprendre que ceci était un
moment particulier, elle monta haut vers le plafond noir
de la soirée et croassa – ce qui me fit rire. J'en profitai
pour lui faire prendre de la vitesse. Pourtant, il nous fallut
de nombreuses heures avant de pouvoir nous poser sur un
réverbère devant l'Hôtel Standard à Norrköping. Epuisée,
la corneille remua la tête, voulant la glisser sous l'aile. Je
l'en empêchai car j'avais besoin de ses yeux pour trouver
un autre porteur. Il n'y avait personne devant l'entrée, il
me fallut attendre vingt minutes avant que surgisse un
retardataire solitaire. C'était un homme entre deux âges ;
il ne me remarqua pas, s'arrêta seulement un instant au
moment de poser le pied et tangua comme s'il avait été
pris de vertige quand j'atterris en lui. Dans le vestiaire, il
croisa une femme qui se dirigeait vers les toilettes. Toute
à mon saut, je lui accordai à peine un regard.

Le corps de la femme était agréable, léger et souple à
porter. Ses poumons étaient d'un rose doux, les cils de ses
bronches se balançaient comme des herbes marines au
fond de la mer, la salive dans sa bouche avait la fraîcheur

de celle d'un enfant. Ma décision fut prise. C'est ici que je serais.

Elle avait un peu bu et ne remarqua ma présence qu'une fois assise sur la cuvette des toilettes. Elle leva les yeux de sa culotte en coton blanc et fixa le mur, une question papillonnant sur ses lèvres. Y a-t-il quelqu'un?

— Je veux danser, chuchotai-je.

Elle rit et répéta mes mots:

— Je veux danser!

J'eus le temps de contempler son image dans le miroir en sortant. Elle avait de jolies couleurs: cheveux blond doré et yeux verts, le visage jeune et encore à l'ébauche, les joues lisses, les yeux ronds et interrogateurs. Peut-être était-elle trop jeune pour Hubertsson.

Mais je veux être légère sous son poids, pensai-je.

Elle sourit vers son reflet et inclina la tête:

— Légère sous son poids...

La seconde d'après, elle mit la main devant sa bouche et se dévisagea dans la glace. Qu'est-ce qui me prend?

— Tu t'appelles comment? chuchotai-je.

Elle ôta les mains de sa bouche et murmura:

— Qui es-tu?

— Un rêve et un conte de fées. Tu t'appelles comment?

Tremblement de panique dans sa voix.

— Qui es-tu?

La porte d'un des cabinets s'ouvrit, une fille pouffant de rire en sortit.

— Qu'est-ce que tu as, Camilla? Tu parles toute seule?

Camilla tangua et rit, un rire cristallin, argenté, éclatant. Hubertsson l'aimerait.

— Je me sens si bizarre. Comme si je n'étais plus seule dans mon corps.

— Seule dans ton corps, tu ne le resteras pas bien longtemps ce soir, à ce qu'il me semble..., s'esclaffa l'autre fille.

Du genre vulgaire. Heureusement que je ne l'ai pas choisie.

Je laissai Camilla s'arrêter à l'entrée du restaurant, le temps pour moi de jeter un regard alentour. Lustres en cristal, éclairage feutré, rideaux de velours rouge et piste de danse en parquet. Sur l'estrade, un quatuor en vestes noires, électrifié mais modéré. En gros, ce à quoi je m'étais attendue.

Hubertsson était assis seul, renversé en arrière à une table près de la fenêtre. Son visage était sérieux mais il avait adopté une attitude arrogante, les jambes croisées, le bras droit tendu sur le dossier de la chaise vide à côté de lui. On aurait dit qu'il n'était pas vraiment là, qu'il ne remarquait pas les lumières et les bruits l'environnant.

L'amie de Camilla avait traversé la moitié du restaurant, elle se retourna et fit un geste engageant avec le bras. Camilla esquissa un pas vers elle. Je l'arrêtai.

— Lui, chuchotai-je. L'homme seul là-bas.

Une onde de dégoût balaya son cerveau. Un vieux ! Je crachotai et me dilatai, alors son être intérieur se contracta de peur et elle prit la direction que j'avais choisie. Je fixai les yeux verts sur Hubertsson et passai les doigts sur la nappe de sa table avec un demi-sourire sur les lèvres, comme ça en passant.

Ça marchait. A l'instant même où je m'étais assise à la place de Camilla, il posa sa main sur mon épaule. Je laissai le petit sac de soirée sur la table et me levai, il me prit par le bras et m'entraîna sur la piste de danse.

Oh !

Appuyer enfin une joue contre celle de Hubertsson et sourire du petit frisson qui, au même moment, parcourut tout mon système nerveux, laisser un corps laiteux aux ligaments tendus se couler dans ses bras, laisser une cuisse se glisser entre les siennes comme par hasard.

Il dansait bien. Il me suffisait d'être le plus détendue possible, de reposer dans ses bras et me laisser guider. Ni l'un ni l'autre ne parlions. Il me guidait sur le parquet danse après danse. L'amie passait parfois près d'elle en levant un sourcil interrogateur, mais je fermais les yeux de Camilla pour la laisser au-dehors. Camilla, elle, avait pratiquement disparu. Perplexe, les yeux écarquillés, blottie dans un recoin de son être, elle se croyait en train de rêver.

J'étais arrivée tard et ce fut bientôt la dernière danse. Hubertsson posa une main impérieuse dans mon dos et me serra contre lui, je répondis en étouffant un petit rire dans son cou. Oui, chuchotai-je et ma voix, telle qu'elle aurait été si tout avait été différent, sortit soudain de la gorge de Camilla :

— Oui. Oui. Oui.

Hubertsson rit, me caressant le dos de sa main.

— Oui, dit-il lui aussi. Oui. Résolument oui.

Sa chambre d'hôtel était préparée d'une manière qui indiquait une certaine habitude. Une petite lampe de table était allumée pour qu'il ne tue pas l'ambiance en allumant le plafonnier, les rideaux étaient tirés et le lit prêt. Deux petits chocolats étaient posés sur l'oreiller, il en prit un et me le lança avec désinvolture. Je l'attrapai d'un léger mouvement de la main en riant. Camilla devait être douée pour les jeux de ballon.

Il y avait deux verres et une bouteille de vin sur la table. Cela me surprit qu'il soigne autant les détails : ce n'étaient pas des verres à dents de la salle de bains mais des verres à vin avec un pied.

Je restai au milieu de la pièce, les pieds joints tandis qu'il débouchait la bouteille. Soudain, je me sentis nerveuse. Serait-ce suffisant, ce que j'avais appris dans les livres et devant la télévision ?

— Alors, fit Hubertsson en me tendant un verre. Qui est Camilla ?

Je levai le verre et dis la vérité :

— Je ne sais pas. Et qui es-tu ?

Il posa le verre et ôta sa veste. Ses yeux brillèrent – le jeu lui plaisait.

— Un étranger. Nous n'avons qu'à laisser les choses ainsi, non ?

— Oui, acquiesçai-je. Que me veux-tu, étranger ?

— Tout, dit Hubertsson. Et rien.

Cela m'étonnait qu'il accepte si facilement de devenir

mien, qu'il soit capable de rester sans bouger dans le seul fauteuil de la chambre tandis que, à cheval sur lui, je déboutonnais sa chemise. Il renversa sa tête en arrière et ferma les yeux quand je laissai les doigts de Camilla caresser les poils de sa poitrine et posai l'oreille dessus pour écouter les battements de son cœur. Tout à coup, je devins un animal, un fauve affamé qui voulait lécher, mordre et mordiller avec des dents acérées la peau à l'odeur d'amande de son cou jusqu'à ce qu'il se mette à gémir. Alors je me laissai glisser pour m'agenouiller entre ses jambes et commençai à manier l'agrafe de son pantalon; je le sentis soulever légèrement son bassin, mais je ne voulus pas me montrer trop pressée, je le laissai attendre quelques secondes avant de très doucement descendre la fermeture Eclair et laisser jaillir ce qui était comprimé dans le jersey de coton blanc.

— Oh! fit Hubertsson d'une voix trouble quand je me penchai sur lui. Oh! Qui es-tu?

Toute la nuit, je fus sans nom. Tantôt allongée par terre comme une crucifiée sous lui, tantôt à quatre pattes comme une louve à hurler. Comme un seul être, nous roulâmes d'un côté à l'autre du grand lit. L'air de la pièce était chargé de nos odeurs, les cheveux de Camilla devenaient tout emmêlés et humides de sueur; à travers les mèches, je regardai le visage de Hubertsson – lèvres mouillées, narines dilatées, yeux mi-clos – et je montrai mes dents de fauve. Tout! Donne-moi tout et rien!

Il ne se rendit pas compte de mon départ, il dormait comme un mort quand je me levai et ramassai les affaires éparpillées de Camilla : un sac de soirée, une petite culotte, un soutien-gorge et une robe froissée. Elle commençait à devenir difficile, gémissait, protestait et essayait de se dégager de mon emprise. Mais il me restait encore une chose à faire. Je remontai le drap sur les épaules nues de Hubertsson, me penchai sur lui, embrassai une dernière fois sa barbe naissante et éteignis la lampe avant de refermer très doucement la porte de sa chambre d'hôtel derrière moi.

Je voulais épargner à Camilla le sourire entendu du préposé au vestiaire, le devoir me dictait de rester aux commandes pour aller retirer son manteau. Elle ne devait revenir à elle qu'une fois dehors sur le trottoir. Là, je l'arrêtai et appelai ma corneille. Perchée dans un arbre du parc de la Gare, elle m'entendit immédiatement et prit son envol. Je libérai Camilla, montai vers le ciel, remplis la corneille d'allégresse et du chant des anges. Elle répondit par son rire croassant.

Devant l'Hôtel Standard de Norrköping, Camilla revint à elle, les bras serrés autour de son corps.

Quelques heures plus tard, Hubertsson sonna à ma porte et affola l'assistante du matin.

— Où est-elle?

— Qui?

— Désirée, évidemment.

— Dans son lit. Où veux-tu qu'elle soit?

Il fonça dans ma chambre avec l'assistante sur les talons.

— Elle dort. Nous ne t'attendions pas; d'habitude, tu ne viens pas si tôt le vendredi matin.

Elle tendit la main pour lui barrer le chemin.

— Laisse-la, elle était tellement fatiguée, hier.

Il la repoussa et ouvrit la porte, regarda dans la pièce et se tourna ensuite vers elle.

— Mais elle a des convulsions! Toi, tu vois rien et t'entends rien!

Je payai cher ma nuit d'amour avec Hubertsson: quatre jours d'ouragans répétés où le monde trembla et se brisa devant mes yeux. Je ne réussis à remonter à la surface, à happer un peu d'air qu'au prix d'un effort surhumain. Puis, je sombrai de nouveau.

A mon réveil, le cinquième jour, je n'étais plus chez moi mais couchée dans un lit qui ne m'appartenait pas, dans une pièce inconnue. Je ne compris qu'au bout d'un moment que j'étais de retour dans la maison de santé où j'avais fait la connaissance de Hubertsson. Il arriva quelques heures plus tard, marchant d'un pas lourd et l'air infiniment plus vieux que la dernière fois que je l'avais vu.

— *Status epilepticus*, dit-il en se tenant au pied de mon lit. C'était à un cheveu. Tu sais où tu te trouves ?

J'essayai de répondre, mais seul un gémissement sortit de ma bouche.

— Hein ?

Je fis un gros effort, formai le mot dans la tête, le roulai à travers tous les méandres du cerveau, le laissai rebondir contre mes cordes vocales et ouvris la bouche. Ce fut un grognement. Hubertsson prit le tableau abécédaire de la table de chevet et glissa un crayon dans ma bouche ; l'effort me donna la migraine au moment où j'épelai le bref mot. Oui.

— Tu as du mal à parler ?

Un poids brûlant pesait sur mon front, pourtant j'essayai de garder les yeux ouverts pendant que j'indiquais sept lettres de plus. Peux pas.

— Peux pas ? Tu ne peux pas parler du tout ?

Je fermai les yeux et cherchai sa main, la serrai deux fois et relâchai : non, je ne pouvais plus parler. Sa main lâcha la mienne. Il se tint immobile devant mon lit un long moment, ensuite j'entendis un bruissement de tissu et compris qu'il avait mis la main dans sa poche.

— Tu vas rester ici quelques jours, déclara-t-il. Ensuite, tu pourras rentrer chez toi. Nous allons seulement adapter tes médicaments.

Je n'ouvris pas les yeux et ne saisis pas sa main, je n'avais rien à ajouter et ma tête me faisait mal. Les semelles de ses chaussures raclèrent le sol tandis qu'il gagnait la porte qu'il ouvrit mais ne referma pas. Il attendit quelques secondes avant de parler et un petit rire parfaitement indécent vibra dans sa voix :

— Jeudi, j'ai rêvé de toi. Toute la nuit.

Je souris derrière mes paupières closes. Le prix à payer n'avait pas été trop fort.

Cette fois-là, je pus sortir de la maison de santé au bout d'une semaine. A présent, c'est plus délicat. Hubertsson évite le sujet quand j'essaie de l'aborder.

J'aimerais bien retourner à mon appartement encore une fois. Je voudrais rester assise dans mon salon ensoleillé avec un aide à domicile silencieux et hors de mon champ de vision – de préférence l'artiste peintre, c'est très agréable de se trouver à proximité de sa concentration quand il dessine – et écouter Grieg. J'aime Grieg. Il n'est ni hésitant ni timide, il est volumineux et véhément, à la manière des hommes, tout en restant un homme assez exceptionnel pour savoir se moquer de lui-même. Comme Hubertsson.

Mon salon est beau, bien plus beau qu'aucun des appartements de mes sœurs. Même le paradis bleu clair de Christina ne peut se comparer au mien. J'ai la lumière de mon côté, les matins d'été éblouissants, et en hiver la clarté limpide de la matinée. Peut-être est-ce la lumière qui attirait Hubertsson chez moi tous les matins, pendant des années. Car il ne venait pas pour mes jolis rideaux.

On se disputa six mois durant quand j'insistai pour qu'il m'emmène au *Svenskt Tenn* après notre visite annuelle au Musée Technique. Il se sentait leurré. N'avais-je pas prétendu avoir envie de revoir la chambre de Wilson que pour avoir l'occasion de faire un tour dans ce magasin de bourgeois ? Vraiment ! Sans compter l'indécence d'acheter des rideaux à cinq mille couronnes ! Il y avait des gens dans le monde qui n'avaient pas de quoi manger tous les jours. Le savais-je, au moins ? J'expédiai sa gueulante avec un reniflement. J'avais envie de mes rideaux Josef Frank depuis mon emménagement dans l'appartement. Mille fois j'avais imaginé l'effet que feraient les fleurs épanouies sur les murs, et pendant des années, j'avais économisé sur ma pension pour me les offrir. Le prix de mes rideaux ne regardait pas Hubertsson. Hein ? Moi et Josef Frank, avions-nous ôté le pain de la bouche des nécessiteux ?

Je voudrais rentrer chez moi. Retrouver mes rideaux et le reste. Une dernière fois je voudrais me trouver dans mon salon tôt le matin et sentir l'odeur de café se répandre dans l'appartement, encore une fois je voudrais faire signe à mon aide à domicile d'allumer le micro-ondes au moment même où Hubertsson sonne à la porte, pour que les petits pains soient juste chauds quand on les poserait sur son assiette.

Hubertsson et moi. Notre querelle de rideaux. Nos matins avec du café fort et des petits pains chauds. Nos longs silences et nos conversations en pointillés. Nos excursions au Musée Technique. Notre seul et unique réveillon du Nouvel An, quand je levais en tremblant un verre de Champomy, le heurtais à son verre de champagne et trinquais à la nouvelle année.

Au fond, c'est peut-être une vie. Celle que j'ai vécue.

Oui. Je veux que Hubertsson vienne maintenant, juste quand la lumière de l'après-midi commence à se teinter de bleu et annonce le crépuscule, je veux qu'il me prenne dans ses bras et me porte à travers tout Vadstena jusqu'à mon appartement. Là, il me posera sur mon canapé rouge, étendra le plaid blanc sur mon corps pour qu'on ne voie pas que c'est un morceau de bois flottant, il écartera un peu les rideaux Josef Frank pour laisser entrer le cré-puscule. Ensuite, nous resterons là, main dans la main, pendant trois jours. Seuls. Mais ensemble.

Demain, c'est l'équinoxe de printemps, mais les *benandanti* feront leur procession sans moi. Je veux rester dans mon corps, je veux reposer avec ma main dans celle de Hubertsson et, pendant les derniers jours, lui donner la seule chose que j'aie à donner : un récit accompli.

Aucune de mes sœurs n'a volé la vie qui m'était desti-née. Celle que j'ai vécue était celle qui m'était destinée. Pourtant je ne dois pas les relâcher, je ne dois pas encore laisser Christina, Margareta et Birgitta partir chacune dans sa direction.

Hubertsson a posé une question. Avant que tout soit fini, il aura une réponse.

Mean Woman Blues

« Parfois, être une putain est la seule
chose à quoi une femme peut se raccrocher. »

Stephen King

Un bus arrive et dissimule Margareta. Une fois qu'il est passé, elle n'est plus là. C'est du Margareta tout craché. Un instant là, l'instant d'après disparue. Elle a une faculté extraordinaire pour disparaître. En particulier dans des moments comme ceux-ci, où elle a poussé Birgitta à vouloir s'expliquer et se défendre, où elle l'a énervée à tel point que celle-ci est prête à faire ressurgir les fantômes du passé. C'est alors qu'elle se tire, Margareta, le museau tremblant comme celui d'un lapin peureux. Elle adore lancer des piques et des insinuations, mais en fin de compte elle a trop peur d'apprendre la vérité.

C'est tellement douloureux!

Birgitta serre sa main sur son estomac et s'appuie contre le poteau des feux tricolores. Merde! Elle a envie de dégueuler, oui, maintenant elle sent monter cette petite bulle de rien qui annonce toujours le vomissement, qui prend possession de sa gorge et la force à ouvrir la bouche. Elle écarte les pieds et se penche en avant, mais au milieu de la nausée, une petite question lucide se fraie un chemin à travers sa tête. Mais enfin, d'où viennent ces foutus escarpins? Et elles sont où, ses chaussures à elle?

Margareta s'imagine qu'elle est complètement ailleurs, ça se voyait dans ses yeux tout à l'heure. Mais Birgitta se souvient pourtant de certaines choses de la veille. Qu'elle est restée plusieurs heures assommée comme une masse de plomb sur son matelas, par exemple, sans pou-

voir ni se lever ni dormir, pendant que Roger ronflait par
terre. Qu'une dispute a éclaté dans l'après-midi, oui, il
s'est fâché parce qu'elle a refusé de sortir davantage de
bières. C'est ça. Et c'est alors qu'elle a enfin eu la satisfaction de pousser cette larve de merde dans le vestibule,
d'ouvrir la porte et de le foutre dehors. Après, elle s'était
sentie en forme. Vachement en forme. Cela lui apprendrait que Birgitta ne se laisse pas humilier, que toute sa
vie elle a refusé de vivre sous le joug. Une fois, les journaux avaient écrit qu'elle était la reine de la dope à Motala
et c'était vrai, du moins en ce temps-là. Elle n'avait jamais
été une de ces droguées ordinaires et veules qui écartent
les jambes devant n'importe qui pour obtenir leur dose,
elle avait dealé elle-même et mené sa propre barque. C'est
dans cet état d'esprit qu'elle était partie en ville hier et
qu'elle était tombée sur Kåre, un vieux toxico à la
recherche de Rohypnol et, ensemble, ils étaient allés de
squat en squat. A un endroit, ils étaient tombés sur un
black qui avait une bagnole et puis toute la bande – Kåre,
Sessan, elle-même et Kjelle Rouge – avait sauté dans la
bagnole et était partie faire la java quelque part. A Norrköping. C'était forcément à Norrköping, puisqu'elle s'était
réveillée à Norrköping ce matin et que c'est là qu'elle se
trouvait maintenant. A un moment donné, pendant la
nuit, un clone de Minnie Mouse a dû chouraver les tennis
de Birgitta pour s'en aller avec. Une des semelles a un
trou, la dame en question a dû s'en rendre compte à
l'heure qu'il est. Faut espérer qu'elle se sera gelé les orteils
et qu'ils lui tomberont du pied avec un bruit de petits gla-
çons quand elle retirera les pompes.

Merde. Voilà le dégueulis qui arrive.

Dans un spasme, Birgitta éclabousse l'asphalte de son
vomi, ses yeux se remplissent de larmes, mais elle peut
quand même voir une femme qui attend le feu vert sursauter et faire quelques pas de côté. Snobinarde, je
t'emmerde !

Il n'y a pas grand-chose qui sort, elle n'a qu'une mal-
heureuse bière dans le ventre. Birgitta lève la tête et
s'appuie contre le poteau, ferme les yeux pendant une

seconde et essaie de se dire qu'elle est pratiquement sobre. Elle n'a bu qu'une seule petite bière, en fait elle vomit parce qu'elle est fatiguée et qu'elle a mal au ventre. Merde. Si seulement elle avait été dans sa turne, si elle avait pu aller se coucher sur son matelas avec un pack de bières à portée de main. Alors elle serait restée là pendant des heures sans bouger un cil, immobile, les yeux fixés au plafond.

Il faut qu'elle rentre! Et Margareta, la salope, va la conduire. Elle l'a promis; si elle croit qu'elle va pouvoir se défiler, elle se met le doigt dans l'œil.

Birgitta essaie encore une fois de guetter la rue qui tangue comme le sol d'une maison hantée de fête foraine, mais elle s'en fout, ça ne l'inquiète pas le moins du monde. Elle a toujours le vertige quand elle a vomi. Ça va passer : elle n'a qu'à rester appuyée ici contre ce poteau et faire semblant d'être une madame Tout-le-monde qui a été prise d'une légère nausée mais qui est quand même assez bien élevée pour attendre que le feu passe au vert.

Mais qui essaie-t-elle donc de leurrer? Elle-même. Qui d'autre pourrait croire une seconde qu'elle est madame Tout-le-monde? Maintenant, il y a une flopée de messieurs et mesdames Tout-le-monde au passage pro-tégé, un vrai troupeau de blaireaux, trois femmes et deux hommes, et ils se serrent les uns contre les autres aussi loin d'elle que possible. Ils prennent soin de ne pas la regarder et piaffent d'impatience en attendant que le feu change. Ce n'est qu'une question de temps avant que la bande ne se mette à siffler, rien que pour marquer claire-ment qu'ils ne l'ont ni vue ni entendue.

— Espèce de rats pisseux! dit Birgitta à mi-voix et elle rit en voyant un petit tremblement se répandre dans le groupe.

Ils ont peur : tous les cinq gardent les yeux résolu-ment fixés sur la rue, mais les femmes s'agrippent à leur sac à main et les hommes enfoncent encore un peu plus leurs poings dans les poches.

Birgitta renifle et fouille dans sa poche pour trouver ses cigarettes. Qu'est-ce qu'ils s'imaginent donc? Qu'elle va les bouffer?

Il fut un temps où elle trouvait du plaisir dans la distance que marquaient ces blaireaux, ça la faisait se sentir fière et présomptueuse. Comme cette veille de la Saint-Jean quand ils partaient, toute la smala, de Motala à Mantorp avec la Chrysler du Dogue en tête. Elle était à côté du Dogue, vêtue de son nouveau jean blanc et avec un soutien-gorge à carreaux Vichy sous son chemisier rose. Elle était vraiment chouette ! Elle avait noué un foulard rose sur ses cheveux crêpés, et monté le nœud sur le menton dès qu'elle avait refermé la grille derrière elle. Et une fois hors de vue de la maison d'Ellen la Chieuse, elle avait sorti le chemisier du jean pour le nouer au-dessus de la taille. Quand elle s'étirait, on voyait son nombril, c'est pourquoi elle avait levé très haut le bras pour faire signe au Dogue qui l'attendait dans sa Chrysler à quelques bloc de maisons de là. Le Dogue n'avait pas pu s'empêcher de sourire. C'était inhabituel : en général, il était plutôt du genre à lui serrer la vis. En particulier au début, quand ils sortaient ensemble.

Ils prirent le chemin qui passait par Mjölby, entrèrent même dans la ville bien que ce soit un détour, huit grandes voitures à la queue leu leu traversèrent les quartiers périphériques en direction de la Grand-Place. Tout d'abord, presque personne ne les vit : la ville était vide et plongée dans le calme habituel d'un jour de fête, bien que la matinée soit bien avancée et qu'aucun mât de mai fleuri n'ait encore été dressé. La ville avait l'air toute propre, à croire qu'Ellen et Christina, dans un accès particulièrement grave d'obsession du ménage, avaient passé en revue tout Mjölby avec leurs serpillières et leurs chiffons, que Christina avait ratissé les pelouses et les avait coupées avec des ciseaux à ongles et que la chieuse elle-même avait récuré les façades des maisons avec une brosse de chiendent et fait briller chaque feuille de bouleau avec du produit pour argenterie.

Quand ils approchèrent du centre, il y eut un peu plus de monde, les magasins étaient encore ouverts. Le Dogue n'avait que la main gauche sur le volant, l'autre reposait décontractée et évidente sur le dossier du siège de Birgitta. Il ne la touchait pas : il marquait seulement que cette nana au look de Marilyn Monroe était à lui. Birgitta se renversa en arrière et laissa sa nuque frôler son bras. Ça, c'était la vie, c'est comme ça que ça devrait toujours être. Si le paradis existait, ce serait la matinée d'une veille de Saint-Jean qui durerait toujours, quand on glissait dans un cabriolet rutilant dans une petite ville de merde avec quelques bouteilles s'entrechoquant par terre à l'arrière et avec la certitude que les prochaines vingt-quatre heures allaient être une fête non stop où on allait vraiment s'éclater.

Mais il manquait quelque chose et ce fut bien sûr le Dogue qui s'en rendit compte : il glissa un disque dans le superbe petit mange-disque de la Chrysler, celui que Birgitta lui avait acheté à Luxor en profitant de la remise pour le personnel, et il mit le volume à fond. Quand le cortège passa sur le pont au-dessus du Svartån, une voix familière tonna au-dessus de l'eau :

> « *Well since my baby left me*
> *I found a new place to dwell*
> *it's down at the end of Lonely Street*
> *at Heartbreak Hotel...* »

On aurait dit que la voix faisait se dresser les oreilles de tout Mjölby. Tout le monde se mit comme au garde-à-vous. Les paysans sur la Grand-Place levèrent le regard de leurs stands de fruits et légumes, et s'approchèrent imperceptiblement de leurs caisses, des hommes en chemises toutes neuves de chez Algots se raclèrent la gorge et guettèrent la rue, le front plissé, tandis que leurs épouses guindées aux cheveux permanentés et aux manteaux de popeline beige restaient plantées là, tenant les premières barquettes de fraises de l'été dans les mains, n'ayant même plus la force de les mettre dans leurs cabas.

Birgitta et le Dogue paradaient dans leur voiture décapotée, les visages fermés juste ce qu'il fallait pour assurer, alors que la bande dans les voitures derrière eux avait déjà ouvert les bouteilles et démarré la fête. Ils avaient baissé les vitres et restaient accrochés comme des grappes aux fenêtres des voitures, hurlant et chantant, gueulant et riant. Le Dogue jeta un regard dans le rétroviseur et constata que tout le cortège avait passé le pont, il freina et s'arrêta à la Grand-Place.

Birgitta et le Dogue sortirent les premiers ; le Dogue lança la clé quelques dizaines de centimètres dans l'air et la rattrapa en un geste terriblement élégant, Birgitta enleva son foulard et passa la main sur son crêpage avant de le suivre.

— Tu m'achètes une glace, dis ? fit-elle en se blottissant tout près du Dogue et en glissant son bras sous le sien.

Lui aussi était particulièrement beau aujourd'hui : les cheveux ramenés en un ébouriffage artistique de gomina sur le front, il arborait une nouvelle veste noire en satin brillant. Ça faisait des semaines qu'il attendait avec impatience cette fameuse veste commandée à la maison de VPC Hollywood à Stockholm. Heureusement qu'elle était enfin arrivée la veille des festivités de la Saint-Jean. Il y avait un aigle dans le dos. Aucun des loubards d'Östergötland n'avait la même.

— Ouais, poupée, dit le Dogue en sortant son portefeuille.

Birgitta se mit sur la pointe des pieds devant le kiosque à glace. Dans le fond, on entendit des voix et des portières qui claquaient quand les autres descendirent à leur tour, mais elle savait bien que c'était elle que tous les blaireaux de la place reluquaient. Elle et le Dogue.

Le Dogue aussi en avait conscience, toute son attitude l'indiquait quand il se pencha dans le kiosque et lança une pièce d'une couronne en commandant :

— Un Top Hat !

Birgitta mit le bras autour de son dos :

— Tu n'en prends pas ?

Le Dogue renifla.

— Et puis quoi encore ! C'est bon pour les bonnes femmes... Il te faut des fraises avec ?

Des fraises ? Pourquoi voudrait-elle des fraises ? Puis elle se rappela : le Dogue aimait étaler sa générosité. Ça ne faisait qu'un mois qu'ils sortaient ensemble et elle avait déjà appris à ouvrir docilement la bouche et avaler quand il était d'humeur prodigue. L'autre soir, elle avait été obligée de se gaver de trois portions de hot-dog avec purée avant qu'il ne soit satisfait. Quand ils avaient fait l'amour après, elle avait eu l'impression d'avoir le gosier rempli de mayonnaise, de cornichons et de ketchup, mais elle avait ravalé sa nausée et essayé de faire bonne figure. Il était facile d'imaginer comment le Dogue traiterait une nana qui vomirait du ketchup et de la mayonnaise aux cornichons sur le siège arrière de sa Chrysler. Pour l'instant, il ne l'avait pas encore vraiment frappée, seulement donné une claque avec le dos de la main quand elle parlait trop. Cela avait allumé une petite flamme de désir entre ses cuisses, mais il lui restait assez de jugeote pour savoir que se faire tabasser par ces poings-là n'aurait rien d'une partie de plaisir.

Les habitants de la ville s'écartèrent quand le Dogue se fraya un passage vers un stand du marché, le portefeuille toujours à la main. Elle trottina derrière – en sandales à lanières et talons aiguilles, impossible de marcher autrement – tout en léchant méticuleusement le couvercle en carton de son cône glacé. Tous les hommes du marché la dévoraient des yeux, c'est pourquoi elle exagéra ses mouvements de langue, la rendant particulièrement longue et pointue, et elle lécha avec application le couvercle à la recherche de la moindre trace de chocolat et de confiture.

La troupe de blaireaux agglutinée devant le stand que le Dogue avait choisi s'écarta aussitôt et le laissa passer devant sans protester. Birgitta le suivit, en léchant toujours son cône.

— Des fraises ! rugit le Dogue.

Le paysan derrière l'étal se dépêcha de saisir une barquette qu'il tendit pour approbation. Birgitta se retourna et examina paresseusement les blaireaux les plus proches. Ils avaient commencé à se détendre maintenant, ils parlaient à voix basse en se regroupant lentement. Tout près de Birgitta se tenait une bonne femme qui avait quelque chose d'Ellen la Chieuse : robe grise en coton fleuri sous un manteau en popeline soigneusement boutonné, frisotis de permanente collés sur le front et filet à cheveux tendu sur le reste de la tête. Elle fit glisser un sac en papier marron dans son cabas, qu'elle donna ensuite à un homme de l'autre côté de Birgitta. Il tendit le bras et saisit vivement le sac.

— Ça va pas, non ! cria Birgitta. Espèce de sale vicieux !

Le Dogue pivota.

— Il m'a touché les seins !

Birgitta pointa un doigt accusateur vers le vieux au cabas, elle avait déjà eu le temps de se persuader que c'était arrivé. Bien sûr que c'était arrivé ! Sinon, pourquoi aurait-elle la voix cassée et si stridente, sinon pourquoi tremblerait-elle d'indignation ?

— Qui ça ? dit le Dogue en remontant les manches de sa veste. La manchette était élastique, ainsi il pouvait dénuder ses bras poilus sans avoir à plier et froisser le satin noir.

— Lui là ! Le type avec la casquette !

Le cou de sa femme se constella de taches rouges, elle passa devant Birgitta et se posta devant le vieux.

— Ne soyez pas ridicule, dit-elle en reniflant. Egon n'a jamais touché les seins de personne.

— Qu'est-ce que t'en sais, la vieille ? Avec la tronche que t'as !

C'était Sigge la Guêpe qui criait. Le reste de la bande était arrivé, les gars formaient un petit cercle autour des blaireaux. Sigge la Guêpe se tenait au milieu, maigre, les cheveux couleur de sable, les bras croisés sur le gilet de cuir. Les nanas s'indignèrent en gesticulant derrière : un gros dégueulasse avait touché les seins de Birgitta ! Merde alors ! Et puis quoi encore ?

— Pousse-toi, la vieille, ordonna le Dogue de sa voix la plus sombre en écartant la femme.

Comme dans un film, pensa Birgitta. Avec le Dogue, tout se passe exactement comme dans un film. Et puisque c'était un film, elle se prépara à jouer son rôle, elle entoura le bras du Dogue de ses bras, se pencha vers lui et cilla rapidement comme pour chasser ses larmes.

— Allez, viens chéri! Partons. Laisse ce gros dégueulasse tranquille!

— Attends, je vais t'arranger ça, moi, fit le Dogue en remontant la manche de sa veste d'encore un centimètre.

Il visa soigneusement le vieux et cogna.

— Aoooh! fit sa femme en s'effondrant par terre.

A ce souvenir, Birgitta grimace quand elle traverse lentement la rue tout en fouillant au fond de ses poches dans l'espoir de trouver un briquet. Le troupeau de blaireaux s'est dépêché de la distancer et se disperse de l'autre côté, sinon elle aurait pu agripper l'un d'eux pour demander du feu, ne serait-ce que pour le plaisir de les voir sursauter comme des poules affolées. Mais ça ira quand même : ses doigts viennent de trouver ce qu'ils cherchaient. Elle s'arrête, jambes écartées, au milieu de la rue, entoure la flamme de sa main pendant qu'elle allume et aspire la première bouffée. Une voiture rouspète à sa gauche, elle souffle un petit plumeau de fumée et lance un coup d'œil hargneux au conducteur. C'est quoi, ça? Le bonhomme est toujours au vert!

Cette histoire à Mjölby avait marqué le début de sa carrière de délinquante, bien qu'en réalité, elle n'ait rien fait du tout. Mais ce fut la première fois qu'elle vit un commissariat de l'intérieur. Le Dogue avait crié à la bande de se tirer à Mantorp quand on l'emmena au poste, menottes aux poignets et tout ça, mais il s'était bien gardé de protester quand on l'avait embarquée elle aussi. Cela l'avait flattée, encore qu'elle ait eu un peu peur que ça se sache à Motala et qu'Ellen la Chieuse ait vent de toute l'histoire. Pour sûr, elle en ferait tout un plat. Même si la vieille était devenue un peu plus raisonnable ces dernières années – par exemple, elle s'était contentée de hocher la tête en silence quand Birgitta avait déclaré tout de go qu'elle n'avait pas l'intention de participer cette année au repas de famille de la Saint-Jean, qu'elle ne rentrerait certainement pas de la nuit – mais elle ferait une attaque si elle apprenait que l'une de ses filles avait été arrêtée par la police.

N'empêche que l'attaque, enfin l'hémorragie cérébrale, elle l'avait eue quand même. A l'ouverture du procès du Dogue, quelques mois plus tard, tout était déjà fini. Comme si, cette année-là, l'automne s'était annoncé dès la Saint-Jean, et qu'il était évident qu'il serait lamentable.

Pourtant, ça avait bien commencé. On les avait relâchés dans la soirée et, en sortant du commissariat, le Dogue avait saisi la main de Birgitta, la serrant rapidement et avait ri, avant de reprendre sa prise habituelle autour du poignet. Le crépuscule était tout rose, la ville reposait chaude et immobile comme un chat endormi devant eux, mais le Dogue ne voulait pas de quiétude et de couleurs pastel. Ce qu'il voulait, lui, c'était de l'action. Maintenant, ils allaient partir pour Mantorp, là tout de suite, et s'éclater un max.

Ils furent salués comme des vainqueurs, un hurlement monta de la bande de Motala lorsqu'une heure plus tard ils pénétrèrent dans le camping au son d'Elvis, la sono à fond. Le Dogue remonta ses lunettes de soleil sur le front et sourit en coin, Birgitta rit fort et se prépara à répondre avec désinvolture et nonchalance aux questions des nanas qui voulaient savoir comment ça s'était passé, ce qu'avait dit et fait la police.

Et pourtant, après seulement une heure, l'ambiance vira. C'était Sigge la Guêpe, bien sûr, qui comme d'habitude ne pouvait pas tenir sa grande gueule. Il était tout simplement obligé de tituber vers le Dogue, de l'entourer de son bras et de bafouiller avec des lèvres mouillées dans son oreille :

— Merde, le Dogue ! C'était vachement puissant, j't'aurais jamais cru capable de mettre une vioque au tapis du premier coup...

Le Dogue se fâcha, il se leva et arracha sa veste. Sigge la Guêpe tomba à genoux devant lui et joignit les mains comme en prière :

— Ne me frappez pas, mon brave monsieur! Frappez plutôt ma nana!

L'instant après, il était sur ses jambes et, vif comme un singe, se faufila derrière Anita en faisant semblant de se cacher.

— Frappez-la! Oui! Elle est superforte. Sinon on n'a qu'à faire une virée à Skänninge demain et trouver un vieux, je promets que je ferai valdinguer sa canne, comme ça tu n'auras qu'à le cueillir!

A ce stade, le visage du Dogue était blanc, il était tellement en rogne qu'il était presque devenu sobre, il serra les lèvres et respira par le nez comme un taureau, ouvrit et ferma ses mains plusieurs fois avant de plier lentement les doigts et se préparer. En un seul mouvement, il écarta brutalement Anita et se jeta sur Sigge la Guêpe, le saisit par la chemise et le souleva, le laissa pendouiller dans l'air à battre des jambes un moment, avant de lâcher prise et de lui en décocher une, le poing fermé. Sigge tomba en arrière et resta par terre sans bouger, il fixa le ciel bleu-gris de la Saint-Jean, ses yeux grands ouverts, comme s'il ne s'était pas rendu compte que le sang coulait d'une narine. Puis il leva lentement la main, s'essuya le nez avec et regarda le sang. Il mit ensuite son index dans sa bouche et titilla une dent de devant. Il releva le torse, s'appuya sur les coudes et cracha dans l'herbe. Son crachat était mêlé de sang.

— Merde, dit-il en se laissant retomber dans l'herbe. J'aurais jamais cru que tu le prendrais comme ça, le Dogue.

Le Dogue restait planté devant lui, les poings fermés en respirant comme un taureau. Un seul coup n'avait pas suffi à délivrer sa rage, il voulait frapper encore et plus fort, mais ne pouvait évidemment pas frapper quelqu'un déjà à terre, en particulier pas après ce qui s'était passé sur la Grand-Place de Mjölby. Sigge sut tirer profit de son avantage, il s'installa calmement et plaça le bras sur son front, secoua la tête, feignant d'être peiné, si bien que le petit filet de sang sous son nez trembla.

— Non, dit-il. J'aurais jamais cru que tu le prendrais

comme ça, le Dogue. Un mec comme toi, avec la Chrysler la plus bath de tout Motala et le meilleur coup de toute la ville. Merde, on t'envie, t'as pas compris ça ? T'as du bol, toi. Si t'étais pas passé par-là, tous les gars auraient eu le temps de se taper Birgitta, chacun son tour, mais on était que la moitié de la bande à l'avoir sautée quand t'es arrivé pour casser la baraque. Merde, faut nous comprendre, elle nous fait bander, nous aussi...

La lumière pâle de la nuit de Saint-Jean éteignit les couleurs, tout était soudain devenu gris ; les voitures, le chemisier rose de Birgitta. Le silence s'installa autour d'eux, on aurait dit qu'une cloche en verre s'était abaissée du ciel sur la bande de Motala, une cloche qui les forçait à former un cercle tous ensemble, et qui ne laissait pas passer les bruits et les voix des autres bandes du camping.

Quelqu'un poussa un rire, Birgitta jeta un rapide coup d'œil sur le côté, et vit que c'était Lille-Lars, puis une nouvelle petite poule à côté d'elle gloussa en sourdine. Le cercle se resserra. Birgitta découvrit qu'elle n'en faisait plus partie mais qu'elle était prisonnière au milieu, comme le Dogue et Sigge la Guêpe. Les autres avaient reculé et s'étaient massés derrière son dos.

Le Dogue se tenait toujours immobile, mais ses lèvres n'étaient plus aussi serrées et ses poings pendaient ouverts et sans défense le long de son corps. Sigge la Guêpe croisa une jambe sur l'autre avec l'air de celui qui est en train de paresser sur une plage. Encore une fois, il se passa la main sous le nez, contempla le sang un court moment avant d'ôter l'autre main de son front et de se mettre à frapper des mains :

— Ah ! si la place...

Bien que sourde, sa voix basse était assez forte pour que toute la bande puisse saisir les paroles. En un instant, la cloche en verre résonna d'applaudissements. Tous tapaient des mains à la même cadence tandis qu'ils fredonnaient en chœur, d'une voix qui, en quelques secondes, n'eut plus le son d'une brise tranquille mais celui d'une bourrasque de vent :

« *...de Birgitta je pouvais prendre,*
Je borderais ma chatte de cuir.
Puis chez tous les mecs j'irais me vendre,
Et copieusement me faire reluire... »

Du coin de l'œil, Birgitta vit Sigge la Guêpe se redresser lentement, se mettre debout sans cesser de taper des mains ni perdre le rythme, pivoter et reprendre en chœur. Il ploya les genoux et rigola en faisant le tour du cercle, poussa les autres à accélérer la cadence et élever leurs voix jusqu'à ce que la cloche en verre éclate en mille morceaux coupants qui s'abattirent sur eux. Le cercle se défit, la voix unie fut soudain plusieurs voix, les yeux qui, quelques minutes plus tôt, étaient limpides et étincelants se troublèrent, comme avant que la cloche ne tombe sur eux. Puis Sigge la Guêpe leva le bras en un geste de victoire, ferma sa main ensanglantée sur le col d'une bouteille, trinqua en poussant un hurlement et but au goulot.

Seuls le Dogue et Birgitta restèrent comme deux ronds de flan à se regarder.

C'est ainsi que leur relation s'acheva la première fois. Ils se voyaient parfois de loin durant cet automne-là, mais ne se parlaient pas. Pourtant, Birgitta témoigna en sa faveur au procès qui finit par arriver, elle dit que c'était la faute à la vieille, elle avait pointé sa tronche au mauvais moment, juste quand le Dogue était en train d'agiter un peu ses mains dans l'air. Malgré cela, Birgitta dut rentrer seule, le Dogue fut envoyé directement en maison de redressement, c'était maintenant urgent de le punir alors qu'on l'avait laissé traîner à Motala pendant pratiquement six mois. Au fond, c'était peut-être aussi bien : ç'aurait été pire si on l'avait libéré et qu'il ait refusé de la ramener, bref, si, après le procès, il l'avait regardée du même œil vide et indifférent que lorsqu'elle avait quitté le box des témoins.

En arrivant à Motala ce soir-là, elle s'était comportée vraiment bizarrement, comme si elle était défoncée, alors qu'elle ignorait jusqu'à l'existence du cannabis et des

amphétamines. D'abord, elle était allée à l'ancien appartement de Gertrud, elle avait tiré sur la porte fermée à clé,
oubliant que Gertrud était morte, et elle ne s'en était sou-
venue que lorsqu'un parfait inconnu lui avait ouvert.
Alors, elle avait reculé et dévalé les escaliers, elle avait
couru jusqu'à l'arrêt de bus le plus proche. Ensuite, elle
avait pris le bus pour la maison d'Ellen la Chieuse à
l'autre bout de la ville. Seulement, une fois la main sur la
grille, elle s'était rappelé qu'ici non plus rien n'était
comme avant. Il y avait de la lumière à l'étage : Hubertsson habitait toujours là, mais Ellen la Chieuse était à
l'hôpital de Linköping, muette comme une carpe. Birgitta
avait son appartement maintenant, un réduit glacial dans
la vieille ville. Elle y était retournée mais, incapable d'aller
se coucher, elle avait passé la nuit assise à la table de la
cuisine à regarder fixement le radiateur électrique qui
rougeoyait devant elle en fumant cigarette sur cigarette.

Le lendemain, elle n'était pas allée au boulot et, puisque c'était la sixième fois cet automne-là qu'elle s'absen-
tait sans prévenir qu'elle était malade, elle avait été virée.
C'était vachement injuste. Comment aurait-elle pu se faire
porter pâle ? Elle n'avait même pas le téléphone.

Birgitta s'arrête en arrivant sur l'autre trottoir et
regarde autour d'elle. La rue ne tangue plus, mais elle est
tellement étroite et encaissée qu'on suffoque. Il fait froid
aussi, les grands immeubles plongent toute la rue dans
l'ombre. A Motala, ce n'est pas comme ici, c'est clair et
dégagé partout. Et puis, il n'y a pas de tramway à Motala.
Birgitta n'aime pas les tramways, ils lui font peur. Curieu-
sement, il lui est beaucoup plus facile d'imaginer comment ça serait de se retrouver sous un tramway que sous
un bus, elle sait même le bruit que ça ferait quand les
roues métalliques du tram s'enfonceraient dans son corps.
Tchof, tchof, tchof. Un tchof gluant et terriblement san-
glant. Mais ce qu'elle voit dans sa tête, ça n'arrive jamais,
donc elle ne sera jamais écrasée par un tramway. Et si
cette pensée annule la magie ? Si on pense que ce qu'on

vient d'imaginer n'arrivera jamais, peut-être que ça arrive...

Bof! Mieux vaut ne pas penser du tout.

Où elle est passée maintenant, Margareta? Elle ne peut quand même pas s'être dissoute, se volatiliser comme ça. Elle doit se planquer derrière une porte cochère ou dans une boutique quelque part. Ça lui ressemblerait bien.

Sinon, Margareta est un mystère intégral. Soit elle est fausse d'un bout à l'autre, soit elle est tout simplement cinglée. Avec Christina, c'est plus simple : elle est snob et méchante d'une façon plus logique. On sait à quoi s'en tenir. Margareta, elle, peut être hypersympa et la meilleure copine du monde, du genre à rigoler et bavarder, et puis l'instant d'après la voilà qui se met à aboyer comme un putain de rottweiler et à mordre. Cent fois, elle a fait croire à Birgitta qu'elle est prête à se mobiliser, que tout ce qu'elle veut dans ce monde c'est être un peu chouette avec une ancienne sœur adoptive, tout ça pour mieux cogner ensuite – tiens, prends ça en pleine gueule! – et elle repart la tête haute. Mais elle est habile : elle a le chic pour faire oublier qu'elle est une vraie peau de vache. Une petite inclinaison de la tête et hop, on lui donnerait le bon Dieu sans confession.

En quoi ça la regarde que Birgitta ait fréquenté Saltängen pendant quelque temps? C'est pas ses oignons. C'est bizarre quand même que ça l'ait tant remuée... C'était il y a cent ans, ça devrait être mort et enterré depuis belle lurette. Quelque part, Birgitta a lu que le corps entier se renouvelle tous les sept ans, il n'y a donc pas un ongle, pas un cheveu, pas un seul endroit de sa peau qui soit resté le même. Elle n'est donc plus cette fille qui fréquentait Saltängen. Soudain, la rage lance des éclairs dans sa tête. C'est ça! Elle est tout simplement une autre personne aujourd'hui, les snobinardes ne peuvent pas rejeter la faute sur la Birgitta d'aujourd'hui pour ce qui est arrivé à Ellen. D'ailleurs, la vieille serait morte de toute façon depuis longtemps. Elles s'imaginaient peut-être qu'elle aurait vécu éternellement s'il n'y avait pas eu

Birgitta ? Ou qu'Ellen n'avait aucune part dans ce qui s'était passé ? Ah ! Mais maintenant Margareta va entendre toute la vérité, maintenant elle sera forcée d'écouter et de reconnaître que ce n'était pas la faute de Birgitta !

Elle s'arrête devant une vitrine et essaie de se mirer dedans. Peut-être que Margareta est rentrée dans une boutique pour se cacher dans une cabine d'essayage. Celle-ci est sans doute suffisamment chic et à la mode pour convenir à une snobinarde, il y a un chemisier en vitrine qui coûte mille deux cents balles. Birgitta voit d'ici la tête d'Ulla, son assistante sociale, si elle se pointait à l'Aide sociale avec un chemisier comme ça, mais pour quelqu'un comme Margareta, ça doit être banal, elle balance probablement des billets de mille à droite et à gauche comme si c'était de la menue monnaie. Sans parler de Christina : quand elle s'est présentée au tribunal pour témoigner contre Birgitta, elle portait un tailleur qui puait littéralement le fric, et moche par-dessus le marché ! Sans parler de trois épais bracelets en or aux poignets... Birgitta avait fixé ces bracelets en or pendant tout son témoignage, en essayant de calculer combien de doses on aurait pu en tirer.

Elle pousse la porte et fait quelques pas dans la boutique, c'est vide dedans, même pas une vendeuse. Elle s'arrête et examine les lieux. Où se trouvent les cabines d'essayage ?

Un rideau bouge un peu tout au fond de la boutique, une nana maigre sort et essaie de libérer sa bouche en mastiquant vite. Esclave de boutique typique qu'on mène à la baguette et qui essaie d'engloutir un peu de nourriture entre les clientes. Elle s'est fait faire des mèches comme n'importe quelle bourgeoise de la haute et elle a le dos tellement droit qu'elle en tombe presque en arrière.

— Oui ? fait-elle en levant les sourcils.

Il est évident qu'elle ne considère pas Birgitta comme une cliente potentielle, parce qu'elle parle avant d'avoir tout avalé. Elle n'a même pas l'air d'avoir peur : ses sourcils levés sont comme collés à trois centimètres sous les cheveux. Au même moment, Birgitta aperçoit son reflet dans un miroir sur le mur. Ses cheveux pendent, son visage est gris, ses cuisses informes sont épaisses comme des troncs d'arbres.

— Il n'est pas autorisé de fumer ici, reprend la femme sans baisser les sourcils. Et nous n'acceptons pas les bons de l'Aide sociale.

Birgitta ouvre la bouche pour répondre, mais aucun mot n'en sort. Merde! Mais qu'est-ce qu'elle fout dans cette boutique? Margareta n'est pas ici. Elle tourne les talons et ouvre violemment la porte, une petite clochette tinte, elle a l'impression d'entendre la femme lui dire « A une prochaine fois »...

C'est de nouveau la houle. La rue se soulève puis s'effondre sous ses pieds. Elle est obligée de prendre appui sur le mur d'un immeuble pour ne pas tomber et, soudain, c'est comme si toute force la quittait. Ses genoux se dérobent sous elle et elle ne désire plus que se laisser aller, tomber, s'allonger sur la rue qui tangue et s'endormir.

Si seulement ça ne faisait pas si mal!

Elle serre sa main sur son estomac et continue en trébuchant. Mais c'est bien aussi que ça fasse mal, ça la tient éveillée. C'est dangereux de s'allonger dehors à cette époque de l'année, on peut mourir de froid. Personne ne viendra la couvrir ni glisser un oreiller sous sa tête, les blaireaux vont simplement l'enjamber comme si de rien n'était. Elle ne peut compter que sur elle-même, c'est pourquoi elle appuie son dos contre une vitrine et pose ses paumes contre la vitre. Elle va rester comme ça un petit moment, se reposer et rassembler ses forces avant de continuer à chercher Margareta.

Quelqu'un ouvre la porte du magasin et sort sur le trottoir. Tout d'abord, Birgitta n'a pas la force d'ouvrir les paupières pour voir qui c'est, mais, en comprenant que la personne en question n'a pas l'intention de poursuivre son chemin, elle entrouvre ses paupières d'un millimètre. Margareta se tient là et enfile ses gants. Elle a un sac en papier sur le bras. Elle a acheté des fleurs.

— Je voudrais récupérer mes cigarettes, dit-elle. Te fatigue pas à prendre un air tragique. De toute façon, je n'ai pas l'intention de te plaindre.

Plaindre ?

Birgitta a-t-elle jamais désiré qu'on la plaigne ? Jamais. Pas un seul instant.

Pourtant, toute sa vie, elle a été traitée comme un exemplaire endommagé, comme si elle était boiteuse, bossue, sourde ou muette. En réalité, seules Ellen et Christina ne l'ont pas plainte. Et puis grand-mère, bien sûr. Celle-là est restée furax toute sa vie, elle ne plaignait jamais personne et poussait seulement son petit gloussement de poule en disant que la vie était assez juste, tout compte fait. Les gens n'avaient en général que ce qu'ils méritaient. En particulier dans la dernière ligne droite.

Parfois, Birgitta se réveille la nuit avec l'impression d'entendre ce rire, mais ce n'est que son imagination qui lui joue des tours. Ça fait une paye que grand-mère est morte et Birgitta a du mal à s'imaginer comment elle pourrait revenir hanter ses nuits. Elle n'avait que du mépris pour les histoires de fantômes que Gertrud ramenait à la maison, et il n'y a aucune raison pour qu'elle ait changé après sa mort. Elle est probablement assise sur un nuage quelque part, la bouche pincée et les bras croisés sur la poitrine : si elle a dit que les fantômes n'existent pas, c'est une chose entendue, et elle n'a certainement pas l'intention de jouer à la revenante uniquement parce qu'on le lui demande.

Pourtant, grand-mère riait pas mal pour quelqu'un

d'aussi revêche. Comme le matin quand elle se coiffait devant le miroir.

— Oh! mais bonjour, toi! lançait-elle toujours avec un petit rire à son reflet. Ce que tu peux être jeune et belle aujourd'hui!

Assise sur la banquette de la cuisine, Birgitta l'observait. Quand elle était toute petite, elle trouvait bizarre que grand-mère puisse se trouver jeune et belle, parce qu'elle ne voyait pas ce qu'il pouvait y avoir de beau dans ce corps informe et ce visage pâteux et blafard. Même pas ses cheveux, dont pourtant grand-mère semblait si fière. Quand elle défaisait la natte de la nuit et la peignait avec ses doigts, ils s'étalaient ternes et plats dans son dos. Ils n'avaient pas de couleur, c'étaient même les seuls cheveux au monde qui n'aient pas de couleur. Plusieurs années plus tard, Birgitta se trouvait alors dans un centre de traitement quelque part à regarder la télévision lorsqu'elle entendit un astronaute américain dire que le plus étrange avec la surface de la lune était qu'elle n'avait pas de couleur, et ça lui rappela sa grand-mère. Les cheveux de cette femme étaient donc de la même couleur que la surface de la lune.

Mais grand-mère ne s'occupait jamais très longtemps de ses cheveux, elle leur donnait juste trois coups de peigne avant de les aplatir sur le dessus et de les attacher en une petite saucisse dure serrée dans la nuque, puis elle enfilait ses vieilles bottes et sortait surveiller la voie ferrée.

Grand-père était garde-barrière et ils habitaient une maison de fonction juste à côté de la voie ferrée, une maisonnette rouge au milieu de la plaine d'Östergötland, à un kilomètre de la vraie grande route et à six kilomètres de la ferme la plus proche. Encore que ce ne fût pas vraiment une ferme, mais plutôt un manoir : ses champs arrivaient jusqu'à la clôture du jardin de la maison du garde-barrière. Grand-mère disait qu'il y avait des enfants dans la grande maison blanche loin là-bas, mais que Birgitta n'aille pas s'imaginer des choses. Des enfants comme ça n'avaient pas le droit de jouer avec des mômes de garde-barrière.

Elle n'avait pas non plus le droit de jouer seule dans le jardin, c'était trop dangereux. A tout moment, elle aurait pu s'aventurer sur la voie ferrée comme elle l'avait déjà fait une fois petite. Grand-mère l'avait retrouvée couchée sur l'une des traverses, le nez plaqué sur le bois sentant le goudron. Les rails chantaient déjà, grand-mère l'avait arrachée de là au dernier moment. Birgitta aurait été l'agneau de la mort si grand-mère n'avait pas été là, qu'elle se le tienne pour dit.

Grand-mère le racontait souvent, Birgitta avait prononcé ses premiers mots juste après, quand elles étaient rentrées à la maison. D'abord, elle avait pris la raclée qu'elle méritait, ensuite elle s'était avancée au milieu de la pièce sur ses petites jambes instables, et là, elle avait geint à voix haute :

— Gitta pas bête!

Elle était une môme bizarre, d'après grand-mère. Jamais elle n'avait entendu parler d'un enfant qui commence à s'exprimer comme ça, la plupart disaient « ma-ma » et « da-da » pendant plusieurs années avant qu'on ne réussisse à leur faire dire quelque chose d'intelligible. Mais pas Birgitta : silencieuse jusqu'à ses trois ans, elle s'était ensuite mise à parler tout à coup pratiquement sans faute. Même chose pour la marche. Elle s'était toujours cramponnée au tablier de grand-mère, mais un jour, celle-ci en avait eu assez de l'avoir dans les pattes et avait ôté son tablier. Tenant toujours le tissu, Birgitta semblait ne pas l'avoir remarqué car elle avait continué seule à traverser la cuisine à toute allure, sans tomber ni se faire le moindre mal. Mais quand grand-mère lui avait enlevé le tablier des mains, alors elle était tombée sur les fesses en hurlant. On aurait dit qu'elle se croyait incapable de marcher si elle ne tenait pas ce bout de tissu.

Sinon, Birgitta ne se souvient pas spécialement de ses années dans cette maison, à croire qu'elle était restée sur la banquette de la cuisine pendant six ans à ne rien faire. Elle ne voyait pas beaucoup grand-père. Il dormait longtemps le matin et, quand il se réveillait enfin, il avait beaucoup à faire et ne revenait que pour le repas du soir.

Birgitta pensait qu'il passait sa journée à aller et venir sur la voie ferrée avec sa draisine. Elle serait bien allée avec lui, mais elle n'en avait pas le droit, ce n'était pas pour les petits.

Grand-père avait trois doigts crochus à une main qu'il ne pouvait pas redresser. Une fois, il avait pris Birgitta sur ses genoux et alors, elle avait saisi de toutes ses forces son annulaire marron et avait essayé de le forcer vers le haut, mais ça n'avait pas marché. Les doigts s'étaient raidis, il y avait bien longtemps, et avaient transformé sa main en griffe. Quand Gertrud venait leur rendre visite, elle chuchotait à Birgitta que c'était de la faute du vieux, il s'était tranché les tendons un jour qu'il était saoul et avait renversé la table de la cuisine. Il y avait eu des bouts de porcelaine et des éclats de verre partout par terre, et il s'était coupé à la main en tombant dessus. Grand-mère l'avait laissé où il était, vu que c'était tout ce qu'il méritait.

Birgitta aimait quand Gertrud venait. C'était comme si l'air et les couleurs dans la maison changeaient dès qu'elle se tenait à la porte, comme si ses cheveux blonds rendaient tout plus lumineux. Une fois, d'ailleurs, elle portait même un tailleur blanc : la veste mettait en valeur sa taille de guêpe, la jupe était longue et flottait comme celle d'une princesse. Sous la veste, elle portait un chemisier bleu, et elle avait un petit chapeau avec des violettes, Birgitta trouvait qu'elles sentaient comme de véritables fleurs quand Gertrud s'était penchée pour l'embrasser. Mais grand-mère n'avait pas aimé le nouveau tailleur de Gertrud, y accordant à peine un regard avant de se retourner vers le fourneau.

— Si tu as le moindre brin de bon sens dans la tête, tu te changes avant le retour de ton père, avait-elle dit. Il n'est pas bête au point de ne pas deviner d'où tu tires l'argent pour te payer cet accoutrement.

Birgitta avait glissé de la banquette et suivi Gertrud dans l'escalier qui montait à la chambre mansardée. Gertrud dormait toujours dans cette chambre quand elle rentrait, bien qu'elle soit glaciale en hiver. Plutôt se geler que d'avoir à supporter ces deux grognons, disait-elle avec une grimace qui faisait rire Birgitta. Mais maintenant, c'était l'été et il faisait une chaleur à crever dans la mansarde, à tel point que le bois des cloisons en planches avait commencé à parfumer l'air. Gertrud ouvrit grand la fenêtre et se laissa tomber sur le lit tout en allumant une cigarette :

— Mon Dieu, dit-elle en donnant un petit coup à son chapeau si bien qu'il se mit de travers. Me voilà revenue au Moyen Age.

Birgitta ne savait pas très bien ce qu'elle voulait dire, s'il régnait vraiment un temps ici et un autre à Motala, où Gertrud habitait et travaillait, mais elle s'empressa quand même de hocher la tête puis elle glissa les mains entre ses genoux. Gertrud sourit et lui pinça doucement le nez :

— C'est pour toi que je reviens ici, dit-elle. Parce que tu es mon petit ange.

Soudain, elle bloqua la cigarette dans le coin de sa bouche et ouvrit grand les bras :

— Viens ici ! Je vais te faire des bisous, plein de bisous !

Birgitta espéra que Gertrud écraserait la cigarette avant de commencer ses bisous, mais elle l'oublia, elle oublia même de l'ôter de sa bouche avant de la serrer dans ses bras. Birgitta émit un petit piaillement et porta la main à sa joue.

— Oh ! mon Dieu ! fit Gertrud dans un rire. Je t'ai brûlée ?

— Un peu seulement...

Elle espéra que Gertrud continuerait à lui faire des bisous une fois qu'elle aurait écrasé sa cigarette, mais non, elle se leva du lit déformé et commença à déboutonner sa veste.

— Autant se changer alors, dit-elle en prenant un cintre du crochet sur le mur. Pour que le vieux n'ait pas une attaque. Regarde voir s'il arrive !

Birgitta grimpa, se mit à genoux sur la chaise et se pencha par la fenêtre. Le jardin était beaucoup plus joli vu d'en haut que de la fenêtre de la cuisine. D'ici on ne voyait pas que les fleurs des lilas avaient les bords un peu marron, elles avaient encore l'air humide et vaillant. Les derniers pétales blancs des fleurs de cerisier voletaient dans l'air comme de petits papillons, c'était beau, ça ne faisait pas du tout désordre comme le disait grand-mère. Et sur le remblai, le cerfeuil sauvage avait commencé à fleurir et en plissant les yeux ça faisait comme si l'herbe était couverte de dentelle. Birgitta aimait bien le cerfeuil sauvage, mais elle n'avait jamais le droit de le cueillir. C'étaient que des mauvaises herbes, disait grand-mère. Si on les mettait dans un vase, leurs fleurs tomberaient comme une farine blanche sur la table de la cuisine, et grand-mère avait suffisamment à faire comme ça, balayer et nettoyer après grand-père et Birgitta, il manquerait plus que ça qu'elle rentre des mauvaises herbes dans la maison !

Dehors, ça sentait bon. Le soleil avait chauffé les traverses et ça embaumait le goudron tout le long du chemin de fer. Birgitta aspira l'odeur dans ses narines, l'avala presque pour la garder en elle, en même temps qu'un léger mal de tête commençait à sourdre derrière son front. C'était bizarre, l'odeur des traverses lui donnait toujours mal à la tête, et pourtant elle l'aimait bien.

— Je ne le vois pas, dit-elle en retombant assise sur la chaise.

Debout face au petit miroir mural, Gertrud se coiffait, en combinaison. Son tailleur était suspendu à un cintre sur le crochet derrière elle et sa jupe gondolait comme une fleur retournée. Oui, c'est ça. Elle ressemblait à une tulipe éclose, une tulipe dont les pétales blancs n'allaient pas tarder à se détacher et partir au vent.

— Tant mieux, fit Gertrud en se penchant vers le miroir.

Elle examina son visage et essaya de plaquer une boucle sur son front.

— Des six, commenta-t-elle. Tu aimes ?

— Je ne sais pas encore compter, dit Birgitta.

Gertrud rit.

— Je parle des accroche-cœurs. Tu ne vois pas ? J'ai deux six sur le front. C'est la mode.

Birgitta fut gênée. Elle était vraiment bête, elle n'avait pas compris. Mais Gertrud ne semblait pas y prêter attention, elle se regarda à nouveau dans la glace, battit des cils et plaqua une dernière fois ses six de la main.

— En tout cas, Lennart trouve que c'est génial.

Birgitta leva la tête.

— C'est qui ?

Gertrud haussa les épaules, et c'était comme si tout son corps blanc se mettait à roucouler.

— Mon nouveau mec. Il est sensas ! Super-sympa.

Elle s'accroupit à côté de Birgitta et prit sa main.

— Tu sauras garder un secret ?

Birgitta hocha la tête avec sérieux.

— C'est un secret à mort, tu dois pas cracher le morceau et tout dire aux grognons, hein ? chuchota Gertrud. Voilà, Lennart et moi, on va se marier cet automne.

Birgitta respira à fond. Gertrud se pencha en avant, elle était si près que son haleine frôla la joue de Birgitta.

— Je lui ai déjà parlé de toi, il sait que tu existes. Il dit que ça ne fait rien, qu'il n'y a pas de problème pour que tu habites avec nous quand tu seras un peu plus grande. Il aime bien les enfants.

Elle se tut un instant, tendit l'oreille comme si elle avait entendu quelqu'un se faufiler dans l'escalier et baissa davantage la voix :

— Il va divorcer, ce n'est plus qu'une question de mois maintenant. Et il va garder la maison, elle est nickel, quatre pièces avec cuisine et salle de bains. Il a un frigo aussi.

Birgitta acquiesça : elle avait vu des réfrigérateurs en photo dans *Allers*, elle savait ce que c'était.

— Je resterai à la maison, Lennart prétend que c'est mieux comme ça. Il veut être bichonné à temps plein. On sera vachement bien. Toi, tu auras ta propre chambre, il y en a une toute petite derrière la salle de bains qui fera parfaitement l'affaire.

Elle lâcha la main de Birgitta et alluma une nouvelle cigarette, secoua l'allumette pour l'éteindre et se mit soudain à parler sur un ton de conversation normal :

— Mais c'est un secret, donc. Si tu dis un mot aux grognons, un seul, tu entends? Tu resteras ici. T'as compris?

Birgitta hocha la tête et pinça les lèvres. Elle avait compris.

Elle passa tout l'automne le nez appuyé contre la vitre de la fenêtre à attendre. Elle savait exactement comment ça serait. Un jour, Gertrud et Lennart arriveraient sur le sentier qui montait de la route. Gertrud porterait une robe de mariée avec un voile en tulle, Lennart un habit de cérémonie. Il serait grand et beau et aurait un œillet blanc à la boutonnière.

Un jour, elle décida de dessiner le mariage de Gertrud. Ça ne serait pas rapporter... Grand-mère ronchonna quand elle demanda un papier, mais s'essuya quand même les mains au tablier et sortit un crayon et un papier à lettres. Birgitta s'assit à la table de la cuisine, la mine résolue, elle savait exactement comment serait son dessin. Elle avait vu des mariés dans *Allers*, plusieurs fois même.

Mais son dessin ne ressemblait pas du tout aux photos du magazine. Gertrud était beaucoup trop grande et Lennart avait l'air bizarre, elle avait été obligée de le dessiner avec les jambes écartées pour pouvoir placer les pans de son frac, et maintenant, on aurait dit qu'il avait un sac qui pendait entre les jambes. Birgitta rejeta le crayon et plaqua ses mains sur les yeux, soudain elle avait envie de pleurer.

— Qu'est-ce que c'est que ces façons! gronda grand-mère, les mains plantées sur les hanches. Veux-tu bien le ramasser tout de suite, ce crayon!

Gertrud rentra pour Noël, mais sans robe de mariée. Elle ne portait même pas le tailleur blanc, seulement un manteau marron et un foulard bleu. C'était peut-être la faute du foulard si les couleurs ne se transformèrent pas cette fois-là : la cuisine resta dans la même obscurité d'hiver qu'avant son arrivée.

Birgitta la suivit dans la mansarde, mais Gertrud

semblait à peine la remarquer. Elle avait froid et rentra les mains dans les manches de son gilet quand elle s'assit sur le lit. Birgitta hésita un instant, avant de chuchoter sa question :

— Je peux voir la bague ?

Gertrud se blottit et la questionna des yeux.

— Quelle bague ?

— La bague de mariage.

Gertrud fit une grimace et écarta les cheveux de son front, les six avaient défrisé.

— Oh ! ça... Ça n'a rien donné. Il est retourné avec sa femme. Ça finit toujours comme ça.

Malgré cela, Birgitta alla habiter à Motala l'été suivant. Il fallait qu'elle aille à l'école, elle avait l'âge, et elle ne pouvait plus rester dans la maison de garde-barrière, disait grand-mère. L'école la plus proche était à plusieurs dizaines de kilomètres et il n'y avait pas de ramassage scolaire.

— De plus, j'ai fait mon devoir, même plus que ça, dit-elle en tendant le sac de Birgitta à Gertrud. A toi de prendre la relève.

Gertrud ne prit pas tout de suite le sac, grand-mère dut rester le bras tendu un long moment avant qu'elle cède avec un soupir.

— C'est minuscule chez moi, dit-elle. Et puis je travaille le soir au moins trois fois par semaine.

— Tu n'as qu'à changer de travail, dit grand-père.

Il venait de bourrer sa pipe. Après avoir replié lentement la blague à tabac, il chercha les allumettes sur la table.

— Bon sang, dit Gertrud irritée quand elles marchèrent sur la route pour rejoindre l'arrêt du car. Ce vieux est complètement fou, il vit toujours au XIXe siècle.

Birgitta hâta le pas. L'élastique d'une de ses chaussettes s'était relâché, la chaussette était en train de tirebouchonner et de former une petite boule sous son pied, mais elle n'osa pas s'arrêter pour la remonter. Elle ne voulait pas se retrouver à la traîne et être obligée de retourner à la maison de garde-barrière, elle voulait venir avec Gertrud à Motala, même s'il n'y avait pas de chambre pour elle. Gertrud lui avait dit qu'elle n'avait qu'un studio avec kitchenette. Birgitta ne savait pas très bien ce que cela voulait dire, mais elle savait qu'elle était prête à habiter dans un carton à chaussures si seulement c'était avec Gertrud.

— Tu sais ce qu'il a dit hier ? dit Gertrud en posant les valises. Il a dit que les serveuses ne valent pas mieux que les filles-cigares. Et quand je lui ai demandé ce que c'était, une fille-cigare, il a dit que c'était une sorte de putain, qu'il y en avait à Norrköping quand il était jeune. Non mais !

Birgitta l'avait rattrapée, Gertrud se remit en marche. Ses chaussures étaient déjà grises de la poussière de la route, les hauts talons s'enfonçaient profondément dans le gravier.

— Fille-cigare ! Mon Dieu, ce n'est sans doute qu'une question de temps avant qu'il commence à exiger que je porte un corset et des brodequins.

— Vieux con, chuchota Birgitta pour voir.

— Exactement, dit Gertrud. C'est qu'un vieux con.

Si, dans la maison de garde-barrière, Birgitta n'avait pas eu le droit d'être dehors, à Motala, elle n'eut pas le droit d'être dedans.

— Tu ne peux pas aller un peu dehors ? lança Gertrud en rentrant du boulot le lendemain, tout en se débarrassant de ses chaussures.

— Dehors ? répéta Birgitta.

Ça ne lui était pas venu à l'esprit qu'elle aurait le droit de sortir seule dans une ville aussi grande que Motala. Quand Gertrud était au travail, Birgitta s'était occupée à explorer l'appartement, elle avait ouvert tous les tiroirs de la commode et avait fouillé dans le désordre de sous-vêtements, de foulards, de bas Nylon et de colliers. Elle avait ouvert tous les placards de la kitchenette, piqué quelques raisins dans un paquet rouge et deux morceaux de sucre dans le sucrier, avant d'avoir eu envie de faire pipi et d'entrer dans les toilettes. Elle y resta presque une heure. C'était amusant de tirer la chasse-d'eau, presque comme de la magie. Elle n'avait été dans de véritables toilettes que deux fois dans sa vie, et alors, c'était grand-mère qui avait tiré la petite boule noire, Birgitta n'avait pas vraiment vu ce qui se passait. Maintenant, elle avait jeté de petits bouts de papier toilette dans la cuvette et les avait vus danser et tournoyer, avant d'être aspirés et de disparaître.

Gertrud se jeta sur le lit, les ressorts grincèrent sous son poids.

— Oui. Va jouer dehors, c'est bien ce que font les mômes en général, non ?

Birgitta était bouche bée.

— Mais je dois aller où ?

Gertrud eut une grimace d'agacement.

— Bon sang ! Va dans la cour. Ou va au kiosque, je ne sais pas moi...

Elle fouilla dans la poche de sa veste blanche et extirpa une couronne.

— Tiens ! Va t'acheter des bonbons !

Birgitta n'avait jamais acheté de bonbons de sa vie, mais elle savait ce que c'était. Quelquefois, grand-père lui avait ramené du sucre candi quand il était allé se ravitailler en alcool, et grand-mère gardait souvent un petit bol avec des bonbons durs tout en haut dans le garde-manger. Mais où se trouvait le kiosque ? En arrivant dans la cour, elle hésita. Il n'y avait pas de kiosque dans la cour, seulement des poubelles et des cordes à linge desquelles pendaient tristement des draps blancs. Quelques enfants jouaient près de la porte donnant sur la rue, ils grimpaient sur une sorte d'échafaudage en métal gris mat. Un garçon tira sur une manette qui fit se lever et se baisser une barre tout en haut, une fille grimpa sur une sorte de grille.

Soudain, une fenêtre s'ouvrit dans le corps d'immeuble donnant sur la rue, une femme pointa la tête :

— Eh! les mômes, descendez de cette batte à tapis! cria-t-elle. C'est pas un jouet.

Pourtant, la bande se retrouva bien sur l'échafaudage un peu plus tard. Tous se tenaient à la distance d'un bras de Birgitta, parce qu'aucun autre enfant de la cour n'avait jamais eu une couronne pour acheter des bonbons. Dix *öre* étaient d'habitude tout ce qu'on réussissait à obtenir à force de réclamer. Cela suffisait pour deux gommes de fruits à cinq *öre*, ou dix fraises tagada à un *öre* ou une boîte de réglisse salée. La réglisse durait le plus long-temps, une fille en avait parlé dans des termes lyriques quand toute la bande partait pour le kiosque. On mettait les petits carrés noirs directement dans la bouche, on les promenait sur la langue, les appuyait contre le palais et on suçait. Après un petit moment, un peu de salive noire suintait en général aux coins de la bouche, pas beaucoup, juste une ombre, quoi. Alors, il fallait avaler la salive, lais-ser le jus salé glisser à travers la gorge. Ensuite, la réglisse était molle – voire un peu gluante – et on pouvait la mâcher.

Mais Birgitta n'avait pas acheté de réglisse, seulement des morceaux de guimauve et des souris en gelée, des caramels mous et des petits chocolats. A présent, elle avait refermé son sachet qu'elle serrait bien fort dans sa main. L'air était tiède malgré le crépuscule et les voix des autres enfants se mêlaient au bruit d'une voiture dans la rue. Un petit frisson de bonheur grimpait le long de sa colonne vertébrale. C'était le soir et elle était dehors, elle était assise sur une batte à tapis au centre de Motala avec un sachet rempli de bonbons sur les genoux.

Elle fut surprise quand les fenêtres s'ouvrirent, les unes après les autres, aussi bien dans l'immeuble sur cour que dans celui sur rue, et que les femmes se penchèrent pour crier que le repas était servi. Elle éclata de rire : ça faisait comme l'horloge suisse de grand-père, toutes ces femmes étaient comme des coucous avec des becs peints. Les enfants descendirent de l'échafaudage et disparurent ;

seul l'un des grands garçons osa s'attarder encore un instant pour mendier un dernier bonbon.

Quand il fut parti, Birgitta se retrouva seule et balança ses jambes pour faire passer le temps. Peut-être Gertrud allait-elle bientôt ouvrir la fenêtre elle aussi et crier que le repas était servi. Ce n'était pas grave si ce n'était pas tout de suite. Elle n'avait plus faim.

Gertrud n'avait pas eu les moyens de lui acheter un lit. Du coup, Birgitta dormait dans les fauteuils. Elles étaient obligées de changer les meubles de place tous les soirs et tous les matins : le jour, les fauteuils se trouvaient de part et d'autre d'une petite table avec un plateau métallique – une authentique table de fumerie turque, expliqua Gertrud – mais le soir, elles les disposaient face à face afin qu'ils forment comme un petit lit. Birgitta ne pouvait pas allonger les jambes, mais ce n'était pas grave, elle aimait quand même dormir dans les fauteuils, elle aimait tout chez Gertrud.

Parfois, ce n'était pas drôle pour Gertrud. Quand elle rentrait du travail, elle avait mal aux pieds et elle était triste. C'est quand des clients snobs l'avaient tracassée : ils s'étaient plaints de la nourriture ou étaient montés sur leurs grands chevaux en se moquant d'elle. En particulier les bonnes femmes : il n'y avait rien de plus méchant que les bonnes femmes snobinardes, que Birgitta le sache une fois pour toutes. Mais en réalité, elles n'avaient aucune raison de se pavaner, la plupart étaient moches comme des poux et leurs mecs étaient comme tous les mecs, ils pinçaient les fesses de Gertrud et lui touchaient les seins dès que leurs bonnes femmes avaient le dos tourné.

Quand Gertrud racontait des choses comme ça, Birgitta avait le droit de s'allonger à côté d'elle sur le lit. Elle aimait bien ça, Gertrud sentait bon le parfum et le tabac, parfois un léger arôme de liqueur se mêlait à son haleine et lui chatouillait les narines. Quand la cendre de la cigarette de Gertrud était sur le point de tomber, Birgitta courait à la table de fumerie turque chercher le cendrier, et quand il était plein, elle le portait à l'évier. Alors, Gertrud trouvait que Birgitta était gentille, en fait Birgitta était la seule personne gentille qu'elle ait rencontrée depuis des années, sauf Lennart peut-être, mais il n'était pas vraiment gentil puisqu'il n'avait pas tenu sa promesse de mariage et était retourné chez sa femme. Mais Gertrud pensait qu'elle l'avait ferré quand même, il n'arrêtait pas de la suivre des yeux quand il venait au Grand Hôtel pour des déjeuners d'affaires.

Elles pouvaient rester des heures allongées sur le lit, jusqu'à ce que Gertrud se rende compte que c'était l'heure d'aller au travail. Alors Birgitta devait l'aider, à toute vitesse, à faire chauffer de l'eau dans une casserole et tartiner quelques tranches de pain, pendant que Gertrud courait à travers la pièce à la recherche d'une paire de bas en bon état et d'une pièce de vingt-cinq *öre* pour servir de bouton à la jarretelle cassée. Puis elle enfilait la veste blanche et la jupe noire de serveuse, riait à la vue des tranches de pain épaisses et irrégulières que Birgitta lui avait coupées, et avalait une tasse de café avant de se sauver précipitamment. Ensuite, Birgitta était seule et pouvait faire ce qu'elle voulait, du moment qu'elle n'amenait pas un tas de merdeux foutre le bordel dans l'appartement.

Elles faisaient rarement la cuisine, Gertrud mangeait à son travail et parfois elle ramenait de petits ramequins pour Birgitta. Le problème était qu'elle n'avait pas de réfrigérateur, c'est pourquoi Birgitta était obligée de tout manger aussitôt, car ça ne se gardait pas. Il arrivait aussi que Gertrud travaille la nuit, alors Birgitta avait des restes de dîner pour son petit déjeuner

Ça faisait un peu bizarre d'être installée en chemise de nuit à la table d'une fumerie turque à avaler du rôti de bœuf.

La veille du jour où Birgitta devait commencer l'école, Gertrud n'était rentrée que vers trois heures, comme elle le raconterait après. Mais Birgitta comprit dès le matin qu'elle devait être plus fatiguée que d'habitude, parce qu'elle s'était endormie tout habillée et avait oublié de régler le réveil. Encore une chance que Birgitta se soit réveillée d'elle-même à huit heures moins le quart en se rappelant que l'école commençait à huit heures. Elle essaya de réveiller Gertrud en la secouant, mais impossible, celle-ci se retourna seulement sur le dos, mit un bras sur la tête et se mit à ronfler.

Heureusement que Birgitta portait sa plus jolie chemise de nuit, celle en coton gaufré qui ressemblait presque à une robe. Grand-mère l'avait cousue à partir d'un coupon, c'est pourquoi elle n'arrivait pas jusqu'aux chevilles comme les autres chemises de nuit mais s'arrêtait aux genoux. Birgitta n'eut qu'à enfiler son gilet, mettre des chaussettes et des chaussures, et elle put se précipiter sur la porte comme Gertrud faisait toujours.

Elle savait où se trouvait l'école, il n'y avait qu'à descendre la rue en courant et tourner à droite au premier carrefour. Bosse le lui avait montré. Il habitait l'immeuble sur rue et il devait aller dans la même classe qu'elle. C'était sans doute lui qui marchait là devant elle sur le trottoir en tenant sa maman par la main. Mais Birgitta n'était pas très sûre. D'habitude, les cheveux de Bosse formaient comme des plumes d'oiseau sur le col de sa chemise, alors que ce garçon-ci avait la nuque rasée, on voyait la peau toute blanche sous les cheveux tondus.

— Bosse! appela-t-elle quand même car, en arrivant à la clôture de la cour d'école, elle se troubla un peu. L'autre soir, l'asphalte noir de la cour était désert, maintenant il grouillait de monde. Birgitta n'avait jamais vu autant de gens de sa vie et pourtant, ça faisait presque un mois qu'elle habitait Motala.

Le garçon et la dame devant elle entraient maintenant par la grille de l'école, le garçon tourna la tête et la regarda.

— Bosse! cria Birgitta encore une fois en agitant la main, car maintenant elle était sûre que c'était vraiment lui, malgré ses cheveux tondus, sa chemise blanche, sa cravate et sa culotte courte.

Sa maman était vêtue d'un manteau et portait un chapeau, elle serrait fort son sac à main contre son corps, comme si elle avait peur que quelqu'un le lui vole. Elle jeta un rapide coup d'œil sur Birgitta et soupira :

— Oh ! mon Dieu ! La pauvre petite !

Les choses avaient commencé comme ça. La mère de Bosse tira parti de la situation au maximum : la mine préoccupée, elle alla d'une mère à l'autre en chuchotant à leurs oreilles, elle secoua la tête avec résignation quand l'institutrice appela le nom de Birgitta, elle resta dans la salle de classe après et parla à mi-voix avec l'institutrice tout en enfilant ses gants en coton blanc. Son manteau était affreux, il était grand comme une tente et avait la même couleur que des airelles au lait. Quand elle habitait la maison de garde-barrière, Birgitta avait souvent eu des airelles au lait pour souper, mais elle était obligée de fermer les yeux pour avaler les dernières cuillerées et finir son assiette. La couleur était si laide qu'elle lui donnait la nausée. La maman de Bosse aussi était laide à lui donner la nausée.

Trois jours plus tard, Gertrud devint pour la première fois un coucou dans une horloge suisse, elle se pencha par la fenêtre comme les autres mamans et appela Birgitta. C'était un peu étrange, elle venait de rentrer du travail en demandant à Birgitta d'aller jouer dehors, elle était vachement fatiguée, disait-elle, avait tellement mal à la tête qu'il fallait qu'elle reste au calme un moment pour dormir. Mais quand Birgitta ouvrit la porte de l'appartement, Gertrud était dans le vestibule en train de mettre ses chaussures. Bizarre. Elle se promenait toujours en chaussettes dans l'appartement à cause de ses pieds gonflés et endoloris par le travail. Ses cheveux étaient tout emmêlés et elle jeta un coup d'œil agacé à Birgitta, avant de hocher la tête vers la pièce et de mettre un doigt devant la bouche. Il fallait que Birgitta se taise. Ça, elle le comprenait, même si elle n'arrivait pas vraiment à comprendre pourquoi Gertrud avait l'air si fâché.

Birgitta s'appuya contre le chambranle et regarda dans la pièce. Une femme était assise dans un des fauteuils, elle portait un tailleur bleu et un chemisier blanc boutonné jusqu'au cou. La jupe faisait des plis autour d'elle, si longue et large qu'elle en touchait presque le sol. Elle ne vit pas Birgitta, elle farfouillait dans un porte-documents marron sur ses genoux dont elle sortit un étui à lunettes. Elle prit les lunettes et les essuya d'un geste lent et méticuleux avant de les mettre.

— Bonjour, finit-elle par dire. C'est toi Birgitta ? Je m'appelle Marianne. Je suis envoyée par le Service d'Aide à l'Enfance.

C'était la faute de Birgitta, aimait à répéter Gertrud par la suite. Si elle n'avait pas été idiote au point d'aller à l'école en chemise de nuit, cette Marianne ne serait pas venue fouiner chez elle. Maintenant, elle venait presque toutes les semaines. Elle n'hésitait même plus à ouvrir les tiroirs de la commode pour inspecter les sous-vêtements de Birgitta ou aller vérifier aux toilettes que l'enfant avait sa brosse à dents. Elle n'en avait pas. Gertrud dit que ce n'était que temporaire, que l'ancienne était usée et qu'elle allait en acheter une autre, mais ce n'était pas vrai. Birgitta ne s'était pas brossé les dents une seule fois depuis son arrivée à Motala et Marianne n'avait pas été longue à le comprendre. Birgitta fit une grimace quand cette femme lui ouvrit la bouche pour l'examiner. Elle allait faire passer le message à l'école que Birgitta avait la priorité pour être soignée chez le dentiste scolaire.

Le dentiste lui dit de ne pas faire de manières quand elle eut peur de la piqûre, puis il lui arracha trois canines, mit quelque chose de blanc dans sa bouche et la renvoya. Le blanc devint tout spongieux après un moment, Birgitta s'arrêta et le cracha sur le trottoir. Le blanc n'était plus blanc, c'était devenu tout rouge. Elle sentait encore du sang jaillir dans sa bouche quand elle se pencha et cracha, mais ça ne servit à rien, le sang continua quand même à couler sans arrêt. Si elle ne voulait pas rester ici à cracher du sang pour l'éternité, elle serait obligée d'avaler. L'idée fit tanguer le trottoir sous ses pieds, elle sanglota et se pencha, reprit le tampon ensanglanté et le remit dans sa bouche. Il y avait du gravier dessus, mais ce n'était pas grave. Il empêchait quand même le flot de sang de s'écouler de sa bouche.

Le soir, elle ne voulut pas sortir jouer, elle avait trop mal à la bouche quand les effets de l'anesthésie se dissipèrent. Gertrud fronça le nez, lui prépara un verre d'eau-de-vie mélangée à de la limonade et lui dit que tout ça, c'était de sa faute.

Pourtant, elle finit par comprendre que Birgitta souffrait réellement. Elle installa les fauteuils plus tôt ce soir-là et la laissa aller se coucher ; elle porta elle-même les bouteilles vides à la poubelle dans la cour quand la nuit fut tombée. Elle faisait très attention de jeter ses bouteilles désormais, bien qu'elle perde l'argent de la consigne. Il fallait à tout prix éviter que Marianne ne les découvre sous l'évier et les compte. Celle-ci avait déjà commencé à évoquer la commission de désintoxication, fût-ce en des termes vagues.

Quand Gertrud revint de la cour, Birgitta sortit le pouce de sa bouche, ferma les yeux et fit semblant de dormir. Sa résolution était prise. Demain, Bosse aurait le nez en sang.

Parce que tout ça c'était de sa faute. A lui et à sa mocheté de mère.

Birgitta cligne les paupières, comme si elle venait de se réveiller.

— Quelles cigarettes ? demande-t-elle.

— Les miennes, répond Margareta en plissant le front. Celles que tu m'as piquées tout à l'heure.

Margareta ajuste la bretelle de son sac et tend la main. Elle reste encore belle malgré sa mine hargneuse, c'est son assurance qui fait ça. Comme coulée d'un seul bloc. C'est assez bizarre. Margareta n'a jamais été particulièrement belle quand elle était jeune – aussi plate qu'une limande et les joues rondes d'un bébé jusque dans l'adolescence –, c'est pas logique qu'elle soit plus belle maintenant avec ses quarante-cinq ans bien sonnés. Ça doit être grâce à l'argent, elle doit avoir les moyens de s'acheter des crèmes miracles et des nouvelles fringues à tout bout de champ. Tout ce qu'elle porte a l'air flambant neuf, le col blanc de sa veste en peau de mouton n'a pas une tache, le jean raide semble sorti tout droit du magasin. Birgitta aime bien les jeans raides, mais à quoi cela l'avance-t-il ? Elle n'en a qu'un usé dans lequel elle flotte.

Un souvenir tout récent l'effleure d'un battement d'ailes. Oui, le reflet dans le miroir. Ce que Birgitta a vu dans le miroir de ce magasin de snobs, c'est un cas social.

Il y a dix ans, ça ne se voyait pas, et pas seulement parce qu'à cette époque, elle dealait. Elle allait malgré tout à l'Aide sociale. Il suffisait que la veste soit un peu usée en bas des manches pour qu'on en obtienne une nouvelle, alors qu'aujourd'hui, on doit se trimballer avec ses vieux vêtements jusqu'à ce qu'ils partent en lambeaux. Sans doute pour mettre bien en avant la perfection des gens comme Christina et Margareta et montrer à quel point les autres sont minables. Des blousons matelassés déchirés pour la racaille, des vestes en peau de mouton retournée et des sacs en cuir pour les snobs.

Birgitta n'est pas une snob. Même si elle avait du pognon, elle ne se mettrait pas sur le dos un tailleur de dame ou une veste en peau de mouton. En revanche, elle achèterait une veste en cuir noir à ce black qui fait le marché à Motala le samedi. Ses vestes sont géniales et coûtent trois fois rien. Pourtant Ulla, son assistante sociale, a refusé de discuter de la chose quand Birgitta a voulu prudemment aborder le sujet. Birgitta n'avait qu'à réparer son blouson, disait-elle. Et le laver. Le grand chef d'Ulla avait annoncé qu'il était temps de se serrer la ceinture et Ulla – trouillarde comme pas deux – obéissait au doigt et à l'œil. A force de privations, les temps sont durs pour Birgitta. On lui donne à peine de quoi manger à sa faim. Mais c'est peut-être une de ces bénédictions camouflées dont parlait Gertrud, vu qu'actuellement Birgitta a envie de dégueuler rien qu'à penser à la nourriture. Par contre, elle ne verrait pas d'inconvénient à obtenir un peu de sous en plus pour des calories sous forme liquide. En ce moment, elle serait même prête à donner sa main droite pour avoir une bière.

— Alors, ça vient ? fait Margareta.

Birgitta cille. Qu'est-ce qu'elle veut dire ? Pourquoi elle fait cette tête-là ? Margareta respire avec impatience et se penche, son visage frôle celui de Birgitta.

— Peux-tu me rendre mes cigarettes, s'il te plaît ? insiste-t-elle en articulant chaque mot, comme si Birgitta n'était pas tout à fait normale, comme si elle ne pouvait ni vraiment entendre ni comprendre.

— Quelles cigarettes ? demande Birgitta en se laissant retomber en arrière vers la vitrine, et en fermant les yeux. Elle est fatiguée. Très fatiguée.

— C'est pas la peine de faire semblant ! crache Margareta. En partant du restaurant, tu as emporté un paquet de Blend jaune qui est à moi. Je veux le récupérer!

Mais oui. Maintenant elle se souvient. Bien sûr que la dame va récupérer ses clopes, elle ne survivrait sans doute pas à une perte économique de cette envergure. Et si elle survivait, elle persécuterait probablement encore Birgitta les trente années à venir, elle la torturerait avec des dénonciations à la police et des lettres anonymes, elle resterait devant son appartement le soir à crier : c'était de ta faute, oui de ta faute! Bien sûr qu'elle va lui refiler ses cigarettes!

Les yeux toujours fermés, Birgitta creuse dans la poche de son blouson, il y a un trou là aussi, mais un petit seulement, le paquet de cigarettes n'est pas tombé. Elle le sort et le tend, tâtonne un peu dans l'air pour trouver la main de Margareta, puisqu'elle n'a toujours pas la force d'ouvrir les yeux. Ou plutôt, puisqu'elle ne *veut* pas ouvrir les yeux et voir la tronche de cette snobinarde crispée. Sûrement qu'elle va exiger que Birgitta paie les malheureuses petites clopes qu'elle a déjà eu le temps de fumer. Faudrait lui proposer un échéancier de remboursement alors. Ce n'est pas souvent que Birgitta a les moyens de s'acheter des cigarettes. Des gens comme elle doivent se contenter de rouler leurs clopes, s'ils ont l'impertinence de fumer.

Margareta lui arrache le paquet, Birgitta l'entend ouvrir la fermeture Eclair de son sac et l'y glisser. Elle devrait s'en aller maintenant, le nez en l'air, pour que Birgitta puisse ouvrir les yeux et regarder autour d'elle, mais elle ne part pas. Birgitta l'entend toujours respirer.

— Ça ira, maintenant? demande Margareta.

Sa voix est différente, un peu hésitante et moins pointue qu'avant.

Birgitta hoche la tête. Ça ira parfaitement, merci beaucoup, à condition que Margareta soit assez gentille pour se tirer de là vite fait, avec sa veste en peau de mouton, ses cigarettes et tout le bataclan. Mais Margareta ne pige rien, elle pose sa main sur le bras de Birgitta et le secoue légèrement.

— Dis, fait-elle. Comment tu vas réellement ? Il ne faut pas que tu restes ici à t'endormir.

Tu t'en fous de toute façon, pense Birgitta, mais elle ne le dit pas, elle reste muette, les yeux fermés, le dos appuyé contre la vitrine. Le froid de la vitre a commencé à traverser son blouson et gagne lentement son dos. Elle frissonne, change de position et blottit ses mains sous ses aisselles. Ses doigts sont tout raides. Elle a froid aux pieds aussi.

— Bon, d'accord, lâche Margareta dans un soupir. Tu viendras avec moi à Motala. Mais je ne veux pas d'histoires.

Birgitta ouvre les yeux. Qui a l'intention de faire des histoires ? Qui veut faire des histoires ? En tout cas, pas Birgitta Fredriksson.

No way. Never.

Margareta descend Drottninggatan d'un bon pas, Birgitta nage tellement dans ses souliers qu'elle a du mal à la suivre et la distance se creuse entre elles. Bientôt l'écart est flagrant, irrattrapable.

Margareta fait sans doute exprès de cavaler aussi vite, elle ne doit pas avoir envie de marcher à côté d'une vieille pute. Birgitta renifle. Comme si Margareta valait tellement mieux. Si elle a eu le culot de baiser avec un prof quand elle était au lycée, elle a aussi eu le temps de faire pas mal de choses depuis, Birgitta a bien pigé le truc au fil des ans. De temps en temps, Margareta téléphonait et quand elle parlait d'hommes, c'était toujours un nouveau. On aurait dit qu'elle en changeait tous les six mois.

Déjà arrivée au pont, Margareta se rend compte que Birgitta est à la traîne. Elle s'arrête, jette un rapide regard circulaire avant de repartir aussi vite. Pourquoi est-elle si pressée ? Ne voit-elle pas que Birgitta titube comme un foutu Bambi dans ses escarpins à la Minnie Mouse ? Si elle était aussi gentille et généreuse qu'elle le prétend, elle laisserait Birgitta s'asseoir sur un banc public pendant qu'elle-même irait chercher la voiture.

Enfin, la voilà arrêtée au passage pour piétons là-bas. Birgitta fait un effort démesuré pour la rattraper. En vain. Elle a à peine la force de faire quelques pas. Merde ! Elle n'est pas en forme. Ça doit être ce foutu foie. Ou les poumons. Ou les reins. Ou le cœur. Quand elle est sortie de l'hôpital l'autre semaine, le docteur a dit que c'était un miracle qu'elle puisse même se tenir debout.

— C'est parce que je suis si forte, avait lancé Birgitta, parce qu'elle ne pouvait pas dire ce qu'elle pensait vraiment, sinon ils la boucleraient à l'HP illico.

Le docteur avait ri et s'était tourné vers l'ordinateur, avait appuyé sur un bouton et laissé son dossier se dérouler sur l'écran.

— Ça doit être ça, avait-il dit en secouant la tête. Mais il faudrait tout de même vous ménager. En tout cas si vous avez l'intention de vieillir un peu.

C'était un docteur réglo, cas rare, presque de la classe de Hubertsson, mais au fond, il n'y comprenait que dalle. Birgitta n'a aucunement l'intention de mourir mais elle n'a jamais non plus imaginé devenir vieille. Elle ne sait pas comment on fait pour devenir vieille, Gertrud n'avait même pas trente-cinq ans quand elle est morte.

Evidemment, Gertrud n'a jamais eu la force de Birgitta. Ça se voyait. Elle était incroyablement frêle et transparente, elle ressemblait à cette ballerine en porcelaine sur le chiffonnier de grand-mère. Grand-mère tenait énormément à cette ballerine. Quand elle avait trouvé Birgitta sur une chaise en train de la tripoter, elle lui avait donné une gifle qui avait résonné dans ses oreilles pendant des heures après. Ce n'était pas un jouet !

Birgitta ne s'était pas donné la peine d'expliquer qu'elle n'était pas assez stupide pour jouer avec la ballerine, elle voulait seulement voir de près à quoi ressemblait le tulle en porcelaine et le sentir entre ses doigts. Elle avait voulu le mordre aussi, mais elle n'en avait pas eu le temps. Elle n'avait pas d'autre choix que de rester dans son ignorance, persuadée que le tulle en porcelaine était aussi sucré que le sucre candi.

Un jour, elle avait eu envie de savoir aussi quel goût avait Gertrud. C'était juste avant qu'on la place chez Ellen la Chieuse, elle devait donc être en huitième. Gertrud ne travaillait plus, on l'avait virée du Grand Hôtel et il n'y avait pas d'autres boulots de serveuse corrects à Motala. Et Gertrud n'avait vraiment pas l'intention de faire la plonge dans une cafétéria quelconque, quoi qu'en disent Marianne et les autres bonnes femmes à l'Aide sociale. Elle avait un métier et elle en était fière. De plus, elle allait bientôt se marier avec Osvald et être femme au foyer dans ce trois-pièces qu'il lorgnait. Et la première chose qu'elle ferait une fois la bague au doigt, ce serait de demander à Marianne et à toute sa clique d'aller se faire voir.

Birgitta se réjouissait à l'idée de ce mariage, même si elle n'aimait pas particulièrement Osvald. Il était grand et informe. Au point que, quand il arrivait, elle avait l'impression de ne plus avoir de place dans l'appartement. Il avait des habitudes bizarres. Il ne saluait jamais et, dès qu'il avait franchi la porte, il retirait ses chaussures et ses chaussettes puantes, les lançait par-dessus son épaule et entrait dans la pièce pieds nus. Il s'installait dans un des fauteuils pour ne plus en bouger de la soirée. Pourtant, il avait un don extraordinaire pour foutre le bordel autour de lui. En deux temps trois mouvements, tous les verres étaient sales, tous les cendriers débordaient et un tas de bouteilles vides roulaient partout. Non pas que Birgitta fût une maniaque du ménage à cette époque-là, mais Osvald était vraiment un porc, il rotait, crachait par terre et rigolait quand il larguait de grosses caisses qui sentaient tellement mauvais que Birgitta était obligée d'ouvrir la fenêtre. D'ailleurs, il ne savait jamais s'en aller, il restait des heures vautré dans ce fauteuil. Impossible pour Birgitta d'aller se coucher, elle ramassait quelques vêtements en un tas par terre dans le vestibule pour s'assoupir tant bien que mal. Osvald la réveillait toujours quand il partait, il tirait sur le tas de vêtements sous elle et l'injuriait parce qu'elle s'était couchée sur sa veste.

Gertrud se tourmentait toujours après son départ, elle commençait à sangloter et à serrer Birgitta dans ses bras et l'appelait son petit ange, sa seule amie dans le monde entier. Tout le monde voulait les séparer, Osvald aussi, l'espèce de mufle, mais Gertrud n'allait jamais céder. Elle était mère, il faudrait bien qu'il l'accepte. Et, pour une bonne mère, l'amour pour son enfant passe avant l'amour pour un homme. Si Osvald la voulait, il lui faudrait prendre Birgitta avec, parce que Gertrud ne pourrait pas vivre sans son ange, et Birgitta n'avait quand même pas envie d'être séparée de sa petite maman chérie, hein ? Gertrud se mettait à pleurer : ah ! mais c'était peut-être ce qu'elle voulait, Birgitta, elle souhaitait sans doute voir Gertrud morte et enterrée. Comme ça, elle pourrait aller vivre dans une de ces familles soudées dont parlait toujours Marianne, ces familles où elle serait si bien avec un lit et sa propre chambre pour elle toute seule et tout et tout. Alors elle oublierait sûrement sa pauvre petite maman et...

A ce stade, Birgitta n'arrivait plus à retenir ses larmes, elles inondaient ses yeux et se mettaient à couler sur ses joues. En reniflant, elle tombait à genoux à côté du lit de Gertrud, serrant sa main et jurant qu'elle ne voudrait jamais habiter dans une de ces saloperies de famille d'accueil, et qu'elle ne désirait ni une chambre à elle, ni un lit à elle. Ils étaient tous à mettre dans le même paquet, Osvald, Marianne, la maman de Bosse et l'instit à l'école. Aucun d'eux ne comprenait que Birgitta était bien et qu'elle avait la maman la plus gentille du monde. Les sanglots commençaient à secouer son corps, les mots sortaient par saccades et de grosses bulles de salive montaient et éclataient sur sa bouche, pourtant Gertrud paraissait ne pas l'entendre. Elle continuait seulement à pleurer et à crier, elle retirait sa main et s'en couvrait le visage tandis que son corps, si frêle, était pris de convulsions.

— Siii ! cria-t-elle un jour en donnant des coups de pied dans le matelas et en balançant la tête en tous sens. Siii ! Tu as envie que je meure, je le sais ! Tout le monde me hait ! Je le sais, je le sais ! Mais je vais vous montrer à tous autant que vous êtes. Demain, quand tu seras partie à l'école je vais me tuer, je le jure ! Je vais prendre le grand couteau de cuisine et me le planter dans le ventre...

Birgitta se jeta sur elle, grimpa dans le lit et passa les bras autour de son cou, comme pour la maintenir, la forcer à rester en vie.

— Maman, cria-t-elle et les mots se bousculèrent soudain dans sa bouche. Maman, maman, maman... Ne meurs pas ! Ne meurs pas, ma petite maman, ne meurs pas !

Gertrud se calmait en général quand Birgitta appliquait sa joue humide contre la sienne et pleurait aussi fort qu'elle. Elle cessait de donner des coups de pied et de balancer la tête ; après un petit moment elle ne criait même plus, sanglotait seulement et hoquetait encore jusqu'à ce que sa tête tombe lentement sur le côté et qu'elle s'endorme. Alors Birgitta ne devait plus sangloter, alors elle était obligée de refouler ses larmes, d'en faire une petite boule dure dans la gorge, sinon Gertrud risquait de se réveiller et de s'agiter à nouveau.

Complètement immobile, Birgitta attendait de ne plus entendre la respiration de Gertrud, alors elle dégageait doucement ses bras de son cou et se levait. Elle avait des choses à faire avant de pouvoir se permettre de dormir. D'abord, il lui fallait couper les tartines du petit déjeuner, ensuite cacher tous les couteaux. Elles n'en avaient que trois, et si elle n'avait pas tant tremblé la chose aurait été vite réglée. Un couteau derrière les tuyaux dans le meuble sous l'évier, un autre dans le réservoir d'eau des toilettes, bien que ce fût un peu difficile de dévisser la boule en plastique et d'ôter le couvercle, et le troisième derrière le miroir du vestibule. Chez Ellen la Chieuse, elle avait failli s'évanouir l'un des premiers jours quand, ouvrant un tiroir de cuisine, elle s'était trouvée face à face avec onze couteaux tranchants – elle les avait comptés en une seconde – et, pendant un instant, elle avait imaginé qu'elle allait devoir leur trouver des cachettes. Mais ce n'était pas nécessaire dans cette maison-là. Et chez Gertrud, c'était devenu une habitude à la fin. Gertrud elle-même ne paraissait jamais se rendre compte que les couteaux avaient disparu et qu'ils surgissaient à nouveau quand Birgitta rentrait de l'école.

Une fois les couteaux cachés, elle ramassait toutes les bouteilles dans un petit cabas en tissu qu'elle posait sous le portemanteau dans le vestibule. Le matin, en partant à l'école, elle prenait le cabas et courait vers les poubelles, le vidait et l'entortillait en une petite boule qu'elle glissait dans son cartable. Les voisines, qui la guettaient derrière leurs fenêtres bien briquées, imaginaient sûrement qu'elle les jetait, mais, en fait, elle les cachait derrière la poubelle. On pouvait tirer de l'argent de la consigne, et Birgitta n'était pas idiote au point de renoncer à l'occasion de gagner quelques sous. Gertrud était certes gentille, mais elle n'avait pas grand-chose à donner et Birgitta avait sans cesse envie de bonbons. A croire qu'elle avait un rat de sucre dans le ventre, un méchant rat avec une longue queue qui menaçait et faisait peur, qui chuchotait qu'il allait planter ses dents jaunes dans ses entrailles et les déchirer en mille morceaux si elle ne le nourrissait pas.

Peut-être était-ce le rat de sucre qui l'avait poussée à goûter à Gertrud une nuit. Elle venait de cacher les couteaux et de ramasser toutes les bouteilles, elle se tenait à présent à la table turque et se récompensait avec une poignée de morceaux de sucre.

Recroquevillée contre le mur, Gertrud dormait calmement, son bras blanc posé sur la hanche. Birgitta la regarda pendant que les morceaux de sucre devenaient d'abord poreux pour ensuite fondre lentement dans sa bouche. Le rat de sucre crachait d'impatience ; il voulait autre chose, de préférence du chocolat, toute une plaque de chocolat au lait Marabou, celui qui était collant et mou après avoir été exposé au soleil à la vitrine du kiosque. Ou une glace, oui, de la glace à la vanille ferait l'affaire aussi, une barquette entière de glace à la vanille fondante avec de fines stries de confiture de fraises, tout ce qui éveillait un chatouillement d'envie au fond du gosier.

L'aube était en train de se lever derrière le store, la pièce s'éclairait lentement. Les meubles et les objets commençaient à s'estomper, ils prenaient un contour brumeux et vague. Et Birgitta n'arrivait plus à maîtriser son corps. Elle sentait sa langue passer sur ses dents à la chasse des derniers cristaux de sucre. Ses mains essuyèrent la morve sous son nez – elle avait pleuré – et ses pieds se mirent en marche. Elle crut marcher dans la mer, il y avait de l'eau et de la lumière partout autour d'elle, des vagues chuchotantes la menèrent à leur rythme jusqu'au lit.

Gertrud dormait profondément, elle ne se rendit pas

compte que Birgitta soulevait son bras. Elle passa d'abord son doigt sur le duvet blanc et dur de son bras, le rat de sucre s'agita dans son ventre ; on aurait dit que chaque poil du bras de Gertrud était en barbe à papa. Elle se souvenait de ce nuage blanc qu'elle avait acheté dans une fête foraine un jour, comment sa bouche s'était soudain remplie de salive, l'envie de sucre chatouillait, s'élançait et rampait dans sa gorge.

Birgitta ferma les yeux et passa sa langue en une caresse mouillée tout le long du bras de Gertrud, depuis le poignet jusqu'à l'épaule. Ensuite elle remit très doucement le bras sur la hanche, se redressa et attendit les yeux fermés l'événement gustatif qui n'allait pas tarder à exploser dans son palais. Mais Gertrud n'avait le goût ni du chocolat ni de la vanille. Elle était salée. Comme la réglisse.

Margareta pose le pied sur la chaussée pour traverser la rue. Au moment où Birgitta la rattrape, le feu tricolore n'a même pas eu le temps de passer au vert.

— Attends, dit Birgitta hors d'haleine, mais Margareta a déjà traversé la moitié de la rue.

Merde alors ! Birgitta trébuche – saloperie de chaussures de merde ! – et essaie de la rattraper à nouveau. Margareta se dépêche sciemment, elle essaie de semer Birgitta ! Car si Birgitta n'est pas en vue quand Margareta arrivera à la voiture, elle pourra monter et appuyer sur le champignon, la conscience tranquille. Oui, c'est ça, elle s'imagine parfaitement la scène, elle voit même le petit sourire méchant de Margareta lorsque, la minute d'après, elle passera devant une Birgitta au désespoir, abandonnée et fauchée, en faisant semblant de ne pas la voir. Elle se représente l'air faussement étonné, la grimace de la tronche de Margareta quand elles se verront la prochaine fois et que Birgitta lui rappellera tout cela. Comment ça ? Elle n'aurait pas tenu la promesse qu'elle avait faite à Birgitta ? Mais non, elle ne s'était pas du tout enfuie ! Elle avait attendu et attendu, mais comme Birgitta ne venait pas, elle avait bien été obligée de partir. Dommage, dommage.

Margareta est arrivée dans le parc de la Gare maintenant, et Birgitta est toujours sur le trottoir. Son cœur bat lourdement, sa poitrine est sur le point d'éclater. Pourtant, il lui faut encore tenir le coup et continuer. Un petit effort qui va peut-être la tuer, le caillot de sang prêt à faire éclater une artère est peut-être en train d'être pompé à toute allure vers son cœur ou son cerveau.

Oui. C'est ça. Elle sait exactement ce qui va se passer, elle voit le tableau d'ici : Birgitta Fredriksson presse la main sur son cœur et s'arrête au beau milieu d'un pas, elle pivote sur un pied – l'autre est levé comme pour un pas de danse –, elle fixe un instant le ciel bleu glacial de mars avant de lentement s'affaisser par terre. Des gens affluent de toutes parts, ils crient de leurs voix inquiètes et se tordent les mains. Est-elle morte ? Oh non ! pourvu qu'elle ne soit pas morte ! Mais c'est Birgitta Fredriksson, celle qui était si belle autrefois ! Celle qui serait certainement devenue un mannequin célèbre, une version suédoise d'Anna-Nicole Smith, si elle était jeune aujourd'hui ! Ah ! si seulement la vie n'avait pas été aussi cruelle avec elle !

C'est un jeu d'esprit. En réalité, Birgitta ne croit pas à la mort. Pas une seconde.

Certes, elle s'est mille fois imaginé les circonstances dramatiques de sa mort, le chagrin, la culpabilité et les lamentations que sa disparition susciterait chez les snobinardes et les autres, pourtant elle est incapable de vraiment croire qu'elle va mourir un jour, qu'elle ne va plus exister. D'autres peut-être, mais pas elle. Birgitta Fredriksson va vivre éternellement, toute autre pensée est inconcevable.

Enfant, elle essayait d'expliquer sa conviction aux adultes, mais personne ne la prenait au sérieux.

— Je vais prendre une pelle avec moi dans le cercueil, répétait-elle à grand-mère. Et quand ils seront tous rentrés chez eux après l'enterrement, je creuserai pour sortir.

Grand-mère laissait échapper son petit rire qu'on aurait dit sorti tout droit d'un désert.

— Ce n'est pas possible. Quand on est mort, on est mort et on ne peut pas creuser.

— Moi, si.

Rejetant la tête en arrière, grand-mère riait encore plus fort – les vitres de la maison de garde-barrière en vibraient presque. Apparemment, elle n'avait jamais rien entendu de plus drôle depuis des années.

— Tu verras bien! caquetait-elle. Tu verras bien!

Gertrud, elle, se fâchait quand elle en parlait. C'était tôt le soir, elle n'avait pas encore eu le temps de se saouler comme il faut, alors elle se redressait sur ses coudes dans le lit et éructait :

— T'es complètement cinglée. Qu'est-ce que tu aurais donc de si particulier, pourquoi tu y échapperais, toi justement?

Birgitta ne répondait pas. Comme si elle avait un petit bouton à l'intérieur d'elle, un petit bouton ceci-ne-se-passe-pas-pour-de-vrai, sur lequel elle appuyait quand Gertrud se fâchait. Il ne fonctionnait pas quand Gertrud pleurait et était triste, seulement quand elle crachait et jurait. Comme maintenant.

— Meeerde! crachait Gertrud en retombant sur l'oreiller. Qu'ai-je donc fait au bon Dieu? Hein? A croupir dans un appartement de merde dans une ville de merde sans fric pour le strict nécessaire, avec une môme qu'est idiote par-dessus le marché! Mais prends garde à toi, je te le dis, parce que si tu fabules comme ça parmi des gens, Marianne te mettra chez les fous vite fait bien fait. Fourre-toi bien ça dans le crâne!

Ellen la Chieuse, elle, n'avait ni ri ni crié. Elle avait juste levé les yeux de son métier et fixé Birgitta.

— Tiens donc, avait-elle dit, avant de déplacer quelques fuseaux tellement vite que Birgitta n'arrivait même pas à suivre les mouvements du regard. Comme ça tu es immortelle... Rien que ça.

Birgitta l'observait, les yeux mi-clos, attendait la suite, mais rien ne vint. Ellen avait glissé une épingle entre ses lèvres et s'était penchée davantage sur le métier.

— Je garderai un œil ouvert, avait dit Birgitta. Pour voir ce qui se passe.

Ellen avait décoché un rapide sourire à Birgitta, qui s'était raclé la gorge d'impatience. Quelle emmerdeuse!

Allez, sors quelque chose! Le visage tordu d'une grimace, elle avait tendu les mains en recourbant les doigts pour qu'ils ressemblent à ceux d'un monstre.

— Et s'ils essaient de m'enterrer, je hurlerai comme un fantôme.

Ellen avait retiré l'épingle de ses lèvres pour glousser.

— J'en suis persuadée, fit-elle. Mais puisque tu n'es pas encore morte, tu peux aller te laver. Tes mains sont sales.

Encore aujourd'hui, c'est comme ça que Birgitta se représente la mort : une pièce où elle tient à la fois le rôle principal et celui du public. Elle reposera dans son cercueil, tous sens intacts, les yeux mi-clos pour pouvoir observer les participants à l'enterrement et, une fois qu'ils seront partis, elle repoussera le couvercle comme Dracula. Elle ne veut pas être incinérée, a-t-elle expliqué à Ulla de l'Aide sociale, mais elle ne se fait pas trop d'illusions de ce côté-là. Il suffit que le grand chef d'Ulla déclare que la commune veut que tout déchet soit brûlé pour que Ulla fasse en sorte que Birgitta soit incinérée. C'est pourquoi elle a scotché un mot à l'intérieur de la porte de son placard : *Je veux être enterrée, il ne faut m'incinérer sous aucun prétexte. Birgitta Fredriksson.* Elle espère que les snobinardes débarqueront au dernier moment. Oui, elle aime se représenter la scène : elles trouveront le mot et se regarderont, les larmes aux yeux – enfin, elles comprennent à quel point elles ont mal agi envers Birgitta ! – et ensuite, elles se précipiteront au cimetière et au crématoire, et elles arrêteront le cercueil à l'instant précis où il doit entrer dans le four...

Quoique, ça ne se passera sans doute pas comme ça : les sœurs de Birgitta ne sont pas dignes de confiance. Parce que tout à l'heure, lorsque les gens vont se rassembler autour de Birgitta étendue comme une crucifiée sur une allée de gravier dans le parc de la Gare, au moins une personne brillera par son absence. Margareta. Elle poursuivra son chemin, c'est clair. La salope!

Birgitta prend son élan, de la profondeur de sa gorge

elle va chercher toutes les ressources de sa voix et les réunit en un seul hurlement :

— ATTEEENDS !

Ça fait des années qu'elle n'a pas crié aussi fort, mais apparemment elle n'a rien perdu de ses capacités. L'espace d'un instant, on dirait que tout Norrköping s'arrête – les moteurs ne vrombissent plus, les conversations s'interrompent –, le temps que l'écho de sa voix rebondisse entre l'ancien Hôtel Standard et le Foyer communal. Birgitta se penche, prenant appui avec les mains sur ses cuisses comme un sprinter qui vient de franchir la ligne d'arrivée : elle voit Margareta se figer devant elle. Le dos raide, elle reste parfaitement immobile. Birgitta souffle, non, plus que ça, elle râle et son cœur bat si vite qu'elle sent le pouls dans chaque parcelle de son corps : dans la tête, dans les doigts, dans les varices au-dessous des genoux. Elle sent même son cœur battre dans les lobes de ses oreilles. Ça signifie qu'on est fatigué. Et qu'on mérite vraiment un moment de repos.

Maintenant, elle entend les pas de Margareta, ça crépite dans le gravier et la neige fondue quand elle trottine de la manière posée des snobs en direction de Birgitta.

— Qu'est-ce qu'il y a encore ? souffle-t-elle, comme si elle croyait pouvoir baisser rétroactivement le niveau du cri de Birgitta en parlant doucement. Pourquoi tu cries ?

Birgitta garde les mains sur les cuisses, mais lève la tête en faisant une grimace.

— Merde ! Tu veux qu'on coure comme ça jusqu'à Motala ?

Margareta se balance un peu sur les talons et détourne le regard.

— Ça te ferait peut-être du bien. Tu sembles avoir besoin d'un peu d'exercice.

Qu'est-ce qu'elle a ? Incapable aujourd'hui d'ouvrir la bouche sans sortir une vacherie. Elle ne s'est pas montrée aussi vache depuis le jour où Birgitta a quitté la villa prétentieuse de Stig Grande-Gueule. Ni Margareta ni Christina ne lui avaient adressé la moindre parole durant les semaines qu'elles avaient passées dans sa chambre d'amis rustique du sous-sol, et quand Birgitta avait été sur le point de partir, elles n'avaient même pas répondu à son « au revoir », se contentant de la fixer de leurs yeux vides. C'est pourquoi Birgitta avait été surprise lorsque Margareta s'était mise à lui écrire quelques années plus tard. Elle avait cru qu'elles étaient ennemies pour la vie, mais c'était apparemment une interprétation que Margareta ne partageait pas, et les missives avaient commencé à tomber dans la boîte aux lettres de Birgitta, les unes plus longues que les autres. Et Margareta n'était-elle pas venue à l'improviste seulement un mois ou deux après la naissance du bébé ? Si. Elle s'en souvient maintenant, elle revoit très bien Margareta assise à la table de cuisine en train de lui donner le biberon.

Aha ! C'est pour ça que Margareta est si vache aujourd'hui. Elle a dû se mettre à penser au bébé quand elles étaient au restaurant, c'est ça, elle a soudain dû se rendre compte que Birgitta avait eu tout ce qu'elle n'avait jamais eu. Birgitta avait eu une mère, un mari et un enfant, alors que Margareta n'avait jamais eu personne au monde. Personne n'avait voulu d'elle quand elle était petite et personne ne voulait d'elle maintenant – rien de surprenant à cela, vu la sorcière ménopausée particulièrement hargneuse qu'elle était devenue. Margareta est tout simplement jalouse, chose qu'elle n'admettrait certainement jamais, même sous la menace. Quand elles étaient petites, Margareta ne voulait jamais parler de sa mère mystérieuse, et s'en allait toujours quand Birgitta se mettait à parler de Gertrud. Elle était jalouse alors, et elle l'est toujours. Un point c'est tout.

Pourtant, elle devrait comprendre que ça blesse Birgitta, que ce sont les coups bas de Margareta qui lui font monter les larmes aux yeux et trembler les coins de sa bouche.

— Merde, Maggan, dit-elle en redressant le dos. Il se trouve que je ne suis pas en très bonne santé, je ne peux pas courir aussi vite que toi. Je me suis payé une cirrhose, tu vois. J'ai été hospitalisée, ça ne fait que quinze jours que je suis sortie de l'hôpital.

Le visage de Margareta s'adoucit, mais pas assez pour que Birgitta se sente en terrain sûr. Il est possible que Margareta ignore ce que signifie une cirrhose – et Birgitta n'a vraiment pas l'intention de lui faire un dessin – et qu'elle ne capte pas le sérieux de tout cela. Faut consolider ses arrières.

— C'est de ma faute, évidemment, continue-t-elle, se dirigeant vers un banc public en traînant la patte dans le gravier. Ça ne pardonne pas d'être un rebut de la société, on ne fait pas de vieux os. Le docteur m'a dit qu'il me reste six mois. Avec un peu de chance.

Elle s'assied sur le banc et jette un rapide coup d'œil à Margareta. Elle est sur la bonne voie maintenant, Margareta a ouvert la bouche, elle fixe Birgitta de ses yeux embués.

— Mais tu me connais, dit Birgitta avec un petit rire amer. Je suis incapable de me prendre en main. Même si je le voulais.

Margareta ferme sa bouche grande ouverte et déglutit.
— C'est la vérité ?

Evidemment que c'est la vérité. Qu'est-ce qu'elle va s'imaginer, elle ne pense tout de même pas que Birgitta est en train de mentir ? Bien sûr que le docteur a dit qu'elle va mourir dans les six mois si elle n'arrête pas la picole !

— Bien sûr que c'est la vérité, répète-t-elle en baissant les yeux pour cacher qu'elle ment malgré tout.

Car elle ment. Birgitta Fredriksson ne va pas mourir. Elle ne peut pas mourir.

Elles quittent lentement le parc en direction de la gare, Margareta a glissé son bras sous celui de Birgitta, elle la soutient comme si elle était une petite vieille.

— Tu vas t'asseoir ici devant la gare pendant que je vais chercher la voiture, reprend-elle. Ça ne sera pas long, je suis garée derrière le commissariat.

Birgitta ferme les yeux et hoche la tête, se laissant lentement guider pour traverser la rue. Elle se surprend à claudiquer un peu et cesse tout de suite. Faut pas en faire trop : une cirrhose ne vous rend pas boiteux. Elle devrait le savoir, elle qui a fait l'aller et retour à l'hôpital pour ce foutu foie pendant un an et demi et qui n'a toujours pas commencé à boiter. Le fait est qu'elle ne pense jamais à son foie, sauf parfois quand elle dégueule. Elle regarde entre ses cils pour voir s'il y a du sang, parce que, dans ce cas, il faut la transporter à l'hôpital, et ça, elle ne veut pas. Birgitta n'aime pas les hôpitaux. La vérité, c'est qu'elle en a peur.

— Oh! là là! s'exclame Margareta en arrivant près du banc que la neige fondue a rendu un peu humide. C'est beaucoup trop froid et puis c'est mouillé. Attends un peu, je vais aller acheter un journal au kiosque, tu pourras t'asseoir dessus.

Elle est vite de retour. Elle étale un journal épais avec ses suppléments sur le banc et, lorsque Birgitta est installée, lui tend une canette.

— Tiens, dit-elle. De quoi boire en m'attendant. Ça ne sera pas long. Je reviens tout de suite.

Birgitta étouffe une grimace : du Coca-Cola light. Evidemment. Alors que c'est une bière qu'il lui faut. Mais si elle le dit, Margareta se mettra probablement à gronder comme un rottweiler.

— Ça ira, maintenant? demande Margareta.

Birgitta hoche la tête et ferme les yeux mais les rouvre aussitôt.

— Dis-donc, lance-t-elle avec un sourire suppliant. T'aurais pas une cigarette aussi?

Tiens, il fait beau, elle ne l'avait pas encore remarqué. Birgitta se renverse et tourne son visage au soleil pendant qu'elle fourre le paquet de cigarettes dans sa poche. Ce n'est pas si mal que ça de pouvoir griller un clope au soleil du printemps.

Birgitta a toujours aimé être dehors, toute sa vie elle a préféré être dehors, qu'il grêle ou qu'il tombe des cordes. En d'autres circonstances, elle serait peut-être devenue une véritable adepte de la vie en plein air. Cette pensée la fait rigoler. Elle s'imagine déjà écumant les forêts, les joues bien rouges et rebondies, le panier de champignons sous le bras et le regard ensoleillé. Mon Dieu! Heureusement que les choses n'ont pas si mal tourné.

De ce côté-là, aucun risque, grand-mère se méfiait de la nature bien qu'elle ait passé toute sa vie dans la chlorophylle, et Gertrud était une fleur de bitume convaincue. A vrai dire, Birgitta n'a fait qu'une seule excursion en forêt, et c'était quand Ellen avait emmené les trois filles ramasser des champignons. En temps normal, elle n'en aurait jamais eu l'idée, mais Stig Grande-Gueule allait fêter ses quarante ans, et Ellen avait promis de donner un coup de main pour le repas. Ils serviraient des croustades aux girolles en entrée, et puisque les girolles en conserve étaient hors de prix, et que Ellen était pingre, il ne restait plus qu'à tenter leur chance en forêt pour les chercher là où elles étaient gratuites. Du moins, en théorie. En réalité, elles n'avaient pas trouvé le moindre fichu petit champignon.

Elles devaient offrir un sacré spectacle quand elles franchirent la grille et s'élancèrent sur la route. Birgitta en gardait un souvenir très net : Ellen en tête, affublée de bottes en caoutchouc, en blouse de ménagère et tricot. Juste derrière elle, dans un accoutrement semblable, courait Christina, inquiète et tremblante comme si elle craignait que la route ne s'ouvre sous ses pieds pour l'engloutir. Et Margareta qui trébuchait derrière. Elle ne pouvait pas marcher droit, parce qu'elle avait emporté en douce un livre du Club des Cinq dans le panier à champignons et avait commencé à lire dès que Ellen avait le dos tourné. Elle était complètement givrée avec ses livres, elle lisait non stop, même si Ellen, Christina et Birgitta levaient les yeux au ciel et lui disaient que ce n'était pas normal de lire comme ça tout le temps et n'importe où. Peine perdue, elle continuait à avancer dans l'existence en chancelant avec toujours de nouveaux livres à la main. Cette fois-ci, elle s'accrocha à Birgitta pour ne pas tomber dans le fossé. Birgitta la laissa faire, parce qu'aujourd'hui elle se sentait une Birgitta, somme toute, contente et joyeuse. Elle avait rempli ses poches de sacs en papier pour les champignons qu'elle ramasserait, parce qu'elle n'avait nullement l'intention de céder ses champignons perso pour le jubilé de ce foutu vieux, elle avait l'intention de les vendre cher et de les convertir en bonbons. Elle avait pu faire un tour chez Gertrud entre midi et deux, Gertrud avait été presque sobre, elle avait promis de travailler Marianne au corps pour que Birgitta puisse revenir à la maison. Ça faisait maintenant exactement neuf mois et douze jours que Birgitta habitait chez Ellen. Personne ne savait qu'elle comptait aussi minutieusement le temps, qu'elle avait commencé à compter les jours, les heures et les minutes comme n'importe quel prisonnier dès son premier jour dans la maison d'Ellen.

C'était Marianne qui l'y avait conduite. Elle était venue à l'école un vendredi, avait frappé à la porte de la salle de classe, c'était la dernière heure de la journée et, d'une voix basse, avait demandé à parler à monsieur Stenberg. Il avait brandi le bâton et grogné qu'ils devaient se tenir tranquilles, puis il était sorti dans le couloir.

Aucun môme de la classe n'avait reconnu Marianne, même pas Bosse, qui habitait le même immeuble que Birgitta. D'habitude on aurait cru que les yeux allaient lui sortir des orbites tellement il les écarquillait – comme les autres mômes de la cour – quand la dame du Service d'Aide à l'Enfance arrivait, portant béret sur la tête et porte-documents à la main. Pas seulement parce qu'ils avaient peur du service en question, Birgitta l'avait compris, mais parce que Marianne avait l'air bizarre. Aucune autre dame à Motala ne portait un béret en trimballant un porte-documents : se ridiculiser ainsi était un privilège de mâles. Ce jour-là cependant, Marianne ne portait pas de béret mais un petit chapeau, sans doute que Bosse ne l'avait pas reconnue à cause de ça.

Birgitta avait son livre de biologie ouvert sur le pupitre, elle était en train de le feuilleter en douce pour passer discrètement du chapitre sur les hérissons au chapitre – ô combien plus intéressant – de la procréation. C'était un peu touffu et difficile à comprendre, mais quand on est jeune avec des yeux pour voir et des oreilles à la traîne, on tire certaines conclusions sur le comportement humain à partir de ce qui est écrit sur les mammifères. Les êtres humains étaient des mammifères, Birgitta en aurait mis sa main au feu. On disait en effet que tous les enfants étaient sortis du ventre de leur mère, même si pour sa part elle n'arrivait pas vraiment à comprendre la chose. Le ventre de Gertrud était tout plat, comment imaginer qu'un jour elle ait pu se trouver là ? Gertrud aurait éclaté, pour sûr, et le ventre de Gertrud n'avait pas l'air le moins du monde éclaté. Peut-être la nature avait-elle prévu une sorte de peau supplémentaire, le bébé se trouvait peut-être sur le ventre de la maman, couvert d'une peau supplémentaire qui ressemblait à peu près à un bas Nylon. Oui, ça devait être ça. Parce que les bas Nylon étaient transparents et alors la maman pouvait voir le bébé et comprendre qu'elle était enceinte, parce que si le bébé se trouvait caché quelque part dans les entrailles, comment pourrait-elle le savoir ?

Merde ! Elle ne supportait plus d'attendre, elle n'arrivait plus à se concentrer sur autre chose. Elle referma son livre et se leva, la chaise racla le sol, le bavardage et les chuchotements assourdis de la classe se turent instantanément. Tous la regardèrent, tous les élèves de la classe regardèrent Birgitta en se demandant ce qu'elle allait bien faire.

Mais Birgitta n'arriva pas à faire quoi que ce soit. Elle était paralysée. Toute droite et immobile à son pupitre, incapable de mettre un pied devant l'autre, incapable de rejoindre la porte et de l'ouvrir, incapable d'exiger une explication de la venue de Marianne à l'école. Car elle savait.

Elle avait oublié de cacher les couteaux cette nuit, elle avait dormi comme un foutu bébé ! Et maintenant, Gertrud était morte, elle s'était planté le gros couteau de cuisine dans le ventre.

Le temps s'était arrêté. Bientôt la terre allait s'écrouler.

— Elle n'est pas du tout morte, dit Marianne un instant plus tard. Où es-tu allée chercher ça ? Tu la verras pour lui dire au revoir dans un petit moment.

Elle traîna littéralement Birgitta dans la cour d'école, la tenant fermement par le bras. Birgitta ne bougeait les pieds que lorsqu'elle ne pouvait pas faire autrement si elle ne voulait pas tomber. A l'instant, elle avait essayé de mordre la main de Marianne, cette main qui enserrait son poignet comme des menottes. En vain. Marianne était plus forte, elle savait ce que Birgitta avait en tête et déplaça sa main sans lâcher prise. De toute façon, ça n'avait aucune importance : elle portait des gants épais que les dents de Birgitta ne pourraient pas transpercer. Restait encore la solution du coup de pied dans les tibias.

— Maintenant, ça commence à bien faire ! rugit Marianne en tirant soudain Birgitta avec une telle force que la fillette trébucha et faillit perdre l'équilibre.

Sale mégère ! Son chapeau neuf avait glissé sur son front, elle avait l'air complètement tarée !

La cour autour d'elle était vide et abandonnée, il restait encore dix minutes avant la sonnerie. On l'avait laissée partir en avance. Demain, on était samedi, et le maître avait dit que Birgitta n'avait pas besoin de venir, qu'il lui fallait ce congé pour s'adapter à son nouveau foyer. Mais il l'attendrait comme d'habitude le lundi matin, elle n'aurait pas besoin de changer d'école avec ce déménagement, bien qu'il y ait une autre école plus près de sa nouvelle maison. Aussi bien le proviseur que cette gentille dame du Service d'Aide à l'Enfance estimaient que c'était mieux pour Birgitta de rester avec ses anciens camarades de classe et son ancien instituteur.

Comme si elle se souciait d'eux ! Ils ne valaient pas un clou. Pour elle, seule comptait Gertrud.

L'appartement sentait le vomi.

La puanteur aigre était tellement puissante que Birgitta eut la nausée quand Marianne ouvrit la porte. Elle avait pourtant l'habitude du vomi, c'était elle qui nettoyait quand Gertrud était malade, et ça aurait probablement été assez supportable si l'appartement ne lui avait pas semblé si étranger.

Elle s'arrêta à la porte de la pièce unique et regarda. C'était incroyable ! Ce matin, quand elle était partie pour l'école, l'appartement était comme d'habitude, peut-être un peu plus en désordre parce qu'Osvald avait ramené hier soir une bande de copains et une bonne femme qui gueulait, bref la routine, quoi. Birgitta s'était réveillée tard, Osvald et les autres n'avaient apparemment pas cherché à récupérer leurs affaires en partant et Birgitta avait dormi toute la nuit sur le tas de vêtements dans le vestibule. Elle s'était réveillée en retard et s'était glissée dans la pièce pour vérifier que Gertrud était toujours là. Oui. Elle dormait paisiblement, tandis que Birgitta cherchait ses vêtements à tâtons. Elle dormait même si profondément que Birgitta avait eu un peu peur, elle s'était penchée au-dessus de Gertrud, quand elle enfilait ses bas, pour vérifier qu'elle respirait toujours. Elle respirait. Pas de problème. Birgitta avait attrapé son cartable, fourré quelques morceaux de sucre dans sa poche et s'était précipitée au-dehors. Elle n'avait pas eu le temps de ramasser les bouteilles, mais tant pis, Marianne était déjà venue la veille. En général, elle ne venait pas deux jours de suite.

Mais, visiblement, elle était venue. Et elle avait changé plein de choses dans l'appartement. Le store était remonté et les rideaux tirés sur le côté, la lumière du jour, grise, entrait dans la pièce et fit frissonner Birgitta. Gertrud et elle gardaient toujours les rideaux tirés. De plus, Marianne avait rassemblé les bouteilles en un petit troupeau par terre à côté de la commode, on aurait dit qu'elles attendaient d'être remplies et que la fête reprenne. On allait peut-être danser. Le tapis avait été roulé et repoussé contre le mur comme s'il avait honte. Il y avait autre chose par terre à côté de la porte. Birgitta dut se pencher pour voir ce que c'était. Le couvre-lit. Il était tout mouillé et semblait beaucoup plus sombre que d'habitude. Pourquoi Marianne avait-elle mouillé le couvre-lit ? Et pourquoi y avait-il un sac rempli des vêtements de Birgitta posé à côté ?

Gertrud était allongée sur le lit, endormie, son visage était bizarre, presque aussi gris et flou que le seau par terre à côté du lit. Mais c'était le seau à ordures, celui qui cognait toujours contre la jambe de Birgitta quand elle descendait aux poubelles ! Pourquoi donc, oui pourquoi Marianne avait-elle posé la poubelle par terre alors que sa place était sous l'évier ? Elle le savait pourtant. Qu'est-ce qui lui avait pris ?

Marianne posa la main sur la tête de Birgitta en chuchotant :

— Ta maman est malade, Birgitta. Elle nous a demandé de nous occuper de toi, elle a besoin de repos.

C'était un mensonge minable et la punition fut instantanée. Car maintenant Marianne n'avait plus ses gants pour protéger ses mains qui étaient nues et exposées.

Birgitta choisit la droite. Rapide comme l'éclair, elle planta ses dents acérées dedans. Cela lui fit plaisir d'entendre Marianne crier aussi fort.

Ce fut bizarre de retourner à l'école le lundi matin, tout était pareil et pourtant c'était différent. Les maisons, la rue, les camarades de classe. Même la salle de classe avait changé durant le week-end, elle ne savait pas vraiment en quoi, mais ça avait quelque chose à voir avec la couleur et la taille. Comme si tout était devenu plus grand, les fenêtres aussi, et pourtant tout était beaucoup plus sombre que le vendredi. Peut-être Stenberg avait-il repeint pendant le week-end, pour vraiment marquer que de grands changements avaient eu lieu dans le monde, mais, dans ce cas, il n'était pas un très bon peintre. La fissure tout en haut du mur était toujours là. Et aussi les taches claires qu'avaient laissées les dessins de l'année dernière.

Quelques filles de son immeuble s'agglutinèrent autour d'elle à la récré. Que s'était-il passé ? Elle habitait où, maintenant ? Savait-elle qu'une ambulance était venue après son départ avec cette Marianne et qu'on avait transporté Gertrud sur une civière ?

Bien sûr, qu'elle le savait. Birgitta secoua la tête comme si elle avait des cheveux bien longs à faire voler autour de son visage. Peut-être était-ce à cause de ce moment d'inattention qu'elle ne répéra pas les mots ; ces mots qui fusèrent soudain comme une flèche empoisonnée et se frayèrent un chemin jusqu'à son oreille. *Ivre morte !* Instinctivement, elle s'en prit à celle qui était le plus près d'elle, saisit une tignasse au hasard et tira, ne se rendant compte que c'était Britt-Marie, une des chouchoutes de la classe, qu'au moment où elle l'entendit crier.

En temps ordinaire, les autres se seraient précipitées dans la salle des professeurs pour avertir Stenberg et, avant même qu'elle ait eu le temps de lâcher prise, on l'aurait vertement grondée et lui aurait collé un avertissement. Peut-être qu'elle aurait même récolté un coup de bâton, mais pas aujourd'hui. Gunilla, reine des chochottes et chef de file des chouchoutes, passa son bras autour de Britt-Marie en pleurs et supplia les autres de ne pas rapporter. Il fallait qu'ils pensent à Birgitta, elle était à plaindre, elle n'avait jamais eu de papa et voilà qu'elle n'avait plus de maman non plus! Birgitta hésita un instant entre vomir dans les cheveux de Gunilla ou la scalper avec les dents, mais elle n'eut le temps de faire ni l'un ni l'autre. Ça sonna et, en une seconde, le groupe s'éparpilla, les chouchoutes se précipitèrent vers l'entrée, pétries d'angoisse à l'idée d'arriver en retard. Elle se rattraperait à la récré suivante.

Mais, à la récré suivante, on ne la laissa pas sortir. Stenberg la rappela quand elle se précipitait à la porte dans la bousculade générale. Il avait à lui parler, si elle voulait avoir la gentillesse de s'approcher de son bureau. Il réussit à présenter cela comme si elle avait un choix, ce qui ne lui ressemblait pas ; d'habitude, il aboyait son prénom sur un ton de commandement : Birgitta! Arrête de gigoter! Tais-toi! Essuie-toi la morve du nez et va te laver les mains! Une fois, il l'avait même traitée de cradingue devant toute la classe.

Mais aujourd'hui, elle n'était pas la petite merdeuse habituelle, ça se sentait. Elle était une fille normale, comme les autres, qu'il fallait malgré tout plaindre un peu. Stenberg inclina la tête à la manière des bonnes femmes et adopta cette voix artificielle dont il ne se servait à l'ordinaire que pour s'adresser à ses petites chéries comme Gunilla et Britt-Marie. Quel plaisir de voir Birgitta si propre et soignée aujourd'hui! N'avait-elle pas aussi de nouveaux vêtements sur elle? Ça faisait plaisir à voir. Maintenant, tout allait s'arranger, maintenant elle aurait sûrement le temps et la force de considérer le travail scolaire sous un autre angle. Car lui, Stenberg, il avait bien remarqué que Birgitta n'était pas une idiote, bien au contraire. Elle pourrait devenir une élève brillante à condition de donner un petit coup de collier. Et c'était sans doute ce qu'elle avait l'intention de faire, n'est-ce pas, maintenant qu'il y avait un peu plus d'ordre et d'organisation autour d'elle? N'est-ce pas? N'est-ce pas? N'est-ce pas?

Birgitta fit une révérence et acquiesça, elle n'était pas assez bête pour s'opposer à Stenberg. Elle avait essayé une fois avec pour seule conséquence qu'après, elle n'avait pas pu s'asseoir pendant des jours. Gertrud avait examiné les stries sur ses fesses et avait promis de dénoncer le vieux à l'Académie, à la Direction de la Santé et même au Conseil de l'Eglise suédoise, mais ensuite elle avait oublié. Et quand Birgitta le lui avait rappelé, elle était saoule et en colère, criant à Birgitta qu'elle n'avait à s'en prendre qu'à elle-même.

Il était interdit de quitter l'école entre midi et deux heures, mais personne ne vérifiait. Les instituteurs étaient sans doute en train de se bourrer de tarte à la crème dans la salle des profs. Le bruit courait parmi les élèves qu'ils avaient des tartes à la crème et des sandwiches de pain de mie au fromage tous les jours. Comme les élèves n'avaient pas le droit d'entrer dans la salle des profs, personne n'avait pu s'en assurer. On devait attendre dans le vestiaire si on cherchait un instituteur et on apercevait furtivement le luxe qui régnait là-dedans quand la porte s'ouvrait. Ceux-ci avaient des fauteuils, Birgitta l'avait vu de ses propres yeux. De grands fauteuils marron et de petites tables marron où étaient posées des tasses de café. Tout indiquait que les rumeurs disaient vrai, que les instits bâfraient du pain de mie et des tartes à la crème, alors que les élèves devaient se contenter de la cantine et manger des wasas avec du pâté de foie.

Mais aujourd'hui, Birgitta laissait aux instituteurs leurs tartes et leurs fauteuils moelleux, oui tout le luxe qu'ils pouvaient souhaiter, du moment qu'ils restaient à l'écart de la cour. Vive comme un écureuil, elle franchit les grilles et remonta la rue en courant, vers sa rue à elle, vers son véritable foyer.

Elle se dissimula un instant sous le porche d'entrée, vérifia qu'aucune bonne femme à la curiosité mal placée n'était en train de battre des tapis dans la cour et que le Service d'Aide à l'Enfance n'avait pas placé des sentinelles pour empêcher les enfants de rejoindre leur mère. Tout était vide et silencieux, on aurait dit qu'aussi bien l'immeuble sur cour que celui donnant sur la rue s'étaient vidés de leurs habitants depuis le départ de Birgitta. Mais

Gertrud était sûrement à la maison, on avait dû l'opérer à l'hôpital pendant le week-end et la guérir. En ce moment, elle se baladait probablement en kimono dans l'appartement à la recherche d'une paire de bas en bon état, car il était bien évident qu'il lui fallait des bas sans trous pour aller au bureau de Marianne exiger le retour de Birgitta. Comme elle allait être contente de la voir arriver comme ça, elle allait sûrement écarter les bras comme elle l'avait toujours fait quand elle venait à la maison de garde-barrière et qu'elle s'écriait qu'elle voulait lui faire des bisous. Rien que des bisous, plein de bisous !

Birgitta ne put plus se retenir, elle traversa la cour en courant si vite que personne, pas même la vieille de Bosse avec ses yeux de faucon, ne put la voir, elle ouvrit la porte de l'immeuble et monta l'escalier en trébuchant sur les marches, tomba et se releva dans le même mouvement, tant pis si son genou lui faisait vraiment mal.

La porte était fermée à clé et personne ne répondit quand elle appuya sur la sonnette, mais elle avait toujours sa clé. Dans le taxi qui l'avait conduite à son foyer d'accueil, elle avait pu passer le ruban blanc avec sa clé par-dessus sa tête pour le glisser dans sa poche. Marianne n'avait rien remarqué. Pendant tout le trajet, elle s'était concentrée sur sa main droite et, en soupirant, elle avait frotté un doigt sur les empreintes bleues que les dents avaient laissées sur sa peau. Personne n'avait pensé à vérifier les poches de Birgitta, pas même cette bonne femme chez qui elle s'était retrouvée. Après le départ de Marianne, elle avait posé tous les vêtements de Birgitta sur la table de la cuisine, soulevé chaque habit devant la fenêtre, les avait examinés l'un après l'autre à la lumière et avait mis son doigt dans chaque trou comme si elle voulait l'agrandir davantage. Mais elle avait oublié la veste qui était restée telle quelle dans le vestibule. Voilà pourquoi Birgitta s'était montrée si calme et n'avait pas tout cassé dans la maison. Elle avait une clé, elle pourrait rentrer chez elle.

Elle glissa la clé dans la serrure, mais n'eut pas le courage de la tourner. L'espoir qui l'avait maintenue debout depuis vendredi referma ses pétales comme une fleur au crépuscule. Elle appuya sa tête contre la porte et retint sa respiration. Elle allait peut-être entendre Gertrud déambuler là-dedans en fredonnant pendant qu'elle cherchait ses bas. Mais tout était silencieux de l'autre côté de la porte. Une pensée traversa son esprit comme un courant d'air : et si Gertrud n'y était pas, si elle n'allait plus jamais revenir ?

Birgitta arracha la clé de la serrure et se précipita au bas des escaliers, elle pouvait sentir ses pieds voler, comme s'ils effleuraient à peine les marches. Elle était pourchassée par des fantômes et des revenants, il fallait qu'elle sorte, dehors, ailleurs, au plus vite...

Jamais Birgitta n'avait vu une fille aussi peureuse et poule mouillée que cette Christina. C'était lamentable, ce foutu cloporte était tellement froussard qu'on avait l'impression qu'elle ne savait pas parler à voix haute, qu'elle n'osait que chuchoter. Mais la plupart du temps elle ne disait rien du tout, elle fixait seulement les gens de ses yeux gris écarquillés. C'était à vous rendre dingue.

Elle méritait une baffe. Ou deux. Le lundi après-midi, elle eut droit à un coup dans le dos qui la précipita à plat ventre dans l'allée du jardin et troua son bas.

Voilà ce qui peut arriver. Si on est trop peureux.

Chez Ellen la Chieuse, l'ordre était donné aux filles de quitter leur lit dès sept heures moins le quart le matin. Ensuite, on attendait de Birgitta qu'elle s'entortille dans un foutu peignoir et qu'elle glisse ses pieds dans des pantoufles comme les deux autres – pour quoi faire ? Jamais auparavant elle n'avait eu besoin de peignoir ni de pantoufles – et qu'elle se rende dans la cuisine. Ellen la Chieuse était à son poste, devant ses fourneaux. On aurait dit qu'elle ne pouvait pas quitter sa cuisinière, qu'elle était là vingt-quatre heures sur vingt-quatre à touiller dans les marmites. Elle versa une louche de porridge gluant dans l'assiette de Birgitta en expliquant que dans cette maison on ne quittait pas la table avant d'avoir fini son assiette.

Birgitta la regarda par en dessous et renonça à protester, elle avait déjà pigé qu'il y avait quelque chose de particulier avec la nourriture, qu'on pouvait rouspéter tant qu'on voulait pour les vêtements, la toilette et les lits à faire, mais jamais pour la nourriture. Sinon la chieuse pouvait vous terrasser d'un coup de louche bien placé. Par conséquent, Birgitta mangea la glu, mais pas avant d'avoir versé une véritable petite montagne de sucre dessus. Le rat hurlait dans son ventre, après quelques jours passés chez Ellen la Chieuse, il était devenu tout maigre et aussi féroce qu'un fauve. Birgitta ne savait pas très bien comment faire pour se procurer l'argent qui le calmerait, elle avait déjà farfouillé dans le cagibi à balais et dans le meuble sous l'évier sans trouver la moindre bouteille. Elle serait obligée d'inventer autre chose.

Les deux autres filles s'empiffraient de porridge comme s'il était bon. Ellen s'était assise à côté de Margareta qui, apparemment, était sa petite chérie. Assise de l'autre côté de la table, Christina tripotait nerveusement la nappe avec les doigts d'une main, tout en avalant son porridge sans rechigner. Ellen poussa le panier à pain dans sa direction, elles se sourirent. C'était un sourire bizarre, comme si toutes les deux étaient des adultes, comme si Christina n'était pas la même petite merdeuse de dix ans que Birgitta. Cependant, Christina obéissait comme une enfant. Elle posa la cuillère dans l'assiette et prit un petit pain.

— Tout frais? chuchota-t-elle, toujours avec ce sourire pâle collé sur son visage tout aussi pâle.

— Mmm, dit Ellen. Ils sont encore chauds?

Christina hocha la tête, Ellen entoura Margareta de son bras et la serra.

— Toi aussi tu veux un petit pain? Ils sont tout chauds.

Margareta hocha la tête, la bouche pleine, et tendit le bras vers le panier à pain. Quand le beurre se mit à fondre sur le pain chaud, elle tira la langue, en lécha rapidement un gros morceau et en étala à nouveau. Ellen rit et lui pinça la joue :

— Petite sotte !

Ah bon. C'était donc comme ça qu'il fallait se comporter dans cette maison. Soit il fallait être mimi du genre chaton comme Margareta, soit il fallait jouer à l'adulte comme Christina. Et il fallait se goinfrer le plus possible.

Ces filles-là étaient des lâcheuses. Ellen n'était la mère ni de l'une ni de l'autre, elles avaient forcément des vraies mères quelque part, mais elles ne donnaient pas l'impression de leur consacrer la moindre pensée.

Birgitta n'avait lâché personne. Et jamais elle ne deviendrait une lâcheuse.

Ellen n'aimait pas Birgitta. En fait, elle ne voulait pas d'elle dans sa maison. Ça crevait les yeux dès le premier jour : elle traîna Birgitta à la salle de bains dans la cave et se mit à carrément l'écorcher vive à force de frotter. Et pendant tout ce temps, pas un sourire. Elle plissa simplement le front et donna à Birgitta des ordres brefs comme de se tourner ou de lever les bras pour qu'elle puisse laver partout. Birgitta avait dit qu'elle pouvait très bien le faire elle-même, qu'elle avait l'habitude de se laver toute seule et qu'elle n'avait pas besoin qu'on l'aide comme un bébé, mais alors la chieuse avait froncé le nez en marmonnant quelque chose comme quoi Birgitta ne semblait pas avoir pris de bain depuis des années. Et ça, c'était un putain de mensonge. Bien sûr que Birgitta s'était baignée cette dernière année. Un jour, pendant l'été, elle était allée à la baignade de Varamon toute seule et s'était trempée dans le Vättern. Mais vrai ou faux, cela ne donnait pas le droit à cette bonne femme de lui arracher la peau avec sa brosse.

Ellen était du genre vraiment rancunier, comme si elle n'arrivait pas à pardonner à Birgitta ce qui s'était passé le premier jour, quand celle-ci avait refusé de boire son sirop jaune qu'elle avait qualifié de pisse. Après cela, elle n'avait plus lâché Birgitta, passant son temps à l'engueuler pour un rien, parce qu'elle avait cassé une petite figurine en porcelaine dans la salle à manger sans le faire exprès, parce qu'elle criait trop fort et courait trop vite quand elle jouait, parce qu'elle ne comprenait pas qu'on ne pouvait pas se balader dans des vêtements sales ni qu'on devait se laver les dents tous les jours. Deux fois, même. Parfois, sa colère la terrassait et alors elle saignait du nez. Les deux autres filles s'affolaient quand ça arrivait, à croire que leur monde allait s'écrouler. Christina se précipitait dans la cuisine chercher un bol d'eau pour rafraîchir le front d'Ellen, tandis que Margareta allait chercher du coton que la chieuse pouvait se fourrer dans le nez, puis elle se blottissait sur ses genoux. Toutes deux jetaient un regard soupçonneux à Birgitta, comme si c'était sa faute, comme si c'était elle qui avait fait saigner le nez de la chieuse.

Sinon, Margareta n'était pas trop mal. Bon, un peu timide, mais pas aussi froussarde et cajoleuse que Christina. Elle aimait bien cavaler dans la maison et jouer, c'était seulement quand elle avait pu mettre la main sur un nouveau livre qu'elle devenait impossible. Car alors elle plongeait à corps perdu dans son livre, restant sur son lit dans la pièce vide et ne semblant même pas se rendre compte qu'elle se curait le nez en lisant, c'était dégoûtant, quoi. D'un autre côté, elle lisait vite et dès qu'elle avait fini, elle se lançait dans la maison à la recherche de Birgitta. Elle voulait toujours jouer à l'aventure qu'elle venait de lire, surtout quand c'était un livre du Club des Cinq. Parfois, Birgitta était d'accord, mais à condition qu'elle tienne le rôle de Claude. Margareta avait beau essayer de jouer ce rôle de garçon manqué, ça ne marchait pas.

L'été était bien entamé quand l'attitude d'Ellen vis-à-vis de Birgitta changea, elle aurait pu s'y prendre plus tôt. En tout cas, elle avait été époustouflée que Birgitta soit arrivée à grimper tout en haut du cerisier. Celle-ci ne se donna pas la peine d'expliquer qu'elle avait grimpé bien plus haut que ça dans sa vie, que ses copines et elle allaient à Varamon en automne se remplir les poches de fruits abandonnés sur les arbres autour des maisons de campagne fermées. Ellen fut tellement impressionnée qu'elle prit même une photo de Birgitta là-haut dans l'arbre. Les autres filles étaient sur la photo aussi. Et après, Ellen la fit agrandir et colorier, elle acheta un cadre brillant et la photo trôna sur l'armoire dans sa chambre.

Birgitta aimait bien que la photo soit là, elle se glissait souvent dans la chambre d'Ellen quand personne ne la voyait pour se regarder. Elle se trouvait vraiment mignonne avec sa robe rose et ses cheveux blonds.

Désormais, Ellen confectionnait ses vêtements, et là, Birgitta n'avait pas à se plaindre. Les filles pouvaient choisir les couleurs et les modèles, Birgitta aussi. Il fallait qu'on invente des trucs insensés du style shorts d'hiver ou écharpes d'été pour qu'elle refuse en gloussant, sinon on obtenait en général ce qu'on voulait. C'est pourquoi Birgitta eut la plus belle robe de toute sa classe le jour de remise des bulletins de notes en huitième : une robe blanche avec des boutons de rose qui se terminait par un volant. Aucune des chouchoutes n'avait des boutons de rose ni de volant en bas de sa robe.

Et toc, bien fait pour elles. Il était temps.

Pourtant, elle en causa des malheurs, cette robe-là.

Un jour, vers la fin mai, Bosse raconta que Gertrud était rentrée à la maison. Sa mère aux yeux de faucon l'avait vue la veille, quand elle traînait sa valise dans la cour.

Heureusement qu'il le lui dit juste avant la pause déjeuner, quand ils descendaient les escaliers vers la cantine, sinon Birgitta aurait été obligée de sécher les cours. Maintenant, elle n'avait qu'à faire un petit écart, se laisser couler en direction du portail sans se faire voir et se lancer.

Elle n'avait pas la clé avec elle, elle l'avait enterrée sous un buisson dans le jardin d'Ellen dès que la terre avait dégelé. Tant pis. Gertrud était à la maison et elle lui ouvrirait la porte. Au fond, la vie était belle !

Pendant les dernières semaines du semestre de printemps, elle n'alla plus à la cantine, pas une seule fois. Dès la sonnerie de midi, elle se précipitait dans la cour et sortait dans la rue. Au bout de quelques jours, elle ne se donna même plus la peine de faire attention, elle était prête à passer aussi bien sur le proviseur que sur Stenberg s'il le fallait. Il ne s'agissait pas de traîner : Gertrud l'attendait.

En général, Gertrud restait allongée sur le lit, comme autrefois. Pourtant, elle n'était pas tout à fait la même. Son visage était plus rond, mais elle n'avait pas l'air en bonne santé pour autant, elle était devenue grise en quelque sorte. On aurait dit que tout en elle avait été tiré vers le bas, les cheveux, les traits du visage, les seins pendouillaient tristement sous le kimono. Mais elle était contente et souriait quand Birgitta venait, elle l'envoyait tout de suite au kiosque acheter des cigarettes et des bonbons, des magazines et de la limonade. Birgitta mangeait les bonbons chez Gertrud, alors que Gertrud ne lisait jamais les magazines quand Birgitta était là, et elle ne se préparait même pas de drink. Elle s'allongeait sur le lit et tirait sur sa cigarette pendant qu'elle parlait.

Ça n'avait pas été des mois faciles pour Gertrud. D'abord, elle était restée à l'hôpital pendant plusieurs semaines, puis on l'avait envoyée dans un foutu établissement, un endroit terrifiant dirigé par une bande de soldats de l'Armée du Salut particulièrement méchants et hypocrites. Dans cet établissement, Gertrud avait dû boire du bouillon, et on l'avait obligée à fréquenter tout un tas de pochtrons. Tout ça, c'était la faute de Marianne, cette femme-là était totalement givrée, c'était vraiment pas de bol qu'elle ait déboulé dans la vie de Gertrud. Il n'y avait qu'une tordue de la morale comme elle pour avoir l'idée d'interner Gertrud dans un tel établissement.

Quand Gertrud évoquait Marianne et comment celle-ci était entrée dans sa vie, Birgitta s'asseyait sur ses mains et jetait un regard sur le réveil. Il fallait qu'elle parte bientôt.

— Pardon, disait-elle en glissant au bas de la chaise. Stenberg me bat si j'arrive en retard.

La lèvre inférieure de Gertrud trembla, elle ferma les yeux.

— Vas-y, toi, dit-elle. Ça ne doit pas t'amuser beaucoup de rester ici à écouter les jérémiades de ta petite maman.

Birgitta restait à côté du lit et, comme si elle n'osait plus passer les bras autour de Gertrud, elle tendait seulement la main et frôlait son bras.

— Quand est-ce que je vais pouvoir rentrer? demandait-elle.

L'émotion lui bloquait la voix, elle était obligée de ravaler ses larmes.

— Tu as parlé à Marianne?

Gertrud mettait la main devant son visage et crachait:

— Bientôt! Je vais lui parler bientôt, je te l'ai déjà dit!

Le matin du jour de la remise des bulletins, Ellen la Chieuse se lamenta de ne pas pouvoir assister à la cérémonie dans deux écoles différentes. Malheureusement, elle n'aurait pas le temps de courir de l'école de Christina et Margareta jusqu'à celle de Birgitta. On aurait dit qu'elle s'imaginait que Birgitta en serait désespérée, alors que c'était tout le contraire. Il n'y avait que les mauviettes pour avoir leurs parents avec eux ce jour-là, et Birgitta n'en était pas une. D'autant qu'avec Ellen sur le dos, il lui était impossible de faire un petit tour chez Gertrud.

Elle en était arrivée à trouver presque normal de sonner à la porte de Gertrud. Malgré un après-midi passé à creuser dans le jardin d'Ellen, elle n'avait pas retrouvé la clé. Finalement, Ellen était sortie dans le jardin annoncer que maintenant, c'était terminé de jouer aux taupes. Gertrud lui avait promis une nouvelle clé, mais, pour l'instant, elle n'avait pas eu assez d'argent pour faire faire le double. Birgitta ne voulait pas insister: Gertrud avait suffisamment de soucis comme ça.

Personne ne vint lui ouvrir ce jour-là, pourtant elle entendait des voix derrière la porte. Gertrud était à la maison. Manifestement pas seule. Birgitta espérait que ce serait une des anciennes copines de Gertrud en visite, comme ça elles seraient deux à la féliciter pour sa jolie robe. Elle tira un peu dessus avant de resonner et, comme personne ne répondait, elle appuya sur la poignée.

Loin d'être une copine, c'était Osvald.

Comme d'habitude, il était assis dans un des fauteuils, mais, cette fois-ci, Gertrud était assise sur ses genoux. Tous deux avaient les yeux un peu vagues, et l'un des bas de Gertrud qui avait glissé pendait de son genou comme un voile. Le rouge à lèvres qui barbouillait sa bouche débordait et elle ne semblait pas remarquer la grosse main d'Osvald glissée sous sa jupe. A l'irruption de Birgitta, ils clignèrent des yeux, mais ils restèrent comme médusés. La robe les avait cloués sur place.

— Tiens, c'est toi ? fit Gertrud en se penchant pour prendre ses cigarettes.

Osvald retira sa main qu'il laissa voler au-dessus de la table de fumerie turque à la recherche de son verre.

— Mmm, fit Birgitta.

— Et fringuée comme une putain de princesse..., commenta Gertrud qui plissa les yeux en soufflant sa première bouffée de cigarette. D'où tu sors ces nippes de gala ?

— De tante Ellen.

— Ellen ? C'est qui cette foutue tante Ellen ?

— Celle chez qui j'habite.

Gertrud fit la grimace. Puis, se levant, elle se dirigea vers le lit avec son bas tire-bouchonnant autour de sa jambe et s'assit. Les ressorts grincèrent comme toujours. Tout était comme toujours. Rien n'avait changé.

— Alors comme ça, elle a les moyens de t'acheter des jolies robes ? lâcha Gertrud avec une moue méprisante.

Birgitta ne savait pas très bien quoi dire, mais ça n'avait aucune importance parce que Gertrud continua à parler. Elle laissa tomber la cendre dans sa main avec un petit rire :

— Mais oui, évidemment qu'elle a les moyens de t'acheter des robes. On la paie sans doute pour s'occuper des mômes des autres. Hein, Osvald, qu'est-ce que t'en dis ?

Du fond de son fauteuil, Osvald poussa un grognement d'assentiment. Gertrud porta à nouveau sa cigarette à sa bouche et examina Birgitta encore une fois.

— Eh bien, merde alors, ce que tu peux être chou. Une vraie petite Shirley Temple on dirait. Comme ça t'es contente, j'imagine. Comme ça tu veux sans doute rester chez cette Ellen? Pour pouvoir t'habiller de soie et de velours à longueur de journée?

Pinçant les lèvres, Birgitta secoua la tête. Non! Elle voulait rentrer chez Gertrud, elle l'avait déjà dit des milliers de fois! Mais elle avait peut-être parlé trop bas, Gertrud ne l'avait peut-être pas entendue. Elle aurait voulu que la robe aux boutons de rose éclate aux coutures et tombe en lambeaux, qu'elle puisse bouger et parler. Mais non : la robe restait en place, et Birgitta était incapable de bouger. Elle ne pouvait même plus parler.

— C'est qui, d'ailleurs, cette bonne femme? demanda Gertrud en se penchant en arrière, les coudes appuyés sur l'oreiller.

Elle avait oublié qu'elle venait de laisser tomber la cendre dans sa main, il y eut une petite tache grise sur le couvre-lit. Mais Birgitta n'avait pas à se tracasser, la cendre était éteinte et ne ferait pas de trou, et elle pourrait nettoyer la tache en une seconde si tant est qu'elle arrive de nouveau à bouger.

— Tu le sais, Osvald? dit Gertrud. Tu sais, toi, qui c'est cette personne chez qui elle habite maintenant, Birgitta?

Osvald but un coup et rota.

— Bien sûr, dit-il. Ellen Johansson, tu sais. Elle accueille des enfants qu'on place, je crois qu'elle doit en avoir trois ou quatre maintenant.

Gertrud plissa le front.

— Ellen Johansson? C'est qui, ça?

— La veuve de Hugo Johansson. Le gros bonnet, tu sais, qu'a cassé sa pipe il y a une dizaine d'années maintenant.

Osvald rit, but encore une gorgée et se gratta la poitrine.

— Une bonne femme vachement fortiche. Elle avait au moins vingt ans de moins que lui. Ça ne faisait qu'un an qu'ils étaient mariés quand il a cassé sa pipe et ensuite elle s'est retrouvée avec la maison et le fric... Et il n'était sûrement pas parmi les plus fauchés.

Gertrud se redressa dans le lit.

— Le cancer? C'est lui qui est mort du cancer?

Osvald haussa les épaules. Qu'est-ce qu'il en savait, lui? Mais peu importait, Gertrud avait déjà répondu à sa propre question.

— Mais bon sang! Bien sûr que je sais qui c'est! Une petite bonne femme avec quelque chose de carré... Ha ha!

Elle tira une longue bouffée et plissa les yeux vers Birgitta.

— Tu peux lui transmettre mon bonjour. Dis-lui que je me souviens bien d'elle et de son avorton. Dans le temps, j'étais dans la même salle qu'elle à la maternité.

— Sympa comme bagnole! lance Birgitta lorsqu'elle a enfin bouclé sa ceinture de sécurité.

Margareta a un rire bref, comme si elle avait dit quelque chose de drôle.

— Pas tant que ça. Elle commence à se faire assez vieille, le pot d'échappement a lâché hier. C'est pour ça que j'ai été obligée d'aller la chercher dans un garage...

La voiture avait été au garage? Birgitta est-elle supposée en savoir quelque chose? On le dirait, on dirait que Margareta s'imagine Birgitta au courant. Les gens font souvent comme ça, elle l'a remarqué plus d'une fois. Ça doit être une idée répandue que Birgitta Fredriksson sait lire dans les pensées. Elle n'a aucune intention de révéler que tel n'est pas le cas, mieux vaut changer de sujet de conversation.

— T'as conduit tout le chemin depuis l'enfer lapon?

Margareta secoue la tête, sa langue pointe d'entre ses lèvres. Elle a l'air de se laisser guider par sa langue quand elle se faufile dans le rond-point devant le commissariat.

— Non, j'ai pris l'avion de Kiruna à Stockholm. Ce n'est pas ma voiture, on me l'a seulement prêtée.

Birgitta fouille dans sa poche pour prendre une cigarette.

— Qui ça?

Margareta sourit à nouveau.

— Un type que je connais. Il s'appelle Claes.

Birgitta lève les sourcils en extirpant une Blend du paquet. Il n'en reste plus beaucoup.

— Sympa, comme mec?

— Assez. Oui, on peut dire ça, c'est vraiment un mec sympa.

— Vous allez vous marier?

Margareta rit, c'est bizarre comme elle est soudain devenue hilare.

— Oh non! On n'est pas *the marrying kind*, ni l'un ni l'autre.

Qu'est-ce qui lui prend? Elle ne sait plus parler suédois? Birgitta ne comprend pas bien l'anglais, il ne lui reste que des bribes de son anglais d'école mais ça, pas question de l'avouer à Margareta la frimeuse. Elle se tait et allume sa clope.

— Donne-m'en une aussi, dit Margareta en tendant la main, le regard toujours fixé sur la rue.

Birgitta regarde dans le paquet.

— Il ne m'en reste plus beaucoup.

La seconde d'après, elle se rend compte que la formulation était mal choisie. Elle a réveillé le rottweiler.

— Il se trouve que ce sont *mes* cigarettes! aboie Margareta en lui arrachant le paquet des mains.

C'est super d'être conduite, même si le chauffeur fait un peu la gueule. Birgitta bâille et s'étire. Putain, une fois qu'elle sera de retour dans sa turne et qu'elle aura descendu quelques bières, elle ira se coucher et dormir comme une morte. Et quand elle se réveillera demain, elle aura tout oublié : les lettres anonymes, les snobinardes, tout, quoi.

— Tu es fatiguée?

La voix de Margareta n'est pas si gentille que ça, ça se voit qu'elle est toujours en pétard, même si elle a récupéré le paquet de cigarettes et l'a mis hors de portée de Birgitta. Et maintenant qu'elle a une cigarette dans le bec, elle devrait être satisfaite et cesser de faire cette tronche.

Birgitta n'a pas l'intention de répondre, elle se penche en arrière et ferme les yeux. Mais Margareta ne saisit apparemment pas qu'elle veut dormir et continue à jacasser.

— Moi aussi, je suis assez fatiguée. Je ne sais pas si j'aurai le courage de rouler jusqu'à Stockholm ce soir. Je m'endors au volant.

Ah bon. Intéressant. Très intéressant. Sauf que Birgitta a envie de roupiller, elle a assez à faire avec ses propres problèmes et n'a aucune envie d'écouter ceux de Margareta. D'ailleurs, qui c'est qu'est au bord de la tombe et qu'aurait le droit à un peu de respect, hein ? On pourrait au moins se poser la question. Mais pas la peine de desserrer les dents pour lâcher sa question et courir le risque de se transformer dans la seconde qui suit en ragoût pour rottweiler.

Margareta est sur sa lancée.

— Eh oui, poursuit-elle de la même voix tranchante. La nuit a été très longue. Nous n'avons pas fermé l'œil. Comme tu peux le comprendre.

Hein ? Birgitta ouvre les yeux et cherche sa respiration.

— Qu'est-ce que tu veux dire ?

Margareta a le corps un peu penché en avant, le regard toujours fixé sur la route. Birgitta a dû s'assoupir un instant, elles sont déjà sur l'autoroute, presque à mi-chemin de Linköping.

— Fais pas semblant, lâche Margareta. Tu sais très bien ce que je veux dire.

Birgitta se redresse sur son siège.

— De quoi tu causes en fait ?

Margareta a dû appuyer à fond sur l'accélérateur, l'aiguille du compteur tremble quelque part autour des cent trente. Une vision fugace de « Grand Accident de la route » traverse l'esprit de Birgitta, mais elle la repousse. Le moment est mal choisi pour des courts métrages.

— Hein ? dit-elle à nouveau. De quoi est-ce que tu causes ?

Sans quitter la route des yeux, Margareta écrase sa cigarette dans le cendrier avec une précision parfaite et en rallume aussitôt une.

— Je parle de ton petit jeu d'hier soir.

Quel petit jeu? Birgitta n'arrive pas à se rappeler de quel jeu, elle a juste le vague souvenir d'une sorte de fête quelque part. A Norrköping. C'est ça. C'était à Norrköping.

— Je parle de coup de téléphone chez Christina vers onze heures et demie du soir, énonce Margareta d'une voix chargée d'importance.

— Un coup de téléphone? coasse Birgitta. Et alors?

Margareta ne semble pas l'entendre et le moulin à paroles reprend.

— C'était quelqu'un qui affirmait que tu avais reçu des coups et blessures et que tu étais à l'hôpital de Motala au seuil de la mort. Tu avais dit que tu voulais nous voir une dernière fois, et nous y sommes allées, Christina et moi. Tu vois comme on est facile à berner. Et quand il s'est avéré que tu n'étais pas à l'hôpital, on a passé le reste de la nuit à tourner dans Motala à ta recherche.

Après avoir tiré une grosse bouffée, Margareta ferme la bouche pour avaler la fumée. C'est raté, celle-ci ressort par les narines. Quand elle parle à nouveau, sa voix est plus douce, comme si elle se parlait à elle-même.

— Il y a quelques heures, je croyais que c'était Christina qui avait disjoncté, mais ensuite j'ai eu droit à ta tirade sur ta maladie, histoire de pouvoir te vautrer sur un banc au soleil pendant que moi, je cherchais la voiture, et là j'ai compris. Ça a fait tilt. Mais tu devrais varier tes méthodes. On ne peut pas te plaindre un jour parce que tu as été presque battue à mort et le lendemain parce que tu es en train de mourir d'une cirrhose. Ni Christina ni moi ne sommes complètement demeurées.

Cessant de regarder la route, elle jette un rapide coup d'œil à Birgitta.

— Bon sang! s'écrie-t-elle en haussant les épaules. Tu bois, tu te drogues, tu mens, tu voles, tu deales, tu escroques les gens. Tu as même déposé un sachet rempli de merde sur le bureau de Christina. Non mais, vraiment! Comme si elle t'avait fait du tort, elle! Et maintenant, tu donnes dans les lettres anonymes et les coups de fil mystérieux. Quand donc vas-tu te décider à devenir adulte ?

Elle se tait un moment, fume par brèves bouffées avant d'ôter la cigarette de sa bouche et de lui faire un sort dans le cendrier.

— Je te conduis à Motala, puisque c'est là que je vais pour déposer une fleur sur la tombe de tante Ellen. Considère ça comme un dernier service. Parce qu'une fois que tu seras descendue de cette voiture, je ne veux plus jamais te revoir. Tu me dégoûtes.

Birgitta ferme les yeux. Elle est dans un autre temps et, au moment où la voix de Margareta se tait, elle en entend une autre.

— Si tu t'étais comportée en adulte, on t'aurait traitée comme telle, dit Marianne en posant sa main blanche sur la table de la cuisine.

Birgitta criait, d'une voix forte, et des larmes parfaitement authentiques coulaient sur ses joues.

— Mais ce n'était pas de ma faute ! Pourquoi est-ce qu'on me punit, moi ? C'est le Dogue qui a frappé, pas moi !

Marianne se pencha en tapotant la table.

— Le Dogue t'a frappée, toi, non pas le bébé, pour autant que je sache. Il sera jugé pour cela et pour toutes sortes d'autres choses. Nous ne pouvions quand même pas laisser le bébé ici tout seul dans l'appartement quand toi tu es partie en ambulance et le Dogue en voiture de police ? Il fallait bien qu'on s'occupe de lui, non ? Tu comprends ça ?

Birgitta abattit ses poings sur la table qu'elle tambourina avec violence, tout en vociférant :

— Mais je veux qu'on me le rende ! C'est mon bébé !

Secouant la tête, Marianne se renversa en arrière sur la chaise.

— Arrête ton cirque, Birgitta. Ça ne sert à rien. Réfléchis. L'enfant a huit mois maintenant, mais il ne pèse pas plus qu'un bébé de quatre mois. Il avait des bleus sur les cuisses, et les fesses à vif en arrivant dans sa famille d'accueil. De plus, il était déshydraté. Cela s'appelle manque de soins, Birgitta. Négligence. Pour ne pas dire sévices. Dans cette famille, la maman est infirmière, elle a tout de suite compris qu'il risquait des séquelles permanentes et l'a immédiatement conduit à l'hôpital. Il y est toujours et les parents de substitution viennent le voir tous les jours, oui la maman y est tout le temps.

Birgitta saisit ses cheveux crêpés et tira. Soudain, sa voix croassa comme celle d'une sorcière :

— Ce n'est pas elle, sa maman. Mets-toi bien ça dans le crâne, espèce de salope ! C'est moi, sa maman ! Moi ! Et personne d'autre !

On aurait dit que Marianne allait se mettre à pleurer. Dans sa colère, Birgitta le remarqua : pour la première fois depuis toutes ces années, Marianne du Service d'Aide à l'Enfance réagit autrement qu'avec du bon sens et des sermons. Elle avait ouvert son sac à main et pris un mouchoir qu'elle entortilla ensuite autour de l'index comme une autre foutue comtesse !

— Ce sont des gens bien, Birgitta. Ils l'aiment. Toi et le Dogue, vous ne lui avez même pas donné un nom, eux l'ont fait. Ils l'appellent Benjamin.

Benjamin ! Tu parles d'un nom à la con ! Il allait s'appeler Steve. Ou Dick. Ou Ronny. Elle et le Dogue en avaient parlé quand elle était en cloque. Qu'est-ce que ça pouvait bien lui foutre, à Marianne, qu'ils n'aient pas encore pris la décision ?

— S'il te plaît, Birgitta, dit Marianne en s'essuyant le nez. Je comprends que tu sois triste et hors de toi, mais tu n'as que dix-neuf ans, tu as toute la vie devant toi. Dans quelques années, tu comprendras. Ce n'est pas bon pour un petit enfant de grandir dans un milieu où l'on crie et on se chamaille à tout bout de champ, et toi et le Dogue, vous avez eu pas mal de différends cette dernière année, si j'ai bien compris. D'ailleurs...

Marianne baissa la voix, se pencha en avant et tapota à nouveau la table.

— D'ailleurs, j'ai compris que tu allais à Norrköping de temps à autre. A Saltängen. Tu suis les traces de ta mère. Ce n'est pas illégal, je le sais. Nous, dans les services sociaux, on n'y peut pas grand-chose. Mais laisser un nourrisson tout seul pendant plus de vingt-quatre heures, ça s'appelle non-assistance à personne en danger et négligences aggravées. Et d'après les voisins, c'est ce que tu as fait, plus d'une fois, en allant à Norrköping. Alors, on n'a pas le choix, on est obligé d'intervenir. Pour le bien de l'enfant.

Elle se pencha à nouveau en arrière, remit son mouchoir dans son sac à main et le ferma. Le cirque de pleurs était apparemment fini maintenant, et ses yeux étaient totalement secs quand elle les leva vers Birgitta.

— Laisse-le là où il est, Birgitta. Il y sera bien. Ne me dis pas que tu veux qu'il vive ce que tu as vécu ?

Birgitta s'attendait à ce que les flics l'emmènent au commissariat après, mais ils la conduisirent à l'HP de Vadstena. Les bonnes femmes qui se battaient étaient considérées comme folles à cette époque-là. Et personne ne pouvait s'imaginer qu'une nana qui savait balancer un marron puisse avoir toute sa tête. Or, Birgitta avait réussi à filer quelques solides châtaignes à Marianne, elle l'avait renversée par terre dans la cuisine et lui avait craché et frappé à la figure. On disait qu'elle était partie en préretraite après cette leçon-là et qu'elle avait quitté la ville. C'était peut-être vrai. Quoi qu'il en soit, Birgitta ne l'a plus jamais revue et ça, ça fait sacrément du bien. Ça va aussi faire sacrément du bien d'être enfin débarrassée de cette hypocrite de Margareta. Car elle aussi, elle va se prendre une torgnole avant qu'elles se séparent, une torgnole vraiment chiadée. Ce serait débile de tabasser un chauffeur comme ça en pleine autoroute. Mais une illusion perdue peut parfois faire aussi mal qu'une mâchoire fissurée. Demandez à Birgitta. Elle sait. Elle a expérimenté les deux.

— Pourquoi tu rigoles ? dit Margareta. Tu trouves quelque chose de drôle à tout ça ?

Birgitta tambourine avec ses doigts sur le tableau de bord, fredonne un peu dans sa tête. Les cigarettes sont posées à gauche de Margareta, elle pourrait sans doute les atteindre si elle n'avait pas la ceinture de sécurité.

— Bon sang, qu'est-ce que tu fabriques ? demande Margareta alarmée quand Birgitta détache sa ceinture.

Sans répondre, celle-ci s'étire au-dessus du volant et attrape le paquet jaune. Margareta freine si brutalement qu'elle dérape presque. D'une voix perçante, elle s'écrie :

— Ma parole, tu es complètement folle !

Birgitta ne répond toujours pas et se contente de rattacher, avec application, sa ceinture de sécurité.

— Tu es complètement folle ! On aurait pu se retrouver dans le fossé !

Mon Dieu ! On dirait qu'elle perd les pédales. Totalement hystéro.

Il ne reste qu'une seule cigarette, Birgitta l'allume et en tire une longue bouffée jouissive avant de froisser le paquet et de le jeter par terre. C'est une indication : il faut que Margareta sache qu'il n'y a plus de cigarettes, il faut qu'elle soit un peu en manque.

— Eh bien, dit Birgitta en s'étirant un peu. A propos de lettres anonymes. Moi aussi, j'ai eu cet honneur. Christina m'en a envoyé une à moi aussi. Il y avait même son nom dessus.

— Anonyme, mon œil, t'es à côté de la plaque, éructe Margareta. Une lettre anonyme se reconnaît précisément au fait qu'on ne sait pas qui l'a écrite.

Oups ! La dame a abandonné son langage soigné. Si Birgitta avait eu un stylo, elle aurait envisagé de tracer une croix rouge au plafond de la voiture. Elle lève un doigt et esquisse une croix sur le plastique blanc, mais Margareta ne remarque rien, elle est pratiquement couchée sur le volant et pousse le moteur de la voiture encore plus. C'est sûr, elle dépasse les cent trente maintenant. Son permis de conduire va sauter si les flics la repèrent. Pour la première fois de sa vie, Birgitta serait prête à donner une bière ou deux pour voir une voiture de flics surgir dans les parages.

— Il peut très bien y avoir des noms d'écrits sur des

lettres anonymes, dit-elle très calmement, en choisissant ses termes.

Elle est presque aussi froide et détachée que lors de ses comparutions devant la justice. Malgré tout, la vie lui a appris des trucs. Par exemple que dans certaines situations, on frappe plus fort si on reste calme.

— Christina n'a pas signé la lettre. Elle n'a pas écrit son nom. Mais elle a utilisé l'une de ses ordonnances, la gourde !

Merde ! Il faut qu'elle se maîtrise. Elle ferme les yeux et inspire à fond, serre le poing et donne quelques coups légers sur le pare-brise.

— Et alors ? fait Margareta.

Comment ça, et alors ? Birgitta renifle et tire une grosse bouffée de la cigarette, souffle ensuite la fumée vers Margareta. Ça fonctionne. Ses yeux se remplissent de larmes et elle commence à agiter la main. Sensible, la meuf. Pour une fumeuse, s'entend.

— Je suppose que tu tiens absolument à ce qu'on se retrouve dans le fossé ? dit Margareta.

— Ta gueule, réplique Birgitta. Tu m'as donné un de ces maux de ventre à force de râler.

C'est la vérité. Quelque chose tire sur ses entrailles comme une griffe. C'est peut-être le vieux rat de sucre qui se décide à lui déchirer les boyaux pour de bon. Même si c'est pas exactement des sucreries qu'il a cherchées ces trente dernières années. Il a pris les mêmes goûts que Birgitta.

— N'insiste pas, dit Margareta. Ça ne prend plus, tous tes trucs. Tu n'as pas encore compris ça ?

Birgitta ne répond pas. Elle se penche pour vomir entre ses jambes écartées.

Quand elle lève les yeux à nouveau, la voiture est immobilisée. Margareta, qui s'est arrêtée à une station-service, tire sur le tapis en caoutchouc sous les pieds de Birgitta tout en aboyant :

— Tu pourrais au moins lever tes jambes !

Birgitta s'exécute. Mais à peine Margareta a-t-elle enlevé le tapis qu'elle repose ses pieds. Merde. De toute sa vie, jamais elle n'a été aussi fatiguée. Même pas quand elle a été hospitalisée avec le goutte-à-goutte, les piqûres et tout ça.

Margareta rince le tapis sous un robinet un peu plus loin. La portière est ouverte, Birgitta prend appui sur le tableau de bord et pivote son corps pour sortir ses jambes, puis elle se hisse péniblement en position debout. Elle doit s'appuyer contre la voiture pour que ses vertiges disparaissent et qu'elle puisse marcher.

— Tu vas où ? crie Margareta dans son dos.

Sans répondre, Birgitta fait un vague geste et se traîne vers la station-service. Alors comme ça, on n'a même plus le droit d'aller aux chiottes ?

Le magasin est presque vide, pas un seul client. Un gars tout seul parle au téléphone au comptoir, il jette simplement un rapide coup d'œil à Birgitta. Elle s'est redressée, tient le dos droit et la bouche fermée. De loin, elle doit avoir l'air pratiquement de n'importe qui.

Les toilettes sont tout au fond et le trajet pour s'y rendre vaut le paradis : il y a une pile de Pripps Bleu tout près. Birgitta jette un rapide coup d'œil sur le gars. Oui, Dieu existe ! Car maintenant, le gars se détourne lentement, le combiné appuyé contre l'oreille, se penche vers la fenêtre et regarde dehors. Il ne peut pas la voir, c'est impossible qu'il voie Birgitta qui laisse sa main gauche sortir de la poche de son blouson pour saisir un pack de six bières tout en se dirigeant d'un pas majestueux vers les toilettes.

Margareta est en train de payer au comptoir quand Birgitta sort, elle se retourne et dit sur un ton presque aimable :

— Ah ! te voilà. Tu te sens mieux maintenant ?

Ce n'est pas une question qui exige de réponse, Margareta ne la pose que pour paraître sympa aux yeux du gars. Donc, Birgitta ne réplique pas, elle hoche seulement la tête et étouffe un rot. Oui, elle se sent en effet beaucoup mieux. Certes, c'est de la pisse d'âne, cette bière-là, mais elle préfère mille fois ça au Coca light que Margareta lui a filé à Norrköping.

— Tu désires boire quelque chose ?

Elle ne veut sûrement pas dire de la bière. Elle veut dire du soda de framboise ou de la limonade, un truc dans ce genre. Mais cela suffit comme ça, le gars a très sûrement pigé la noblesse d'âme de Margareta, elle n'a pas besoin de se donner tout ce mal. Birgitta secoue la tête et sort. Elle ne marche ni trop vite, ni trop lentement. Non, elle a un pas tout à fait normal jusqu'à la voiture.

Quand Margareta surgit, elle est docilement assise à sa place, la ceinture de sécurité bouclée. L'air satisfait, Margareta lance un paquet de Blend jaune sur les genoux de Birgitta en ricanant.

— Tiens, fait-elle. Moi, j'ai le mien.

Eh oui. Et comment est-elle censée réagir ? Se confondre en remerciements ? Aller se rouler par terre dans la neige fondue et les taches d'huile pour lui témoigner sa reconnaissance ? Bien sûr que Birgitta s'est vendue au cours de sa vie. Même plus d'une fois. Mais son pardon ne s'achète pas avec un paquet de Blend, faut pas exagérer !

Dégoûtante ! Voyons, elle le sait bien. Et qui ment le mieux et le plus, à elle-même comme aux autres ?

Birgitta attend qu'elles aient dépassé Linköping pour sortir la canette de son blouson. Vu les quatre qu'elle s'est envoyées, le besoin n'est plus aussi pressant. Maintenant, elle peut s'offrir de déguster lentement les deux dernières, sentir le goût sur son palais et lécher la mousse sur sa lèvre supérieure.

La voiture tangue quand elle l'ouvre. Le *pschit* fait se raidir Margareta, elle oublie de garder les yeux sur la route et ses mains sur le volant suivent la direction de ses yeux. Pendant quelques secondes, la voiture fait une embardée vers le fossé, c'est vraiment de la chance qu'elles soient sur la file de gauche et qu'il n'y ait personne sur celle de droite.

— Fais gaffe! lance Birgitta, sans crier, d'une voix sourde.

Margareta redresse la voiture et ralentit, passe la main sur son front.

— D'où tu sors cette bière? demande-t-elle d'une voix tremblante.

On pourrait croire qu'elle vient de voir une catastrophe mondiale ou quelque chose du genre. Birgitta hoche la tête vers la route.

— Tu dois sortir ici. T'as pas vu le panneau? Ou alors tu ne vas plus à Motala?

Margareta jette un rapide coup d'œil dans le rétroviseur et met le clignotant, de la sueur perle sur sa lèvre supérieure. Une sorcière en pleine ménopause, voilà ce qu'elle est, malgré ses super-fringues et ses crèmes-miracles. Birgitta sourit un peu avant de lever la canette et de la porter à sa bouche. Ah! Cette odeur! A croire que cette pisse pratiquement sans alcool est de la vraie bonne bière. Mais elle s'en contentera si elle arrive à calmer le rat de sucre et le garder de bon poil jusqu'à Motala. Quand on n'a pas de pain, on mange des biscottes, répétait toujours Ellen la Chieuse.

Margareta s'arrête sur la rampe d'accès avant de s'engager sur la route de Motala. Il n'y a pas une seule voiture en vue, il n'y a personne, mais Margareta ne poursuit pas, elle laisse le moteur s'éteindre. Et, sans se donner la peine de tourner la clé, elle s'effondre sur le volant en gémissant :

— Tu les as volées! Tu es entrée dans ce magasin pour voler leurs bières!

Quand elle lève à nouveau les yeux, son visage est tout rouge.

— J'espère que tu te rends compte que je serai obligée de retourner à cette station-service pour payer tes bières? N'est-ce pas? Je vais devoir y entrer et raconter que, pour la trente-sixième fois de ma vie, je me suis fait avoir par une vieille droguée!

Elle secoue lentement la tête.

— Jamais de ma vie je n'ai vécu une chose aussi humiliante. Jamais ! De toute ma vie !

Birgitta ne moufte pas, elle boit sa bière à longues gorgées en attendant que Margareta remette la voiture en marche.

Oh ! sur le chapitre humiliations, elle en aurait, des choses à dire !

Elle pourrait raconter quelle impression ça fait d'être traitée de sale pute, par exemple. Elle pourrait établir des comparaisons, broder sur la différence entre être traitée de sale pute quand on a quatorze ans et qu'on est vierge, et quand on en a dix-sept et qu'on est effectivement une putain. Elle pourrait même décrire ce que ça fait d'être traitée de vieille pute, du genre tellement moche qu'il faut cacher son visage avec la main pour ne pas avoir la bite qui flanche.

Qu'est-ce qui est le pire ?

Bof ! C'est une question de point de vue, évidemment, mais, pour sa part, Birgitta conclurait que c'est pire d'être une pute que d'être juste traitée de pute. Il est possible de garder la tête haute et d'attribuer ça à la lubricité aigrie de vieux saligauds qui chuchotent dans votre dos quand vous traversez l'usine, et que tous ces vieux schnocks tortillent du bassin et ricanent derrière vous. Car vous savez bien ce que vous êtes : une vierge de quatorze ans, aux seins pigeonnants et au teint de lys, une fleur que tous les hommes au monde rêvent de cueillir et qui, par conséquent, a du pouvoir sur eux.

C'est pire, quelques années plus tard, quand on sait qu'on est une putain, qu'on le comprend avec son intelligence et qu'on voit les preuves s'accumuler dans le portefeuille et dans la culotte maculée de chaude-pisse. On prend ses antibiotiques en bonne fille qu'on est, on se lave et on se relave, et pourtant on n'est jamais assez propre pour être aimée et pardonnée par l'homme qu'on aime vraiment. On ne doit pas avouer qu'en réalité, tout ce qu'on voudrait faire, c'est poser sa tête contre sa poitrine et écouter son cœur. C'est pourquoi on doit tout le temps le provoquer, on doit balancer ses seins nus devant sa figure, saisir sa main quand on est assise à côté de lui dans une voiture et la guider entre ses cuisses, le laisser sentir qu'on ne porte pas de culotte sous la jupe serrée. C'est pourquoi il hurle parfois de désespoir et de désir impuissant, qu'il serre son poing et le cogne à la tempe de la pute juste au moment où elle se croyait en sécurité et avait presque oublié ce qu'elle était. Elle ne doit jamais oublier. Il ne doit jamais oublier. C'est pourquoi ils doivent s'aimer et se haïr, crier et se bagarrer, jour après jour, année après année, jusqu'au jour où il se fait une piqûre de trop et la laisse seule avec la culpabilité. Car c'était sa faute à elle, c'est elle qui l'a poussé vers la mort en étant celle qu'elle est. Une sale pute.

Et quand, en plus, on est une vieille pute, tellement moche que...

Bof... ! C'est alors qu'on s'en prend au monde entier de temps en temps, qu'on crache sur un policier si on en a l'occasion, qu'on flanque à la porte un mec minable qui est resté faire la grasse matinée un quart d'heure de trop, et qu'on fout une beigne à tous ceux qui vous donnent envie de chialer. Ensuite, on se prend une bière, car il n'y a rien de mieux contre les humiliations que la bière. Et puis c'est bon.

Birgitta passe la main sur sa lèvre supérieure pour essuyer un peu de mousse, jette un coup d'œil oblique à Margareta. Elle a redémarré la voiture, mais conduit plus lentement qu'avant. Ses petites oreilles bouton de rose, est-ce qu'elles tomberaient si Birgitta lui racontait, si Margareta apprenait ce qu'est réellement l'humiliation ?

Probablement. Birgitta place la canette de bière entre ses genoux et commence à manipuler le paquet de cigarettes, tire sur la Cellophane pour l'ouvrir. Elle ne sait pas d'où lui viennent les mots, pourquoi ils surgissent soudain dans sa gorge et refusent de se laisser arrêter.

— Bâtarde. Enfant de pute. Enfant de merde. Progéniture de Satan. Cradingue. Rat de cloaque. Garce.

Conasse. Merdeuse. Enfant à problème. Môme à poch-
tronne...

Margareta tourne la tête.

— Tu es en train de faire quoi?

Mais Birgitta n'arrive pas à répondre; il n'y a pas de
place dans sa bouche pour d'autres mots que ceux qui,
pendant des décennies, ont été enfoncés dans son gosier
et qui maintenant font des bulles tout seuls. C'est comme
de vomir, elle n'y peut vraiment rien.

— Salope. Pute. Paillasse. Moule puante. Morue.
Boîte à vérole. Sac à bite. Pouffiasse. Putasse de camée.
Shooteuse. Dealeuse. Toxico. Accro de mes deux. Accro,
accro, accro.

— Tais-toi! gémit Margareta. Veux-tu te taire!

Mais Birgitta est incapable de retenir les mots, ils se
bousculent dans sa bouche, et rendent malhabiles ses
mains qui triturent le paquet de cigarettes. On dirait de la
Cellophane antivol. Elle a beau tirer dessus, elle n'arrive à
rien, même plus à ouvrir un paquet de cigarettes. Ses
mains tremblent trop et sa bouche refuse de se taire.

— Sorcière. Vipère. Pompeuse. Truie. Alcoolo.
Pocharde. Lâcheuse. Tricheuse. Baiseuse de merde. Cas
social. Mendiante. Pétasse. Arnaqueuse. Voleuse. Tueuse.
Meurtrière... Menteuse! Menteuse! Menteuse!

Margareta crie presque :

— Silence! Veux-tu te taire!

Et Birgitta se tait, elle s'appuie contre le dossier et
ferme les yeux. Les mots l'ont quittée, ses mains ont cessé
de trembler. Enfin, elle accède à la vérité.

Un silence inhabituel régnait dans la maison ce matin-là. Ellen, Christina et Margareta se tenaient hérissées comme une bande de moineaux gelés à la table de la cuisine quand Birgitta pointa sa tête pour lancer un « À ce soir ! ». Seule Ellen marmonna une réponse, Christina et Margareta se contentèrent de hocher la tête. Fatiguées. Les cours au lycée commençaient pourtant plus tard que l'usine et elles n'étaient pas obligées de se lever aussi tôt le matin que Birgitta.

Il pleuvait un peu, l'air d'automne était frais et léger, mais le bus en s'arrêtant cracha une bouffée puante à la figure de Birgitta. Elle fit une grimace et détourna la tête, comme tous les autres à l'arrêt de bus. Il n'y avait que les habitués : le vieux Nilsson, la vieille Bladh et deux ou trois autres. Tous travaillaient à Luxor ; ceux qui travaillaient aux ateliers de Motala avaient pris un bus plus tôt. Le vieux Nilsson s'asseyait toujours à côté de Birgitta s'il en avait l'occasion, il lisait son journal du matin tout en pressant sa cuisse contre la sienne, comme si de rien n'était. Birgitta le laissait faire malgré son côté répugnant, ses lèvres toujours humides et les traces jaunes laissées par le tabac à chiquer sur les dents de devant. C'est qu'il était contremaître et, à ce titre, avait tout pouvoir sur les heures et les minutes, sur la pointeuse et les retenues de salaire.

Il rigola un peu en voyant qu'elle s'asseyait près de la fenêtre, laissant ainsi une place vide à côté d'elle.

— B'jour, fit-il en s'installant.

Il ouvrit le *Journal* de Motala et, conformément à son habitude, colla sa cuisse contre celle de Birgitta. Elle resta immobile, sans sourire, mais elle ne se poussa pas non plus. Elle jeta simplement un coup d'œil sur le journal, puis détourna le regard, contempla un moment la pluie et la grisaille, avant de réaliser tout à coup ce qu'elle venait de lire. Elle se pencha à nouveau vers le journal, le vieux retint sa respiration quand son blouson s'ouvrit pour révéler le chemisier déboutonné et le sillon entre ses seins. Oui. Elle avait bien vu. On était bien le cinq octobre aujourd'hui. Trois ans que Gertrud était morte. Jour pour jour.

— Dis-moi, dit-elle à voix basse en glissant doucement sa main sous le journal pour la poser sur la cuisse de Nilsson.

Il cilla et regarda le journal d'un œil fixe, comme s'il venait de voir quelque chose de déterminant, un article extrêmement intéressant qui allait transformer sa vie entière. La main de Birgitta serra furtivement sa cuisse.

— Tu pourrais pas faire en sorte que je puisse partir un peu en avance aujourd'hui ? Sans que ça se remarque ?

Nilsson grogna et tourna la page. Il ne la regarda pas, et pourtant, ses yeux semblaient être sur le point de quitter leurs orbites. Birgitta remonta la main en une légère caresse avant de la retirer.

— Merci, chuchota-t-elle. Supersympa. Je ne l'oublierai pas.

Ainsi, elle put se rendre au cimetière plus tôt dans l'après-midi avant la tombée de la nuit. L'année précédente, elle n'avait pu y aller qu'après le boulot, elle s'était précipitée comme une folle chez un fleuriste mais, une fois dans le magasin, elle n'avait pas su se décider entre des roses rouges ou des roses blanches. Elle avait hésité si longtemps qu'à la fin elle était énervée au point d'en avoir les larmes aux yeux. Quand elle sortit de chez le fleuriste avec son bouquet, tous les réverbères étaient déjà allumés et la nuit était presque tombée. Elle entendit la clé tourner dans la serrure de la porte derrière elle, c'était l'heure de la fermeture. De fait, tous les magasins fermaient.

L'obscurité gagnait de plus en plus de terrain tandis qu'elle marchait vers le cimetière. Les rues de Motala étaient désertes, elle entendait ses pas résonner entre les murs des immeubles et voyait son ombre grandir et rétrécir à la lumière des réverbères. Son cœur battait la chamade, comme si elle n'arrivait plus à respirer.

Elle n'avait pas osé entrer. Il n'y avait pas de lumière dans le cimetière, c'est pour cela qu'elle n'avait pas osé entrer, elle était restée à la grille en serrant ses fleurs contre sa poitrine un long moment. Soudain, elle avait eu l'impression d'entendre un rire, le petit rire argenté d'une femme, qui perçait la nuit. Comme si quelqu'un dans le cimetière se moquait d'elle, quelqu'un qui voulait l'attirer avec une voix cristalline, quelqu'un qui gardait un couteau dissimulé dans son linceul.

Elle avait jeté les fleurs par-dessus les grilles et s'était enfuie en courant. Elle s'était comportée comme une imbécile. Mais cette année, ça se passerait autrement.

Nilsson hocha la tête et tourna le dos pour qu'elle puisse se sauver; il veillerait à ce que sa carte fût tamponnée à l'heure voulue. Peut-être exigerait-il son dû dans les toilettes un de ces jours, mais ça le valait largement. Après tout, il n'était intéressé que par son corps.

Elle traversa en courant la place vers le magasin de fleurs. Cette année, elle n'hésiterait pas, elle s'était déjà décidée. Des roses rouges. Gertrud aurait des roses rouges sur sa tombe.

Elle était morte depuis trois ans, et pourtant Birgitta croyait encore la voir, chaque jour. Elle l'apercevait dans une nuque inconnue dans le bus, dans un mouvement chez une passante, dans un rire au loin; chaque fois, elle sentait une lueur d'espoir, elle tournait la tête et la déception l'envahissait. Gertrud était morte. Elle ne reviendrait pas.

Aux grilles du cimetière, elle s'arrêta et respira à fond. Il ne faisait pas encore nuit, mais l'après-midi était gris et brumeux. Les arbres étaient comme des ombres, les nuages s'étaient installés sur eux et se préparaient à les dissoudre et les anéantir.

Tant pis. Que les nuages anéantissent aussi Birgitta, au besoin. Elle irait malgré tout sur la tombe de Gertrud. Elle poserait les roses dans l'herbe d'automne jaunie bordant la tombe et elle resterait là un moment, la nuque inclinée, à penser à elle.

Ellen fut surprise de la voir rentrer si tôt. Elle était assise dans le salon avec sa broderie comme d'habitude, et quand Birgitta surgit à la porte, elle leva les yeux, regarda par-dessus la monture de ses lunettes et laissa retomber le tambour à broder.

— Tu es déjà de retour?

Birgitta hocha la tête, enleva son foulard et commença à déboutonner son blouson en répondant :

— Oui. Je me suis libérée pour quelques heures.

Ellen plissa le front.

— Tu as eu le droit de faire ça?

Birgitta ôta son blouson et le balança au bout de son index en allant l'accrocher dans le vestibule. Apparemment, à en croire les odeurs de cuisine, il y aurait du chou farci pour le dîner. Elle retourna dans le salon et passa la main sur ses cheveux crêpés en s'installant sur le canapé.

— Aucun problème. Personne n'a rien dit.

Ellen avait repris le tambour et s'était remise à broder ; à chaque aiguillée, elle tirait le fil en un trait rouge dans l'air.

— Ils te feront une retenue sur salaire, alors?

Birgitta secoua la tête. Non. Ça s'arrangerait. Mais Ellen ne la lâcha pas du regard, comme si ses mains brodaient toutes seules pendant qu'elle dévisageait Birgitta par-dessus ses lunettes. Un regard perçant. N'était-ce pas l'expression qu'employait Margareta pour ce type de regard quand elle racontait une histoire de ses livres?

— Et pourquoi tu t'es libérée, alors?

Birgitta regarda ses mains, s'apercevant soudain qu'elle avait pris place tout au bord du canapé, comme une invitée qui n'allait pas tarder à partir.

— Je voulais aller au cimetière. Ça fait trois ans aujourd'hui. L'année dernière, j'y suis allée après le boulot, mais il faisait tellement sombre ! Cette année, je voulais arriver avant la tombée de la nuit.

Ellen hocha la tête, toujours sans lâcher Birgitta du regard.

— Et tu as acheté des fleurs ? dit-elle.

Birgitta acquiesça.

— Quel genre ?

Ça ne la regardait pas. C'était quelque chose entre Birgitta et Gertrud. Pourtant, il fallait qu'elle réponde, car dans cette maison, on devait toujours répondre. Birgitta glissa ses mains sous ses cuisses et ouvrit la bouche :

— Des roses. Trois roses rouges.

C'était manifestement un bon choix. Approuvé sans la moindre objection.

Le silence s'installa dans la pièce pendant un moment, seul résonnait le tic-tac de la pendule. Birgitta se laissa aller contre le dossier du canapé et regarda autour d'elle. Rien n'avait changé dans cette pièce depuis son arrivée dans la maison. Tout était resté pareil, chaque plante, chaque meuble, chaque babiole étaient à la même place. Le tic-tac de la pendule suivait le même rythme que d'habitude, le temps ne bougeait pas, la pluie tambourinait contre la vitre comme elle avait toujours tambouriné contre la vitre.

Ellen remonta les lunettes sur son nez, traficota avec les ciseaux à broderie, coupa le fil et examina son travail. Aussi parfait que d'habitude. Aucun doute là-dessus.

Soudain, Birgitta eut envie de fumer. Elle avait un paquet de Prince à peine entamé dans son sac à main, mais elle n'osa pas aller le chercher dans le vestibule. Elle n'avait jamais fumé chez Ellen, bien que ce ne soit pas expressé..ent interdit. Elle pourrait peut-être se glisser dans le jardin pour en griller une ni vu ni connu. Elle prit appui sur ses mains pour se lever.

— Tu vas où ?

Birgitta retomba sur le canapé.

— Nulle part. Seulement dans la pièce vide.

Ellen reposa le tambour à broder et les ciseaux et ôta ses lunettes.

— Pas tout de suite, dit-elle en se passant la main sur le visage en frottant entre le pouce et l'index les traces des lunettes à la racine du nez. J'aimerais te parler.

Le dos de Birgitta se fit plus raide, elle glissa à nouveau les mains sous ses cuisses.

— Me parler ? De quoi ?

— De ton comportement. J'ai entendu sur toi des choses pas très agréables. Qu'est-ce que tu as fait samedi dernier, par exemple ?

Birgitta se pinça les lèvres et les mordit jusqu'à se faire mal.

— Eh bien ? demanda Ellen.

Birgitta se tortilla.

— Euh ! rien de particulier ! C'est encore Margareta et Christina qui ont colporté des saloperies derrière mon dos ? Merde, elles n'arrêtent pas de me chercher, elles débitent des mensonges sur moi et ne me lâchent pas. Je ne comprends pas pourquoi il faut qu'elles....

Ellen respira à fond et l'interrompit :

— Personne n'a dit du mal de toi, Birgitta. Calme-toi, maintenant. Certaines rumeurs sont venues jusqu'à moi, peu importe comment, je veux juste savoir si c'est vrai.

Les mains toujours glissées sous ses cuisses, Birgitta se pencha et chuchota :

— Qu'est-ce que tu as entendu ?

Ellen s'éclaircit la gorge et frotta à nouveau les marques de lunettes à la base de son nez.

— J'ai parlé aujourd'hui avec Marianne du Service d'Aide à l'Enfance. Il paraît que tu es devenue le sujet d'une rengaine dans la ville entière. A prendre à la lettre. Il paraît qu'il y a une comptine qui court et qui parle de toi.

Christina et Margareta aussi l'ont entendue, mais elles n'ont pas voulu me dire de quoi ça parle, quels sont les...

Elle lâcha son nez et laissa sa main retomber sur ses genoux, chercha sa respiration et baissa le regard.

— Oncle Stig a appelé cet après-midi. Lui aussi avait entendu cette comptine. Il la connaissait même par cœur. De plus, il m'a dit que tu as passé ton samedi soir à coucher avec trois garçons différents. Il avait personnellement parlé avec une fille qui l'avait vu. Une fille prise en charge par le Service d'Aide à l'Enfance. Stig l'a conduite à un foyer pour jeunes filles quelque part. Il dit qu'elle a raconté plein de choses sur toi dans la voiture. En particulier concernant samedi. D'après elle, tu étais saoule. D'après elle, tu étais couchée dans l'herbe, là-bas à Varamon, et tu te laissais faire, que tu laissais les garçons les uns après les autres te...

Sa voix s'étrangla, elle porta la main à sa gorge, incapable de poursuivre.

Birgitta s'était recroquevillée sur le canapé, elle s'était contractée comme un animal aux aguets prêt à bondir. Pour l'instant, elle ne bougeait pas, ne parlait pas, ne sentait qu'un petit chuintement s'échapper entre ses dents.

Margareta ! Stig Grande-Gueule ! Christina et Margareta ! Une saloperie de petite cruche d'un foyer pour jeunes filles ! Quand allait-elle en être enfin débarrassée ? Quand allait-elle donc être débarrassée de tous ces foutus salauds qui s'étaient donné la mission de gâcher sa vie comme un jour ils avaient gâché celle de Gertrud ? Ils voulaient la tuer, c'est ça, hein ? Ils voulaient la mettre en pièces, comme ils avaient mis en pièces Gertrud avec leur hargne et leurs calomnies, avec leurs décisions dans les Commissions de prévention et les Services d'Aide à l'Enfance ! Pourquoi ne les avait-on pas laissées tranquilles ? Pourquoi ne les avaient-ils pas laissé vivre en paix, elle et Gertrud, pourquoi avaient-ils été obligés d'arracher Birgitta à la seule personne chez qui elle voulait vivre ? C'est pour ça que Gertrud était morte toute seule dans son appartement. Si Birgitta avait eu le droit

d'y rester, si on ne l'avait pas traînée chez Ellen la Chieuse
et forcée à y rester, ça ne serait jamais arrivé. Parce que
seule Birgitta savait s'occuper de Gertrud et la retourner
quand elle était malade et voulait vomir, elle seule savait
depuis qu'elle était toute petite que Gertrud devait coucher sur le ventre, qu'on ne devait surtout pas la laisser
sur le dos quand elle avait deux ou trois verres dans le
nez. Mais Birgitta n'était plus là. Ils avaient tué Gertrud
en lui enlevant Birgitta! Et maintenant, c'était au tour de
Birgitta, maintenant c'était elle qu'on voulait mettre en
pièces!

Voilà que les mots arrivaient. Enfin. Birgitta les sentait monter dans sa gorge, rauques, par saccades, mais ils
tombaient de sa bouche, l'un après l'autre, exactement à
leur place.

— Vous... l'avez... tuée!

Ellen eut un mouvement de recul.

— Que veux-tu dire? Qui est mort?

Birgitta ricana, le bouchon dans sa gorge avait sauté,
maintenant les mots coulaient à flot.

— Fais pas l'imbécile, vieille bique! Gertrud, évidemment. Vous l'avez tuée, toi et ta foutue clique. Toi,
Marianne et celui qui peut pas fermer sa grande gueule.

Ellen cilla.

— Que veux-tu dire?... Tuée?... Celui qui ne peut pas
fermer sa grande gueule?...

Birgitta se leva du canapé, elle se sentit grandir. Bientôt, elle toucherait le plafond, elle le crèverait et grandirait
encore, son corps transpercerait l'appartement de
Hubertsson et parviendrait au grenier, elle ferait s'envoler
ce putain de toit de cette putain de maison!

En titubant, elle se leva, vint se planter au beau
milieu de la pièce. Les jambes écartées autant que le per-
mettait sa jupe moulante, elle pointa un doigt accusateur
vers le fauteuil. Sa voix partit comme celle d'un garçon
qui mue, de la basse la plus grave vers le cri le plus
strident.

— Ta gueule, vieille bique! J'en ai tellement marre de
toi et ta clique! Si toi, Stig Grande-Gueule et Marianne,

vous n'étiez pas venus fourrer votre nez dans ce qui vous regardait pas, Gertrud serait encore en vie. Si seulement j'avais eu le droit de vivre avec elle, d'être auprès d'elle, de m'occuper d'elle comme je le voulais, elle ne serait pas morte à l'heure qu'il est! Oui, j'aurais fait en sorte qu'elle reste en vie!

Changeant de couleur, Ellen devint blanche, puis rouge, puis blanche à nouveau, alors que, péniblement, comme une vieille femme, elle se levait du fauteuil les mains tendues.

— Mais ma petite fille! Birgitta chérie, je ne savais pas...

Birgitta agita les bras en la repoussant, elle ne voulait pas être touchée par ces mains-là. N'importe quoi pouvait arriver, mais jamais elle ne se laisserait toucher par ces mains-là, justement! N'importe qui au monde avait le droit de la toucher, d'autres personnes pouvaient utiliser son corps à leur guise, mais pas elle! Pas elle! Jamais elle!

Ah! la chieuse s'était mise à chialer maintenant, de grosses larmes coulaient sur ses joues et elle restait là, les mains tendues devant elle.

— Pauvre petite, chuchota-t-elle. Pauvre petite Birgitta! Bien sûr que tu aurais eu le droit de rentrer chez toi, mais ta maman ne le voulait pas. J'ai parlé avec elle, moi-même, et elle disait qu'elle n'en avait pas la force.

Mensonges! Cette foutue chieuse osait encore lui balancer un mensonge en pleine gueule! Ça se sentait trop. Birgitta pouvait vraiment voir le mensonge voler à travers l'air comme une boule de feu chauffée à blanc. Elle bougea aveuglément les mains devant elle, mais ça ne servait à rien, elle fut éblouie, ses yeux tombèrent en cendres, sa peau s'enflamma et se carbonisa en une seconde.

Ça faisait si mal!

Birgitta plaqua sa main sur son ventre, se plia en deux et hurla, hulula un cri. Un cri pur, insensé. Elle se brisa! Voilà ce que c'était que d'être mise en pièces, bientôt, elle allait s'effondrer par terre, morte... Bon débarras! Oui, bon débarras!

Elle ne mourut pas. Elle sentit la première douleur sauvage s'éteindre et le cri s'étouffer. Elle se leva lentement et regarda Ellen. La bonne femme n'avait pas bougé, mais elle avait baissé les mains, qui pendaient mollement et ouvertes maintenant. Les larmes ruisselaient sur ses joues tandis qu'un petit filet de sang coulait sous le nez.

— Tu la pleures donc tant que ça? dit Ellen en secouant la tête. Jamais je n'aurais imaginé que tu la pleurais encore autant.

Elle s'avança d'un pas, Birgitta recula vers le mur des fenêtres, leva le bras en protection et siffla :

— Me touche pas, je te préviens! T'entends! Me touche pas! Je sais très bien ce que t'es, espèce de sale hypocrite!

Ellen s'arrêta et tangua un peu; une lueur attentive s'était allumée dans son œil.

— Attends, qu'est-ce que tu veux dire par là? demanda-t-elle en essuyant du poignet les larmes qui coulaient sur sa joue. Qu'est-ce que tu veux dire par là, Birgitta?

Birgitta recula encore de quelques pas et cracha par terre devant elle.

— Je suis au courant, moi!

Le filet de sang sous le nez d'Ellen avait épaissi et son visage semblait se figer tant elle essayait de rester impassible.

— Calme-toi, maintenant, Birgitta. Tu es au courant de quoi?

Birgitta passa la main sous son nez et renifla.

— L'avorton! Je sais tout sur ton foutu avorton!

Ellen blêmit. Birgitta le vit arriver, ça se passa en un clin d'œil. Ellen tangua, mais ne dit rien. Birgitta ricana.

— Gertrud occupait le lit voisin du tien, espèce de grosse gourde! Elle a tout le temps su ce que tu es, que tu as abandonné ta larve parce que c'était trop difficile de t'en occuper! Tu étais trop fainéante. Et trop avide. Tu préférais des enfants en bonne santé. Ceux pour qui on te payait!

Ellen était immobile. Birgitta recula encore de quelques pas, s'éloigna des mains qui n'étaient plus tendues vers elle et s'appuya contre le mur. Elle rit à nouveau, un rire fort et cristallin cette fois-ci. Et soudain, le rire jaillit, irrépressible, elle riait tant qu'elle en criait, que son ventre lui faisait mal et que les larmes lui venaient aux yeux. Elle fut obligée de chercher sa respiration et de s'essuyer les yeux avant de pouvoir parler à nouveau.

— Et toi qu'as joué la petite sainte pendant toutes ces années! Avec Margareta et Christina autour de toi, qui te baisaient les pieds et te léchaient le cul. Parce que tu étais si vachement merveilleuse, toi qui ne ressembles pas le moins du monde à leurs salopes de mères. Alors que moi, je l'ai su tout le temps... Tout le temps j'ai su que tu es la copie conforme de leurs mères!

Le fou rire la reprit, impossible de s'arrêter, elle riait tellement qu'elle dut croiser ses jambes pour ne pas se pisser dessus. Elle riait à s'en décrocher la mâchoire, ses genoux faiblirent, elle dut fermer les yeux et s'appuyer davantage au mur pour ne pas tomber. Elle n'arrivait presque plus à parler.

— Moi je l'ai su tout le temps! haleta-t-elle en passant la main sous son nez. Pendant toutes ces années, j'ai su quelle merde tu es... Que t'as vraiment pas froid aux yeux!

Elle regarda soudain Ellen. La bonne femme était rouge de sang sous le nez, elle l'avait frotté et étalé partout. Immobile à présent, elle murmura :

— Je sais. Mais tu ne peux pas comprendre...

Elle n'eut pas le temps d'en dire davantage, son regard était devenu vitreux. Un gémissement. Elle tendit la main, tâta et chercha dans l'air un appui qui n'existait pas, puis ses jambes se dérobèrent et elle s'effondra.

Pendant combien de temps Birgitta resta-t-elle plaquée contre le mur à fixer le corps d'Ellen? Quelques minutes? Quelques heures? Quelques années?

Elle ne le sait pas. Elle sait seulement qu'en cet instant-là la vague de certitude était arrivée, envahissant chaque cellule de son corps, la certitude que tout espoir était fini, qu'une condamnation à mort venait de tomber. Les murs et le plafond chuchotaient et sifflaient, des juges invisibles laissaient leurs voix se mêler au tic-tac de la pendule et au tambourinement de la pluie contre la vitre : *Coupable, coupable, coupable!* Elle eut beau essayer de se défendre, elle eut beau lever ses bras pour se protéger et se serrer contre le mur, rien n'y fit, même en gémissant d'une voix stridente :

— C'est pas moi! C'est pas moi! C'est pas de ma faute!

— Tu mens, dit Margareta en rétrogradant.

Birgitta ne répond pas, soupire seulement et décapsule l'autre canette de bière. Bien sûr qu'elle ment. C'est évident. Elle n'a jamais rien fait d'autre que mentir toute sa vie. En réalité, elle avait tiré une vipère de son sac à main ce jour-là pour que la gentille tante Ellen ait peur et que la peur provoque une hémorragie cérébrale. Bien sûr. Quand Birgitta suivait les cours d'Infamie Générale dans le cadre de sa formation de salope, elle avait appris à toujours garder une bande de vipères dans son sac à main, au cas où elle tomberait sur quelqu'un à emmerder. Qu'est-ce que vous croyez? Ou alors c'est peut-être la Dame Blanche qui avait soudain surgi dans le salon d'Ellen pour la rendre folle de terreur? A moins que la bonne femme n'ait trébuché sur une frange du tapis et soit tombée sur la tête. Ça doit être ça. N'importe quelle explication fait l'affaire. Au nom de quoi devrait-on se contenter de la vérité?

Bordée des deux côtés par la forêt, la route est plus étroite et plus sombre. Mais bientôt ça va s'éclaircir, la plaine va s'ouvrir à nouveau et la route s'élargir. Alors, elles seront pratiquement arrivées à Motala. Birgitta peut s'envoyer de grandes rasades de la pseudo bière, bientôt elle sera chez elle et là, elle pourra en sortir une vraie de vraie de ses cachettes.

— Alors comme ça, Ellen aurait eu un enfant?

reprend Margareta en secouant la tête. C'est incroyable...
Elle n'en a jamais soufflé mot. Personne d'autre non plus.

— Possible, dit Birgitta en guettant la forêt où sub-
sistent encore des taches blanches de neige sous les
arbres. Mais elle avait quand même un enfant. Un enfant
qu'elle a abandonné.

Margareta pince les lèvres et secoue la tête, mais se
tait un long moment. Quand elle ouvre la bouche à nouveau, sa lèvre inférieure saigne un peu.

— Il est peut-être mort à la naissance, suggère-t-elle
en léchant rapidement le sang. S'il était vraiment si mal
en point...

— Il n'est pas mort, dit Birgitta. Hugo est mort, mais
pas l'enfant.

Margareta lui jette un regard condescendant et accé-
lère.

— Et tu sais tout ça, toi.

Birgitta acquiesçe en s'essuyant la bouche. Oh! que
oui! Elle sait tout ça.

— Je sais même comment elle s'appelait.

Mais Margareta ne demande pas le nom, elle glisse
une cigarette dans sa bouche et cherche son briquet, tout
en appuyant encore davantage sur le champignon. Elle
roule à une vitesse dangereuse à l'excès et c'est par pur
esprit de conservation que Birgitta se penche pour la lui
allumer. Elle n'a aucune envie de se retrouver scotchée
comme un sparadrap sur un sapin, surtout pas maintenant qu'elle est si près de son petit terrier douillet. Ah!
bientôt, elle va pouvoir se blottir sur son matelas et jouir
de l'obscurité. Elle va remettre devant la fenêtre la couverture que Roger a tirée quand ils se sont battus hier.
Certes, la nuit commence à tomber, mais Birgitta n'a pas
l'intention de se réveiller quand le soleil se lèvera demain
matin. Elle a l'intention de dormir pendant des jours.

Toutefois, pour l'heure, elle profite du crépuscule. La
forêt laisse la place à la plaine, elles seront bientôt arrivées à Motala. Birgitta se renverse en arrière. Elle est fatiguée. Très fatiguée. Elle pourrait s'endormir sur-le-
champ.

Birgitta rouvre les yeux au moment où elles passent devant l'ancienne Maison pour tous. Immédiatement, elle prend la canette de bière qu'elle secoue pour voir s'il en reste une goutte. Il en reste. Et plus qu'elle ne le croyait à en juger par le clapotis prometteur.

— Il faudra que tu tournes à gauche, précise-t-elle en s'essuyant la bouche après la première gorgée. Pas tout de suite. Direction Charlottenborg. J'habite à Charlottenborg.

Margareta ne répond pas. Elle a profité du somme de Birgitta pour arborer à nouveau sa mine de demoiselle prétentieuse, le nez en l'air, le visage impassible. Pouah! Qu'elle s'amuse, c'est la dernière ligne droite avant leur séparation pour l'éternité.

— A ta santé, frangine! lance Birgitta en levant sa canette en direction de Margareta. Je suis vachement contente de ne pas avoir à te revoir. Tourne à gauche ici!

Mais voilà que Margareta loupe l'embranchement et continue tout droit. Merde! Birgitta abat son poing sur le tableau de bord. Elle ne veut pas d'histoires, pas maintenant qu'elle est si près!

— T'as oublié de tourner, espèce de gourde!

Margareta lui jette un regard noir.

— Pas du tout. Je n'ai pas oublié de tourner.

— Comment ça? J'habite à Charlottenborg et c'était là, à gauche. Qu'est-ce que tu fous?

Margareta se tourne à nouveau rapidement vers elle, un sourire mielleux aux lèvres.

— Ah! mais nous n'allons pas chez toi! Nous sommes en route pour Vadstena. J'ai pensé que Christina devait entendre ton histoire. Pour une fois, il va te falloir apporter les preuves de ce que tu avances.

C'est un enlèvement. Pur et simple!

Dès que Margareta s'arrête à un feu rouge, Birgitta tire sur la poignée de la portière sans réussir à l'ouvrir. Margareta appuie impatiemment sur l'accélérateur, fait vrombir le moteur qui émet une série de grognements sourds. Sans un regard pour Birgitta.

— Ne tire pas sur la poignée, dit-elle simplement. Tu risques de la casser. J'ai bloqué la portière avec le système central, tu ne pourras pas sortir.

Le feu passe au vert et la voiture s'ébranle, Margareta n'hésite pas sur le chemin et tourne à gauche. Rien d'étrange à cela, c'était celui qu'elle empruntait autrefois pour aller à l'école. La maison d'Ellen n'est pas très loin d'ici.

Margareta tourne vivement la tête quand elles passent devant celle-ci, comme si elle espérait, à cette vitesse, apercevoir plus qu'une ombre blanche, puis elle se remet à fixer la route. A sa façon de conduire, on dirait une voleuse de voiture, une foutue voleuse de bagnole, et myope par-dessus le marché. Birgitta devra s'estimer heureuse d'arriver saine et sauve à Vadstena, même si elle n'a aucune envie d'y aller pour se confronter à l'autre snobinarde aux yeux de poisson froid.

— C'est un enlèvement, lâche-t-elle avant de lever sa canette et d'avaler la dernière gorgée. Demain, je porterai plainte contre toi.

Margareta rigole.

— Bonne idée. On verra bien qui la police croira.

Il n'y a rien à ajouter. Et le silence tombe, pesant.

A présent, l'obscurité s'épaissit, la nuit semble monter de la terre elle-même. Les champs et les bosquets maigres dans la plaine sont tout noirs, mais le ciel au-dessus est encore pâle. Une teinte de lilas fanés. Le souvenir arrache un sourire à Birgitta. Chez grand-mère, les lilas pâlissaient toujours avant de faner, à en devenir presque blancs.

Les traits du visage de Margareta se sont effacés, Birgitta ne distingue plus les contours de son visage ni son expression, ce n'est plus qu'une ombre. Birgitta comprime sa canette dans la main et regarde l'obscurité. Elle qui ne regrette jamais un mensonge regrette à présent d'avoir dit la vérité. Pas à cause de l'enlèvement, ça, c'est rien, elle en a vu d'autres ; après tout, c'est pas un drame d'être obligée d'aller à Vadstena, mais parce qu'encore une fois la réalité lui a donné une claque. Un instant – juste avant de commencer son récit –, elle avait eu la stupidité d'imaginer qu'on allait la croire et que la vérité changerait quelque chose. Tout est dit et pourtant rien n'a changé. La condamnation reste valable. Aucun recours en grâce.

Birgitta renifle et s'allume une cigarette. Comme si elle voulait d'une grâce prononcée par ces deux-là! Ces deux snobinardes de merde.

Une fois à Vadstena, elle reste dans la voiture. Margareta s'est garée devant une vieille maison. C'est apparemment ici qu'habite Christina. Margareta a sonné à la porte d'entrée, puis elle est entrée dans le jardin à la recherche d'une autre porte. Quel acharnement! N'importe qui peut voir qu'il n'y a personne, les fenêtres sont noires et impeccables.

Comme Birgitta se repose, renversée sur son siège, elle sent soudain une étrange chaleur se propager dans son corps comme lorsqu'une fleur ouvre ses pétales au lever du soleil. Elle sent ses épaules tomber, ses poings serrés s'ouvrir, son cœur battre plus lentement. C'est sûrement à cause du silence. Il règne un tel calme à Vadstena, on n'entend pas un bruit. Pas de voitures. Pas de voix humaines. Pas de cris d'oiseaux.

Ça fait très longtemps que le monde n'a pas été aussi silencieux.

La petite loupiote s'allume, Margareta vient d'ouvrir la portière et lance son sac dans la voiture. Elle ouvre la bouche pour dire quelque chose, mais regarde Birgitta et se retient. Sans un mot, elle s'installe et tourne la clé de contact. Mais, avant de mettre la voiture en marche, elle se penche et caresse rapidement la joue de sa sœur.

La Procession des Morts

« Trop vite les joues deviennent blanches.
Viens m'embrasser de tes lèvres d'eau.
Regarde, les goélands dessinent à la craie
un poème dans la nuit noire. »

Stig Dagerman

Un petit tambour traverse Vadstena alors que l'obscurité monte de la terre. Il est profondément concentré : les yeux pratiquement fermés, la pointe de la langue sort de ses lèvres, la bouche se tord en de petites grimaces au même rythme que ses battements sur la peau de l'instrument. Il est doué malgré sa jeunesse, il n'a guère plus de dix ans. Ses doigts potelés serrent les baguettes dans une prise résolue, d'une grande maturité. Il les frappe sur la peau en petits coups rapides, sans la moindre hésitation. Derrière ses paupières fermées, il chuchote une comptine pour lui-même, une comptine simple qui l'aide à maintenir le rythme :

> *Vie. Vie. Vivre.*
> *Vie. Vie. Vivre.*
> *Vie. Vie. Vie.*
> *Vie. Vie. Vie.*
> *Vie. Vie. Vivre.*

Il a appris à battre le tambour à l'école de musique communale, mais ce n'est pas là qu'il a appris la comptine. C'est un *benandante*, mais il ne le sait pas. Il sait seulement qu'il a grimpé sur les genoux de sa mère au cours de l'après-midi, alors que d'ordinaire il ne fait pas cela ; malgré le sweat-shirt noir qu'il porte avec une photo d'Iron Maiden imprimée devant, il a posé sa tête aux boucles blondes sur la poitrine de sa maman. Il se sentait si bizarre. Comme s'il voulait dormir, seulement dormir. Sa maman l'a embrassé sur le front en disant qu'il était un peu chaud, qu'il était peut-être en train d'attraper un rhume et qu'il valait mieux qu'il aille au lit, bien que ce soit encore l'après-midi. Elle s'est attardée un moment au bord de son lit à lui tenir la main et à regarder les photos qu'il avait affichées sur le mur, souriant un peu de ses rêves ostentatoires de virilité : Kiss. Iron Maiden. AC/DC. Du cuir. Des clous. Des grimaces. Elle a regardé sa main potelée, qui repose confiante dans la sienne, a passé son index sur la peau douce et pensé à la main de l'homme en formation là-dedans. Quelle sorte d'homme son fils allait-il devenir ? Un homme bon, elle le savait, car son cœur était bon. Lui et son petit frère étaient tous deux nés pour vivre dans la musique et les histoires, dans les chansons et les images. Elle s'est levée, lui a caressé le front et souri à nouveau. Dans son sommeil, il a transpiré comme il le fait depuis qu'il est né.

Dès sa naissance, elle a su que tout se passerait bien : il était né coiffé.

Le garçon, qui ne sait pas encore qu'il est un *benandante*, traverse maintenant les rues et les ruelles de Vadstena avec son tambour. Il croit que c'est un rêve, il croit qu'il est toujours dans son lit, qu'il dort sous les regards vigilants des stars du hard rock et que les silhouettes qu'il perçoit parfois derrière ses paupières mi-closes ne sont que des ombres de rêve. Il ne sait pas pourquoi il bat son tambour. Il ne comprend pas qu'il a une mission, qu'il doit appeler les *benandanti* et tous ceux qui sont morts avant l'heure à la procession. Demain, c'est l'équinoxe de printemps. Cette nuit, les morts vont chanter la vie.

Je l'entends très nettement, bien que je sois toujours dans mon corps. En ce moment, c'est le calme plat ; seuls mes spasmes me font sursauter par moments, sinon mes muscles sont relâchés, et je reste dans mon lit à écouter les roulements de tambour et à contempler le monde.

Maria est de retour dans sa chambre, et ça la rend heureuse. Assise à sa table, cernée par le cône de lumière que projette la lampe de table, elle fredonne tout en découpant une aile d'ange dans le carton laissé par le Conseil général. Le crépuscule s'est glissé dans la chambre, il enveloppe les épaules et le dos de Maria comme un châle. Les anges sur le mur ont reculé d'un pas, ils inclinent leurs têtes et la regardent, sourient et agitent les mains tandis qu'ils s'enfoncent doucement dans l'obscurité.

Cependant, la nuit n'est pas encore absolue. Le pan de ciel derrière la fenêtre a gardé la même nuance que les lilas fanés de Birgitta. C'est toujours comme ça. Le dernier jour de l'hiver s'évanouit avec lenteur. Pour l'instant, je vois encore le dehors de mon lit, je peux regarder avec mes propres yeux le parking et le centre médical. L'érable sur la pelouse – à peine tiré de son sommeil d'hiver – s'étire, comme pour effleurer le ciel de ses branches noires.

L'air doit être agréable à respirer. Kerstin Un et Ulrika se sont arrêtées dans le parking avant de rentrer chez elles après leur journée de travail, elles se sont immobilisées un moment pour prendre un grand bol d'air frais, sans sourire ni se parler, puis elles se font un signe de la main et partent chacune de leur côté.

Kerstin Deux est arrivée. Elle passe plusieurs fois dans notre chambre vérifier que tout va bien pour moi et Maria, que nous ne sommes pas secouées par de nouvelles tempêtes. La dernière fois qu'elle a ouvert la porte, elle apportait à Maria du café et pour moi l'odeur de ce café. Après avoir posé la tasse sur la table de Maria, elle s'est approchée de moi, a remonté encore un peu la tête de lit, m'a penchée en avant et m'a passé un gant de toilette tiède dans le dos. C'était bon. J'avais beaucoup transpiré.

— Nous n'arrêtons pas d'appeler Hubertsson, a-t-elle dit à voix basse. Il n'a pas encore répondu, mais il ne va pas tarder à le faire. Et alors il viendra te voir, tu sais ça ?

J'ai hoché la tête. Il va venir. Evidemment que Hubertsson va venir.

En cet instant, j'ai envie de reposer dans mon corps, je n'ai pas la force d'attraper un goéland ou une corneille pour survoler Vadstena à la recherche de Hubertsson. De plus, il y a sans doute pénurie de goélands et de corneilles à l'heure qu'il est, car partout dans les appartements et les maisons de la ville, des hommes et des femmes – tous nés coiffés un jour – sont maintenant postés devant leurs fenêtres pour silencieusement attirer de futurs porteurs. Leurs oiseaux sont perchés sur des branches nues ou des rebords de fenêtres, ils nettoient leur plumage et attendent que tombe la nuit pour conduire leurs maîtres à la Grand-Place. Ils savent d'expérience que la tâche est facile. Une fois arrivés à la place, les *benandanti* changent d'apparence, ils quittent les oiseaux et intègrent leurs propres ombres. Un seul oiseau reste en général porteur tout au long de la nuit, un seul oiseau plane au-dessus de la Procession des Morts. Le mien. Mais ce soir, je ne viendrai pas. Les *benandanti* et ceux qui sont morts avant l'heure vont avoir à parcourir les rues et les ruelles sans moi, ils vont devoir sortir de la ville et se rendre dans la plaine pour la première fois depuis de nombreuses années, sans qu'un oiseau noir ne vole au-dessus de leurs têtes en criant la famine d'antan. Aucune importance. Le petit tambour les enchantera tant qu'ils ne se rendront même pas compte de mon absence. Ils n'ont pas eu de petit tambour avec eux depuis une éternité.

J'ai toujours été étonnée que Hubertsson ne soit pas un *benandante*, lui qui est né coiffé. Mais je n'ai jamais aperçu son ombre parmi les autres. Ses contours ont toujours été solides chaque fois que je l'ai vu, que ce soit avec mes yeux ou à travers ceux des autres. Sinon, il eût probablement été un excellent capitaine. Je l'imagine parfaitement devant moi, en train d'organiser le défilé sur la Grand-Place, de donner des ordres à ses subalternes parmi les *benandanti*, d'entourer de son bras ceux qui sont morts avant l'heure et de les consoler comme s'ils étaient ses patients.

Ils sont toujours très troublants, ces victimes d'accidents de la route, ces suicidés livides, ces ex-cancéreux et ces sujets à infarctus. Ils ouvrent de grands yeux sans comprendre ce qu'ils voient. C'est devenu si inhabituel de ne pas vivre son existence jusqu'au bout que les gens ne savent plus que le temps est mesuré à une autre aune et que, une fois mort, on n'est pas autorisé à quitter le monde avant que les années qu'on aurait dû vivre ne se soient écoulées.

Ellen l'a assez bien pris, elle n'a pas eu peur. Elle s'est contentée de regarder autour d'elle, l'air surpris, a souri rapidement et passé sa main sur ce qui, un jour, avait été son bras. Elle n'est devenue grave que lorsqu'un oiseau a commencé à crier au-dessus de sa tête, un oiseau noir qui criait la famine d'antan.

Elle n'a jamais su qui je suis. Et maintenant, elle a quitté le monde.

Je crois que Maria entend le petit tambour, elle a commencé à fredonner sa comptine : *Vie. Vie. Vivre. Vie. Vie. Vivre...* Elle ne m'a pas dit un seul mot depuis qu'elle est revenue de la salle de jeu. A présent, elle tourne son visage vers moi et m'adresse un rapide sourire, lève son dernier ange pour que je voie combien il est beau. Je hoche la tête et lui fais un signe de la main. Il est vraiment beau. Elle a réussi à rendre brillant le carton gris du Conseil général.

Christina est toujours au centre médical, je le sais, bien que je sois restée dans mon corps depuis que j'ai laissé mes sœurs devant sa maison paradisiaque. Je ne me suis pas donné la peine de fermer les yeux pour la voir, mais ses fenêtres sont allumées. D'ailleurs, toutes celles du centre médical le sont. Même celle de Hubertsson, alors que lui n'est pas là. Helena l'a affirmé, plus d'une fois, aussi bien à Kerstin Un qu'à Kerstin Deux. Peut-être Helena est-elle entrée dans son bureau pour allumer la lumière et mettre de l'ordre dans les papiers. Car Helena, elle, est encore là. Je l'ai aperçue, il y a un petit moment, quand elle a fermé la porte à clé. Le centre médical est fermé aux patients, mais Helena n'est pas pressée de rentrer chez elle. Personne ne l'attend.

Je reconnais le bruit du moteur. Avant même de les voir, je sais que Margareta et Birgitta sont en route vers ici. Elles ont mis plus de temps que prévu. Elles n'ont peut-être pas trouvé le chemin. Pourtant, Birgitta avait une bonne raison de se souvenir du chemin qui mène au bureau de Christina et Margareta de celui de l'établissement où tante Ellen est morte.

Le faisceau des phares balaye de lumière la congère de neige sale qui borde le parking. Margareta se gare à la va-vite, comme si elle était pressée, et ouvre la portière avant même d'avoir détaché sa ceinture de sécurité. Toujours renversée sur son siège, Birgitta n'a pas l'air de vouloir rester dans la voiture pendant que Margareta va chercher leur sœur. Elle a déjà ouvert la boucle de sa ceinture et la portière. Et elle s'extirpe péniblement de la voiture. L'espace d'un instant, elle en semble incapable. Elle se penche, pose les bras sur le toit de la voiture et laisse tomber sa tête en avant.

Au loin, le petit garçon frappe son tambour. Maria fredonne au même rythme.

— Tu veux que je t'aide ? demande Margareta.

Levant les yeux, Birgitta secoue la tête.

— J'ai seulement eu un peu le vertige.

— Ça va mieux, maintenant ?

Oui. Ça va mieux. Birgitta hoche la tête et claque la portière, Margareta ferme à clé.

— Tu crois que c'est encore ouvert à cette heure-ci ? demande Birgitta.

On dirait qu'elle hésite. Il a dû se passer quelque chose en elle. On peut dire beaucoup de choses au sujet de Birgitta, et beaucoup a effectivement été dit, mais ce n'est pas son genre d'hésiter, même pas quand elle a peur. Jamais elle ne se précipite sur un ennemi avec plus de détermination dans les yeux que lorsqu'elle le craint vraiment.

— Non, mais Christina doit encore être là, répond Margareta. Erik n'étant pas à la maison, l'heure n'a aucune importance pour elle.

Les mains dans les poches, elle se tient dans un petit carré de lumière jaune. C'est la fenêtre éclairée de Hubertsson qui se reflète dans l'asphalte. Il y a un poids sur la nuque de Margareta et ça se voit, elle a l'air fatiguée. Voilà plus de vingt-quatre heures que tout a commencé et ce n'est pas encore fini.

Birgitta reste en bas sur le bitume quand Margareta monte l'escalier vers la porte d'entrée du centre médical. Soudain, elle semble prendre conscience qu'elle aussi se tient à la lumière d'une fenêtre et elle s'en écarte, se retire comme une ombre parmi d'autres ombres.

La porte est effectivement fermée à clé, mais Margareta tire dessus à plusieurs reprises avant de frapper au carreau. Manifestement, personne ne l'entend. Alors, au lieu de tambouriner du doigt, elle martèle du poing. Malgré son obstination, le couloir allumé reste désert.

— Ohé! appelle Margareta. Ohé!

Et, enfin, quelqu'un arrive.

Helena entrouvre seulement la porte, ses yeux sont rouges, tout comme son visage. Elle couve peut-être un rhume, à moins qu'un petit virus n'ait sauté de la tête d'un patient sur celle d'Helena.

— C'est fermé, fait-elle d'une voix pâteuse. Si c'est une urgence, il faut aller à Motala.

Margareta affiche son sourire le plus poli.

— Excusez-nous de vous déranger. Nous ne sommes pas des malades, nous sommes les sœurs de Christina. Et comme elle n'est pas chez elle, nous avons pensé qu'elle était encore au travail.

Helena la dévisage, comme si elle pensait que Margareta ment.

— Christina n'est pas ici, dit-elle en étouffant un sanglot.

Margareta fait la moue.

— Alors, on a dû se croiser sur le chemin. On essaiera à nouveau chez elle. Merci, en tout cas.

Elle vient de se retourner et est sur le point de poser le pied sur la première marche quand Helena ajoute :

— Christina n'est pas chez elle. Elle n'est pas rentrée à la maison.

Margareta se retourne, l'air surpris.

— Où est-elle, alors ?

Helena éclate en sanglots et ouvre grand la porte.

— Dans le Jardin du port. La police a appelé pour dire qu'ils ont trouvé Hubertsson dans le jardin. Il est mort !

Margareta s'élance dans l'escalier et commence à courir dans le parking. Surgie de l'ombre, Birgitta lui emboîte le pas tandis que le cri gémissant d'Helena la rattrape.

— Il est mort ! Ils ont dit que Hubertsson était mort !

Non !

Les choses ne devaient pas se passer comme ça ! Hubertsson ne devait pas mourir, pas maintenant ! Il devait rester à mon chevet, pendant trois jours et trois nuits, à mon côté jusqu'à la fin, et, un petit sourire aux lèvres, suivre le déroulement de l'histoire de mes sœurs sur mon écran.

Il ne faut pas qu'il meure ! Il ne faut pas qu'il me quitte ! Comment vais-je pouvoir vivre pendant encore trois jours si Hubertsson est mort ?

La dernière tempête de l'hiver balaie la plaine d'Östergötland, elle vient du nord et elle est glaciale. Là où elle sévit, le sol gèle en un clin d'œil, la verdure renaissante qui se cache sous les feuilles et sous l'herbe de l'année dernière fane instantanément et meurt. Broussailles et buissons se recroquevillent sous le souffle du vent glacial qui se moque d'eux. Il les aplatit au sol, les arrache, les secoue jusqu'à briser leurs branches frêles qui pendent comme des promesses violées. Les feuillus ont beau s'incliner pour demander grâce, cette tempête n'épargne personne, elle les secoue et les plie tant que leurs tailles fines se cassent et que le bois blanc de leurs troncs se dépouille. Alors, le vent s'arrête et leur crache dessus, déverse dans leurs plaies de la terre, du sable et des feuilles virevoltantes de l'automne dernier, aussi minces que des toiles d'araignée, avant de reprendre de la vitesse et de s'engouffrer tel un géant en furie dans la forêt de pins.

Les pins, eux, se dressent muets et droits comme des soldats, ils refusent d'implorer grâce. La tempête ricane de leur orgueil, ricane et les raille pendant un moment, avant de les pousser violemment l'un après l'autre, de les déraciner pour les renverser et révéler ainsi les milliers d'êtres qui se cachent dans le sol sous leurs racines. Et aucun d'eux ne survit plus d'un court instant, le gel qui s'attarde les saisit de ses doigts froids et les écrase, tandis que la tempête poursuit ses ravages dans la plaine, mettant le cap sur une ville et une maison de santé.

Là, elle s'arrête, reprend sa respiration et rassemble ses forces avant de se jeter dans la bataille, s'acharnant sur le bâtiment jaune avec des forces décuplées. Elle le secoue de fond en comble, l'ébranle tant que les tuiles sur le toit s'entrechoquent, que les murs gémissent et geignent, que les vitres des fenêtres se tendent, prêtes à se briser.

Maria pleure. Debout à côté de mon lit, elle essaie de saisir ma main agitée, pleure parce que cette main est si difficile à attraper et pleure sur ce qui secoue mon corps. Maria sait ce que c'est que d'être prise par la tempête et arrachée de sa branche telle une feuille sèche, d'être jetée en l'air et de retomber ensuite par terre.

— Kerstin! crie-t-elle. Kerstin! Viens!

Et Kerstin Deux arrive.

J'aime bien Kerstin Deux. Je l'aime bien parce qu'elle est robuste et carrée, parce qu'elle sourit peu et rit beaucoup, parce qu'on dirait qu'une petite colombe a construit son nid dans sa gorge, parce que, parfois, elle me regarde en plissant les yeux par-dessus la monture de ses lunettes.

Mais, en ce moment, elle ne rit pas, aucune petite colombe ne roucoule dans sa gorge. Elle m'a entourée de ses bras, elle se mord la lèvre et me serre fort contre elle. Elle est dans l'angoisse. Elle ne peut pas me donner davantage de Stesolid, et il n'y a aucun médecin disponible pour me mettre sous perfusion. Christina n'est plus au centre médical et Hubertsson s'en est allé ailleurs.

Durant un millième de seconde, entre deux crampes, le temps s'arrête, la tempête se calme et mon corps n'est plus secoué. Dans cette béance du temps, j'ai la tête blottie contre la blouse blanche de Kerstin Deux et, soudain, j'entends battre son cœur. Toutes les horloges du monde se sont arrêtées, tous les électrons de l'univers se sont figés en une position unique, mais cela ne fait ni chaud ni froid à Kerstin Deux. Son cœur continue à battre. Soudain, je prends conscience qu'il n'y a plus de raison d'attendre. Je peux quitter la maison de santé en cet instant et m'en aller où ça me chante. Les cœurs des autres vont battre pour mon compte. Il y a toujours des cœurs qui battent.

Je ferme les yeux et lâche prise. La tempête est finie.

Aucun goéland aux plumes blanches immaculées ne m'attend dans l'érable, aucun corbeau noir et luisant au regard doré, pas même une corneille à l'iris d'acier. Seulement un petit oiseau gris. Un moineau peureux au plumage ébouriffé.

Comme il sait voler, cet oiseau! Il me porte haut au-dessus des rues et des ruelles de Vadstena, à des hauteurs que je n'ai encore jamais atteintes. Il décrit en riant de larges cercles dans les airs, m'entraînant de plus en plus haut, jusqu'à frôler les nuages, ces nuages qui sont maintenant plus blancs que le ciel derrière eux. Loin à l'ouest, à l'endroit où le soleil s'est couché, la comète de Hale-Bopp crépite comme un feu d'artifice argenté. C'est la fête cette nuit, la dernière nuit d'hiver de l'année est toujours une fête. L'obscurité tente de donner un dernier coup de collier, mais nous sommes entourés de lumière, mon oiseau et moi. Un ciel étoilé brille au-dessus de nous, un autre en dessous : les villes autour du Vättern ont allumé leurs lumières.

L'espace d'un instant, il m'est donné de planer entre

ciel et terre; l'espace d'un instant, on me permet de choisir entre les deux.

Je choisis la terre. Je choisirai toujours la terre.

Le petit tambour est arrivé, maintenant. Le dos bien droit et raide, il bat son instrument sur la Grand-Place, tandis que les ombres s'intensifient autour de lui et que mille voix chuchotantes se joignent au rythme :

> *Vie. Vie. Vivre.*
> *Vie. Vie. Vivre.*
> *Vie. Vie. Vie.*
> *Vie. Vie. Vie.*
> *Vie. Vie. Vivre.*

Pas un seul *benandante* ne me voit quand je survole la place. Je ne suis qu'un moineau silencieux, pas un gros oiseau noir. Je ne crie plus la famine d'antan.

Mes sœurs sont dans le Jardin du port. Elles se fondent dans l'obscurité. La lumière des réverbères ne parvient pas jusque sous les arbres, la lumière bleue clignotante de l'ambulance dans la rue non plus n'arrive pas jusqu'à elles.

Elles se serrent les unes contre les autres et regardent les ambulanciers transporter le corps de Hubertsson sur la civière. Aucune ne pleure, aucune ne dit quoi que ce soit, mais Margareta se penche pour arranger la couverture autour de lui, comme si elle croyait qu'il a froid. Quand elle se redresse, Christina saisit sa main et la presse légèrement; Margareta la regarde et, de son autre main, cherche celle de Birgitta. Et, soudain, on dirait qu'une pensée se faufile à travers leurs bras et leurs mains pour les réunir, fugacement.

— C'était le dernier, dit Christina. A présent, plus un adulte ne nous a connues petites.

— Personne qui se souvienne de tante Ellen, à part nous, ajoute Margareta.

— Sûrement qu'il était au courant de plus de choses qu'on s'imaginait, marmonne Birgitta.

Margareta essaie de libérer un peu sa main ; Birgitta refuse de lâcher prise. Christina ne se rend pas compte du combat de leurs mains.

— J'aurais aimé la connaître, dit-elle. D'égale à égale, en adultes. Parfois, je rêve que nous prenons un café ensemble quelque part. Je suis la seule à parler ; tante Ellen ne dit jamais rien.

La main de Margareta ne se tord plus dans celle de Birgitta.

— Il y avait un vide quelque part, dit-elle d'une voix assourdie. Il y a des choses que nous n'avons jamais sues.

Un sourire passe sur le visage de Christina.

— Ce vide, c'est nous qui l'avons comblé !

Birgitta se penche un peu et crache dans le gravier.

— Y a des vides qui peuvent jamais être remplis, lâche-t-elle. Jamais. On a beau essayer.

Les sœurs gardent le silence tandis que les ambulanciers soulèvent la civière de Hubertsson, adressent un hochement de tête aux trois femmes et se mettent en route. Alors, Birgitta lâche la main de Margareta et Margareta lâche celle de Christina. Sans échanger le moindre regard.

— On pourrait aller boire un café et manger un morceau chez moi, dans mon Paradis Postindustriel, propose Christina en écartant sa frange de sa main pâle.

Son manteau suit ses mouvements. Tournant le dos, elle se dirige vers la rue avant de poursuivre :

— Histoire que vous ayez quelque chose dans le ventre avant de repartir.

Margareta rit et la rattrape, elle a compris le message.

— Avec plaisir, lance-t-elle au dos de Christina. Si ça ne te dérange pas.

Birgitta s'attarde un moment avant de se décider à leur emboîter le pas. De ses pieds qui nagent dans leurs escarpins de Minnie Mouse, elle fait voler le gravillon avec exaspération. Du thé insipide et des sandwiches ! C'est toujours la même chose! Alors que tout ce qu'elle demande, c'est une bière.

Hubertsson est assis sur un banc public dans les ombres du parc. Son visage est grave, mais son attitude arrogante. Il a étiré les jambes et les a croisées, son bras droit est posé sur le dossier du banc. Je m'arrête dans le noir, hésite une seconde. Il ne peut pas encore me voir. Il ne peut pas me voir telle que j'aurais été, si tout avait été différent.

Sur la place, le garçon bat son tambour. Le son, puissant à présent, se répercute dans les rues et les venelles, résonne dans les toits du couvent et les murs de l'église, tonne comme un vent printanier sur les eaux du Vättern.

Hubertsson n'obéit pas à l'appel; il ne se lève pas pour aller rejoindre la Grand-Place. Assis calmement sur son banc, il attend que je sorte de l'obscurité.

Table

Impression réalisée sur CAMERON par
BRODARD ET TAUPIN
La Flèche
en février 2003

Imprimé en France
Dépôt légal : mars 2003
N° d'édition : 35090 – N° d'impression : 17459